"não sei.... se a vida é curta
ou longa demais para nós.
Mas sei que nada do que
vivemos tem sentido, se não
tocarmos o coração das
pessoas..."

Cora Coralina

# O TEMPO ENTRE
# COSTURAS

Ana amiga querida...

Obrigada por ter
tocado o meu ♡...

Com carinho...

Setê

Obs: já deu tudo
certo!

MARÍA DUEÑAS

# O TEMPO ENTRE COSTURAS

*Tradução*
Sandra Martha Dolinsky

Planeta

Título original: *El tiempo entre costuras*

*Revisão:* Tulio Kawata, Antonio Orzari e Vivian Miwa Matsushita
*Diagramação:* Anna Yue
*Projeto gráfico:* Vivian Oliveira
*Capa:* Área editorial Grupo Planeta
*Imagens de capa:* Pipo Fernández

CIP-BRASIL. CATALOGAÇÃO NA PUBLICAÇÃO
SINDICATO NACIONAL DOS EDITORES DE LIVROS, RJ

D898t
Dueñas, María,
O tempo entre costuras / María Dueñas; tradução Sandra Martha Dolinsky. - [2. ed.] - São Paulo: Planeta, 2017.
552 p. : il.; 19 cm.

Tradução de: El tiempo entre costuras
ISBN: 978-85-422-1086-6

1. Ficção espanhola. I. Dolinsky, Sandra Martha. II. Título.

17-42959 CDD: 863
CDU: 821.134.2-3

2017

EDITORA PLANETA DO BRASIL LTDA.
Rua Padre João Manuel, 100 – 21º andar
Edifício Horsa II – Cerqueira César
01411-000 – São Paulo – SP
www.planetadelivros.com.br
atendimento@editoraplaneta.com.br

# SUMÁRIO

*À minha mãe, Ana Vinuesa*

*Às famílias Vinuesa Lope e Álvarez Moreno, pelos anos de Tetuán e a saudade com que sempre os recordaram*

*A todos os velhos moradores do Protetorado espanhol em Marrocos e aos marroquinos que com eles conviveram*

# PRIMEIRA PARTE

# I

Uma máquina de escrever detonou meu destino. Foi uma Hispano-Olivetti, e dela me separou durante semanas o vidro de uma vitrina. Visto hoje, do parapeito dos anos passados, é difícil acreditar que um simples objeto mecânico pudesse ter potencial suficiente para alterar o rumo de uma vida e dinamitar em quatro dias todos os planos traçados para sustentá-la. Pois assim foi, e nada pude fazer para impedir.

Não eram, na realidade, grandes projetos os que eu acalentava na época. Tratava-se apenas de aspirações próximas, quase domésticas, coerentes com as coordenadas do local e do tempo que me coube viver; planos de futuro acessíveis, bastando esticar um pouco as pontas dos dedos. Naqueles dias, meu mundo girava lentamente ao redor de algumas presenças que eu julgava firmes e imperecíveis. Minha mãe sempre havia sido a mais sólida de todas elas. Era costureira, trabalhava em um ateliê de nobre clientela. Tinha experiência e bom gosto, mas nunca foi mais que uma simples costureira assalariada; uma trabalhadora como tantas outras que, durante dez horas diárias, acabava com as unhas e as pupilas cortando e costurando, experimentando e retificando peças destinadas a corpos que não eram o seu e a olhares que raramente teriam por destino sua pessoa. De meu pai eu sabia pouco, na época. Quase nada. Nunca esteve por perto; e nem sua ausência me afetou. Jamais senti muita curiosidade em saber dele até que minha mãe, em meus oito ou nove anos, se aventurou a me fornecer algumas migalhas de informação. Que ele tinha outra família, que era impossível que vivesse conosco. Engoli aqueles dados com a mesma pressa e o pouco apetite com que matei as últimas colheradas dos legumes que tinha a minha frente: a vida daquele ser estranho me interessava bem menos que descer rapidamente para brincar na praça.

Eu nasci no verão de 1911, no mesmo ano em que Pastora Imperio se casou com El Gallo, veio à luz no México Jorge Negrete, e na Europa decaía a estrela de um tempo que chamaram de *Belle époque*.[1] Ao longe, começavam a se ouvir os tambores daquilo que seria a primeira grande guerra e nos cafés de Madri lia-se, na época,

---

1 Pastora Imperio foi uma famosa dançarina de *flamenco*, enquanto Rafael Gómez Ortega, conhecido como El Gallo, foi um grande toureiro. Existe, em Sevilha, um monumento em homenagem aos dois. Já Jorge Negrete foi um dos mais populares cantores e atores mexicanos. (N.T.)

*El Debate* e *El Heraldo*, enquanto La Chelito,[2] nos palcos, enlouquecia os homens mexendo descaradamente os quadris ao ritmo do *cuplé*. O rei Alfonso XIII, entre uma amante e outra, conseguiu engendrar naqueles meses sua quinta filha legítima. Enquanto isso, no comando de seu governo estava o liberal Canalejas, incapaz de pressagiar que apenas um ano depois um excêntrico anarquista ia acabar com sua vida dando-lhe dois tiros na cabeça enquanto observava as novidades da livraria San Martín.

Cresci em um ambiente moderadamente feliz, com mais apertos que excessos, mas sem grandes carências nem frustrações. Fui criada em uma rua estreita de um bairro típico de Madri, ao lado da praça De la Paja, a dois passos do Palácio Real; a um pulo da agitação constante do coração da cidade, em um ambiente de roupa estendida, cheiro de água de lavadeira, vozes de vizinhas e gatos ao sol. Frequentei uma rudimentar escola em um local próximo: em seus bancos, previstos para duas pessoas, acomodávamo-nos de quatro em quatro, sem ordem e aos empurrões para recitar em voz alta *La canción del pirata* e a tabuada. Ali aprendi a ler e escrever, a usar as quatro réguas e o nome dos rios que cortavam o mapa amarelado pendurado na parede. Aos doze anos, concluí minha formação e entrei, na qualidade de aprendiz, no ateliê em que minha mãe trabalhava. Meu destino natural.

Do ateliê de dona Manuela Godina, a proprietária, havia décadas saíam peças primorosas, excelentemente cortadas e cosidas, famosas em Madri inteira. Roupas de dia, vestidos de coquetel, casacos e capas que depois seriam ostentados por senhoras distintas em seus passeios pela Castelhana, no Hipódromo e no polo de Puerta de Hierro, ao tomar chá no Sakuska e quando iam às igrejas de segunda categoria. Passou-se algum tempo, porém, até que comecei a adentrar os segredos da costura. Primeiro, fiz de tudo no ateliê: retirava as brasas dos fogareiros e varria do chão os restos de tecido, aquecia no fogo o ferro de passar e corria sem parar para comprar linhas e botões na praça de Pontejos. Eu também era encarregada de levar às seletas residências os modelos recém-terminados embrulhados em grandes sacolas de tecido escuro; era minha tarefa favorita, o melhor entretenimento naquela carreira incipiente. Conheci, assim, os

2 Conhecida como La Chelito, Consuelo Portela foi uma controvertida cantora e dançarina cubana. (N.T.)

porteiros e motoristas das melhores casas, as donzelas, criadas e mordomos das famílias mais endinheiradas. Contemplei, sem mal ser vista, as mulheres mais refinadas, suas filhas e seus maridos. E, como uma testemunha muda, adentrei suas casas burguesas, palacetes aristocráticos e apartamentos suntuosos dos edifícios tradicionais. Em algumas ocasiões não chegava a ultrapassar as áreas de serviço e alguém do corpo de empregados cuidava de receber a roupa que eu portava; em outras, porém, incitavam-me a entrar até os quartos, e para isso eu percorria os corredores e vislumbrava os salões, e comia com os olhos os tapetes, os lustres, as cortinas de veludo e os pianos de cauda que às vezes alguém tocava e às vezes não, pensando em como seria estranha a vida em um universo como aquele.

Meus dias transcorriam sem tensão nesses dois mundos, quase alheia à incongruência que existia entre ambos. Com a mesma naturalidade, transitava por aquelas largas vias com passagens de carruagens e grandes portais, e pela trama enlouquecida das ruas tortuosas de meu bairro, sempre cheias de poças, dejetos, gritaria de vendedores e latidos pungentes de cães com fome; aquelas ruas pelas quais as pessoas sempre andavam com pressa e onde, ao ouvir "lá vai água!", mais valia se proteger em algum lugar para evitar tomar um banho de urina. Artesãos, pequenos comerciantes, empregados regulares e diaristas recém-chegados à capital enchiam as casas de aluguel e dotavam meu bairro de sua alma de povo. Muitos deles mal ultrapassavam seus limites, a não ser por motivo de força maior; minha mãe e eu, porém, saíamos cedo a cada manhã, juntas e apressadas, para ir à rua Zurbano e nos integrar sem demora a nosso cotidiano afazer no ateliê de dona Manuela.

Depois de dois anos no ateliê, decidiram que havia chegado o momento de eu aprender a costurar. Aos catorze anos comecei com o mais simples: ganchinhos, chuleados, alinhavos. Depois vieram as casas de botão, os pespontos e as bainhas. Trabalhávamos sentadas em pequenas cadeiras de junco, encurvadas sobre tábuas apoiadas nos joelhos; nelas apoiávamos nosso trabalho. Dona Manuela atendia as clientes, cortava, provava e ajustava. Minha mãe tirava as medidas e se encarregava do resto: costurava o mais delicado e distribuía as demais tarefas, supervisionava sua execução e impunha o ritmo e a disciplina a um pequeno batalhão formado por meia dúzia de costureiras maduras, quatro ou cinco mulheres jovens e algumas aprendizes tagarelas, sempre com mais vontade de rir e fofocar que de trabalhar. Algumas se saíram boas costureiras, outras não foram capazes e ficaram para sempre com as funções menos gratas. Quando uma ia embora, outra nova a substituía naquele lugar agitado, incongruente com a serena opulência da fachada e a sobriedade da sala luminosa a que só as clientes tinham acesso. Elas, dona Manuela e minha mãe, eram as únicas que podiam usufruir de suas paredes forradas cor de açafrão; as únicas que podiam se aproximar dos móveis de mogno e pisar no chão de carvalho que nós, as mais novas, nos encarregávamos de encerar com trapos de algodão. Só elas recebiam de quando em quando os raios de sol que entravam pelas quatro altas varandas voltadas para a rua. O resto da tropa permanecia sempre na retaguarda: naquele gineceu gelado no inverno e infernal no verão que era nosso ateliê, naquele espaço de fundos e cinza que tinha apenas duas janelinhas que davam para um escuro pátio interno, e onde as horas passavam como sopros de ar em meio ao cantarolar de canções e o barulho de tesouras.

Aprendi rápido. Eu tinha dedos ágeis que logo se adaptaram ao contorno das agulhas e ao contato dos tecidos, às medidas, às peças e aos volumes. Molde dianteiro, contorno de peito, comprimento de perna. Cava, boca de calça, viés. Aos dezesseis anos aprendi a distinguir os tecidos, aos dezessete, a apreciar suas qualidades e a calibrar seu potencial. Crepe da China, musselina de seda, *georgette*, *chantilly*. Passavam-se os meses como em uma roda-gigante: nos outonos fazendo casacos de bons tecidos e ternos de meia-estação, nas primaveras costurando vestidos voláteis destinados às férias cantábricas, longas e alheias, em La Concha e El Sardinero. Completei dezoito anos, dezenove. Iniciei-me pouco a pouco no manejo do corte e na confecção das partes mais delicadas. Aprendi a montar golas e colarinhos, a prever caimentos e antecipar acabamentos. Eu gostava do meu trabalho, era feliz com ele. Dona Manuela e minha mãe me pediam opinião às vezes, começavam a confiar em mim. "A menina tem mão e olho, Dolores", dizia dona Manuela. "É boa, e vai ser ainda melhor se não se desviar. Melhor que você, se bobear." E minha mãe continuava trabalhando, como se não a ouvisse. Eu também não levantava a cabeça de meu tablado, fingia não ter ouvido nada. Mas, disfarçadamente, olhava para ela de soslaio e via em sua boca cheia de alfinetes aflorar um levíssimo sorriso.

Passavam-se os anos, passava a vida. Mudava também a moda e a seus ditados se acomodava o trabalho do ateliê. Depois da guerra europeia chegaram as linhas retas, abandonaram-se os corpetes e as pernas começaram a se mostrar sem sombra de rubor. Mas, quando os felizes anos 1920 chegaram ao fim, a cintura dos vestidos voltou a seu lugar natural, as saias se alongaram e o recato tornou a se impor em mangas, decotes e vontades. Pulamos, então, para uma nova década e chegaram mais mudanças. Todas juntas, imprevistas, quase aos montes. Completei vinte anos, veio a República e conheci Ignacio. Foi em um domingo de setembro em La Bombilla; em um baile tumultuado abarrotado de garotas de ateliês, maus estudantes e soldados de licença. Ele me tirou para dançar, me fez rir. Duas semanas depois, começamos a fazer planos para casar.

Quem era Ignacio e o que representou para mim? O homem da minha vida, pensava então. O garoto tranquilo que intuí destinado a ser o bom pai dos meus filhos. Já havia chegado à idade em que, para as garotas como eu, sem ofício nem benefício, não restavam muitas opções além do casamento. O exemplo de minha mãe, criando-me sozinha e trabalhando para isso de sol a sol, jamais me havia parecido um destino apetecível. E em Ignacio encontrei um candidato idôneo para não seguir os passos dela: alguém com quem passar o resto da minha vida adulta sem ter de acordar a cada manhã com a boca cheia de sabor de solidão. Não me liguei a ele por uma paixão arrasadora, mas sim por um afeto intenso e pela certeza de que meus dias a seu lado transcorreriam sem pesares nem estardalhaços, com a doce suavidade de um travesseiro.

Ignacio Montes, eu acreditei, seria o dono do braço ao qual me agarraria em mil passeios, a presença próxima que me proporcionaria segurança e abrigo para sempre. Dois anos mais velho que eu, magro, afável, tão fácil quanto doce. Tinha boa estatura e poucas carnes, maneiras educadas e um coração no qual a capacidade para me amar parecia se multiplicar com as horas. Filho de uma viúva castelhana com o dinheiro bem contado debaixo do colchão; residente com intermitências em pensões de pouca monta; aspirante iludido a profissional da burocracia e eterno candidato a todo ministério capaz de lhe prometer um salário vitalício. Guerra, Governo, Fazenda. O sonho de 3 mil pesetas ao ano, 241 ao mês: um salário fixo para todo o sempre em troca de dedicar o resto dos seus dias ao mundo manso dos departamentos e antessalas, dos mata-borrões, do papel-carbono, dos carimbos e dos tinteiros. Em cima disso planejamos nosso futuro: na esteira da quietude de um funcionalismo que, chamada após chamada, se negava obstinadamente a incorporar meu Ignacio em sua folha de pagamento. E ele insistia sem desalento. E em fevereiro tentava na pasta da Justiça e em junho na da Agricultura, e começava tudo de novo.

E, enquanto isso, incapaz de se permitir distrações caras, mas disposto até a morte a me fazer feliz, Ignacio me agradava com as humildes possibilidades que seu paupérrimo bolso lhe permitia: uma caixa de papelão cheia de bichos-da-seda e folhas de amoreira, pacotinhos de castanhas assadas e promessas de amor eterno sobre a relva embaixo do viaduto. Juntos ouvíamos a banda de música do parque do Oeste e remávamos nas canoas de Retiro nas manhãs de domingo em que havia sol. Não havia festa com balanço e realejo a que não fôssemos, nem xotes que não dançássemos com precisão de relógio. Quantas tardes passamos em Las Vistillas, quantos filmes vimos em cinemas de bairro. Uma *horchata*[3] valenciana era, para nós, um luxo, e um táxi, uma quimera. A ternura de Ignacio não era exagerada, porém, não tinha fim. Eu era seu céu e as estrelas, a mais bonita, a melhor. Meu cabelo, meu rosto, meus olhos. Minhas mãos, minha boca, minha voz. Eu inteira configurava para ele o insuperável, a fonte de sua alegria. E eu o ouvia, chamava-o de bobo e me deixava amar.

A vida no ateliê naqueles tempos marcava, não obstante, um ritmo diferente. Tornava-se difícil, incerta. A Segunda República havia infundido um sopro de agitação na confortável prosperidade do ambiente de nossas clientes. Madri andava convulsionada e frenética, a tensão política impregnava todas as esquinas. As boas famílias prolongavam até o infinito seus veraneios no Norte, desejosas de permanecer à margem da capital inquieta e rebelde em cujas praças anunciavam o *Mundo Obrero* enquanto os proletários descamisados da periferia adentravam sem reservas a Porta do Sol. Os grandes carros particulares começavam a rarear pelas ruas, as festas opulentas também. As velhas damas enlutadas rezavam novenas para que Azaña[4] caísse logo e o barulho das balas se tornava cotidia-

3 Suco de frutas batidas. (N.T.)

4 Manuel Azaña Díaz foi o último presidente da Segunda República Espanhola, e também escritor agraciado com o Prêmio Nobel de Literatura em 1926. (N.T.)

no quando se acendiam os faróis a gás. Os anarquistas queimavam igrejas, os falangistas sacavam pistolas com pose de valentões. Com frequência crescente, os aristocratas e altos burgueses cobriam com lençóis seus móveis, demitiam os empregados, trancavam as janelas e partiam com urgência para o exterior, passando tranquilamente joias, medos e dinheiro pelas fronteiras, sentindo saudade do rei exilado e de uma Espanha obediente que ainda tardaria a chegar.

E no ateliê de dona Manuela entravam cada vez menos mulheres, saíam menos pedidos e havia menos a fazer. Em um penoso conta-gotas, foram sendo dispensadas primeiro as aprendizes e depois as demais costureiras, até que, no fim, só restamos a dona, minha mãe e eu. E quando terminamos o último vestido da marquesa de Entrelagos e passamos os seis dias seguintes ouvindo rádio, de braços cruzados sem que ao menos uma alma batesse à porta, dona Manuela anunciou, entre suspiros, que não tinha mais remédio senão fechar o ateliê.

Em meio à convulsão daqueles tempos, quando as disputas políticas faziam tremer as poltronas dos teatros e os governos duravam três pais-nossos, mal tivemos oportunidade de chorar o que perdemos. Três semanas depois do advento de nossa inatividade compulsória, Ignacio apareceu com um buquê de violetas e a notícia de que finalmente havia sido admitido. O projeto de nosso pequeno casamento desterrou a incerteza, e sobre a mesa dobrável planejamos o evento. Embora entre os ares novos trazidos pela República estivesse a moda dos casamentos civis, minha mãe, em cuja alma conviviam sem o menor desconforto sua condição de mãe solteira, um férreo espírito católico e uma nostálgica lealdade à monarquia deposta, incitou-nos a celebrar um casamento religioso na vizinha igreja de Santo André. Ignacio e eu aceitamos — como poderíamos não aceitar sem transtornar aquela hierarquia de vontades na qual ele realizava todos os meus desejos e eu acatava os de minha mãe sem discussão? Além de tudo, eu não tinha razão de peso alguma para me negar: a expectativa que sentia pela celebração daquele casamento era modesta, e tanto fazia para mim um altar com padre e batina ou uma sala presidida por uma bandeira de três cores.

Decidimos, assim, marcar a data com o mesmo padre que 24 anos antes, em um 8 de junho e por determinação do santoral, havia me imposto o nome de Sira. Sabiniana, Victorina, Gaudencia,

Heraclia e Fortunata foram outras opções em consonância com os santos do dia.

"Sira, padre, ponha Sira mesmo, que pelo menos é curto." Essa foi a decisão de minha mãe em sua solitária maternidade. E Sira fiquei.

Celebraríamos o casamento com a família e alguns amigos. Com meu avô sem pernas nem luzes, mutilado de corpo e alma na guerra das Filipinas, permanente presença muda em sua cadeira de balanço ao lado da mesa de nossa sala de jantar. Com a mãe e as irmãs de Ignacio, que viriam do povoado. Com nossos vizinhos Engracia e Norberto e seus três filhos, socialistas e afetuosos, tão próximos a nós, na porta da frente, como se o mesmo sangue nos corresse pelas veias. Com dona Manuela, que novamente pegaria linhas e agulhas para me presentear com sua última obra em forma de vestido de noiva. Receberíamos nossos convidados com tortas de merengue, vinho de Málaga e vermute, talvez pudéssemos contratar um músico do bairro para que tocasse um *pasodoble*, e algum retratista de rua tiraria uma foto que enfeitaria nosso lar, esse que ainda não tínhamos e que por ora seria a casa de minha mãe.

Foi quando, em meio àquela confusão de planos e decisões, Ignacio teve a ideia de eu prestar exames para me tornar funcionária pública como ele. Seu recém-adquirido posto em uma repartição administrativa havia aberto seus olhos para um mundo novo: a administração na República, um ambiente no qual se perfilavam para as mulheres alguns destinos profissionais além do fogão, da lavanderia e das tarefas do lar; no qual o gênero feminino podia abrir caminho ombro a ombro com os homens em igualdade de condições e com a expectativa voltada para os mesmos objetivos. As primeiras mulheres já se sentavam como deputadas no Congresso, foi declarada a igualdade de sexos para a vida pública, reconhecida nossa capacidade jurídica, o direito ao trabalho e o sufrágio universal. Mesmo assim, eu teria preferido mil vezes voltar para a costura, mas Ignacio não levou mais de três dias para me convencer. O velho mundo dos tecidos e dos pespontos havia ruído, e um novo universo abria suas portas diante de nós: seria preciso adaptar-se a ele. O próprio Ignacio poderia se encarregar de minha preparação; ele tinha todos os conteúdos e experiência de sobra na arte de prestar concursos e ser reprovado um monte de vezes sem jamais sucumbir à desesperança. Eu, de minha parte, contribuiria para o projeto com a clara consciência de que teria de pôr as mãos na massa para sustentar o pequeno pelotão que a partir de nosso casamento formaríamos nós dois, minha mãe, meu avô e a prole que viesse. Concordei, então. Uma vez decididos, só nos faltava um elemento: uma máquina de escrever na qual eu pudesse aprender a datilografar e me preparar para a inescusável prova de datilografia. Ignacio passara anos treinando com máquinas alheias, transitando uma via-crúcis de tristes escolas com cheiro de gordura, tinta e suor concentrado: não quis que eu fosse obrigada a repetir aqueles sacrifícios, por isso seu empenho para que tivéssemos nosso próprio equipamento. Atrás dele saímos nas semanas seguintes, como se fosse o grande investimento de nossa vida.

Estudamos todas as opções e fizemos cálculos sem fim. Eu não entendia daquilo, mas achava que algo de formato pequeno e leve seria o mais conveniente para nós. Para Ignacio, o tamanho era indiferente, porém reparava com minuciosidade extrema em preços, prazos e mecanismos. Localizamos todos os pontos de venda em Madri, passamos horas inteiras em frente a suas vitrinas e aprendemos a pronunciar nomes estrangeiros que evocavam geografias distantes e artistas de cinema: Remington, Royal, Underwood. Poderíamos ter nos decidido por uma marca ou outra; tanto fazia acabar comprando em uma casa americana ou em outra alemã, mas a escolhida foi, finalmente, a italiana Hispano-Olivetti da rua Pi y Margall. Como poderíamos saber que com aquele ato tão simples, com o simples fato de avançar dois ou três passos e ultrapassar uma porta, estávamos assinando a sentença de morte de nosso futuro em comum e entortando as linhas do porvir de forma irremediável?

## 2

— Não vou me casar com Ignacio, mãe.

Ela estava tentando passar a linha em uma agulha e minhas palavras a deixaram imóvel, com a linha entre dois dedos.

— O que está dizendo, menina? — sussurrou. Sua voz pareceu sair tremendo da garganta, carregada de desconcerto e de incredulidade.

— Que vou deixá-lo, mãe. Que me apaixonei por outro homem.

Ela me repreendeu com as censuras mais contundentes que conseguiu trazer à boca, clamou aos céus suplicando a intercessão de todos os santos, e com dúzias de argumentos tentou me convencer a voltar atrás em meus propósitos. Quando viu que tudo aquilo de nada servia, sentou-se na cadeira de balanço ao lado da de meu avô, cobriu o rosto com as mãos e começou a chorar.

Suportei o momento com falsa compostura, tentando esconder o nervosismo por trás da contundência de minhas palavras. Eu temia a reação de minha mãe: Ignacio, para ela, havia se tornado o filho que nunca teve, a presença que substituiu o vazio masculino de nossa pequena família. Conversavam, combinavam, entendiam-se. Minha mãe fazia os ensopados de que ele gostava, lustrava seus sapatos e reformava seus paletós quando o atrito do tempo começava a lhes roubar a utilidade. Ele, por sua vez, elogiava-a ao vê-la se esmerar na roupa para a missa dominical, levava-lhe doces e, meio brincando, meio a sério, às vezes lhe dizia que ela era mais bonita que eu.

Eu sabia que com minha ousadia ia prejudicar toda essa confortável convivência, sabia que derrubaria a estrutura de mais vidas além da minha, mas nada pude fazer para evitar. Minha decisão era firme como um poste: não haveria casamento nem concurso, não ia aprender a datilografar sobre a mesa dobrável e nunca compartilharia com Ignacio filhos, cama nem alegrias. Eu ia deixá-lo, e nem toda a força de um vendaval poderia abalar minha resolução.

A casa Hispano-Olivetti tinha duas grandes vitrinas que mostravam aos transeuntes seus produtos com orgulhoso esplendor. Entre ambas se encontrava a porta envidraçada, com uma barra de bronze polido atravessando-a na diagonal. Ignacio empurrou e entramos. O tilintar de um sininho anunciou nossa chegada, mas ninguém foi nos receber de imediato. Permanecemos coibidos alguns minutos, observando com respeito reverencial tudo o que estava exposto, sem nos atrevermos sequer a tocar os móveis de madeira encerada em que descansavam aqueles portentos da datilografia dentre os quais íamos escolher o mais conveniente para nossos planos. Ao fundo da grande sala dedicada à exposição dos produtos percebia-se um escritório. Dele saíam vozes masculinas.

Não tivemos de esperar muito mais, as vozes sabiam que havia clientes e veio a nosso encontro uma delas, contida em um corpo redondo vestido de cor escura. O vendedor nos cumprimentou, afável, e perguntou por nossos interesses. Ignacio começou a falar, a descrever o que queria, a pedir dados e sugestões. O empregado exibiu com esmero todo seu profissionalismo e passou a nos explicar as características de cada uma das máquinas expostas. Com detalhes, com rigor e com tecnicidade; com tamanha precisão e monotonia que depois de vinte minutos quase adormeci de tanto tédio. Ignacio, enquanto isso, absorvia as informações com seus cinco sentidos, alheio a mim e a tudo que não fosse avaliar o que lhe estava sendo oferecido. Decidi afastar-me deles, aquilo não me interessava em absoluto. O que Ignacio escolhesse estava bom para mim. Não me interessava nada daquilo de toques, alavanca de retorno ou campainha de margem.

Fiquei, então, percorrendo outras partes da exposição em busca de algo com que matar o tédio. Reparei nos grandes cartazes publicitários nas paredes, que anunciavam os produtos da casa com desenhos coloridos e palavras em línguas que eu não entendia; depois, fui até as vitrinas e observei os transeuntes andando acelerados pela rua. Depois de um tempo, voltei sem vontade para o fundo do estabelecimento.

Um grande armário com portas de vidro cobria parte de uma das paredes. Contemplei meu reflexo nele; notei que duas mechas haviam escapado do laço, recoloquei-as no lugar; aproveitei para beliscar minhas bochechas e dar ao rosto entediado um pouco de cor. Examinei depois minha roupa sem pressa: eu havia me esforçado para me arrumar com minha melhor roupa; afinal de contas, aquela compra representava, para nós, uma ocasião especial. Estiquei as meias, desde os tornozelos, com um movimento ascendente; ajustei pausadamente a saia nos quadris, a blusa no tronco, a gola no pescoço. Tornei a ajeitar o cabelo, olhei-me de frente e de lado, observando com calma a cópia de mim mesma que o vidro me devolvia. Ensaiei posturas, dei dois passos de dança e ri. Quando me cansei de minha própria visão, continuei andando pela sala, matando o tempo enquanto passava a mão lentamente sobre as superfícies e serpeava por entre os móveis com languidez. Mal prestei atenção ao que na realidade havia nos levado até lá: para mim, todas aquelas máquinas apenas diferiam no tamanho. Havia umas grandes e robustas, mas menores também; algumas pareciam leves, outras pesadas, mas, a meus olhos, não eram mais que uma massa de escuros trambolhos incapazes de gerar a menor sedução. Coloquei-me sem vontade em frente a uma delas, aproximei o dedo indicador do teclado e com ele fingi apertar as letras mais próximas de minha pessoa. *S, I, R, A.* Si-ra, repeti em um sussurro.

— Lindo nome.

A voz masculina soou plena a minhas costas, tão próxima que quase pude sentir a respiração de seu dono em minha pele. Uma espécie de estremecimento correu por minha coluna vertebral e fez que eu me voltasse assustada.

— Ramiro Arribas — disse estendendo a mão.

Demorei a reagir; talvez porque não estava acostumada a que ninguém me cumprimentasse de uma maneira tão formal; talvez porque ainda não havia conseguido assimilar o impacto que aquela presença inesperada havia me provocado.

Quem era aquele homem, de onde havia saído? Ele mesmo esclareceu com suas pupilas ainda cravadas nas minhas.

— Sou o gerente da casa. Desculpe não tê-la atendido antes, estava tentando fazer uma ligação internacional.

E observando-a pela persiana que separava o escritório da sala de exposição, faltou dizer. Não disse, mas deixou claro. Eu intuí isso na profundidade de seu olhar, em sua voz firme; no fato de ter se aproximado de mim, e não de Ignacio, e no tempo prolongado em que manteve minha mão na sua. Soube que estivera me observando, contemplando meu andar errático por seu estabelecimento. Ele vira eu me arrumar em frente ao armário envidraçado: recompor o penteado, ajeitar as costuras da roupa a meu corpo e ajustar as meias deslizando as mãos pelas pernas. Protegido no refúgio de seu escritório, havia absorvido o contorno do meu corpo e a cadência lenta de cada movimento meu. Havia me taxado, calibrado as formas de minha silhueta e as linhas de meu rosto. Havia me estudado com o olhar certeiro de quem sabe com exatidão o que lhe agrada e está acostumado a atingir seus objetivos com o imediatismo ditado por seu desejo. E resolveu me mostrar isso. Eu nunca havia percebido algo assim em nenhum outro homem, nunca me julguei capaz de despertar em ninguém uma atração tão carnal. Mas, da mesma maneira que os animais sentem o cheiro da comida ou do perigo, com o mesmo instinto primário minhas entranhas souberam que Ramiro Arribas, como um lobo, havia decidido vir atrás de mim.

— É seu marido? — disse apontando para Ignacio.

— Meu noivo — consegui dizer.

Talvez não tenha sido mais que minha imaginação, mas no canto dos seus lábios pensei notar o despontar de um sorriso de complacência.

— Perfeito. Acompanhe-me, por favor.

Cedeu-me passagem e, ao fazer isso, sua mão se acomodou em minha cintura como se a estivesse esperando a vida inteira. Cumprimentou Ignacio com simpatia, mandou o vendedor para o escritório e tomou as rédeas do assunto com a facilidade de quem dá uma palmada no ar e faz surgir pombos; como um prestidigitador de brilhantina, com os traços do rosto marcados em linhas angulosas, o sorriso amplo, o pescoço poderoso e um porte tão imponente, tão varonil e resoluto que ao pobre Ignacio, a seu lado, pareciam faltar cem anos para chegar à virilidade.

Ele soube, depois, que a máquina que pretendíamos comprar seria para eu aprender datilografia e elogiou a ideia como se fosse uma grande genialidade. Para Ignacio, foi um profissional competente que expôs detalhes técnicos e falou de vantajosas opções de pagamento. Para mim, foi algo mais: uma sacudida, um ímã, uma certeza.

Demoramos ainda um pouco até finalizar a negociação. Ao longo dela, os sinais de Ramiro Arribas não pararam nem um segundo. Um toque inesperado, uma brincadeira, um sorriso; palavras de duplo sentido e olhares que mergulhavam como lanças no fundo do meu ser. Ignacio, absorto e desconhecedor do que ocorria diante de seus olhos, decidiu-se finalmente pela Lettera 35 portátil, uma máquina de teclas brancas e redondas nas quais se encaixavam as letras do alfabeto com tanta elegância que pareciam gravadas com um cinzel.

— Magnífica decisão — concluiu o gerente elogiando a sensatez de Ignacio. Como se este houvesse sido dono de sua vontade e aquele não o houvesse manipulado com manhas de grande vendedor para que optasse por esse modelo. — A melhor escolha para dedos estilizados como os de sua noiva. Permita-me vê-los, senhorita, por favor.

Estendi a mão timidamente. Antes, busquei com rapidez o olhar de Ignacio para pedir seu consentimento, mas não o encontrei: voltara a concentrar sua atenção no mecanismo da máquina. Ramiro Arribas me acariciou com lentidão e descaramento diante da inocente passividade de meu noivo, dedo a dedo, com uma sensualidade que me deixou arrepiada e que fez minhas pernas tremerem como folhas balançadas pelo ar do verão. Só me soltou quando Ignacio desprendeu seus olhos da Lettera 35 e pediu instruções sobre a maneira de prosseguir com a compra. Combinaram de deixar naquela tarde um depósito de 50% do preço e efetivar o resto do pagamento no dia seguinte.

— Quando podemos levá-la? — perguntou então Ignacio.

Ramiro Arribas consultou o relógio.

— O rapaz do depósito está fazendo uns serviços e não voltará hoje. Receio que só será possível trazer outra amanhã.

— E esta mesma? Não podemos ficar com esta máquina? — insistiu Ignacio, disposto a fechar o negócio o quanto antes. Uma vez tomada a decisão do modelo, todo o resto lhe parecia burocracia desagradável que desejava liquidar com rapidez.

— Nem pensar, por favor. Não posso consentir que a senhorita Sira utilize uma máquina que já foi manuseada por outros clientes. Amanhã de manhã, logo cedo, terei uma nova pronta, com sua capa e sua embalagem. Se me der seu endereço — disse, dirigindo-se a mim —, eu me encarregarei pessoalmente de que esteja em sua casa antes do meio-dia.

— Nós viremos pegá-la — disse eu. Intuía que aquele homem era capaz de qualquer coisa, e uma onda de terror me sacudiu ao pensar que pudesse aparecer diante de minha mãe perguntando por mim.

— Eu só posso vir à tarde, tenho que trabalhar — disse Ignacio. À medida que falava, uma corda invisível parecia se amarrar lentamente em volta de seu pescoço, prestes a enforcá-lo. Ramiro pouco teve de fazer para puxá-la um pouquinho.

— E a senhorita?

— Eu não trabalho — disse, evitando olhá-lo nos olhos.

— Cuide do pagamento, então — sugeriu em tom casual.

Não encontrei palavras para negar, e Ignacio nem sequer intuiu a que aquela proposta aparentemente tão simples estava nos levando. Ramiro Arribas nos acompanhou até a porta e despediu-se com afeto, como se fôssemos os melhores clientes que aquele estabelecimento já houvesse tido em toda sua história. Com a mão esquerda, deu um tapa vigoroso nas costas de meu noivo, com a direita estreitou outra vez a minha. E teve palavras para os dois.

— Você fez uma magnífica escolha vindo à casa Hispano-Olivetti, acredite, Ignacio. Garanto que não vai esquecer este dia por muito tempo.

— E a senhorita Sira, venha, por favor, às onze. Eu a estarei esperando.

Passei a noite me revirando na cama, sem conseguir dormir. Aquilo era uma loucura e eu ainda estava em tempo de fugir dela. Só precisava decidir não voltar à loja. Poderia ficar em casa com minha mãe, ajudá-la a sacudir os colchões e a esfregar o chão com óleo de linhaça; conversar com as vizinhas na praça, ir depois ao mercado de Cebada comprar grão-de-bico ou um pedaço de bacalhau. Poderia esperar que Ignacio voltasse do ministério e justificar o descumprimento de minha tarefa com qualquer simples mentira: que estava com dor de cabeça, que achei que ia chover. Poderia me deitar um pouco depois do almoço, continuar fingindo ao longo das horas um difuso mal-estar. Ignacio iria sozinho, então, acertaria o pagamento com o gerente, pegaria a máquina e assim acabaria tudo. Não voltaríamos a saber de Ramiro Arribas, ele jamais cruzaria de novo nosso caminho. Seu nome cairia pouco a pouco no esquecimento e nós seguiríamos em frente com nossa pequena vida de todos os dias. Como se ele nunca houvesse acariciado meus dedos com o desejo à flor da pele; como se nunca houvesse me comido com os olhos por trás de uma persiana. Era fácil assim, simples assim. E eu sabia.

Eu sabia, sim, mas fingi não saber. No dia seguinte, esperei minha mãe sair, não queria que me visse arrumando-me toda: teria suspeitado que algo estranho estava acontecendo quando me visse bem-vestida tão cedo. Assim que ouvi a porta se fechar atrás dela, comecei a me arrumar, apressada. Enchi uma bacia para me lavar, aspergi em mim água de lavanda, passei minha única blusa de seda e tirei as meias do varal onde haviam passado a noite secando ao relento. Eram as mesmas do dia anterior: não tinha outras. Obriguei-me a me acalmar e vesti-as com cuidado, para não rasgá-las na pressa. E cada um daqueles movimentos mecânicos mil vezes repetidos no passado teve, aquele dia, pela primeira vez, um destinatário definido, um objetivo e um fim: Ramiro Arribas. Para ele me vesti e me perfumei, para que me visse, para que sentisse meu cheiro, para que tornasse a me tocar e se perdesse em meus olhos outra vez. Para ele decidi deixar o cabelo solto, lustroso, no meio das costas. Para ele estreitei minha cintura apertando com força o cinto sobre a saia até quase não poder respirar. Para ele: tudo só para ele.

Percorri as ruas com determinação, evitando olhares ansiosos e elogios atrevidos. Obriguei-me a não pensar: evitei calcular a envergadura dos meus atos e não quis parar para pensar se aquele trajeto estava me levando para a porta do paraíso ou diretamente para o matadouro. Percorri a Costanilla de San Andrés, atravessei a praça Carros, e pela Cava Baja dirigi-me à Plaza Mayor. Em vinte minutos estava em Puerta del Sol; em menos de meia hora alcancei meu destino.

Ramiro me esperava. Tão logo percebeu minha silhueta na porta, interrompeu a conversa que mantinha com outro empregado e dirigiu-se à saída pegando o chapéu e um casaco. Quando se aproximou de mim, quis dizer-lhe que estava com o dinheiro na bolsa, que Ignacio mandava lembranças, que talvez naquela mesma tarde eu começasse a aprender a datilografar. Não me deixou. Nem sequer me cumprimentou. Apenas sorriu enquanto mantinha um cigarro na boca, tocou a base das minhas costas e disse vamos. E fui com ele.

O lugar escolhido não podia ser mais inocente: levou-me ao Café Suizo. Ao comprovar, aliviada, que o lugar era seguro, achei que talvez ainda estivesse a tempo de obter a salvação. Pensei, inclusive, enquanto ele procurava uma mesa e me convidava a sentar, que talvez esse encontro não tivesse mais segundas intenções que a simples demonstração de atenção para com uma cliente. Até comecei a suspeitar que todo aquele descarado galanteio pudesse não ter sido mais que um excesso de fantasia de minha parte. Mas não foi isso. Apesar do ambiente inofensivo, nosso segundo encontro tornou a me colocar na beira do abismo.

— Não parei de pensar em você nem um só minuto desde que foi embora ontem — sussurrou em meu ouvido assim que nos acomodamos.

Eu me senti incapaz de replicar, as palavras não chegaram a minha boca: como açúcar na água, diluíram-se em algum lugar incerto do cérebro. Pegou minha mão de novo e a acariciou como na tarde anterior, sempre observando-a.

— Tem algumas asperezas. Diga-me, o que esses dedos andaram fazendo antes de chegar a mim?

Sua voz continuava soando próxima e sensual, alheia ao barulho a nossa volta: ao entrechocar do vidro e da louça no mármore das mesas, ao zumbido das conversas matutinas e às vozes dos garçons fazendo os pedidos no balcão.

— Costurando — sussurrei, sem levantar os olhos do regaço.

— Então você é costureira.

— Era. Não mais. — Finalmente ergui o olhar. — Não há muito trabalho ultimamente — acrescentei.

— Por isso agora quer aprender a usar uma máquina de escrever.

Falava com cumplicidade, com proximidade, como se me conhecesse: como se sua alma e a minha estivessem se esperando desde o início dos tempos.

— Meu noivo achou que devia me preparar para os concursos, para ser funcionária pública como ele — disse eu com uma ponta de vergonha.

A chegada dos pedidos deteve a conversa. Para mim, uma xícara de chocolate. Para Ramiro, café preto como a noite. Aproveitei a pausa para contemplá-lo enquanto ele trocava umas frases com o garçom. Usava um terno diferente ao do dia anterior, outra camisa impecável. Suas maneiras eram elegantes e, ao mesmo tempo, dentro daquele refinamento tão raro nos homens de meu ambiente, ele exalava masculinidade por todos os poros do corpo: ao fumar, ao ajustar o nó da gravata, ao tirar a carteira do bolso ou levar a xícara à boca.

— E por que uma mulher como você quer passar a vida em um ministério, se não for indiscrição? — perguntou após o primeiro gole de café.

Dei de ombros.

— Para que possamos viver melhor, imagino.

Tornou a se aproximar lentamente de mim, tornou a verter sua voz quente em meu ouvido.

— Quer mesmo começar a viver melhor, Sira?

Eu me refugiei em um gole de chocolate para não responder.

— Você se manchou, deixe que eu limpe — disse ele.

Aproximou, então, sua mão do meu rosto e a expandiu, aberta, sobre o contorno da mandíbula, ajustando-a a meus ossos como se fosse esse, e não outro, o molde que um dia me configurou. Depois, pôs o dedo polegar no local onde supostamente estava a mancha, próximo ao canto da boca. Acariciou-me com suavidade, sem pressa. Eu o deixei agir: uma mistura de pavor e prazer me impediu de fazer qualquer movimento.

— Também manchou aqui — murmurou com voz rouca, mudando o dedo de posição.

O destino foi a ponta do meu lábio inferior. Repetiu a carícia. Mais lenta, mais doce. Um estremecimento percorreu minhas costas, cravei os dedos no veludo da cadeira.

— E aqui também — disse novamente. Acariciou, então, minha boca inteira, milímetro a milímetro, de um canto a outro, cadenciado, devagar, mais devagar. Quase afundei em um poço de algo mole que não soube definir. Não me importava que tudo fosse uma mentira e que em meus lábios não houvesse rastro algum de chocolate. Não me importava que na mesa vizinha três veneráveis velhinhos suspendessem a conversa para contemplar a cena ardente, desejando com fúria ter trinta anos a menos.

Um grupo barulhento de estudantes entrou em tropel no café e, com sua balbúrdia e suas gargalhadas, quebrou a magia do momento como quem estoura uma bolha de sabão. E, de repente, como se houvesse despertado de um sonho, percebi atropeladamente várias coisas ao mesmo tempo: que o chão não havia se derretido e se mantinha sólido sob meus pés; que o dedo de um desconhecido estava prestes a entrar em minha boca; que por minha coxa esquerda rastejava uma mão ansiosa; e que eu estava a um palmo de me jogar de cabeça em um despenhadeiro. A lucidez recuperada fez que eu me levantasse com um salto e, ao pegar a bolsa precipitadamente, derrubasse o copo de água que o garçom havia trazido junto com meu chocolate.

— Aqui está o dinheiro da máquina. No fim da tarde meu noivo irá pegá-la — disse, deixando o maço de notas em cima do mármore da mesa.

Ele me segurou pelo punho.

— Não vá embora, Sira; não se aborreça comigo.

Soltei-me com um puxão. Não olhei para ele nem me despedi; apenas girei e tomei, com forçada dignidade, o caminho da porta.

Só então me dei conta de que havia derramado a água em mim e que meu pé esquerdo estava pingando.

Ele não me seguiu: provavelmente intuiu que de nada serviria. Apenas ficou ali sentado, e quando comecei a me afastar, lançou em minhas costas sua última flecha.

— Volte outro dia. Já sabe onde me encontrar.

Fingi não ouvir, apertei o passo por entre a barafunda de estudantes e me diluí no tumulto da rua.

Durante oito dias fui me deitar com a esperança de que o amanhecer seguinte fosse diferente e nas oito manhãs posteriores acordei com a mesma obsessão na cabeça: Ramiro Arribas. Sua lembrança me assaltava a qualquer hora do dia e nem um único minuto consegui afastá-lo do meu pensamento: ao fazer a cama, ao assoar o nariz, enquanto descascava uma laranja ou quando descia os degraus um a um com sua memória gravada na retina.

Ignacio e minha mãe, enquanto isso, corriam para lá e para cá com os planos do casamento, mas não conseguiam me fazer compartilhar seu entusiasmo. Nada me parecia agradável, nada conseguia causar-me o menor interesse. Deve ser o nervosismo, pensavam. Eu, enquanto isso, me esforçava para tirar Ramiro da cabeça, para não recordar sua voz em meu ouvido, seu dedo acariciando minha boca, sua mão percorrendo minha coxa e aquelas últimas palavras que me cravou nos tímpanos quando lhe dei as costas no café, certa de que com minha partida poria fim àquela loucura. Volte outro dia, Sira. Volte.

Lutei com todas as minhas forças para resistir. Lutei e perdi. Nada pude fazer para impor um mínimo de racionalidade na atração incontrolável que aquele homem me havia feito sentir. Por mais que tenha buscado ao redor, não consegui encontrar recursos, forças ou apoio em que me agarrar para evitar que me arrastasse. Nem o projeto de marido com quem previa me casar em menos de um mês, nem a mãe íntegra que tanto havia se esforçado para me criar como uma mulher decente e responsável. Não me deteve nem sequer a incerteza de mal saber quem era aquele estranho e o que me reservava o destino ao lado dele.

Nove dias depois da primeira visita à casa Hispano-Olivetti, voltei. Como nas vezes anteriores, fui recebida pelo tilintar do sininho em cima da porta. Nenhum vendedor gordo foi a meu encontro, nenhum rapaz do estoque, nenhum outro empregado. Apenas Ramiro me recebeu.

Aproximei-me tentando fazer meu passo soar firme, estava com as palavras preparadas. Não as consegui dizer. Ele não me deixou. Assim que estive a seu alcance, rodeou minha nuca com a mão e plantou em minha boca um beijo tão intenso, tão carnoso e prolongado que meu corpo ficou atordoado, prestes a se derreter e se transformar em uma poça de melado.

Ramiro Arribas tinha 34 anos, um passado de idas e vindas, e uma capacidade de sedução tão poderosa que nem um muro de concreto teria podido contê-la. Atração, dúvida e angústia primeiro. Abismo e paixão depois. Eu bebia o ar que ele respirava e a seu lado caminhava a dois palmos acima dos paralelepípedos. Poderiam transbordar os rios, ruir os edifícios e apagarem-se as ruas dos mapas; poderia juntar-se o céu com a terra e o universo inteiro afundar a meus pés que eu suportaria tudo se Ramiro estivesse comigo.

Ignacio e minha mãe começaram a suspeitar que algo de anormal estava acontecendo comigo, algo que ia além da simples tensão causada pela iminência do casamento. Não conseguiram, porém, descobrir as razões de minha excitação nem encontraram causa alguma que justificasse o secretismo com que eu me movia o tempo todo, minhas saídas desordenadas e o riso histérico que às vezes não conseguia controlar. Consegui manter o equilíbrio daquela vida dupla somente por alguns dias, os exatos para perceber que a balança se descompensava, que o prato de Ignacio caía e o de Ramiro subia. Em menos de uma semana soube que devia acabar com tudo e me jogar no vazio. Havia chegado o momento de passar a foice em meu passado. De deixá-lo rente ao chão.

Ignacio chegou em casa à tarde.

— Espere por mim na praça — sussurrei, entreabrindo a porta apenas alguns centímetros.

Contara a minha mãe na hora do almoço; ele não podia mais ficar sem saber. Desci cinco minutos depois, com batom nos lábios, minha bolsa nova em uma mão e a Lettera 35 na outra. Ele me esperava no mesmo banco de sempre, naquele pedaço de pedra fria onde tantas horas havíamos passado planejando um porvir em comum que já nunca chegaria.

— Você vai embora com outro, não é? — perguntou quando me sentei a seu lado. Não olhou para mim: apenas manteve os olhos concentrados no chão, na terra empoeirada que a ponta de seu sapato remexia.

Assenti só com um gesto. Um sim categórico sem palavras.

— Quem é? — perguntou.

Eu lhe disse. À nossa volta... prosseguiam os ruídos de sempre: as crianças, os cães e as buzinas das bicicletas; os sinos da igreja chamando para a última missa, as rodas dos carros girando sobre os paralelepípedos, as mulas cansadas rumo ao fim do dia. Ignacio demorou a falar novamente. Tanta determinação, tanta segurança deve ter sentido em minha decisão que nem sequer deixou entrever seu desconcerto. Não dramatizou nem exigiu explicações. Não me repreendeu nem me pediu que reconsiderasse meus sentimentos. Só pronunciou mais uma frase, lentamente, como se escorresse.

— Ele nunca vai amá-la tanto quanto eu.

E depois se levantou, pegou a máquina de escrever e saiu andando com ela rumo ao vazio. Eu o vi se afastar de costas, caminhando sob a luz turva dos postes, talvez controlando a vontade de arrebentá-la no chão.

Mantive o olhar fixo nele, vi-o sair da praça até que seu corpo desapareceu na distância, até que não mais o vi na noite precoce de outono. E eu gostaria de ter ficado chorando sua ausência, lamentando aquela despedida tão breve e tão triste, culpando-me por ter acabado com nosso projeto de futuro. Mas não pude. Não derramei uma lágrima sequer nem descarreguei sobre mim a menor censura. Apenas um minuto depois de sua presença desaparecer, eu também me levantei do banco e fui embora. Para trás deixei, para sempre, meu bairro, minha gente, meu pequeno mundo. Ali ficou todo meu passado enquanto eu seguia por um novo trecho de minha vida; uma vida que eu intuía luminosa e em cujo presente imediato não concebia mais glória que a dos braços de Ramiro ao me acolher.

## 3

Com ele conheci outra forma de vida. Aprendi a ser uma pessoa independente de minha mãe, a conviver com um homem e a ter uma criada. A tentar satisfazê-lo a cada momento e a não ter outro objetivo senão fazê-lo feliz. E conheci, também, outra Madri: a dos lugares sofisticados e da moda; a dos espetáculos, dos restaurantes e da vida noturna. Os coquetéis em Negresco, a Granja de Henar, Bakanik. As estreias de filmes no Real Cine com órgão orquestral, Mary Pickford na tela, Ramiro colocando bombons em minha boca e eu roçando com meus lábios a ponta dos seus dedos, derretendo de amor. Carmen Amaya no Teatro Fontalba, Raquel Meller no Maravillas. *Flamenco* em Villa Rosa, o cabaré Palacio de Hielo. Uma Madri fervente e agitada, pela qual Ramiro e eu transitávamos como se não houvesse um ontem nem um amanhã. Como se tivéssemos de consumir o mundo inteiro a cada instante caso o futuro nunca quisesse chegar.

O que Ramiro tinha, o que deu em mim para virar minha vida de pernas para o ar em apenas duas semanas? Ainda hoje, tantos anos depois, posso compor de olhos fechados um catálogo de tudo o que me seduziu nele, e tenho certeza de que, se cem vezes houvesse nascido, cem vezes teria me apaixonado como então. Ramiro Arribas, irresistível, mundano, lindo de morrer. Com seu cabelo castanho penteado para trás, seu porte deslumbrante de pura virilidade, irradiando otimismo e segurança 24 horas por dia, sete dias por semana. Espirituoso e sensual, indiferente à acrimônia política daqueles tempos, como se seu reino não fosse deste mundo. Amigo de uns e outros sem nunca levar a sério nenhum, construtor de planos soberbos, sempre com a palavra certa, o gesto exato para cada momento. Dinâmico, maravilhoso, contrário ao acomodamento. Hoje gerente de uma firma italiana de máquinas de escrever, ontem representante de automóveis alemães; anteontem não importa e mês que vem sabe Deus.

O que Ramiro viu em mim, por que se apaixonou por uma humilde costureira de casamento marcado com um funcionário público sem aspirações? O amor verdadeiro pela primeira vez na vida, jurou mil vezes. Houve outras mulheres antes, claro. Quantas? — perguntava eu. Algumas, mas nenhuma como você. E então me beijava e eu me sentia à beira do desmaio. Também não seria difícil, hoje, confeccionar outra lista com suas impressões sobre mim, lembro-me de todas. A união explosiva de uma ingenuidade quase pueril com o porte de uma deusa, dizia. Um diamante bruto, dizia. Às vezes me tratava como uma menina, e os dez anos que nos separavam pareciam séculos, então. Antecipava-se a meus caprichos, ultrapassava minha capacidade de ser surpreendida com os gestos mais inesperados. Comprava-me meias em Sederías Lyon, cremes e perfumes, sorvetes de atemoia, de manga e coco. Instruía-me: ensinava-me a segurar os talheres, a dirigir seu Morris, a decifrar os menus dos restaurantes e a tragar a fumaça do cigarro. Falava-me de presenças do passado e artistas que um dia conheceu; rememorava velhos amigos e antevia as maravilhosas oportunidades que poderiam estar nos esperando em algum canto remoto do planeta. Desenhava mapas do mundo e me fazia crescer. Às vezes, porém, aquela menina desaparecia e então eu me erguia como mulher, e nada lhe importava meu *deficit* de conhecimentos e vivências: ele me desejava, me venerava como era e se agarrava a mim como se meu corpo fosse a única certeza no vaivém tumultuoso de sua existência.

Fiquei desde o início com ele em seu apartamento masculino ao lado da praça Salesas. Não levei nada comigo, como se minha vida começasse de novo; como se eu fosse outra e houvesse nascido de novo. Meu coração arrebatado e duas peças de roupa foram os únicos pertences que levei para sua casa. De vez em quando voltava para visitar minha mãe; naquela época, ela costurava em casa sob encomenda, muito pouca coisa com que obtinha só o suficiente para sobreviver. Não gostava de Ramiro, desaprovava sua forma de agir comigo. Acusava-o de ter me arrastado de uma maneira impulsiva, de usar sua idade e posição para me enganar, de me forçar a prescindir de todas as minhas ancoragens. Não gostava que eu vivesse com ele sem me casar, que houvesse abandonado Ignacio e que não fosse mais a mesma de sempre. Por mais que eu tenha tentado, nunca consegui convencê-la de que não era ele quem me pressionava para eu agir assim; de que era o simples amor incontrolável que me levava a isso. Nossas discussões eram cada dia mais duras: trocávamos censuras atrozes e machucávamos uma à outra. A cada embate dela eu replicava com um desaforo, a cada reprovação com um desprezo ainda mais feroz. Raro foi o encontro que não acabou em lágrimas, gritos e portas batidas, e as visitas se tornaram cada vez mais breves, mais distanciadas. E minha mãe e eu, cada dia mais estranhas uma à outra.

Até que se deu, de sua parte, uma aproximação. Foi na qualidade apenas de intermediária, certo, mas aquele gesto seu — como poderíamos tê-lo previsto? — derivou em nova guinada no rumo de nossos caminhos. Apareceu, um dia, na casa de Ramiro, no meio da manhã. Ele já não estava em casa, e eu continuava dormindo. Havíamos saído na noite anterior, fomos ver Margarita Xirgú no Teatro da Comédia, e depois ao Le Cock. Deviam ser quase quatro da manhã quando fomos nos deitar, eu exausta, tanto que nem tive forças para tirar a maquiagem que usava nos últimos tempos. Meio adormecida, ouvi Ramiro sair por volta das dez, em meio aos sonhos ouvi Prudencia, a empregada que se encarregava de pôr ordem em nossa bagunça doméstica, chegar. Em sonhos a ouvi sair para comprar leite e pão e em sonhos ouvi, pouco depois, baterem à porta. Primeiro suavemente, depois com firmeza. Achei que Prudencia havia esquecido a chave novamente, já havia feito isso outras vezes. Levantei-me atordoada e de péssimo humor fui atender ao chamado insistente da porta gritando já vou. Nem sequer me incomodei de vestir um robe: a imbecil da Prudencia não merecia o esforço. Abri a porta, zonza, e não encontrei Prudencia, e sim minha mãe. Não sabia o que dizer. Ela também não, a princípio. Limitou-se a olhar para mim de cima a baixo, fixando sua atenção sucessivamente em meu cabelo revirado, nas marcas pretas de rímel sob os olhos, nos restos de batom ao redor da boca e na camisola ousada que deixava à mostra mais carne nua do que seu senso de decência podia admitir. Não fui capaz de sustentar seu olhar, não o pude encarar. Talvez porque ainda estava muito aturdida pela noite maldormida. Talvez porque a serena severidade de sua atitude tenha me deixado desarmada.

— Entre, não fique aí na porta — disse eu, tentando disfarçar o desconcerto que sua chegada imprevista havia me causado.

— Não, não quero entrar, estou com pressa. Só vim para dar-lhe um recado.

A situação era tão tensa e extravagante que eu jamais teria acreditado que pudesse ser real se não a houvesse vivido naquela manhã em primeira pessoa. Minha mãe e eu, que tanto havíamos compartilhado e tão iguais éramos em muitas coisas, parecíamos ter nos transformado, de repente, em duas estranhas com receio uma da outra como cães de rua se medindo, desconfiados, à distância.

Permaneceu em frente à porta, séria, ereta, com um laço apertado na cabeça onde começavam a se vislumbrar os primeiros fios cinza. Digna e alta, suas sobrancelhas angulosas emoldurando a reprovação de seu olhar. Elegante, de certo modo, apesar da simplicidade de sua indumentária. Quando finalmente acabou de me examinar criteriosamente, falou. Todavia, e apesar do meu temor, suas palavras não tiveram a intenção de me criticar.

— Vim lhe trazer uma mensagem. Um pedido que não é meu. Pode aceitá-lo ou não, você decide. Mas acho que deveria dizer sim. Pense bem; antes tarde do que nunca.

Não chegou a cruzar o umbral e a visita durou apenas mais um minuto: o necessário para me dar um endereço, uma hora daquela mesma tarde e as costas, sem o menor cerimonial de despedida. Achei estranho não receber algo mais no lote, mas não tive de esperar muito para que ela se manifestasse. Só o tempo que demorou para começar a descer a escada.

— E lave essa cara, penteie esse cabelo e vista alguma coisa, você parece uma vadia.

Na hora do almoço, comentei com Ramiro meu estupor. Não via sentido naquilo, não sabia o que poderia haver por trás de um recado tão inesperado; estava desconfiada. Supliquei a ele que me acompanhasse. Aonde? Conhecer meu pai. Por quê? Porque ele havia pedido. Para quê? Nem em dez anos quebrando a cabeça teria conseguido imaginar a mais remota das causas.

Eu havia combinado de me encontrar com minha mãe à primeira hora da tarde no endereço marcado: Hermosilla, 19. Muito boa rua, muito bom edifício; um como tantos outros que em outros tempos visitei carregando roupas recém-feitas. Eu havia me esmerado na aparência para o encontro: havia escolhido um vestido de lã azul, um casaco combinando e um pequeno chapéu com três plumas situado com graça sobre a orelha esquerda. Tudo pago por Ramiro, naturalmente: eram as primeiras peças que tocavam meu corpo e que não haviam sido costuradas por minha mãe ou por mim. Usava sapatos de salto alto e o cabelo solto nas costas; maquiei-me levemente, não queria censuras essa tarde. Olhei-me no espelho antes de sair. De corpo inteiro. A imagem de Ramiro se refletia atrás de mim, sorrindo, admirando com as mãos nos bolsos.

— Você está fantástica. Vai deixá-lo impressionado.

Tentei sorrir agradecida pelo comentário, mas não consegui totalmente. Estava linda mesmo; linda e diferente, como uma pessoa estranha àquela que havia sido apenas uns meses antes. Linda, diferente e assustada como um ratinho, morrendo de medo, lamentando ter aceitado aquele pedido insólito. Pelo olhar de minha mãe ao chegar, deduzi que o fato de Ramiro estar a meu lado não lhe pareceu nada agradável. Ao notar nossa intenção de entrar juntos, aduziu sem rodeios.

— Isto é um assunto de família; se não se importa, o senhor fica aqui.

E sem parar para receber resposta, voltou-se e atravessou o portão imponente de ferro preto e vidro. Eu gostaria que ele estivesse a meu lado, precisava de seu apoio e de sua força, mas não me atrevi a encará-la. Limitei-me a sussurrar para Ramiro que era melhor que ele fosse embora, e a segui.

— Viemos ver o senhor Alvarado. Ele está nos esperando — anunciou ao porteiro. Ele assentiu, e sem uma palavra acompanhou-nos até o elevador.

— Não é necessário, obrigada.

Percorremos o amplo *hall* e começamos a subir a escada, minha mãe à frente com passo firme, mal tocando a madeira polida do corrimão, embutida em um terninho que eu não conhecia. Eu atrás, acovardada, segurando no corrimão como se fosse um salva-vidas em uma noite de tempestade. As duas mudas como túmulos. Os pensamentos se acumulavam em minha cabeça à medida que subíamos um a um os degraus. Primeiro patamar. Por que minha mãe andava com tanta familiaridade naquele lugar estranho? Como seria o homem que íamos ver, por que esse repentino empenho em me conhecer depois de tantos anos? Primeiro andar. O resto dos pensamentos ficou acumulado no limbo de minha mente: não tinha tempo para eles, havíamos chegado. Grande porta à direita, o dedo de minha mãe na campainha apertando com segurança, sem o menor sinal de intimidação. Porta aberta de imediato, criada veterana e encolhida dentro de um uniforme preto e touca impoluta.

— Boa tarde, Servanda. Viemos ver o patrão. Imagino que esteja na biblioteca.

A boca de Servanda ficou entreaberta, com a resposta engasgada, como se houvesse recebido a visita de dois espectros. Quando conseguiu reagir e parecia que finalmente ia conseguir dizer alguma coisa, uma voz sem rosto se sobrepôs à sua. Voz de homem, rouca, forte, vinda do fundo.

— Entrem.

A criada se afastou, ainda sentindo um nervoso desconcerto. Não precisou nos indicar o caminho: minha mãe parecia conhecê-lo de sobra. Avançamos por um corredor amplo, evitando salas com paredes forradas, tapeçarias e retratos de família. Ao chegar a uma porta dupla, aberta à esquerda, minha mãe se voltou para ela. Percebemos, então, a figura de um homem grande esperando-nos no centro do aposento. E outra vez a voz forte.

— Entrem.

Sala grande para o homem grande. Mesa grande coberta de papéis, biblioteca grande cheia de livros, homem grande olhando para mim, primeiro nos olhos, depois para baixo, outra vez para cima. Descobrindo-me. Ele engoliu em seco, eu engoli em seco. Deu uns passos em nossa direção, pousou sua mão em meu braço e me apertou sem força, como querendo se certificar de que eu realmente existia. Sorriu levemente com um lado da boca, como um quê de melancolia.

— Você é igual a sua mãe há 25 anos.

Manteve seu olhar no meu enquanto pressionava meu braço um segundo, dois, três, dez. Depois, ainda me segurando, desviou os olhos e os concentrou em minha mãe. Voltou a seu rosto o frágil sorriso amargo.

— Quanto tempo, Dolores.

Ela não respondeu, nem evitou seus olhos. Então, ele tirou a mão de meu braço e a estendeu em direção a ela; não parecia buscar um cumprimento, apenas um contato, um toque, como se esperasse que os dedos dela fossem ao seu encontro. Mas ela se manteve imóvel, sem responder ao anseio, até que ele pareceu despertar do encantamento, pigarreou e, em um tom tão atento quanto forçadamente neutro, ofereceu-nos assento.

Em vez de dirigir-se à grande escrivaninha onde se acumulavam os papéis, convidou-nos a ir a outro canto da biblioteca. Minha mãe se acomodou em uma poltrona e ele em frente. E eu sozinha em um sofá, no meio dos dois. Tensos, constrangidos os três. Ele acendeu um charuto. Ela se mantinha ereta, com os joelhos juntos e as costas retas. Eu, enquanto isso, arranhava com o dedo indicador o forro de damasco cor de vinho do sofá com a atenção concentrada na tarefa, como se quisesse fazer um buraco na trama do tecido e fugir por ele como uma lagartixa. O ambiente se encheu de fumaça e voltou o pigarrear, antecipando uma intervenção, mas, antes que ele a pudesse verter no ar, minha mãe tomou a palavra. Dirigia-se a mim, mas seus olhos se concentravam nele. Sua voz me obrigou a finalmente levantar os olhos para os dois.

— Bem, Sira, este é seu pai, finalmente o está conhecendo. Ele se chama Gonzalo Alvarado, é engenheiro, dono de uma fundição, e mora nesta casa desde sempre. Antes era o filho do dono, e agora é o dono. Como a vida passa... Há muito tempo, eu vinha aqui para costurar para a mãe dele; nós nos conhecemos, então, e, enfim, três anos depois você nasceu. Não imagine um folhetim no qual o patrãozinho sem escrúpulos engana a pobre costureirinha, nem nada do tipo. Quando nossa relação começou, eu tinha 22 anos, e ele, 24: nós dois sabíamos perfeitamente quem éramos, onde estávamos e o que estávamos enfrentando. Não houve enganação de sua parte nem mais ilusões que as justas da minha. Foi uma relação que terminou porque não podia chegar a lugar nenhum; porque nunca deveria ter começado. Fui eu quem decidiu acabar com ela, não foi ele quem nos abandonou. E fui eu quem sempre se esforçou para que vocês não tivessem nenhum contato. Seu pai tentou não nos perder, com insistência no início; depois, pouco a pouco, foi aceitando a situação. Casou-se e teve outros filhos, dois meninos. Fazia muito tempo que eu não sabia nada dele, até que anteontem recebi um recado. Ele não me disse por que quer conhecê-la a esta altura, mas agora saberemos.

Enquanto ela falava, ele a contemplava com atenção, com sério apreço. Quando ela se calou, ele esperou alguns segundos antes de se pronunciar. Como se estivesse pensando, medindo suas palavras para que expressassem com exatidão o que queria dizer. Aproveitei esses momentos para observá-lo, e a primeira coisa que me veio à cabeça foi a ideia de que jamais poderia ter imaginado um pai assim. Eu era morena, minha mãe era morena, e nas raras evocações imaginárias de meu progenitor que tive na vida, sempre o havia pintado como nós, com a pele queimada, o cabelo escuro e o corpo leve. Sempre, também, havia associado a figura de um pai com as feições das pessoas de meu ambiente: nosso vizinho Norberto, os pais de minhas amigas, os homens que enchiam as tabernas e as ruas de meu bairro. Pais normais de gente normal: funcionários dos correios, vendedores, escriturários, garçons de cafés ou donos no máximo de uma mercearia ou uma barraca de verduras no mercado Cebada. Os homens que via em minhas idas e vindas pelas ruas prósperas de Madri ao entregar as encomendas do ateliê de dona Manuela eram, para mim, como seres de outro mundo, entes de outra espécie que não se encaixavam em absoluto no molde que existia em minha mente para a categoria de presença paterna. À minha frente, porém, estava um daqueles exemplares. Um homem ainda bem-apessoado apesar de sua corpulência um tanto excessiva, de cabelo já grisalho que um dia devia ter sido claro e olhos cor de mel um pouco avermelhados, vestido de cinza-escuro, proprietário de uma grande casa e de uma família ausente. Um pai diferente dos outros pais que finalmente começou a falar, dirigindo-se a minha mãe e a mim alternadamente, às vezes às duas, às vezes a nenhuma.

— Vejamos... isto não é nada fácil — disse a modo de introdução.

Inspiração profunda, tragada no charuto, baforada. Vista erguida, para meus olhos primeiro. Para os de minha mãe, a seguir. Para os meus outra vez. E então, recuperou a palavra, e não se deteve em um tempo tão longo e intenso que, quando percebi, estávamos quase no escuro, nossos corpos haviam se transformado em sombras e a única luz que nos acompanhava era o reflexo distante e fraco de um abajur verde em cima da mesa.

— Procurei vocês porque receio que qualquer dia destes vão me matar. Ou vou acabar matando alguém e vão me prender, o que será como uma morte em vida, tanto faz. A situação política está prestes a explodir, e quando isso acontecer, só Deus sabe o que vai ser de todos nós.

Olhei para minha mãe de soslaio em busca de alguma reação, mas seu rosto não transmitia o menor sinal de inquietude: como se, em vez do presságio de uma morte iminente, lhe houvessem anunciado a hora ou o prognóstico de um dia nublado. Ele, enquanto isso, prosseguiu desfiando premonições e exsudando amargura.

— E como sei que estou com os dias contados, resolvi fazer um inventário de minha vida, e o que é que descobri que possuo entre meus haveres? Dinheiro, sim. Propriedades, também. E uma empresa com duzentos trabalhadores na qual deixei meu couro durante três décadas e onde, quando não organizam uma greve, me humilham e cospem em minha cara. E uma mulher que, assim que viu que a coisa estava ficando preta, foi com a mãe e as irmãs rezar rosários em San Juan de Luz. E dois filhos a quem não entendo, dois vagabundos que se tornaram fanáticos e que passam o dia inteiro atirando pelos telhados e adorando o iluminado filho de Primo de Rivera,[5] que virou a cabeça de todos os jovens aristocratas de Madri com suas baboseiras românticas de reafirmação do espírito nacional. Eu levaria todos eles à fundição, para trabalhar doze horas por dia, para ver se o espírito nacional deles se recompunha a golpe de bigorna e martelo.

"O mundo mudou muito, Dolores, não vê? Os trabalhadores já não se conformam com ir à festa de São Caetano e às touradas de Carabanchel. Agora, trocam o burro pela bicicleta, afiliam-se a um sindicato e, na primeira oportunidade, ameaçam dar um tiro no meio da testa do patrão. Provavelmente não lhes falta razão, pois levar uma vida cheia de carências e trabalhar de sol a sol desde pequenos não é do gosto de ninguém. Mas, aqui, é necessário muito mais que isso: erguendo o punho, odiando àqueles que estão por cima e cantando 'A Internacional' vão conseguir pouca coisa; não se muda um país ao ritmo de hinos. Razões para se rebelar, evidentemente, eles têm de sobra, pois aqui há fome de séculos e muita injustiça também, mas isso não se ajeita mordendo a mão de quem os alimenta. Para isso, para modernizar este país, precisaríamos de empreendedores corajosos e trabalhadores qualificados, uma educação adequada, e governos sérios que durassem o suficiente no cargo. Mas, aqui, tudo é um desastre, cada um cuida do seu interesse e ninguém trabalha sério para acabar com tanta insensatez. Os políticos, de um lado e do outro, passam o dia perdidos em seus discursos e suas filigranas oratórias no Parlamento. O rei está bem onde está; muito antes já deveria ter ido embora. Os socialistas, os anarquistas e os comunistas lutam pelos seus como deve ser, mas deveriam fazer isso com sensatez e ordem, sem rancores nem ânimos desatados. Os ricos e os monárquicos, enquanto isso, vão fugindo acovardados para o exterior. E entre uns e outros, no fim vamos conseguir que qualquer dia os militares acabem se sublevando, que armem uma

5 José Antonio Primo de Rivera, fundador da Falange Espanhola, um dos mais importantes partidos fascistas do mundo. (N.T.)

quartelada, e então aí é que vamos lamentar. Ou entramos em uma guerra civil, atiramos uns nos outros e acabamos matando irmãos."

Falava com firmeza, sem pausa. Até que, de repente, pareceu descer à realidade e perceber que tanto minha mãe quanto eu, apesar de mantermos intacta a compostura, permanecíamos totalmente desconcertadas, sem saber aonde ele queria chegar com sua alegação desesperançada nem o que tínhamos a ver com aquela crua verborreia.

— Desculpem por lhes falar todas essas coisas de uma maneira tão impulsiva, mas há muito tempo penso sobre isso e acho que chegou o momento de começar a agir. Este país está afundando. Isto é uma loucura, não faz sentido, e eu, como já disse, qualquer dia destes vou aparecer morto. O mundo está mudando e é difícil se ajustar a ele. Passei mais de trinta anos trabalhando como um animal, me matando por meu negócio e tentando cumprir meu dever. Mas, ou a sorte não está a meu favor, ou em algo sério devo ter me enganado, porque, no fim, tudo me deu as costas e a vida parece, de repente, cuspir sua vingança. Meus filhos fugiram de meu controle, minha mulher me abandonou e o dia a dia em minha empresa se transformou em um inferno. Eu fiquei sozinho, não encontro apoio em ninguém, e tenho certeza de que a situação só pode piorar. Por isso estou me preparando, organizando meus assuntos, os papéis, as contas. Dispondo minhas últimas vontades e tentando deixar tudo organizado caso um dia eu não volte. E, junto com os negócios, também estou pondo ordem em minhas recordações e em meus sentimentos, pois algum ainda me resta, mesmo que pouco. Quanto mais negro vejo tudo ao meu redor, mais remexo em meus afetos e resgato a memória das coisas boas que a vida me deu; e agora que meus dias estão se esgotando, percebi que uma das poucas coisas que realmente valeram a pena, sabe o que é, Dolores? Você. Você e esta nossa filha que é uma cópia viva sua dos anos que estivemos juntos. Por isso quis vê-las.

Gonzalo Alvarado, esse meu pai que finalmente tinha rosto e nome, já falava com mais tranquilidade. Na metade de sua intervenção começou a se mostrar como o homem que deveria ser todos os dias que não aquele: seguro de si, contundente em gestos e palavras, acostumado a mandar e a ter razão. Foi difícil para ele começar; não devia ser agradável encarar um amor perdido e uma filha desconhecida após um quarto de século de ausência. Mas, naquele momento do encontro, já estava totalmente aprumado, dono e senhor da situação. Firme em seu discurso, sincero e direto como só quem já nada tem a perder pode ser.

— Sabe de uma coisa, Sira? Eu realmente amei sua mãe; amei-a muito, demais, e quem dera tudo houvesse sido diferente para que a pudesse ter sempre a meu lado. Mas, infelizmente, não foi.

Desprendeu-se de meu olhar e voltou os olhos para ela. Para seus grandes olhos cor de avelã fartos de costurar. Para sua linda maturidade sem enfeites nem adereços.

— Lutei pouco por você, não é, Dolores? Não fui capaz de enfrentar minha família e não estive a sua altura. Depois, você já sabe: eu me acomodei à vida que esperavam de mim, me acostumei a outra mulher e outra família.

Minha mãe ouvia em silêncio, aparentemente impassível. Eu não saberia dizer se ela estava escondendo suas emoções ou se aquelas palavras também não lhe provocavam nem frio nem calor. Ela se mantinha simplesmente hierática em sua postura; indecifráveis seus pensamentos, ereta dentro do terninho de confecção excelente que eu nunca havia visto nela, com certeza feito com qualquer sobra de pano de outra mulher com mais tecidos e mais sorte que ela na vida. Ele, longe de se deter diante de sua passividade, continuou falando.

— Não sei se acreditam em mim ou não, mas a verdade é que, agora que vejo que o final se aproxima, lamento de coração que tenham se passado tantos anos sem que eu tenha cuidado de vocês e sem sequer ter chegado a conhecê-la, Sira. Eu deveria ter insistido mais, não ter esmorecido no empenho de mantê-las próximas a mim, mas as coisas eram como eram, e você, muito digna, Dolores, não ia consentir que eu lhes dedicasse só as migalhas de minha vida. Se não podia ser tudo, então não seria nada. Sua mãe é muito forte, menina, muito dura e muito firme. E eu, provavelmente, fui um fraco e um cretino, mas, enfim, não é mais momento de lamentações.

Guardou silêncio por alguns segundos, pensando, sem olhar para nós. Depois, inspirou pelo nariz, expeliu o ar com força e mudou de postura: afastou as costas do encosto da poltrona e jogou o corpo para a frente, como querendo ser mais direto, como se já houvesse decidido abordar sem rodeios o que se supunha que tinha a nos dizer. Parecia finalmente disposto a abandonar a amarga nostalgia que o mantinha sobrevoando acima do passado, já pronto para se centrar nas demandas terrenas do presente.

— Não quero ocupá-las além da conta com minhas melancolias, desculpem. Vamos nos concentrar. Eu as chamei para lhes transmitir meus últimos desejos. E peço às duas que me entendam bem e que não interpretem isso de forma equivocada. Minha intenção não é compensá-las pelos anos que não lhes dediquei, nem lhes demonstrar com presentes meu arrependimento, e muito menos tentar comprar sua estima a esta altura. A única coisa que quero é deixar bem amarrados os cabos que legitimamente acho que devem ficar amarrados para quando chegar minha hora.

Pela primeira vez desde que nos acomodamos, ele se levantou da poltrona e se dirigiu à mesa. Eu o segui com o olhar: observei suas costas largas, o bom corte de seu paletó, o andar ágil apesar de sua corpulência. Reparei, depois, no retrato pendurado na parede do fundo à qual ele se dirigia; impossível não reparar, devido ao tamanho. Uma dama elegante vestida à moda de início do século, nem bonita nem feia, com uma tiara no cabelo curto e ondulado, a expressão severa em um óleo com moldura de pão de ouro. Ao se voltar, ele o apontou com um movimento do queixo.

— Minha mãe, a grande dona Carlota, sua avó. Lembra-se dela, Dolores? Faleceu há sete anos; se houvesse morrido há 25, provavelmente você, Sira, teria nascido nesta casa. Enfim, vamos deixar os mortos descansar em paz.

Falava sem olhar para nós, ocupado em seus afazeres por trás da mesa. Abriu gavetas, tirou objetos, remexeu papéis e voltou a nós com as mãos carregadas. Enquanto caminhava, não tirou os olhos de minha mãe.

— Você continua bonita, Dolores — disse ao se sentar. Já não estava tenso, seu desconforto inicial era apenas uma lembrança. — Desculpem, não lhes ofereci nada, querem tomar alguma coisa? Vou chamar Servanda... — Ameaçou se levantar de novo, mas minha mãe o interrompeu.

— Não queremos nada, Gonzalo, obrigada. Vamos acabar com isto, por favor.

— Lembra-se de Servanda, Dolores? Como nos espiava, como nos seguia para depois ir contar a minha mãe. — De repente, soltou uma gargalhada rouca, breve, amarga. — Lembra-se de quando nos pegou trancados no quartinho de passar roupa? E veja você agora, que ironia, depois de tantos anos: minha mãe apodrecendo no cemitério, e eu aqui com Servanda, a única pessoa que cuida de mim... que destino mais patético. Eu deveria tê-la despedido quando minha mãe morreu, mas aonde iria, então, a pobre mulher, velha, surda e sem família? E, além disso, provavelmente ela não tinha outro remédio senão fazer o que minha mãe mandava: não era questão de perder um emprego assim por bobagem, mesmo que dona Carlota tivesse um caráter insuportável e tratasse os empregados como lixo. Enfim, se não querem beber nada, eu também não. Vamos prosseguir, então.

Permanecia sentado na beira da poltrona, sem se reclinar, com suas grandes mãos apoiadas no monte de coisas que havia trazido da mesa. Papéis, pacotes, estojos. Do bolso interno do paletó tirou uns óculos de armação de metal e ajustou-os diante dos olhos.

— Bem, vamos aos assuntos práticos. Vamos por partes.

Pegou primeiro um pacote que na realidade eram dois envelopes grandes, volumosos e unidos por um elástico atravessando a parte central.

— Isto é para você, Sira, para que abra seu caminho na vida. Não é um terço do meu capital, como por justiça deveria lhe corresponder por ser uma de minhas três descendentes, mas é tudo o que neste momento posso lhe dar em dinheiro. Não consegui vender muita coisa, correm maus tempos para transações de qualquer tipo. Também não estou em condições de lhe deixar propriedades: você não está legalmente reconhecida como minha filha e os direitos reais a comeriam, além de fazê-la se envolver em pleitos eternos com meus outros filhos. Mas, enfim, aqui estão quase 150 mil pesetas. Você parece esperta como sua mãe; com certeza saberá investi-las bem. Com esse dinheiro quero também que você cuide dela, que cuide para que não lhe falte nada e a sustente se um dia ela vier a precisar. Na realidade, eu preferia ter dividido o dinheiro em duas partes, uma para cada uma de vocês, mas como sei que Dolores nunca aceitaria, deixo você a cargo de tudo.

Segurava o pacote estendido; antes de pegá-lo, olhei desconcertada para minha mãe, sem saber o que fazer. Com um gesto afirmativo, breve e conciso, ela me transmitiu seu consentimento. Só então estendi as mãos.

— Muito obrigada — murmurei a meu pai.

Ele antepôs um sorriso a sua réplica.

— Não há de quê, filha, não há de quê. Bem, vamos prosseguir.

A seguir, pegou um estojo forrado de veludo azul e o abriu. Pegou outro, dessa vez cor de vinho, menor. Fez o mesmo. Assim sucessivamente até abrir cinco. Deixou-os expostos em cima da mesa. As joias dentro deles não resplandeciam, havia pouca luz, mas nem por isso eu deixava de intuir seu valor.

— Isto era de minha mãe. Há mais, mas Maria Luisa, minha mulher, levou-as para seu piedoso desterro. Deixou, porém, o mais valioso, provavelmente por ser o menos discreto. São para você, Sira; o mais provável é que nunca chegue a usá-las: como vê, são um tanto ostentosas. Mas poderá vendê-las ou empenhá-las se um dia precisar, e obter por elas uma soma mais que respeitável.

Eu não soube o que dizer; minha mãe sim.

— De jeito nenhum, Gonzalo. Tudo isso pertence a sua mulher.

— Nada disso — aduziu ele. — Tudo isso, minha querida Dolores, não é propriedade de minha mulher: tudo isso é meu, e minha vontade é que, de mim, passe para minha filha.

— Não pode ser, Gonzalo, não pode ser.

— Pode sim.

— Não.

— Sim.

Ali morreu a discussão. Silêncio por parte de Dolores, batalha perdida.

Ele fechou as caixas uma a uma. Empilhou-as depois em uma ordenada pirâmide, a maior embaixo, a menor em cima. Empurrou o monte até mim, fazendo-o deslizar sobre a superfície encerada da mesa e, quando o deixou na minha frente, voltou sua atenção para uns papéis. Desdobrou-os e os mostrou a mim.

— Esses são os certificados das joias, com a descrição, classificação e todas essas coisas. E há também um documento reconhecido em cartório que dá fé de que são de minha propriedade e que eu as cedo por minha própria vontade. Será bom, caso um dia tenha de justificar que são suas; espero que não precise provar nada a ninguém, mas, por via das dúvidas...

Dobrou os papéis, colocou-os em uma espécie de pasta, amarrou com habilidade uma fita vermelha em volta e a colocou também na minha frente. Pegou, então, um envelope e tirou duas folhas de papel apergaminhado, com carimbos, assinaturas e outras formalidades.

— E agora, mais uma coisa, quase a última. Vamos ver como lhe explico isto... — Pausa, inspiração, expiração. Reinício. — Este documento foi redigido por mim e meu advogado, e um notário deu fé de seu conteúdo. O que diz, em resumo, é que eu sou seu pai e que você é minha filha. Para que vai lhe servir? Para nada possivelmente, porque, se um dia quiser exigir meu patrimônio, vai saber que o leguei em vida a seus meio-irmãos, de modo que nunca poderá obter desta família mais que aquilo que levará hoje consigo quando sair desta casa. Mas, para mim, isso tem valor: significa dar reconhecimento público a você, algo que eu deveria ter feito há muitos anos. Aqui consta o que nos une, a você e a mim, e agora, pode fazer com ele o que quiser: mostrá-lo a meio mundo ou rasgá-lo em mil pedaços e jogá-los no fogo; isso só dependerá de você.

Dobrou o documento, guardou-o, estendeu a mim o envelope que o continha e pegou outro da mesa, o último. O anterior era grande, de bom papel, com caligrafia elegante e carimbo de cartório. Esse segundo era pequeno, pardo, vulgar, com jeito de ter sido sovado por um milhão de mãos antes de chegar às nossas.

— Este é o último — disse, sem erguer a cabeça.

Abriu-o, tirou seu conteúdo e o examinou brevemente. Depois, sem uma palavra, ignorando-me dessa vez, entregou-o a minha mãe. Levantou-se, então, e dirigiu-se a uma das varandas. Ali permaneceu em silêncio, de costas, com as mãos nos bolsos da calça, contemplando a tarde ou o nada, não sei. O que minha mãe havia recebido era um pequeno monte de fotografias. Antigas, marrons e de má qualidade, feitas por um retratista de rua por uns trocados em qualquer manhã de primavera mais de duas décadas atrás. Dois jovens bonitos, sorridentes. Cúmplices e próximos, presos nas redes frágeis de um amor tão grande quanto inconveniente, sem saber que, depois de anos separados, quando tornassem a enfrentar juntos aquele testemunho do ontem, ele se voltaria para uma varanda para não ter de encará-la e ela apertaria os lábios para não chorar na frente dele.

Dolores olhou as fotografias uma a uma, lentamente. Depois, entregou-as a mim sem me olhar. Contemplei-as devagar e as devolvi ao envelope. Ele voltou a nós, sentou-se novamente e retomou a conversa.

— Com isto, acabamos com as questões materiais. Agora vêm os conselhos. Não que a esta altura, filha, eu tente lhe deixar um legado moral; quem sou eu para inspirar confiança ou pregar com o exemplo; mas, conceder-me mais alguns minutos depois de tantos anos acho que não vai lhe fazer mal, não é?

Assenti com um movimento de cabeça.

— Bem, pois meu conselho é o seguinte: vão embora daqui o quanto antes. As duas, para longe; têm de ir o mais longe de Madri, quanto mais, melhor. Para fora da Espanha, se possível. Para a Europa não, pois ali também a situação não tem uma cara boa. Vão para a América ou, se acharem muito distante, para a África. Para o Marrocos; vão para o Protetorado, é um bom lugar para se viver. Um lugar tranquilo onde, desde o final da guerra com os mouros, nunca acontece nada. Comecem uma vida nova longe deste país enlouquecido, porque, quando menos se esperar, vai explodir algo imenso aqui, e não vai restar ninguém vivo.

Não pude me conter.

— E por que o senhor não vai?

Ele sorriu com amargura mais uma vez. Estendeu sua mão grande para a minha e pegou-a com força. Estava quente. Falou sem me soltar.

— Porque eu já não preciso de um futuro, filha; eu já queimei todos os meus navios. E não me chame de senhor, por favor. Eu já completei meu ciclo; um pouco antes do tempo, certamente, mas já não tenho nem vontade nem forças para lutar por uma vida nova. Quando uma pessoa empreende uma mudança assim, deve ser com sonhos e esperanças, com ilusões. Ir sem isso é só fugir, e eu não tenho intenção de fugir para lugar nenhum; prefiro ficar aqui e enfrentar o que vier. Mas você sim, Sira, você é jovem, precisa formar uma família, criá-la. E a Espanha está se tornando um lugar ruim. Por isso, essa é minha recomendação de pai e de amigo: vá embora. Leve sua mãe com você, para que ela veja os netos crescerem. E cuide dela como eu não fui capaz de fazer, prometa-me.

Manteve os olhos fixos nos meus até que percebeu um movimento afirmativo. Eu não sabia de que maneira ele esperava que eu cuidasse de minha mãe, mas não me atrevi a fazer outra coisa senão assentir.

— Bem, com isto, então, acho que terminamos — anunciou.

Levantou-se, e nós o imitamos.

— Pegue suas coisas — disse.

Obedeci. Tudo coube em minha bolsa, exceto o estojo maior e os envelopes de dinheiro.

— E agora, deixe-me abraçá-la pela primeira e com certeza última vez. Duvido muito que tornemos a nos ver.

Envolveu meu corpo magro em sua corpulência e me abraçou com força; depois, pegou meu rosto em suas mãos grandes e me beijou na testa.

— Você é tão linda quanto sua mãe. Sorte na vida, minha filha. Que Deus a abençoe.

Eu quis dizer algo como resposta, mas não consegui. Os sons ficaram enroscados em uma confusão de muco e palavras à altura da garganta; as lágrimas se amontoaram em meus olhos, e só fui capaz de me voltar e ir para o corredor em busca da saída, aos tropeções, com a vista nublada e um nó de angústia no estômago.

Esperei minha mãe no vão da escada. A porta da rua havia ficado entreaberta e eu a vi sair observada pela figura sinistra de Servanda à distância. Estava com as faces vermelhas e os olhos brilhantes, seu rosto finalmente transpirava emoção. Não presenciei o que meus pais fizeram naqueles poucos cinco minutos, mas sempre achei que se abraçaram também e que se disseram adeus para sempre.

Descemos tal como havíamos subido: minha mãe à frente e eu atrás. Em silêncio. Com as joias, os documentos e as fotografias na bolsa, as 150 mil pesetas debaixo do braço e o barulho dos saltos martelando o mármore dos degraus. Ao chegar ao primeiro patamar, não pude me conter: peguei-a pelo braço e a obriguei a parar e se voltar. Meu rosto ficou de frente para o dela, minha voz foi apenas um sussurro aterrorizado.

— Vão matá-lo mesmo, mãe?

— Eu não sei, filha, eu não sei...

# 4

Saímos para a rua e tomamos o caminho de volta sem trocar uma palavra. Ela apertou o passo e eu me esforcei para me manter a seu lado, mas o desconforto e a altura dos meus sapatos novos me impediam, às vezes, de seguir o ritmo de seus passos. Passados alguns minutos, atrevi-me a falar, consternada ainda, como se estivesse conspirando.

— O que faço agora com tudo isso, mãe?

Ela não parou para responder.

— Guarde bem — foi simplesmente sua resposta.

— Tudo? E você não vai ficar com nada?

— Não, é tudo seu; você é a herdeira, e, além disso, já é uma mulher adulta, e não posso intervir no que você decidir fazer a partir de agora com os bens que seu pai decidiu lhe dar.

— Tem certeza, mãe?

— Certeza, filha, certeza. Dê-me, talvez, uma fotografia; qualquer uma delas, não quero mais que uma recordação. O resto é só seu, mas, por Deus, eu lhe peço, Sira, por Deus e por Maria Santíssima, ouça bem, menina.

Por fim parou e olhou para mim, nos olhos, sob a luz turva de um poste. Por nós passavam os transeuntes, em mil sentidos, alheios ao desconcerto que aquele encontro havia causado nas duas.

— Tenha cuidado, Sira. Tenha cuidado e seja responsável — disse em voz baixa, pronunciando as palavras com rapidez. — Não faça nenhuma loucura, que o que você tem agora é muito, muito; muito mais do que na vida teria sonhado em ter, de modo que, pelo amor de Deus, minha filha, seja prudente; seja prudente e sensata.

Continuamos andando em silêncio até que nos separamos. Ela voltou para o vazio de sua casa sem mim; para a muda companhia de meu avô, que nunca soube quem engendrou sua neta porque Dolores, teimosa e orgulhosa, sempre se negou a revelar-lhe o nome. E eu voltei para junto de Ramiro. Ele me esperava em casa fumando enquanto ouvia à meia-luz o rádio na sala, ansioso por saber como havia sido e pronto para sair para jantar.

Contei-lhe a visita com detalhes: o que ali vi, o que de meu pai ouvi, como me senti e o que ele me aconselhou. E lhe mostrei também o que trouxera comigo daquela casa à qual provavelmente nunca voltaria.

— Isso vale muito dinheiro, menina — sussurrou ao contemplar as joias.

— E tem mais ainda — disse, estendendo-lhe os envelopes com as notas.

Como réplica, soltou apenas um assovio.

— O que vamos fazer agora com tudo isso, Ramiro? — perguntei com um nó de preocupação.

— Quer dizer, o que você vai fazer, meu amor: tudo isso é só seu. Eu posso, se quiser, estudar a melhor forma de guardá-lo. Talvez seja uma boa ideia depositar tudo no cofre de meu escritório.

— E por que não levamos tudo para um banco? — perguntei.

— Não acho que seja o melhor com os tempos que correm.

A queda da Bolsa de Nova York alguns anos atrás, a instabilidade política e mais um monte de coisas que a mim não interessavam em absoluto foram as explicações com que ele respaldou sua proposta. Mal o ouvi: qualquer decisão sua me parecia correta, apenas queria que encontrasse, o quanto antes, um refúgio para aquela fortuna que já estava me queimando os dedos.

Voltou do trabalho no dia seguinte carregado de papéis e cadernetas.

— Andei pensando sem parar em seu assunto e acho que encontrei a solução. O melhor é você abrir uma empresa mercantil — anunciou assim que entrou.

Eu não havia saído de casa desde que me levantara. Passara a manhã toda tensa e nervosa, recordando a tarde anterior, abalada ainda pela estranha sensação que me provocava saber que eu tinha um pai com nome, sobrenome, fortuna e sentimentos. Aquela proposta inesperada só fez aumentar ainda mais meu desconcerto.

— Por que vou querer uma empresa? — perguntei alarmada.

— Porque, assim, seu dinheiro estará mais seguro. E por mais outra razão.

Ele falou, então, de problemas em sua firma, de tensões com seus chefes italianos e da incerteza das empresas estrangeiras na Espanha convulsionada daqueles dias. E de ideias, também falou de ideias, exibindo diante de mim um catálogo de projetos sobre os quais até então nunca havia dito nada. Todos inovadores, brilhantes, destinados a modernizar o país com engenhocas forasteiras, e, assim, abrir caminho para a modernidade. Importação de colheitadeiras mecânicas inglesas para os campos de Castela, aspiradores norte-americanos que prometiam deixar as casas urbanas totalmente limpas e um cabaré de estilo berlinense para o qual já tinha um local previsto na rua Valverde. Entre todos eles, porém, um projeto emergia com mais luz que nenhum outro: Academias Pitman.

— Há meses ando pensando na ideia, desde que recebemos um folheto na empresa por meio de uns antigos clientes; mas, na minha posição de gerente, não havia julgado oportuno dirigir-me pessoalmente a eles. Se abrirmos uma empresa em seu nome, tudo será muito mais simples — esclareceu. — As Academias Pitman funcionam na Argentina a todo vapor: têm mais de vinte sucursais, milhares de alunos, que preparam para cargos em empresas, em bancos e na administração pública. Ensinam datilografia, taquigrafia e contabilidade com métodos revolucionários, e onze meses depois as pessoas saem com um diploma debaixo do braço, prontas para ganhar o mundo. E a empresa não para de crescer, de abrir novos locais, contratar pessoal e gerar receitas. Nós poderíamos fazer o mesmo, montar Academias Pitman deste lado do oceano. E se propusermos a ideia aos argentinos dizendo que temos uma empresa legalmente constituída e respaldada com capital suficiente, provavelmente nossas possibilidades serão muito maiores que se nos dirigirmos a eles como simples particulares.

Eu não tinha a menor ideia de se aquilo era um projeto sensato ou o mais descabido dos planos, mas Ramiro falava com tanta segurança, com tanto domínio e conhecimento que nem por um momento duvidei de que se tratava de uma grande ideia. Continuou com os detalhes, impressionando-me ainda mais a cada sílaba.

— Acho, ainda, que seria conveniente levar em conta a sugestão de seu pai de deixar a Espanha. Ele tem razão: aqui está tudo muito tenso, qualquer dia pode estourar algo grave e não é um bom momento para empreender novos negócios. Por isso, o que eu acho que devíamos fazer é seguir o conselho dele e ir para a África. Se tudo der certo, quando a situação se acalmar, poderemos voltar à Península e nos expandirmos por toda a Espanha. Dê-me um tempo para que eu entre em contato, em seu nome, com os donos da Pitman em Buenos Aires e os convença de nosso projeto de abrir uma grande sucursal em Marrocos, depois vemos se em Tânger ou no Protetorado. Um mês, no máximo, levará para recebermos a resposta. E, quando a tivermos, *arrivederci* Hispano-Olivetti: vamos embora e começamos a trabalhar.

— Mas para que os mouros vão querer aprender a escrever a máquina?

Uma sonora gargalhada foi a primeira reação de Ramiro. Depois, ele esclareceu minha ignorância.

— Ora, meu amor, nossa academia estará destinada à população europeia que vive em Marrocos: Tânger é uma cidade internacional, uma zona franca com cidadãos de toda a Europa. Há muitas empresas estrangeiras, delegações diplomáticas, bancos e negócios financeiros de todo tipo; as opções de trabalho são imensas e em todos os lugares precisam de pessoal qualificado com conhecimentos de datilografia, taquigrafia e contabilidade. Em Tetuán, a situação é diferente, mas também cheia de possibilidades: a população é menos internacional porque a cidade é a capital do Protetorado espanhol, mas está cheia de funcionários públicos e de aspirantes, e todos eles, como você bem sabe, minha linda, precisam do preparo que uma Academia Pitman pode lhes oferecer.

— E se os argentinos não autorizarem?

— Duvido muito. Tenho amigos em Buenos Aires com excelentes contatos. Vamos conseguir, você vai ver. Eles nos cederão seu método e seus conhecimentos, e mandarão representantes para ensinar os funcionários.

— E você, o que vai fazer?

— Eu sozinho, nada. Nós dois, muito. Vamos dirigir a empresa. Você e eu, juntos.

Antecipei minha réplica com um riso nervoso. A ideia que Ramiro me oferecia não podia ser mais inverossímil: a pobre costureirinha sem emprego, que apenas uns meses atrás pensava em aprender a datilografar porque não tinha onde cair morta, estava prestes a se tornar, em um passe de mágica, dona de uma empresa com fascinantes perspectivas de futuro.

— Quer que eu dirija uma empresa? Eu não tenho a menor ideia de nada, Ramiro.

— Como não? Preciso lhe dizer o valor que você tem? O único problema é que nunca teve oportunidade de demonstrar: você desperdiçou sua juventude trancada em uma toca, costurando para os outros, sem oportunidade de fazer nada melhor. Seu momento, seu grande momento, está ainda por vir.

— E o que o pessoal da Hispano-Olivetti vai dizer quando souber que você vai embora?

Deu um sorriso astuto e me beijou na ponta do nariz.

— A Hispano-Olivetti, meu amor, que se dane.

Academias Pitman ou um castelo flutuando no ar, para mim era a mesma coisa se a ideia saísse da boca de Ramiro: se me contasse seus planos com entusiasmo febril enquanto segurava minhas mãos e seus olhos se vertiam no fundo dos meus; se me repetisse quanto eu valia e como tudo daria certo se apostássemos juntos no futuro. Com as Academias Pitman ou com as caldeiras do inferno: o que ele propusesse era lei para mim.

No dia seguinte, ele trouxe para casa o folheto informativo que havia incitado sua imaginação. Parágrafos inteiros descreviam a história da empresa: funcionando desde 1919, criada por três sócios, Allúa, Schmiegelon e Jan. Baseada no sistema de taquigrafia idealizado pelo inglês Isaac Pitman. Método infalível, professores rigorosos, absoluta responsabilidade, tratamento personalizado, esplendoroso futuro após a obtenção do diploma. As fotografias de jovens sorridentes imaginando sua brilhante projeção profissional antecipavam a veracidade das promessas. O panfleto irradiava um ar de triunfalismo capaz de dar frio na barriga do mais descrente: "Longo e escarpado é o caminho da vida. Nem todos chegam ao ansiado final, onde os esperam o sucesso e a fortuna. Muitos ficam no caminho: os inconstantes, os fracos de caráter, os negligentes, os ignorantes, os que confiam só na sorte, esquecendo que as vitórias mais exemplares foram forjadas com estudo, perseverança e vontade. E cada homem pode escolher seu destino. Decida-se!".

Aquela tarde fui ver minha mãe. Ela fez *café de puchero*,[6] e enquanto bebíamos com a presença cega e calada de meu avô ao lado, eu lhe contei nosso projeto e lhe sugeri que, quando estivéssemos já instalados na África, talvez ela pudesse se juntar a nós. Tal como eu já intuía, não gostou nem um pouco da ideia, nem concordou em nos acompanhar.

— Você não tem por que obedecer a seu pai nem acreditar em tudo o que ele nos contou. O fato de ele ter problemas em sua empresa não significa que vai acontecer alguma coisa conosco. Quanto mais eu penso, mais acho que exagerou.

— Se ele está tão assustado, mãe, deve ser por algum motivo; ele não ia inventar...

— Ele está com medo porque está acostumado a mandar sem que ninguém discuta, e agora não aceita que os trabalhadores, pela

6 Bebida preparada como os chás, fervendo-se a água junto com o pó de café. (N.T.)

primeira vez, comecem a erguer a voz e a reclamar seus direitos. Na verdade, não paro de me perguntar se aceitar esse dinheiro todo e, principalmente, as joias, não foi uma loucura.

Loucura ou não, o fato foi que, a partir de então, o dinheiro, as joias e os planos se encaixaram em nosso dia a dia com toda a naturalidade, sem alarde, mas sempre presentes no pensamento e nas conversas. Conforme havíamos decidido, Ramiro cuidou dos trâmites para criar a empresa e eu me limitei a assinar os papéis que ele pôs a minha frente. E, a partir daí, minha vida continuou como sempre: agitada, divertida, apaixonada e carregada até o limite de insensata ingenuidade.

O encontro com Gonzalo Alvarado serviu para que minha mãe e eu limássemos um pouco as asperezas de nossa relação, mas nossos destinos prosseguiram, irremediavelmente, por caminhos diferentes. Dolores continuava fazendo render ao máximo os últimos retalhos trazidos da casa de dona Manuela, costurando às vezes para alguma vizinha, inativa a maior parte do tempo. Meu mundo, porém, já era outro: um universo no qual não havia espaço para moldes nem entretelas; nada mais restava da jovem costureira que eu um dia havia sido.

A mudança para Marrocos ainda demorou alguns meses. Ao longo deles, Ramiro e eu saímos e entramos, rimos, fumamos, fizemos amor como loucos e dançamos samba até o amanhecer. À nossa volta, o ambiente político continuava pegando fogo, e as greves, os conflitos trabalhistas e a violência urbana configuravam o cenário habitual. Em fevereiro, a coalizão de esquerda da Frente Popular ganhou as eleições; a Falange, como reação, tornou-se mais agressiva. As pistolas e os punhos substituíram as palavras nos debates políticos, a tensão chegou a ficar extrema. Porém, para nós, tudo aquilo era indiferente, pois já estávamos a apenas dois passos de uma nova etapa.

# 5

DEIXAMOS MADRI NO FINAL DE MARÇO DE 1936. SAÍ UMA MANHÃ para comprar meias e, ao voltar, encontrei a casa revirada e Ramiro cercado de malas e baús.

— Vamos embora. Esta noite.

— A Pitman já respondeu? — perguntei nervosa, com um nó no estômago.

Ele respondeu sem olhar para mim, tirando do armário calças e camisas a toda velocidade.

— Não diretamente, mas soube que estão estudando a proposta com toda a seriedade. De modo que acho que é hora de começar a abrir as asas.

— E seu trabalho?

— Pedi demissão. Hoje mesmo. Eu já estava farto, sabiam que era questão de dias até que eu fosse embora. Então, adeus, até nunca mais, Hispano-Olivetti. Outro mundo nos espera, meu amor; a fortuna é dos corajosos! Então comece a pegar suas coisas, porque vamos embora.

Não respondi, e meu silêncio o obrigou a interromper sua frenética atividade. Parou, olhou para mim e sorriu ao perceber meu aturdimento. Aproximou-se, então, pegou-me pela cintura e com um beijo arrancou de mim todos os meus medos e me fez uma transfusão de energia capaz de me fazer voar até Marrocos.

A pressa só me concedeu alguns minutos para me despedir de minha mãe; pouco mais que um abraço rápido quase na porta e um não se preocupe, vou escrever. Agradeci por não ter tempo de prolongar o adeus: teria sido muito doloroso. Nem sequer voltei o olhar enquanto descia trotando as escadas: apesar da força dela, eu sabia que estava prestes a começar a chorar, e não era hora para sentimentalismos. Em minha absoluta inconsciência, eu pressentia que nossa separação não duraria muito: como se a África estivesse ali ao lado, bastando atravessar a rua, e como se nossa partida não fosse durar além de algumas semanas.

Desembarcamos em Tânger em um meio-dia de vento, início da primavera. Abandonamos uma Madri cinzenta e rude e nos instalamos em uma cidade estranha, deslumbrante, cheia de cores e contrastes, onde os rostos escuros dos árabes com suas túnicas e turbantes se misturavam com europeus radicados e outros que fugiam do passado em trânsito rumo a mil destinos, com as malas sempre cheias de sonhos incertos. Tânger, com seu mar, suas doze bandeiras internacionais e aquela vegetação intensa de palmeiras e eucaliptos; com becos mouros e novas avenidas percorridas por suntuosos automóveis identificados com as letras CD: *corps diplomatique*. Tânger, onde os minaretes das mesquitas e o cheiro das especiarias conviviam sem tensão com os consulados, os bancos, as frívolas estrangeiras em carros conversíveis, o cheiro de tabaco e os perfumes parisienses livres de impostos. As sacadas dos balneários do porto nos receberam com os toldos se agitando com a força do ar marinho, o cabo Malabata e as costas espanholas na distância. Os europeus, usando roupa clara e leve, protegidos por óculos de sol e chapéus flexíveis, tomavam aperitivos folheando o jornal internacional com as pernas cruzadas em indolente preguiça. Uns dedicados aos negócios, outros à administração pública, e muitos deles a uma vida ociosa e falsamente despreocupada: o prelúdio de algo incerto que ainda estava por vir e que nem os mais audazes poderiam pressagiar.

Esperando receber notícias concretas dos donos das Academias Pitman, hospedamo-nos no Hotel Continental, perto do porto. Ramiro mandara uma mensagem por cabo para a empresa argentina para comunicar nossa mudança de endereço, e eu diariamente perguntava na recepção pela chegada daquela carta que devia marcar o início de nosso porvir. Quando obtivéssemos a resposta, decidiríamos se ficaríamos em Tânger ou se nos instalaríamos no Protetorado. E, enquanto isso, enquanto a resposta se demorava na travessia do Atlântico, começamos a andar pela cidade em meio a expatriados como nós, aglutinados naquela massa de seres de passado difuso e futuro imprevisível dedicada de corpo e alma à extenuante tarefa de conversar, beber, dançar, assistir a espetáculos no Teatro Cervantes e jogar baralho de manhã; incapazes de descobrir se o que a vida lhes reservava era um destino cintilante ou um sinistro final em algum buraco sobre o qual ainda não tinham uma pista sequer.

Começamos a ser como eles e adentramos um período no qual houve de tudo, menos sossego. Houve horas de amor no quarto do Continental enquanto as cortinas brancas ondulavam com a brisa do mar; paixão furiosa sob o ruído monótono das pás do ventilador misturado com o ritmo entrecortado de nossos suspiros, suor com sabor de salitre escorrendo pela pele e pelos lençóis amassados caindo da cama e se esparramando pelo chão. Houve também saídas constantes, vida na rua de noite e de dia. No início, andávamos só os dois, não conhecíamos ninguém. Em dias em que o vento leste não soprava com força, íamos à praia do Bosque Diplomático; à tarde, passeávamos pelo recém-construído boulevard Pasteur, ou víamos filmes americanos no Florida Kursaal ou no Capitol, ou nos sentávamos em qualquer café do mercado Chico, o centro palpitante da cidade, onde o árabe e o europeu se uniam com graça e comodidade.

Nosso isolamento durou, porém, apenas algumas semanas: Tânger era pequena, Ramiro sociável ao extremo, e todo mundo parecia, naqueles dias, ter uma imensa urgência de se relacionar. Logo fomos começando a cumprimentar rostos, a conhecer nomes e nos juntar a grupos ao entrar nos locais. Almoçávamos e jantávamos no Bretagne, no Roma Park ou na Brasserie de la Plage, e à noite íamos ao Bar Russo, ou ao Chatham, ou ao Detroit na praça da França, ou ao Central, com seu grupo de animadoras húngaras, ou ver os espetáculos do *music hall* M'salah em seu grande pavilhão envidraçado, transbordando de franceses, ingleses e espanhóis, judeus de nacionalidades diversas, marroquinos, alemães e russos que dançavam, bebiam e discutiam sobre política daqui e de lá em uma confusão de línguas ao som de uma orquestra espetacular. Às vezes, acabávamos no Haffa, junto ao mar, embaixo de barracas, até o amanhecer. Com colchonetes no chão, com gente deitada fumando haxixe e bebendo chá. Árabes ricos, europeus de fortuna incerta que em algum momento do passado talvez também tenham sido, ou talvez não. Raras vezes íamos dormir antes do amanhecer naquele tempo difuso, entre a expectativa pela chegada de notícias da Argentina e a ociosidade imposta pela demora. Fomos nos acostumando a circular pela nova parte europeia e pela moura; a conviver com a presença amalgamada dos estrangeiros e dos nativos. Com as damas de pele de cera passeando com seus *poodles*, usando chapéus de palha e pérolas, e os barbeiros de pele escura trabalhando ao ar livre com suas vetustas ferramentas. Com os ambulantes vendedores de pomadas e unguentos, as roupas impecáveis dos diplomatas, os rebanhos de cabras e as silhuetas rápidas, fugidias e quase sem rosto das mulheres muçulmanas em suas túnicas e xadores.

Diariamente chegavam notícias de Madri. Às vezes as líamos nos jornais locais em espanhol, *Democracia, El Diario de África* ou o republicano *El Porvenir*. Às vezes simplesmente as ouvíamos da boca dos vendedores de jornal que gritavam no mercado Chico as manchetes em uma confusão de línguas: *La Vedetta dei Tangeri* em italiano, *Le Journal de Tangier* em francês. Às vezes, chegavam cartas de minha mãe, breves, simples, distantes. Soube, assim, que meu avô havia morrido calado e quieto em sua cadeira de balanço, e nas entrelinhas intuí quão difícil, dia a dia, estava se tornando para ela a simples sobrevivência.

Foi também um tempo de descobertas. Aprendi algumas frases em árabe, poucas, mas úteis. Meu ouvido se acostumou ao som de outras línguas — o francês, o inglês — e a outros sotaques do meu próprio idioma, como a *haketia*, aquele dialeto dos judeus sefardis marroquinos com fundo de espanhol antigo que também incorporava palavras do árabe e do hebraico. Descobri que existem substâncias que se fumam ou se injetam ou se enfiam pelo nariz e transtornam os sentidos; que há quem seja capaz de apostar a mãe em uma mesa de bacará e que existem paixões da carne que admitem muito mais combinações que um homem e uma mulher na horizontalidade de um colchão. Soube, também, de algumas coisas que aconteciam pelo mundo e das quais minha formação subterrânea nunca tivera conhecimento: soube que anos antes, na Europa, houve uma grande guerra, que na Alemanha governava um tal Hitler, admirado por uns e temido por outros, e que quem estava um dia em um lugar com aparente sentido da permanência podia, no seguinte, evaporar para salvar sua pele, para não ser morto a pauladas ou para evitar acabar em um lugar pior que o mais sinistro dos pesadelos.

E descobri, também, com o mais imenso desgosto, que a qualquer momento e sem causa aparente, tudo aquilo que julgamos estável pode se desajustar, desviar, entortar o rumo e começar a mudar. Contrariamente aos conhecimentos sobre as preferências de uns e outros, sobre política europeia e história das pátrias das pessoas que nos cercavam, aquele conhecimento não adquiri porque alguém me contou, e sim porque me coube vivê-lo em primeira pessoa. Não lembro o momento exato nem o que foi exatamente que aconteceu, mas, em algum ponto indeterminado, as coisas entre Ramiro e eu começaram a mudar.

No início, houve apenas uma mera alteração na rotina. Nosso envolvimento com outras pessoas foi aumentando e começou o interesse definido por ir a este ou àquele local; já não vagabundeávamos sem pressa pelas ruas, não nos deixávamos levar pela inércia como fazíamos nos primeiros dias. Eu preferia nossa etapa anterior, sozinhos, sem mais ninguém, só um e o outro e o mundo em volta, mas entendia que Ramiro, com sua personalidade cativante, havia começado a ganhar simpatias por todo lado. E o que ele fizesse, para mim estava bem feito, de modo que aguentei sem replicar todas as horas intermináveis que passamos com estranhos apesar de, na maioria das ocasiões, eu mal entender o que falavam, às vezes porque conversavam em línguas que não eram a minha, às vezes porque discutiam sobre lugares e assuntos que eu ainda desconhecia: concessões, nazismo, Polônia, bolcheviques, vistos, extradições. Ramiro se virava medianamente em francês e italiano, arranhava um pouco de inglês e conhecia algumas expressões em alemão. Havia trabalhado para empresas internacionais e mantido contatos com estrangeiros, e aonde não chegava com as palavras exatas, fazia-o com gestos, circunlóquios e subentendidos. Para ele, a comunicação não representava qualquer problema, e em pouco tempo tornou-se uma figura popular nos círculos de expatriados. Dificilmente entrávamos em um restaurante sem cumprimentar mais de duas ou três mesas, ou chegávamos ao balcão do Hotel El Minzah ou à varanda do Café Tingis sem sermos solicitados para participar da conversa animada de algum grupo. Ramiro se acomodava a eles como se os conhecesse a vida inteira, e eu me deixava levar, transformada em sua sombra, em uma presença quase sempre muda, indiferente a tudo que não fosse senti-lo a meu lado e ser seu apêndice, uma extensão sempre complacente de sua pessoa.

Houve um tempo, mais ou menos a duração da primavera, em que combinamos as duas facetas e atingimos o equilíbrio. Mantínhamos nossos momentos de intimidade, nossas horas exclusivas. Mantínhamos a chama dos dias de Madri e, ao mesmo tempo, abríamo-nos aos novos amigos e avançávamos nos vaivéns da vida local. Em algum momento, porém, a balança começou a se descompensar. Lentamente, muito pouco a pouco, mas de maneira irreversível. As horas públicas começaram a se infiltrar no espaço dos nossos momentos privados. As caras conhecidas deixaram de ser simples fontes de conversa e distração, e começaram a se configurar como pessoas com passado, planos de futuro e capacidade de intervenção. Suas personalidades saíram do anonimato e começaram a se perfilar com firmeza, a se mostrar interessantes, atraentes. Ainda lembro alguns nomes e sobrenomes; ainda conservo em minha memória a recordação de rostos que já devem ser caveiras e de suas procedências distantes que eu então era incapaz de situar no mapa. Ivan, o russo elegante e silencioso, magro como um bambu, de olhar fugidio e um lenço sempre saindo do bolso do paletó como uma flor de seda fora de temporada. Aquele barão polonês cujo nome hoje me foge, que apregoava sua suposta fortuna aos quatro ventos e só tinha uma bengala com a empunhadura de prata e duas camisas puídas na gola por conta do atrito da pele contra os anos. Isaac Springer, o judeu austríaco, com seu grande nariz e sua piteira de ouro. O casal de croatas, os Jovovic, tão bonitos os dois, tão parecidos e ambíguos que às vezes passavam por amantes e às vezes por irmãos. O italiano suarento que sempre me olhava com olhos turvos — Mario era seu nome, ou talvez Mauricio, não sei mais. E Ramiro começou a ficar cada vez mais íntimo deles, a participar de seus anseios e preocupações, a ser parte ativa em seus projetos. E eu o via dia a dia, suave, suavemente, ir se aproximando mais deles e se afastando de mim.

As notícias dos donos das Academias Pitman pareciam não chegar nunca, e, para minha surpresa, essa demora não dava a impressão de causar a menor inquietude em Ramiro. Cada vez passávamos menos tempo sozinhos no quarto do Continental. Cada vez havia menos sussurros, menos alusões a tudo o que até então ele adorava em mim. Mal mencionava o que antes o enlouquecia e nunca se cansava de dizer: o brilho de minha pele, meus quadris de deusa, a seda de meu cabelo. Mal elogiava a graça de meu riso, o frescor de minha juventude. Quase nunca ria já com o que antes chamava de minha abençoada inocência, e eu notava que cada vez gerava menos interesse nele, menos cumplicidade, menos ternura. Foi então, em meio àqueles tristes dias nos quais a incerteza me ameaçava cutucando minha consciência, que comecei a me sentir mal. Não só mal de espírito, como também de corpo. Mal, mal, terrível, pior. Talvez meu estômago não estivesse se acostumando às novas comidas, tão diferentes dos ensopados de minha mãe e dos pratos simples dos restaurantes de Madri. Talvez aquele calor tão denso e úmido do início do verão tivesse algo a ver com minha crescente fraqueza. A luz do dia me parecia muito violenta, os cheiros da rua me causavam nojo e vontade de vomitar. A duras penas conseguia reunir forças para me levantar da cama, os enjoos se repetiam nos momentos mais insuspeitados e o sono se apoderava de mim a toda hora. Às vezes — poucas —, Ramiro parecia se preocupar: sentava-se a meu lado, colocava a mão em minha testa e me dizia palavras doces. Às vezes — a maioria —, distraía-se, perdia-se de mim. Não me dava atenção, estava indo embora.

Parei de acompanhá-lo nas saídas noturnas: mal tinha energia e ânimo para me manter em pé. Comecei a ficar sozinha no hotel, horas longas, densas, asfixiantes; horas de caligem pegajosa, sem ar, como sem vida. Imaginava que ele fazia a mesma coisa que nos últimos tempos e com as mesmas companhias: drinques, bilhar, conversas e mais conversas; contas e mapas traçados em qualquer pedaço de papel em cima do mármore branco das mesas dos cafés. Achava que fazia a mesma coisa que comigo, mas sem mim, e não fui capaz de adivinhar que havia avançado para outra fase, que havia mais; que já havia ultrapassado as fronteiras da mera vida social entre amigos e adentrado um território novo que não lhe era totalmente desconhecido. Houve mais planos, sim. E também jogos, partidas ferozes de pôquer, festas até o raiar do dia. Apostas, alardes, obscuras transações e projetos exorbitantes. Mentiras, brindes ao sol e o surgimento de um lado de sua personalidade que durante meses havia permanecido oculto. Ramiro Arribas, o homem das mil caras, havia me mostrado, até então, só uma. As outras, eu tardaria pouco a conhecer.

Cada noite voltava mais tarde e em estado pior. A camisa meio para fora da calça, o nó da gravata quase à altura do peito, superexcitado, cheirando a cigarro e a uísque, gaguejando desculpas com voz pastosa quando me encontrava acordada.

Algumas vezes nem sequer me tocava, caía na cama como um peso morto e adormecia instantaneamente, respirando com um ruído que me impedia de conciliar o sono nas poucas horas que restavam até que rompesse totalmente a manhã. Outras vezes, abraçava-me desajeitado, babava em meu pescoço, afastava a roupa que o atrapalhava e se descarregava em mim. E eu o deixava agir sem censura, sem entender totalmente o que estava acontecendo conosco, incapaz de dar nome àquilo. Algumas noites nunca chegava. Essas eram as piores: madrugadas em claro diante das luzes amareladas do cais refletidas na água negra da baía, amanheceres afastando com as mãos as lágrimas e a amarga suspeita de que talvez tudo houvesse sido um engano, um imenso erro para o qual já não havia volta.

O final demorou pouco a chegar. Disposta a confirmar de uma vez por todas a causa de meu mal-estar, mas sem querer preocupar Ramiro, fui certa manhã, cedo, ao consultório de um médico na rua Estatuto. Doutor Bevilacqua, clínica geral, transtornos e doenças, dizia a placa dourada em sua porta. Ele me ouviu, me examinou, fez perguntas. E não precisou nem de exame de urina nem de nenhum outro procedimento para afirmar o que eu já pressentia e Ramiro — depois soube — também. Voltei ao hotel com um misto de sentimentos confusos. Expectativa, ansiedade, alegria, pavor. Esperava encontrá-lo ainda deitado, acordá-lo com beijos para lhe contar a novidade. Mas nunca pude fazer isso. Jamais houve oportunidade de lhe dizer que íamos ter um filho, porque, quando cheguei, ele já não estava lá, e junto com sua ausência só encontrei o quarto revirado, as portas dos armários escancaradas, as gavetas arrancadas da cômoda e as malas espalhadas pelo chão. Fomos roubados, foi a primeira coisa que pensei. Então, senti falta de ar e tive de me sentar na cama. Fechei os olhos e respirei fundo, uma, duas, três vezes. Quando os abri de novo, percorri o quarto com os olhos. Um único pensamento se repetia em minha mente: Ramiro, Ramiro, onde está Ramiro? E então, no passeio descarrilado de minhas pupilas pelo quarto, elas encontraram um envelope no criado-mudo do meu lado da cama. Apoiado no abajur, com meu nome em letra de forma escrito com o traço vigoroso daquela letra que eu teria sido capaz de reconhecer até no fim do mundo.

*Sira, meu amor:*

*Antes que continue lendo, quero que saiba que a adoro e que sua recordação viverá em mim até o fim dos meus dias. Quando ler estas linhas eu já não estarei perto, terei tomado um novo rumo, e embora eu o deseje com toda a minha alma, receio que não é possível que você e a criança que imagino que espera tenham, por ora, lugar nele.*

*Quero lhe pedir desculpas por meu comportamento para com você nos últimos tempos, por minha falta de dedicação; confio que entenderá que a incerteza gerada pela ausência de notícias das Academias*

*Pitman me levou a buscar outros caminhos para conquistar o futuro. Foram várias as propostas estudadas e uma única a escolhida; trata-se de uma aventura tão fascinante quanto promissora, mas exige minha dedicação de corpo e alma e, por isso, não é possível cogitar, hoje, sua presença nela.*

*Não tenho a menor dúvida de que o projeto que hoje empreendo será um sucesso absoluto, mas, por ora, em seu estágio inicial, precisa de um grande investimento que supera minhas capacidades financeiras, de modo que tomei a liberdade de pegar emprestado o dinheiro e as joias de seu pai para os gastos iniciais. Espero poder, algum dia, devolver-lhe tudo o que hoje adquiro na qualidade de empréstimo para que, no futuro, você possa cedê-lo a seus descendentes como seu pai fez com você. Confio, também, que a recordação da abnegação e força de sua mãe ao criá-la lhe servirá de inspiração nas etapas sucessivas de sua vida.*

*Adeus, minha vida. Sempre seu,*

*Ramiro*

*PS: Eu lhe aconselho que vá embora de Tânger o quanto antes; não é um bom lugar para uma mulher sozinha, e menos ainda em sua atual condição. Receio que possa haver quem tenha certo interesse em me encontrar, e, se não conseguirem, pode ser que tentem encontrar você. Quando deixar o hotel, procure fazê-lo discretamente e com pouca bagagem: embora eu vá tentar por todos os meios, com a urgência de minha partida não sei se vou ter oportunidade de pagar a conta dos últimos meses, e jamais poderia me perdoar se isso a atrapalhasse de alguma maneira.*

Não lembro o que pensei. Conservo intacta em minha memória a imagem da cena: o quarto revirado, o armário vazio, a luz cegante entrando pela janela aberta e minha presença arrasada em cima da cama, segurando a carta com uma mão, agarrando a gravidez recém-confirmada com a outra enquanto pela testa escorriam gotas espessas de suor. Os pensamentos que passaram naquele momento por minha mente, porém, ou nunca existiram ou não deixaram marca, porque jamais pude rememorá-los. Do que tenho certeza é que comecei a agir como uma máquina ligada na tomada, com movimentos apressados, mas sem capacidade para a reflexão ou a expressão de sentimentos. Apesar do conteúdo da carta, e mesmo na distância, Ramiro continuava marcando o ritmo de meus atos, e eu, simplesmente, limitei-me a obedecer. Abri uma mala e enchi-a com a primeira coisa que peguei, sem parar para pensar no que seria bom levar e no que poderia ficar para trás. Alguns vestidos, uma escova de cabelo, algumas blusas e duas revistas atrasadas, um punhado de roupa íntima, sapatos sem par, dois paletós sem as saias e três saias sem paletó, papéis soltos que haviam ficado em cima da mesa, potes do banheiro, uma toalha. Quando aquela bagunça de roupas e coisas atingiu o limite da mala, fechei-a e, batendo a porta, fui embora.

Na correria do meio-dia, com os clientes entrando e saindo do restaurante e o barulho dos garçons, os passos cruzados e as vozes em idiomas que eu não entendia, ninguém pareceu perceber minha partida. Somente Hamid, o pequeno carregador com cara de menino que já não era, aproximou-se, solícito, para me ajudar a levar a bagagem. Rejeitei-o sem palavras e saí. Saí andando com um passo que não era nem firme nem frouxo, nem o contrário, sem ter a menor ideia de aonde me dirigir e sem me preocupar com isso. Lembro-me de ter percorrido a ladeira da rua Portugal, guardo algumas imagens dispersas de barracas, animais, vozes e túnicas. Andei sem rumo, e várias vezes tive de me afastar e encostar em uma parede quando ouvia atrás de mim a buzina de um automóvel ou os gritos de *balak, balak* de algum marroquino que transportava sua mercadoria com pressa. Em meu andar perdido, passei em algum momento pelo cemitério inglês, pela igreja católica e pela rua Siagin, pela rua da Marina e pela Grande Mesquita. Caminhei por um tempo eterno e impreciso, sem sentir cansaço nem ter sensações, movida por uma força alheia que impulsionava minhas pernas como se pertencessem a um corpo que não era o meu. Eu poderia continuar andando muito mais tempo: horas, noites, talvez semanas, anos e anos até o fim dos dias. Mas não fiz isso porque em Cuesta de la Playa, quando passava como um fantasma em frente às Escolas Espanholas, um táxi parou a meu lado.

— Precisa que a leve a algum lugar, *mademoiselle*? — perguntou o condutor em uma mistura de espanhol e francês.

Acho que assenti com a cabeça. Pela mala, ele deve ter imaginado que eu tinha a intenção de viajar.

— Ao porto, à estação, ou vai pegar um ônibus?

— Sim.

— Sim, o quê?

— Sim.

— Sim, um ônibus?

Afirmei de novo com um gesto: tanto fazia um ônibus ou um trem, um barco ou o fundo de um precipício. Ramiro havia me abandonado e eu não tinha para onde ir, de modo que qualquer lugar era tão ruim quanto qualquer outro. Ou pior.

## 6

Uma voz suave tentou me acordar, e com um esforço imenso consegui entreabrir os olhos. A meu lado percebi duas figuras: borradas primeiro, mais nítidas depois. Uma delas pertencia a um homem de cabelos grisalhos cujo rosto ainda difuso me pareceu remotamente familiar. Na outra silhueta perfilava-se uma freira com uma imaculada touca branca. Tentei me situar, e só distingui um teto alto acima de minha cabeça, camas dos lados, cheiro de medicamentos e sol entrando inclemente pelas janelas. Percebi, então, que estava em um hospital. Ainda mantenho na memória as primeiras palavras que murmurei.

— Quero voltar para minha casa.

— E onde fica sua casa, minha filha?

— Em Madri.

Tive a impressão de que as duas figuras trocavam um rápido olhar. A freira pegou minha mão e a apertou com suavidade.

— Acho que por enquanto não vai ser possível.

— Por quê? — perguntei.

O homem respondeu:

— O trânsito no estreito está interrompido. Foi declarado estado de guerra.

Não consegui entender o que aquilo significava, porque, assim que as palavras entraram em meus ouvidos, caí novamente em um poço de fraqueza e sonho infinito do qual demorei dias para acordar. Quando despertei, ainda permaneci um tempo internada. Aquelas semanas imobilizada no Hospital Civil de Tetuán serviram para pôr algo parecido a ordem em meus sentimentos e para avaliar o alcance do que os últimos meses haviam representado. Mas isso foi no fim, nos últimos dias, porque nos primeiros, de manhã e de tarde, de madrugada, na hora das visitas que nunca tive e nos momentos em que me levaram a comida que não consegui provar, a única coisa que fiz foi chorar. Não pensei, não refleti, nem sequer recordei. Só chorei.

Com o passar dos dias, quando meus olhos secaram porque já não restava mais capacidade de pranto dentro de mim, como em um desfile de ritmo milimétrico, as recordações começaram a chegar a minha cama. Eu quase podia vê-las me acossando, entrando em fila pela porta dos fundos do pavilhão, aquele aposento grande e cheio de luz. Recordações vivas, autônomas, grandes e pequenas, que vinham uma atrás da outra e pulavam em cima da cama e subiam por meu corpo até que, por uma orelha, ou por baixo das unhas, ou pelos poros da pele, entravam em meu cérebro e o martelavam sem piedade com imagens e momentos que minha vontade queria não ter rememorado nunca mais. E depois, quando a nuvem de memórias ainda continuava chegando, mas sua presença era cada vez menos ruidosa, com uma frieza atroz, como uma comichão começou a me invadir a necessidade de analisar tudo, de encontrar uma causa e uma razão para cada um dos acontecimentos dos últimos oito meses de minha vida. Aquela fase foi a pior: a mais agressiva, a mais tormentosa. A que mais doeu. E embora eu não possa calcular quanto durou, sei com plena certeza que foi uma chegada inesperada que conseguiu lhe pôr um fim.

Até então, todos os dias haviam se passado entre parturientes, filhas da caridade e camas metálicas pintadas de branco. De vez em quando aparecia o jaleco de um médico e a certas horas chegavam as famílias das outras mulheres internadas falando em murmúrios, fazendo carinhos nos bebês recém-nascidos e consolando, em meio aos suspiros, aquelas que, como eu, haviam ficado na metade do caminho. Eu estava em uma cidade onde não conhecia ninguém: nunca ninguém fora me ver, e eu nem esperava que fosse. Eu nem sequer sabia muito bem o que estava fazendo naquele lugar estranho: só fui capaz de resgatar uma recordação confusa das circunstâncias de minha chegada. Uma lacuna de densa incerteza ocupava em minha memória o lugar em que deveriam estar as razões lógicas que me levaram a isso. Ao longo daqueles dias, as recordações me acompanharam misturadas a meus pensamentos turvos, às presenças discretas das freiras e ao desejo — metade anelante, metade temeroso — de voltar para Madri o mais cedo possível.

Contudo, minha solidão foi interrompida de forma imprevista certa manhã. Precedido pela figura branca e redonda da irmã Virtudes, reapareceu então aquele rosto masculino que dias antes havia pronunciado algumas palavras confusas sobre uma guerra.

— Trouxe uma visita, filha — anunciou a freira. Em seu tom afável, pareceu-me perceber um leve toque de preocupação. Quando o recém-chegado se identificou, entendi por quê.

— Delegado Claudio Vázquez, senhora — disse o desconhecido a modo de saudação. — Ou é senhorita?

Ele tinha o cabelo quase branco, ar flexível, terno claro de verão e um rosto queimado de sol, no qual brilhavam dois olhos escuros e sagazes. Na moleza que ainda me invadia, não pude perceber se era um homem maduro com porte juvenil ou um homem jovem prematuramente envelhecido. De qualquer maneira, pouco importava aquilo naquele momento: maior urgência era saber o que queria de mim. A irmã Virtudes lhe indicou uma cadeira junto a uma parede próxima; ele a trouxe no ar até o lado direito de minha cama. Deixou o chapéu aos pés e se sentou. Com um sorriso tão gentil quanto autoritário, sinalizou à religiosa que preferiria que se retirasse.

A luz entrava plenamente pelas amplas janelas do pavilhão. Por trás delas, o vento balançava levemente as palmeiras e os eucaliptos do jardim sob um deslumbrante céu azul, testemunhando um magnífico dia de verão para qualquer um que não o tivesse de passar prostrado na cama de um hospital com um delegado de polícia como acompanhante. Com os lençóis brancos impolutos e esticados ao extremo, as camas dos dois lados da minha, como quase todas as outras, estavam desocupadas. Quando a religiosa foi embora disfarçando sua contrariedade por não poder ser testemunha daquele encontro, ficamos no pavilhão o delegado e eu, na única companhia de duas ou três presenças acamadas e distantes, e de uma jovem freira que esfregava silenciosa o chão à distância. Eu estava recostada, com o lençol me cobrindo até o peito, deixando de fora só os braços nus cada vez mais magros, os ombros ossudos e a cabeça; com o cabelo preso em uma escura trança de lado e o rosto fino e cinzento, esgotada.

— A irmã me disse que você já está melhor, de modo que precisamos conversar, pode ser?

Concordei mal mexendo a cabeça, sem sequer imaginar o que aquele homem poderia querer conversar comigo. Que eu soubesse, a angústia e o desconcerto não atentavam contra lei alguma. Então, o delegado tirou um pequeno caderno do bolso interno do paletó e consultou umas anotações. Devia tê-las revisado pouco antes, porque não precisou passar as folhas para encontrá-las: simplesmente dirigiu os olhos à página a sua frente e lá estava, diante de seus olhos, o que parecia necessitar.

— Bem, vou começar lhe fazendo umas perguntas; diga simplesmente sim ou não. Você é Sira Quiroga Martín, nascida em Madri em 25 de junho de 1911, certo?

Ele falava com um tom cortês que nem por isso deixava de ser direto e inquisitivo. Certa deferência por conta de minha condição baixava o tom profissional do encontro, mas não o escondia totalmente. Corroborei a veracidade de meus dados pessoais com um gesto afirmativo.

— E chegou a Tetuán no dia 15 de julho do passado procedente de Tânger.

Assenti mais uma vez.

— Em Tânger, esteve hospedada desde o dia 23 de março no Hotel Continental.

Nova afirmação.

— Em companhia de... — consultou seu caderno — Ramiro Arribas Querol, natural de Vitoria, nascido em 23 de outubro de 1901.

Tornei a assentir, dessa vez baixando o olhar. Era a primeira vez que ouvia o nome dele depois de todo aquele tempo. O delegado Vázquez não pareceu notar que eu estava começando a perder o aprumo; ou, talvez, percebeu e não quis que eu notasse; a questão é que prosseguiu com o interrogatório ignorando minha reação.

— E, no Hotel Continental, ambos deixaram uma conta pendente de 3.789 francos franceses.

Não repliquei. Simplesmente virei a cabeça para o lado para evitar o contato com seus olhos.

— Olhe para mim — disse.

Não o atendi.

— Olhe para mim — repetiu. Seu tom se mantinha neutro; na segunda vez não era mais insistente que na anterior, nem mais gentil, nem mais exigente. Era, simplesmente, o mesmo. Esperou alguns momentos, paciente, até que obedeci e lhe dirigi o olhar. Mas não respondi. Ele reformulou sua pergunta sem perder a calma.

— Tem ciência de que deixaram pendente no hotel Continental uma conta de 3.789 francos?

— Acho que sim — respondi finalmente com um fio de voz. E voltei a afastar meu olhar do dele, e novamente virei a cabeça para o lado. E comecei a chorar.

— Olhe para mim — pediu pela terceira vez.

Esperou um tempo, até que percebeu que naquela ocasião eu já não tinha a intenção, ou a força, ou a coragem suficiente para enfrentá-lo. Então, ouvi que se levantava da cadeira, contornava meus pés e se aproximava pelo outro lado. Sentou-se na cama vizinha sobre a qual estava meu olhar; com seu corpo, acabou com a arrumação dos lençóis e cravou seus olhos nos meus.

— Estou tentando ajudá-la, senhora. Ou senhorita, tanto faz — esclareceu com firmeza. — Você está metida em uma confusão tremenda, embora, pelo que me consta, não por vontade própria. Acho que sei como tudo aconteceu, mas preciso que você colabore comigo. Se não me ajudar, eu não vou poder ajudá-la, entende?

Eu disse que sim com esforço.

— Bem, então pare de chorar e vamos logo ao que interessa.

Sequei minhas lágrimas com o lençol. O delegado me concedeu um breve minuto. Assim que notou que o pranto estava controlado, retomou sua tarefa.

— Pronta?

— Pronta — murmurei.

— Veja, você está sendo acusada pela direção do Hotel Continental de ter deixado pendente uma conta bastante alta, mas isso não é tudo. A questão, infelizmente, é muito mais complexa. Soubemos também que pesa sobre você uma denúncia da casa Hispano-Olivetti por roubo de 24.890 pesetas.

— Mas eu, mas...

Com um gesto de mão ele me impediu de continuar tentando me justificar: ainda tinha mais informações a me dar.

— E uma ordem de busca pela subtração de umas joias de considerável valor de um domicílio particular em Madri.

— Eu não, mas...

O impacto do que eu ouvia anulava minha capacidade de pensar e impedia que as palavras saíssem ordenadas. O delegado, ciente de meu aturdimento, tentou me acalmar.

— Eu sei, eu sei. Acalme-se, não se esforce. Eu li todos os papéis e documentos que você tinha na mala e com eles pude recompor, de uma maneira aproximada, os acontecimentos. Encontrei a carta deixada por seu marido, ou namorado ou amante, ou seja quem for esse tal de Arribas, e também um certificado da doação das joias a seu favor, e um documento que explica que o anterior proprietário das joias é, na realidade, seu pai.

Eu não me lembrava de ter levado aqueles papéis comigo; não sabia o que havia sido deles desde que Ramiro os guardara, mas, se estavam com minhas coisas, com certeza era porque eu mesma os havia pegado do quarto do hotel inconscientemente no momento de minha partida. Suspirei com certo alívio ao entender que talvez neles pudesse estar a chave de minha redenção.

— Fale com ele, por favor, fale com meu pai — supliquei. — Ele está em Madri, chama-se Gonzalo Alvarado, mora na rua Hermosilla, número 19.

— Não há meios de localizá-lo. As comunicações com Madri são péssimas. A capital está convulsionada, muita gente desalojada: detida, fugida ou fugindo, ou escondida, ou morta. Além disso, a coisa para você é mais complicada ainda porque a denúncia partiu do próprio filho de Alvarado, Enrique, acho que é esse o nome, seu meio-irmão, não? Enrique Alvarado, sim — corroborou após consultar suas anotações. — Ao que parece, uma criada informou a ele, há alguns meses, que você esteve na casa e que saiu de lá bastante alterada portando alguns pacotes: pressupõem que neles estavam as joias, acham que Alvarado pai pode ter sido vítima de uma chantagem ou submetido a algum tipo de extorsão. Enfim, um assunto bastante feio, embora esses documentos pareçam eximi-la de culpa.

Então, tirou de um dos bolsos externos do paletó os papéis que meu pai me havia entregado em nosso encontro de meses atrás.

— Felizmente para você, Arribas não os levou junto com as joias e o dinheiro, possivelmente porque poderiam ser comprometedores para ele. Deveria tê-los destruído para se salvaguardar, mas, na pressa de desaparecer, não o fez. Agradeça a ele, porque é isso, por ora, que a vai livrar da cadeia — comentou com ironia. A seguir, fechou os olhos brevemente, tentando engolir suas últimas palavras. — Desculpe, não a quis ofender; imagino que seu ânimo não está para agradecer nada a um sujeito que se comportou com você como ele o fez.

Não repliquei a sua desculpa, só formulei fracamente outra pergunta.

— Onde ele está agora?

— Arribas? Não sabemos com certeza. Pode ser no Brasil, talvez em Buenos Aires. Em Montevidéu, talvez. Embarcou em um transatlântico de bandeira argentina, mas pode ter desembarcado em vários portos. Estava acompanhado, ao que parece, de mais três indivíduos: um russo, um polonês e um italiano.

— E não vão atrás dele? Não vão fazer nada para seguir seu rastro e prendê-lo?

— Receio que não. Temos pouco contra ele: simplesmente uma conta não paga dividida com você. A não ser que o queira denunciar pelas joias e o dinheiro que lhe tirou, mas, sinceramente, não acho que valha a pena. É verdade que era tudo seu, mas a procedência é um tanto turva e você está sendo procurada justamente por isso. Enfim, acho que é difícil voltarmos a saber do paradeiro dele; esses sujeitos costumam ser espertos, têm muita vivência e sabem como fazer para evaporar e se reinventar quatro dias depois em qualquer ponto do planeta da forma mais insuspeitada.

— Mas íamos ter uma vida nova, íamos abrir um negócio; estávamos esperando a confirmação — balbuciei.

— Está se referindo às máquinas de escrever? — perguntou, tirando um novo envelope do bolso. — Não poderiam: não tinham autorização. Os donos das empresas na Argentina não tinham o menor interesse em expandir seu negócio do outro lado do Atlântico, e assim comunicaram a ele no mês de abril. — Percebeu o desconcerto em meu rosto. — Arribas nunca lhe disse, não é?

Recordei minha procura diária na recepção, iludida, ansiosa pelo recebimento daquela carta que eu julgava que mudaria nossa vida, e que já estava havia meses em poder de Ramiro sem que ele jamais me contasse. Meus pretextos para defendê-lo iam se dissolvendo, virando fumaça. Agarrei-me com poucas forças ao último resquício de esperança que me restava.

— Mas ele me amava...

O delegado sorriu com um quê de amargura mesclado com algo parecido com compaixão.

— Isso é o que dizem todos os dessa laia. Ouça, senhorita, não se engane: sujeitos como Arribas só amam a si mesmos. Podem ser afetivos e parecer generosos; costumam ser encantadores, mas, na hora da verdade, só o que lhes interessa é sua própria pele, e, assim que as coisas ficam um pouco pretas, saem em disparada e passam por cima do que for preciso a fim de não serem pegos em mentira. Dessa vez, a grande prejudicada foi você; falta de sorte, certamente. Eu não duvido que ele a estimasse, mas, um belo dia, surgiu outro projeto melhor e você se transformou, para ele, em uma carga que não lhe interessava arrastar. Por isso a deixou, não pense mais nisso. Você não tem culpa de nada, mas pouco podemos fazer para reverter o irreversível.

Eu não quis me aprofundar mais naquela reflexão sobre a sinceridade do amor de Ramiro; era muito doloroso para mim. Preferi retomar os assuntos práticos.

— E a questão da Hispano-Olivetti? O que acham que eu tenho a ver com isso?

Ele inspirou e expulsou o ar com força, preparando-se para abordar algo que não lhe era agradável.

— Esse assunto está mais enrolado ainda. Por ora, não há provas contundentes que a eximam de culpa, mas eu, pessoalmente, intuo que se trata de outra jogada na qual você foi envolvida por seu marido, ou namorado, ou seja lá o que for esse tal de Arribas. A versão oficial dos fatos é que você consta como dona de uma empresa que recebeu uma quantidade de máquinas de escrever que nunca foram pagas.

— Ele teve a ideia de abrir uma empresa em meu nome, mas eu não sabia... eu não conhecia... eu não...

— É nisso que acredito, que você não tinha ideia de tudo o que ele fez usando-a como fachada. Vou lhe contar o que acho que aconteceu na realidade; a versão oficial você já sabe. Corrija-me se eu estiver enganado: você recebeu dinheiro e joias de seu pai, certo?

Assenti.

— E, depois, Arribas se ofereceu para abrir uma empresa em seu nome e guardar todo o dinheiro e as joias no cofre da firma para a qual ele trabalhava, certo?

Assenti outra vez.

— Bem, pois ele não fez isso. Ou melhor, fez, mas não na qualidade de simples depósito em seu nome. Com seu dinheiro, ele fez uma compra para sua própria empresa simulando tratar-se de uma encomenda da casa de importação e exportação a que me refiro, Mecanográficas Quiroga, na qual você constava como proprietária. Pagou pontualmente com seu dinheiro, e a Hispano-Olivetti não suspeitou de absolutamente nada. Era apenas mais um pedido, grande e bem gerido, e pronto. Arribas, por sua vez, revendeu aquelas máquinas, não sei a quem nem como. Até aí, tudo certo para a Hispano-Olivetti em termos contábeis, e satisfatório para Arribas que, sem ter investido um centavo de seu próprio capital, havia feito um excelente negócio. Bem, poucas semanas depois, ele fez outro grande pedido em seu nome, mais uma vez oportunamente atendido. O valor desse pedido não foi quitado no ato; só receberam um sinal, mas, tendo em conta que você já constava como boa pagadora, ninguém suspeitou: imaginaram que o resto do montante seria quitado de maneira conveniente, nos termos estabelecidos. O problema é que esse pagamento nunca foi feito: Arribas revendeu mais uma vez a mercadoria, teve lucro de novo e desapareceu com você e com todo seu capital praticamente intacto, além de um bom lucro conseguido com a revenda e a compra que nunca foi paga. Um bom golpe, sim senhora, mas alguém deve ter suspeitado de alguma coisa, porque, pelo que sei, sua saída de Madri foi um pouco precipitada, não é verdade?

Recordei em um lampejo minha chegada a nossa casa da praça Salesas naquela manhã de março, o ímpeto nervoso de Ramiro tirando a roupa do armário e enchendo malas de forma atropelada, a urgência que me infundiu para que eu fizesse o mesmo sem perder um segundo. Com essas imagens na mente, corroborei a suposição do delegado. Ele prosseguiu.

— De modo que, enfim, Arribas não só ficou com seu dinheiro, como, além disso, usou-o para conseguir maiores benefícios para si mesmo. Um sujeito muito esperto, sem dúvida alguma.

As lágrimas voltaram aos meus olhos.

— Pare. Segure o choro, por favor. Não vale a pena chorar sobre o leite derramado. Veja, realmente, tudo aconteceu no momento menos oportuno e mais complicado.

Engoli em seco, consegui me conter e me acomodar de novo ao diálogo.

— Por causa da guerra de que falou outro dia?

— Ainda não se sabe em que isso tudo vai acabar, mas, por ora, a situação é extremamente complexa. Metade da Espanha está nas mãos dos sublevados e a outra metade permanece leal ao governo. Impera um caos imenso, desinformação e falta de notícias; enfim, um desastre absoluto.

— E aqui? Como estão as coisas por aqui?

— Agora, moderadamente tranquilas; nas últimas semanas tudo esteve muito pior. Foi aqui que tudo começou, não sabe? Daqui surgiu a sublevação; daqui, de Marrocos, saiu o general Franco e aqui começou o movimento de tropas. Houve bombardeios nos primeiros dias; a aviação da República atacou o Alto Comissariado em resposta à sublevação, mas o azar fez que errassem o alvo e um dos Fokkers causou muitos feridos civis, a morte de algumas crianças mouras e a destruição de uma mesquita. Com isso, os muçulmanos consideraram esse ato como um ataque a eles e se puseram automaticamente do lado dos sublevados. Houve, também, por outro lado, muitas prisões e fuzilamentos de defensores da República contrários à sublevação: a cadeia europeia está até o teto e montaram uma espécie de campo de reclusão em Mogote. Finalmente, com a queda do aeroporto de Sania Ramel aqui, muito perto deste hospital, acabaram-se os bastiões do governo no Protetorado, de modo que, agora, todo o Norte da África já está controlado pelos militares sublevados e a situação mais ou menos calma. O pior, agora, está na Península.

Então, esfregou os olhos com o polegar e o indicador da mão esquerda; a seguir, correu a palma da mão lentamente para cima, pelas sobrancelhas, a testa e a raiz do cabelo, o topo da cabeça e a nuca, até chegar ao pescoço. Falou baixo, como para si mesmo.

— Tomara que isso tudo acabe de uma maldita vez por todas...

Arranquei-o de sua reflexão; não pude conter a incerteza nem mais um segundo.

— Mas vou poder ir embora ou não?

Minha pergunta inoportuna o fez voltar à realidade. Taxativo.

— Não. De jeito nenhum. Não vai poder ir a lugar algum, e muito menos para Madri. Lá, por enquanto, o governo da República se mantém: o povo o apoia e está se preparando para resistir ao que for necessário.

— Mas eu tenho de voltar — insisti. — Minha mãe está lá, minha casa...

Ele falou de novo, esforçando-se para manter a paciência. Minha insistência estava lhe causando cada vez mais desconforto, mas tentava não me contrariar por conta de minha condição clínica. Em outras circunstâncias, possivelmente teria me tratado com muito menos contemplações.

— Veja, eu não sei de que lado você está. Se está com o governo ou a favor da sublevação. — Sua voz era de novo neutra; havia recuperado todo seu vigor após um breve momento de fraqueza; provavelmente, o cansaço e a tensão dos dias convulsos o houvessem desequilibrado um pouco. — Para ser sincero, depois de tudo o que tive de ver nestas últimas semanas, sua posição pouco me importa; aliás, prefiro nem saber. Eu me limito a fazer meu trabalho tentando manter as questões políticas de lado; já há gente de sobra, infelizmente, cuidando delas. Mas, ironicamente, a sorte, pelo menos uma vez, e embora seja difícil de acreditar, ficou do seu lado. Aqui, em Tetuán, centro da sublevação, você estará completamente segura porque ninguém, exceto eu, vai se preocupar com seus problemas com a lei; e, acredite, são bastante turvos. O suficiente para, em condições normais, mantê-la uma boa temporada presa.

Quis protestar, alarmada e em pânico. Ele não me deixou; deteve minhas intenções erguendo uma mão e continuou falando.

— Imagino que em Madri vão suspender a maioria dos processos policiais e todos os judiciais que não sejam políticos ou de envergadura maior: com o que aconteceu por ali, não creio que ninguém tenha interesse em andar perseguindo por Marrocos uma pretensa golpista de uma firma de máquinas de escrever e suposta ladra do patrimônio do pai denunciada pelo próprio irmão. Há algumas semanas, isso seria um assunto mais ou menos sério, mas, hoje, é só uma questão insignificante em comparação com o que a capital está passando.

— Então? — perguntei indecisa.

— Então, o que você vai fazer é não sair daqui; não fazer a menor tentativa de sair de Tetuán e dar tudo de si para não me causar o menor problema. Minha tarefa é velar pela vigilância e segurança da zona do Protetorado, e não acho que você seja uma grave ameaça a isso. Mas, por via das dúvidas, não a quero perder de vista. De modo que vai ficar aqui por um tempo e vai se manter longe de qualquer tipo de confusão. E não entenda isso como um conselho ou uma sugestão, e sim como uma ordem. Será como uma detenção um tanto peculiar: não a estou jogando no calabouço nem a confinando a uma prisão domiciliar, de modo que gozará de uma relativa liberdade de movimentos. Mas está terminantemente desautorizada a abandonar a cidade sem meu prévio consentimento, está claro?

— Até quando? — perguntei, sem corroborar o que me pedia. A ideia de ficar sozinha indefinidamente naquela cidade desconhecida me parecia a pior das opções.

— Até que a situação se acalme na Espanha e vejamos como as coisas se resolvem. Então, decidirei o que fazer com você; neste momento, não tenho tempo nem meios de cuidar dos seus assuntos. Por enquanto, só terá que cuidar de um problema: a dívida com o hotel de Tânger.

— Mas eu não tenho com que pagar essa quantia... — esclareci, de novo à beira das lágrimas.

— Eu sei: revistei de cima a baixo sua bagagem, e, além de roupa revirada e alguns documentos, vi que não tem mais nada. Mas, por ora, você é a única responsável que temos, e nesse assunto está tão envolvida quanto Arribas. De modo que, diante da ausência dele, você terá de arcar com a dívida. E, disso, receio que não a vou poder livrar, porque o pessoal de Tânger sabe que eu sei onde você está.

— Mas ele levou meu dinheiro... — insisti, com a voz trêmula de novo por causa do choro.

— Também sei disso, e pare de chorar de uma vez, por favor. O próprio Arribas esclarece tudo em sua carta: com suas próprias palavras, expressa abertamente quão sem-vergonha é e sua intenção de deixá-la sozinha e sem um centavo, levando todos os seus bens. E com uma gravidez que acabou perdendo assim que pisou em Tetuán, quando desceu do ônibus.

Meu desconcerto, misturado com as lágrimas, com a dor e a frustração, obrigou-o a fazer uma pergunta.

— Não se lembra? Eu a estava esperando ali. Havíamos recebido um aviso da delegacia de Tânger alertando sobre sua chegada. Ao que parece, um carregador do hotel comentou algo com o gerente sobre sua saída precipitada, achou que estava em um estado bastante alterado e deu o alarme. Descobriram, então, que havia abandonado o quarto com intenção de não voltar. Como a quantia que devia era considerável, alertaram a polícia, localizaram o taxista que a levara até La Valenciana e descobriram que você vinha para cá. Em condições normais, eu teria mandado um de meus homens buscá-la, mas, como as coisas estão complicadas nos últimos tempos, agora prefiro supervisionar tudo diretamente para evitar surpresas desagradáveis. De modo que decidi vir eu mesmo. Assim que desceu do ônibus, desmaiou em meus braços; eu a trouxe até aqui.

Em minha memória, então, algumas recordações difusas começaram a ganhar forma. O calor asfixiante daquele ônibus que todo mundo, efetivamente, chamava de La Valenciana. A gritaria lá dentro, as cestas com galinhas vivas, o suor e o cheiro que exalavam os corpos e os pacotes que os passageiros, mouros e espanhóis, carregavam. A sensação de uma umidade viscosa entre as coxas. A fraqueza extrema ao descer quando cheguei a Tetuán, o espanto ao notar que uma substância quente escorria por minhas pernas. O rastro negro e grosso que ia deixando atrás de mim. No instante em que toquei o asfalto da nova cidade, uma voz de homem proveniente de um rosto meio encoberto pela sombra da aba de um chapéu: "Sira Quiroga? Polícia. Acompanhe-me, por favor". Naquele momento, senti uma fraqueza infinita e notei que minha mente ficava nublada e minhas pernas não me sustentavam. Perdi a consciência, e então, semanas depois, tornava a ver diante de mim aquele rosto que ainda não sabia se pertencia a meu verdugo ou a meu redentor.

— A irmã Virtudes se encarregou de ir me transmitindo informes de sua evolução. Há dias estou tentando falar com você, mas me negaram acesso até agora. Disseram-me que você tem anemia profunda e mais outras coisas. Mas, enfim, parece que já está melhor, por isso me autorizaram a vê-la hoje, e vão lhe dar alta nos próximos dias.

— E para onde vou? — Minha angústia era tão imensa quanto meu medo. Eu me sentia incapaz de enfrentar, por mim mesma, uma realidade desconhecida. Nunca havia feito nada sem ajuda, sempre tivera alguém que marcasse meus passos: minha mãe, Ignacio, Ramiro. Eu me sentia inútil, inepta para enfrentar sozinha a vida e seus embates. Incapaz de sobreviver sem uma mão que me levasse, que me segurasse com força, sem uma cabeça decidindo por mim. Sem uma presença próxima em que confiar e da qual depender.

— Estou cuidando disso — disse —, procurando um local. Não pense que é fácil encontrar, do jeito que as coisas estão. De qualquer maneira, eu gostaria de saber alguns dados sobre sua história que ainda desconheço. Se estiver com forças, gostaria de voltar amanhã para que você me resuma tudo o que aconteceu, pode haver algum detalhe que nos ajude a resolver os problemas em que seu marido, seu namorado...

— ... Ou o que quer que seja esse filho da mãe — completei com uma expressão irônica tão fraca quanto amarga.

— Vocês eram casados? — perguntou.

Neguei com a cabeça.

— Melhor para você — concluiu. Consultou o relógio. — Bem, não a quero cansar mais — disse levantando-se. — Acho que por hoje é suficiente. Volto amanhã, não sei a que hora; quando tiver uma folga, estamos muito atarefados.

Contemplei-o enquanto se dirigia à saída do pavilhão, andando apressado, com o passo elástico e determinado de quem não está acostumado a perder tempo. Cedo ou tarde, quando me recuperasse, eu teria de descobrir se aquele homem realmente confiava em minha inocência ou se simplesmente queria se livrar do pesado fardo que eu representava, caindo do céu no momento mais inoportuno. Não consegui pensar naquele momento: estava exausta e assustada, e a única coisa que queria era dormir um sono profundo e esquecer tudo.

O delegado Vázquez voltou na noite seguinte, às sete, talvez oito, quando o calor já era menos intenso e a luz mais tênue. Assim que o vi atravessar a porta do outro lado do pavilhão, apoiei-me nos cotovelos e, com grande esforço, sentei na cama. Quando chegou até mim, sentou-se na mesma cadeira do dia anterior. Nem sequer o cumprimentei. Limpei a garganta, preparei a voz e me dispus a narrar tudo o que queria ouvir.

# 7

Aquele segundo encontro com Claudio aconteceu em uma sexta-feira de fim de agosto. Na segunda-feira no meio da manhã voltou para me pegar: havia encontrado um local onde me alojar e ia me acompanhar. Em circunstâncias diferentes, um comportamento aparentemente tão cavalheiresco poderia ter sido interpretado de outra maneira; naquele momento, nem ele nem eu tínhamos dúvida de que seu interesse por mim não era mais que o de um simples assunto profissional que convinha manter bem vigiado para evitar complicações.

Quando chegou, encontrou-me já vestida; usando roupa descoordenada que havia ficado grande para mim, um laço malfeito, sentada na borda da cama já feita; com a mala cheia dos miseráveis restos do naufrágio a meus pés e os dedos ossudos entrelaçados no regaço, esforçando-me — sem sorte — para reunir forças. Ao vê-lo chegar, tentei me levantar; com um gesto, porém, ele me sinalizou que permanecesse sentada. Acomodou-se na borda da cama em frente à minha e disse apenas:

— Espere. Temos que conversar.

Olhou para mim por alguns segundos com aqueles olhos escuros capazes de perfurar uma parede. Eu já havia descoberto, na época, que ele não era nem um jovem grisalho nem um velho juvenil: era um homem entre os quarenta e os cinquenta anos, educado nas maneiras, mas curtido no trabalho, com boa presença e a alma adestrada pelo trato com pilantras de toda laia. Um homem, pensei, com quem, de jeito nenhum, me convinha ter o menor problema.

— Veja, esse não é o procedimento que costumamos seguir em minha delegacia; com você, devido às circunstâncias do momento, estou abrindo uma exceção, mas quero que fique bem claro qual é sua situação real. Embora pessoalmente eu acredite que você é apenas a incauta vítima de um canalha, esses assuntos devem ser decididos por um juiz, não por mim. Contudo, do modo como estão as coisas agora, na confusão desses dias, receio que um julgamento é algo impensável. E também não ganharíamos nada mantendo-a presa em uma cela até Deus sabe quando. Então, como lhe disse outro dia, vou deixá-la em liberdade, mas, atenção: controlada e com movimentos limitados. E, para evitar tentações, não vou lhe devolver seu passaporte. Além disso, você está livre com a condição de que, assim que se restabelecer totalmente, procure uma maneira decente de ganhar a vida e poupe para honrar sua dívida com o Continental. Eu pedi a eles, em seu nome, o prazo de um ano para saldar a conta pendente, e eles aceitaram, de modo que já pode se mexer e fazer o possível para tirar esse dinheiro das pedras, se for necessário, mas de forma limpa e sem trapaças, está claro?

— Sim, senhor — murmurei.

— E não falhe comigo; não tente aprontar nada e não me force a ir atrás de você a sério, porque, se me provocar, aciono a máquina, embarco-a para a Espanha na primeira oportunidade e vai pegar sete anos no presídio feminino de Quiñones antes que perceba, ok?

Diante de tão funesta ameaça, não fui capaz de dizer nada coerente; só assenti. Ele se levantou, então; eu, dois segundos depois. Ele o fez com rapidez e flexibilidade; eu tive de impor a meu corpo um esforço imenso para poder acompanhar seu movimento.

— Vamos andando — concluiu. — Deixe que eu levo sua mala, que você não está em condição de carregar nem sua sombra. O carro está na porta; despeça-se das freiras, agradeça por a terem tratado tão bem e vamos embora.

Percorremos Tetuán em seu carro e, pela primeira vez, pude apreciar parcialmente aquela cidade que durante um tempo ainda indeterminado seria a minha também. O Hospital Civil ficava na periferia; pouco a pouco, fomos adentrando-a. À medida que rodávamos, crescia o volume de pessoas que transitavam por ali. As ruas estavam lotadas naquela hora próxima do meio-dia. Poucos automóveis circulavam, e o delegado tinha de tocar constantemente a buzina para abrir caminho por entre as pessoas que se moviam sem pressa em mil direções. Havia homens com ternos claros de linho e chapéus-panamá, crianças de calças curtas correndo e mulheres espanholas com os cestos de compras cheios de verduras. Havia muçulmanos com turbantes e túnicas listradas, e mouras cobertas com roupagens volumosas que só lhes permitiam mostrar os olhos e os pés. Havia soldados de uniforme e garotas com vestidos floridos de verão, crianças nativas descalças brincando entre as galinhas. Ouviam-se vozes, frases e palavras soltas em árabe e espanhol, cumprimentos constantes ao delegado cada vez que alguém reconhecia seu carro. Era difícil acreditar que daquele ambiente houvesse surgido, apenas algumas semanas antes, o que já se intuía como uma guerra civil.

Não conversamos ao longo do trajeto; aquela viagem não tinha o objetivo de ser um agradável passeio, e sim o escrupuloso cumprimento de um trâmite que acarretava a necessidade de me trasladar de um local a outro. Ocasionalmente, porém, quando o delegado achava que algo do que surgia diante de nossos olhos poderia ser estranho ou novo para mim, ele o apontava com o queixo e, sem tirar os olhos da frente do veículo, pronunciava umas secas palavras para descrevê-lo. "As rifenhas", lembro que disse apontando para um grupo de mulheres marroquinas que usavam longas saias listradas e grandes chapéus de palha com borlas vermelhas. Os poucos dez ou quinze minutos do trajeto foram suficientes para eu absorver as formas, descobrir os cheiros e aprender os nomes de algumas das presenças com que diariamente teria de conviver naquela nova etapa de minha vida. O Alto Comissariado, os figos-da-índia, o palácio do califa, os aguadores em seus burros, o bairro mouro, o Dersa e o Gorgues, os *bakalitos,* a hortelã.

Descemos do carro na praça Espanha; dois mourinhos se aproximaram voando para carregar minha bagagem, e o delegado os deixou. Então entramos na Luneta, ao lado do bairro judeu, ao lado do antigo bairro árabe. Luneta, minha primeira rua em Tetuán: estreita, barulhenta, irregular e alvoroçada, cheia de gente, tabernas, cafés e bazares onde tudo se comprava e tudo se vendia. Chegamos a uma portaria, entramos, subimos uma escada. O delegado tocou uma campainha no primeiro andar.

— Bom dia, Candelaria. Trouxe a encomenda que estava esperando. — Diante do olhar da redonda mulher de vermelho que acabava de abrir a porta, meu acompanhante apontou para mim com um breve movimento de cabeça.

— Mas que encomenda é essa, meu delegado? — replicou pondo as mãos na cintura e soltando uma forte risada. Imediatamente, afastou-se e nos deixou entrar. Tinha uma casa ensolarada, reluzente em sua modéstia e de estética um tanto duvidosa. Tinha também um desembaraço aparentemente natural sob o qual se intuía a sensação de que aquela visita do policial não deixava de lhe causar um grande desassossego.

— Uma encomenda especial que eu lhe faço — esclareceu ele, deixando a mala na pequena entrada aos pés de um calendário com a imagem de um Sagrado Coração. — Precisa hospedar esta mocinha por um tempo e, por ora, sem lhe cobrar um centavo; quando ela começar a ganhar a vida, vocês acertam as contas.

— Mas estou com a casa lotada, pelo amor de Deus! Chega pelo menos meia dúzia de pessoas por dia que eu não tenho como abrigar!

Estava mentindo, obviamente. A mulher enorme e morena estava mentindo, e ele sabia.

— Não me conte suas dores, Candelaria; já disse que precisa acomodá-la de qualquer jeito.

— Desde a sublevação, não para de vir gente em busca de hospedagem, dom Claudio! Tenho até colchões pelo chão!

— Pare de choramingar, que o trânsito do estreito está interrompido há semanas e nem as gaivotas cruzam por ali nestes dias. Gostando ou não, vai precisar fazer o que lhe peço; ponha na conta de todas que me deve. E não tem só que lhe dar alojamento: além disso, também tem de ajudá-la. Ela não conhece ninguém em Tetuán e tem uma história bastante feia, de modo que arrume um cantinho onde puder, porque é aqui que ela vai ficar a partir de agora mesmo, está claro?

Ela respondeu sem o menor entusiasmo:

— Claro como água, meu senhor; clarinho como água.

— Deixo-a a seus cuidados, então. Se houver algum problema, já sabe onde me encontrar. Não vejo graça nenhuma em que ela fique aqui: pouca coisa boa vai aprender com você, mas, enfim...

A mulher o interrompeu com um quê de ironia por baixo da pose de aparente inocência.

— Não está suspeitando de mim agora, não é, dom Claudio?

O delegado não se deixou enganar pela cadência debochada da andaluza.

— Eu sempre suspeito de todo mundo, Candelaria; sou pago para isso.

— E se acha que sou tão ruim, a troco de que me traz esse presente, meu delegado?

— Porque, como já disse, do jeito que as coisas estão, não tenho outro local aonde levá-la; não pense que faço isso com prazer. De qualquer maneira, você fica responsável por ela, vá imaginando alguma maneira de ela ganhar a vida: não creio que possa voltar para a Espanha por um bom tempo, e precisa arranjar dinheiro porque tem um assunto pendente para ajeitar. Veja se consegue que a contratem como vendedora em alguma loja, ou em um salão de cabeleireiro; em qualquer lugar decente. E faça o favor de parar de me chamar de "meu delegado"; já lhe disse isso umas quinhentas vezes.

Ela me observou, então, prestando atenção em mim pela primeira vez. De cima a baixo, com rapidez e sem curiosidade; como se simplesmente estivesse avaliando o volume da pedra que acabava de cair em cima dela. A seguir, voltou a vista para meu acompanhante, e, com uma resignação debochada, aceitou a tarefa.

— Fique tranquilo, dom Claudio, que Candelaria cuida dela. Vou ver onde a coloco, mas fique tranquilo, o senhor já sabe que comigo ela vai estar na bendita glória.

As promessas celestiais da dona da pensão não pareceram muito convincentes para o policial, porque ele ainda precisou apertar um pouco mais para acabar de negociar os termos de minha permanência ali. Com a voz modulada e o dedo indicador erguido na vertical à altura do nariz, formulou um último aviso que não admitia brincadeira alguma como resposta.

— Fique esperta, Candelaria, fique esperta e tenha cuidado, pois a coisa está muito confusa e não quero mais problemas além dos estritamente necessários. E que não lhe ocorra metê-la em nenhuma confusão das suas. Não confio em nenhuma das duas, de modo que vou vigiá-las de perto. E se eu souber de algum movimento estranho, levo as duas para a delegacia e dali ninguém as tira, entendido?

Ambas murmuramos um sentido "sim, senhor".

— Então, é isso. Recupere-se, e, assim que puder, comece a trabalhar.

Olhou em meus olhos para se despedir e pareceu hesitar um instante entre estender-me ou não a mão como despedida. Finalmente, optou por não o fazer, e concluiu o encontro com uma recomendação e um prognóstico condensados em três secas palavras: "Cuide-se, depois conversamos". Então, saiu da casa e começou a descer os degraus com um trote ágil enquanto ajustava o chapéu segurando-o pela copa com a mão aberta. Nós o observamos em silêncio da porta, até que ele desapareceu de nossa vista; estávamos quase entrando de novo na casa quando ouvimos seus passos terminarem a descida e sua voz ecoando no vão da escada.

— Levo as duas para o calabouço e dali nem Cristo as tira!

— Vá se ferrar — foi a primeira coisa que Candelaria disse após fechar a porta com um empurrão dado por seu volumoso traseiro. Depois, olhou para mim e sorriu sem vontade, tentando apaziguar meu desconcerto. — Demônio de homem, ele me deixa maluca; não sei como consegue, mas não deixa escapar uma, e passa o dia inteiro no meu pé.

Suspirou, então, com tanta força que seu avantajado peito inchou e desinchou como se tivesse dois balões dentro do apertado vestido de percal.

— Vamos, menina, entre. Vou colocá-la em um dos quartos do fundo. Ah, maldita sublevação, que deixou tudo de pernas para o ar e está enchendo as ruas e os quartéis de sangue! Tomara que tudo isso acabe logo e que possamos voltar à vida de sempre! Agora vou sair, tenho uns assuntos para resolver; você fica aqui se acomodando, e depois, quando eu voltar, na hora do almoço, me conta tudo com calma.

E com um grito em árabe requereu a presença de uma garotinha moura de apenas quinze anos que chegou da cozinha secando as mãos em um pano. Ambas começaram a tirar móveis e trocar lençóis no pequeno quartinho sem ventilação que a partir daquela noite passaria a ser meu dormitório. E ali me instalei, sem ter a menor ideia do tempo que minha permanência duraria nem do rumo que minha vida tomaria.

Candelaria Ballesteros, mais conhecida em Tetuán por Candelaria, a muambeira, tinha 47 anos e muito chão rodado. Passava por viúva, mas nem ela sabia se seu marido realmente havia morrido em uma de suas várias visitas à Espanha, ou se a carta que havia recebido de Málaga sete anos atrás comunicando o falecimento por pneumonia não era mais que o golpe de um sem-vergonha para desaparecer sem que ninguém fosse atrás dele. Fugindo das misérias dos boias-frias nos olivais do campo andaluz, o casal se instalou no Protetorado após a guerra do Rife, no ano de 1926. A partir de então, ambos dedicaram seus esforços aos negócios mais diversos, todos com uma estrela bastante famélica, cujos parcos rendimentos ele havia investido convenientemente em farra, bordéis e bebidas. Não tiveram filhos, e quando Francisco se evaporou e a deixou sozinha e sem os contatos com a Espanha para continuar trazendo a muamba, Candelaria decidiu alugar uma casa e montar nela uma modesta pensão. Nem por isso, porém, parou de comprar, vender, recomprar, revender, trocar, permutar tudo o que caía em suas mãos. Moedas, cigarreiras, selos, canetas, meias, relógios, isqueiros: tudo de origem escusa, tudo com destino incerto.

Em sua casa da rua Luneta, entre o antigo bairro mouro e a extensão espanhola, alojava sem distinção todo aquele que batesse a sua porta solicitando uma cama, em geral gente de poucos haveres e menos aspirações. Com eles e com todo aquele que aparecesse a sua frente tentava fazer negócios: vendo isso, compro aquilo, ajusto aquilo outro; você me deve, eu lhe devo. Mas, com cuidado; sempre com certo cuidado, porque Candelaria, a muambeira, com seu porte enorme, seus negócios turvos e aquele desembaraço capaz de dobrar o mais firme, não tinha um fio de cabelo de boba e sabia que com o delegado Vázquez não podia folgar. Talvez uma brincadeirinha aqui, uma ironia ali, mas sem ultrapassar a linha do legalmente admissível, porque, senão, ele não só confiscaria tudo o que encontrasse, como também, segundo suas próprias palavras, "se me pegar com a boca na botija, me leva para a delegacia e me quebra os ossos".

A doce menina moura me ajudou a me instalar. Desempacotamos juntas meus poucos pertences e penduramos as roupas em cabides de arame dentro daquele arremedo de armário que não era mais que uma espécie de caixote de madeira fechado com um retalho como cortina. Esse móvel, uma lâmpada nua e uma cama velha com colchão de lã compunham o mobiliário do aposento. Um calendário atrasado com estampa de rouxinóis, cortesia da barbearia El Siglo, fornecia a única nota colorida das paredes caiadas marcadas por um mar de goteiras. Em um canto, em cima de um baú, acumulavam-se alguns utensílios de pouco uso: um cesto de palha, uma bacia quebrada, dois ou três urinóis cheios de lascas de reboco de parede e duas gaiolas enferrujadas. O conforto era austero, beirando a penúria, mas o quarto estava limpo e a menina de olhos negros, enquanto me ajudava a organizar aquela bagunça de roupas amassadas que compunham todos os meus pertences, repetia com voz suave:

— Senhorita, você não preocupar; Jamila lava, Jamila passa a roupa de senhorita.

Minhas forças ainda eram poucas, e o pequeno excesso realizado ao transportar a mala e esvaziar seu conteúdo foi suficiente para me obrigar a buscar apoio e evitar uma nova tontura. Eu me sentei aos pés da cama, fechei os olhos e os cobri com as mãos, apoiando os cotovelos nos joelhos. O equilíbrio voltou em dois minutos; então, voltei ao presente e vi que a jovem Jamila continuava a meu lado, observando-me com preocupação. Olhei em volta. Lá estava, ainda, aquele quarto escuro e pobre como uma ratoeira, e minha roupa amassada pendurada nos cabides, e a mala estripada no chão. E apesar da incerteza que a partir daquele dia se abria como um despenhadeiro à minha frente, com certo alívio pensei que, por pior que fossem as coisas, pelo menos eu já tinha um buraco onde me abrigar.

Candelaria voltou uma hora depois. Pouco antes e pouco depois foi chegando a minguada relação de hóspedes a quem a casa fornecia refúgio e sustento. A clientela era composta por um representante de produtos de salão de beleza, um funcionário dos correios e telégrafos, um professor aposentado, duas irmãs idosas e secas como jabá, e uma viúva gorda com um filho chamado Paquito, apesar do vozeirão e do farto buço que o garoto já ostentava. Todos me cumprimentaram com gentileza quando a senhoria me apresentou, depois todos se acomodaram em silêncio ao redor da mesa nos locais atribuídos a cada um: Candelaria na cabeceira, o resto distribuído nas laterais. As mulheres e Paquito de um lado, os homens em frente. "Você, na outra ponta", ordenou. Começou a servir o ensopado falando sem trégua sobre quanto a carne havia subido e como naquele ano os melões estavam bons. Não dirigia seus comentários a ninguém especificamente, e, mesmo assim, parecia se empenhar em não interromper a falação, por mais triviais que fossem os assuntos e pouca a atenção dos comensais. Sem uma palavra, todos começaram a comer, levando ritmicamente os talheres dos pratos à boca. Só se ouvia o som da voz da senhoria, o barulho dos garfos se chocando contra a louça e o das gargantas engolindo o guisado. Contudo, um descuido de Candelaria me fez compreender a razão de sua incessante conversa: o primeiro vão deixado em seu discurso para requerer a presença de Jamila na sala de jantar foi aproveitado por uma das irmãs para meter sua colher, e então entendi o motivo de sua vontade de conduzir ela mesma a conversa com firme mão de timoneiro.

— Dizem que Badajoz já caiu. — As palavras da mais jovem das irmãs maduras também não pareciam se dirigir a ninguém especificamente; à jarra de água, talvez, ou ao saleiro, ao galheteiro ou ao quadro da Santa Ceia que, levemente torto, presidia a parede. Seu tom pretendia também ser indiferente, como se comentasse a temperatura do dia ou o sabor das ervilhas. Imediatamente eu soube, porém, que aquela intervenção tinha a mesma inocência que uma navalha recém-afiada.

— Que pena; tantos bons garotos devem ter se sacrificado defendendo o legítimo governo da República; tantas vidas jovens e vigorosas desperdiçadas, com tantas alegrias que poderiam ter dado a uma mulher tão apetitosa quanto você, Sagrario.

A réplica carregada de acidez do viajante encontrou eco em forma de gargalhadas nos homens. Tão logo dona Herminia notou que Paquito também estava achando graça da intervenção do vendedor de tônico para cabelos, deu-lhe um pescoção que deixou seu cangote avermelhado. O velho professor, então, com voz sensata, interveio em suposta ajuda ao garoto. Sem levantar a cabeça de seu prato, sentenciou.

— Não ria, Paquito, que dizem que rir seca os miolos.

Mal pôde terminar a frase antes que a mãe da criança se manifestasse.

— Por isso o exército teve de se rebelar, para acabar com tanta risada, tanta alegria e tanta libertinagem que estavam levando a Espanha à ruína...

E, então, pareceu estar declarada aberta a temporada de caça. Os três homens de um lado e as três mulheres do outro ergueram suas seis vozes de maneira quase simultânea em um galinheiro no qual ninguém ouvia ninguém e todos se esgoelavam soltando pela boca impropérios e atrocidades. Comunista dos infernos, velha beata, filho de Lúcifer, velha azeda, ateu, depravado e outras dezenas de epítetos destinados a vilipendiar o comensal da frente voaram pelos ares em um fogo cruzado de gritos coléricos. Os únicos calados éramos eu e Paquito: eu, porque era nova e não tinha conhecimento nem opinião sobre a contenda, e Paquito, provavelmente por medo das mãos pesadas de sua mãe furiosa, que nesse exato momento acusava o professor de maçom nojento e adorador de Satanás com a boca cheia de batatas mal mastigadas e um fio de óleo escorrendo pelo queixo. Do outro lado da mesa, Candelaria, enquanto isso, ia transmutando segundo a segundo seu ser: a ira amplificava seu volume de jaca, e seu semblante, pouco antes gentil, começou a avermelhar até que, incapaz de se conter mais, deu um soco na mesa com tamanha força que o vinho pulou dos copos, os pratos se chocaram entre si e o molho do ensopado se derramou na toalha de mesa. Como um trovão, sua voz se ergueu por cima da outra meia dúzia.

— Se tornarem a falar da maldita guerra nesta santa casa, ponho todos no olho da rua e jogo as malas pela varanda!

De má vontade, e trocando olhares assassinos, todos recolheram as velas e se dispuseram a terminar o primeiro prato, contendo seus furores a duras penas. O peixe do segundo foi degustado quase em silêncio; a melancia da sobremesa ameaçou ser um perigo por conta da cor, mas a tensão não chegou a explodir. O almoço terminou sem maiores incidentes; para que houvesse novos, só foi preciso esperar até o jantar. Então, voltaram como aperitivo as ironias e as brincadeiras de duplo sentido; depois, os dardos cheios de veneno e a troca de blasfêmias e persignações e, finalmente, os insultos e o lançamento de lascas de pão com o olho do oponente como alvo. E, para encerrar, de novo os gritos de Candelaria advertindo do iminente despejo de todos os hóspedes se persistissem no afã de discutir à mesa. Descobri, então, que aquele era o natural perfil das três refeições da pensão, dia sim e outro também. Nunca, porém, a senhoria chegou a se livrar de um único daqueles hóspedes, apesar de que todos eles sempre mantiveram alerta o veio bélico, e a língua e a pontaria afiadas para atacar sem piedade o flanco adversário. As coisas na vida da muambeira, naquele momento de parcas transações, não estava para se desfazer voluntariamente daquilo que cada pobre-diabo daqueles, sem onde cair morto, pagava por comida, pernoite e direito a banho semanal. De modo que, apesar das ameaças, raro foi o dia em que de um lado ao outro da mesa não voaram opróbrios, caroços de azeitona, *slogans* políticos, cascas de banana e, nos momentos mais quentes, uma ou outra cuspida e mais de um garfo. A vida como ela é, em escala de batalha doméstica.

## 8

E ASSIM FORAM SE PASSANDO MEUS PRIMEIROS TEMPOS NA PENSÃO da rua Luneta, no meio daquela gente de quem nunca soube muito mais que o nome de batismo e — muito por cima — as razões pelas quais estavam ali. O professor e o funcionário dos correios, solteiros e velhos, eram residentes longevos; as irmãs vieram de Soria em meados de julho para enterrar um parente e encontraram o estreito fechado ao tráfego marítimo antes de poder voltar para sua terra; algo similar aconteceu com o comerciante de produtos de salão de beleza, retido involuntariamente no Protetorado por conta da sublevação. Mais obscuras eram as razões da mãe e do filho, mas todos supunham que andavam em busca de um marido e pai um tanto fugidio que uma bela manhã saiu para comprar cigarros na praça de Zocodover, em Toledo, e decidiu não voltar mais para casa. Com tendência a brigas quase diárias, com a guerra real avançando sem piedade pelo verão e com aquela coabitação de seres descolocados, iracundos e assustados acompanhando milimetricamente o desenrolar dos fatos, assim fui eu me acomodando a essa casa e seu submundo; e assim foi, também, estreitando-se minha relação com a dona daquele negócio no qual, pela natureza da clientela, pouco rendimento eu imaginava que ela conseguiria obter.

Saí pouco aqueles dias: não tinha lugar algum aonde ir nem ninguém a quem ver. Costumava ficar sozinha, ou com Jamila, ou com Candelaria quando parava por ali, o que acontecia raramente. Às vezes, quando não andava com sua pressa e negociações, insistia em me levar com ela para que procurássemos, juntas, alguma ocupação para mim — você vai ficar com cara de pergaminho, menina, se não pegar um pouquinho de sol, dizia. Às vezes, eu me sentia incapaz de aceitar a proposta, as forças ainda me faltavam, mas, em outras ocasiões, concordava, e então ela me levava por aqui e por ali, percorrendo o labirinto endemoniado de becos mouros e das ruas quadriculadas e modernas da extensão espanhola, com suas lindas casas e gente bem-arrumada. Em cada estabelecimento a cujo dono ela conhecia perguntava se podiam me empregar, se sabiam de alguém que tivesse um emprego para essa menina tão aplicada e disposta a trabalhar dia e noite — que se supunha que era eu. Mas eram tempos difíceis, e, embora os tiros soassem ao longe, todo mundo parecia consternado pelo incerto futuro da contenda, preocupados com os seus em sua terra, com o paradeiro de uns e outros, com os avanços das tropas no *front*, com os vivos, com os mortos e com o que estava por vir. Naquelas circunstâncias, ninguém tinha interesse em expandir negócios nem contratar novo pessoal. E apesar de costumarmos culminar aquelas saídas com um copo de chá mouro e uma bandeja de aperitivos em algum café da praça Espanha, cada tentativa frustrada era, para mim, outra carga de angústia sobre minha angústia, e para Candelaria, embora não dissesse nada, mais uma preocupação.

Meu estado de saúde melhorava no mesmo ritmo de meu ânimo, a passo de tartaruga. Eu era só osso, e o tom opaco de minha pele contrastava com os rostos queimados pelo sol do verão a minha volta. Meus sentidos continuavam obscurecidos e minha alma exausta; eu ainda sentia, quase como no primeiro dia, a tristeza causada pelo abandono de Ramiro. Continuava sentindo falta do filho cuja existência durara só algumas horas e a preocupação com minha mãe na Madri sitiada me roía por dentro. Continuava assustada com as denúncias que havia contra mim e com as advertências de Claudio, aterrorizada diante da ideia de não poder honrar a dívida pendente e com a possibilidade de acabar na cadeia. O pânico ainda era meu companheiro e as feridas continuavam doendo.

Um dos efeitos da paixão louca e obcecada é que anula os sentidos para perceber o que acontece a sua volta. Corta rente a sensibilidade, a capacidade de percepção. Obriga-nos a concentrar tanto a atenção em um ser único que nos isola do resto do universo, nos aprisiona em uma couraça e nos mantém à margem de outras realidades, mesmo que transcorram a dois palmos do seu nariz. Quando tudo voou pelos ares, eu me dei conta de que aqueles oito meses que havia passado com Ramiro haviam sido de tamanha intensidade que mal tivera contato próximo com mais ninguém. Só então tomei consciência da magnitude de minha solidão. Em Tânger, não me incomodei em estabelecer relações com ninguém: nenhum ser me interessava além de Ramiro e o que tivesse a ver com ele. Em Tetuán, porém, não havia mais Ramiro, e com ele haviam partido meu apoio e minhas referências. Por isso, tive de aprender a viver sozinha, a pensar em mim e a lutar para que o peso de sua ausência fosse se tornando, pouco a pouco, menos desolador. Como dizia o folheto das Academias Pitman, longo e escarpado é o caminho da vida.

Terminou agosto e chegou setembro, com suas tardes menos longas e as manhãs mais frescas. Os dias transcorriam lentos na agitação da rua Luneta. As pessoas entravam e saíam das lojas, dos cafés e dos bazares, atravessavam a rua, paravam em frente às vitrinas e conversavam com conhecidos nas esquinas. Enquanto contemplava, em minha torre, a mudança de luz e aquele dinamismo eterno, tinha plena consciência de que eu também necessitava, cada vez com mais urgência, entrar em movimento, começar uma atividade produtiva para deixar de viver da caridade de Candelaria e começar a juntar o dinheiro destinado a liquidar minha dívida. Contudo, não encontrava como fazer isso, e, para compensar minha inatividade e minha nula contribuição para com a economia da casa, eu me esforçava pelo menos para colaborar no possível com as tarefas domésticas e não ser só um fardo tão improdutivo quanto um móvel quebrado. Descascava batatas, punha a mesa e estendia a roupa no terraço. Ajudava Jamila a tirar o pó e a limpar vidros, aprendia com ela algumas palavras em árabe e me deixava obsequiar por seus eternos sorrisos. Regava as plantas, sacudia os tapetes e me antecipava a pequenas necessidades das quais cedo ou tarde alguém teria de cuidar. Em sintonia com as mudanças de temperatura, a pensão também foi se preparando para a chegada do outono, e eu cooperei nisso. Refizemos as camas de todos os quartos; trocamos lençóis, retiramos as colchas de verão e descemos os cobertores de inverno das prateleiras altas. Percebi, então, que grande parte daquela roupa precisava de um trato urgente, de modo que preparei um grande cesto de roupa branca e me sentei na varanda para emendar rasgos, refazer bainhas e arrematar franjas soltas.

E, então, aconteceu o inesperado. Nunca poderia ter imaginado que a sensação de ter de volta uma agulha nas mãos fosse tão gratificante. Aquelas colchas ásperas e aqueles lençóis de tecido grosseiro nada tinham a ver com as sedas e musselinas do ateliê de dona Manuela, e os remendos de suas imperfeições distavam um mundo dos pespontos delicados que em outros tempos eu fazia para as roupas das grandes senhoras de Madri. A humilde sala de jantar de Candelaria também não se assemelhava ao ateliê de dona Manuela, nem a presença da garotinha moura e o vaivém incessante dos belicosos hóspedes tinham algo a ver com minhas antigas companheiras de labuta e o requinte de nossas clientes. Mas o movimento do punho era o mesmo, e a agulha voltava a correr veloz diante dos meus olhos, e meus dedos se empenhavam em dar a pontada perfeita, como durante anos eu havia feito, dia a dia, em outro local e com outros destinos. A satisfação de costurar de novo foi tão grande que durante duas horas me devolveu a tempos mais felizes e conseguiu dissolver temporariamente o peso de chumbo de minhas próprias misérias. Era como estar de volta a casa.

A tarde caía e mal restava luz quando Candelaria voltou de uma de suas constantes saídas. Encontrou-me cercada de pilhas de roupa recém-remendada e com a penúltima toalha nas mãos.

— Menina, não me diga que sabe costurar!

Minha réplica a essa saudação foi, pela primeira vez em muito tempo, um sorriso afirmativo, quase triunfal. E então, a senhoria, aliviada por ter finalmente encontrado alguma utilidade naquele peso em que minha presença estava se transformando, levou-me até seu dormitório e começou a jogar em cima da cama o conteúdo inteiro de seu armário.

— Neste vestido precisa descer a bainha, neste casaco precisa virar a gola. Arrume as costuras desta blusa e aumente dois dedos no quadril desta saia, que ultimamente andei ganhando uns quilinhos e ela não entra em mim de jeito nenhum.

E assim até formar um monte enorme de velhas peças de roupa que mal cabiam em meus braços. Levei só uma manhã para consertar seu vestuário. Satisfeita com minha eficácia e decidida a avaliar o potencial de minha produtividade, Candelaria voltou aquela tarde com um corte de cheviote para um casaco.

— Lã inglesa, da melhor. Nós trazíamos de Gibraltar antes de começar essa confusão toda; agora está muito difícil encontrá-la. Você dá conta?

— Arranje-me uma boa tesoura, dois metros de forro, meia dúzia de botões de casco de tartaruga e um carretel de linha marrom. Agora mesmo tiro suas medidas e amanhã de manhã está pronto.

Com aqueles parcos meios e a mesa da sala de jantar como base de operações, na hora do jantar a encomenda estava preparada para prova. Antes do café da manhã estava terminada. Assim que abriu os olhos, com as remelas ainda coladas e o cabelo preso em uma redinha, Candelaria vestiu o casaco por cima da camisola e examinou com incredulidade seu efeito no espelho. As ombreiras caíam impecáveis em seu corpo e as lapelas se abriam para o lado em perfeita simetria, disfarçando seu excessivo perímetro peitoral. A cintura ficava delicadamente marcada por um grande cinto, o caimento acertado do corte disfarçava a opulência de seus quadris de potranca. A bainha larga e elegante das mangas arrematava minha obra e seus braços. O resultado não podia ser mais satisfatório. Contemplou-se de frente, de perfil e de costas. Uma vez, mais uma; agora abotoado, agora aberto, a gola levantada, a gola para baixo; com sua loquacidade contida, concentrada em avaliar com precisão o produto. Outra vez de frente, outra vez de lado. E, no fim, o veredicto.

— Filha da mãe! Como não me avisou antes que tem uma mão dessas, minha querida?

Duas novas saias, três blusas, um vestido, dois terninhos, um casaco e um roupão de inverno foram se acomodando nos cabides de seu armário à medida que ela conseguia ir trazendo da rua novos cortes de tecido investindo neles o mínimo possível.

— Seda chinesa, toque, vamos; o indiano do bazar de baixo me arrancou dois isqueiros americanos por ela, filho da mãe. Ainda bem que me sobrou um par deles do ano passado, porque agora ele só quer dinheiro marroquino, desgraçado; andam dizendo que vão retirar o dinheiro da República e trocá-lo por notas nacionais, que loucura, menina — dizia ela acalorada enquanto abria um pacote e punha diante de meus olhos dois metros de tecido cor de fogo.

Uma nova saída e trouxe consigo meia peça de gabardina — da boa, menina, da boa. Um retalho de cetim nacarado chegou no dia seguinte acompanhado pelo correspondente relato da aventura que foi consegui-lo e por menções pouco honrosas à mãe do judeu que o havia proporcionado. Um retalho de lãzinha cor de caramelo, um corte de alpaca, sete palmos de cetim estampado e assim, com criatividade, chegamos à quase dúzia de tecidos que eu cortei e costurei, e ela provou e elogiou. Até que suas artimanhas para conseguir tecido se esgotaram, ou até que pensou que seu novo guarda-roupa estava finalmente bem sortido; ou até que decidiu que já era hora de concentrar sua atenção em outros assuntos.

— Com tudo o que você me fez, sua dívida comigo está saldada até o dia de hoje — anunciou. E, sem me dar tempo sequer de expressar meu alívio, prosseguiu: — Agora, vamos falar do futuro. Você tem muito talento, menina, e isso não se pode desperdiçar; menos ainda agora, com a falta que lhe faz um bom dinheirinho para sair da confusão em que se meteu. Já vimos que arranjar um emprego está muito complicado, então, acho que a melhor coisa que você pode fazer é costurar para os outros. Mas, do jeito que estão as coisas, acho que vai ser difícil que as pessoas abram as portas de suas casas para você. Você vai precisar de um lugar para montar seu próprio ateliê e, mesmo assim, não vai ser fácil encontrar clientela. Temos que pensar bem nisso.

Candelaria, a muambeira, conhecia todo mundo em Tetuán, mas para averiguar o mercado da costura teve de fazer algumas saídas, alguns contatos aqui e ali, e um estudo criterioso da situação. Dois dias depois do surgimento da ideia já tínhamos um panorama 100% confiável. Soube, então, que havia duas ou três estilistas de tradição e prestígio frequentadas pelas esposas e filhas dos chefes militares, de alguns médicos de reputação e dos empresários com solvência. Um degrau abaixo encontravam-se quatro ou cinco costureiras decentes para a roupa do dia a dia e os casacos de domingo das mães de família do funcionalismo mais bem acomodado da administração pública. E havia, finalmente, várias costureiras de pouca substância que faziam rondas pelas casas, tanto cortando roupões de percal quanto reformando vestidos herdados, fazendo barras ou remendando meias. As perspectivas não eram ótimas: a concorrência era considerável, mas de alguma maneira eu teria de dar um jeito de arranjar uma brecha por onde entrar. Embora — segundo minha senhoria — nenhuma daquelas profissionais da costura fosse totalmente deslumbrante e a maior parte formasse um elenco de figuras domésticas e quase familiares, nem por isso deviam ser subestimadas: quando trabalham bem, as costureiras são capazes de conquistar fidelidade até a morte.

A ideia de estar novamente na ativa provocou em mim sentimentos contraditórios. Por um lado, conseguiu gerar uma palpitação de ilusão que fazia um tempo eterno que eu não sentia. Poder ganhar dinheiro para me manter e saldar minhas dívidas fazendo algo de que eu gostava e em que sabia que era boa era a melhor coisa que podia me acontecer naquele momento. Por outro lado, porém, avaliando a outra face da moeda, a inquietude e a incerteza acovardavam meu ânimo. Para abrir meu próprio negócio, por mais humilde e pequeno que fosse, eu precisava de um capital inicial do qual não dispunha, contatos dos quais carecia e muito mais sorte do que a vida andava me oferecendo nos últimos tempos. Não ia ser fácil ter uma chance sendo só mais uma simples costureira: para arrebatar fidelidades e captar clientes teria que ser engenhosa, fugir do comum, ser capaz de oferecer algo diferente.

Enquanto Candelaria e eu nos esforçávamos para encontrar um caminho a seguir, várias amigas e conhecidas dela começaram a aparecer na pensão para me fazer algumas encomendas: uma blusinha, menina, por favor; uns casacos para os meninos, antes que chegue o frio. Eram, no geral, mulheres modestas, e seu poder econômico andava em consonância. Chegavam com muitos filhos e pouco tecido, ficavam conversando com Candelaria enquanto eu costurava. Suspiravam pela guerra, choravam pela sorte dos seus na Espanha secando as lágrimas com uma ponta do lenço que guardavam amarrotado na manga. Queixavam-se da carestia dos tempos e se perguntavam com angústia o que iam fazer para criar a prole se o conflito continuasse avançando ou se um tiro inimigo matasse seus maridos. Pagavam pouco e tarde, às vezes nunca, como podiam. Contudo, apesar do aperto da clientela e da humildade de suas encomendas, o simples fato de ter voltado a costurar havia conseguido mitigar a aspereza de minha desolação e abrir uma fresta pela qual já se infiltrava um tênue raio de luz.

## 9

No fim do mês começou a chover, uma noite, outra, mais outra. O sol mal saiu em três dias; houve trovões, relâmpagos, ventos terríveis e folhas de árvores no chão molhado. Eu continuava trabalhando nas peças de roupa que as mulheres próximas iam me encomendando; roupa sem graça e sem classe, confecções em tecidos grosseiros destinadas a proteger o corpo das inclemências da intempérie com pouca atenção à estética. Até que, entre um paletó para o neto de uma vizinha e uma saia pregueada encomendada pela filha da porteira, Candelaria chegou toda envolvida em seu entusiasmo.

— Descobri, menina, já está tudo resolvido!

Voltava da rua com seu casaco novo de cheviote amarrado com força na cintura, um lenço na cabeça e seus velhos sapatos de saltos tortos cheios de barro. Falando sem parar e atropeladamente, ia tirando a roupa enquanto narrava os pormenores da grande descoberta. Seu grande busto subia e descia compassadamente enquanto, com a respiração entrecortada, dava suas notícias e se despojava de camadas como uma cebola.

— Estou voltando do salão de cabeleireiro onde minha comadre Remédios trabalha. Eu tinha uns assuntos para resolver com ela, e ela estava fazendo uma permanente em uma fresquinha...

— Uma o quê? — interrompi.

— Uma francesa — esclareceu acelerada antes de prosseguir. — Na realidade, foi o que eu pensei, que era uma fresquinha, mas logo descobri que não era francesa, e sim uma alemã que eu não conhecia, porque as outras, a mulher do cônsul, e as de Gumpert e Bernhardt, e a de Langenheim, que não é alemã, e sim italiana, essas eu conheço mais que de sobra, já fizemos uns negocinhos. Bem, como estava dizendo, enquanto fazia suas coisas, Reme me perguntou onde eu havia arranjado este casaco tão maravilhoso. E eu, claro, disse que uma amiga o havia feito para mim, e então a francesa, que, como disse, não era francesa e sim alemã, olhou para mim e se meteu na conversa, e com esse sotaque dela que em vez de dizer alguma coisa parece que vai voar no seu pescoço, disse que ela precisa de alguém que costure, mas que costure bem, que se alguém sabe de alguma casa de moda de qualidade, mas de qualidade da boa, que ela está há pouco tempo em Tetuán e que vai ficar aqui por um tempo, e que, enfim, que precisa de alguém. E eu disse...

— Que venha aqui para que costure para ela — adiantei-me.

— Mas que absurdo, menina, está maluca? Não posso trazer uma madame dessas aqui. Essas madames se reúnem com as generais e as coronéis, e estão acostumadas a outras coisas e outros locais. Você não imagina o estilo da alemã hoje, e quanto dinheiro deve ter.

— Então?

— Pois, então, não sei que luz me deu, que de repente disse que soube que vão abrir uma casa de alta-costura.

Engoli em seco.

— E imagino que vou me encarregar disso.

— Pois claro que sim, minha querida, quem mais?

Tentei engolir novamente, mas dessa vez não consegui muito bem. Minha garganta de repente ficou seca como uma lixa.

— E como eu vou montar uma casa de alta-costura, Candelaria? — perguntei acovardada.

A primeira resposta foi uma gargalhada. A segunda, três palavras pronunciadas com tanto desembaraço que não deixou margem para a menor dúvida.

— Comigo, menina, comigo.

Aguentei o jantar com um festival de nós dançando em meu estômago. Antes da refeição, a senhoria não pôde me esclarecer mais nada porque, assim que fez o anúncio, chegaram à sala de jantar as irmãs comentando, exultantes, a libertação do Alcázar de Toledo. Logo chegaram os demais hóspedes, um bando esbanjando satisfação e outro ruminando seu desgosto. Então, Jamila começou a pôr a mesa e Candelaria não teve mais remédio senão ir até a cozinha para organizar o jantar: couve-flor refogada e omelete de um ovo; tudo econômico, tudo molinho, caso os hóspedes resolvessem repetir a cena do dia no *front* jogando com fúria os ossos das chuletas na cabeça um do outro.

Acabou o jantar bem temperado com suas correspondentes tensões, e uns e outros se retiraram da sala de jantar com pressa. As mulheres e Paquito foram ao quarto das irmãs para ouvir a arenga noturna de Queipo de Llano na Rádio Sevilha. Os homens foram para a União Mercantil para tomar o último café do dia e conversar sobre o avanço da guerra. Jamila estava recolhendo a mesa e eu ia ajudá-la a lavar a louça na pia quando Candelaria, com um gesto imperioso, apontou para o corredor.

— Vá para seu quarto e espere por mim, que agora mesmo vou para lá.

Não precisou de mais que dois minutos para se juntar a mim; o tempo que levou para pôr rapidamente a camisola e o roupão, certificar-se, da varanda, de que os três homens já iam longe, à altura do beco da Intendência e de que as mulheres estavam convenientemente abduzidas pela tresloucada verborreia radiofônica do general sublevado. Eu a esperava sentada na beira da cama, com a luz apagada, inquieta, nervosa. Ouvi-la chegar foi um alívio.

— Precisamos conversar, menina. Você e eu temos de conversar muito sério — disse em voz baixa, sentando-se a meu lado. — Vamos ver: você está disposta a montar um ateliê? Você está disposta a ser a melhor costureira de Tetuán, a costurar a roupa que nunca ninguém costurou aqui?

— Disposta claro que estou, Candelaria, mas...

— Não tem mas. Agora ouça-me bem e não me interrompa. Veja: depois do encontro com a alemã no salão de minha comadre, andei me informando por aí e descobri que, nos últimos tempos, em Tetuán contamos com gente que antes não morava aqui. Assim como aconteceu com você, ou com as duas irmãs, Paquito e a gorda de sua mãe, e Matías do tônico capilar: por conta da sublevação, todos vocês ficaram aqui, presos como ratos, sem poder atravessar o estreito para voltar para casa. Bem, pois há outras pessoas aqui que estão mais ou menos na mesma situação, mas, em vez de ser um bando de mortos de fome como os que me couberam na sorte, são gente de possibilidades que antes não estavam aqui e agora estão, entende o que quero dizer, menina? Há uma atriz muito famosa que veio com sua trupe e teve de ficar. Há um bom punhado de estrangeiras, principalmente alemãs, que, segundo dizem por aí, tiveram algo a ver com seus maridos na ajuda ao exército para mandar as tropas de Franco para a Península. E assim, algumas, não muitas, na verdade, mas o suficiente para poder lhe dar trabalho por um bom tempo se as conseguir como clientes, mas leve em conta que elas não devem fidelidade a nenhuma costureira, porque não são daqui. E, além disso, e isso é o mais importante, têm bastante dinheiro e, sendo estrangeiras, esta guerra as mantém na expectativa; ou seja, têm dinheiro e precisam arrumar o que fazer. Não vão passar o tempo que a guerra durar vestindo farrapos e se atormentando por quem ganha cada batalha, entende, minha querida?

— Entendo, Candelaria, claro que entendo, porém...

— Sssssssshhhh! Já disse que não quero porém até eu terminar de falar! Vejamos: do que você precisa agora, agorinha mesmo, já, de hoje para amanhã, é de um lugar onde oferecer o melhor do melhor para a clientela. Juro pela minha mãe morta que nunca vi ninguém costurar como você, de modo que precisa pôr as mãos à obra imediatamente. E sim, eu sei que você não tem nem um tostão, mas é para isso que estou aqui.

— Mas você também não tem um tostão; passa o dia todo se queixando que o dinheiro não é suficiente nem para nos alimentar.

— Ando meio amarga, ultimamente. As coisas andaram muito difíceis nos últimos tempos para arranjar mercadoria. Nos postos fronteiriços, colocaram destacamentos com soldados armados até as sobrancelhas, e não tem jeito de passar por eles para chegar a Tânger em busca de mercadoria sem ter cinquenta mil salvo-condutos que a mim ninguém vai dar. E chegar a Gibraltar está ainda mais complicado, com o trânsito do estreito fechado e os aviões de guerra em voo rasante prontos para bombardear tudo o que se mexer por ali. Mas tenho algo com que podemos conseguir o que necessitamos para montar o negócio; algo que, pela primeira vez em toda minha maldita vida, veio a mim sem que eu fosse atrás e sem que precisasse sair de casa. Venha cá que eu lhe mostro.

Dirigiu-se, então, ao canto do quarto onde acumulava a montanha de coisas inúteis.

— Antes, dê uma olhada no corredor e veja se as irmãs continuam ouvindo rádio — ordenou em um sussurro.

Quando voltei com a confirmação, ela já havia afastado as gaiolas, o cesto, os urinóis e as bacias. Em frente a ela só restava o baú.

— Feche bem a porta, com trinco, acenda a luz e venha aqui — ordenou imperiosa, sem erguer a voz mais que o necessário.

A lâmpada nua do teto encheu o aposento, de repente, de uma luminosidade opaca. Cheguei perto dela quando acabava de levantar a tampa. No fundo do baú havia apenas um pedaço de manta amassado e sujo. Ergueu-o com cuidado, quase com esmero.

— Chegue bem perto.

O que vi me deixou sem fala; quase sem pulso, quase sem vida. Um monte de pistolas escuras, dez, doze, talvez quinze, talvez vinte, ocupavam a base de madeira em desordem, cada cano apontando para um lado, como um pelotão de assassinos adormecidos.

— Viu? — sussurrou. — Vou fechar, então. Dê-me as coisas, para eu pôr em cima, e apague a luz.

A voz de Candelaria, ainda baixa, era a de sempre; a minha, nunca soube, porque o impacto do que eu acabava de ver me impediu de formular palavra alguma por um bom tempo. Voltei para a cama e ela para o cochicho.

— Há quem ainda pense que a sublevação foi feita de surpresa, mas isso é uma grande mentira. Todo mundo sabia que alguma coisa grande estava sendo armada. A coisa estava sendo preparada havia algum tempo, e não só nos quartéis e no Llano Amarillo. Contam que até no Cassino Espanhol havia um arsenal inteiro escondido atrás do balcão, vai se saber se é verdade ou não. Nas primeiras semanas de julho, hospedou-se neste quarto um agente da alfândega sem destino, pelo menos é o que dizia. Eu achava a coisa estranha, não a vou enganar, porque, para mim, aquele homem não era agente da alfândega nem nada parecido, mas, enfim, como eu nunca pergunto porque também não gosto que ninguém se meta em minha vida, arrumei um quarto para ele e lhe arranjei um prato de comida quente. A partir do dia 18 de julho não o tornei a ver. Não sei se ele se juntou à sublevação, se atravessou as tribos beduínas rumo à zona francesa, se o levaram para o monte Hacho e o fuzilaram ao amanhecer: não tenho a menor ideia do que foi dele, nem quis fazer averiguações. A questão é que, quatro ou cinco dias depois, mandaram um tenentinho buscar seus pertences. Eu entreguei o pouco que havia em seu armário sem fazer perguntas, disse vá com Deus e dei o assunto do agente por encerrado. Mas, quando Jamila foi limpar o quarto para o hóspede seguinte e varreu debaixo da cama, de repente ouvi-a dar um grito, como se houvesse visto o próprio demônio com o tridente na mão, ou seja lá o que for que o demônio dos muçulmanos segure. O caso é que aí, no canto, no fundo, havia puxado com a vassoura o monte de pistolas.

— E então, você as encontrou e ficou com elas? — perguntei com um fio de voz.

— E o que eu ia fazer? Ir atrás do tenente em sua tropa, do jeito que as coisas estão?

— Podia tê-las entregado ao delegado.

— A dom Claudio? Você está doida, menina!

Dessa vez, fui eu que, com um sonoro "sssssssshhhhhh", pedi silêncio e discrição.

— Como vou entregar as pistolas a dom Claudio? O que você quer, que me prenda para o resto da vida? Ele não confia em mim. Fiquei com elas porque estavam em minha casa, e, além disso, o agente de alfândega sumiu me devendo quinze dias, de modo que as armas eram mais ou menos seu pagamento em espécie. Isso vale um dinheirão, menina, ainda mais agora, com os tempos que correm. De modo que as pistolas são minhas e posso fazer o que me der na telha com elas.

— E você pretende vendê-las? Pode ser muito perigoso.

— É claro que é perigoso. Mas precisamos do dinheiro para montar seu negócio.

— Não me diga, Candelaria, que vai se meter nessa confusão só por mim...

— Não, filha, não — interrompeu. — Vamos ver se me faço entender. Não vou me meter sozinha na confusão: nós duas vamos nos meter. Eu cuido de encontrar quem compre a mercadoria, e com o que conseguir com ela, montamos seu ateliê e ficamos sócias.

— E por que não as vende por você mesma e vai levando com o que conseguir, sem abrir um negócio para mim?

— Porque isso é pão para hoje e fome para amanhã, e eu me interesso mais por algo que me dê um rendimento a longo prazo. Se eu vender a mercadoria e em dois ou três meses gastar o que conseguir com ela, de que vou viver depois se a guerra se prolongar?

— E se a pegarem tentando vender as armas?

— Eu digo a dom Claudio que é coisa das duas e vamos juntinhas para onde ele nos mandar.

— Para a cadeia?

— Ou para o cemitério civil, dependendo da sorte.

Apesar de ter pronunciado essa última funesta premonição com uma piscada debochada, minha sensação de pânico aumentava. O olhar de aço do delegado Vázquez e suas sérias advertências ainda estavam frescas em minha memória. Fique longe de qualquer confusão, não me apronte nada, comporte-se decentemente. As palavras que haviam saído de sua boca compunham um catálogo de coisas indesejáveis. Delegacia, presídio feminino. Roubo, estafa, dívida, denúncia, tribunal. E agora, como se faltasse alguma coisa, venda de armas.

— Não se meta nessa confusão, Candelaria, é muito perigoso — roguei, morrendo de medo.

— E o que vamos fazer, então? — inquiriu em um sussurro. — Vamos viver de brisa? Vamos comer ranho? Você chegou sem um centavo e eu já não tenho de onde tirar. Dos hóspedes, só a mãe, o professor e o telegrafista pagam, e vamos ver até quando são capazes de esticar o pouco que têm. Os outros três infelizes e você estão aqui de graça, mas não posso jogá-los na rua. Eles, por caridade, e você, porque a única coisa que me falta é ter dom Claudio atrás de mim pedindo explicações. Então diga-me como vou me virar.

— Eu posso continuar costurando para as mesmas mulheres; vou trabalhar mais, ficar acordada a noite inteira se for preciso. Dividiremos tudo o que eu ganhar...

— E quanto é isso? Quanto acha que pode conseguir fazendo roupa para as vizinhas? Uma merreca. Já se esqueceu do que deve em Tânger? Pretende ficar morando neste quartinho para o resto da vida? — As palavras saíam de sua boca aos borbotões, em uma catarata de sussurros. — Ouça, menina, essas suas mãos são um tesouro que ninguém pode lhe roubar, e é pecado mortal não o aproveitar como Deus manda. Eu sei que a vida foi dura com você, que seu namorado se portou muito mal, que está em uma cidade onde não quer estar, longe de sua terra e de sua família, mas é o que se tem; o que passou, passou, e o tempo não volta jamais. Você tem de andar para frente, Sira. Tem de ser corajosa, arriscar-se e lutar por si mesma. Com a desventura que carrega, nenhum jovem aristocrata vai vir bater a sua porta lhe oferecendo casamento; e, além disso, depois de sua experiência, também não creio que tenha interesse em voltar a depender de um homem por um bom tempo. Você é muito jovem, e com sua idade ainda pode refazer a vida por si mesma; pode esperar algo mais que perder seus melhores anos fazendo bainhas e suspirando pelo que perdeu.

— Mas as armas, Candelaria, vender as armas... — murmurei acovardada.

— É o que temos, criatura; isso é o que temos, e juro pela minha mãe que vou arrancar delas todo o benefício que puder. Você acha que eu não gostaria que fosse algo mais interessante, que em vez de pistolas houvessem me deixado um carregamento de relógios suíços ou de meias de seda? Claro que sim. Mas acontece que a única coisa que temos são armas, e estamos em guerra, e existem pessoas que podem estar interessadas em comprá-las.

— Mas e se a pegarem? — perguntei novamente, insegura.

— De novo a mesma pergunta? Se me pegarem, vamos rezar para o Cristo de Medinaceli para que dom Claudio tenha um pouco de misericórdia, amargamos um tempinho na cadeia, e pronto. Além disso, lembre que só lhe restam menos de dez meses para pagar sua dívida, e, pelo andar da carruagem, não vai poder quitá-la nem daqui a vinte anos costurando para as mulheres da rua. De modo que, por mais honrada que você queira ser, se continuar insistindo nesse negócio de cadeia, no fim, nem são Custódio vai salvá-la. Da cadeia ou de acabar abrindo as pernas em qualquer bordel de quinta para que os soldados que voltam arrasados do *front* se desafoguem com você, o que também é uma saída a considerar em suas circunstâncias.

— Não sei, Candelaria, não sei. Tenho muito medo...

— A mim também dá até caganeira, ou você acha que eu sou de ferro? Trazer muamba não é a mesma coisa que tentar vender dúzia e meia de revólveres em tempos de guerra. Mas não temos outra saída, criatura.

— E como você faria?

— Não se preocupe com isso, eu tenho meus contatos. Não acho que demore mais que alguns dias para passar a mercadoria. E então, procuramos um ponto no melhor local de Tetuán, montamos tudo e você começa.

— Como assim, você começa? E você? Você não vai ficar comigo no ateliê?

Ela riu baixinho e balançou a cabeça em negativa.

— Não, filha, não. Eu vou cuidar de arranjar o dinheiro para pagar os primeiros meses de um bom aluguel e comprar o que necessitar. E depois, quando tudo estiver pronto, você vai começar a trabalhar e eu vou ficar aqui, em minha casa, esperando o fim do mês para dividirmos os lucros. Além disso, não é bom que a associem a mim: eu tenho uma fama não muito boa e não pertenço à classe das madames que necessitamos como clientes. Então, eu me encarrego de pôr o dinheiro inicial e você as mãos. E depois, dividimos. Isso se chama investir.

Um leve aroma de Academias Pitman e de planos de Ramiro invadiu, de repente, a escuridão do quarto, e por pouco não me levaram a uma antiga etapa que eu não tinha o menor interesse em reviver. Espantei a sensação com mãos invisíveis e voltei à realidade em busca de mais esclarecimentos.

— E se eu não ganhar nada? E se não conseguir clientela?

— Então estamos ferradas. Mas não seja negativa antes do tempo, doçura. Não pense no pior: temos de ser positivas e agir. Ninguém virá resolver sua vida e a minha com todas as misérias que arrastamos, de modo que, ou lutamos por nós, ou não vai nos restar outra saída senão matar cachorro a grito.

— Mas eu dei minha palavra ao delegado de que não ia me meter em nenhum problema.

Candelaria teve de fazer um esforço para não gargalhar.

— Meu Francisco também me prometeu, na frente do padre de minha cidade, que ia me respeitar até o fim dos dias, e o filho da mãe me dava mais paulada que outra coisa, maldito seja. Parece mentira, menina, como você continua sendo inocente com tanta rasteira que a sorte lhe tem dado ultimamente. Pense em você, Sira, pense em você e esqueça o resto, que nesses maus tempos que nos coube viver, quem não come é comido. Além disso, a coisa também não é tão grave: nós não vamos sair trocando tiros com ninguém, simplesmente vamos pôr em circulação uma mercadoria que está sobrando para nós, e a quem Deus a dê, são Pedro abençoe. Se tudo der certo, dom Claudio vai encontrá-la com seu negócio montado, limpinho e reluzente; e se um dia lhe perguntar de onde tirou o dinheiro, diga-lhe que eu lhe emprestei minhas economias, e se ele não acreditar ou não gostar da ideia, que a houvesse deixado no hospital a cargo das irmãs da caridade em vez de trazê-la a minha casa e deixá-la sob meus cuidados. Ele está sempre enrolado com um monte de problemas e não quer confusão; então, se lhe dermos tudo pronto sem fazer barulho, não vai se incomodar investigando nada; estou dizendo, eu o conheço bem; há muitos anos medimos forças, por isso, fique tranquila.

Com o desembaraço e a particular filosofia de vida de minha senhoria, eu sabia que Candelaria estava certa. Por mais que pensássemos naquele assunto, por mais que o virássemos de um lado, de outro, do direito e do avesso, no fim das contas aquele triste plano era apenas uma solução sensata para remediar as misérias de duas mulheres pobres, sozinhas e desarraigadas que arrastavam em tempos turbulentos um passado negro como o piche. A retidão e a honradez eram conceitos lindos, mas não enchiam a barriga, não pagavam as dívidas nem protegiam do frio nas noites de inverno. Os princípios morais e a impecabilidade da conduta haviam ficado para outro tipo de gente, não para duas infelizes com a alma em frangalhos como éramos nós duas por aqueles dias. Minha falta de palavras foi interpretada por Candelaria como prova de assentimento.

— E então? Começo amanhã a mexer com isso?

Eu me senti dançando às cegas na beira de um precipício. Na distância, as ondas radiofônicas continuavam transmitindo, com interferências, o discurso de Queipo em Sevilha. Suspirei profundamente. Minha voz soou, por fim, baixa e segura. Ou quase.

— Façamos isso.

Satisfeita, minha futura sócia me deu um beliscão carinhoso na bochecha, sorriu e se levantou para ir. Ajeitou o roupão e ergueu sua corpulência sobre as estropiadas alpargatas que provavelmente a estariam acompanhando desde metade dessa sua vida de malabarista do sobreviver. Candelaria, a muambeira, oportunista, briguenta, desavergonhada e afetuosa, já estava na porta rumo ao corredor quando, ainda à meia-voz, fiz minha última pergunta. Na realidade, não tinha muito a ver com tudo o que havíamos falado naquela noite, mas eu sentia certa curiosidade pela resposta.

— Candelaria, de que lado você está nesta guerra?

Ela se voltou, surpresa, mas não hesitou um segundo em responder com um firme sussurro.

— Eu? Do lado de quem ganhar, minha querida.

# 10

Os dias que se seguiram à noite em que me mostrou as pistolas foram terríveis. Candelaria entrava, saía e se movimentava incessantemente como uma cobra barulhenta e corpulenta. Sem pronunciar uma palavra, ia de seu quarto ao meu, da sala de jantar à rua, da rua à cozinha, sempre com pressa, concentrada, murmurando uma confusa ladainha de grunhidos e ronrons cujo sentido ninguém era capaz de decifrar. Não interferi em seus vaivéns nem a consultei sobre o andamento das negociações: eu sabia que, quando tudo estivesse pronto, ela se encarregaria de me atualizar.

Passou quase uma semana até que, finalmente, teve algo a comunicar. Naquele dia, voltou para casa depois das nove da noite, quando já estávamos todos sentados em frente aos pratos vazios esperando sua chegada. O jantar transcorreu como sempre, agitado e combativo. Quando terminamos, enquanto os hóspedes se espalhavam pela pensão rumo a seus últimos afazeres, nós começamos a tirar a mesa juntas. E, no caminho, entre o transporte de talheres, louça suja e guardanapos, ela, a conta-gotas, foi me contando, em sussurros, o arremate de seus planos: esta noite finalmente resolvemos o assunto, menina; o peixe já está todo vendido; amanhã pela manhã começamos a cuidar das suas coisas; estou doida de vontade, minha querida, de acabar com esse negócio de uma vez por todas.

Assim que concluímos a tarefa, cada uma se trancou em seu quarto sem trocar mais uma palavra. O resto da tropa, enquanto isso, encerrava o dia com suas rotinas noturnas: gargarejos com eucalipto e o rádio, bobes em frente ao espelho ou trânsito ao café. Tentando fingir normalidade, dei um boa-noite geral e me deitei. Fiquei acordada um tempo, até que o movimento foi pouco a pouco se acalmando. A última coisa que ouvi foi Candelaria sair de seu quarto e depois fechar, quase sem barulho, a porta da rua.

Adormeci poucos minutos depois de sua partida. Pela primeira vez em vários dias, não me revirei infinitamente na cama nem se deitaram comigo sob a manta os obscuros presságios das noites anteriores: cadeia, delegado, prisões, mortos. Era como se o nervosismo finalmente houvesse decidido me dar uma trégua ao saber que aquele sinistro negócio estava prestes a terminar. Mergulhei no sono abraçada ao doce pressentimento de que, na manhã seguinte, começaríamos a planejar o futuro sem a sombra negra das pistolas sobrevoando nossas cabeças.

Mas o descanso durou pouco. Não sabia que horas eram, duas, três talvez, quando uma mão me pegou pelo ombro e me sacudiu enérgica.

— Acorde, menina, acorde.

Sentei-me na cama, desorientada, adormecida ainda.

— O que foi, Candelaria? Que está fazendo aqui? Já voltou? — consegui dizer.

— Um desastre, criatura, um desastre imenso — respondeu a muambeira em sussurros.

Ela estava em pé ao lado de minha cama e, em meio às brumas de minha sonolência, sua figura volumosa me pareceu mais redonda que nunca. Usava um casaco que eu não conhecia, largo e comprido, fechado até o pescoço. Começou a desabotoá-lo com pressa enquanto dava explicações confusas.

— O exército está vigiando todos os acessos por terra a Tetuán e os homens que vinham de Larache para pegar a mercadoria não se atreveram a chegar até aqui. Fiquei esperando quase até as três da manhã e ninguém apareceu, e, no fim, mandaram um mourinho das tribos dos beduínos para me dizer que os acessos estão muito mais controlados do que pensavam, que temem não conseguir sair vivos se decidirem entrar.

— Onde devia encontrá-los? — perguntei, esforçando-me para situar tudo o que ela ia contando.

— Na Suica baixa, nos fundos de uma carvoaria.

Eu não sabia a que local estava se referindo, mas não tentei descobrir. Em minha cabeça ainda adormecida perfilei com traços firmes o alcance do nosso fracasso: adeus ao negócio, adeus ao ateliê de costura. Bem-vinda outra vez o desassossego de não saber o que seria de mim nos tempos vindouros.

— Acabou tudo, então — disse, enquanto esfregava os olhos para tentar arrancar deles os últimos restos do sono.

— Nada disso, menina — aduziu a senhoria, acabando de se livrar do casaco. — Os planos se desviaram, mas, pela glória de minha mãe, juro que esta noite as pistolas saem zunindo de minha casa. Então, morena, levante-se da cama, que não temos tempo a perder.

Demorei a entender o que estava me dizendo; minha atenção estava fixa em outro assunto: na imagem de Candelaria desabotoando aquilo que a cobria por baixo do casaco, uma espécie de bata solta de lã tosca que deixava intuir as formas generosas de seu corpo. Contemplei, atônita, enquanto se despia, sem compreender o sentido daquele ato e incapaz de descobrir a que se devia aquela nudez precipitada aos pés de minha cama. Até que, sem a bata, ela começou a tirar objetos de suas carnes densas como manteiga. E então entendi. Quatro pistolas presas nas ligas, seis na faixa, duas nas alças do sutiã e mais duas delas debaixo das axilas. As cinco restantes estavam na bolsa, embrulhadas em um pedaço de pano. Dezenove no total. Dezenove coronhas com seus dezenove canos prontos para abandonar o calor daquele corpo robusto e se transferir para um destino que nesse exato momento comecei a suspeitar.

— E o que quer que eu faça? — perguntei assustada.

— Que leve as armas à estação de trem, que as entregue antes das seis da manhã e que volte para cá com os 1.900 paus da mercadoria. Sabe onde fica a estação, não é? Atravessando a estrada de Ceuta, aos pés do Gorgues. Ali os homens poderão pegá-las sem precisar entrar em Tetuán. Vão descer a montanha e ir diretamente a você antes que amanheça, sem precisar pôr os pés na cidade.

— Mas por que tenho de levá-las? — De repente, eu me sentia desperta como uma coruja; o susto havia conseguido arrancar minha sonolência pela raiz.

— Porque, quando voltava da Suica dando uma volta e pensando na maneira de ajeitar esse assunto da estação, o filho da mãe do Palomares, que estava saindo do bar El Andaluz quando já estavam fechando, me parou ao lado do portão da Intendência e disse que, se lhe der na telha, vai passar esta noite pela pensão para fazer uma revista.

— Quem é Palomares?

— O pior policial do Marrocos espanhol.

— Policial de dom Claudio?

— Trabalha para ele, sim. Quando está na frente do chefe dá uma de sério, mas, quando está solto, o filho da mãe é tão baixo e ruim que mantém metade de Tetuán sob a ameaça de prisão perpétua.

— E por que a parou esta noite?

— Porque lhe deu na telha, porque o desgraçado é assim e gosta de botar banca e assustar as pessoas, principalmente as mulheres; faz isso há anos, e, nestes tempos, mais ainda.

— Mas suspeitou das pistolas?

— Não, filha, não; felizmente, não me pediu que abrisse a bolsa nem se atreveu a me tocar. Só disse com sua voz nojenta: "Onde vai tão tarde da noite, muambeira? Cuidando de um de seus rolos?". E eu respondi: "Fui visitar uma comadre, dom Alfredo, que está com umas pedras no rim". "Não confio em você, muambeira, você é muito safada e muito fuleira", disse o velhaco, e eu mordi a língua para não responder, mas quase mandei tudo para o alto. Então, com a bolsa bem firme debaixo do braço, apertei o passo encomendando-me à Maria Santíssima para que as pistolas não saíssem do lugar, e quando já o havia deixado para trás, ouço outra vez sua voz de porco as minhas costas: "Mais tarde passo pela pensão para dar uma olhada, raposa velha, vamos ver o que encontro".

— E você acha que ele vem mesmo?

— Sei lá — respondeu dando de ombros. — Se arranjar por aí uma pobre vadia que lhe dê um trato e o deixe bem aliviado, ele se esquece de mim. Mas, se a noite dele não render, eu não estranharia se batesse à porta daqui a pouco, jogasse os hóspedes escada abaixo e revirasse minha casa de pernas para o ar. Não seria a primeira vez.

— Então, você não pode sair da pensão esta madrugada, por via das dúvidas — sussurrei com lentidão.

— Isso mesmo, minha querida — corroborou.

— E as pistolas têm de desaparecer imediatamente para que Palomares não as encontre aqui — acrescentei.

— Entendeu direitinho.

— E a entrega tem de ser feita hoje de qualquer jeito, porque os compradores estão esperando as armas e correm risco se tiverem de entrar em Tetuán para pegá-las.

— Mais claro, impossível, docinho.

Ficamos alguns segundos em silêncio, olhando-nos nos olhos, tensas e patéticas. Ela em pé seminua, com os rolos de carne saindo pela faixa e pelo sutiã; eu sentada com as pernas dobradas, ainda nos lençóis, de camisola, com o cabelo revirado e o coração na boca. E, conosco, as negras pistolas espalhadas.

Ela falou, finalmente, com palavras firmes.

— Você precisa cuidar disso, Sira. Não temos outra saída.

— Eu não posso, eu não, eu não... — gaguejei.

— Precisa fazer isso, menina — repetiu com voz obscura. — Senão vamos perder tudo.

— Mas lembre-se do que já pesa contra mim, Candelaria: a dívida do hotel, as denúncias da empresa e de meu meio-irmão. Se me pegarem nisso, vai ser o fim para mim.

— O fim vai ser se Palomares vier esta noite e nos pegar com tudo isto em casa — replicou, voltando o olhar para as armas.

— Mas, Candelaria, ouça... — insisti.

— Não, ouça você, garota, ouça-me bem agora — disse imperiosa. Falava com um forte sibilar e os olhos arregalados. Agachou-se até ficar a minha altura, eu ainda estava na cama. Pegou-me pelos braços com força e me obrigou a olhar para ela de frente. — Eu tentei tudo, e a coisa não deu certo — disse então. — A sorte é sacana assim: às vezes nos deixa ganhar e às vezes cospe na nossa cara e nos obriga a perder. E esta noite ela me disse: vá se ferrar, muambeira. Não tenho mais nenhum cartucho, Sira, e já estou queimada nessa história. Mas você não. Você, agora, é a única que ainda pode fazer que não afundemos, a única que pode passar a mercadoria e pegar o dinheiro. Se não fosse necessário, eu não estaria lhe pedindo, bem sabe Deus. Mas não nos resta outra alternativa, criatura: você precisa começar a se mexer. Está metida nisso tanto quanto eu; esse assunto é das duas, temos apostado muito nisso. Nosso futuro, menina, o futuro inteiro. Se não conseguirmos esse dinheiro, não vamos levantar a cabeça. E agora, está tudo em suas mãos. Você precisa fazer isso. Por você e por mim, Sira. Pelas duas.

Eu queria continuar me negando; sabia que tinha motivos poderosos para dizer não, nem pensar, de jeito nenhum. Mas, ao mesmo tempo, tinha consciência de que Candelaria tinha razão. Eu havia aceitado entrar naquele jogo sombrio, ninguém havia me obrigado. Formávamos uma equipe na qual cada uma tinha, inicialmente, um papel. O de Candelaria era negociar primeiro; o meu, trabalhar depois. Mas ambas sabíamos que, às vezes, os limites das coisas são elásticos e imprecisos, que podem se mover, borrar ou diluir até desaparecer como tinta na água. Ela havia cumprido sua parte do trato, havia tentado. A sorte lhe dera as costas e não conseguira, mas ainda não estavam perdidas todas as possibilidades. O justo era que eu me arriscasse, então.

Demorei alguns segundos para falar; antes, precisei espantar de minha cabeça algumas imagens que ameaçavam pular em minha jugular: o delegado, seu calabouço, o rosto desconhecido do tal Palomares.

— Pensou em como eu teria de fazer? — perguntei, finalmente, com um fio de voz.

Candelaria suspirou com estrépito, recuperando, aliviada, o ânimo perdido.

— Muito facilmente, querida. Espere um instantinho, que agora mesmo vou lhe contar.

Saiu do quarto ainda seminua e voltou em menos de um minuto com os braços cheios do que me pareceu um pedaço enorme de tecido branco.

— Você vai se vestir de mourinha, com um xador — disse, enquanto fechava a porta a suas costas. — Cabe o universo inteiro dentro deles.

Era verdade, sem dúvida. Diariamente via as mulheres árabes dentro daquelas roupas largas sem forma, essa espécie de capa enorme que cobria a cabeça, os braços e o corpo inteiro na frente e atrás. Debaixo daquilo, efetivamente, alguém poderia esconder o que quisesse. Um pedaço de pano costumava cobrir a boca e o nariz delas, chegando até as sobrancelhas. Apenas os olhos, os tornozelos e os pés ficavam à vista. Jamais teria me ocorrido uma maneira melhor de andar pela rua escondendo um pequeno arsenal de pistolas.

— Mas, antes, precisamos fazer outra coisa. Saia da cama de uma vez, menina, é hora de trabalhar.

Obedeci sem palavras, deixando que ela conduzisse a situação. Arrancou sem cuidado o lençol de cima de minha cama e levou-o à boca. Com uma dentada feroz, rasgou um pedaço, e a partir daí começou a rasgar o tecido, arrancando uma faixa longitudinal de duas polegadas de largura.

— Faça o mesmo com o lençol de baixo — ordenou. Entre dentes e puxões, levamos apenas alguns minutos para reduzir os lençóis de minha cama a duas dúzias de tiras compridas de algodão. — E agora, vamos amarrar essas faixas em seu corpo para prender as pistolas. Levante os braços, vou pôr a primeira.

E assim, sem sequer tirar a camisola, os dezenove revólveres foram ficando colados a meu contorno, enfaixados com força com os pedaços de lençol. Cada tira se destinou a uma pistola: primeiro Candelaria envolvia a arma em uma dobra do tecido, depois encostava-a em meu corpo e dava duas ou três voltas com a faixa em volta de mim. No fim, amarrava as pontas com força.

— Você está nos ossos, garota, não há mais carne onde amarrar a próxima — disse após cobrir completamente a frente e as costas.

— Nas coxas — sugeri.

Assim fez, até que, finalmente, o carregamento inteiro se acomodou, espalhado sobre o peito, sobre as costelas, os rins e as omoplatas, dos lados, braços, quadris e a parte superior das pernas. E eu fiquei como uma múmia, coberta de faixas brancas sob as quais se escondia uma armadura tétrica e pesada que dificultava todos os meus movimentos; mas eu teria de aprender a me movimentar com ela imediatamente.

— Ponha isso aqui, são de Jamila — disse, deixando a meus pés umas surradas alpargatas de couro pardo. — E agora, o xador — acrescentou, segurando a grande capa de pano branco. — Isso, enrole até a cabeça, para eu ver como fica.

Contemplou-me com um meio sorriso.

— Perfeita, uma mourinha qualquer. Antes de sair, não esqueça, tem de pôr o véu no rosto para que cubra a boca e o nariz. Pronto, vamos para fora, que agora tenho de lhe explicar rapidinho por onde você vai sair.

Comecei a caminhar com dificuldade, conseguindo a duras penas movimentar meu corpo a um ritmo normal. As pistolas pesavam como chumbo e me obrigavam a manter as pernas entreabertas e os braços separados do corpo. Fomos para o corredor, Candelaria na frente e eu atrás deslocando-me desajeitada; um grande vulto branco que se chocava contra as paredes, os móveis e os batentes das portas. Até que, sem perceber, trombei com uma prateleira e derrubei no chão tudo o que havia nela: um prato de Talavera, um lampião apagado e o retrato sépia de algum parente da senhoria. A cerâmica, o vidro do retrato e a mecha do lampião se despedaçaram tão logo tocaram o chão, e o estrépito fez que, nos quartos vizinhos, os estrados das camas começassem a ranger por interromper o sono dos hóspedes.

— O que aconteceu? — gritou a mãe gorda da cama.

— Nada, derrubei um copo de água no chão. Vão dormir, todo mundo — respondeu Candelaria com autoridade.

Tentei me agachar para recolher o estrago, mas não consegui dobrar o corpo.

— Deixe, deixe, menina, depois eu ajeito isso — disse, afastando com o pé alguns cacos de vidro.

E então, inesperadamente, uma porta se abriu a apenas três metros de nós. Surgiu a cabeça cheia de rolinhos de Fernanda, a mais nova das velhas irmãs. Antes de ter oportunidade de perguntar o que havia acontecido e o que fazia uma moura de xador derrubando os móveis do corredor a essa hora da madrugada, Candelaria lançou-lhe um dardo que a deixou muda e sem capacidade de reação.

— Se não se enfiar na cama agora mesmo, amanhã, assim que se levantar, conto a Sagrario que você anda se encontrando com o aprendiz de farmacêutico às sextas-feiras na cornija.

O medo de que a pia irmã soubesse de seus namoricos foi mais forte que a curiosidade e, sem uma palavra, Fernanda tornou a deslizar como uma enguia para dentro de seu quarto.

— Ande, menina, que está ficando tarde — disse a muambeira em um sussurro imperioso. — É melhor que ninguém a veja saindo desta casa; vai que o Palomares anda aqui por perto, e daí cagamos tudo antes de começar. Vamos para fora.

Saímos para o pequeno quintal na parte de trás da casa. Fomos recebidas pela noite negra, por uma parreira retorcida, um punhado de trepadeiras e a velha bicicleta do telegrafista. Abrigamo-nos em um cantinho e começamos de novo a falar em voz baixa.

— E agora, o que faço? — murmurei.

Ela parecia ter pensado em tudo, e falou com determinação, em voz baixa.

— Você vai subir nesse murinho e pular a cerca, mas com muito cuidado para não enroscar o xador nas pernas e arrebentar a cabeça no chão.

Observei a cerca de uns dois metros de altura e o murinho geminado ao que teria de subir para chegar à parte mais alta e passar para o outro lado. Preferi não me perguntar se eu seria capaz disso carregando o peso das pistolas e enrolada em todos aqueles metros de tecido. Limitei-me a pedir mais instruções.

— E dali?

— Quando pular, vai estar no quintal de dom Leandro; dali, subindo nas caixas e nos tonéis que há ali, poderá passar sem problemas para o quintal seguinte, que é o da doçaria do judeu Menahen. Lá, no fundo, você vai encontrar uma portinha de madeira que a levará a um beco transversal, que é por onde ele entra com os sacos de farinha para a cozinha. Quando estiver lá fora, esqueça quem é: cubra-se bem, encolha-se e vá para o bairro judeu, e, dali, entre depois no bairro árabe. Mas tenha muito cuidado, menina: vá sem pressa e perto das paredes, arrastando um pouco os pés, como se fosse uma velha, não vá acontecer de ninguém a ver caminhando toda garbosa, e um mau caráter tentar algo com você. Há muito espanholzinho que anda meio maluco com o feitiço das muçulmanas.

— E depois?

— Quando chegar ao bairro árabe, dê umas voltas pelas ruas e certifique-se de que ninguém repara em você ou segue seus passos. Se cruzar com alguém, mude de rumo disfarçadamente ou afaste-se o máximo possível. Depois de um tempo, saia de novo pela Porta da Luneta e desça até o parque, sabe onde, não é?

— Acho que sim — disse, esforçando-me para traçar o percurso às cegas.

— Quando estiver ali, vai dar de frente com a estação: atravesse a estrada de Ceuta e entre por onde encontrar aberto, devagarzinho e bem coberta. O mais provável é que só haja dois soldados meio adormecidos por ali, que não lhe darão bola; com certeza vai encontrar algum marroquino esperando o trem para Ceuta; os cristãos só começam a chegar mais tarde.

— A que horas sai o trem?

— Às sete e meia. Mas os mouros, você sabe, seguem outro ritmo com os horários, de modo que ninguém vai estranhar de vê-la andar por ali antes das seis da manhã.

— E eu também devo pegar o trem, ou o que devo fazer?

Candelaria tomou alguns segundos antes de responder, e eu intuí que seu plano estava chegando ao fim.

— Não; você, a princípio, não tem de pegar o trem. Quando chegar à estação, sente-se um pouco no banco que fica embaixo da tabela de horários, deixe que a vejam ali, e, assim, vão saber que é você quem está com a mercadoria.

— Quem tem de me ver?

— Isso tanto faz: quem a tiver de ver, verá. Vinte minutos depois, levante-se do banco, vá para a cantina e dê um jeito para que o cantineiro lhe diga onde deve deixar as pistolas.

— Assim, sem mais? — perguntei alarmada. — E se o cantineiro não estiver, ou se não me der ouvidos, ou se não conseguir falar com ele, então, o que faço?

— Ssssshhhhh. Não erga a voz, alguém pode nos ouvir. Não se preocupe, que de algum jeito você saberá o que fazer — disse impaciente, incapaz de impor a suas palavras uma segurança que não sentia. Então decidiu se abrir. — Veja, garota, esta noite deu tudo tão errado que não souberam me dizer mais que isso: que as pistolas têm de estar na estação às seis da manhã, que a pessoa que as levar deve se sentar por vinte minutos debaixo da tabela de horários, e que o cantineiro vai dizer como fazer a entrega. Não sei mais que isso, minha filha, e realmente lamento. Mas não sofra, querida, vai ver como, chegando lá, tudo se encaminha.

Eu quis dizer que duvidava muito, mas a preocupação em seu rosto me aconselhou a não dizer nada. Pela primeira vez desde que a conhecia, a capacidade de resolução da muambeira e aquela tenacidade para resolver com engenhosidade os lances mais turvos pareciam ter chegado ao fim. Mas eu sabia que, se ela estivesse em condições de agir, não teria se amedrontado: teria conseguido chegar à estação e cumprir a tarefa usando algum estratagema. O problema era que, daquela vez, minha senhoria estava de pés e mãos atados, imobilizada em casa por conta da ameaça de uma batida policial que talvez chegasse aquela noite, ou talvez não. E eu sabia que, se não fosse capaz de reagir e segurar as rédeas firmemente, aquilo seria o fim para as duas. De modo que tirei forças de onde não existiam e me enchi de coragem.

— Tem razão, Candelaria: vou dar um jeito, não se preocupe. Mas, antes, diga-me uma coisa.

— O que quiser, criatura, mas depressa, que já restam menos de duas horas para as seis — acrescentou, tentando disfarçar seu alívio ao me ver disposta a continuar lutando.

— Para onde vão as armas? Quem são esses homens de Larache?

— Isso para você dá no mesmo, garota. O importante é que cheguem a seu destino na hora prevista; que as deixe onde lhe disserem e que pegue o dinheiro que eles têm de lhe dar: 1.900 paus, lembre bem e conte as notas uma a uma. E depois volte para cá voando, que eu a estarei esperando com os olhos bem abertos.

— Estamos nos expondo muito, Candelaria — insisti. — Deixe-me pelo menos saber com quem estamos nos arriscando.

Suspirou profundamente, e seu busto, apenas meio coberto pelo roupão surrado que havia vestido de última hora, tornou a subir e descer como impulsionado por uma bomba de ar.

— São maçons — disse em meu ouvido, como se tivesse medo de pronunciar uma palavra maldita. — A previsão era que chegassem esta noite de Larache em uma caminhonete; com certeza já devem estar escondidos pelas fontes de Buselmal ou em alguma horta do Martín. Eles vêm pelas tribos dos beduínos, não se atrevem a andar pela estrada. Provavelmente vão pegar as armas onde você as deixar e nem vão embarcá-las no trem. Da própria estação, imagino que vão voltar para sua cidade atravessando de novo as tribos dos beduínos e evitando Tetuán, se é que não os pegam antes, que Deus não permita. Mas, enfim, isso tudo são só suposições, porque, na verdade, não faço a menor ideia do que esses homens pretendem.

Suspirou fundo olhando para o vazio e prosseguiu em um murmúrio.

— O que sei, criatura, porque todo mundo também sabe, é que os sublevados foram cruéis com todos aqueles que tinham algo a ver com a maçonaria. Alguns levaram um tiro na cabeça nos próprios locais onde se reuniam; os mais afortunados fugiram para Tânger ou para a zona francesa. Outros foram levados para o Mogote e qualquer dia serão fuzilados. E, provavelmente, alguns devem andar escondidos em porões, sótãos e buracos, temendo que qualquer dia alguém dê com a língua nos dentes e os tirem de seus refúgios a ponta de baioneta. Por essa razão, não encontrei ninguém que tenha se atrevido a comprar a mercadoria, mas, por meio de uns e outros, consegui o contato de Larache, e por isso sei que é lá que as pistolas vão parar.

Olhou-me nos olhos, então, séria e obscura como nunca antes a havia visto.

— A coisa está muito feia, menina, feíssima — disse murmurando. — Aqui não há piedade nem cuidados, e, quando cismam com alguém, passam por cima antes de dizer amém. Já mataram muitos pobres coitados, gente decente que nunca matou uma mosca nem fez o menor mal a ninguém. Tenha muito cuidado, menina, não vá ser a próxima.

Voltei a tirar do nada um pouco de ânimo para que nós duas nos convencêssemos de algo em que nem eu acreditava.

— Não se preocupe, Candelaria; vamos sair desta de algum jeito.

E, sem mais uma palavra, fui até o murinho e me preparei para subir com o mais sinistro carregamento bem amarrado ao corpo. Deixei a muambeira para trás, observando-me debaixo da parreira enquanto se persignava em meio a sussurros e folhas de videira. Em nome do Pai, do Filho e do Espírito Santo, que a Virgem dos Milagres a acompanhe, minha querida. A última coisa que ouvi foi o sonoro beijo que deu em seus dedos cruzados no fim da persignação. Um segundo depois, desapareci por trás da cerca e caí como um fardo no quintal do vizinho.

## II

Alcancei a saída do confeiteiro Menahen em menos de cinco minutos. No caminho, enganchei-me várias vezes em pregos e farpas que a escuridão me impediu de ver. Arranhei um punho, pisei o xador, escorreguei e quase perdi o equilíbrio e caí de costas ao subir em um monte de caixas acumuladas sem ordem encostadas em uma parede. Chegando à porta, a primeira coisa que fiz foi ajeitar bem a roupa para que só vissem meus olhos. Depois, abri o ferrolho enferrujado, respirei fundo e saí.

Não havia ninguém no beco, nem uma sombra, nem um ruído. Minha única companhia era uma lua que se movia caprichosamente entre as nuvens. Saí andando devagar e colada ao lado esquerdo, e logo cheguei à rua Luneta. Antes de passar por ela, parei na esquina para estudar o cenário. Pendiam luzes amareladas dos fios que atravessavam a rua. Olhei para a direita e a esquerda e identifiquei, adormecidos, alguns dos estabelecimentos pelos quais durante o dia deambulava a vida alvoroçada. O Hotel Vitória, a Farmácia Zurita, o Bar Levante, onde com frequência cantavam *flamenco*, o Armazém Galindo e um depósito de sal. O Teatro Nacional, os bazares dos indianos, quatro ou cinco tabernas das quais não sabia o nome, a joalheria La Perla, dos irmãos Cohen, e La Espiga de Oro, onde toda manhã comprávamos o pão. Todos parados, fechados. Silenciosos e quietos como os mortos.

Adentrei a Luneta esforçando-me para adaptar o ritmo ao peso da carga. Percorri um trecho e virei para o Mellah, o bairro judeu. O traçado linear de suas ruas estreitíssimas me reconfortou: eu sabia que o bairro judeu configurava um quadrado exato onde era impossível se desorientar. Cheguei depois ao antigo bairro árabe e, de início, tudo correu bem. Andei e passei por locais que me eram familiares: o mercado do pão, o da carne. Ninguém atravessou meu caminho: nem um cão, nem uma alma, nem um mendigo cego suplicando uma esmola. A minha volta só se ouvia o ruído baixo de minhas próprias alpargatas se arrastando nos paralelepípedos e o ronrom de alguma fonte perdida na distância. Notava que cada vez era menos pesado andar carregando as pistolas, que meu corpo ia se acostumando a suas novas dimensões. De vez em quando, tocava alguma parte para me certificar de que tudo continuava em seu lugar: agora os flancos, depois os braços, a seguir os quadris. Não cheguei a relaxar, continuava tensa, mas pelo menos caminhava moderadamente tranquila pelas ruas escuras e sinuosas, entre paredes caiadas e portas de madeira enfeitadas com pregos de grossas cabeças.

Para afastar a preocupação de minha cabeça, esforcei-me em imaginar como seriam aquelas casas árabes por dentro. Ouvira dizer que eram lindas e frescas, com quintais, fontes e galerias de mosaicos e azulejos, com tetos de madeira trabalhada e o sol acariciando os terraços. Impossível intuir tudo aquilo das ruas, de onde só se viam seus muros brancos. Andei acompanhada por aqueles pensamentos até que, depois de um tempo impreciso, quando julguei já ter andado o suficiente e estar 100% segura de não ter levantado a menor suspeita, decidi encaminhar-me à Porta da Luneta. E foi então, exatamente então, que no fundo do beco pelo qual andava percebi duas figuras avançando para mim. Dois militares, dois oficiais uniformizados, faixas na cintura e quepes vermelhos dos Regulares; quatro pernas que caminhavam com brio, batendo as botas nos paralelepípedos enquanto falavam entre si em voz baixa e nervosa. Prendi a respiração ao mesmo tempo que mil imagens funestas torpedearam minha mente como tiros em um paredão. Pensei, de repente, que quando passassem todas as pistolas iam se soltar de suas ataduras e se espalhar com estrépito pelo chão; imaginei que um deles poderia ter a ideia de puxar meu véu para trás e descobrir meu rosto, que me fariam falar, que descobririam que eu era uma compatriota espanhola traficando armas com quem não devia, e não uma nativa qualquer a caminho de lugar nenhum.

Os dois homens passaram a meu lado; colei-me o máximo possível à parede, mas o beco era tão estreito que quase nos tocamos. Não me deram a menor bola. Ignoraram minha presença como se eu fosse invisível e continuaram com pressa sua conversa e seu caminho. Falavam de destacamentos e munições, de coisas que eu não entendia nem queria entender. Duzentos, 250 no máximo, disse um ao passar junto a mim. Não, homem, não, estou dizendo que não, replicou o outro veemente. Não vi o rosto deles, não me atrevi a levantar os olhos, mas, assim que notei que o som das botas se desvanecia na distância, apertei o passo e finalmente consegui respirar.

Apenas alguns segundos depois, porém, eu me dei conta de que não deveria ter cantado vitória tão cedo: ao erguer o olhar descobri que não sabia onde estava. Para me manter orientada, teria de ter virado à direita três ou quatro esquinas antes, mas o surgimento inesperado dos militares me despistou de tal maneira que não virei. De repente, encontrei-me perdida, e um estremecimento percorreu minha pele. Havia passado pelas ruas do antigo bairro árabe muitas vezes, mas não conhecia seus segredos e meandros. Sem a luz do dia e na ausência dos atos e ruídos cotidianos, eu não tinha a menor ideia de onde estava.

Decidi voltar atrás e refazer o percurso, mas não consegui. Quando achei que ia sair em uma pracinha conhecida, encontrei um arco;

quando esperava uma ruela, dei de cara com uma mesquita ou uma série de degraus. Prossegui por becos tortuosos, tentando associar cada canto com as atividades do dia para poder me orientar. Contudo, à medida que andava, cada vez me sentia mais perdida naquelas ruas arrevesadas que desafiavam as leis do racional. Com os artesãos dormindo e suas lojas fechadas, eu não conseguia saber se andava pela zona dos caldeireiros e vendedores de latão, ou se avançava pela parte onde diariamente trabalhavam os fiandeiros, os tecelões e os alfaiates. Lá onde, à luz do sol, ficavam os doces com mel, as tortas de pão dourado, os montes de especiarias e os ramos de manjericão que teriam me ajudado a me localizar, só encontrei portas trancadas e postigos fechados. O tempo dava a impressão de ter parado, tudo parecia um cenário vazio sem as vozes dos comerciantes e dos compradores, sem as parelhas de burricos carregados de cestos nem as mulheres do Rife sentadas no chão, em meio a verduras e laranjas que talvez nunca conseguissem vender. Meu nervosismo aumentou: eu não sabia que hora seria, mas tinha consciência de que cada vez ia faltando menos tempo para as seis. Acelerei o passo, saí de um beco, entrei em outro, em outro, em mais outro; retrocedi, endireitei de novo o rumo. Nada. Nem uma pista, nem uma evidência: tudo havia se transformado de repente em um labirinto endemoniado do qual não encontrava jeito de sair.

Meus passos aturdidos acabaram me levando às proximidades de uma casa com uma grande luz em cima da porta. De repente, ouvi risadas, alvoroço, vozes descompassadas cantando a letra de *Mi jaca* ao acorde em um piano desafinado. Decidi me aproximar, ansiosa por encontrar alguma referência que me permitisse recuperar o senso de direção. Faltavam apenas poucos metros para chegar quando um casal saiu atropelado do local falando espanhol: um homem com aparência de bêbado, pendurado em uma mulher madura tingida de loiro que ria às gargalhadas. Percebi, então, que estava em frente a um bordel, mas já era muito tarde para me fazer passar por uma nativa pervertida: o casal estava a apenas uns passos de mim. Mourinha, venha comigo, mourinha bonita, tenho uma coisa para lhe mostrar, veja, veja, mourinha, disse o homem babão estendendo um braço para mim enquanto com a outra mão segurava, obsceno, o que tinha no meio das pernas. A mulher tentou contê-lo, segurando-o e rindo, enquanto eu, com um pulo, afastei-me de seu alcance e saí correndo como louca apertando com todas as minhas forças o xador ao corpo.

Deixei para trás o prostíbulo cheio de carne de quartel jogando cartas, berrando canções e sovando com fúria as mulheres, todos momentaneamente alheios à certeza de que qualquer dia próximo cruzariam o estreito para enfrentar a macabra realidade da guerra. E então, ao afastar-me do antro com toda a pressa do mundo nas alpargatas, a sorte finalmente ficou do meu lado e me fez dar de cara com o Mercado el Foki ao virar a esquina.

Recuperei o alívio por ter encontrado de novo a orientação: finalmente sabia como sair daquela gaiola em que o antigo bairro árabe havia se transformado. O tempo voava, e eu tive de voar também. Movimentando-me com passos tão longos e rápidos quanto minha couraça me permitia, alcancei em poucos minutos a Porta da Luneta. Um novo sobressalto, porém, me esperava ao lado dela: lá estava um dos temidos controles militares que haviam impedido a entrada dos homens de Larache em Tetuán. Alguns soldados, barreiras de proteção e dois veículos: o efetivo suficiente para intimidar qualquer um que quisesse adentrar a cidade com algum objetivo não totalmente lícito. Notei minha garganta secar, mas sabia que não podia evitar passar em frente a eles nem parar para pensar o que fazer, de modo que, com a vista fixa de novo no chão, decidi prosseguir meu caminho com o andar cansado que Candelaria me aconselhou. Passei pelo controle com o sangue bombeando minhas têmporas e a respiração presa, à espera de que a qualquer momento me parassem e me perguntassem para onde estava indo, quem era, o que estava escondendo. Para minha sorte, mal olharam para mim. Ignoraram-me simplesmente, como antes o haviam feito os oficiais com quem cruzei na estreiteza de um beco. Que perigo representaria para a gloriosa sublevação aquela marroquina de andar cansado que atravessava como uma sombra as ruas da madrugada?

Desci para a área aberta do parque e me obriguei a recuperar a tranquilidade. Atravessei com fingida calma os jardins cheios de sombras adormecidas, tão estranhos naquela quietude sem as crianças barulhentas, os casais e os velhinhos que se moviam à luz do sol por entre as fontes e as palmeiras. À medida que avançava, a estação aparecia cada vez mais nítida diante de meus olhos. Comparada com as casas baixas do antigo bairro árabe, ela me pareceu, de repente, grandiosa e inquietante, meio moura, meio andaluza, com suas torretas nas esquinas, com suas telhas e azulejos verdes, e enormes arcos nos acessos. Várias luzes tênues iluminavam a fachada e mostravam a silhueta recortada contra o maciço do Gorgues, esses montes rochosos e imponentes por onde supostamente os homens de Larache deveriam chegar. Só em uma ocasião eu havia passado pela estação, quando o delegado me levara em seu automóvel do hospital à pensão. Das demais vezes, eu a vira sempre à distância, do mirante da rua Luneta, incapaz de calcular sua magnitude. Ao encontrá-la de frente naquela madrugada, seu tamanho me pareceu tão ameaçador que imediatamente comecei a sentir falta da acolhedora estreiteza dos becos do bairro mouro.

Mas não era momento de permitir que o medo me arreganhasse seus dentes outra vez, de modo que resgatei novamente a coragem e comecei a atravessar a estrada de Ceuta, por onde àquela hora não circulava nem pó. Tentei me insuflar ânimo calculando o tempo, dizendo a mim que já faltava menos para que tudo terminasse, que já havia vencido uma grande parte do processo. Reconfortou-me pensar que logo me livraria das faixas apertadas, das pistolas que estavam machucando meu corpo e daquela roupa que tão estranha me fazia sentir. Faltava pouco, muito pouco.

Entrei na estação pela porta principal, aberta de par em par. Fui recebida por uma luz fria iluminando o vazio, incongruente com a noite escura que acabava de deixar para trás. A primeira coisa que captei foi um grande relógio que marcava quinze para as seis. Suspirei sob o pano que cobria meu rosto: o atraso não havia sido excessivo. Caminhei com intencional lentidão pelo vestíbulo enquanto com os olhos escondidos por trás do véu estudava rapidamente o cenário. Os guichês estavam fechados e havia só um velho muçulmano deitado em um banco com uma trouxa nos pés. Ao fundo do local, duas grandes portas se abriam para a plataforma. À esquerda, outra dava acesso ao que uma placa de letras bem traçadas indicava que era a cantina. Procurei a tabela de horários e encontrei-a à direita. Não parei para estudá-la; simplesmente me sentei em um banco embaixo dela e esperei. Assim que toquei a madeira do banco, notei um sentimento de gratidão percorrer meu corpo da cabeça aos pés. Não havia percebido, até então, quão cansada estava, que esforço imenso tive de fazer para caminhar sem parar carregando todo aquele peso sinistro como uma segunda pele de chumbo.

Apesar de ninguém aparecer no vestíbulo durante todo o tempo que permaneci sentada imóvel, chegaram a meus ouvidos sons que me fizeram saber que não estava sozinha. Alguns provinham de fora, da plataforma. Passos e vozes de homens, baixas às vezes, mais altas em alguma ocasião. Eram vozes jovens, supus que deviam ser os soldados responsáveis pela vigilância da estação e tentei não pensar que provavelmente teriam ordens expressas de atirar sem perguntar diante de qualquer suspeita. Da cantina chegou também um ou outro ruído. Reconfortou-me ouvi-los; pelo menos, assim soube que o cantineiro estava ativo e em seu lugar. Deixei passar dez minutos, que transcorreram com lentidão exasperante: não houve tempo para os vinte que Candelaria indicara. Quando os ponteiros do relógio marcaram cinco para as seis, reuni forças, levantei-me pesadamente e encaminhei-me a meu destino.

A cantina era grande e tinha pelo menos uma dúzia de mesas, todas vazias, exceto uma, na qual um homem cochilava com a cabeça apoiada nos braços; a seu lado descansava, vazia, uma moringa de vinho. Fui até o balcão arrastando as alpargatas, sem ter a menor ideia do que deveria dizer ou o que teria de ouvir. Atrás do balcão, um homem moreno e magro, com uma bituca de cigarro meio apagada nos lábios, colocava pratos e xícaras em pilhas ordenadas, sem prestar, aparentemente, a menor atenção àquela mulher de rosto coberto que ia em sua direção. Ao me ver chegar ao balcão, sem tirar o toco de cigarro da boca, disse em voz alta e ostentosa: às sete e meia, só as sete e meia sai o trem. E depois, em voz baixa, acrescentou umas palavras em árabe que não compreendi. Sou espanhola, não entendo, murmurei por trás do véu. Ele abriu a boca sem poder disfarçar sua incredulidade, e a bituca do cigarro foi parar ao chão com o descuido. E então, atropeladamente, transmitiu-me a mensagem: vá ao banheiro da plataforma e feche a porta. Estão esperando-a lá.

Voltei devagar pelo mesmo caminho, retornei ao vestíbulo e dali saí para a noite. Antes, ajustei bem o xador e ergui o véu até que quase tocou meus cílios. A larga plataforma parecia vazia, e a sua frente só havia o maciço rochoso do Gorgues, escuro e imenso. Os soldados, quatro, estavam juntos, fumando e falando sob um dos arcos que davam acesso aos trilhos. Estremeceram quando viram uma sombra entrar, notei que ficaram tensos, juntaram as botas e ergueram a postura, segurando os fuzis nos ombros.

— Alto lá! — gritou um deles quando me viu. Senti meu corpo se enrijecer sob o metal das armas coladas.

— Deixe-a em paz, Churruca, não vê que é uma moura? — disse o outro.

Fiquei parada, sem avançar, sem retroceder. Eles também não se aproximaram: permaneceram onde estavam, a uns vinte ou trinta metros, discutindo o que fazer.

— Tanto faz se é uma moura ou uma cristã. O sargento disse que temos de pedir identificação para todo mundo.

— Caramba, Churruca, que imbecil. Já lhe dissemos dez vezes que ele se referia a todo o mundo espanhol, não aos muçulmanos; parece que não entende — esclareceu o outro.

— Vocês é que não entendem nada. Senhora, documentação.

Achei que minhas pernas iam se dobrar, que eu ia cair desfalecida. Imaginei que aquilo já era, irremediavelmente, o fim. Prendi a respiração e notei um suor frio encharcar toda minha pele.

— Mas você é mesmo um ignorante, Churruca — disse a suas costas a voz de outro companheiro. — As nativas não andam por aí com uma carteira de identidade. Quando vai aprender que isto aqui é a África, e não a Plaza Mayor de sua cidade?

Tarde demais: o soldado escrupuloso já estava a dois passos de mim, com uma mão estendida esperando algum documento enquanto buscava meu olhar por entre as dobras de tecido que me cobriam. Não o encontrou, porém. Eu o mantive fixo no chão, concentrada em suas botas manchadas de barro, em minhas velhas alpargatas e no pouco meio metro que separava os dois pares de pés.

— Se o sargento souber que andou incomodando uma marroquina livre de suspeita, você vai pegar três dias de prisão na Alcazaba, rapaz.

A funesta possibilidade daquele castigo, finalmente, fez o tal de Churruca ceder. Não pude ver o rosto de meu redentor: minha vista continuava concentrada no chão. Mas a ameaça de prisão surtiu efeito, e o soldado criterioso e cabeça-dura, depois de pensar durante alguns angustiosos segundos, retirou a mão, voltou-se e se afastou de mim.

Abençoei a sensatez do companheiro que o deteve, e, quando os quatro soldados estavam de novo juntos sob o arco, dei a volta e retomei meu caminho para nenhum lugar específico. Comecei a percorrer a plataforma devagar, sem rumo, tentando apenas recuperar a serenidade. Quando consegui, finalmente, pude concentrar meu esforço em encontrar os banheiros. Então, comecei a prestar atenção ao que havia a minha volta: dois árabes cochilando no chão com as costas apoiadas nos muros e um cão magro atravessando os trilhos. Demorei pouco para encontrar o objetivo; para minha sorte, estava quase no fim da plataforma, no extremo oposto ao ocupado pelos soldados. Prendendo a respiração, empurrei a porta de vidro granulado e entrei em uma espécie de *hall*. Havia pouca luz, mas não quis chamar a atenção, preferi acostumar os olhos à escuridão. Vislumbrei a placa de homens à esquerda e a de mulheres à direita. E, ao fundo, encostado na parede, percebi o que parecia um monte de tecido que lentamente começava a se mexer. Uma cabeça coberta por um capuz emergiu cautelosa, seus olhos se cruzaram com os meus na penumbra.

— Trouxe a mercadoria? — perguntou uma voz espanhola. Falava baixo e rápido.

Balancei a cabeça afirmativamente e o vulto se ergueu, discreto, até se transformar na figura de um homem vestido, como eu, à moda moura.

— Onde está?

Baixei o véu para poder falar com mais facilidade, abri o xador e expus meu corpo enfaixado.

— Aqui.

— Meu Deus — murmurou apenas. Naquelas duas palavras concentrava-se um mundo de sensações: espanto, ansiedade, urgência. Seu tom era grave, parecia uma pessoa educada. — Pode retirar tudo você mesma? — perguntou então.

— Vou precisar de tempo — sussurrei.

Apontou para o banheiro feminino e entramos os dois. O espaço era estreito, e por uma pequena janela entrava um resto de luz de lua, suficiente para não precisar de mais iluminação.

— Temos pressa, não podemos perder um minuto sequer. A tropa da manhã está para chegar, e revistam a estação de cima a baixo antes de o primeiro trem sair. Terei de ajudá-la — anunciou fechando a porta a suas costas.

Deixei o xador cair no chão e abri os braços em forma de cruz para que aquele desconhecido começasse a explorar meus recantos, desamarrando nós, soltando faixas e liberando meu esqueleto de sua sinistra cobertura.

Antes de começar, tirou o capuz da túnica e diante de mim vi o rosto sério e harmonioso de um espanhol de meia-idade e barba de vários dias. Tinha cabelo castanho e cacheado, despenteado por conta da roupa sob a qual provavelmente estava camuflado havia tempos. Seus dedos começaram a trabalhar, mas a tarefa não era simples. Candelaria havia se esmerado e nem uma única arma havia saído do lugar, mas os nós eram tão apertados e os metros de tecido tantos que soltar de meu contorno tudo aquilo levou um tempo mais longo do que aquele desconhecido e eu teríamos desejado. Ficamos calados os dois, cercados de azulejos brancos e acompanhados apenas pela placa turca no chão, o som compassado de nossa respiração e o murmúrio de alguma frase solta que marcava o ritmo do processo: esta já foi, agora por aqui, vire-se um pouco, vamos lá, levante mais o braço, cuidado. Apesar da pressa, o homem de Larache agia com uma delicadeza infinita, quase com pudor, evitando o máximo possível aproximar-se das partes mais íntimas ou roçar minha pele nua um milímetro além do estritamente necessário. Como se temesse manchar minha integridade com suas mãos, como se o carregamento que eu levava fosse uma elegante embalagem de papel de seda e não uma negra couraça de artefatos destinados a matar. Em nenhum momento sua proximidade física me incomodou: nem suas carícias involuntárias, nem a intimidade de nossos corpos quase colados. Aquele foi, sem dúvida, o momento mais agradável da noite: não porque um homem estava percorrendo meu corpo depois de tantos meses, mas sim porque eu achava que, com aquele ato, estava chegando o início do fim.

Tudo estava se desenrolando a bom ritmo. As pistolas foram saindo, uma a uma, de seus esconderijos e indo parar no chão. Faltavam poucas já, três ou quatro, não mais. Calculei que em cinco, dez minutos no máximo, tudo estaria terminado. E então, inesperadamente, o sossego se quebrou, fazendo-nos prender a respiração e suspender a tarefa. Do lado de fora, ainda na distância, chegaram os sons agitados do começo de uma nova atividade.

O homem inspirou profundamente e tirou um relógio do bolso.

— A tropa já chegou, estão adiantados — anunciou. Em sua voz trêmula percebi angústia, inquietude e a vontade de não me transmitir nenhuma daquelas sensações.

— O que faremos agora? — sussurrei.

— Vamos sair daqui o mais rápido possível — disse de imediato. — Vista-se, rápido.

— E as pistolas que faltam?

— Não importa. Temos que fugir: os soldados não vão demorar a entrar para verificar se tudo está em ordem.

Enquanto eu me enrolava no xador com mãos trêmulas, ele tirou da cintura um saco de tecido sujo e colocou as pistolas nele.

— Por onde vamos sair? — murmurei.

— Por ali — disse, erguendo a cabeça e apontando com o queixo para a janela. — Primeiro você pula, depois jogo as pistolas e saio. Mas ouça bem: se eu não chegar, pegue as pistolas, corra com elas em paralelo aos trilhos e deixe-as ao lado da primeira placa que encontrar anunciando uma parada ou uma estação. Depois alguém irá buscá-las. Não olhe para trás e não me espere; só saia correndo e fuja. Vamos, prepare-se para subir, apoie um pé nas minhas mãos.

Olhei para a janela, alta e estreita. Achei impossível que pudéssemos passar por ela, mas não falei nada. Eu estava tão assustada que apenas obedeci, confiando cegamente nas decisões daquele maçom anônimo de quem jamais saberia sequer o nome.

— Espere um momento — disse ele então, como se houvesse esquecido alguma coisa.

Abriu a camisa com um puxão e retirou uma pequena bolsa de tecido.

— Guarde isto antes, é o dinheiro combinado. Por via das dúvidas, caso a coisa se complique quando sairmos.

— Mas ainda há mais pistolas... — gaguejei, enquanto apalpava meu corpo.

— Não importa. Você já cumpriu sua parte, então, deve receber — disse, enquanto pendurava a bolsa em meu pescoço. Deixei-o agir, imóvel, como anestesiada. — Vamos, não podemos perder um segundo.

Finalmente reagi. Apoiei um pé em suas mãos cruzadas e dei impulso até segurar na borda da janela.

— Abra, depressa — disse. — Dê uma olhada. Diga rápido o que vê e o que ouve.

A janela dava para o campo escuro, o movimento vinha de outra parte fora do alcance de minha vista. Barulho de motores, rodas rangendo nas pedras, passos firmes, cumprimentos e ordens, vozes imperiosas distribuindo tarefas. Com ímpeto, com brio, como se o mundo fosse acabar, mesmo ainda nem tendo começado a manhã.

— Pizarro e García, para a cantina. Ruiz e Albadalejo, para os guichês. Vocês para os escritórios e vocês dois para os banheiros. Vamos, todos voando — gritou alguém com raivosa autoridade.

— Não vejo ninguém, mas estão vindo para cá — comuniquei com a cabeça ainda para fora.

— Pule — ordenou então.

Não pulei. A altura era inquietante, precisava tirar o corpo antes; eu me negava, inconscientemente, a sair sozinha. Queria que o homem de Larache me garantisse que iria comigo, que me levaria pela mão aonde tivesse de ir.

A agitação ficava cada vez mais perto. O ruído das botas no chão, as vozes fortes distribuindo tarefas. Quintero, para o banheiro feminino; Villarta, para o dos homens. Não eram, evidentemente, os recrutas preguiçosos que eu havia encontrado ao chegar, e sim uma patrulha de homens frescos com vontade de encher de atividade o início do dia.

— Pule e corra! — repetiu enérgico o homem segurando minhas pernas e me impulsionando para cima.

Pulei. Pulei, caí e sobre mim caiu o saco de pistolas. Mal havia alcançado o chão quando ouvi o estrondo precipitado de portas abertas a pontapés. A última coisa que chegou a meus ouvidos foram os gritos brutos interrogando aquele que nunca mais vi.

— O que está fazendo no banheiro das mulheres, mouro? O que anda jogando pela janela? Villarta, rápido, vá ver se ele jogou alguma coisa para o outro lado.

Comecei a correr. Às cegas, com fúria. Protegida pela negrura da noite e arrastando o saco com as armas; surda, insensível, sem saber se me seguiam nem querer me perguntar o que teria sido do homem de Larache diante do fuzil do soldado. Uma alpargata saiu do meu pé e uma das últimas pistolas acabou de se desprender de meu corpo, mas não parei para recolher nenhuma das perdas. Apenas continuei correndo na escuridão, acompanhando o traçado dos trilhos, meio descalça, sem parar, sem pensar. Atravessei o campo aberto, hortas, canaviais e pequenas plantações. Tropecei, levantei-me e continuei correndo sem respirar, sem calcular a distância que meus passos cobriam. Nem um único ser vivo saiu a meu encontro e nada se interpôs ao ritmo louco dos meus pés, até que, nas sombras, consegui perceber uma placa cheia de letras. Estação Malalien, dizia. Aquele seria meu destino.

A estação ficava a uns cem metros da placa, iluminada apenas por uma luz amarelada. Detive a corrida enlouquecida antes de atingi-la, assim que cheguei à placa que a precedia. Olhei rapidamente em todas as direções para ver se já havia alguém a quem poder entregar as armas. Meu coração estava a ponto de explodir e minha boca seca cheia de pó e carvão. Fiz esforços impossíveis para emudecer o som entrecortado de minha respiração. Ninguém foi ao meu encontro. Ninguém esperava a mercadoria. Talvez chegassem mais tarde, talvez não chegassem jamais.

Tomei a decisão em menos de um minuto. Deixei o saco no chão, ajeitei-o para que se visse o menos possível e comecei a empilhar pequenas pedras sobre ele com ritmo febril, arranhando o chão, arrancando terra, pedras e mato até deixá-lo medianamente coberto. Quando achei que já não parecia algo suspeito, fui embora.

Sem tempo para recuperar o fôlego, comecei a correr outra vez para onde se vislumbravam as luzes de Tetuán. Já sem a carga, decidi me livrar também do resto do lastro. Abri o xador sem parar de correr e, com dificuldade, consegui desfazer, pouco a pouco, os últimos nós. As três pistolas que ainda permaneciam amarradas foram caindo pelo caminho, uma primeiro, outra depois, a última por fim. Quando cheguei às proximidades da cidade, só me restava no corpo esgotamento, tristeza e feridas. E uma bolsa cheia de dinheiro pendurada no pescoço. Das armas, nem sinal.

Cheguei ao acostamento da estrada de Ceuta e retomei o passo lento. Eu havia perdido também a outra alpargata, de modo que me camuflei de novo na figura de uma moura descalça e coberta que tomava, cansada, a subida rumo à Porta da Luneta. Não precisei me esforçar para simular um andar cansado: minhas pernas, simplesmente, não respondiam mais. Sentia meus membros intumescidos, cheios de bolhas, sujeira e hematomas por todos os lados e uma fraqueza infinita nos ossos.

Adentrei a cidade quando as sombras começavam a desaparecer. De uma mesquita próxima ouvia-se o muezim convocando os muçulmanos para a primeira oração e o clarim do Quartel da

Intendência tocando o alvorecer. Da Gaceta de África saía quente o jornal do dia e pela Luneta circulavam, bocejando, os engraxates mais madrugadores. O confeiteiro Menahen já havia acendido o forno e dom Leandro andava empilhando sua mercadoria com o avental bem amarrado na cintura.

Todas aquelas cenas cotidianas passaram diante dos meus olhos como passam as coisas alheias, sem me fazer fixar a atenção, sem deixar marca. Eu sabia que Candelaria ficaria satisfeita quando lhe entregasse o dinheiro e me julgaria executora de uma proeza memorável. Eu, porém, não sentia dentro de mim o menor rastro de nada parecido com complacência. Sentia a negra mordida de um desgosto imenso.

Enquanto corria frenética pelo campo, enquanto cravava as unhas na terra e cobria com ela o saco das armas, enquanto caminhava pela estrada, ao longo de todas as últimas ações daquela longa noite, passaram por minha mente mil imagens formando sequências diferentes com um só protagonista: o homem de Larache. Em uma delas, os soldados descobriam que ele não havia jogado nada pela janela, que tudo havia sido um alarme falso, que aquele indivíduo era só mais um árabe sonolento e confuso; então, deixavam-no ir, o exército tinha ordem expressa de não importunar a população nativa a não ser que percebessem algo alarmante. Em outra muito diferente, assim que abriu a porta do banheiro, o soldado comprovou que se tratava de um espanhol emboscado; espremeu-o no canto, apontou-lhe o fuzil a dois palmos do rosto e gritou por reforços. Chegaram mais soldados, interrogaram-no, talvez o tenham identificado, talvez o tenham levado para o quartel, talvez ele tenha tentado fugir e o mataram com um tiro nas costas quando pulava nos trilhos. No meio das duas premonições cabiam outras mil sequências; porém, eu sabia que nunca poderia ter certeza de qual delas estava mais próxima da verdade.

Passei pela entrada exausta e dominada por temores. Erguia-se a manhã sobre Marrocos.

## 12

ENCONTREI A PORTA DA PENSÃO ABERTA E OS HÓSPEDES ACORDADOS, reunidos na sala de jantar. Sentadas à mesa onde diariamente trocavam insultos e pragas, as irmãs choravam e assoavam o nariz de roupão e bobes enquanto o professor Anselmo tentava consolá-las com palavras baixas que não pude ouvir. Paquito e o viajante estavam recolhendo do chão o quadro da Santa Ceia com intenção de devolvê-lo a seu lugar na parede. O telegrafista, em calças de pijama e camiseta, fumava nervoso em um canto. A mãe gorda, enquanto isso, tentava esfriar uma xícara de chá com leves sopros. Tudo estava revirado e fora do lugar, pelo chão havia vidros e coisas quebradas, e haviam até arrancado as cortinas.

Ninguém pareceu estranhar a chegada de uma moura àquela hora; deviam ter pensado que era Jamila. Permaneci alguns segundos contemplando a cena ainda enrolada no xador, até que um forte "psiu" no corredor exigiu minha atenção. Ao voltar a cabeça, encontrei Candelaria agitando os braços como uma possessa enquanto em uma mão segurava uma vassoura e na outra a pá.

— Entre aqui, menina — ordenou alvoroçada. — Entre e conte, já estou ficando maluca sem saber o que aconteceu.

Eu havia decidido guardar para mim os detalhes mais escabrosos e compartilhar com ela apenas o resultado final. Que as pistolas foram embora e o dinheiro estava comigo: era isso que Candelaria ia querer ouvir, e era isso que eu ia lhe dizer. O resto da história ficaria para mim.

Falei enquanto retirava a cobertura da cabeça.

— Deu tudo certo — sussurrei.

— Ah, minha querida, venha cá, deixe-me abraçá-la! Minha Sira vale mais que o ouro do Peru! — berrou a muambeira. Então jogou no chão os utensílios de limpeza, aprisionou-me entre seus seios e me encheu de beijos sonoros como ventosas.

— Cale-se, por Deus, Candelaria; cale-se, senão vão ouvi-la — pedi com o medo ainda colado à pele. Em vez de me atender, ela emendou seu júbilo a uma cadeia de maldições dirigidas ao policial que naquela mesma noite havia deixado sua casa de ponta-cabeça.

— Não estou nem aí se me ouvirem! Vá para o raio que o parta, Palomares, você e todos do seu sangue! Filho da mãe, não conseguiu me pegar!

Prevendo que aquela explosão de emoção após a longa noite de tensão não ia acabar ali, peguei Candelaria pelo braço e a arrastei até meu quarto enquanto ela continuava vociferando barbaridades.

— Grande filho da mãe! Vá se ferrar, Palomares, não encontrou nada em minha casa, mesmo tendo derrubado os móveis e arrebentado meus colchões!

— Cale-se já, Candelaria, cale-se de uma vez — insisti. — Esqueça Palomares, acalme-se e deixe-me explicar-lhe como foi tudo.

— Sim, filha, sim, conte tudinho — disse ela, tentando finalmente se acalmar. Respirava forte, seu roupão mal abotoado, e da redinha que cobria sua cabeça saíam mechas de cabelo alvoroçadas. Sua aparência era lamentável e, mesmo assim, irradiava entusiasmo. — O velhaco apareceu às cinco da manhã e nos jogou todos na rua, desgraçado... ele... ele... Bem, vamos esquecer isso, que o passado, passado está. Fale você, minha querida, conte-me tudo devagarzinho.

Narrei sucintamente a aventura enquanto retirava o pacote de dinheiro que o homem de Larache havia pendurado em meu pescoço. Não mencionei a fuga pela janela, nem os gritos ameaçadores do soldado, nem as pistolas abandonadas embaixo da placa solitária da estação Malalien. Apenas lhe entreguei o conteúdo da bolsa e comecei a tirar o xador e a camisola que usava por baixo.

— Vá se danar, Palomares! — gritou gargalhando, enquanto jogava as notas para o ar. — Apodreça no inferno, você não me pegou!

Então interrompeu a gritaria abruptamente, e não porque houvesse recuperado a sensatez, e sim porque o que seus olhos viam a impediu de continuar manifestando alegria.

— Nossa, você está toda machucada, criatura! Parece o Cristo das Cinco Chagas! — exclamou diante de meu corpo nu. — Dói muito, minha filha?

— Um pouco — murmurei, enquanto me deixava cair como um peso morto em cima da cama. Eu estava mentindo. Na verdade, me doía até a alma.

— E está suja como se houvesse saído de um lixão — disse com a sensatez já recuperada. — Vou pôr umas panelas de água no fogo para lhe preparar um banho quentinho. E, depois, umas compressas com linimento nas feridas, e depois...

Não ouvi mais nada. Antes que a muambeira acabasse a frase, adormeci.

# 13

Tão logo a casa ficou arrumada e todos recuperamos a normalidade, Candelaria saiu em busca de um local para instalar meu negócio.

A extensão espanhola de Tetuán, tão diferente do antigo bairro árabe, havia sido construída com critérios europeus para atender às necessidades do Protetorado espanhol: para abrigar suas instalações civis e militares, e proporcionar moradia e negócios para as famílias da Península que pouco a pouco iam fazendo de Marrocos sua residência permanente. Os edifícios novos, com fachadas brancas, varandas ornamentadas e um ar entre o moderno e o mouro, distribuíam-se em ruas largas e praças espaçosas formando um quadriculado cheio de harmonia. Por ali se moviam mulheres bem penteadas e homens de chapéu, militares de uniforme, crianças vestidas à europeia e casais de namorados de braços dados. Havia trólebus e alguns automóveis, doçarias, cafés e um comércio seleto e contemporâneo. Havia ordem e calma, um universo totalmente diferente da agitação, do cheiro e das vozes dos mercados do antigo bairro árabe, esse encrave do passado, cercado de muralhas e aberto ao mundo por sete portas. E entre os dois espaços, o árabe e o espanhol, quase como uma fronteira, encontrava-se a Luneta, a rua que eu estava prestes a abandonar.

Assim que Candelaria encontrasse um local para instalar o ateliê, minha vida daria uma nova guinada e eu teria que me acomodar de novo. E, antecipando-me a isso, decidi mudar: renovar-me totalmente, desfazer-me de velhos lastros e começar do zero. Em poucos meses, eu havia fechado a porta na cara de todo meu ontem; deixara de ser uma humilde costureirinha e me tornara, de maneira alternativa ou paralela, um monte de mulheres diferentes. Candidata incipiente a funcionária pública, beneficiária do patrimônio de um grande industrial, amante de um sem-vergonha, iludida aspirante a diretora de uma empresa argentina, mãe frustrada de um filho não nascido, suspeita de trapaça e roubo cheia de dívidas até as sobrancelhas e ocasional traficante de armas camuflada sob a aparência de uma inocente nativa. Em menos tempo ainda deveria assumir uma nova personalidade, porque nenhuma das anteriores me servia mais. Meu velho mundo estava em guerra e o amor havia se evaporado dele, levando consigo meus bens e ilusões. O filho que nunca nasceu desmanchara-se em uma poça de coágulos de sangue ao descer de um ônibus, uma ficha com meus dados circulava pelas delegacias de dois países e três cidades, e o pequeno arsenal de pistolas que eu havia transportado colado à pele talvez já houvesse ceifado alguma vida. Com a intenção de dar as costas a uma bagagem tão patética, resolvi enfrentar o porvir por trás de uma máscara de segurança e valentia para evitar que se vissem meus medos, minhas misérias e a punhalada que ainda continuava cravada em minha alma.

Decidi começar pelo exterior, assumir uma aparência de mulher vivida e independente que não deixasse vislumbrar nem minha realidade de vítima de um cretino, nem a obscura procedência do negócio que eu estava prestes a abrir. Para isso, precisava maquiar o passado, inventar rapidamente um presente e projetar um futuro tão falso quanto esplendoroso. E devia agir com rapidez; precisava começar imediatamente. Nem mais uma lágrima, nem um lamento. Nem um olhar condescendente para trás. Tudo devia ser presente, tudo hoje. Para isso, optei por uma nova personalidade que tirei da manga como um mágico tira lenços ou ases de copas. Decidi me transformar, e minha escolha foi adotar a aparência de uma mulher firme, decidida, vivida. Teria de me esforçar para que minha ignorância fosse confundida com soberba, minha incerteza com doce desídia. Que meus medos nem sequer se suspeitassem, escondidos no passo firme de um par de saltos altos e uma aparência de determinação. Que ninguém intuísse o esforço imenso que eu diariamente ainda tinha de fazer para superar, pouco a pouco, minha tristeza.

O primeiro movimento foi começar uma mudança de estilo. A incerteza dos últimos tempos, o aborto e a convalescença haviam minguado meu corpo em pelo menos seis ou sete quilos. A amargura e o hospital levaram as curvas dos meus quadris, um pouco do volume do peito, parte das coxas e qualquer tipo de adiposidade que um dia houvesse existido no contorno da cintura. Não me esforcei para recuperar nada daquilo, comecei a me sentir confortável na nova silhueta: mais um passo para frente. Resgatei da memória o modo de vestir de algumas estrangeiras de Tânger e decidi adaptá-lo a meu parco guarda-roupa mediante reformas e consertos. Seria menos formal que meus compatriotas, mais insinuante, mas sem chegar ao indecoro nem ao descaramento. Os tons mais vistosos, os tecidos mais leves. Os botões das camisas um pouco mais abertos no decote e o comprimento das saias um pouco menor. Em frente ao espelho estragado do quarto de Candelaria, recompus, ensaiei e tornei meus aqueles glamorosos cruzamentos de pernas que diariamente observava na hora do aperitivo nas sacadas; os andares elegantes percorrendo com garbo as largas calçadas do boulevard Pasteur e a graça dos dedos recém-saídos da manicure segurando uma revista de moda francesa, um *gin fizz* ou um cigarro turco com piteira de marfim.

Pela primeira vez em mais de três meses, prestei atenção a minha imagem e descobri que precisava de um trato de emergência. Uma vizinha tirou minhas sobrancelhas, outra fez minhas mãos. Voltei a me maquiar após ter passado meses de cara lavada: escolhi lápis para o contorno dos lábios, batom para preenchê-los, cores para as pálpebras, rubor para as bochechas, delineador e máscara para cílios. Fiz Jamila cortar meu cabelo com a tesoura de costura seguindo milimetricamente uma fotografia da *Vogue* velha que eu levava na mala. A densa mata morena que me chegava até o meio das costas caiu em mechas pelo chão da cozinha, como asas de corvos mortos, até ficar em uma melena retilínea à altura do queixo, lisa, com risca de lado e tendência a cair indômita, sobre meu olho direito. Para o inferno com aquela manta quente que tanto deixava Ramiro fascinado. Eu não saberia dizer se o novo corte me favorecia ou não, mas me fez sentir mais fresca, mais livre. Renovada, distanciada para sempre daquelas tardes sob as pás do ventilador em nosso quarto do Hotel Continental; daquelas horas eternas sem mais abrigo que o corpo dele enroscado no meu e minha grande cabeleira esparramada como uma manta sobre os lençóis.

As intenções de Candelaria se materializaram apenas uns dias depois. Primeiro localizou três imóveis na extensão disponíveis para aluguel imediato. Explicou-me os pormenores de cada um deles, avaliamos juntas o que de bom e ruim tinha cada um e finalmente nos decidimos.

O primeiro local de que Candelaria me falou parecia, a princípio, perfeito: amplo, moderno, novo, perto dos correios e do Teatro Espanhol. “Tem até um chuveirinho, igualzinho a um telefone, menina, só que, em vez de ouvir a voz de quem fala com você, sai um jato de água que você aponta para onde quiser", explicou a muambeira impressionada com o prodígio. Porém, descartamos esse. A razão foi que era vizinho de um terreno ainda vazio onde viviam à vontade os gatos magros e os dejetos. A vizinhança crescia, mas ainda tinha aqui e ali pontos a urbanizar. Pensamos que essa situação talvez não oferecesse uma boa imagem para essas clientes sofisticadas que pretendíamos captar, de modo que a opção do ateliê com ducha telefônica foi descartada.

A segunda proposta ficava na principal rua de Tetuán, que ainda era a rua República, em uma linda casa com torretas nas esquinas perto da praça Muley-el-Mehdi, que mais tarde seria Primo de Rivera. O local também reunia, à primeira vista, todos os requisitos necessários: era espaçoso, tinha presença e não era ladeado por um terreno baldio. Fazia esquina, abrindo-se para duas artérias centrais e transitadas. Daquele lugar, porém, uma vizinha nos espantou: no edifício ao lado residia uma das melhores costureiras da cidade, uma costureira de certa idade e sólido prestígio. Avaliamos a situação e decidimos descartar aquele também: melhor não importunar a concorrência.

Voltamo-nos, então, para a terceira opção. O imóvel que finalmente haveria de se tornar meu local de trabalho e residência era um grande apartamento na rua Sidi Mandri, em um edifício com fachada de azulejos próximo ao Cassino Espanhol, à Pasaje Benarroch e ao Hotel Nacional, não longe da praça Espanha, do Alto Comissariado e do palácio do califa, com seus guardas imponentes vigiando a entrada, uma exótica exibição de turbantes e capas suntuosas balançando ao vento.

Candelaria fechou o contrato com o judeu Jacob Benchimol, que, a partir de então e com imensa discrição, tornou-se meu senhorio em troca do pontual montante de 375 pesetas mensais. Três dias depois, eu, a nova Sira Quiroga, falsamente metamorfoseada em quem não era, mas que talvez um dia chegasse a ser, tomei posse do local e escancarei as portas de uma nova etapa de minha vida.

— Vá sozinha na frente — disse Candelaria, entregando-me a chave. — É melhor que a partir de agora não nos vejam andar muito juntas. Daqui a pouquinho eu vou para lá.

Abri caminho pelo vaivém da rua Luneta recebendo constantes olhares masculinos. Eu não recordava ter sido objeto nem de metade deles nos meses anteriores, quando minha imagem era de uma jovem insegura de cabelo preso em um laço sem graça, que caminhava com frouxidão arrastando a roupa e as feridas de um passado que tentava esquecer. Agora eu andava com fingido desembaraço, esforçando-me para exalar um aroma de arrogância e *savoir-faire* que ninguém teria imaginado apenas umas semanas atrás.

Apesar de tentar impor a meus passos um ritmo sossegado, não demorei mais de dez minutos para atingir o destino. Nunca havia reparado naquele edifício, embora ficasse a apenas alguns metros da rua principal do bairro espanhol. Gostei de comprovar, à primeira vista, que reunia todas as condições que eu considerava desejáveis: excelente localização e boa aparência da porta para fora, certo ar de exotismo árabe nos azulejos da fachada, certo ar de sobriedade europeia em sua disposição interna. As áreas comuns de acesso eram elegantes e bem distribuídas; a escada, não muito larga, tinha um lindo corrimão de ferro que girava com graça ao subir.

A portaria estava aberta, como todas naqueles tempos. Imaginei que existia uma porteira, mas não a vi. Comecei a subir com inquietude, quase nas pontas dos pés, tentando abafar o som de meus passos. Para quem me visse, eu havia ganhado segurança e distinção; mas, dentro de mim, continuava intimidada e preferia passar despercebida na medida do possível. Cheguei ao andar principal sem cruzar com ninguém e encontrei um patamar com duas portas idênticas. Esquerda e direita, ambas fechadas. A primeira pertencia à casa dos vizinhos que eu ainda não conhecia. A segunda era a minha. Peguei a chave na bolsa, coloquei-a na fechadura com dedos nervosos, e girei. Empurrei timidamente, e durante alguns segundos não me atrevi a entrar; apenas percorri com o olhar o que o vão da porta me deixou ver. Um amplo *hall* de paredes limpas e chão de lajotas geométricas brancas e vinho. O início de um corredor ao fundo. À direita, um grande salão.

Ao longo dos anos houve muitos momentos em que o destino me reservou guinadas insuspeitadas, surpresas e tombos imprevistos que eu tive de enfrentar conforme foram surgindo. Algumas vezes estive preparada para eles; muitas outras, não. Nunca, porém, tive tanta consciência de estar entrando em um ciclo novo como naquele meio-dia de outubro, quando meus passos se atreveram finalmente a ultrapassar o limiar da porta e ecoaram no vazio de uma casa sem móveis. Deixava para trás um passado complexo e, como em uma premonição, à frente se abria uma magnitude de espaço nu que o tempo se encarregaria de ir preenchendo. Preenchendo com quê? Com coisas e afetos. Com momentos, sensações e pessoas; enchendo-o de vida.

Dirigi-me à sala meio em penumbra. Três varandas fechadas e protegidas por venezianas de madeira pintada de verde que bloqueavam a luz do dia. Eu as abri uma a uma e o outono marroquino entrou no aposento, cumulando as sombras de doces augúrios.

Senti o silêncio e a solidão, e me demorei na atividade alguns minutos. Enquanto isso, não fiz nada; apenas fiquei em pé no centro do vazio, assimilando meu novo lugar no mundo. Depois de um breve tempo, quando imaginei que era hora de sair da letargia, acumulei por fim uma dose razoável de decisão e comecei a funcionar. Com o antigo ateliê de dona Manuela como referência, percorri o apartamento inteiro e distribuí mentalmente suas áreas. A sala atuaria como grande recepção; ali seriam apresentadas ideias, consultadas revistas, escolhidos tecidos e modelos e feitas as encomendas. O quarto mais próximo da sala, uma espécie de sala de jantar com um balcão no canto, transformar-se-ia em sala de provas. Uma cortina no meio do corredor separaria aquela parte externa do resto do apartamento. O trecho seguinte de corredor e seus correspondentes quartos serviriam de área de trabalho: ateliê, almoxarifado, sala de passar, depósito de acabamentos e de ilusões, tudo o que coubesse. O terceiro trecho, o do fundo da casa, o mais escuro e de menor presença, seria para mim. Ali existiria meu eu verdadeiro, a mulher dolorida e desterrada à força, cheia de dívidas, demandas e inseguranças. Aquela que contava como todo capital apenas com uma mala meio vazia e uma mãe sozinha em uma cidade distante que lutava por sua resistência. Aquela que sabia que para montar aquele negócio havia sido necessário o preço de um bom monte de pistolas. Esse seria meu refúgio, meu espaço íntimo. Dali para fora, se finalmente eu conseguisse que a sorte parasse de me virar as costas, estaria o território público da costureira vinda da capital da Espanha para montar no Protetorado a mais maravilhosa casa de modas que a região jamais conheceu.

Voltei à entrada e ouvi que alguém batia à porta. Abri imediatamente, sabia quem era. Candelaria entrou deslizando como uma lombriga robusta.

— O que achou, menina? Gostou? — perguntou ansiosa. Havia se arrumado para a ocasião; usava um dos ternos que eu havia feito, um par de sapatos que havia herdado de mim e que era dois números menor, e um penteado um tanto espalhafatoso que sua comadre Remedios lhe havia feito apressadamente. Por trás da maquiagem malfeita das pálpebras, seus olhos escuros mostravam um brilho contagioso. Aquele era um dia especial para a muambeira também, o início de algo novo e inesperado. Com o negócio que estávamos prontas para começar, ela havia posto algo de extraordinário, pela primeira e única vez, em sua tormentosa vida. Talvez a nova etapa compensasse a fome de sua infância, as surras que seu marido lhe dava e as ameaças contínuas que ouvia havia anos da boca da polícia. Havia passado três quartos da vida trapaceando, maquinando golpes, fugindo para frente e medindo forças com a falta de sorte; talvez houvesse chegado a hora de se sentar para descansar.

Não respondi imediatamente à pergunta sobre o que achava do local; antes, sustentei seu olhar por alguns instantes e parei para avaliar tudo que aquela mulher havia representado para mim desde que o delegado me descarregara na casa dela como quem deixa um pacote indesejável.

Olhei-a em silêncio, e em frente a ela, inesperada, atravessou a sombra de minha mãe. Muito pouco Dolores e a muambeira tinham a ver uma com a outra. Minha mãe era toda rigor e sobriedade, e Candelaria, ao lado dela, pura dinamite. O jeito de ser de cada uma, seus códigos éticos e a forma como enfrentavam as investidas do destino eram totalmente díspares, mas, pela primeira vez, percebi entre elas certa sintonia. Cada uma, a sua maneira e em seu mundo, pertencia a uma estirpe de mulheres corajosas e lutadoras, capazes de abrir caminho na vida com o pouco que a sorte lhes oferecesse. Por mim e por elas, por todas nós, eu tinha de lutar para que aquele negócio desse certo.

— Gosto muito — respondi finalmente, sorrindo. — É perfeito, Candelaria; eu não poderia ter imaginado um local melhor.

Ela me devolveu o sorriso e um beliscão na bochecha, os dois cheios de afeto e de uma sabedoria tão velha quanto o tempo. Ambas intuíamos que a partir de então tudo seria diferente. Continuaríamos nos vendo, sim, mas só de vez em quando e discretamente. Íamos deixar de compartilhar um teto, não mais presenciaríamos juntas as brigas à mesa; não tiraríamos a mesa depois do jantar, nem conversaríamos em sussurros na escuridão de meu mísero quarto. Nossos caminhos estavam prestes a se separar, verdade. Mas nós duas sabíamos que, até o fim dos dias, estaríamos unidas por algo sobre o que jamais ninguém nos ouviria falar.

## 14

Em menos de uma semana eu estava instalada. Esporeada por Candelaria, fui organizando espaços e pedindo móveis, equipamentos e ferramentas. Ela cuidava de tudo com engenhosidade e dinheiro, disposta a pôr até a pele naquela aposta ainda incerta.

— Diga o que precisa, minha linda, porque eu jamais vi um grande ateliê de costura em toda minha maldita vida, de modo que não tenho muita ideia do que um negócio desse tipo necessita. Se não fosse a maldita guerra, você e eu poderíamos ir a Tânger para comprar maravilhas francesas no Le Palais du Mobilier e, de quebra, meia dúzia de calcinhas na Sultana; mas, como estamos em Tetuán de castigo e não quero que a associem muito comigo, o que vamos fazer é o seguinte: você vai pedindo coisas e eu dou um jeito de conseguir tudo com meus contatos. Então, vamos lá, criatura: diga-me o que tenho de ir procurando e por onde começo.

— Primeiro a sala. Deve representar a imagem da casa, dar uma sensação de elegância e bom gosto — disse rememorando o ateliê de dona Manuela e todas aquelas residências que conheci em minhas entregas. Embora o apartamento da Sidi Mandri, construído sob medida para a pequena Tetuán, fosse muito menor em presença e dimensões que as boas casas de Madri, a recordação dos velhos tempos poderia me servir como exemplo para estruturar o presente.

— E o que vamos pôr nela?

— Um sofá divino, dois pares de boas poltronas, uma grande mesa de centro e duas ou três menores para que sirvam de auxiliares. Cortinas de damasco para as varandas e um grande lustre. Por ora, chega. Pouca coisa, mas com muito estilo e a melhor qualidade.

— Não vejo como conseguir tudo isso, garota. Em Tetuán não há lojas com tanto requinte. Deixe-me pensar um pouco; tenho um amigo que trabalha com uma transportadora, quem sabe consigo que me faça um frete... Bem, não se preocupe, que dou um jeito, e se alguma coisa for de segunda ou terceira mão, mas de boa qualidade, boa mesmo, acho que não tem muita importância, não é? Assim, vai parecer que a casa tem mais tradição. Continue, menina.

— Figurinos, revistas de moda estrangeiras. Dona Manuela tinha dúzias delas; quando iam ficando velhas, ela as dava a nós e eu as levava para casa; nunca me cansava de olhar para elas.

— Isso também vai ser difícil de arranjar: você sabe, desde a sublevação, as fronteiras estão fechadas e o que se recebe de fora é muito pouco. Mas, bem, sei quem tem um salvo-conduto para Tânger. Vou sondá-lo para ver se pode trazê-las para mim como um favor; depois ele me passará uma boa conta em troca, mas, enfim, seja o que Deus quiser.

— Tomara que dê certo. E cuide para que seja uma boa quantidade das melhores. — Rememorei os nomes de algumas das que eu costumava comprar em Tânger nos últimos tempos, quando Ramiro estava começando a se afastar de mim. Em seus lindos desenhos e fotografias eu me refugiei noites inteiras. — As americanas *Harper's Bazaar*, *Vogue* e *Vanity Fair*, a francesa *Madame Figaro* — acrescentei. — Todas as que encontrar.

— Anotado. Mais.

— Para a sala de provas, um espelho de três corpos. E mais duas poltronas. E um banco estofado para apoiar as peças de roupa.

— Mais.

— Tecidos. Pequenos cortes dos melhores tecidos para servirem de amostra; não peças inteiras enquanto as coisas não estiverem encaminhadas.

— Os melhores são da Caraqueña; os da *burrakía* que os mouros vendem ao lado do mercado nem pensar, são muito menos elegantes. Vou ver também o que os indianos da rua Luneta podem me arranjar. Eles são muito espertos e sempre têm algo especial guardado nos fundos. E também têm bons contatos com a zona francesa, quem sabe por ali também conseguimos arranjar alguma coisinha interessante. Continue pedindo, morena.

— Uma máquina de costura, uma Singer americana, se possível. Embora quase todo o trabalho seja feito à mão, será conveniente ter uma. Também um bom ferro de passar com a tábua. E dois manequins. Do resto das ferramentas é melhor eu me encarregar; só me diga onde fica o melhor armarinho.

E assim fomos nos organizando. Eu encomendava as coisas e Candelaria, depois, na retaguarda, recorria, incansável, a suas artes de negociação para arranjar o que necessitávamos. Às vezes chegavam coisas camufladas e fora de hora, cobertas com mantas e carregadas por homens de rosto cetrino. Às vezes, a movimentação era feita à luz do dia, observada por todos que passassem pela rua. Chegaram móveis, pintores e eletricistas; recebi pacotes, instrumentos de trabalho e pedidos diversos sem fim. Embutida em minha nova imagem de mulher vivida cheia de *glamour* e desenvoltura, do alto dos meus saltos supervisionei o processo do início ao fim. Com ar resoluto, os cílios carregados de rímel e ajeitando sem parar o novo cabelo, resolvi oportunamente todos os imprevistos que surgiram e me apresentei aos vizinhos. Todos me cumprimentaram discretamente cada vez que cruzei com eles na portaria ou na escada. No térreo havia uma chapelaria e um armazém; no primeiro, em frente ao meu apartamento, moravam uma senhora de idade enlutada e um homem jovem gordinho, de óculos, que deduzi que era seu filho. Em cima, famílias com muitas crianças que tentavam xeretar o máximo possível a fim de descobrir quem seria sua próxima vizinha.

Tudo ficou pronto em poucos dias. Só faltava sermos capazes de fazer algo com tudo aquilo. Lembro como se fosse hoje a primeira noite que dormi ali, sozinha e assustada; mal consegui um minuto de sono. Ainda cedo, à noite, ouvi os últimos vaivéns domésticos das casas próximas: alguma criança chorando, um rádio ligado, a mãe e o filho da porta da frente discutindo alto, o som da louça e da água saindo da torneira enquanto alguém acabava de lavar os últimos pratos de um jantar tardio. À medida que a madrugada avançava, os ruídos alheios silenciaram e outros imaginários ocuparam seu lugar: parecia que os móveis rangiam além da conta, que ouvia passos nas lajotas do corredor e que as sombras me espreitavam nas paredes recém-pintadas. Antes que o primeiro raio de sol se mostrasse, eu me levantei, incapaz de conter a ansiedade por mais um segundo. Fui até a sala, abri as venezianas e saí à varanda para esperar o amanhecer. Do minarete de uma mesquita soou a convocação para o *fayr*, a primeira oração do dia. Ainda não havia ninguém nas ruas e as montanhas do Gorgues, mal percebidas na penumbra, começaram a se mostrar, majestosas, com as primeiras luzes. Pouco a pouco, preguiçosamente, a cidade foi entrando em movimento. As empregadas mouras começaram a chegar enroladas em seus xadores e lenços. Em sentido inverso, alguns homens saíram para o trabalho e várias mulheres de véu negro, duas a duas, três a três, tomaram apressadas o caminho de uma oração matutina. Não cheguei a ver as crianças indo para a escola; também não vi os comércios e os escritórios abrindo, nem as criadas saindo para ir à padaria, nem as mães de família partindo para o mercado para escolher os produtos que os mourinhos, depois, levariam até suas casas em cestos carregados nas costas. Antes disso, voltei para a sala e me sentei em meu novo sofá de tafetá grená. Para quê? Para esperar que finalmente o rumo de minha sorte mudasse.

Jamila chegou cedo. Sorrimos nervosas uma para a outra; era o primeiro dia para as duas. Candelaria havia me cedido os serviços dela e eu agradecera o gesto. Eu e Jamila tínhamos um grande carinho uma pela outra, e a jovem seria uma grande aliada para mim; uma irmã mais nova. "Eu arranjo outra em dois minutos; fique com Jamila, que é muito boa menina, vai ver como ela vai ajudar." Então, a doce Jamila veio comigo, feliz por se livrar da intensa atividade da pensão e empreender, junto a sua *senhorita*, uma nova atividade profissional que permitisse a sua juventude levar uma vida um pouco menos cansativa.

Jamila chegou, sim, mas ninguém veio depois dela. Nem nesse primeiro dia, nem no seguinte, nem no seguinte. Nas três manhãs abri os olhos antes do amanhecer e me vesti com o mesmo esmero. A roupa e o cabelo impecáveis, a casa brilhando; as revistas glamorosas com suas mulheres elegantes sorrindo nas capas, os utensílios organizados no ateliê: tudo milimetricamente perfeito à espera de que alguém requeresse meus serviços. Ninguém, porém, parecia ter a intenção de fazê-lo.

Às vezes eu ouvia ruídos, passos, vozes na escada. Então, corria na ponta dos pés até a porta e olhava ansiosa pelo olho mágico, mas os sons nunca eram para mim. Com o olho colado na abertura redonda, vi passarem crianças barulhentas, mulheres com pressa e pais de chapéu, criadinhas carregadas de compras, mensageiros, a porteira e seu avental, o carteiro tossindo e mais um sem-fim de figurantes. Mas não chegou ninguém disposto a encomendar seu guarda-roupa em meu ateliê.

Hesitei entre avisar Candelaria ou continuar pacientemente à espera. Hesitei um dia, dois, três, até quase perder a conta. Finalmente, decidi: iria à rua Luneta e pediria a Candelaria que intensificasse seus contatos, que acionasse todas as molas necessárias para que as possíveis clientes soubessem que o negócio já estava funcionando. Ou ela conseguia isso ou, nesse ritmo, nossa empreitada conjunta morreria antes de começar. Mas não tive oportunidade de dar o passo e requerer a atuação da muambeira, porque justamente naquela manhã, finalmente, a campainha soou.

— *Guten morgen*. Meu nome é *Frau* Heinz, sou nova em Tetuán e preciso de algumas roupas.

Eu a recebi usando um terninho que poucos dias antes eu havia costurado. Azul-chumbo, saia tubinho estreita como um lápis, paletó acinturado, sem camisa por baixo e com o primeiro botão justo no ponto antecedente ao milímetro a partir do qual o decote perderia sua decência. E, mesmo assim, imensamente elegante. Como único adereço, uma longa corrente de prata no pescoço arrematada por uma tesoura antiga do mesmo metal; não servia para cortar de tão velha, mas eu a encontrara no bazar de um antiquário enquanto procurava uma luminária, e imediatamente decidira transformá-la em parte de minha nova imagem.

A recém-chegada mal olhou em meus olhos enquanto se apresentava: sua vista parecia mais preocupada em avaliar a distinção do estabelecimento para se certificar de que este estava à altura do que ela precisava. Foi simples atendê-la: só tive de imaginar que eu não era eu mesma, e sim dona Manuela reencarnada em uma estrangeira atraente e competente. Sentamo-nos na sala, cada uma em uma poltrona; ela com uma pose resoluta um tanto masculina e eu com minha melhor cruzada de pernas mil vezes ensaiada. Ela me disse, com sua meia língua, o que queria. Dois terninhos, dois vestidos de noite. E um conjunto para jogar tênis.

— Perfeitamente, nenhum problema — menti.

Eu não tinha a menor ideia de como diabos seria um conjunto para essa atividade, mas não estava disposta a reconhecer minha ignorância nem que estivesse diante de um pelotão de fuzilamento. Consultamos as revistas e examinamos modelos. Para os vestidos de noite escolheu modelos de dois grandes criadores daqueles anos, Marcel Rochas e Nina Ricci, selecionados dentre as páginas de uma revista francesa com toda a alta-costura da temporada outono--inverno de 1936. As ideias para os terninhos ela extraiu da *Harper's Bazaar* americana: dois modelos da casa Harry Angelo, um nome que eu jamais ouvira mencionar, mas tive muito cuidado para não declarar isso abertamente. Encantada com as revistas que eu possuía, a alemã se esforçou para me perguntar, em seu rudimentar espanhol, onde eu as havia conseguido. Fingi não a entender: se ela soubesse das artimanhas de minha sócia muambeira para arranjá-las, minha primeira cliente teria saído dali naquele mesmo instante e não teria voltado nunca mais. Depois, passamos à escolha dos tecidos. Com as amostras que diversas lojas haviam me fornecido, expus diante de seus olhos um catálogo inteiro, cujas cores e qualidades fui exibindo uma a uma.

A decisão foi relativamente rápida. *Chiffon*, veludos e organzas para a noite; flanela e caxemira para o dia. Do modelo e tecido para a roupa de tênis não falamos: eu resolveria isso. A visita durou uma longa hora. Na metade do tempo, Jamila, usando uma túnica turquesa, com seus olhões negros pintados com *khol*, surgiu, silenciosa, com uma bandeja polida com biscoitos mouros e chá doce de hortelã. A alemã aceitou, encantada, e com uma piscada cúmplice mal perceptível, transmiti a minha nova empregada minha gratidão. A última tarefa consistiu em tirar as medidas. Anotei os dados em um caderno de capa de couro com facilidade: a versão cosmopolita de dona Manuela em que eu havia me transformado estava sendo muito útil. Marcamos a primeira prova para cinco dias depois e nos despedimos com a mais requintada educação. Adeus, *Frau* Heinz, muito obrigada por sua visita. Adeus, *Fräulein* Quiroga, até a vista. Assim que fechei a porta, cobri a boca com as mãos para evitar um grito e contive minhas pernas para não espernear como um potro selvagem. Se pudesse liberar meus impulsos, teria expressado o entusiasmo de saber que nossa primeira cliente estava na rede e que já não havia volta.

Trabalhei manhã, tarde e noite ao longo dos dias seguintes. Era a primeira vez que eu fazia peças daquela envergadura sozinha, sem a supervisão nem a ajuda de minha mãe ou de dona Manuela. Por isso, apliquei na tarefa os cinco sentidos multiplicados por cinquenta mil, e, contudo, o medo de falhar não me abandonou nem por um segundo. Desmanchei mentalmente os modelos das revistas, e quando as imagens não podiam me oferecer mais nada, afiei a imaginação e intuí tudo aquilo que não consegui visualizar. Marquei os tecidos com giz e cortei as peças com tanto medo quanto precisão. Montei, desmontei e tornei a montar. Alinhavei, chuleei, montei, desmontei e remontei em um manequim até que avaliei o resultado como satisfatório. A moda havia mudado muito desde que eu começara a me movimentar naquele mundo de linhas e tecidos. Quando entrara no ateliê de dona Manuela, em meados dos anos 1920, predominavam as linhas soltas, a cintura baixa, os vestidos curtos para o dia e as túnicas lânguidas de cortes limpos e requintada simplicidade para a noite. A década de 1930 trouxe consigo mais comprimento, cinturas justas, cortes ao viés, ombreiras acentuadas e silhuetas voluptuosas. A moda mudava como mudam os tempos, e com eles as exigências da clientela e as artes das costureiras. Mas eu soube me adaptar: gostaria de ter conseguido para minha vida a facilidade com que era capaz de me adaptar aos caprichos das tendências ditadas de Paris.

## 15

Os primeiros dias se passaram em um remoinho. Eu trabalhava sem descanso e saía muito pouco, só o suficiente para dar um breve passeio ao cair da tarde. Costumava cruzar, então, com algum vizinho: a mãe e o filho da porta da frente de braços dados, duas ou três das crianças de cima descendo a escada correndo ou alguma mulher com pressa de chegar em casa para cuidar do jantar da família. Só uma sombra turvou meu trabalho daquela semana inicial: a maldita roupa de tênis. Até que decidi mandar Jamila à rua Luneta com um bilhete. "Preciso de revistas com modelos para tênis. Não importa que sejam velhas."

— Dona Candelaria dizer que Jamila voltar amanhã.

E Jamila voltou no dia seguinte à pensão, e retornou com um pacote de revistas que mal cabia em seus braços.

— Dona Candelaria dizer que senhorita Sira olhar estas revistas primeiro — avisou com voz doce em seu espanhol ruim.

Ela estava arfante pela pressa, cheia de energia, transbordando ilusão. De certa maneira, recordava a mim nos primeiros anos no ateliê da rua Zurbano, quando minha tarefa era simplesmente correr de lá para cá fazendo pequenos serviços e entregando pedidos, transitando pelas ruas ágil e despreocupada como um jovem gato de rua, distraindo-me com qualquer pequeno entretenimento que me permitisse arrancar minutos da hora de voltar e atrasar o máximo possível a clausura entre quatro paredes. A nostalgia ameaçou me dar uma chibatada, mas eu soube me afastar a tempo e fugir com um jogo de cintura: eu havia aprendido a desenvolver a arte da fuga cada vez que pressentia próxima a ameaça da melancolia.

Corri ansiosa para as revistas. Todas antigas, muitas bem surradas, algumas até sem capa. Poucas de moda, a maior parte de temática mais geral. Algumas francesas e a maioria espanholas ou do Protetorado: *La Esfera, Blanco y Negro, Nuevo Mundo, Marruecos Gráfico, Ketama.* Várias páginas tinham um canto dobrado, possivelmente Candelaria havia dado uma olhada prévia e mandava algumas folhas assinaladas. Eu as abri, e a primeira coisa que vi não foi o esperado. Em uma fotografia, dois homens de brilhantina e vestidos inteiramente de branco se apertavam a mão direita por cima de uma rede enquanto na mão esquerda cada um segurava uma raquete. Em outra imagem, um grupo de damas elegantíssimas aplaudia a entrega de um troféu a outro tenista masculino. Percebi, então, que em meu breve bilhete para Candelaria eu não havia especificado que a roupa de tênis devia ser feminina. Estava prestes a chamar Jamila para que repetisse sua visita à rua Luneta quando dei um grito de júbilo. Na terceira revista marcada havia exatamente o que eu necessitava. Uma grande reportagem mostrava uma mulher tenista com uma blusa clara e uma espécie de saia dividida, metade a peça de sempre, metade calça: algo que eu jamais havia visto em toda minha vida e que, com toda a probabilidade, a maioria dos leitores daquela revista também não, a julgar pela atenção detalhada que as fotografias pareciam dar ao vestuário.

O texto estava escrito em francês e eu mal pude entendê-lo, mas algumas referências se destacavam repetidamente: a tenista Lilí Álvarez, a estilista Elsa Schiaparelli, um lugar chamado Wimbledon. Apesar da satisfação por ter encontrado alguma referência sobre a qual trabalhar, logo fui tomada por uma sensação de inquietude. Fechei a revista e a examinei com atenção. Era velha, amarelada. Procurei a data. 1931. Faltava a contracapa, as bordas tinham manchas de umidade, algumas páginas estavam rasgadas. A preocupação começou a me invadir. Eu não podia mostrar aquela velharia à alemã para pedir sua opinião sobre o conjunto; jogaria no lixo minha falsa imagem de costureira requintada de últimas tendências. Andei nervosa pela casa, tentando encontrar uma saída, uma estratégia: qualquer coisa que me servisse para solucionar o imprevisto. Após caminhar, incessante, pelas lajotas do corredor várias dúzias de vezes, a única coisa que me ocorreu foi copiar eu mesma o modelo e tentar fazê-lo passar por uma proposta original minha; mas eu não tinha a menor ideia de desenho, e o resultado teria sido tão ruim que me faria descer vários degraus da escala de meu suposto *pedigree*. Incapaz de me acalmar, decidi uma vez mais recorrer a Candelaria.

Jamila havia saído: a tarefa leve da nova casa lhe permitia constantes momentos de folga, algo impensável em suas jornadas de dura labuta na pensão. Tentando recuperar o tempo perdido, a jovem aproveitava aqueles momentos para ir para a rua constantemente com a desculpa de ir fazer qualquer pequena compra. "Senhorita querer Jamila vai comprar cigarros? Sim?" Antes de obter uma resposta, já estava trotando escada abaixo em busca de cigarros, ou de pão, ou de fruta, ou de nada além de ar e liberdade. Arranquei as páginas da revista, guardei-as na bolsa e decidi, então, ir à rua Luneta. Mas, ao chegar, não encontrei a muambeira. Só a nova empregada estava na casa, trabalhando na cozinha, e o professor na janela, acometido de uma forte tosse. Ele me cumprimentou com simpatia.

— Ora, ora, parece que a vida vai bem desde que se mudou de toca — disse, ironizando sobre minha nova aparência.

Mal dei ouvidos a suas palavras: minhas urgências eram outras.

— Tem ideia de onde está Candelaria, dom Anselmo?

— Nem a menor ideia, minha filha; você sabe que ela passa a vida de lá para cá, mexendo-se como rabo de lagartixa.

Torci os dedos, nervosa. Eu precisava encontrá-la, precisava de uma solução. O professor intuiu minha inquietude.

— Está com algum problema, garota?

Recorri a ele desesperada.

— O senhor sabe desenhar bem, por acaso?

— Eu? Até minha letra é terrível. Peça-me mais que um triângulo equilátero e estou perdido.

Eu não tinha a menor ideia do que seria esse triângulo, mas não me importava: a questão era que meu velho colega de pensão também não poderia me ajudar. Torci os dedos novamente e fui até a varanda para ver se Candelaria já estava voltando. Contemplei a rua cheia de gente, bati o pé nervosa, em um movimento inconsciente. A voz do velho republicano soou a minhas costas.

— Por que não me diz o que está procurando, quem sabe posso ajudá-la?

Voltei-me.

— Preciso de alguém que desenhe bem para copiar uns modelos de uma revista.

— Vá à escola de Bertuchi.

— De quem?

— Bertuchi, o pintor. — A expressão de meu rosto delatou minha ignorância. — Mas, garota, você está há três meses em Tetuán e ainda não sabe quem é o professor Bertuchi? Mariano Bertuchi, o grande pintor de Marrocos.

Nem sabia quem era o tal Bertuchi, nem me interessava. A única coisa que eu queria era uma solução urgente para meu problema.

— Será que ele vai poder desenhar o que eu necessito? — perguntei ansiosa.

Dom Anselmo soltou uma risada seguida por um ataque de tosse. Os três maços diários de cigarros Toledo lhe cobravam, a cada dia, uma conta maior.

— Mas que ideia, Sirita, minha filha. Como Bertuchi vai desenhar figurinos para você? Dom Mariano é um artista, um homem voltado para sua pintura, para eternizar as artes tradicionais desta terra e difundir a imagem de Marrocos para além de suas fronteiras, mas não é um retratista por encomenda. O que você pode encontrar na escola dele é muita gente que talvez lhe dê uma mão; jovens pintores com pouco que fazer, meninos e meninas que fazem aulas para aprender a pintar.

— E onde fica essa escola? — perguntei, enquanto punha o chapéu e pegava a bolsa com pressa.

— Ao lado da Porta da Rainha.

O desconcerto em meu rosto deve ter lhe parecido comovente, porque, após outra áspera gargalhada e um novo acesso de tosse, ele se levantou com esforço da poltrona e acrescentou.

— Ande, vamos, eu a acompanho.

Saímos da rua Luneta e adentramos o Mellah, o bairro judeu; atravessamos suas ruas estreitas e organizadas enquanto em silêncio eu rememorava os passos sem rumo da noite das armas. Tudo, porém, parecia diferente à luz do dia, com os pequenos comércios funcionando e as casas de câmbio abertas. Chegamos, a seguir, aos becos mouros do antigo bairro árabe, com sua rede de labirintos na qual eu ainda tinha dificuldade de me orientar. Apesar da altura do salto e da estreiteza tubular da saia, eu tentava caminhar em um trote apressado pelos paralelepípedos. A idade e a tosse, porém, impediam dom Anselmo de manter meu ritmo. A idade, a tosse e sua incessante conversa sobre o colorido e a luminosidade das pinturas de Bertuchi, sobre seus óleos, aquarelas e nanquins, e sobre as atividades do pintor como promotor da escola de artes nativas e a preparatória de belas-artes.

— Você já mandou alguma carta para a Espanha de Tetuán? — perguntou.

Eu havia mandado cartas para minha mãe, claro que sim. Mas muito duvidava que, com os tempos que corriam, elas houvessem alcançado seu destino em Madri.

— Pois quase todos os selos do Protetorado foram impressos com base em desenhos dele. Imagens de Alhucemas, Alcácer-Quibir, Xauen, Larache, Tetuán.Paisagens, pessoas, cenas da vida cotidiana: sai de tudo de seus pincéis.

Continuamos andando, ele falando, eu forçando o passo e ouvindo.

— E os cartazes para promover o turismo, não os viu também? Não creio que nestes dias aziagos que vivemos alguém tenha a intenção de fazer visitas de lazer a Marrocos, mas a arte de Bertuchi, durante anos, foi responsável por difundir as maravilhas desta terra.

Eu sabia a que cartazes ele se referia, estavam pendurados em muitos locais, diariamente os via. Imagens de Tetuán, de Ketama, de Arcila, de outros lugares da região. E, embaixo deles, a legenda "Protetorado da república espanhola em Marrocos". Pouco tardaria a mudar o nome.

Chegamos a nosso destino após uma boa caminhada passando por homens e mercados, cabras e crianças, paletós, túnicas, vozes regateando, mulheres encapuzadas, cães e poças, galinhas, cheiro de coentro e hortelã, de pão assado e de azeitonas; vida, enfim, aos borbotões. A escola ficava no limite da cidade, em uma construção pertencente a uma antiga fortaleza pendurada na muralha. Em seu entorno havia um movimento moderado, pessoas jovens entrando e saindo, alguns sozinhos, outros conversando em grupo; uns com grandes pastas debaixo do braço e outros não.

— Chegamos. Vou deixá-la aqui; vou aproveitar o passeio para tomar um vinhozinho com uns amigos que moram na Suica; ultimamente, tenho saído pouco, e preciso aproveitar cada visita que faço à rua.

— E como faço para voltar? — perguntei insegura. Eu não havia prestado a menor atenção às quebradas do caminho; imaginava que o professor faria o percurso inverso comigo.

— Não se preocupe, qualquer um desses garotos adorará ajudá-la. Boa sorte com seus desenhos, depois me conte o resultado.

Eu agradeci a companhia, subi os degraus e entrei no recinto. Notei vários olhares caindo de repente sobre mim; naqueles dias, não deviam estar acostumados à presença de mulheres como eu na escola. Cheguei até metade da entrada e parei, constrangida, perdida, sem saber o que fazer nem por quem perguntar. Sem tempo para sequer pensar em meu passo seguinte, uma voz soou a minhas costas.

— Ora, ora, minha linda vizinha.

Voltei-me sem ter a menor ideia de quem poderia ter pronunciado essas palavras, e, então, encontrei o homem jovem que morava em frente a meu apartamento. Lá estava, dessa vez sozinho. Com vários quilos a mais e bem menos cabelo do que caberia a uma idade que provavelmente ainda não atingira os trinta. Não me deixou sequer falar. Agradeci, pois não teria sabido o que dizer.

— Parece um pouco perdida. Posso ajudá-la?

Era a primeira vez que me dirigia a palavra. Embora houvéssemos nos cruzado várias vezes desde minha chegada, eu sempre o havia visto em companhia de sua mãe. Naqueles encontros, os três não murmurávamos nada além de um gentil boa-tarde. Eu conhecia, também, outra vertente de suas vozes bastante menos gentil: a que ouvia de minha casa quase todas as noites, quando mãe e filho se engalfinhavam até as tantas em discussões acaloradas e tumultuosas. Decidi ser clara com ele: eu não tinha nenhum subterfúgio preparado nem maneira imediata de encontrar um.

— Preciso de alguém que me faça uns desenhos.

— Pode-se saber de quê?

Seu tom não era insolente; só curioso. Curioso, direto e levemente afetado. Parecia muito mais resoluto sozinho que na presença de sua mãe.

— Tenho umas fotografias de alguns anos e preciso que desenhem uns figurinos baseados nelas. Como já deve saber, sou costureira. São para um modelo que preciso costurar para uma cliente; antes, tenho de mostrar-lhe o modelo para que o aprove.

— Está com as fotografias aqui?

Assenti com um breve gesto.

— Não quer me mostrar? Talvez eu possa ajudá-la.

Olhei em volta. Não havia muita gente, mas o suficiente para me sentir constrangida de fazer uma exposição pública dos recortes da revista. Não precisei dizer nada; ele mesmo intuiu.

— Vamos sair daqui?

Já na rua, tirei as velhas folhas da bolsa. Entreguei-as sem palavras e ele as olhou com atenção.

— Schiaparelli, a musa dos surrealistas, que interessante. Sou apaixonado pelo surrealismo, você não?

Eu não tinha a menor ideia do que estava me perguntando, e também tinha uma pressa enorme de resolver meu problema, de modo que redirigi o rumo da conversa ignorando sua pergunta.

— Sabe quem pode fazer os desenhos?

Ele olhou para mim por trás de seus óculos de míope e sorriu sem abrir os lábios.

— Acha que eu posso servir?

Naquela mesma noite ele me levou os esboços; eu não imaginava que o faria tão rapidamente. Eu já estava preparada para encerrar o dia, estava de camisola e um roupão longo de veludo que eu havia feito para passar o tempo nos dias vazios que ficara à espera de clientes. Havia acabado de jantar com uma bandeja na sala, e nela estavam os restos de meu frugal sustento: um cacho de uvas, um pedaço de queijo, um copo de leite, uns biscoitos. Tudo estava em silêncio e apagado, exceto uma luminária acesa em um canto. Fiquei surpresa ao ouvir baterem à porta quase às onze da noite. Fui depressa até o olho mágico, curiosa e assustada em partes iguais. Quando vi quem era, abri.

— Boa noite, querida. Espero não a importunar.

— Não se preocupe, ainda estava acordada.

— Trouxe umas coisinhas — anunciou, deixando entrever as cartolinas que segurava com as mãos nas costas.

Não me mostrou nada; manteve-as meio escondidas enquanto esperava minha reação. Hesitei alguns segundos antes de convidá-lo a entrar àquela hora tão intempestiva. Ele, enquanto isso, permaneceu impassível na porta, com seu trabalho fora do alcance dos meus olhos e um sorriso aparentemente inofensivo no rosto.

Entendi a mensagem. Ele não tinha a intenção de me mostrar nem um centímetro enquanto não o deixasse entrar.

— Entre, por favor — cedi por fim.

— Obrigado, obrigado — sussurrou suavemente, sem esconder sua satisfação por ter atingido seu objetivo. Usava uma camisa e uma calça de sair e um roupão de feltro por cima. E seus óculos. E seus gestos um tanto afetados.

Estudou a entrada com descaramento e adentrou a sala sem esperar que eu o convidasse.

— Gosto muito de sua casa. É muito elegante, muito chique.

— Obrigada, ainda estou me instalando. Por favor, pode me mostrar o que trouxe?

O vizinho não precisou de mais palavras para entender que, se o havia deixado entrar àquela hora, não era exatamente para ouvir seus comentários sobre questões decorativas.

— Eis aqui sua encomenda — disse, mostrando-me finalmente o que até então havia mantido oculto.

Três cartolinas desenhadas a lápis e giz de cera mostravam, de diferentes ângulos e poses, uma modelo estilizada até o irreal, exibindo o estrambótico modelo de saia que não era saia. A satisfação deve ter se refletido em meu rosto instantaneamente.

— Parece que achou bom — disse ele com uma ponta de orgulho indisfarçável.

— Achei ótimo.

— Fica com eles, então?

— Evidente. Você me tirou de um grande apuro. Diga-me quanto lhe devo, por favor.

— O agradecimento, nada mais: é um presente de boas-vindas. Mamãe diz que devemos ser educados com os vizinhos, embora ela não goste muito de você. Acho que lhe parece muito resoluta e um pouquinho frívola — comentou irônico.

Sorri, e uma levíssima corrente de sintonia pareceu nos unir momentaneamente; apenas um sopro de ar que foi embora como veio assim que ouvimos a progenitora gritar o nome do filho pela porta entreaberta.

— Féééééé-lix! — alongava o *e* segurando-o como no elástico de um estilingue. Depois de esticar ao máximo a primeira sílaba, disparava com força a segunda. — Féééééééé-lix — repetiu. Então ele revirou os olhos e fez um exagerado gesto de desespero.

— Ela não consegue viver sem mim, coitada. Vou indo.

A voz de garça da mãe tornou a chamá-lo pela terceira vez, com sua vogal inicial infinita.

— Recorra a mim quando quiser; adorarei fazer-lhe mais figurinos, fico maluco com tudo o que vem de Paris. Bem, vou voltar à masmorra. Boa noite, querida.

Fechei a porta e fiquei um longo tempo contemplando os desenhos. Eram realmente uma preciosidade, eu não poderia ter imaginado um resultado melhor. Embora não fossem obra minha, naquela noite me deitei com um agradável sabor na boca.

Levantei-me cedo no dia seguinte; minha cliente deveria chegar às onze para as primeiras provas, mas eu queria terminar todos os detalhes antes de sua chegada. Jamila ainda não havia voltado do mercado, devia estar quase chegando. Vinte minutos antes das onze soou a campainha; pensei que talvez a alemã estivesse adiantada. Eu estava usando o mesmo terno azul-marinho da vez anterior: havia decidido utilizá-lo para recebê-la como se fosse um uniforme de trabalho, elegância em estado de pura simplicidade. Dessa maneira, eu exploraria meu lado profissional e disfarçaria que mal tinha roupa de outono no armário. Já estava penteada, perfeitamente maquiada, com minha tesoura de prata velha no pescoço. Só me faltava um pequeno toque: a máscara invisível de mulher vivida. Coloquei-a e abri a porta com desembaraço. E, então, meu mundo desabou a meus pés.

— Bom dia, senhorita — disse a voz retirando o chapéu. — Posso entrar?

Engoli em seco.

— Bom dia, delegado. Claro; entre, por favor.

Levei-o até a sala e lhe ofereci assento. Ele foi até uma poltrona sem pressa, distraído em observar o aposento à medida que avançava. Passou seus olhos com atenção pelas elaboradas molduras de gesso do teto, pelas cortinas de damasco e pela grande mesa de mogno cheia de revistas estrangeiras. Pelo antigo lustre, lindo e espetacular, arranjado por Candelaria saberia Deus onde, por quanto e com que obscuras artimanhas. Senti meu pulso acelerado e meu estômago do avesso.

Ele se acomodou finalmente, e eu me sentei em frente, em silêncio, esperando suas palavras e tentando disfarçar minha inquietude diante de sua presença inesperada.

— Bem, vejo que as coisas estão indo de vento em popa.

— Faço o que posso. Comecei a trabalhar; agora mesmo estava esperando uma cliente.

— E em que trabalha, exatamente? — perguntou. Ele sabia perfeitamente a resposta, mas, por alguma razão, tinha interesse em que eu o dissesse.

Tentei utilizar um tom neutro. Não queria que ele me visse amedrontada e com jeito de culpada, mas também não tinha a intenção de me mostrar, a seus olhos, como a mulher excessivamente segura e resoluta que ele, melhor que ninguém, sabia que eu não era.

— Sou costureira — disse.

Não replicou. Simplesmente olhou para mim com seus olhos pungentes e esperou que eu prosseguisse com minhas explicações. Falei sentada ereta na borda do sofá, sem exibir nem uma sombra das poses do sofisticado repertório de posturas mil vezes ensaiado para minha nova pessoa. Nem cruzar de pernas espetaculares. Nem ajeitadas afetadas de cabelo. Nem o mais leve pestanejar. Compostura e calma foram as únicas coisas que me esforcei para transmitir.

— Eu já costurava em Madri; faço isso há metade da vida. Trabalhei no ateliê de uma costureira de muita reputação, minha mãe também trabalhava lá. Aprendi muito ali: era uma excelente casa de modas e costurávamos para mulheres importantes.

— Entendo. Um ofício muito honrado. E para quem trabalha agora, se é que se pode saber?

Engoli em seco novamente.

— Para ninguém. Para mim mesma.

Ele levantou as sobrancelhas com gesto de fingido espanto.

— E posso lhe perguntar como se arranjou para montar este negócio sozinha?

O delegado Vázquez podia ser inquisitivo até a morte e duro como aço, mas, antes de tudo, era um cavalheiro, e, como tal, formulava as perguntas com uma cortesia imensa. Com cortesia complementada com um toque de cinismo que não se esforçava em disfarçar. Estava muito mais relaxado que em suas visitas ao hospital. Não estava tão tenso. Pena que eu não fosse capaz de lhe fornecer respostas mais acordes com sua elegância.

— Emprestaram-me o dinheiro — disse simplesmente.

— Ora, mas que sorte teve — ironizou. — E teria a gentileza de me dizer quem foi a pessoa que lhe fez tão generoso favor?

Achei que não conseguiria, mas a resposta saiu de minha boca imediatamente. Imediatamente e com segurança.

— Candelaria.

— Candelaria, a muambeira? — perguntou com um meio sorriso cheio de partes iguais de sarcasmo e incredulidade.

— Ela mesma, sim, senhor.

— Bem, que interessante. Não sabia que a muamba dava para tanto nestes tempos que correm.

Tornou a olhar para mim com aqueles olhos perfurantes e eu soube que naquele momento minha sorte estava no exato ponto intermediário entre a sobrevivência e a morte. Como uma moeda jogada no ar com as mesmas probabilidades de cair cara ou coroa. Como um equilibrista na corda bamba, com metade das possibilidades de acabar no chão e exatamente as mesmas de se manter, vitorioso, nas alturas. Como uma bola de tênis disparada pela modelo do figurino pintado por meu vizinho, uma bola falida jogada por uma grácil jogadora vestida de Schiaparelli: uma bola que não cruza o campo, mas que, durante a eternidade de alguns segundos, fica se equilibrando sobre a rede antes de se precipitar para um dos lados, hesitando entre dar o ponto à tenista glamorosa de traços de giz de cera ou a sua anônima adversária. De um lado a salvação, e de outro a morte; e eu no meio. Assim me vi diante do delegado Vázquez naquela manhã de outono em que sua presença foi confirmar minhas piores premonições. Fechei os olhos, inspirei pelo nariz. Depois os abri e falei.

— Veja, dom Claudio: o senhor me aconselhou a trabalhar, e é isso que estou fazendo. Isto é um negócio decente, não um entretenimento passageiro nem fachada de algo sujo. O senhor tem muita informação sobre mim: sabe por que estou aqui, os motivos que causaram minha queda e as circunstâncias que me impedem de ir embora. Mas não sabe de onde venho e aonde quero ir, e agora, se me permite um minuto, vou lhe contar. Eu procedo de uma casa humilde: minha mãe me criou sozinha, solteira. Da existência de meu pai, desse pai que me deu o dinheiro e as joias que em grande medida geraram minha desdita, só tive conhecimento há poucos meses. Nunca soube dele, até que um dia, de repente, ele achou que seria morto por motivos políticos, e ao parar para acertar contas com seu próprio passado, decidiu me reconhecer e me legar uma parte de sua herança. Até então, porém, eu nem sabia seu nome nem havia desfrutado de um mísero centavo de sua fortuna. Por isso, comecei a trabalhar muito pequena. Minhas tarefas, no início, não iam além de fazer serviços de rua e varrer o chão por uns trocados, sendo ainda uma criança, quando tinha a mesma idade dessas meninas com o uniforme da Milagrosa que há pouco passaram pela rua; talvez alguma delas seja sua própria filha a caminho do colégio, desse mundo de freiras, caligrafias e declinações em latim que eu nunca tive oportunidade de conhecer porque em minha casa era preciso que eu aprendesse um ofício e ganhasse um salário. Mas fiz isso com prazer. Adorava costurar, e tinha mão, de modo que aprendi, me esforcei, perseverei e me transformei, com o tempo, em uma boa costureira. E se um dia abandonei a profissão, não foi por capricho, e sim porque as coisas ficaram difíceis em Madri: à luz da situação política, muitas clientes nossas foram embora para o exterior, aquele ateliê fechou e eu não arranjei mais emprego.

"Eu nunca procurei problemas, delegado; tudo o que me aconteceu neste último ano, todos esses delitos em que supostamente estou implicada, o senhor sabe bem, não ocorreram por minha vontade, e sim porque um mau-caráter cruzou meu caminho num maldito dia. E o senhor não pode nem sequer imaginar o que eu daria para apagar de minha vida a hora em que aquele canalha entrou nela, mas não tem volta, e os problemas dele agora são meus, e sei que tenho de sair deles do jeito que for: é minha responsabilidade, e como tal a assumo. Saiba, porém, que a única maneira de eu poder fazer isso é costurando: não sirvo para mais nada. Se o senhor me fechar essa porta, se me cortar essas asas, vai me estrangular, porque não vou poder trabalhar com nenhuma outra coisa. Eu tentei, mas não encontrei ninguém disposto a me contratar, porque não sei fazer mais nada. De modo que quero lhe pedir um favor, só um: deixe-me prosseguir com este ateliê e não indague mais. Confie em mim, não me afunde. O aluguel deste apartamento e todos os móveis que há nele estão pagos até a última peseta; não enganei ninguém para isso e nada devo em lugar algum. A única coisa de que este negócio precisa é de alguém que trabalhe, e estou aqui para isso, disposta a me dedicar a ele dia e noite. Só me permita trabalhar tranquila, não vou lhe criar o menor problema, juro por minha mãe, que é a única coisa que tenho. Assim que arranjar o dinheiro que devo em Tânger, assim que saldar minha dívida e a guerra terminar, voltarei para casa e não o incomodarei mais. Mas, enquanto isso, eu lhe peço, delegado, não me exija mais explicações e deixe-me seguir em frente. Só lhe peço isto: que tire o pé do meu pescoço e não me asfixie antes de começar, porque, se fizer isso, o senhor não vai ganhar nada, mas eu vou perder tudo."

Ele não respondeu, e eu também não acrescentei mais uma palavra; simplesmente sustentamos o olhar um do outro. Contra qualquer prognóstico, eu havia conseguido chegar ao fim de minha intervenção com a voz firme e serena, sem esmorecer. Finalmente havia me esvaziado, despojado de tudo o que vinha me roendo havia tanto tempo. De repente, senti um cansaço imenso. Estava cansada por ter sido usada por um cretino sem escrúpulos, pelos meses que vivia com medo, por me sentir constantemente ameaçada. Cansada de carregar uma culpa tão pesada, encolhida como aquelas pobres mulheres mouras que sempre via caminhando juntas, lentas e encurvadas, enroladas em seus xadores e arrastando os pés, carregando nas costas pacotes e fardos de lenha, cachos de tâmaras, crianças, cântaros de barro e sacos de cal. Estava farta de me sentir acovardada, humilhada; farta de viver de uma maneira tão triste naquela terra estranha. Cansada, farta, esgotada, exausta, porém disposta a começar a usar as garras e lutar para sair de minha ruína.

Foi o delegado quem finalmente quebrou o silêncio. Antes, levantou-se; eu o imitei, ajeitei a saia, desfiz com cuidado suas rugas. Ele pegou seu chapéu e girou-o duas vezes, contemplando-o concentrado. Não era mais o chapéu flexível de verão de alguns meses atrás; tratava-se de um Borsalino escuro e invernal, um bom chapéu de feltro cor de chocolate que girou entre os dedos como se nele estivesse a chave de seus pensamentos. Quando terminou, falou.

— Muito bem, eu concordo. Se ninguém me aparecer com algo evidente, não vou investigar como fez para montar tudo isto. A partir de agora, vou deixá-la trabalhar e tocar seu negócio. Vou deixá-la viver em paz. Vamos ver se damos sorte e isto livra a nós dois de problemas.

Não disse mais nem esperou que eu respondesse. Pronunciada a última sílaba de sua breve sentença, fez um gesto de despedida com um movimento do queixo e se encaminhou para a porta. Cinco minutos depois chegou *Frau* Heinz. Que pensamentos me passaram pela cabeça durante o tempo que separou as duas presenças é algo que nunca fui capaz de recordar. Só me resta a memória de que, quando a alemã tocou a campainha e fui abrir. Eu me sentia como se me houvessem arrancado da alma o peso de uma montanha inteira.

# SEGUNDA PARTE

# 16

Ao longo do outono houve mais clientes; estrangeiras endinheiradas em sua maioria. Minha sócia, a muambeira, teve razão em seu presságio. Várias alemãs. Algumas italianas. Outras espanholas também, esposas de empresários quase sempre, pois a administração pública e o exército andavam em tempos convulsos. Uma judia rica, sefardi, linda, com seu castelhano suave e velho de outra cadência, com seu ritmo melodioso em *haketia*, com palavras estranhas, antigas.

O negócio prosperava pouco a pouco, e a notícia de sua existência foi se espalhando. Entrava dinheiro: em pesetas de Burgos, em francos franceses e marroquinos, em moeda hassani. Eu guardava tudo em um pequeno cofrinho fechado a sete chaves na segunda gaveta do criado-mudo. No dia 30 de cada mês, entregava o montante a Candelaria. Em um segundo a muambeira separava um punhado de pesetas para os gastos do dia a dia e ajeitava as demais notas em um rolo compacto que com agilidade guardava entre os seios. Com o rendimento do mês no abrigo quente de suas opulências, corria para procurar entre os judeus o cambista que melhor cotação lhe oferecesse. Depois voltava à pensão, sem fôlego e com um rolo de libras esterlinas guardado no mesmo esconderijo. Com a respiração ainda entrecortada pela pressa, tirava o butim de entre os seios. "Com certeza, menina, com certeza, para mim, os mais espertos são os ingleses. Eu e você não vamos poupar em pesetas de Franco, porque, se os nacionais acabarem perdendo a guerra, não vão nos servir nem para limpar a bunda." Dividia com justiça: metade para mim, metade para você. E que nunca nos falte, minha querida.

Acostumei-me a viver sozinha, serena, sem medos. A ser responsável pelo ateliê e por mim mesma. Trabalhava muito, distraía-me pouco. O volume de pedidos não exigia mais mãos, continuei sem ajuda. Por isso, a atividade era incessante, com as linhas, a tesoura, com a imaginação e o ferro de passar. Às vezes eu saía em busca de tecidos, ou para forrar botões ou escolher linhas e colchetes. Gostava principalmente das sextas-feiras: ia até a vizinha praça Espanha — *Feddan*, diziam os mouros — para ver o califa sair de seu palácio e dirigir-se à mesquita montado em um cavalo branco, sob um guarda-sol verde, cercado por soldados nativos em uniformes de sonho, um espetáculo imponente. Depois, costumava caminhar pela rua que já começava a ser chamada de Generalíssimo, continuava o passeio até a praça Muley-el-Mehdi e passava em frente à igreja de Nossa Senhora das Vitórias, a missão católica, abarrotada de lutos e preces por conta da guerra.

A guerra: tão distante, tão presente. Do outro lado do estreito chegavam notícias pelas ondas de rádio, pelo jornal e correndo de boca em boca. As pessoas, em suas casas, marcavam os avanços com alfinetes coloridos nos mapas pendurados nas paredes. Eu, com a minha própria solidão, me informava sobre o que ia acontecendo em meu país. O único capricho que me permiti nesses meses foi a compra de um rádio; graças a ele soube, antes do fim do ano, que o governo da República havia se transferido para Valência e havia deixado o povo sozinho para defender Madri. Chegaram as Brigadas Internacionais para ajudar os republicanos, Hitler e Mussolini reconheceram a legitimidade de Franco, fuzilaram José Antonio na cadeia de Alicante, juntei 180 libras, chegou o Natal.

Passei aquela primeira véspera de Natal africana na pensão. Embora tenha tentado declinar o convite, Candelaria me convenceu, uma vez mais, com sua veemência avassaladora.

— Você vem cear aqui e não se fala mais nisso, pois, enquanto Candelaria tiver um lugar em sua mesa, aqui ninguém passa as festas sozinho.

Não pude negar, mas quanto esforço me custou! À medida que as festas se aproximavam, os sopros de tristeza começaram a entrar pelas frestas das janelas e por baixo das portas, até deixar o ateliê tomado de melancolia. Como estaria minha mãe, como suportaria a incerteza de não saber de mim, como se ajeitaria para se manter naqueles tempos atrozes? As perguntas sem respostas me assaltavam a cada momento e aumentavam meu desgosto por dias. O ambiente ao redor contribuía pouco para manter o otimismo alto: pouca alegria se percebia, apesar de as lojas exibirem alguns enfeites, as pessoas se felicitarem e as crianças dos apartamentos vizinhos cantarem musiquinhas natalinas ao trotar pela escada. A certeza do que estava acontecendo na Espanha era tão densa e escura que ninguém parecia ter ânimo para celebrações.

Cheguei à pensão depois das oito, não cruzei com quase ninguém nas ruas. Candelaria havia assado dois perus: os primeiros rendimentos do novo negócio haviam propiciado certa prosperidade a sua despensa. Eu levei duas garrafas de vinho espumante e um queijo bola holandês trazido de Tânger a preço de ouro. Encontrei os hóspedes desgastados, amargos, tão tristes. A senhoria, em compensação, esforçava-se para manter o ânimo do pessoal elevado cantando enquanto acabava de preparar a ceia.

— Já estou aqui, Candelaria — anunciei ao entrar na cozinha.

Parou de cantar e de mexer a comida na panela.

— E o que você tem, pode-se saber? Que cara de dó é essa, que parece que está indo para o matadouro?

— Não é nada, não tenho nada — disse, procurando um lugar onde deixar as garrafas enquanto tentava evitar seu olhar.

Ela limpou as mãos em um pano, pegou-me pelo braço e me obrigou a olhar para ela.

— A mim você não engana, menina. É por causa de sua mãe, não é?

Não a olhei nem respondi.

— O primeiro Natal fora do ninho é terrível, mas precisa engolir essa, menina. Ainda lembro o meu, e isso que em minha casa éramos pobres como os ratos e só o que fazíamos a noite toda era cantar, dançar e bater palmas, porque, de comer, pouca coisa havia. E, mesmo assim, o sangue chama, mesmo quando o que se vive com a família não passa de miséria.

Continuei sem olhar para ela, fingindo estar concentrada em encontrar um lugar para colocar as garrafas entre o monte de coisas que ocupava a superfície da mesa. Um pilão, uma concha e uma travessa de creme de nata. Uma bacia cheia de azeitonas, três cabeças de alho, um ramo de louro. Ela continuou falando, próxima, segura.

— Mas, pouco a pouco, tudo passa, você vai ver. Com certeza sua mãe está bem, esta noite vai cear com os vizinhos, e embora se lembre de você e sinta sua falta, vai ficar contente de saber que pelo menos você tem a sorte de estar fora de Madri, longe da guerra.

Talvez Candelaria estivesse certa e minha ausência fosse um consolo para minha mãe, mais que um sofrimento. Possivelmente acreditava que eu ainda estava com Ramiro em Tânger, talvez imaginasse que passaríamos aquela noite ceando em um hotel deslumbrante, cercados de estrangeiros despreocupados que dançavam entre um prato e outro, alheios ao sofrimento do outro lado do estreito. Embora eu houvesse tentado lhe contar tudo por carta, todo mundo sabia que o correio de Marrocos não chegava a Madri, que provavelmente aquelas mensagens nunca teriam saído de Tetuán.

— Você tem razão — murmurei, mal abrindo a boca. Ainda estava com as garrafas de vinho na mão e a vista fixa na mesa, incapaz de encontrar um lugar para elas. Também não tinha coragem de olhar para Candelaria, temia não poder conter as lágrimas.

— Com certeza, criatura, não pense mais nisso. Por mais que a ausência pese, saber que sua filha está longe das bombas e das metralhadoras é uma boa razão para estar contente. Então, vamos, alegria, alegria — gritou, enquanto arrancava uma das garrafas de minhas mãos. — Você vai ver que logo passa, minha querida. — Abriu-a e ergueu-a. — À mãe que a pariu — disse.

Antes que eu pudesse replicar, ela deu um longo trago no espumante.

— E agora você — ordenou, depois de limpar a boca com as costas da mão.

Eu não tinha nenhuma vontade de beber, mas obedeci. Era à saúde de Dolores; por ela, qualquer coisa.

Começamos a cear, mas, apesar de Candelaria ter se esforçado por manter o ânimo, conversamos pouco. Nem vontade de brigar havia. O professor tossiu até rachar o esterno e as irmãs choraram, mais envelhecidas que nunca. A mãe gorda suspirou, sorveu o muco. Paquito bebeu demais, disse bobagens, o telegrafista lhe deu corda, no fim todos rimos. E, então, a senhoria se levantou e ergueu por todos sua taça trincada. Pelos presentes, pelos ausentes, por uns e outros. Abraçamo-nos, choramos, e por uma noite formamos, juntos, um pelotão de infelizes.

Os primeiros meses do novo ano foram tranquilos e cheios de trabalho sem trégua. Ao longo deles, meu vizinho Félix Aranda foi se transformando em uma presença cotidiana. Além da proximidade de nossas casas, também começou a me unir a ele outra proximidade que não podia ser medida pelos metros que separavam os espaços. Seu comportamento um tanto peculiar e minha constante necessidade de ajuda contribuíram para estabelecer entre nós uma relação de amizade que nasceu intempestivamente e se estendeu ao longo das décadas e das vicissitudes que nos coube viver. Após aqueles primeiros esboços que resolveram o contratempo da roupa de tenista, chegaram mais oportunidades em que o filho de dona Encarna se ofereceu para me ajudar a vencer obstáculos aparentemente intransponíveis. Diferente do caso da saia-calça de Schiaparelli, a segunda situação que me obrigou a solicitar seus favores não se deveu a necessidades artísticas, mas a minha ignorância em questões monetárias. Tudo começou com um pequeno inconveniente que não teria representado problema algum para qualquer pessoa com uma educação um pouco avançada. Porém, os poucos anos que frequentei a humilde escola de meu bairro madrilense não deram para tanto. Por isso, às onze horas da noite anterior à manhã em que devia entregar a primeira conta do ateliê, eu me vi inesperadamente acossada pela incapacidade de registrar por escrito a descrição do trabalho realizado e as quantias equivalentes, e na moeda certa.

Foi em novembro. Ao longo da tarde, o céu fora se tornando cinzento, e ao cair da noite começou a chover forte, prelúdio de uma tempestade proveniente do Mediterrâneo próximo; uma tempestade dessas que arrasavam árvores, derrubavam os fios de luz e encolhiam as pessoas embaixo dos cobertores murmurando para santa Bárbara uma catarata fervorosa de ladainhas. Apenas duas horas antes da mudança de tempo, Jamila havia levado as primeiras encomendas terminadas à residência de *Frau* Heinz. Os dois vestidos de noite, os dois conjuntos de dia e o modelo de tenista — minhas cinco primeiras obras — haviam descido dos cabides que os mantinham pendurados no ateliê à espera de serem passados e acomodados em suas sacolas de pano, e transportados em três viagens sucessivas até seu destino. O regresso de Jamila na última viagem trouxe consigo o pedido.

— *Frau* Heinz dizer que Jamila levar amanhã pela manhã conta em marcos alemães.

E caso a mensagem não houvesse ficado bem clara, entregou-me um envelope com um cartão que continha o recado por escrito. E, então, eu me sentei para pensar em como diabos apresentaria uma conta; e, pela primeira vez, a memória, minha grande aliada, não me ajudou. Ao longo da instalação do negócio e da criação das primeiras peças, as imagens que eu ainda guardava do mundo de dona Manuela haviam me servido como modelo a seguir. As imagens memorizadas, as destrezas aprendidas, os movimentos e as ações mecânicas tantas vezes repetidas no tempo haviam me proporcionado, até então, a inspiração necessária para avançar com sucesso. Eu sabia milimetricamente como uma boa casa de costura funcionava por dentro, sabia tirar medidas, cortar peças, preguear saias, montar mangas e colarinhos, mas, por mais que tenha procurado entre meu catálogo de habilidades e recordações, não encontrei nada que servisse de referência para elaborar uma conta. Tive muitas na mão quando ainda costurava em Madri e me encarregava de distribuí-las pelas casas das clientes; em alguns casos, inclusive, havia voltado com o pagamento na bolsa. Nunca, porém, havia parado e aberto um daqueles envelopes para reparar em seu conteúdo.

Pensei em recorrer, como sempre, a Candelaria, mas pela varanda verifiquei a negrura da noite, o vento imperioso que açoitava uma chuva cada vez mais densa e os relâmpagos implacáveis que vinham do mar. Diante daquele cenário, o caminho a pé até a pensão me pareceu a mais escarpada das trilhas para o inferno. Então, decidi me virar sozinha: peguei lápis e papel e me sentei à mesa da cozinha disposta a resolver aquilo. Hora e meia depois, ainda estava ali, com mil folhas amassadas em volta, apontando o lápis pela quinta vez com uma faca, e sem saber ainda quantos marcos alemães seriam as 225 pesetas que eu havia previsto cobrar da alemã. E foi quando, no meio da noite, alguma coisa bateu com força no vidro da janela. Levantei-me com um salto tão precipitado que derrubei a cadeira. Imediatamente vi que havia luz na cozinha da frente, e apesar da chuva, apesar da hora, vi a figura roliça de meu vizinho Félix, com seus óculos, o ralo cabelo crespo e um braço levantado, pronto para jogar um segundo punhado de amêndoas. Abri a janela pronta para lhe pedir explicações por aquele incompreensível comportamento, mas, antes de poder dizer a primeira palavra, sua voz atravessou o vão que nos separava. O repicar espesso da chuva nas lajotas do quintal amenizou o volume, mas o conteúdo de sua mensagem chegou diáfano.

— Preciso de refúgio. Não gosto de tempestades.

Poderia ter lhe perguntado se estava louco. Poderia ter lhe dito que havia me dado um susto imenso, gritado que era um imbecil e fechado a janela. Mas não fiz nada disso porque uma pequena luzinha se acendeu em meu cérebro instantaneamente: talvez aquele estrambótico ato pudesse se tornar favorável nesse momento.

— Deixo que venha se me ajudar — disse sem nem pensar.

— Vá abrindo a porta que já estou chegando.

Claro que meu vizinho sabia que 225 pesetas eram 12,50 *reichsmarks*. Como também não ignorava que uma conta decente não podia ser apresentada em uma folha de papel barato, a lápis, de modo que foi de novo até sua casa e voltou rapidamente com umas folhas de papel inglês cor de marfim e uma pena Waterman que cuspia traços de tinta roxa em primorosa caligrafia. E com toda sua inteligência, que era muita, e todo seu talento artístico, que era muito também, em apenas meia hora, em meio aos trovões e de pijama, não só foi capaz de confeccionar a conta mais elegante que as costureiras europeias do Norte da África jamais teriam podido imaginar, como também, além disso, deu um nome a meu negócio. Nascia a Chez Sirah.

Félix Aranda era um homem estranho. Engraçado, criativo e culto, sim. E curioso, e xereta. E um pouco excêntrico e impertinente também. O vaivém noturno entre sua casa e a minha tornou-se um exercício cotidiano. Não diário, mas constante. Às vezes, passavam-se três ou quatro dias sem que nos víssemos, às vezes vinha cinco noites na semana. Ou seis. Ou até sete. A assiduidade de nossos encontros dependia apenas de algo alheio a nós: de quão bêbada sua mãe estivesse. Que relação mais estranha, que universo familiar tão obscuro se vivia na porta da frente... Desde a morte do pai e marido, anos atrás, Félix e dona Encarna transitavam pela vida juntos com aparente harmonia. Juntos passeavam todas as tardes, entre as seis e as sete horas; juntos iam às missas e novenas, compravam seus remédios na farmácia Benatar, cumprimentavam os conhecidos com gentileza e comiam doces na Campana. Ele sempre atento a ela, protegendo-a carinhoso, caminhando a seu lado: cuidado, mamãe, não vá tropeçar, por aqui, mamãe, com cuidado, cuidado. Ela, orgulhosa de seu filho, alardeando seus dotes a torto e a direito: meu Félix disse, meu Félix fez, meu Félix acha, ah, meu Félix, o que eu faria sem ele.

O pimpolho solícito e a galinha velha, porém, transformavam-se em dois pequenos monstros assim que adentravam um território mais íntimo. Assim que ultrapassavam a porta de sua casa, a velha vestia o uniforme de tirana e puxava seu chicote invisível para humilhar o filho até o extremo. Coce minha perna, Félix, na panturrilha; aí não, mais para cima, como você é inútil, criatura, como pude parir um monstro como você; ponha a toalha de mesa direito, está torta; assim não, está pior ainda; ponha de novo como estava, você estraga tudo que toca, imbecil, devia tê-lo dado para adoção quando nasceu; olhe minha boca para ver se a gengivite piorou, pegue meu remédio para flatulência, esfregue minhas costas com álcool canforado, lixe este calo, corte minhas unhas dos pés, com cuidado, rolha de poço, vai cortar meu dedo; traga-me o lenço para eu dar uma catarrada, traga uma compressa para o lumbago; lave minha cabeça e ponha os bobes, com mais atenção, imbecil, vai me deixar careca.

Assim cresceu Félix, com uma vida dupla de lados tão díspares quanto patéticos. Assim que o pai morreu, o menino adorado deixou de sê-lo da noite para o dia: em plena fase de crescimento e sem que ninguém de fora suspeitasse, passou de centro de mimos e carinhos públicos a alvo das fúrias e frustrações da mãe na privacidade do lar. Como com um golpe de espada, todas as suas ilusões foram cortadas rente: ir embora de Tetuán para estudar belas-artes em Sevilha ou Madri, identificar sua sexualidade confusa e conhecer gente como ele, seres de espírito pouco convencional com desejos de voar livremente. Em vez disso, viu-se obrigado a viver permanentemente sob a asa negra de dona Encarna. Terminou seus estudos com os marianistas do Colegio del Pilar, com notas brilhantes que de nada lhe serviram porque a mãe já havia aproveitado sua condição de sofrida viúva para lhe arranjar um cinzento cargo administrativo. Selar impressos na Repartição de Abastecimento da Junta de Serviços Municipais: o melhor trabalho para cercear a criatividade do mais engenhoso e mantê-lo amarrado como um cão; agora tome um pedaço de carne suculenta, agora tome um chute capaz de lhe arrebentar a barriga.

Ele suportava as investidas com paciência franciscana. E assim, ao longo dos anos, mantiveram o desequilíbrio sem alterações, ela tiranizando e ele manso, aguentando, resistindo. Era difícil saber o que a mãe de Félix procurava nele, por que o tratava assim, o que queria de seu filho além do que ele estaria disposto a lhe dar sempre. Amor, respeito, compaixão? Não. Isso ela já tinha sem o menor esforço, ele não era avarento em seus afetos, o bom Félix. Dona Encarna queria algo mais. Devoção, disposição incondicional, atendimento a seus mais absurdos caprichos. Submissão, submissão. Exatamente tudo o que seu marido exigia dela em vida. Por isso, imaginei, livrou-se dele. Félix nunca me contou abertamente, mas, como farelinhos de pão, foi me deixando pistas pelo caminho. Eu só me limitei a segui-las e essa foi minha conclusão. O falecido dom Nicasio provavelmente foi morto pela mulher, como talvez Félix acabasse liquidando sua mãe qualquer noite turva dessas.

Seria difícil calcular até quando ele poderia ter suportado aquele dia a dia tão miserável se diante de seus olhos não houvesse surgido a solução, da forma mais inesperada. Um particular agradecimento por uma ação assertiva no escritório, um salsichão e duas garrafas de anis de presente; vamos experimentar, mamãe, venha, uma tacinha, molhe os lábios apenas. Mas não foram só os lábios de dona Encarna que apreciaram o sabor adocicado do licor; também a língua, e o paladar, e a garganta, e o trato intestinal, e dali os eflúvios subiram para a cabeça, e naquela noite regada a álcool Félix encontrou a saída. Desde então, a garrafa de anis foi grande aliada: sua tábua de salvação e a rota de fuga pela qual chegar à terceira dimensão de sua vida. Nunca mais foi só um filho exemplar diante dos outros e um trapo nojento em casa; a partir daquele dia, também se tornou um noctívago desinibido, um fugitivo em busca do oxigênio que lhe faltava em sua casa.

— Mais um pouquinho do licor, mamãe? — perguntava indefectível depois do jantar.

— Bem, vamos lá, só uma gotinha. Para limpar a garganta, que parece que peguei friagem esta tarde na igreja.

Os quatro dedos de líquido viscoso caíam pela goela de dona Encarna a uma velocidade vertiginosa.

— Eu sempre digo, mamãe, você não se agasalha bem — prosseguia Félix carinhoso, enquanto enchia de novo a taça até a borda. — Ande, beba depressa, vai ver como rapidinho se aquece.

Dez minutos e três taças de licor de anis depois, dona Encarna roncava semi-inconsciente e seu filho fugia qual andorinha solta a caminho de lugares de quinta categoria, para se juntar a gente que à luz do dia e na presença de sua mãe nem sequer teria se atrevido a cumprimentar.

Após minha chegada à Sidi Mandri e a noite da tempestade, minha casa tornou-se, também, um refúgio permanente para ele.

Ia lá folhear revistas, dar-me ideias, desenhar esboços e contar-me com graça coisas do mundo, de minhas clientes e de todos aqueles com quem eu diariamente cruzava e não conhecia. Assim, noite após noite, fui me informando sobre Tetuán e sua gente: de onde e para que todas aquelas famílias vinham a essa terra estranha, quem eram aquelas senhoras para quem eu costurava, quem tinha poder, quem tinha dinheiro, quem fazia o quê, para quê, quando e como.

Mas a devoção de dona Encarna pela garrafa nem sempre conseguia efeitos sedativos, e então, infelizmente, o tiro saía pela culatra. A fórmula eu a encho de aguardente e você me deixa em paz às vezes não funcionava conforme o esperado. E quando o licor não a conseguia derrubar, com a bebedeira chegava o inferno. Aquelas noites eram as piores, porque a mãe não atingia o estado de uma mansa múmia; mas se transformava em um Júpiter trovejante capaz de assolar com seus berros a dignidade do mais firme. Filho ingrato, traste, desgraçado, bicha era o mais suave que soltava pela boca. Ele, que sabia que a ressaca matutina apagaria nela qualquer traço de memória, com o tino certeiro de um atirador de facas lhe devolvia outros tantos insultos igualmente indecorosos. Bruxa nojenta, raposa, velha desgraçada. Que escândalo, Senhor! Se os amigos com quem compartilhavam doçaria, farmácia e banco de igreja os ouvissem! No dia seguinte, porém, o esquecimento parecia ter caído sobre eles com todo seu peso e a cordialidade reinava de novo no passeio vespertino, como se nunca houvesse existido a menor tensão entre eles. Quer comer um queijo suíço hoje, mamãe, ou prefere uma carne? O que preferir, Félix, querido, o que você escolher sempre está bom para mim; ande, venha, vamos depressa, que temos que ir dar os pêsames a María Angustias, me disseram que seu sobrinho tombou na batalha do Jarama; ah, que pena, meu anjo, ainda bem que ser filho de viúva o livrou de ser convocado; o que teria feito eu, Virgem Santíssima, sozinha e com meu menino na frente de batalha.

Félix era suficientemente esperto para saber que alguma anormalidade doentia regia aquela relação, mas não corajoso o bastante para romper com ela. Talvez por isso fugisse de sua lamentável realidade alcoolizando a mãe pouco a pouco, fugindo como um vampiro na madrugada ou rindo de suas próprias misérias enquanto buscava a culpa em mil causas ridículas e avaliava os remédios mais incertos. Um de seus divertimentos consistia em descobrir coisas estranhas e soluções nos anúncios dos jornais, deitado no sofá de minha sala enquanto eu arrematava um punho ou pespontava a penúltima casa de botão do dia.

E, então, me dizia coisas como esta:

— Você acha que o problema de minha mãe pode ser dos nervos? Talvez isto resolva. Ouça, ouça. "Nervonal. Desperta o apetite, facilita a digestão, regulariza o ventre. Faz desaparecer as extravagâncias e o abatimento. Tome Nervonal, não hesite."

Ou esta:

— Para mim, o que mamãe tem deve ser uma hérnia. Eu já havia pensado em lhe dar uma faixa ortopédica, para ver se seu mau humor passa, mas ouça isto: "Herniado, evite os perigos e o desconforto com o insuperável e inovador compressor automático, maravilha mecano-científica que sem travas, elásticos nem desconforto vencerá totalmente sua doença". Funciona também. O que você acha, menina, compro um para ela?

Ou talvez esta outra:

— E se no fim for alguma coisa do sangue? Veja o que diz aqui. "Depurativo Richelet. Doenças vasculares. Varizes e chagas. Retificador do sangue viciado. Eficaz para eliminar venenos úricos."

Ou qualquer bobagem similar:

— E se forem hemorroidas? E se for mau-olhado? E se eu procurar um bruxo no bairro mouro para que lhe faça um feitiço? Na verdade, acho que eu não deveria me preocupar tanto, porque acredito que suas tendências darwinianas vão acabar lhe corroendo o fígado e dando fim nela brevemente. Cada garrafa já não dá nem para dois dias e ela está me levando à falência. — Interrompeu-se, talvez esperando uma réplica, mas não a obteve. Ou, pelo menos, não a encontrou com palavras. — Não sei por que me olha com essa cara — acrescentou então.

— Porque não sei do que você está falando, Félix.

— Não sabe o que quero dizer com tendências darwinianas? Também não sabe quem é Darwin? O dos macacos, o da teoria de que os humanos descendem dos primatas. Se digo que minha mãe tem tendências darwinianas é porque é louca pelo Anís del Mono,[7]

7 *Mono* significa macaco em espanhol, e Anís del Mono (Casa Vicente Bosch) é a mais popular marca espanhola de licor de anis. (N.T.)

entende? Menina, você tem um estilo maravilhoso e costura como os anjos, mas em questões de cultura geral deixa um pouquinho a desejar, não?

Deixava, efetivamente. Eu sabia que tinha facilidade para aprender coisas novas e reter dados na cabeça, mas também tinha consciência das carências educacionais que arrastava. Acumulava poucos conhecimentos daqueles que então se encontravam nas enciclopédias: pouco mais que o nome de alguns reis recitados de cor e aquilo de que a Espanha limita ao norte com o mar Cantábrico e os montes Pirineus que a separam da França. Podia recitar a tabuada e era rápida usando os números em operações simples, mas não havia lido nem um único livro em toda minha vida, e sobre história, geografia, arte ou política tinha apenas os saberes absorvidos durante meus meses de convivência com Ramiro e nas guerras dos sexos na pensão de Candelaria. Aparentemente, podia convencer como jovem mulher de estilo e costureira seleta, mas tinha consciência de que, se alguém raspasse minha camada externa, descobriria sem o menor esforço a fragilidade sobre a qual eu me mantinha. Por isso, naquele primeiro inverno em Tetuán, Félix me deu um estranho presente: começou a me educar.

Valeu a pena. Para os dois. Para mim, pelo que aprendi e me depurei. Para ele, porque, graças a nossos encontros, encheu suas horas solitárias de afeto e companhia. Contudo, apesar de suas louváveis intenções, meu vizinho ficou muito longe de ser um professor convencional. Félix Aranda era um ser com aspirações de espírito livre que passava quatro quintos da vida oprimido entre a bipolaridade despótica da mãe e o tédio do mais burocrático dos trabalhos. De modo que, em seus momentos de libertação, a última coisa que se podia esperar dele era ordem, moderação e paciência. Para encontrar isso eu precisaria ter voltado à rua Luneta, para que o professor Anselmo elaborasse um plano didático sob medida para minha ignorância. De qualquer maneira, embora Félix nunca tenha sido um professor metódico e organizado, instruiu-me em muitos outros ensinos tão incoerentes quanto insubstanciais que, de uma maneira ou de outra, serviram para eu me mover pelo mundo. Assim, graças a ele, eu me familiarizei com personagens como Modigliani, Scott Fitzgerald e Josephine Baker, consegui distinguir o cubismo do dadaísmo, soube o que era *jazz*, aprendi a situar as capitais da Europa em um mapa, memorizei o nome de seus melhores hotéis e cabarés, e cheguei a contar até cem em inglês, francês e alemão.

E também graças a Félix soube da função de meus compatriotas espanhóis naquela terra distante. Soube que a Espanha exercia seu protetorado em Marrocos desde 1912, alguns anos depois de assinar com a França o Tratado de Algeciras, pelo qual, como costuma acontecer com os parentes pobres, coube à pátria hispânica a pior parte do país, a menos próspera, a mais indesejável. A costela da África, diziam. A Espanha buscava várias coisas ali: reviver o sonho imperial, participar da divisão do festim colonial africano entre as nações europeias, nem que fosse com as migalhas que as grandes potências lhe concederam; aspirar a chegar ao tornozelo da França e da Inglaterra, já que Cuba e Filipinas haviam saído de nossas mãos e a *piel de toro*[8] era tão pobre quanto uma barata.

Não foi fácil garantir o controle sobre Marrocos; mesmo a zona designada no Tratado de Algeciras sendo pequena, a população nativa pouca e a terra áspera e pobre. Custou rejeição e revoltas internas na Espanha e milhares de mortos espanhóis e africanos na loucura sangrenta da brutal guerra do Rife. Porém, conseguiram: assumiram o comando, e quase 25 anos depois do estabelecimento oficial do Protetorado, já subjugada toda a resistência interna, meus compatriotas continuavam ali, com sua capital firmemente assentada e crescendo sem parar. Militares de todas as categorias, funcionários dos correios, alfândega e obras públicas, interventores, funcionários de bancos. Empresários e matronas, professores, boticários, juristas e vendedores. Comerciantes, pedreiros. Médicos e freiras, engraxates, cantineiros. Famílias inteiras que atraíam outras famílias com a promessa de bons salários e um futuro a construir em convivência com outras culturas e religiões. E eu entre eles, uma a mais. Em troca de sua imposta presença ao longo de um quarto de século, a Espanha havia proporcionado ao Marrocos avanços em equipamentos, saúde e obras, e os primeiros passos para uma moderada melhora da exploração agrícola. E uma escola de artes e ofícios tradicionais. E tudo aquilo que os nativos pudessem obter de benefício nas atividades destinadas a satisfazer a população colonizadora: a rede elétrica, a água potável, escolas e academias, comércios,

8 *Piel de toro* (pele de touro) é uma forma de se referir à Espanha, expressão atribuída ao geógrafo grego Estrabão. (N.T.)

o transporte público, ambulatórios e hospitais, o trem que ligava Tetuán a Ceuta, o que levava à praia de Río Martín. A Espanha do Marrocos, em termos materiais, havia conseguido muito pouco: mal havia recursos para explorar. Em termos humanos, e nos últimos tempos, porém, havia obtido algo importante para um dos dois lados da contenda civil: milhares de soldados das forças indígenas marroquinas que naqueles dias lutavam como feras do outro lado do estreito pela causa alheia do exército sublevado.

Além desses e de outros conhecimentos, obtive de Félix também algo mais: companhia, amizade e ideias para o negócio. Algumas delas foram excelentes e outras totalmente excêntricas, mas, pelo menos, ajudaram a fazer rir, no fim do dia, esse par de almas solitárias que éramos nós dois. Ele nunca conseguiu me convencer a transformar meu ateliê em um estúdio de experimentação surrealista onde as capelinas tivessem forma de sapato e os figurinos apresentassem modelos usando um telefone no lugar do chapéu. Também não conseguiu me fazer usar caracóis marinhos como adereço nem pedaços de junco nos cintos, nem que me negasse a aceitar como cliente qualquer mulher sem *glamour*. Mas dei-lhe ouvidos em outras coisas.

Por iniciativa dele, por exemplo, mudei meu modo de falar. Desterrei de meu castelhano castiço os vulgarismos e as expressões coloquiais e criei um novo estilo para ganhar um ar maior de sofisticação. Comecei a soltar aqui e ali palavras e frases em francês, das que ouvira repetidamente em Tânger, caçadas em voo de conversas próximas das quais quase nunca participei e de encontros com pessoas com quem jamais troquei mais de três frases. Eram apenas algumas expressões, só meia dúzia, mas ele me ajudou a polir a pronúncia e a calcular o momento mais oportuno para usá-las. Todas estavam destinadas a minhas clientes, as presentes e as vindouras. Pediria licença para colocar os alfinetes com *vous permettez?*; confirmaria com *voilà tout* e elogiaria os resultados com *très chic*. Falaria de *maisons de haute couture*, de cujos donos talvez pudessem supor que um dia fui amiga, e de *gens du monde* que talvez houvesse conhecido em minhas supostas andanças por aí. Em todos os estilos, modelos e complementos que propusesse poria a etiqueta verbal *à la française*; todas as mulheres seriam tratadas como *madame*. Para acolher a dimensão patriótica do momento, decidimos que, quando tivesse clientes espanholas, recorreria oportunamente a referências a pessoas e lugares conhecidos em meus velhos tempos frequentando as melhores casas de Madri. Soltaria nomes e títulos como quem deixa cair um lenço: levemente, sem estrondo nem ostentação. Diria que tal modelo era inspirado naquele que dois anos antes havia feito para que minha amiga marquesa de Puga usasse na festa da Porta de Ferro; que tal tecido era idêntico ao que a filha mais velha dos condes de Encinar havia usado para sua festa de debutante no palacete da rua Velázquez.

Por indicação de Félix, também mandei fazer uma placa dourada para a porta com inscrição em letra cursiva inglesa *Chez Sirah — Grand couturier.* Na papelaria Africana encomendei uma caixa de cartões brancos-marfim com o nome e o endereço do ateliê. Era assim, segundo ele, que as melhores casas da moda francesa de então se apresentavam. O *h* final foi outro toque dele para dotar o ateliê de um maior aroma internacional, disse. Eu o acompanhei, por que não? Afinal de contas, não prejudicava ninguém com aquela pequena *folie de grandeur*. Dei-lhe ouvidos nisso e em mais mil detalhes, graças aos quais não só fui capaz de adentrar com maior segurança o futuro, como também consegui — tchan, tchan, tchan — tirar um passado da cartola. Não precisei de muito esforço: com três ou quatro poses, algumas pinceladas precisas e algumas recomendações de meu pigmalião particular, minha ainda reduzida clientela se encarregou de montar uma vida inteira para mim em apenas dois meses.

Para a pequena colônia de mulheres seletas que minhas clientes formavam dentro daquele universo de expatriados, passei a ser uma jovem profissional da alta-costura, filha de um milionário arruinado, prometida de um lindo aristocrata com um leve toque de sedutor e aventureiro. Supostamente, sempre havíamos vivido em vários países e fomos obrigados a fechar nossas casas e negócios em Madri assustados com a incerteza política. Naquele momento, meu prometido andava gerindo umas prósperas empresas na Argentina enquanto eu esperava seu retorno na capital do Protetorado porque haviam me recomendado a benevolência daquele clima para minha delicada saúde. Como minha vida sempre havia sido tão agitada, tão movimentada e tão mundana, eu me sentia incapaz de ver o tempo passar sem me dedicar a alguma atividade, de modo que havia decidido abrir um pequeno ateliê em Tetuán. Por puro entretenimento, basicamente. Por isso não cobrava preços astronômicos nem me negava a receber todo tipo de encomenda.

Nunca desmenti nem uma vírgula da imagem que havia se formado de mim graças às pitorescas sugestões de meu amigo Félix. Também não a alimentei: simplesmente me limitei a deixar tudo em suspense, a alimentar a incógnita e me fazer menos concreta, mais indefinida: grande gancho para atrair a curiosidade e captar nova clientela. Se as costureirinhas do ateliê de dona Manuela me vissem... Se as vizinhas da praça Paja me vissem... Se minha mãe me visse. Minha mãe. Tentava pensar nela o menos possível, mas sua recordação me assaltava com força permanentemente. Eu sabia que ela era forte e resoluta; sabia que saberia resistir. Mas, mesmo assim, como ansiava saber dela, saber como se virava no dia a dia, como se sustentava sem companhia nem renda. Ansiava lhe dizer que eu estava bem, sozinha outra vez, de novo costurando. Pelo rádio, eu me mantinha informada e toda manhã Jamila ia até o armazém Alcaraz e comprava *La Gaceta de África*. Segundo ano triunfal sob a égide de Franco, rezavam as primeiras páginas. Apesar de toda a atualidade chegar pelo filtro da facção nacional, eu me mantinha mais ou menos a par da situação em Madri e de sua resistência. Contudo, continuava sendo impossível ter notícias diretas de minha mãe. Quanto sentia sua falta, quanto teria dado para poder compartilhar tudo com ela naquela cidade estranha e luminosa, para termos montado juntas o ateliê, para voltar a comer seus ensopados, ouvido suas sentenças sempre certeiras. Mas Dolores não estava ali, e eu sim. No meio de desconhecidos, sem poder voltar para lugar algum, lutando para sobreviver enquanto inventava uma vida sedutora sobre a qual pôr os pés ao me levantar a cada manhã; lutando para que ninguém descobrisse que um canalha sem escrúpulos havia machucado minha alma e que um monte de pistolas havia servido para criar o negócio graças ao qual conseguia comer todos os dias.

Com frequência lembrava-me também de Ignacio, meu primeiro namorado. Não sentia falta de sua proximidade física; a presença de Ramiro havia sido tão brutalmente intensa que a sua, tão doce, tão leve, já me parecia algo remoto e difuso, uma sombra quase desvanecida. Mas não podia deixar de evocar com saudade sua lealdade, sua ternura e a certeza de que nada doloroso jamais teria me acontecido a seu lado. E com muito mais frequência que o desejável, a lembrança de Ramiro me assaltava de forma inesperada e me cravava com fúria suas garras nas entranhas. Doía, claro que doía. Doía imensamente, mas consegui me acostumar a conviver com isso como quem carrega um fardo: arrastando uma carga imensa que, embora atrase o passo e exija um esforço redobrado, não impede de seguir o caminho.

Todas aquelas presenças invisíveis — Ramiro, Ignacio, minha mãe, o perdido, o passado — foram se transformando em companhias mais ou menos voláteis, mais ou menos intensas com que tive de aprender a conviver. Invadiam-me quando estava sozinha, nas tardes silenciosas de trabalho no ateliê em meio a moldes e alinhavos, na cama ao me deitar ou na penumbra da sala nas noites sem Félix, ausente em suas andanças clandestinas. O resto do dia costumavam me deixar em paz: provavelmente intuíam que eu estava muito ocupada para lhes dar atenção. Eu já tinha o bastante com um negócio para tocar e uma personalidade enganosa para continuar construindo.

## 17

Com a primavera, aumentou o volume de trabalho. Mudava o tempo e minhas clientes exigiam modelos leves para as manhãs claras e as noites vindouras do verão marroquino. Apareceram algumas caras novas, mais duas alemãs, mais judias. Graças a Félix, consegui ter uma ideia mais ou menos precisa de todas elas. Ele costumava cruzar com as clientes na portaria e na escada, no *hall* e na rua ao entrar ou sair do ateliê. Ele as reconhecia, as situava; distraía-se procurando retalhos de informação aqui e ali para compor o perfil delas quando lhe faltava algum detalhe: quem eram e suas famílias, aonde iam, de onde vinham. Mais tarde, nos momentos em que deixava sua mãe jogada na poltrona, com os olhos perdidos e a baba alcoólica escorrendo da boca, ele me contava suas averiguações.

Assim, soube, por exemplo, de detalhes acerca de *Frau* Langenheim, uma das alemãs que logo se tornaram assíduas. Seu pai havia sido embaixador italiano em Tânger e sua mãe era inglesa, mas ela havia assumido o sobrenome do marido, um engenheiro de minas mais velho, alto, calvo, renomado integrante da pequena, mas resoluta colônia alemã do Marrocos espanhol: um dos nazistas, contou-me Félix, que de maneira quase inesperada e diante do espanto dos republicanos, obtiveram diretamente de Hitler a primeira ajuda externa para o exército sublevado apenas alguns dias depois da revolta. Durante algum tempo, não fui capaz de calibrar em que medida a atuação do marido de minha cliente havia sido crucial para o rumo da contenda civil, mas, graças a Langenheim e a Bernhardt, outro alemão residente em Tetuán para cuja mulher meio argentina também cheguei a costurar, as tropas de Franco, sem ter previsto e em um prazo minúsculo, arranjaram um bom arsenal, graças ao qual levaram seus homens até a Península. Meses depois, em sinal de gratidão e reconhecimento pela significativa atuação de seu marido, minha cliente receberia das mãos do califa a maior distinção na zona do Protetorado e eu a vestiria de seda e organza para o ato.

Muito antes daquele ato protocolar, *Frau* Langenheim chegou ao ateliê numa manhã de abril levando consigo alguém que eu ainda não conhecia. Soou a campainha e Jamila abriu; enquanto isso, eu esperava na sala fingindo observar a trama de um tecido junto à luz que entrava direto pela varanda. Na realidade, não estava observando nada; simplesmente havia adotado aquela pose para receber minha cliente com a pretensão de adotar um ar de profissionalismo.

— Trouxe uma amiga inglesa para conhecer suas criações — disse a esposa do alemão enquanto entrava no aposento com passo seguro.

Então, a seu lado surgiu uma mulher loura muito magra, com todo o jeito de também não ser um produto nacional. Calculei que devia ter mais ou menos a mesma idade que eu, mas, pela desenvoltura com que se portava, bem poderia já ter vivido mil vidas inteiras do tamanho da minha. Chamaram minha atenção seu frescor espontâneo, a intimidante segurança que irradiava e a elegância sem afetação com que me cumprimentou roçando seus dedos nos meus enquanto, com um gesto garboso, retirava do rosto uma onda do cabelo. Seu nome era Rosalinda Fox, e sua pele era tão clara e tão fina que parecia feita do papel de embrulhar rendas. Tinha uma estranha forma de falar, na qual as palavras de línguas diferentes voavam alvoroçadas em uma cadência extravagante e às vezes um tanto incompreensível.

— Preciso de um guarda-roupa urgentemente, *so... I believe* que você e eu estamos condenadas... hã... *To understand each other*. A nos entender, *I mean* — disse, arrematando a frase com uma leve gargalhada.

*Frau* Langenheim recusou-se a sentar com um estou com pressa, querida, já vou indo. Apesar de seu sobrenome e da miscelânea de suas origens, falava com desenvoltura em espanhol.

— Rosalinda, minha cara, nos vemos esta noite no coquetel do cônsul Leonini — disse, despedindo-se de sua amiga.

— *Bye, sweetie, bye*, adeus, adeus.

Sentamo-nos, a recém-chegada e eu, e apliquei mais uma vez o protocolo de tantas outras primeiras visitas: exibi meu catálogo de poses e expressões, folheamos revistas e examinamos tecidos. Eu a aconselhei e ela escolheu; depois, reconsiderou sua decisão, retificou e escolheu de novo. A elegante naturalidade com que se comportava me fez sentir confortável a seu lado desde o início. Às vezes, a artificialidade de meu comportamento me deixava cansada, sobretudo quando estava diante de clientes especialmente exigentes. Aquele não foi o caso: tudo fluiu sem tensões nem demandas exageradas.

Fomos para o provador e tirei medidas da estreiteza de seus ossos de gato, as menores que eu já havia anotado. Continuamos falando de tecidos e formas, de mangas e decotes; depois, verificamos de novo as escolhas, confirmamos e fiz as anotações. Um camisão de seda estampada, um *tailleur* de lã fria rosa-coral e um modelo de noite inspirado na última coleção de Lanvin. Marquei a prova para dez dias depois e, com isso, julguei que já havíamos terminado. Mas a nova cliente decidiu que ainda não era hora de ir e, ainda acomodada no sofá, puxou uma cigarreira de casco de tartaruga e me ofereceu um cigarro. Fumamos sem pressa, comentamos modelos e ela me contou seus gostos em sua meia língua de forasteira. Apontando os figurinos, perguntou-me como se dizia *bordado* em espanhol, como se dizia *ombreira,* como se dizia *fivela*. Esclareci suas dúvidas, rimos de sua delicada pronúncia, fumamos novamente, e finalmente ela decidiu ir embora, com calma, como se não tivesse nada para fazer nem ninguém a esperando em lugar nenhum. Antes, retocou a maquiagem contemplando, sem muito interesse, sua imagem no pequenino espelho do pó compacto. Depois, ajeitou as ondas de seus cabelos dourados e pegou o chapéu, a bolsa e as luvas, tudo elegante e da melhor qualidade, mas nada novo, notei. Despedi-me dela na porta, ouvi seus passos escada abaixo e não soube mais dela até muitos dias depois. Nunca cruzei com ela em meus passeios ao cair da tarde, nem notei sua presença em nenhum estabelecimento, nem ninguém me falou dela nem eu tentei descobrir quem era aquela inglesa em cujo tempo pareciam sobrar tantas horas.

A atividade naqueles dias foi constante: o número crescente de clientes tornava as horas de trabalho intermináveis, mas consegui calcular o ritmo com sensatez, costurei sem descanso até a madrugada e consegui ter cada peça pronta no prazo correspondente. Dez dias depois daquele primeiro encontro, as três encomendas de Rosalinda Fox descansavam em seus respectivos manequins, prontas para a primeira prova. Mas ela não apareceu. Nem no dia seguinte, nem no outro. Nem se incomodou em ligar, nem me mandou um recado por alguém justificando sua ausência, adiando a data ou explicando sua demora. Era a primeira vez que me acontecia algo assim com uma encomenda. Pensei que ela talvez não tivesse a intenção de voltar, que era uma simples estrangeira de passagem, uma daquelas almas privilegiadas com capacidade para sair do Protetorado a seu bel-prazer e mover-se livremente além de suas fronteiras; uma cosmopolita autêntica, e não uma falsa mundana como eu. Não sendo capaz de encontrar uma explicação razoável para esse comportamento, optei por deixar o assunto de lado e cuidar dos demais compromissos. Cinco dias depois do combinado, ela apareceu como se caísse do céu quando eu estava acabando de almoçar. Havia trabalhado apressada a manhã inteira e conseguira finalmente um tempinho para o almoço depois das três da tarde. Bateram à porta; Jamila abriu, enquanto eu acabava de comer uma banana na cozinha. Assim que ouvi a voz da inglesa do outro lado do corredor, lavei as mãos na pia e corri para montar em meus saltos. Saí apressada para recebê-la limpando os dentes com a língua e retocando o cabelo com uma mão, enquanto com a outra ia acomodando as pregas da saia e a gola do paletó. Seu cumprimento foi tão longo quanto havia sido seu atraso.

— Tenho que lhe pedir mil desculpas por não ter vindo antes e surgir agora de maneira *anesperada*, é assim que se diz?

— Inesperada — corrigi.

— Inesperada, *sorry*. Fiquei fora *a few days*, tinha assuntos para cuidar em Gibraltar, mas receio não ter conseguido. *Anyway*, espero não chegar em um momento ruim.

— Em absoluto — menti. — Entre, por favor.

Levei-a à sala de provas e lhe mostrei seus três modelos. Ela os elogiou enquanto ia se despojando de suas próprias roupas até ficar em roupa de baixo. Usava uma combinação de cetim que um dia devia ter sido uma preciosidade; o tempo e o uso, porém, haviam-na desprovido, em parte, de seu passado esplendor. Suas meias de seda também não pareciam exatamente recém-saídas da loja em que um dia foram compradas, mas exalavam *glamour* e alta qualidade. Uma a uma, provei as três criações em seu corpo frágil e ossudo. A transparência de sua pele era tamanha que por baixo dela pareciam se perceber, azuladas, todas as veias de seu organismo. Com a boca cheia de alfinetes, fui retificando milímetros e ajustando o tecido sobre o frágil contorno de sua silhueta. Em todo o tempo pareceu satisfeita, deixou-me trabalhar, assentiu às sugestões que lhe propus e quase não pediu mudanças. Terminamos a prova, assegurei que tudo ficaria *très chic*. Deixei-a se vestir outra vez e esperei na sala. Demorou apenas dois minutos para voltar, e, por sua atitude, deduzi que, apesar de sua intempestiva chegada, não parecia ter pressa de ir embora aquele dia também. Então, ofereci-lhe um chá.

— Daria tudo por uma xícara de Darjeeling com uma gota de leite, mas imagino que terá de ser chá-verde com hortelã, *right*?

Eu não tinha a menor ideia de a que tipo de beberagem ela estava se referindo, mas disfarcei.

— Sim, chá mouro — disse, sem a menor perturbação. Então, convidei-a a se acomodar e chamei Jamila.

— Embora eu seja inglesa — explicou —, passei a maior parte da minha vida na Índia, e embora seja muito provável que nunca volte para lá, ainda sinto falta de muitas coisas. Como nosso chá, por exemplo.

— Entendo. Também tenho dificuldade de me adaptar a algumas coisas desta terra, e ao mesmo tempo sinto falta de outras que deixei para trás.

— Onde morava antes? — ela quis saber.

— Em Madri.

— E antes?

Quase ri com sua pergunta: quase esqueci as imposturas inventadas para meu suposto passado e por pouco reconheci abertamente que jamais havia posto os pés fora da cidade que me viu nascer até que um sem-vergonha decidiu me arrastar com ele e depois me jogou fora como uma bituca de cigarro. Mas me contive e recorri, mais uma vez, a minha falsa vagueza.

— Bem, em diversos lugares, aqui e ali, você sabe, mas Madri foi provavelmente o local onde mais tempo passei. E você?

— *Let's see*, vamos repassar — disse com uma expressão divertida. — Nasci na Inglaterra, mas logo me levaram para Calcutá. Aos dez anos, meus pais me mandaram de volta à Inglaterra para estudar, hã... aos dezesseis anos voltei para a Índia e aos vinte voltei de novo para o Ocidente. Já aqui, passei uma temporada *again* em *London* e depois outro longo período na Suíça. Hã... *Later*, outro ano em Portugal, por isso, às vezes, confundo as duas línguas, o português e o espanhol. E agora, finalmente, estabeleci-me na África: primeiramente em Tânger e, há pouco, aqui, em Tetuán.

— Parece uma vida interessante — disse eu, incapaz de reter a ordem daquela bagunça de destinos exóticos e palavras mal pronunciadas.

— *Well*, depende do ponto de vista — replicou dando de ombros, enquanto sorvia da xícara com cuidado para não se queimar com o chá que Jamila acabava de nos servir. — Eu não teria me importado em absoluto de permanecer na Índia, mas aconteceram certas coisas, *anesperadamente*, e tive de me mudar. Às vezes, a sorte se encarrega de tomar decisões por nós, *right*? *After all*, hã... *That's life*. Assim é a vida, não é?

Apesar da estranha pronúncia de suas palavras e das evidentes distâncias que separavam nossos mundos, entendi perfeitamente a que estava se referindo. Terminamos o chá falando de coisas sem importância: os pequenos ajustes que teria de fazer nas mangas do vestido de seda de dupion estampado, a data da prova seguinte. Olhou a hora e pareceu se lembrar de alguma coisa.

— Preciso ir — disse, levantando-se. — Esqueci que preciso fazer *some shopping* antes de voltar para casa e me arrumar. Fui convidada para um coquetel na casa do cônsul belga.

Falava sem olhar para mim enquanto ajustava as luvas nos dedos, o chapéu na cabeça. Eu a observava com curiosidade, perguntando-me com quem aquela mulher iria a todas essas festas, com quem compartilharia sua liberdade de entrar e sair, sua despreocupação de menina acomodada e aquele constante andar pelo mundo pulando de um continente a outro para falar línguas alvoroçadas e tomar chá com aromas de mil povos. Comparando sua vida aparentemente ociosa com meu trabalhoso dia a dia, de repente senti a carícia de algo parecido com inveja.

— Sabe onde posso comprar um traje de banho? — perguntou então subitamente.

— Para você?

— Não. Para meu filho.

— Perdão?

— *My son*. Não, *that's English, sorry*. Meu filho.

— Seu filho? — perguntei incrédula.

— Meu filho, *that's the word*. Ele se chama Johnny, tem cinco anos *and he's so sweet*... um amor.

— Eu também estou há pouco tempo em Tetuán, acho que não posso ajudá-la — disse, tentando não demonstrar meu desconcerto. Na vida idílica que apenas alguns segundos atrás eu acabava de imaginar para aquela mulher leve e infantilizada, cabiam os amigos e os admiradores, as taças de champanhe, as viagens transcontinentais, as combinações de seda, as festas até o amanhecer, os vestidos de gala de *haute couture* e, com muito esforço, talvez um marido jovem, frívolo e atraente como ela. Mas nunca poderia adivinhar que tivesse um filho porque jamais a imaginei como uma mãe de família. Porém, ao que parecia, era.

— Enfim, não se preocupe, vou encontrar algum lugar — disse a modo de despedida.

— Boa sorte. E lembre-se, espero-a daqui a cinco dias.

— Estarei aqui, *I promise*.

Foi embora e não cumpriu sua promessa. Em vez de no quinto dia, apareceu no quarto: sem aviso prévio e com muita pressa. Jamila anunciou sua chegada perto do meio-dia enquanto eu fazia a prova de Elvirita Cohen, filha do proprietário do Teatro Nacional de minha antiga rua Luneta e uma das mulheres mais lindas que jamais vi na vida.

— Dona Rosalinda dizer que precisar ver senhorita Sira.

— Diga-lhe que espere, vou em um minuto.

Foram mais de um, mais de vinte provavelmente, porque ainda tive de fazer alguns ajustes no vestido que aquela linda judia de pele lisa haveria de ostentar em algum evento social. Ela falava sem pressa em sua *haketia* musical: *suba um pouco aqui, querida, que lindo, muito bom, sim.*

Por meio de Félix, como sempre, eu soube da situação dos judeus sefardis de Tetuán. Alguns ricos, outros humildes, todos discretos; bons comerciantes, estabelecidos no Norte da África desde sua expulsão da Península séculos atrás, espanhóis finalmente de pleno direito desde que o governo da República aceitara reconhecer oficialmente sua origem, apenas dois anos antes. A comunidade sefardi representava mais ou menos um décimo da população de Tetuán naqueles tempos, mas grande parte do poder econômico da cidade estava em suas mãos. Eles haviam construído a maioria dos novos edifícios do ensanche[9] e estabelecido muitas das melhores lojas da cidade: joalherias, lojas de calçados, de tecidos e confecções. Seu poderio financeiro se refletia em suas escolas — a Aliança Israelita —, em seu próprio cassino e nas várias sinagogas que os reuniam para suas rezas e celebrações. Provavelmente, em alguma delas Elvira Cohen acabaria usando o vestido de *grosgrain* que eu estava experimentando nela no momento em que recebi a terceira visita da imprevisível Rosalinda Fox.

Ela me esperava na sala, aparentemente inquieta, em pé, junto a uma das sacadas. As duas clientes se cumprimentaram de longe com distante cortesia: a inglesa distraída, a sefardi surpresa e curiosa.

— Estou com um problema — disse, aproximando-se de mim precipitadamente tão logo o ruído da porta anunciou que estávamos sozinhas.

— Diga. Quer se sentar?

— Preferiria beber alguma coisa. *A drink, please.*

— Receio não poder lhe oferecer mais que chá, café ou um copo de água.

— Evian?

Neguei com a cabeça, pensando que deveria fazer um pequeno bar destinado a erguer o ânimo das clientes em momentos de crise.

— *Never mind* — sussurrou, enquanto se acomodava com languidez. Eu fiz o mesmo na poltrona da frente, cruzei as pernas com

9 A palavra "ensanche" faz referência a uma área de expansão planejada de uma cidade. (N.E.)

desembaraço automático e esperei que me informasse sobre a causa de sua inesperada visita. Antes, ela puxou a cigarreira, acendeu um cigarro e jogou-a com descuido em cima do sofá. Após a primeira tragada, densa e profunda, percebeu que não me havia oferecido um; pediu desculpas e tentou emendar seu comportamento. Detive-a antes, não, obrigada. Estava esperando outra cliente em breve, e não queria cheiro de cigarro nos dedos dentro da intimidade do provador. Fechou novamente a cigarreira e falou por fim.

— Preciso *an evening gown*, hã... uma roupa espetacular para esta noite. Surgiu um compromisso *anesperado* e tenho de ir *like a princess*.

— Como uma princesa?

— *Right*. Como uma princesa. É um modo de dizer, *obviously*. Preciso de algo muito, muito elegante.

— Sua roupa de gala está pronta para a segunda prova.

— Pode ficar pronto hoje?

— Absolutamente impossível.

— E algum outro modelo?

— Receio não poder ajudá-la. Não tenho nada para lhe oferecer: não trabalho com confecção pronta, faço tudo por encomenda.

Deu outra longa tragada no cigarro, mas, dessa vez, não de uma maneira ausente, e sim me observando fixamente por entre a fumaça. A expressão de menina despreocupada das vezes anteriores havia desaparecido de seu rosto, e seu olhar passou a ser o de uma mulher nervosa, mas decidida a não se deixar vencer facilmente.

— Preciso de uma solução. Quando fiz minha mudança de Tânger a Tetuán, preparei uns *trunks*, uns baús para enviar a minha mãe na Inglaterra, com coisas que eu não ia mais usar. Por erro, o baú com meus *evening gowns*, todos os meus trajes de gala, acabou ali também *anesperadamente*. Estou esperando que o enviem *back*, de volta. Acabo de saber que esta noite fui convidada para uma recepção oferecida *by the German consul*, o cônsul alemão. Hã... *It's the first time*, é a primeira vez que vou comparecer publicamente a um evento acompanhando hã... hã... uma pessoa com quem mantenho uma... uma... uma *liaison* muito especial.

Falava depressa, mas com cautela, esforçando-se para que eu compreendesse tudo o que ela dizia naquele arremedo de espanhol que, por conta de seu nervosismo, ficava aportuguesado como nunca e mais salpicado de palavras em sua própria língua inglesa que em nenhum dos nossos encontros anteriores.

— *Well, it is*... mmm... *It's* muito importante *for*... *for*... *for him*, para essa pessoa e para mim que eu cause uma *buona* impressão para os membros da *german colony*, da colônia alemã em Tetuán. *So far*, até agora, *Mrs*. Langenheim me ajudou a conhecer alguns deles *individually* porque ela é *half English*, meio inglesa, hã... mas esta noite é a primeira vez que vou aparecer em público com essa pessoa, *openly together*, juntos abertamente, e por isso preciso ir *extremely well dressed*, muito muito bem-vestida, e... e...

Eu a interrompi: não havia nenhuma necessidade de ela continuar se esforçando tanto para não chegar a nada.

— Lamento profundamente, juro. Adoraria poder ajudá-la, mas é absolutamente impossível. Como acabo de lhe dizer, não tenho nada pronto em meu ateliê e sou incapaz de terminar seu vestido em apenas poucas horas: preciso de pelo menos três ou quatro dias para isso.

Apagou o cigarro em silêncio, ensimesmada. Mordeu o lábio e esperou alguns segundos antes de levantar os olhos e atacar de novo com uma pergunta totalmente inconveniente.

— Talvez fosse possível que você me emprestasse um de seus vestidos de gala.

Fiz um gesto negativo, enquanto tentava inventar alguma desculpa verossímil por trás da qual esconder o lamentável fato de que, na realidade, eu não tinha nenhum.

— Acho que não. Toda minha roupa ficou em Madri quando a guerra estourou e foi impossível recuperá-la. Aqui, tenho apenas alguns vestidos de uso diário, mas nada de gala. Tenho muito pouca vida social, entende? Meu prometido está na Argentina e eu...

Para meu grande alívio, ela me interrompeu imediatamente.

— *I see*, entendo.

Permanecemos em silêncio durante uns segundos eternos sem cruzarmos o olhar, cada uma tentando esconder seu desconforto concentrando a atenção em pontos opostos do aposento. Uma em direção às sacadas, outra ao arco que separava a sala da entrada. Foi ela quem quebrou a tensão.

— *I think I must leave now*. Preciso ir.

— Acredite que sinto muito. Se tivéssemos um pouco mais de tempo...

Não concluí a frase: notei, de repente, que não fazia o menor sentido evocar o irremediável. Tentei mudar de assunto, desviar a atenção da triste realidade que antecipava uma longa noite de fracasso com quem, sem dúvida, era o homem por quem ela estava apaixonada. A vida daquela mulher continuava me intrigando; em outras vezes tão resoluta e distinta, naquele momento, com uma expressão concentrada, pegava suas coisas e se encaminhava para a porta.

— Amanhã estará tudo pronto para a segunda prova, certo? — disse eu a modo de inútil consolo.

Ela sorriu vagamente e, sem mais palavras, foi embora. E eu fiquei sozinha, em pé, imóvel, em parte consternada por minha incapacidade de ajudar uma cliente em apuros, e em parte ainda intrigada pela estranha forma em que a vida de Rosalinda Fox ia se configurando diante de meus olhos; aquela jovem mãe viajada que perdia baús cheios de vestidos de gala como quem, com a pressa de uma tarde de chuva, deixa esquecida a bolsa em um banco do parque ou em cima da mesa de um café.

Fui até a varanda meio escondida pela veneziana e observei-a ganhar a rua. Ela se dirigiu sem pressa a um automóvel vermelho intenso estacionado em frente a meu prédio. Imaginei que alguém a estava esperando, talvez o homem a quem tanto interesse tinha de satisfazer aquela noite. Não pude resistir à curiosidade e tentei encontrar seu rosto, maquinando em minha mente cenas imaginárias. Supus que se tratava de um alemão, possivelmente essa seria a razão de seu desejo de causar boa impressão em seus compatriotas. Eu o imaginava jovem, atraente, *bon vivant*; viajado e assertivo como ela. Não tive tempo de continuar lucubrando porque, assim que chegou ao carro e abriu a porta da direita — que supostamente deveria corresponder ao lado do passageiro —, percebi com espanto que ali se encontrava o volante e que ela mesma tinha a intenção de dirigir. Ninguém a esperava naquele carro inglês com volante do lado direito: sozinha, deu a partida e sozinha foi como havia chegado. Sem homem, sem vestido para aquela noite e, muito provavelmente, sem a menor esperança de poder encontrar solução alguma ao longo da tarde.

Enquanto tentava diluir o sabor amargo do encontro, fui restabelecendo a ordem dos objetos que a presença de Rosalinda havia alterado. Peguei o cinzeiro, soprei as cinzas que haviam caído em cima da mesa, ajeitei um canto do tapete com a ponta do sapato, afofei as almofadas sobre as quais havíamos nos acomodado e comecei a arrumar as revistas que ela havia folheado enquanto eu acabava de atender Elvirita Cohen. Fechei uma *Harper's Bazaar* aberta em um anúncio de batons Helena Rubinstein e já ia fazer o mesmo com o exemplar de primavera de *Madame Figaro* quando reconheci a fotografia de um modelo que me pareceu remotamente familiar. Chegaram a minha mente, então, como uma revoada de pássaros, mil recordações de outros tempos. Mal tendo consciência do que fazia, gritei com todas as minhas forças o nome de Jamila. Uma louca corrida a trouxe à sala em um sopro.

— Vá voando à casa de *Frau* Langenheim e peça-lhe que localize madame Fox. Ela precisa vir me ver imediatamente; diga que se trata de um assunto de máxima urgência.

## 18

— O criador do modelo, minha querida ignorante, é Mariano Fortuny y Madrazo, filho do grande Mariano Fortuny, que provavelmente é o melhor pintor do século XIX depois de Goya. Foi um artista fantástico, muito vinculado ao Marrocos, aliás. Veio durante a guerra da África, ficou deslumbrado com a luz e o exotismo desta terra e registrou tudo em muitos quadros; uma de suas pinturas mais conhecidas é, de fato, *A batalha de Tetuán*. Mas se Fortuny pai foi um pintor magistral, o filho é um verdadeiro gênio. Também pinta, mas em seu ateliê veneziano desenha cenografias para obras de teatro, e é fotógrafo, inventor, estudioso de técnicas clássicas e desenhista de tecidos e vestidos, como o mítico Delphos que você, pequena farsante, acaba de fuzilar em uma reinterpretação doméstica bastante boa.

Félix falava deitado no sofá enquanto segurava na mão a revista com a fotografia que havia disparado minha memória. Eu, esgotada após a intensidade da tarde, ouvia imóvel, sentada em uma poltrona, sem forças para sequer segurar uma agulha. Acabava de lhe relatar todos os acontecimentos das últimas horas, começando pelo momento em que minha cliente anunciara seu regresso ao ateliê com uma forte freada que fez os vizinhos saírem às sacadas. Subiu correndo, com a pressa ecoando nos degraus da escada. Eu a esperava com a porta aberta e, sem sequer a cumprimentar, propus-lhe minha ideia.

— Vamos tentar fazer um Delphos de emergência. Sabe do que estou falando?

— Um Delphos de Fortuny? — inquiriu incrédula.

— Um falso Delphos.

— Acha que vai ser possível?

Olhamo-nos por um instante. Seu olhar refletia uma esperança de repente recuperada. O meu, não saberia dizer. Talvez determinação e arrojo, vontade de vencer, de sair daquela encruzilhada com sucesso. Provavelmente também haveria, no fundo dos meus olhos, certo medo do fracasso, mas tentei que se percebesse o mínimo possível.

— Já tentei antes; acho que podemos conseguir.

Eu lhe mostrei o tecido que imaginara usar, uma grande peça de seda azul-acinzentada que Candelaria havia conseguido em uma de suas últimas piruetas com a caprichosa arte do cambalacho. Obviamente, abstive-me de mencionar sua origem.

— A que horas é seu compromisso?

— Às oito.

Consultei o relógio.

— Bem, faremos o seguinte. Agora, é quase uma. Assim que acabar com a prova que tenho daqui a dez minutos, vou molhar o tecido e secá-lo. Precisarei entre quatro e cinco horas, o que nos põe nas seis da tarde. E precisarei, pelo menos, de outra hora e meia para a confecção: é muito simples, apenas umas costuras lineares, e, além disso, já tenho todas as suas medidas, não o precisará provar. Mesmo assim, vou precisar de um tempo para isso e para os arremates. Isso nos leva até quase a hora-limite. Onde você mora? Desculpe a pergunta, não é curiosidade...

— No passeio das Palmeiras.

Eu devia ter imaginado: muitas das melhores residências de Tetuán ficavam ali. Uma área distante e discreta ao sul da cidade, perto do parque, quase aos pés do imponente Gorgues, com grandes casas cercadas de jardins. Mais além, as hortas e os canaviais.

— Então será impossível levar o vestido até sua casa.

Ela olhou para mim interrogativa.

— Terá de vir aqui para se vestir — esclareci. — Chegue às sete e meia, maquiada, penteada, pronta para sair, com os sapatos e as joias que vai usar. Aconselho que não sejam muitas nem excessivamente vistosas: o vestido não requer isso, ficará muito mais elegante com complementos sóbrios, entende?

Ela entendeu perfeitamente. Entendeu, agradeceu meu esforço aliviada e partiu de novo. Meia hora depois e ajudada por Jamila, abordei a tarefa mais imprevista e temerária de minha breve carreira de costureira solo. Não obstante, sabia o que estava fazendo, porque, em meus tempos na casa de dona Manuela, eu havia ajudado naquela mesma tarefa em outra ocasião. Fizemos aquilo para uma cliente com tanto estilo quanto díspares recursos econômicos. Elena Barea era seu nome. Em suas épocas prósperas, fazíamos para ela modelos suntuosos nos tecidos mais nobres. Diferente, porém, de outras mulheres de seu meio e condição, que em tempos de restrita opulência financeira inventavam viagens, compromissos ou doenças para ocultar sua impossibilidade de arcar com novos pedidos, ela nunca se escondia. Quando as vacas magras se faziam presentes no irregular negócio de seu marido, Elena Barea jamais deixava de visitar nosso ateliê. Voltava, ria sem pudor da volatilidade de sua fortuna e, junto com a dona, imaginava a reconstrução de velhos modelos para fazê-los passar por novos, alterando cortes, acrescentando adornos e remodelando as partes mais insuspeitadas. Ou, com grande tino, escolhia tecidos pouco caros e modelos que requeressem uma elaboração mais simples: assim, conseguia emagrecer ao máximo o montante de suas contas sem sacrificar sua elegância em demasia. A necessidade é a mãe da criatividade, concluía sempre com uma gargalhada. Nem minha mãe, nem dona Manuela ou eu acreditamos no que nossos olhos viram no dia em que chegou com a mais peculiar encomenda.

— Quero uma cópia deste — disse, tirando de uma pequena caixa o que parecia um tubo de tecido cor de sangue. Riu diante de nossas caras de espanto. — Isto, senhoras, é um Delphos, um vestido único. É uma criação do artista Fortuny: são feitos em Veneza e vendidos só em alguns estabelecimentos seletíssimos nas grandes cidades europeias. Vejam que maravilha de cor, vejam que plissê. As técnicas para isso são segredo absoluto do criador. Cai como uma luva. E eu, minha querida dona Manuela, quero um. Falso, evidentemente.

Pegou o tecido por uma das pontas com os dedos e, como em um passe de mágica, apareceu um vestido de seda vermelha, suntuoso e deslumbrante, que se prolongava até o chão com caimento impecável, e acabava em uma forma redonda e aberta na base. Era uma espécie de túnica cheia de milhares de pequenas pregas verticais. Clássico, simples, requintado. Haviam se passado quatro ou cinco anos desde aquele dia, mas todo o processo de realização do vestido permanecia intacto em minha memória, porque eu havia participado de maneira ativa em todas as suas fases. De Elena Barea a Rosalinda Fox, a técnica seria a mesma; o único problema, porém, era que tínhamos pouco tempo e precisaria trabalhar a ritmo forçado. Sempre ajudada por Jamila, aqueci panelas de água que, ao ferver, vertemos na banheira. Escaldando minhas mãos, introduzi o tecido nela e o deixei de molho. O banheiro se encheu de fumaça enquanto observávamos nervosas o experimento à medida que o suor cobria nossa testa e o vapor fazia nossas imagens desaparecerem do espelho. Depois de um tempo, decidi que podia retirar o tecido, já escuro e irreconhecível. Esvaziamos a banheira e, pegando cada uma em uma ponta, torcemos o pano com todas as nossas forças, pelo comprimento, apertando em sentidos diferentes como tantas vezes havíamos feito com os lençóis da pensão da rua Luneta para eliminar até a última gota de água antes de estendê-los ao sol. Só que, dessa vez, não íamos abrir a peça em toda sua dimensão, mas justamente o contrário: o objetivo era mantê-la espremida ao máximo durante a secagem para que, já desprovida de umidade, todas as pregas possíveis permanecessem fixas naquela coisa amarrotada em que a seda havia se transformado. Então, colocamos o material retorcido em uma bacia e fomos até o terraço carregando-a as duas juntas. Apertamos novamente as duas pontas em direções opostas até que o tecido ficou parecendo uma corda grossa e se enrolou sobre si mesmo na forma de uma grande mola; colocamos uma toalha no chão e, como uma serpente enroscada, colocamos sobre ela a antecipação do vestido que poucas horas depois minha cliente inglesa usaria em sua primeira aparição pública ao lado do enigmático homem da sua vida.

Deixamos o tecido secar ao sol e, enquanto isso, voltamos para dentro, enchemos o fogão de carvão e o fizemos funcionar com toda sua potência. Quando o aposento se transformou em um forno de tão quente, e calculamos que o sol da tarde começava a esmorecer, voltamos ao terraço e recolhemos o pano torcido. Estendemos uma nova toalha sobre o ferro lateral do fogão e, em cima dela, o tecido ainda enrugado, aninhado em si mesmo. A cada dez minutos, sem estendê-lo jamais, ia virando-o para que o calor do carvão o secasse uniformemente. Com um resto do tecido não usado, entre uma ida e outra à cozinha, confeccionei um cinto consistente em uma tripla camada de entretela forrada por uma simples faixa larga de seda passada. Às cinco da tarde, retirei o tecido da superfície de ferro e o levei para o ateliê. Parecia uma morcela quente: ninguém teria imaginado o que em pouco mais de uma hora eu pretendia fazer com aquilo.

Estendi-o em cima da mesa de cortar e pouco a pouco, com extremo cuidado, fui desfazendo o rolo enrugado. E, magicamente, diante de meus olhos nervosos e do estupor de Jamila, a seda foi surgindo plissada e brilhante, linda. Não havíamos conseguido pregas permanentes como as do autêntico modelo de Fortuny porque não tínhamos meios nem conhecimento técnico para isso, mas conseguimos obter um efeito similar que duraria pelo menos uma noite: uma noite especial para uma mulher necessitada de espetaculosidade. Abri o tecido em toda sua dimensão e o deixei esfriar. Depois, cortei-o em quatro peças com as quais montei uma espécie de estreita fronha cilíndrica que se adaptaria ao corpo como uma segunda pele. Fiz uma simples gola e trabalhei as aberturas para os braços. Sem tempo para arremates ornamentais, em pouco mais de uma hora o falso Delphos estava terminado: uma versão caseira e precipitada de um modelo revolucionário dentro do mundo da *haute couture*; uma imitação enganosa, mas com potencial para impressionar todo aquele que fixasse seus olhos no corpo que a ostentaria apenas trinta minutos depois.

Estava experimentando o efeito do cinto quando a campainha tocou. Só então percebi meu aspecto lamentável. O suor provocado pela água fervendo havia estragado minha maquiagem e o cabelo; o calor, o esforço para torcer o tecido, as subidas e descidas ao terraço e todo o trabalho incessante da tarde haviam conseguido me deixar como se um regimento da Cavalaria houvesse passado por cima de mim a pleno galope. Corri para meu quarto enquanto Jamila ia abrir a porta; troquei de roupa apressadamente, penteei-me e me recompus. O resultado do trabalho havia sido satisfatório e eu não podia estar menos que à altura.

Saí para receber Rosalinda imaginando que me esperaria na sala, mas, ao passar pela porta aberta do ateliê, vi-a em frente ao manequim que portava seu vestido. Ela estava de costas para mim, não pude ver seu rosto. Da porta, perguntei simplesmente.

— Gosta?

Voltou-se imediatamente e não respondeu. Com passos ágeis, veio até mim, pegou minha mão e a apertou com força.

— Obrigada, obrigada, mil vezes obrigada.

Estava com o cabelo preso em um laço baixo, suas ondas naturais um pouco mais marcadas que o habitual. Usava uma maquiagem discreta nos olhos e nas bochechas; o vermelho da boca, porém, era muito mais espetacular. Seus saltos a elevavam quase um palmo acima de sua altura natural. Um par de brincos de ouro branco e brilhantes, compridos, divinos, compunham todo o adereço. Seu perfume era delicioso. Tirou a roupa e eu a ajudei a pôr o vestido. O plissê irregular da túnica caiu azul, cadencioso e sensual sobre seu corpo, marcando a elegância de sua ossatura, a delicadeza de seus membros, modelando-o e revelando as curvas e formas com elegância e suntuosidade. Ajustei a faixa larga em sua cintura e a amarrei nas costas. Contemplamos o resultado no espelho sem uma palavra.

— Não se mexa — disse eu.

Fui para o corredor, chamei Jamila e a mandei entrar. Ao contemplar Rosalinda vestida, cobriu imediatamente a boca para conter um grito de espanto e admiração.

— Dê uma voltinha para que a possa ver bem. Grande parte do trabalho é dela. Sem ela, eu nunca teria conseguido.

A inglesa sorriu para Jamila agradecida e deu duas voltas sobre si mesma com graça e estilo. A garota moura a contemplou tímida e feliz.

— E agora, depressa. Faltam só dez minutos para as oito.

Jamila e eu fomos à varanda para vê-la sair, mudas, de braços dados e quase escondidas em um canto a fim de não sermos percebidas da rua. Já era noite. Olhei para baixo esperando encontrar uma vez mais estacionado seu pequeno carro vermelho, mas em seu lugar havia um automóvel preto, brilhante, imponente, com bandeirinhas na parte da frente, cujas cores, à distância e sem luz, não pude distinguir. Assim que a silhueta de seda azulada apareceu na portaria, os faróis se acenderam e um homem uniformizado desceu do lado do passageiro e abriu com rapidez a porta de trás. Ficou marcial a sua espera até que ela, elegante e majestosa, se aproximou do carro com passos breves. Sem pressa, exibindo-se cheia de orgulho e segurança. Não pude ver se havia mais alguém no banco do carro: assim que ela se acomodou, o homem uniformizado fechou a porta e voltou para seu lugar. O veículo partiu, potente, afastando-se veloz na noite, levando dentro de si uma mulher expectante e o vestido mais fraudulento de toda a história da falsa alta-costura.

# 19

No dia seguinte, as coisas voltaram à normalidade. No meio da tarde, bateram à porta; estranhei, não tinha nenhuma visita marcada. Era Félix. Sem uma palavra, entrou e fechou a porta atrás de si. Seu comportamento me surpreendeu: ele nunca costumava aparecer em minha casa antes de avançada a noite. Uma vez a salvo dos olhares indiscretos de sua mãe por trás do olho mágico, falou com pressa e ironia.

— Precisa ver, menina, como estamos prosperando.

— Por que diz isso? — perguntei curiosa.

— Por causa da dama etérea com quem cruzei agora mesmo na portaria.

— Rosalinda Fox? Veio fazer uma prova. E, além disso, esta manhã me mandou um buquê de flores em agradecimento. Foi a ela que ajudei ontem a sair da pequena enrascada.

— Não me diga que a loura magra que acabo de ver é a do Delphos.

— Ela mesma.

Tomou alguns segundos para saborear com prazer o que acabava de ouvir. Depois, prosseguiu com um toque de ironia.

— Mas que interessante. Você resolveu um problema para uma mulher muito, muito, mas muito especial.

— Especial em quê?

— Especial, minha querida. Sua cliente é, provavelmente, agora mesmo, a mulher com mais poder nas mãos para solucionar qualquer assunto dentro do Protetorado. Menos os próprios da costura, claro, que para isso ela tem a você, a imperatriz do arremedo.

— Não estou entendendo, Félix.

— Está me dizendo que não sabe quem é Rosalinda Fox, essa para quem ontem você fez um modelaço em poucas horas?

— Uma inglesa que passou a maior parte da vida na Índia e tem um filho de cinco anos.

— E um amante.

— Alemão.

— Frio, frio.

— Não é um alemão?

— Não, querida. Está muito, mas muito enganada.

— Como sabe?

Sorriu malévolo.

— Porque todo mundo sabe em Tetuán. O amante dela é outro.

— Quem?

— Alguém importante.

— Quem? — repeti puxando sua manga, incapaz de conter a curiosidade.

Tornou a sorrir com picardia e cobriu a boca em um gesto teatral, como querendo me contar um grande segredo. Sussurrou em meu ouvido, lentamente.

— Sua amiga é a querida do alto comissário.

— O delegado Vázquez? — inquiri incrédula.

Ele respondeu a minha conjectura primeiro com uma gargalhada e depois com uma explicação.

— Não, maluca, não. Claudio Vázquez cuida só da polícia: de manter na linha a delinquência local e a tropa de descerebrados que tem a seu serviço. Duvido muito que consiga tempo livre para amores extraconjugais, ou pelo menos para ter uma amiguinha fixa e montar para ela uma vila com piscina no passeio das Palmeiras. Sua cliente, minha linda, é amante do tenente-coronel Juan Luis Beigbeder y Atienza, alto comissário da Espanha em Marrocos e governador-geral das Praças de Soberania. O cargo militar e administrativo mais importante de todo o Protetorado, para que me entenda.

— Tem certeza, Félix? — murmurei.

— Que até os oitenta anos eu more com minha mãe se estiver mentindo. Ninguém sabe desde quando estão juntos, ela está há pouco mais de um mês em Tetuán: o suficiente, de qualquer maneira, para que todo mundo saiba quem é e o que há entre os dois. Ele é alto comissário por nomeação oficial de Burgos há pouco tempo, mas praticamente desde o início da guerra assumiu o comando das funções. Contam que Franco está muito satisfeito com ele porque não para de recrutar mourinhos briguentos para mandá-los ao *front*.

Nem na mais rocambolesca das minhas fantasias eu poderia ter imaginado Rosalinda Fox apaixonada por um tenente-coronel da facção nacional.

— Como ele é?

O tom intrigado de minha pergunta o fez rir de novo com vontade.

— Beigbeder? Não o conhece? Na verdade, agora ele aparece menos, deve passar a maior parte do tempo trancado no Alto Comissariado, mas antes, quando era subdelegado de Assuntos Indígenas, você podia encontrá-lo na rua a qualquer momento. Então, claro, passava despercebido: era apenas um oficial sério e anônimo que mal tinha vida social. Andava quase sempre sozinho e não costumava assistir aos saraus da Hípica, do Hotel Nacional ou da Sala Marfim, nem passava a vida jogando cartas como fazia, por exemplo, o sossegado coronel Sáenz de Buruaga, que no dia da sublevação até deu as primeiras ordens na sacada do cassino. Um sujeito discreto e um tanto solitário, o Beigbeder.

— Atraente?

— A mim, evidentemente, não seduz em absoluto, mas, para vocês, tem seu encanto. As mulheres são muito esquisitinhas.

— Descreva-o.

— Alto, magro, bronzeado. Moreno, bem penteado. Óculos redondos, bigode e pinta de intelectual. Apesar de seu cargo e dos tempos que correm, costuma andar à paisana, com uns ternos escuros chatérrimos.

— Casado?

— Provavelmente, mas, ao que parece, aqui sempre viveu sozinho. No entanto, não é raro que os militares não levem a família a todos os seus destinos.

— Idade?

— Suficiente para ser pai dela.

— Não posso acreditar.

Riu uma vez mais.

— Ah, você! Se trabalhasse menos e saísse mais, com certeza em algum momento cruzaria com ele e poderia comprovar com seus próprios olhos o que lhe digo. Ele ainda anda por aí às vezes, mas agora sempre com dois guardas ao lado. Contam que é um homem muito culto, que fala vários idiomas e viveu muitos anos fora da Espanha; nada a ver, a princípio, com os salva-pátrias que estamos acostumados a ver por estas terras, mas, obviamente, seu atual cargo indica que está do lado deles. Talvez sua cliente e ele tenham se conhecido no exterior; quem sabe ela lhe explica um dia e você me conta depois; você sabe que esses *flirts* tão românticos me fascinam. Bem, vou embora, menina; vou levar a bruxa ao cinema. Programa duplo: *La hermana sor Sulpicio* e *Don Quintín el amargao*; que bela tarde de *glamour* me espera. Com esse tormento de guerra, não se recebe nem um filme decente há quase um ano. Tenho tanta vontade de um bom musical americano... Lembra-se de Fred Astaire e Ginger Rogers em *Top hat*? *"I just got an invitation through the mail/ your presence is requested this evening/ it's formal: top hat, white tie and tails..."*

Saiu cantarolando e fechei a porta atrás dele. Dessa vez não foi sua mãe que ficou, indiscreta, por trás do olho mágico, e sim eu. Observei-o enquanto, com aquela musiquinha ainda na boca, puxava com um tilintar o chaveiro do bolso, localizava a chave de sua porta e a introduzia na fechadura. Quando desapareceu, voltei para o ateliê e retomei meu trabalho, esforçando-me ainda para acreditar no que acabara de ouvir. Tentei continuar trabalhando um pouco mais, mas notei que a vontade me faltava. Ou as forças. Ou as duas coisas. Então, recordei a turbulenta atividade do dia anterior e decidi tirar o resto da tarde livre. Pensei em imitar Félix e sua mãe e ir ao cinema, eu merecia um pouco de distração. Com aquele propósito em mente, saí de casa, mas meus passos, de maneira inexplicável, me levaram em um sentido diferente ao devido, até a praça Espanha.

Fui recebida pelas flores e as palmeiras, pelo chão de pedrinhas coloridas e pelos edifícios brancos ao redor. Os bancos de pedra estavam, como em tantas outras tardes, cheios de casais de namorados e grupos de amigas. Dos cafés próximos saía um agradável cheiro. Atravessei a praça e avancei para o Alto Comissariado que tantas vezes havia visto desde minha chegada e tão pouca curiosidade havia despertado em mim até então. Muito perto do palácio do califa, uma grande edificação branca de estilo colonial cercada de jardins frondosos abrigava a principal dependência da administração espanhola. Entre a vegetação distinguiam-se seus dois andares principais e um terceiro mais ao fundo, as torretas nas esquinas, as venezianas verdes e os arremates de tijolo alaranjado. Soldados árabes, imponentes, estoicos sob turbantes e longas capas, faziam a guarda diante da grande grade de ferro. Comandos impecáveis do exército espanhol na África com uniforme cor de ervilha entravam e saíam por uma pequena porta lateral, imperiosos em suas calças e botas altas polidas. Pululavam também, movendo-se de um lado para o outro, alguns soldados nativos com jaquetas à moda europeia, calças largas e uma espécie de faixa parda nas panturrilhas. A bandeira nacional bicolor ondulava contra um céu azul que já parecia querer anunciar o início do verão. Fiquei observando aquele movimento incessante de homens uniformizados até que notei os múltiplos olhares que minha imobilidade estava recebendo. Assustada e constrangida, voltei-me e retornei à praça. O que queria eu em frente ao Alto Comissariado? O que pretendia encontrar nele, para que fora até ali? Para nada, provavelmente; pelo menos, para nada especificamente além de observar de perto o *habitat* em que se movia o inesperado amante de minha mais nova cliente.

## 20

A PRIMAVERA FOI SE TRANSFORMANDO EM SUAVE VERÃO DE NOITES luminosas e eu continuei dividindo com Candelaria os ganhos do ateliê. O pacote de libras esterlinas do fundo da gaveta aumentou até quase atingir o volume necessário para o pagamento pendente; faltava pouco para que vencesse o prazo da dívida com o Continental e me reconfortava saber que seria capaz de honrá-lo, que finalmente poderia pagar minha liberdade. Pelo rádio e o jornal, como sempre, eu acompanhava as notícias da guerra. Morreu o general Mola, começou a batalha de Brunete. Félix mantinha suas incursões noturnas e Jamila continuava a meu lado, progredindo em seu espanhol doce e estranho, começando a me ajudar em algumas pequenas tarefas, um alinhavo, um botão, um ganchinho. Quase nada interrompia a monotonia dos dias no ateliê, apenas o barulho produzido pelos afazeres domésticos e os retalhos de conversas alheias nas casas vizinhas que adentravam pelas janelas abertas do pátio dos fundos. Isso, e a corrida constante das crianças dos andares superiores já de férias do colégio, saindo para brincar na rua, às vezes em tropel, às vezes de um em um. Nenhum daqueles sons me incomodava, ao contrário: faziam-me companhia, faziam que me sentisse menos sozinha.

Numa tarde de meados de julho, porém, os ruídos e as vozes foram mais altos, as corridas mais precipitadas.

— Chegaram, chegaram! — Depois vieram mais vozes, gritos e portas batendo, nomes repetidos entre soluços sonoros: — Concha, Concha! Carmela, minha irmã! Finalmente, Esperanza, finalmente!

Ouvi arrastar de móveis, pessoas subindo e descendo dezenas de vezes a escada com pressa. Ouvi risos, ouvi choro e ordens. Encha a banheira, traga mais toalhas, pegue a roupa, os colchões; a menina, a menina, dê comida para a menina. E mais choro, e mais gritos emocionados, mais risos. E cheiro de comida e barulho de potes na cozinha fora de hora. E outra vez — Carmela, meu Deus, Concha, Concha! — Só bem depois da meia-noite a agitação se acalmou. Só então Félix chegou a minha casa e finalmente pude inquiri-lo.

— O que está acontecendo na casa dos Herrera, que todos andam tão alterados hoje?

— Você não soube? As irmãs de Josefina chegaram. Conseguiram tirá-las da zona vermelha.

Na manhã seguinte, voltei a ouvir as vozes e os vaivéns, embora um pouco mais calmos. Mesmo assim, a atividade foi incessante ao longo do dia: as entradas e saídas, a campainha, o telefone, as crianças correndo pelo corredor. E mais soluços, mais risos, mais pranto, mais riso outra vez. À tarde, bateram à minha porta. Pensei que talvez fosse um deles, talvez precisassem de alguma coisa, um favor, qualquer coisa emprestada: meia dúzia de ovos, uma colcha, uma lata de óleo, talvez. Mas estava enganada. Quem batia era uma presença totalmente inesperada.

— Dona Candelaria pediu que fosse o mais cedo possível para lá. O professor, dom Anselmo, morreu.

Paquito, o filho gordo da mãe gorda, trazia o recado.

— Vá na frente e diga que estou indo.

Dei a notícia a Jamila e ela chorou sentida. Eu não derramei uma lágrima, mas senti na alma. De todos os componentes daquela tribo levantina com que convivi nos tempos da pensão, ele era o mais próximo, o que mantinha comigo uma relação mais afetuosa. Vesti o terninho mais escuro do armário: ainda não havia lugar em meu guarda-roupa para o luto. Jamila e eu andamos apressadas pelas ruas, chegamos à portaria de nosso destino e subimos um lance de escada. Não pudemos avançar mais, um denso grupo de homens amontoados obstruía o acesso. Abrimos caminho com os cotovelos por entre aqueles amigos e conhecidos do professor que respeitosamente esperavam sua vez para lhe dar o último adeus.

A porta da pensão estava aberta, e antes de cruzar o umbral percebi o cheiro de vela e um sonoro murmúrio de vozes femininas rezando em uníssono. Candelaria veio até nós quando entramos. Usava um vestido preto que ficava evidentemente muito apertado, e sobre seu busto majestoso dançava uma medalha com o rosto da Virgem. No centro da sala de jantar, em cima da mesa, um féretro aberto continha o corpo cinzento de dom Anselmo com roupa de domingo. Um calafrio percorreu minha espinha ao contemplá-lo, e Jamila cravou as unhas em meu braço. Dei dois beijos em Candelaria e ela deixou em minha orelha a umidade de suas lágrimas.

— Aí está ele, tombado no campo de batalha.

Rememorei aquelas brigas entre um prato e outro das quais tantas vezes fui testemunha. Os restos do peixe e os pedaços de casca de melão africano, rugosa e amarela, voando de um lado a outro da mesa. As brincadeiras venenosas e os impropérios, os garfos empunhados como lanças, os berros de um bando e do outro. As provocações e as ameaças de despejo nunca cumpridas pela muambeira. A mesa da sala de jantar transformada em um verdadeiro campo de batalha, efetivamente. Tentei conter o riso triste. As irmãs ressecadas, a mãe gorda e algumas vizinhas sentadas perto da janela e enlutadas de cima a baixo, continuavam desfiando os mistérios do rosário com voz monótona e chorosa. Imaginei, por um segundo, dom Anselmo em vida, com um cigarro no canto da boca, gritando furioso, entre os acessos de tosse, que parassem de rezar por ele de uma maldita vez. Mas o professor não estava mais entre os vivos, e elas sim. E diante de seu corpo morto, por mais presente e quente que ainda estivesse, podiam fazer o que quisessem. Candelaria e eu nos sentamos ao lado delas, a senhoria acoplou sua voz ao ritmo da reza e eu fingi fazer o mesmo, mas minha mente andava trotando por outros lugares.

Senhor, tende piedade de nós.

Cristo, tende piedade de nós.

Aproximei minha cadeira de palha da de Candelaria até que nossos braços se tocaram.

Senhor, tende piedade de nós.

— Tenho que lhe perguntar uma coisa, Candelaria — sussurrei em seu ouvido.

Cristo, ouvi-nos.

Cristo, escutai-nos.

— Diga, minha santa — respondeu, em voz igualmente baixa.

Deus Pai Celestial, tende piedade de nós.

Deus Filho, redentor do mundo.

— Soube que andam tirando as pessoas da zona vermelha.

Deus Espírito Santo.

Santíssima Trindade, que é um só Deus.

— É o que dizem...

Santa Maria, rogai por nós.

Santa Mãe de Deus.

Santa Virgem das Virgens.

— Consegue descobrir como?

Mãe de Cristo.

Mãe da Igreja.

— Para que você quer saber?

Mãe da divina graça.

Mãe puríssima.

Mãe castíssima.

— Para tirar minha mãe de Madri e trazê-la para Tetuán.

Mãe virginal.

Mãe imaculada.

— Vou ter de perguntar por aí...

Mãe gentil.

Mãe admirável.

— Amanhã de manhã?

Mãe do bom conselho.

Mãe do Criador.

Mãe do Salvador.

— Assim que puder. E agora fique caladinha e continue rezando, vamos ver se conseguimos levar dom Anselmo para o céu.

O velório se prolongou até a madrugada. No dia seguinte, enterramos o professor na missão católica, com responso solene e toda a parafernália própria do crente mais fervoroso. Acompanhamos o féretro até o cemitério. Havia muito vento, como tantos outros dias em Tetuán: um vento desagradável que alvoroçava os véus, erguia as saias e fazia rolar pelo chão as folhas dos eucaliptos. Enquanto o sacerdote pronunciava as últimas palavras, eu me inclinei para Candelaria e transmiti a ela minha curiosidade em um sussurro.

— Se as irmãs diziam que o professor era um ateu filho de Lúcifer, não sei como organizaram este enterro para ele.

— Pare com isso, que a alma dele vai ficar vagando pelos infernos e seu espírito depois virá puxar nossos pés quando estivermos dormindo...

Fiz força para não rir.

— Por Deus, Candelaria, não seja tão supersticiosa.

— Deixe-me em paz, que eu já sou burra velha e sei do que estou falando.

Sem mais uma palavra, concentrou-se de novo na liturgia e não tornou a me dirigir o olhar antes do último *requiescat in pacem*. Então, baixaram o corpo à vala e quando os coveiros começaram a jogar sobre ele as primeiras pás de terra, o grupo começou a dispersar-se. Organizadamente, fomos nos dirigindo ao portão do cemitério até que Candelaria se agachou de repente e, fingindo fechar a fivela do sapato, deixou as irmãs passarem com a gorda e as vizinhas. Olhamos para elas enquanto avançavam de costas como um bando de urubus, com seus véus pretos caindo até a cintura; meio manto, diziam.

— Venha, vamos fazer uma homenagem à memória do pobre Anselmo, porque eu, minha filha, quando fico triste me dá uma fome...

Andamos até chegar ao Buen Gusto, escolhemos nossos doces e nos sentamos para comer em um banco da praça da igreja, entre palmeiras e jardineiras. E, finalmente, fiz a pergunta que guardava na ponta da língua desde o início da manhã.

— Conseguiu descobrir algo do que lhe falei?

Assentiu com a boca cheia de merengue.

— A coisa está complicada. E custa um bom dinheiro.

— Conte.

— Umas pessoas cuidam disso em Tetuán. Não consegui saber de todos os detalhes, mas parece que na Espanha a coisa acontece por meio da Cruz Vermelha Internacional. Localizam as pessoas na zona vermelha e, de alguma maneira, conseguem levá-las até algum porto do Levante, não me pergunte como, porque não tenho a mínima ideia. Camufladas, em caminhões, andando, sabe Deus. A questão é que as embarcam ali. Aquelas que querem entrar na zona nacional são levadas para a França e entram pela fronteira nas Vascongadas. E as que querem vir ao Marrocos são mandadas até Gibraltar, se possível, mas muitas vezes a coisa fica difícil e precisam levá-las primeiro para outros portos do Mediterrâneo. O destino seguinte costuma ser Tânger, e depois, no fim, chegam a Tetuán.

Notei meu pulso se acelerar.

— E você sabe com quem eu teria de falar?

Ela sorriu com uma ponta de tristeza e me deu uma palmadinha na coxa que deixou minha saia manchada de glacê.

— Antes de falar com alguém, precisa ter disponível um belo monte de dinheiro. E em libras esterlinas. Eu não disse que o dinheiro dos ingleses era o melhor?

— Tenho tudo o que poupei nesses meses — esclareci, ignorando sua pergunta.

— Mas também tem a dívida do Continental.

— Talvez tenha para as duas coisas.

— Duvido muito, minha querida. Custaria 250 libras.

Minha garganta secou de repente e o doce folhado ficou preso nela como um grude. Comecei a tossir, a muambeira me deu uns tapinhas nas costas. Quando finalmente consegui engolir, assoei o nariz e perguntei.

— Você não me emprestaria, Candelaria?

— Eu não tenho um tostão, criatura.

— E o dinheiro do ateliê?

— Já foi gasto.

— Com o quê?

Suspirou fundo.

— Com este enterro, com os remédios dos últimos tempos e com um monte de contas atrasadas que dom Anselmo havia deixado por aí. E ainda bem que o doutor Maté era amigo dele e não vai me cobrar as visitas.

Olhei para ela com incredulidade.

— Mas ele devia ter dinheiro guardado de sua aposentadoria — sugeri.

— Não tinha um tostão.

— Isso é impossível: fazia meses que mal saía, não tinha gastos...

Ela sorriu com um misto de compaixão, tristeza e ironia.

— Não sei como o velho dos diabos se virou, mas conseguiu mandar todas as suas economias ao Socorro Vermelho.

Apesar da distância que estava da quantia necessária para conseguir levar minha mãe até o Marrocos e saldar minha dívida, a ideia não me saía da cabeça. Naquela noite mal dormi, pensando no assunto sem parar. Fantasiei com as mais disparatadas opções e contei e recontei mil vezes o dinheiro poupado, mas, apesar de todo o empenho, não consegui que se multiplicasse. E então, quase ao amanhecer, ocorreu-me outra solução.

## 21

As conversas, os risos e a teclagem rítmica da máquina de escrever se calaram tão logo os quatro pares de olhos pousaram em mim. A sala era cinza, cheia de fumaça, cheiro rançoso de cigarro e humanidade concentrada. Então, só se ouvia o zumbido de mil moscas e o ritmo cansado das pás de um ventilador de madeira girando sobre nossas cabeças. E, depois de alguns segundos, o assovio de admiração de alguém que cruzava o corredor e me viu em pé, usando meu melhor *tailleur* e cercada de quatro mesas atrás das quais quatro corpos suados em mangas de camisa se esforçavam para trabalhar. Ou era o que parecia.

— Vim ver o delegado Vázquez — anunciei.

— Ele não está — disse o mais gordo.

— Mas não deve demorar — disse o mais jovem.

— Pode esperar — disse o mais magro.

— Sente-se, se quiser — disse o mais velho.

Acomodei-me em uma cadeira com assento de guta-percha e ali aguardei sem me mexer por mais de hora e meia. Ao longo daqueles noventa minutos eternos, o quarteto fingiu voltar a sua atividade, mas não o fez. Ficaram apenas fingindo que trabalhavam, olhando para mim com descaramento e matando moscas com o jornal dobrado ao meio; trocando gestos obscenos e bilhetinhos, provavelmente cheios de referências a meus peitos, meu traseiro e minhas pernas, e a tudo que seriam capazes de fazer comigo se eu concordasse em ser um pouquinho carinhosa com eles. Dom Claudio finalmente chegou, executando o papel de um diretor de orquestra: andando apressado, tirando ao mesmo tempo o chapéu e o paletó, disparando ordens enquanto tentava decifrar dois bilhetes que alguém acabava de lhe entregar.

— Juárez, vá para a rua do Comércio, houve navalhadas por lá. Cortés, se o caso da fosforeira não estiver em minha mesa antes de eu contar até dez, vou mandá-lo para Ifni com três pontapés. Bautista, o que aconteceu com o roubo no Mercado do Trigo? Cañete...

Aí parou. Parou porque me viu. E Cañete, que era o magro, ficou sem tarefa.

— Entre — disse, simplesmente, enquanto me indicava uma sala ao fundo. Colocou de novo o paletó que já estava meio desvestido. — Cortés, o caso da fosforeira pode esperar. E vocês, vão cuidar da vida — advertiu ao resto.

Fechou a porta envidraçada que separava sua sala do resto da delegacia e me ofereceu assento. A sala era menor em tamanho, mas infinitamente mais agradável que a contígua. Pendurou o chapéu em um cabideiro, acomodou-se atrás de uma mesa lotada de papéis e pastas. Ligou um ventilador de baquelita e o sopro de ar fresco chegou ao meu rosto como um milagre no meio do deserto.

— Pois não. — Seu tom não era particularmente simpático, nem o contrário. Ele estava com um aspecto intermediário entre o ar nervoso e preocupado dos primeiros encontros e a serenidade do dia de outono em que concordou em parar de apertar minha jugular. Como no verão anterior, seu rosto estava novamente queimado de sol. Talvez porque, como muitos outros habitantes dali, ia com frequência à praia de Río Martín. Talvez, simplesmente, por suas contínuas caminhadas de uma ponta a outra da cidade resolvendo seus assuntos.

Eu já conhecia seu estilo de trabalho, de modo que apresentei meu requerimento e me preparei para enfrentar sua bateria infinita de perguntas.

— Preciso de meu passaporte.

— Posso saber para quê?

— Para ir a Tânger.

— Posso saber para quê?

— Para renegociar minha dívida.

— Renegociá-la em que sentido?

— Preciso de mais tempo.

— Achei que seu ateliê estava indo bem; esperava que já houvesse conseguido juntar a quantia que deve. Sei que tem boas clientes, eu me informei e falam bem de você.

— Sim, as coisas vão bem, é verdade. E poupei.

— Quanto?

— O suficiente para pagar a conta do Continental.

— Então?

— Surgiram outros assuntos para os quais também preciso de dinheiro.

— Assuntos de que tipo?

— Assuntos de família.

Olhou para mim com fingida incredulidade.

— Achei que sua família estivesse em Madri.

— Justamente, por isso.

— Seja clara.

— Minha única família para mim é minha mãe. E ela está em Madri. E quero tirá-la de lá e trazê-la para Tetuán.

— E seu pai?

— Já lhe disse que mal o conheço. Só estou interessada em localizar minha mãe.

— Entendo. E como pretende fazer isso?

Detalhei tudo o que Candelaria havia me contado sem mencionar seu nome. Ele me ouviu como sempre, cravando seus olhos nos meus aparentando estar com os cinco sentidos voltados para absorver minhas palavras, mas eu tinha certeza de que ele já conhecia perfeitamente todos os pormenores daqueles traslados de uma zona a outra.

— Quando teria intenção de ir a Tânger?

— O mais cedo possível, se me autorizar.

Ele se recostou em sua cadeira e olhou para mim fixamente. Com os dedos da mão esquerda, iniciou um tamborilar rítmico em cima da mesa. Se eu tivesse a capacidade de ver além da carne e dos ossos, teria percebido seu cérebro entrar em funcionamento e iniciar uma intensa atividade: avaliava minha proposta, descartava opções, resolvia e decidia. Depois de um tempo que deve ter sido breve, mas que para mim pareceu infinito, deteve em seco o movimento dos dedos e deu uma palmada enérgica na superfície de madeira. Então eu soube que já havia tomado uma decisão, mas, antes de anunciá-la, dirigiu-se à porta, pôs a cabeça para fora e gritou.

— Cañete, prepare um passe de fronteira para o posto do Borch em nome da senhorita Sira Quiroga. Imediatamente.

Respirei fundo quando soube que Cañete finalmente tinha uma tarefa, mas não disse nada até que o delegado voltou ao seu lugar e me informou diretamente.

— Vou lhe dar seu passaporte, um salvo-conduto e doze horas para que vá a Tânger e volte amanhã. Fale com o gerente do Continental para ver o que consegue. Acho que não será muito, para ser sincero. Mas não custa tentar. Mantenha-me informado. E lembre-se: não quero surpresas.

Abriu uma gaveta, remexeu-a e retirou a mão com meu passaporte nela. Cañete entrou, deixou um papel em cima da mesa e olhou para mim com vontade de aliviar sua magreza comigo. O delegado assinou o documento e, sem levantar a cabeça, soltou um "circulando, Cañete" diante da presença demorada do subordinado. A seguir, dobrou o papel, colocou-o entre as folhas de meu documento e o estendeu a mim sem palavras. Então, levantou-se e segurou a porta pela maçaneta convidando-me a sair. Os quatro pares de olhos que encontrei na chegada haviam se transformado em sete quando abandonei o recinto. Sete machos de braços caídos esperando minha saída como o santo advento; como se fosse a primeira vez na vida que viam uma mulher apresentável entre as paredes daquela delegacia.

— O que está acontecendo hoje, estamos de férias? — perguntou dom Claudio para o ar.

Todos se puseram automaticamente em movimento, simulando uma frenética atividade: tirando papéis das pastas, falando uns com outros sobre assuntos de suposta importância e fazendo soar teclas que muito provavelmente não escreviam nada mais que a mesma letra repetida uma dúzia de vezes.

Fui embora e comecei a caminhar pela calçada. Ao passar junto à janela aberta, vi o delegado entrar de novo na sala.

— Caramba, chefe, que deusa — disse uma voz que não identifiquei.

— Feche essa boca, Palomares, ou o mando fazer guarda no pico das Monas.

## 22

Alguém me disse que antes do início da guerra havia vários serviços de transporte diário que cobriam os setenta quilômetros que separavam Tetuán de Tânger. Naqueles dias, porém, o trânsito era reduzido e os horários variáveis, de modo que ninguém soube especificá-los com segurança. Nervosa, na manhã seguinte fui até a garagem da Valenciana disposta a suportar o que fosse necessário para que um de seus grandes carros vermelhos me levasse a meu destino. Se no dia anterior eu pudera aguentar hora e meia na delegacia cercada daqueles pedaços de carne com olhos, imaginei que também seria suportável a espera entre motoristas desocupados e mecânicos cheios de graxa. Vesti de novo meu melhor terninho, um lenço de seda protegendo a cabeça e grandes óculos de sol atrás dos quais podia esconder minha ansiedade. Ainda não eram nove horas quando me restavam apenas alguns metros para alcançar a garagem da empresa de ônibus na periferia da cidade. Caminhava ligeira, concentrada em meus pensamentos: prevendo o cenário do encontro com o gerente do Continental e ruminando os argumentos que pretendia lhe oferecer. À minha preocupação com o pagamento da dívida somava-se, ainda, outra sensação igualmente desagradável. Pela primeira vez desde minha partida, voltaria a Tânger, uma cidade com todas as esquinas cheias de recordações de Ramiro. Sabia que aquilo seria doloroso e que a memória do tempo que vivera com ele ganharia, de novo, forma real. Pressentia que seria um dia difícil.

No caminho, cruzei com poucas pessoas e menos automóveis; ainda era cedo. Por isso fiquei tão surpresa quando um deles parou a meu lado. Um Dodge preto e novo de tamanho mediano. O veículo me era totalmente desconhecido, mas a voz que dele surgiu, não.

— *Morning, dear*. Que surpresa vê-la por aqui. Posso levá-la a algum lugar?

— Acho que não, obrigada. Já cheguei — disse, apontando para o quartel-general da Valenciana.

Enquanto falava, vi de soslaio que minha cliente inglesa usava uma das roupas saídas de meu ateliê umas semanas atrás. Como eu, cobria o cabelo com um lenço claro.

— Pretende pegar um ônibus? — perguntou com uma leve nota de incredulidade na voz.

— Sim, vou a Tânger. Mas muito obrigada de qualquer maneira.

Como se acabasse de ouvir uma divertida piada, uma gargalhada que parecia um canto emanou da boca de Rosalinda Fox.

— *No way, sweetie*. Nem pense em ônibus, querida. Eu também vou para Tânger, entre. E não seja tão formal comigo, *please*. Agora já somos amigas, *aren't we*?

Avaliei rapidamente a oferta e imaginei que em nada contrariava as ordens de dom Claudio, de modo que aceitei. Graças àquele inesperado convite, poderia evitar a desconfortável viagem em um ônibus de triste recordação, e, além disso, percorrendo o trajeto com companhia seria mais fácil esquecer meu próprio desassossego.

Ela dirigiu ao longo do passeio das Palmeiras deixando para trás a garagem dos ônibus e margeando residências grandes e lindas, quase escondidas pela frondosidade de seus jardins. Apontou para uma delas.

— Essa é minha casa, mas acho que por pouco tempo. Provavelmente logo me mudarei outra vez.

— Para fora de Tetuán?

Riu como se acabasse de ouvir algo disparatado.

— Não, não, não; por nada neste mundo. Apenas pode ser que me mude para uma residência um pouco mais confortável; essa vila é divina, mas ficou bastante tempo desabitada e precisa de umas reformas importantes. O encanamento é um horror, quase não chega água potável, e não quero imaginar o que seria passar um inverno nessas condições. Eu disse a Juan Luis e ele já está procurando outro lar *a bit more comfortable*.

Mencionou seu amante com toda a naturalidade, segura, sem as vaguezas e imprecisões do dia da recepção com os alemães. Eu não mostrei qualquer reação: como se estivesse plenamente a par do que existia entre eles, como se as referências ao alto comissário por seu nome de batismo fossem algo com que eu estivesse totalmente familiarizada em meu dia a dia de costureira.

— Adoro Tetuán, *it's so, so beautiful*. Em parte, me recorda um pouco a zona branca de Calcutá, com sua vegetação e suas casas coloniais. Mas isso já ficou para trás faz tempo.

— Não tem intenção de voltar?

— Não, não, de jeito nenhum. Tudo aquilo é passado: aconteceram coisas que não foram agradáveis e houve gente que se portou comigo de maneira um pouco feia. Além disso, gosto de viver em lugares novos: antes em Portugal, agora em Marrocos, amanhã *who knows*, quem sabe. Em Portugal morei pouco mais de um ano; primeiro em Estoril e mais tarde em Cascais. Depois, o ambiente mudou e eu decidi tomar outro rumo.

Falava sem pausa, concentrada na estrada. Tive a sensação de que seu espanhol havia melhorado desde nosso primeiro encontro; já quase não se notavam restos de português, mas ainda continuava inserindo intermitentemente palavras e expressões em sua língua. A capota do carro estava abaixada, o barulho do motor era ensurdecedor. Tinha quase que gritar para se fazer ouvir.

— Até pouco tempo, em Estoril e Cascais havia uma deliciosa colônia de britânicos e outros expatriados: diplomatas, aristocratas europeus, empresários ingleses do ramo do vinho, americanos das *oil companies*... Tínhamos mil festas, tudo era baratíssimo: as bebidas, os aluguéis, o serviço doméstico. Jogávamos *bridge* sem parar; era tão, tão divertido. Mas inesperadamente, quase de repente, tudo mudou. De repente, meio mundo pareceu querer se estabelecer ali. O lugar se encheu de novos *britishers* que, depois de ter vivido nos quatro cantos do *Empire*, se negavam a passar seu retiro sob a chuva do *old country* e escolhiam o doce clima da costa portuguesa. E de espanhóis monárquicos que já intuíam o que se avizinhava. E de judeus alemães, desconfortáveis em seu país, calculando o potencial de Portugal para levar seus negócios para lá. Os preços subiram *immensely*. — Deu de ombros com um gesto infantilizado e acrescentou: — Acho que aquilo perdeu seu charme, seu encanto.

Durante longos trechos, a paisagem amarelada era interrompida apenas por partes cobertas de figueiras e canaviais. Passamos por uma paragem montanhosa cheia de pinheiros, descemos de novo para a parte árida. As pontas dos lenços de seda que cobriam nossas cabeças voavam ao vento, brilhantes sob a luz do sol enquanto ela continuava narrando as vicissitudes de sua chegada a Marrocos.

— Em Portugal, haviam me falado muito de Marrocos, principalmente de Tetuán. Naqueles tempos, eu era muito amiga do general Sanjurjo e sua adorável Carmen, *so sweet*, sabe que ela foi bailarina? Johnny, meu filho, brincava todos os dias com o filho dela, Pepito. Senti muito a morte de José Sanjurjo naquele *airplane crash*, um terrível acidente. Era um homem absolutamente encantador; não muito atraente fisicamente, *to tell you the truth*, mas tão simpático, tão jovial. Sempre me chamava de *guapíssssima*; aprendi com ele minhas primeiras palavras em espanhol. Foi ele quem me apresentou a Juan Luis em Berlim durante os jogos de inverno em fevereiro do ano passado; fiquei fascinada por ele, claro. Eu havia ido para lá com minha amiga Niesha, duas mulheres sozinhas atravessando a Europa em um Mercedes até chegar a Berlim, *can you imagine*? Hospedamo-nos no Adlon Hotel, imagino que você conhece. Fiz um gesto que não queria dizer nem sim, nem não, nem o contrário; ela, enquanto isso, continuava conversando sem prestar muita atenção em mim.

— Berlim, que cidade, *my goodness*. Os cabarés, as festas, os *night clubs*, tudo tão vibrante, tão cheio de vida; a reverenda madre de meu internato anglicano teria morrido de horror se me visse ali. Uma noite, casualmente, encontrei os dois no *lounge* do hotel *having a drink*. Sanjurjo estava na Alemanha visitando fábricas de armamentos; Juan Luis, que havia morado lá vários anos como *military attaché* da embaixada espanhola, lhe servia de acompanhante em sua *tournée*. Mantivemos *a little chit-chat*, um pouquinho de conversa. No início, Juan Luis quis ser discreto e não comentar nada diante de mim, mas José sabia que eu era uma boa amiga. Estamos aqui para os jogos de inverno, e também nos preparando para o jogo da guerra, disse com uma gargalhada. *My dear* José: se não fosse por aquele terrível acidente, talvez fosse ele, e não Franco, quem estaria agora no comando do exército nacional, *so sad*. *Anyway*, quando voltamos a Portugal, Sanjurjo sempre me fazia recordar aquele encontro e falava de seu amigo Beigbeder: falava da ótima impressão que eu havia causado nele, de sua vida no maravilhoso Marrocos espanhol. Sabe que José também foi alto comissário em Tetuán nos anos 1920? Ele mesmo desenhou os jardins do Alto Comissariado, *so beautiful*. E o rei Alfonso XIII lhe concedeu o título de marquês do Rife. O leão do Rife, chamavam-no assim por isso, *poor dear* José.

Seguíamos avançando no meio da aridez. Rosalinda, incontrolável, dirigia e falava sem descanso, pulando de um assunto para outro, atravessando fronteiras e momentos do tempo sem nem verificar se eu a acompanhava ou não naquele labirinto de retalhos que ela ia desfiando. Paramos de repente no meio do nada, a freada levantou uma nuvem de pó e terra seca. Deixamos passar um rebanho de cabras famintas sob os cuidados de um pastor com um turbante ensebado e túnica parda desfiada. Quando o último animal atravessou, ergueu o pau que fazia as vezes de cajado para indicar que podíamos seguir caminho e disse algo que não entendemos, abrindo uma boca cheia de vão pretos. Então ela retomou a condução e a conversa.

— Uns meses depois, chegaram os *events*, os acontecimentos de julho do ano passado. Eu *just* acabava de ir embora de Portugal e estava em Londres, preparando minha nova mudança para Marrocos. Juan Luis me contou que o trabalho durante o levantamento foi *a bit difficult* em certos momentos: houve alguns focos de resistência, tiros e explosões, até sangue nas fontes dos queridos jardins de Sanjurjo. Mas os sublevados atingiram seu objetivo e Juan Luis contribuiu a sua maneira. Ele mesmo informou o califa Muley Hassan sobre o que estava acontecendo, e ao grão-vizir e todos os dignitários muçulmanos. Ele fala árabe perfeitamente, *you know*: estudou na Escola de Línguas Orientais em Paris e morou muitos anos na África. É um grande amigo do povo marroquino e apaixonado pela cultura deles: chama-os de irmãos e diz que os espanhóis são todos mouros; é tão engraçado, *so funny*.

Não a interrompi, mas em minha mente formaram-se imagens difusas de mouros famintos lutando em terra estranha, oferecendo seu sangue por uma causa alheia em troca de um mísero salário e os quilos de açúcar e farinha que, segundo contavam, o exército dava às famílias das tribos dos beduínos enquanto seus homens lutavam na frente de batalha. A organização do recrutamento daqueles pobres árabes, Félix havia me contado, corria a cargo do bom amigo Beigbeder.

— *Anyway* — prosseguiu —, naquela mesma noite conseguiu pôr todas as autoridades islâmicas do lado dos sublevados, algo que era fundamental para o sucesso da operação militar. Depois, como reconhecimento, Franco o designou alto comissário. Já se conheciam de antes, os dois haviam se encontrado em algum lugar. Mas não eram exatamente amigos, *no, no, no*. De fato, e apesar de ter acompanhado Sanjurjo a Berlim meses antes, Juan Luis, *initially*, estava fora de todos os complôs da sublevação; os organizadores, não sei por que, não haviam previsto contar com ele. Naqueles dias, ele ocupava um posto mais administrativo, como subdelegado de Assuntos Indígenas, vivia à margem dos quartéis e das conspirações, em seu próprio mundo. Ele é muito especial, um intelectual mais que um homem de ação militar, *you know what I mean*: gosta de ler, de conversar, de debater, de aprender outras línguas... *Dear* Juan Luis, tão, tão romântico.

Continuava sendo difícil casar a ideia do homem encantador e romântico que minha cliente traçava com a de um resoluto alto comandante do exército sublevado, mas nem remotamente me ocorreu dizer isso a ela. Então chegamos a um posto de controle vigiado por soldados nativos armados até os dentes.

— Dê-me seu passaporte, *please*.

Tirei-o da bolsa junto com a licença para atravessar a fronteira que dom Claudio havia me fornecido no dia anterior. Estendi a ela os dois documentos; pegou o primeiro e descartou o segundo sem nem sequer olhar para ele. Juntou meu passaporte com o seu e com um papel dobrado que provavelmente devia ser um salvo-conduto de poder ilimitado capaz de lhe permitir acesso até o fim do mundo se tivesse interesse em visitá-lo. Acompanhou o lote com seu melhor sorriso e o entregou a um dos soldados mouros — *mejanis*, diziam. Ele levou tudo consigo para dentro de uma casinha caiada. Imediatamente saiu um militar espanhol, parou diante de nós com o mais marcial cumprimento e, sem uma palavra, indicou que seguíssemos nosso caminho. Ela prosseguiu com seu monólogo, retomando-o em um ponto diferente de onde o havia deixado minutos antes. Eu, enquanto isso, esforcei-me por recuperar a serenidade. Sabia que não tinha por que estar nervosa, que tudo estava oficialmente em ordem; contudo, não pude evitar que a sensação de angústia me cobrisse toda como uma catapora ao passar por aquele controle.

— *So*, em outubro do ano passado embarquei, em Liverpool, em um barco cafeeiro com destino às *West Indies* e com escala em

Tânger. E ali fiquei, tal como já havia previsto. O desembarque foi *absolutely crazy*, uma loucura total, porque o porto de Tânger é tão, tão *awful*, tão impressionante; você conhece, não?

Dessa vez assenti com conhecimento de causa. Como podia esquecer minha chegada com Ramiro mais de um ano antes? Suas luzes, seus barcos, a praia, as casas brancas descendo do monte verde até chegar ao mar. As sirenes e aquele cheiro de sal e breu. Concentrei-me novamente em Rosalinda e suas aventuras viajantes: ainda não era hora de abrir a mala de melancolia.

— Imagine, eu estava com Johnny, meu filho, e Joker, meu *cocker spaniel*, e, além disso, o carro e dezesseis baús com minhas coisas: roupa, tapetes, porcelana, meus livros de Kipling e Evelyn Waugh, álbuns com fotografias, os tacos de golfe e meu HMV, *you know*, um gramofone portátil com todos os meus discos: Paul Whiteman e orquestra, Bing Crosby, Louis Armstrong... E, claro, levava também um bom monte de cartas de apresentação. Isso foi uma das coisas mais importantes que meu pai me ensinou quando eu era *just a girl*, além de montar a cavalo e jogar *bridge*, *of course*. Nunca viaje sem cartas de apresentação, dizia sempre, *poor daddy*, morreu há alguns anos de um *heart attack*, como se diz em espanhol? — perguntou levando uma mão ao lado esquerdo do peito.

— Um ataque cardíaco?

— *That's it*, um ataque cardíaco. Então, logo fiz amigos ingleses graças a minhas cartas: velhos funcionários públicos aposentados das colônias, oficiais do exército, gente do corpo diplomático, *you know*, os de sempre *once again*. Bastante tediosos em sua maioria, *to tell you the truth*, mas graças a eles conheci outras pessoas encantadoras. Aluguei uma linda casinha junto à Dutch Legation, arranjei uma empregada e me instalei ali durante alguns meses.

Pequenas construções brancas e dispersas começaram a salpicar o caminho, antecipando a iminência de nossa chegada a Tânger. Aumentou também o número de gente andando pela beira da estrada, grupos de mulheres muçulmanas carregando fardos, crianças correndo com as pernas expostas pelas curtas túnicas, homens usando capuzes e turbantes, animais, mais animais, burros com cântaros de água, um magro rebanho de ovelhas, de vez em quando algumas galinhas que corriam alvoroçadas. A cidade, pouco a pouco, foi tomando forma e Rosalinda dirigiu com habilidade rumo ao centro, virando nas esquinas a toda velocidade enquanto continuava descrevendo aquela casa tangerina de que tanto gostava e de onde não fazia muito tempo partira. Eu, enquanto isso, comecei a reconhecer lugares familiares e a fazer força para não recordar com quem os frequentara em um tempo que julgara feliz. Por fim, estacionou na praça França com uma freada que fez dezenas de transeuntes voltarem os olhos para nós. Alheia a todos eles, tirou o lenço da cabeça e retocou o batom no retrovisor.

— Estou morrendo de vontade de tomar um *morning cocktail* no bar do El Minzah. Mas, antes, preciso resolver um pequeno assunto. Você me acompanha?

— Aonde?

— Ao Bank of London and South America. Para ver se meu abominável marido me mandou a pensão de uma vez por todas.

Eu também me despojei do lenço enquanto me perguntava quando aquela mulher pararia de derrubar minhas suposições. Não só se mostrou uma mãe amorosa quando eu a intuía uma jovem tresloucada. Não só me pedia roupa emprestada para ir a recepções com nazistas expatriados quando eu imaginava para ela um guarda-roupa de luxo confeccionado por grandes costureiras internacionais; não só tinha como amante um poderoso militar com o dobro da sua idade quando eu a havia imaginado apaixonada por um galã frívolo e estrangeiro. Tudo aquilo não era bastante para derrubar minhas conjecturas, que nada. De repente, também descobria que existia um marido em sua vida, ausente mas vivo, que não parecia demonstrar excessivo entusiasmo em continuar lhe proporcionando sustento.

— Acho que não posso ir com você, eu também tenho coisas a fazer — disse em resposta a seu convite. — Mas podemos nos encontrar mais tarde.

— *All right*. — Consultou o relógio. — À uma?

Aceitei. Ainda não eram onze horas, eu teria tempo de sobra para fazer o que precisava. Sorte talvez não, mas tempo pelo menos teria.

# 23

O bar do Hotel El Minzah permanecia exatamente igual a um ano antes. Grupos animados de homens e mulheres europeus vestidos com estilo enchiam as mesas e o balcão bebendo uísque, xerez e coquetéis, formando grupos nos quais a conversa pulava de uma língua a outra como quem troca um lenço de mão. No centro do salão, um pianista amenizava o ambiente com sua música melodiosa. Ninguém parecia ter pressa, tudo continuava aparentemente igual ao verão de 1936, com a única exceção de que no balcão já não me esperava nenhum homem falando espanhol com o *barman*, e sim uma mulher inglesa que conversava com ele em inglês enquanto segurava uma taça na mão.

— Sira, *dear*! — disse, chamando minha atenção assim que percebeu minha presença. — Um *pink gin*? — perguntou, erguendo seu coquetel.

Para mim, tanto fazia tomar gim com angostura ou três tragos de aguarrás, de modo que aceitei, forçando um falso sorriso.

— Conhece Dean? É um velho amigo. Dean, esta é Sira Quiroga, *my dressmaker*, minha costureira.

Olhei para o *barman* e reconheci seu corpo enxuto e o rosto cetrino no qual se encaixavam dois olhos escuros e enigmáticos. Recordei como falava com uns e outros nos tempos em que Ramiro e eu frequentávamos seu bar, como todo mundo parecia recorrer a ele quando precisava de um contato, uma referência ou uma informação escorregadia. Notei seus olhos me avaliando, me situando no passado enquanto notava minhas mudanças e me associava com a presença evaporada de Ramiro. Ele falou antes de mim.

— Acho que já esteve por aqui antes, há algum tempo, não?

— Tempos atrás, sim — disse eu simplesmente.

— Sim, acho que lembro. Quantas coisas aconteceram desde então, não é? Agora há muito mais espanhóis por aqui; quando você nos visitava, não eram tantos.

Sim, muitas coisas haviam acontecido. Milhares de espanhóis haviam chegado a Tânger fugindo da guerra, e Ramiro e eu havíamos ido cada um para seu lado. Minha vida havia mudado, meu país havia mudado, meu corpo e meus afetos; tudo havia mudado tanto que eu preferia não parar para pensar, de modo que fingi me concentrar em procurar algo no fundo da bolsa e não respondi. Eles continuaram a conversar e trocar confidências alternando entre o inglês e o espanhol, às vezes tentando me incluir naquelas fofocas que não me interessavam em absoluto; já tinha bastante com que me preocupar tentando ajeitar meus próprios assuntos. Saíam uns clientes, entravam outros: homens e mulheres de aspecto elegante, sem pressa nem aparentes obrigações. Rosalinda cumprimentou muitos deles com um gesto gracioso ou duas palavras simpáticas, evitando ter que estender qualquer encontro além do imprescindível. Conseguiu durante um tempo: exatamente até que chegaram duas conhecidas, que, assim que a viram, decidiram que o simples olá, meu bem, que bom vê-la não era suficiente. Tratava-se de dois espécimes de aparência suprema, louras, esbeltas e elegantes, estrangeiras imprecisas como aquelas cujos gestos e posturas tantas vezes imitei até torná-los meus em frente ao espelho rachado do quarto de Candelaria. Cumprimentaram Rosalinda com beijos voláteis, franzindo os lábios sem roçar as bochechas empoadas. Sentaram-se entre nós com desembaraço e sem que ninguém as convidasse. O *barman* preparou seus aperitivos, tiraram cigarreiras, piteiras de marfim e isqueiros de prata. Mencionaram nomes e cargos, festas, encontros e desencontros de uns com outros e com mais outros: lembra aquela noite em Vila Harris, você não pode nem imaginar o que aconteceu com Lucille Dawson e seu último namorado, ah, claro, sabe que Bertie Stewart está na ruína? E assim sucessivamente, até que, finalmente, uma delas, a menos jovem, a mais coberta de joias, falou sem rodeios o que ambas deviam ter na cabeça desde o momento em que viram Rosalinda.

— Bem, querida, como vão as coisas em Tetuán? Foi uma surpresa imensa para todos saber de sua partida inesperada. Foi tudo tão, tão precipitado...

Uma pequena gargalhada cheia de cinismo precedeu a resposta de Rosalinda.

— Oh, minha vida em Tetuán é maravilhosa. Tenho uma casa de sonho e amigos fantásticos, como *my dear* Sira, que tem o melhor ateliê de *haute couture* de todo o Norte da África.

Olharam para mim com curiosidade e eu repliquei com um movimento de cabelo e um sorriso mais falso que Judas.

— Bem, talvez possamos ir até lá um dia para visitá-la. Adoramos a moda, e na verdade já estamos um pouquinho cansadas das costureiras de Tânger, não é, Mildred?

A mais jovem assentiu, efusiva.

— Adoraríamos ir vê-la em Tetuán, Rosalinda querida, mas todo esse negócio da fronteira está tão difícil desde o início da guerra espanhola...

— Mas talvez você, com seus contatos, possa nos conseguir uns salvo-condutos; assim, poderíamos visitar as duas. E talvez também tivéssemos oportunidade de conhecer seus novos amigos...

As louras se sucediam, rítmicas, no avanço rumo ao objetivo; o *barman* Dean continuava impassível atrás do balcão, disposto a não perder um segundo daquela cena. Rosalinda, enquanto isso, mantinha no rosto um sorriso congelado. Continuaram falando, uma completando a frase da outra.

— Isso seria genial: *tout le monde* em Tânger, querida, está louco para conhecer suas novas amizades.

— Bem, por que não falar claramente? Afinal, somos verdadeiras amigas, não é? Na realidade, estamos morrendo de curiosidade de conhecer uma amizade em particular. Disseram-nos que se trata de alguém muito, muito especial.

— Talvez uma noite dessas você possa nos convidar a uma das recepções que ele oferece. Assim, poderá lhe apresentar seus velhos amigos de Tânger. Adoraríamos ir, não é, Olivia?

— Seria formidável. Estamos tão cansadas de ver sempre as mesmas caras que frequentar as rodas dos representantes do novo regime espanhol seria fascinante para nós.

— Sim, seria tão, tão fantástico... Além disso, a empresa que meu marido representa tem uns novos produtos que podem ser muito interessantes para o exército nacional; talvez, com um empurrãozinho seu, ele conseguisse introduzi-los no Marrocos espanhol.

— E meu pobre Arnold está já um pouco cansado de seu emprego atual no Bank of British West Africa; talvez em Tetuán, em seu círculo, pudesse encontrar algo mais adequado para ele...

O sorriso de Rosalinda foi pouco a pouco desvanecendo e ela nem sequer se incomodou em tentar forçá-lo de novo. Simplesmente, quando julgou que já havia ouvido bobagens suficientes, decidiu ignorar as duas louras e se dirigiu a mim e ao *barman* alternadamente.

— Sira, *darling*, vamos almoçar no Roma Park? Dean, *please, be a love* e ponha nossos aperitivos em minha conta.

Ele balançou a cabeça negativamente.

— É por conta da casa.

— Os nossos também? — perguntou rapidamente Olivia. Ou talvez Mildred.

Antes que o *barman* pudesse responder, Rosalinda o fez por ele.

— Os de vocês, não.

— Por quê? — perguntou Mildred com uma cara de espanto. Ou talvez fosse Olivia.

— Porque vocês são duas *bitches*. Como se diz em espanhol, Sira, *darling*?

— *Dos zorras* — disse eu sem hesitação.

— *That's it. Dos zorras.*

Abandonamos o bar do El Minzah conscientes dos diversos olhares que nos seguiam: mesmo para uma sociedade cosmopolita e tolerante como a de Tânger, os amores públicos de uma jovem inglesa casada e um militar rebelde, maduro e poderoso eram um suculento prato para a hora do aperitivo.

# 24

— Imagino que meu relacionamento com Juan Luis deve ter sido surpreendente para muitas pessoas, mas, para mim, é como se estivesse escrito nas estrelas desde o princípio dos tempos.

Entre aqueles a quem o casal parecia totalmente inaudito estava, evidentemente, eu. Era enormemente difícil imaginar a mulher que estava a minha frente, com sua simpatia radiante, seus ares mundanos e suas toneladas de frivolidade mantendo um relacionamento afetivo sólido com um sóbrio militar de alta patente que, além do mais, tinha o dobro da sua idade. Comíamos peixe e bebíamos vinho branco na sacada enquanto a brisa marítima balançava os toldos de listras azuis e brancas acima de nossas cabeças, trazendo cheiro de sal e evocações tristes que eu me esforçava para espantar centrando minha atenção na conversa de Rosalinda. Ela parecia ter uma enorme vontade de falar de seu relacionamento com o alto comissário, de compartilhar com alguém uma versão dos fatos completa e pessoal, diferente dos boatos que ela sabia que corriam de boca em boca por Tânger e Tetuán. Mas, por que comigo, com alguém a quem mal conhecia? Apesar de minha camuflagem de costureira chique, nossas origens não podiam ser mais diferentes. E nosso presente, também não. Ela provinha de um mundo cosmopolita acomodado e ocioso; eu não era mais que uma trabalhadora, filha de uma humilde mãe solteira e criada em um bairro típico de Madri. Ela vivia um romance apaixonado com um comandante destacado do exército que havia provocado a guerra que assolava meu país; eu, enquanto isso, trabalhava noite e dia para me sustentar sozinha. Mas, apesar de tudo, ela decidira confiar em mim. Talvez porque pensou que aquela poderia ser uma maneira de me pagar o favor do Delphos. Talvez porque achou que eu, por ser uma mulher independente e da mesma idade que ela, poderia compreendê-la melhor. Ou talvez, simplesmente, porque se sentia sozinha e tinha uma necessidade imperiosa de desabafar com alguém. E esse alguém, naquele dia de verão e naquela cidade da costa africana, era eu.

— Antes de sua morte naquele trágico acidente, Sanjurjo havia insistido, quando eu já estava estabelecida em Tânger, que fosse ver seu amigo Juan Luis Beigbeder em Tetuán; não parava de falar do nosso encontro no Adlon de Berlim e de quanto ele se alegraria de me ver *again*. Eu também, *to tell you the truth*, tinha interesse em me encontrar de novo com ele: parecia um homem fascinante, tão interessante, tão educado, tão, tão, tão cavalheiro espanhol. Então, depois de alguns meses instalada, decidi que havia chegado o momento de ir à capital do Protetorado para cumprimentá-lo. Nessa época, as coisas haviam mudado, *obviously*: ele já não estava em seu cargo administrativo de Assuntos Indígenas, mas ocupava o posto mais importante do Alto Comissariado. E fui até ali em meu Austin 7. *My God!* Como esquecer aquele dia? Cheguei a Tetuán e a primeira coisa que fiz foi ir ver o cônsul inglês, Monk-Mason, você o conhece, não é? Eu o chamo de *old monkey*, velho macaco; é um homem tão, tão chato, *poor thing*.

Aproveitei que estava levando a taça de vinho à boca naquele momento para fazer uma expressão imprecisa. Eu não conhecia o tal Monk-Mason, apenas havia ouvido minhas clientes falarem dele, mas me neguei a reconhecer isso diante de Rosalinda.

— Quando lhe disse que tinha intenção de visitar Beigbeder, o cônsul ficou imensamente impressionado. Como você deve saber, diferente dos alemães e dos italianos, *His Majesty's Government*, nosso governo não tem praticamente contato algum com as autoridades espanholas do partido nacional porque só continua reconhecendo como legítimo o regime republicano, de modo que Monk-Mason pensou que minha visita a Juan Luis poderia ser muito conveniente para os interesses britânicos. *So*, antes do meio-dia fui até o Alto Comissariado em meu próprio carro, acompanhada apenas por Joker, meu cachorro. Na entrada, mostrei a carta de apresentação que Sanjurjo havia me dado antes de morrer e alguém me conduziu até o secretário pessoal de Juan Luis atravessando corredores cheios de militares e escarradeiras, *how very disgusting*, que nojo! Imediatamente, Jiménez Moro, seu secretário, levou-me até seu gabinete. Tendo em conta a guerra e sua posição, eu imaginava que encontraria o novo alto comissário vestindo um imponente uniforme cheio de medalhas e condecorações, mas não, não, não, ao contrário: como aquela noite em Berlim, Juan Luis usava um simples terno escuro que lhe conferia a aparência de qualquer coisa, exceto de um militar rebelde. Alegrou-se imensamente com minha visita: foi encantador, conversamos e ele me convidou para almoçar, mas eu já havia aceitado o convite anterior de Monk-Mason, de modo que marcamos para o dia seguinte.

As mesas a nossa volta foram se enchendo pouco a pouco. Rosalinda cumprimentava uns e outros de vez em quando com um simples aceno ou um breve sorriso, sem mostrar interesse em interromper sua narração sobre aqueles primeiros encontros com Beigbeder. Eu também identifiquei alguns rostos familiares, gente que havia conhecido com Ramiro e a quem preferi ignorar. Por isso, continuávamos uma concentrada na outra: ela falando, eu ouvindo, as duas comendo nosso peixe, bebendo vinho gelado e ignorando o ruído do mundo.

— No dia seguinte, cheguei ao Alto Comissariado esperando encontrar algum tipo de comida cerimoniosa consoante com o ambiente: uma grande mesa, formalidades, garçons em volta... Mas Juan Luis havia mandado preparar uma simples mesa para dois ao lado de uma janela aberta para o jardim. Foi um *lunch* inesquecível; ele falou, falou e falou sem parar sobre Marrocos, sobre seu Marrocos feliz, como ele o chama. Sobre sua magia, seus segredos, sua fascinante cultura. Depois do almoço, decidiu me mostrar os arredores de Tetuán, *so beautiful*. Saímos em seu carro oficial, imagine, seguidos por um séquito de motoristas e ajudantes, *so embarrassing!*

*Anyway*, acabamos na praia, sentados à beira d'água enquanto o resto esperava na estrada, *can you believe it*?

Ela riu e eu sorri. A situação descrita era realmente peculiar: a mais alta personalidade do Protetorado e uma estrangeira recém-chegada que poderia ser sua filha flertando abertamente à beira do mar enquanto a comitiva motorizada os observava sem pudor à distância.

— E, então, ele pegou duas pedras, uma branca e outra preta. Levou as mãos às costas e tornou a trazê-las para frente com os punhos fechados. Escolha, disse. Escolher o quê?, perguntei. Escolha uma mão. Se for a pedra preta, hoje você vai embora da minha vida e não vou tornar a vê-la. Mas, se for a branca, então significa que o destino quer que você fique comigo.

— E saiu a pedra branca.

— Saiu a pedra branca, efetivamente — confirmou com um radiante sorriso. — Dois dias depois, mandou dois carros a Tânger: um Chrysler Royal para transportar minhas coisas e, para mim, o Dodge Roadster em que viemos hoje, um presente do diretor do Banco Hassan de Tetuán que Juan Luis decidiu que devia ficar para mim. Não nos separamos desde então, exceto quando suas obrigações lhe impõem alguma viagem. Por ora, estou com meu filho Johnny na casa do passeio das Palmeiras, em uma residência grandiosa com um banheiro digno de um marajá e o vaso sanitário como o trono de um monarca, mas as paredes estão caindo aos pedaços e nem sequer tem água corrente. Juan Luis continua morando no Alto Comissariado porque seu cargo assim exige; não cogitamos viver juntos, mas ele, não obstante, decidiu que também não tem por que esconder seu relacionamento comigo, embora isso, às vezes, possa expô-lo a situações um tanto comprometedoras.

— Porque ele é casado... — sugeri.

Fez um gesto despreocupado e afastou uma mecha de cabelo do rosto.

— Não, não; isso não é realmente importante, eu também sou casada; isso é assunto só nosso, *our concern*, algo totalmente pessoal. O problema é mais de índole pública; oficial, digamos: há quem pense que uma inglesa pode exercer uma influência pouco recomendável sobre ele, e nos mostram isso abertamente.

— Quem pensa assim? — Ela falava comigo com tanta confiança que, sem hesitar, eu me senti naturalmente legitimada para pedir esclarecimentos quando não conseguia compreender o que ela estava me contando.

— Os membros da colônia nazista no Protetorado. Langenheim e Bernhardt principalmente. Acham que o alto comissário deveria ser *gloriously pro-German* em todas as facetas de sua vida: 100% fiel aos alemães, que estão ajudando sua causa na guerra; aqueles que desde o início concordaram em lhes fornecer aviões e armamento. De fato, Juan Luis soube da viagem que eles fizeram à Alemanha naqueles primeiros dias para se encontrar com Hitler em Bayreuth, onde ele assistia todos os anos ao festival wagneriano. *Anyway*, Hitler consultou o almirante Canaris. Canaris recomendou que aceitasse prestar a ajuda solicitada, e dali mesmo o Führer deu a ordem de enviar para o Marrocos espanhol todo o solicitado. Se não houvesse feito isso, as tropas do exército espanhol na África não teriam podido cruzar o Estreito, de modo que essa ajuda alemã foi crucial. Desde então, obviamente, as relações entre os dois exércitos são muito estreitas. Mas os nazistas de Tetuán acham que minha proximidade e o afeto que Juan Luis sente por mim podem levá-lo a adotar uma postura mais *pro-British* e menos fiel aos alemães.

Recordei os comentários de Félix a respeito do marido de *Frau* Langenheim e sua compatriota Bernhardt, suas referências àquela primeira ajuda militar que haviam negociado na Alemanha e que, ao que parece, não só não havia acabado, como também era cada vez mais notória na Península. Rememorei também a ansiedade de Rosalinda por causar uma impressão impecável naquele seu primeiro encontro formal com a comunidade alemã de braços dados com seu amante, e então julguei entender o que ela estava me contando, mas minimizei sua importância e tentei tranquilizá-la a respeito.

— Mas provavelmente você não deva se preocupar muito com tudo isso. Ele pode continuar leal aos alemães estando com você, são duas coisas diferentes: o oficial e o pessoal. Com certeza, aqueles que pensam assim não têm razão.

— Têm, claro que têm.

— Não entendi.

Passou rapidamente os olhos pela sacada semivazia. A conversa havia se estendido tanto que restavam apenas duas ou três mesas ocupadas. O vento havia parado, os toldos mal se moviam. Vários garçons de camisa branca e *tarbush* — o gorro mouro de feltro vermelho — trabalhavam em silêncio sacudindo guardanapos e toalhas de mesa. Então, Rosalinda baixou o tom de voz até transformá-lo quase em um sussurro; um sussurro que, apesar do baixo volume, transmitia um inquestionável tom de determinação.

— Eles têm razão em suas suposições porque eu, *my dear*, tenho a intenção de fazer tudo o que estiver a meu alcance para que Juan Luis estabeleça relações cordiais com meus compatriotas. Não posso suportar a ideia de que sua guerra termine favoravelmente para o exército nacional, e que a Alemanha venha a ser a grande aliada do povo espanhol e a Grã-Bretanha uma potência inimiga. E vou fazer isso por duas razões. A primeira, por simples patriotismo sentimental: porque quero que a nação do homem que amo seja amiga de meu país. A segunda razão, *however*, é muito mais pragmática e objetiva: nós, ingleses, não confiamos nos nazistas, as coisas estão começando a ficar feias. Talvez seja um pouco arriscado falar de outra futura grande guerra europeia, mas nunca se sabe. E, se isso chegar a acontecer, eu gostaria que o seu país estivesse a nosso lado.

Eu quase lhe disse abertamente que nosso pobre país não estava em condições de pensar em nenhuma guerra futura, que já tinha bastante desgraça com a que estávamos vivendo. Aquela nossa guerra, porém, parecia ser totalmente estranha para ela, apesar de seu amante ser um importante ativo em um dos lados. Optei, finalmente, por manter a conversa centrada em um porvir que talvez nunca chegasse, e não aprofundar na tragédia do presente. Meu dia já tinha uma boa dose de amargura, preferi não o entristecer ainda mais.

— E como pretende fazer isso? — perguntei apenas.

— *Well*, não pense que tenho grandes contatos pessoais em Whitehall, *not at all* — disse com uma pequena gargalhada. Automaticamente, fiz uma anotação mental para perguntar a Félix o que era Whitehall, mas minha expressão de atenção concentrada não denunciou minha ignorância. Ela prosseguiu. — Mas você sabe como essas coisas funcionam: redes de conhecidos, relações encadeadas... Então, pensei em tentar, a princípio, com uns amigos que tenho aqui em Tânger, o coronel Hal Durand, o general Norman Beynon e sua mulher Mary, todos eles com excelentes contatos com o Foreign Office. Agora mesmo estão todos passando uma temporada em Londres, mas pretendo me encontrar com eles mais para frente, apresentá-los a Juan Luis, tentar fazer que conversem e se entendam.

— E acha que ele vai concordar, que a deixará intervir assim em seus assuntos oficiais?

— *But of course, dear*, sem dúvida — afirmou sem a menor sombra de dúvida, enquanto, com um elegante movimento de cabeça, retirava do olho esquerdo outra mecha de cabelo. — Juan Luis é um homem imensamente inteligente. Conhece muito bem os alemães, conviveu com eles muitos anos e teme que o preço que a Espanha terá de pagar por toda a ajuda que está recebendo acabe sendo muito alto. Além disso, tem muito bom conceito dos ingleses porque jamais perdemos uma guerra e, *after all*, ele é um militar, e, para ele, essas coisas são bem importantes. E principalmente, *my dear* Sira, e isto é o principal, Juan Luis me adora. Como ele repete diariamente, por sua Rosalinda seria capaz de descer até o inferno.

Levantamo-nos quando as mesas da sacada já estavam preparadas para o jantar e as sombras da tarde subiam pelos muros. Rosalinda insistiu em pagar a refeição.

— Finalmente consegui que meu marido me transferisse minha pensão; deixe-me convidá-la.

Caminhamos sem pressa até seu carro e pegamos o caminho de volta para Tetuán quase no tempo exato para não ultrapassar o limite de doze horas concedido pelo delegado Vázquez. Mas não foi só a direção geográfica que invertemos naquela viagem; também a trajetória de nossa comunicação. Se no sentido de ida e ao longo do resto do dia Rosalinda havia monopolizado a conversa, no de volta chegara o momento de trocarmos os papéis.

— Você deve pensar que sou imensamente desagradável, o tempo todo centrada em mim e em minhas coisas. Fale-me de você. *Tell me now*, conte-me como foram as coisas de que foi cuidar esta manhã.

— Mal — disse simplesmente.

— Mal?

— Sim, mal, muito mal.

— *I'm sorry, really*. Sinto muito. Algo importante?

Podia ter lhe dito que não. Em comparação com suas próprias preocupações, meus problemas careciam dos ingredientes necessários para despertar seu interesse: não havia implicados neles militares de alta patente, cônsules ou ministros; não havia interesses políticos, nem questões de Estado ou presságios de grandes guerras europeias, nem nada remotamente relacionado com as sofisticadas turbulências em que ela se movia. No humilde território de minhas preocupações só cabia um punhado de misérias próximas que quase se podiam contar nos dedos de uma mão: um amor traído, uma dívida para pagar e um gerente de hotel pouco compreensivo, o empenho diário para tocar um negócio, uma pátria cheia de sangue à qual não podia voltar e a saudade de uma mãe ausente. Podia ter-lhe dito que não, que minhas pequenas tragédias não eram importantes. Podia ter calado meus assuntos, mantê-los escondidos e compartilhá-los apenas com a escuridão de minha casa vazia. Podia. Mas não o fiz.

— Na verdade, tratava-se de algo muito importante para mim. Quero tirar minha mãe de Madri e trazê-la para cá, Marrocos, mas para isso preciso de uma elevada quantia de que não disponho porque antes tenho de destinar minhas economias a outro pagamento urgente. Esta manhã, tentei adiar esse pagamento, mas não consegui, de modo que, por ora, receio que a questão de minha mãe vai ser impossível. E o pior é que, segundo dizem, está ficando cada vez mais difícil ir de uma zona a outra.

— Ela está sozinha em Madri? — perguntou, com uma expressão aparentemente preocupada.

— Sim, sozinha. Absolutamente sozinha. Não tem ninguém além de mim.

— E seu pai?

— Meu pai... bem, é uma longa história; o caso é que não estão juntos.

— Lamento tanto, Sira, querida. Deve ser muito duro para você saber que ela está na zona vermelha, exposta a qualquer coisa no meio de toda essa gente...

Olhei para ela com tristeza. Como fazê-la compreender o que ela não entendia, como meter naquela linda cabeça de ondas louras a trágica realidade do que estava acontecendo em meu país?

— Essa gente é a gente dela, Rosalinda. Minha mãe está com a gente dela, em sua casa, em seu bairro, com seus vizinhos. Ela pertence a esse mundo, ao povo de Madri. Se quero trazê-la comigo para Tetuán não é porque temo pelo que possa lhe acontecer ali, e sim porque é a única coisa que tenho nesta vida, e, a cada dia que passa, fica mais insuportável não saber nada dela. Não recebo notícias há um ano: não tenho a menor ideia de como está, não sei como se sustenta, nem de que vive, nem como suporta a guerra.

Como um balão estourado, toda aquela farsa de meu fascinante passado se desintegrou no ar em apenas um segundo. E o mais curioso foi que nem me importei.

— Mas... Disseram-me que... que sua família era...

Não a deixei acabar. Ela havia sido sincera comigo e havia exposto sua história sem rodeios: chegara o momento de eu fazer o mesmo. Talvez ela não gostasse da versão de minha vida que ia lhe contar; talvez pensasse que era muito pouco glamorosa comparada com as aventuras a que ela estava acostumada. Possivelmente decidisse que, a partir daquele momento, nunca mais compartilharia *pink gins* comigo nem me ofereceria carona para Tânger em seu Dodge conversível, mas não pude resistir a narrar detalhadamente minha verdade. Afinal de contas, era a única que eu tinha.

— Minha família somos minha mãe e eu. Nós duas somos costureiras, simples costureiras sem mais patrimônio que nossas mãos. Meu pai nunca se relacionou conosco desde que nasci. Ele pertence a outra classe, a outro mundo: tem dinheiro, empresas, contatos, uma mulher a quem não ama e dois filhos com quem não se entende. Isso é o que ele tem. Ou o que tinha, não sei: da primeira e última vez que o vi a guerra ainda não havia começado e ele já pressentia que iam matá-lo. E meu prometido, esse noivo atraente e empreendedor que supostamente está na Argentina gerindo empresas e resolvendo assuntos financeiros, não existe. Houve um homem com quem mantive um relacionamento e que talvez agora esteja nesse país metido em negócios obscuros, mas já não tem nada a ver comigo. Não é mais que um mau-caráter que partiu meu coração e me roubou tudo o que eu tinha; prefiro não falar dele. Essa é minha vida, Rosalinda, muito diferente da sua, como pode ver.

Como réplica a minha confissão, ela articulou uma frase em inglês da qual só consegui captar a palavra *Morocco*.

— Não entendi nada — disse eu, confusa.

Ela retornou ao espanhol.

— Eu disse que ninguém se importa com o lugar de onde você vem, pois é a melhor costureira de Marrocos. E a respeito de sua mãe, bem, como se diz por aí, Deus aperta, mas não sufoca. Você vai ver como tudo acaba se resolvendo.

## 25

Logo cedo, no dia seguinte, voltei à delegacia para informar dom Claudio do fracasso de minhas negociações. Dos quatro policiais, só dois ocupavam suas mesas: o velho e o magro.

— O chefe ainda não chegou — anunciaram em uníssono.

— A que horas costuma chegar? — perguntei.

— Às nove e meia — disse um.

— Ou às dez e meia — disse o outro.

— Ou amanhã.

— Ou nunca.

Os dois riram com suas bocas babentas e notei que me faltavam forças para suportar aquela dupla de imbecis mais um minuto que fosse.

— Por favor, digam-lhe que vim. Que estive em Tânger e que não consegui resolver nada.

— Como quiser, rainha moura — disse aquele que não era o Cañete.

Fui para a porta sem me despedir. Estava quase saindo quando ouvi a voz do tal.

— Quando quiser, faço outro passe para você, coração.

Não me contive. Apertei os punhos com força e, quase sem ter consciência disso, resgatei uma dor antiga e girei a cabeça alguns centímetros, só o suficiente para que minha resposta lhe chegasse bem clara.

— Faça um para a velha da sua mãe.

A sorte quis que eu encontrasse o delegado na rua, suficientemente longe de sua delegacia para que não me pedisse que o acompanhasse de novo até lá. Não era difícil cruzar com alguém em Tetuán, o quadriculado das ruas da extensão espanhola era limitado, e por ele transitávamos todos a qualquer hora. Ele usava, como de costume, um terno de linho claro e cheirava a loção pós-barba, pronto para começar seu dia.

— Sua cara não está boa — disse, assim que me viu. — Imagino que as coisas não foram bem no Continental. — Consultou o relógio. — Venha, vamos tomar um café.

Conduziu-me ao Cassino Espanhol, um edifício de esquina, lindo, com varandas de pedra branca e grandes portas-balcão abertas para a rua principal. Um garçom árabe descia os toldos acionando uma barra de ferro que rangia, outros dois ou três colocavam cadeiras e mesas na calçada sob sua sombra. Começava um novo dia. No fresco interior não havia ninguém, apenas uma grande escada de mármore à frente e dois salões dos dois lados. Ele me convidou a entrar no da esquerda.

— Bom dia, dom Claudio.

— Bom dia, Abdul. Dois cafés com leite, por favor — ordenou, enquanto buscava meu assentimento com o olhar. — Conte — pediu então.

— Não consegui. O gerente é novo, não é o mesmo do ano passado, mas estava perfeitamente a par do assunto. Fechou-se a qualquer negociação. Disse só que o combinado havia sido mais que generoso e que, se eu não efetuasse o pagamento na data estabelecida, ele me denunciaria.

— Entendo. E lamento, acredite. Mas receio que já não a posso ajudar.

— Não se preocupe, já fez bastante conseguindo o prazo de um ano.

— Que vai fazer agora, então?

— Pagar imediatamente.

— E o caso de sua mãe?

Dei de ombros.

— Nada. Vou continuar trabalhando e poupando, mas, provavelmente, quando conseguir juntar o que preciso, já será tarde demais e as evacuações terão terminado. Por ora, como lhe disse, vou saldar minha dívida. Tenho o dinheiro, não há problema. Justamente para isso fui vê-lo. Preciso de outro passe para cruzar o posto fronteiriço e sua licença para ficar com meu passaporte por dois dias.

— Fique com ele, não precisa devolvê-lo mais. — Então, levou a mão ao bolso interno do paletó e tirou uma carteira de couro e uma caneta de pena. — E quanto ao salvo-conduto, isto lhe servirá — disse, enquanto tirava um cartão e abria a caneta. Rabiscou umas palavras no verso e assinou. — Tome.

Guardei o cartão na bolsa sem lê-lo.

— Pretende ir de Valenciana?

— Sim, essa é minha intenção.

— Como ontem?

Sustentei seu olhar inquiridor por uns segundos antes de responder.

— Ontem não fui de Valenciana.

— Como conseguiu chegar a Tânger, então?

Eu sabia que ele sabia. E também sabia que queria que eu lhe contasse. Ambos bebemos um gole de café antes.

— Uma amiga me levou de carro.

— Que amiga?

— Rosalinda Fox. Uma cliente inglesa.

Novo gole de café.

— Sabe quem é ela, não é? — disse então.

— Sim, sei.

— Pois tenha cuidado.

— Por quê?

— Porque sim. Tenha cuidado.

— Diga-me por quê — insisti.

— Porque algumas pessoas não gostam que ela esteja aqui com quem está.

— Eu sei disso.

— O que você sabe?

— Que sua relação amorosa não é agradável para algumas pessoas.

— Que pessoas?

Ninguém como o delegado para apertar, espremer e tirar até a última gota de informação; já estávamos nos conhecendo.

— Algumas. Não me peça que lhe conte o que já sabe, dom Claudio. Não me faça ser desleal com uma cliente só para ouvir de minha boca os nomes que já conhece.

— Certo. Só me confirme uma coisa.

— O quê?

— Os sobrenomes dessas pessoas são espanhóis?

— Não.

— Perfeito — disse simplesmente. Terminou seu café e consultou de novo o relógio. — Preciso ir, tenho trabalho a fazer.

— Eu também.

— É verdade, esqueci que você é uma mulher trabalhadora. Sabe que conquistou uma reputação excelente?

— O senhor se informa de tudo, de modo que terei de acreditar.

Sorriu pela primeira vez, e o sorriso lhe tirou uns quatro anos das costas.

— Só sei o que tenho que saber. Além disso, com certeza você também se informa das coisas: as mulheres sempre falam muito, e em seu ateliê você atende senhoras que talvez tenham histórias interessantes para contar.

Era verdade que minhas clientes falavam. Comentavam sobre seus maridos, seus negócios, suas amizades; as pessoas cujas casas frequentavam, o que uns e outros faziam, pensavam ou diziam. Mas eu não disse sim, nem não ao delegado. Simplesmente me levantei sem considerar seu comentário. Ele chamou o garçom e traçou uma rubrica no ar. Abdul assentiu: sem problema, os cafés seriam marcados na conta de dom Claudio.

Saldar a dívida de Tânger foi uma libertação, como parar de andar com uma corda no pescoço que alguém poderia puxar a qualquer momento. Certo que ainda tinha os turvos assuntos de Madri pendentes, mas, na distância africana, aquilo me parecia imensamente distante. O pagamento da dívida no Continental me serviu para soltar o lastro de meu passado com Ramiro em Marrocos e me permitiu respirar de outra maneira. Mais tranquila, mais livre. Mais dona de meu próprio destino.

O verão avançava, mas minhas clientes ainda pareciam ter preguiça de pensar na roupa de outono. Jamila continuava comigo cuidando da casa e de pequenas tarefas do ateliê. Félix me visitava quase todas as noites, de vez em quando eu ia ver Candelaria na rua Luneta. Tudo tranquilo, tudo normal, até que uma gripe inoportuna me deixou sem forças para sair de casa nem energia para costurar. Passei o primeiro dia prostrada no sofá. O segundo na cama. No terceiro teria feito o mesmo se alguém não houvesse aparecido inesperadamente. Tão inesperadamente como sempre.

— Dona Rosalinda dizer que senhorita Sira levantar da cama imediatamente.

Saí para recebê-la de roupão; não me incomodei em vestir meu eterno terninho, nem em pendurar no pescoço a tesoura de prata, nem sequer em ajeitar o cabelo revirado. Mas, se ela estranhou meu desalinho, não demonstrou: vinha resolver outros assuntos mais sérios.

— Vamos para Tânger.

— Quem? — perguntei, assoando o nariz no lenço.

— Você e eu.

— Para quê?

— Para tentar resolver o problema de sua mãe.

Olhei para ela entre a incredulidade e a agitação, e quis saber mais.

— Por meio do seu...

Um espirro me impediu de terminar a frase, coisa que agradeci, porque ainda não sabia como denominar o alto comissário a quem ela se referia sempre pelo nome de batismo.

— Não; prefiro deixar Juan Luis fora disso: ele tem outros mil assuntos com que se preocupar. Isso é coisa minha, de modo que seus contatos ficam *out*, fora. Mas temos outras opções.

— Quais?

— Por meio de nosso cônsul em Tetuán, tentei descobrir se estão fazendo diligências desse tipo em nossa embaixada, mas não tive sorte: ele disse que nossa delegação em Madri sempre se negou a dar asilo a refugiados e, além disso, desde a partida do governo republicano para Valência, os escritórios diplomáticos foram para lá também, e na capital só resta o edifício vazio e algum membro subalterno para cuidar dele.

— Então?

— Tentei com a igreja anglicana de Saint Andrews, em Tânger, mas também não puderam me ajudar. Depois me ocorreu que talvez alguém em alguma entidade privada pudesse pelo menos saber alguma coisa, e me informei em um lugar e outro, e consegui a *tiny bit of information*. Não é grande coisa, mas vamos ver se temos sorte e podem nos oferecer algo mais. O diretor do Bank of London and South America, em Tânger, Leo Martin, disse que em sua última viagem a Londres ouviu falar, nos escritórios centrais do banco, de que uma pessoa que trabalhava na sucursal de Madri tem algum tipo de contato com alguém que está ajudando gente a sair da cidade. Não sei mais nada, toda a informação que ele pôde me dar é muito vaga, muito imprecisa, apenas um comentário que alguém fez e ele ouviu. Mas prometeu fazer averiguações.

— Quando?

— *Right now*. Imediatamente. Por isso, agora mesmo você vai se vestir e vamos para Tânger falar com ele. Estive lá há dois dias, ele disse para eu voltar hoje. Imagino que deve ter conseguido descobrir mais alguma coisa.

Tentei agradecer seus esforços entre a tosse e os espirros, mas ela não deu importância e me apressou para que me arrumasse. A viagem foi um alívio. Estrada, terrenos áridos, pinheirais, cabras. Mulheres de saias listradas com suas alpargatas, carregadas sob os grandes chapéus de palha. Ovelhas, figueiras, mais terrenos áridos, crianças descalças que sorriam quando passávamos e levantavam a mão dizendo adeus, amiga, adeus. Pó, mais pó, campo amarelo de um lado, campo amarelo do outro, controle de passaportes, mais estrada, mais figueiras, mais palmitos e canaviais e em apenas uma hora chegamos. Estacionamos de novo na praça França, fomos recebidas novamente pelas amplas avenidas e pelos magníficos edifícios da zona moderna da cidade. Em um deles ficava o Bank of London and South America, curiosa liga de interesses financeiros, quase tanto quanto a estranha dupla que formávamos Rosalinda Fox e eu.

— Sira, este é Leo Martin. Leo, esta é minha amiga *Miss* Quiroga.

Leo Martin bem poderia se chamar Leoncio Martínez e ter nascido dois quilômetros para lá de onde viera ao mundo. Baixinho e moreno, sem barba feita nem gravata poderia ter passado por um lavrador espanhol. Mas seu rosto resplandecia limpo de qualquer sombra de barba, e sobre a barriga repousava uma sóbria gravata listrada. Ele não era espanhol nem camponês, e sim um verdadeiro súdito da Grã-Bretanha: um gibraltarino capaz de se expressar em inglês e andaluz com a mesma desenvoltura. Cumprimentou-nos com sua mão peluda, ofereceu-nos assento. Deu ordem de não ser interrompido para a velha abutre que tinha como secretária e, como se fôssemos as maiores clientes da entidade, começou a expor, com todo seu empenho, o que conseguira descobrir. Eu jamais havia aberto uma conta bancária em minha vida, e provavelmente Rosalinda também não devia ter nem uma libra poupada da pensão que seu marido lhe enviava quando o vento soprava a seu favor, mas os rumores sobre os devaneios amorosos de minha amiga deviam ter chegado aos ouvidos daquele pequeno homem de curiosas habilidades linguísticas. E, naqueles tempos conturbados, o diretor de um banco internacional não podia perder a oportunidade de fazer um favor à amante de quem mais mandava nos vizinhos.

— Bem, senhoras, acho que tenho notícias. Consegui falar com Eric Gordon, um velho conhecido que trabalhava em nossa sucursal em Madri até pouco depois da sublevação; agora está já realocado em Londres. Ele disse que conhece pessoalmente uma pessoa que mora em Madri e está envolvida nesse tipo de atividade, um cidadão britânico que trabalhava para uma empresa espanhola. A má notícia é que não sabe como entrar em contato com ele, não tem notícias dele nos últimos meses. A boa é que ele me forneceu os dados de alguém que está a par de suas andanças por ter morado na capital até pouco tempo. Trata-se de um jornalista que voltou para a Inglaterra porque teve um problema, acho que foi ferido: não me deu detalhes. Bem, temos, nele, uma possível solução: essa pessoa poderia estar disposta a lhes fornecer o contato do homem que se dedica a evacuar refugiados. Mas, antes, ele quer algo.

— O quê? — Rosalinda e eu perguntamos em uníssono.

— Falar pessoalmente com a senhora, *Mrs.* Fox — disse, dirigindo-se à inglesa. — Quanto antes melhor. Espero que não considere uma indiscrição, mas, enfim, dadas as circunstâncias, julguei conveniente informá-lo sobre a pessoa interessada em obter essa informação dele.

Rosalinda não replicou; só olhou atentamente para ele com as sobrancelhas arqueadas, esperando que continuasse falando. Ele pigarreou constrangido; muito provavelmente havia antecipado uma resposta mais entusiasmada diante de seu empenho.

— Sabem como são esses jornalistas, não? Como abutres, sempre esperando conseguir alguma coisa.

Rosalinda tomou alguns segundos antes de responder.

— Não são os únicos, Leo, querido, não são os únicos — disse, com um tom remotamente amargo. — Enfim, ponha-me em contato com ele, vamos ver o que quer.

Mudei de postura na cadeira tentando disfarçar meu nervosismo e tornei a assoar o nariz. Enquanto isso, o diretor britânico com corpo de botija e sotaque de toureiro deu ordem à telefonista para que fizesse a ligação. Esperamos um longo tempo, levaram-nos café, o bom humor retornou a Rosalinda e o alívio a Martin. Até que, finalmente, chegou o momento da conversa com o jornalista. Durou apenas três minutos e não entendi uma palavra, porque falaram em inglês. Contudo, notei o tom sério e cortante de minha cliente.

— Pronto — disse ela, quando desligou.

Despedimo-nos do diretor, agradecemos seu interesse e passamos novamente pelo intenso escrutínio da secretária com cara de corvo.

— O que ele queria? — perguntei ansiosa quando saímos do escritório.

— *A bit of blackmail.* Não sei como se fala em espanhol. Quando alguém diz que fará algo por você se você fizer algo em troca.

— Chantagem — esclareci.

— Chantagem — repetiu com péssima pronúncia. Muitos sons fortes em uma mesma palavra.

— Que tipo de chantagem?

— Uma entrevista pessoal com Juan Luis e umas semanas de acesso preferencial à vida oficial de Tetuán. Em troca, ele se compromete a nos pôr em contato com a pessoa que necessitamos em Madri.

Engoli em seco antes de formular minha pergunta. Temia que me dissesse que nem por cima de seu cadáver alguém ia impor uma miserável extorsão ao mais alto dignitário do Protetorado espanhol em Marrocos. E, menos ainda, um jornalista oportunista e desconhecido, em troca de fazer um favor para uma simples costureira.

— E o que você disse? — finalmente me atrevi a perguntar.

Ela deu de ombros com uma expressão de resignação.

— Que me mande um cabograma com a data prevista de desembarque em Tânger.

## 26

Marcus Logan chegou arrastando uma perna, quase surdo de um ouvido e com um braço na tipoia. Todos os seus problemas físicos coincidiam do mesmo lado do corpo, o esquerdo, o que ficou mais próximo do tiro de canhão que o derrubou e quase o matou enquanto cobria para sua agência os ataques da artilharia nacional em Madri. Rosalinda ajeitou tudo para que um carro oficial o pegasse no porto de Tânger e o levasse diretamente até o Hotel Nacional de Tetuán.

Eu os aguardei sentada em uma das poltronas de vime do pátio interno, entre vasos de flores e azulejos de arabescos. Pelas paredes cobertas de gelosias subiam as trepadeiras e do teto pendiam grandes luminárias mouras; o zum-zum das conversas alheias e o ruído da água de uma pequena fonte acompanharam minha espera.

Rosalinda chegou quando o último raio de sol da tarde atravessava a cobertura de vidro; o jornalista, dez minutos depois. Ao longo dos dias anteriores eu havia criado em minha mente a imagem de um homem impulsivo e brusco, alguém de caráter acre e força suficiente para tentar intimidar a quem interceptasse seu caminho para atingir seus interesses. Mas errei, como quase sempre se erra quando construímos concepções com base no frágil apoio de uma simples ação ou algumas palavras. Errei, e descobri isso assim que o jornalista chantagista cruzou o arco de acesso ao pátio com o nó da gravata frouxo e terno de linho claro todo amassado.

Ele nos reconheceu imediatamente; precisou apenas varrer o aposento com o olhar e comprovar que éramos as duas únicas mulheres jovens sentadas sozinhas: uma loura com evidente aspecto de estrangeira e uma morena genuinamente espanhola. Preparamo-nos para recebê-lo sem nos levantarmos, com as armas de guerra escondidas nas costas caso precisássemos nos defender do mais indesejado dos convidados. Mas não foi necessário puxá-las, porque o Marcus Logan que apareceu naquela noite africana poderia ter despertado em nós qualquer sensação, exceto medo. Era alto e parecia estar entre os trinta e os quarenta anos. Seu cabelo castanho estava um pouco despenteado e, quando se aproximou mancando apoiado em uma bengala de bambu, comprovamos que o lado esquerdo de seu rosto estava cheio de feridas e hematomas. Embora sua presença permitisse intuir o homem que devia ter sido antes do incidente que quase acabou com sua vida, naquele momento ele era pouco mais que um corpo sofrido que, assim que terminou de nos cumprimentar com toda a gentileza que seu lamentável estado lhe permitiu, desabou em uma poltrona tentando, sem sucesso, disfarçar suas dores e o cansaço que se acumulava em seu corpo castigado por conta da longa viagem.

— *Mrs. Fox and Miss Quiroga, I suppose* — foram suas primeiras palavras.

— *Yes, we are, indeed* — disse Rosalinda na língua dos dois. — *Nice meeting you, Mr. Logan. And now, if you don't mind, I think we should proceed in Spanish; I'm afraid my friend won't be able to join us otherwise.*

— Claro, desculpe — disse, dirigindo-se a mim em um excelente espanhol.

Ele não tinha jeito de ser um chantagista sem escrúpulos, mas apenas um profissional que tentava ganhar a vida como podia e pegava todas as oportunidades que cruzavam seu caminho. Como Rosalinda, como eu. Como todos naqueles tempos. Antes de entrar em cheio no assunto que o havia levado até Marrocos e exigir de Rosalinda o que ela lhe havia prometido, preferiu apresentar suas credenciais. Trabalhava para uma agência de notícias britânica, estava cobrindo a guerra espanhola dos dois lados e, embora lotado na capital, passava os dias em constante movimento. Até que aconteceu o inesperado. Fora internado em Madri, para uma operação de emergência e, assim que puderam, o evacuaram para Londres. Havia passado várias semanas internado no Royal London Hospital, suportando dores e tratamentos; acamado, imobilizado, sonhando em poder voltar para a vida ativa.

Quando lhe chegaram notícias de que alguém relacionado com o alto comissário da Espanha em Marrocos precisava de uma informação que ele poderia fornecer, viu o céu se abrir. Sabia que não estava em condições físicas de voltar a suas constantes idas e vindas pela Península, mas uma visita ao Protetorado poderia lhe oferecer a possibilidade de cuidar de sua convalescença retomando parcialmente o brio profissional. Antes de obter autorização para viajar, teve de brigar com os médicos, com seus superiores e com todo aquele que foi até sua cama tentando convencê-lo a não sair dali, coisa que, somada a seu estado, o havia posto na obrigação de tomar uma decisão. Então, pediu desculpas a Rosalinda por sua brusquidão na conversa telefônica, dobrou e desdobrou a perna várias vezes com uma expressão de dor, e finalmente se centrou em questões mais imediatas.

— Não como nada desde esta manhã, vocês se importariam se as convidasse para jantar e conversássemos enquanto isso?

Aceitamos; de fato, eu estava disposta a aceitar o que quer que fosse para falar com ele. Teria sido capaz de comer em uma latrina ou de rolar na lama com os porcos; teria mastigado baratas e bebido veneno de rato para ajudar a engolir: qualquer coisa a fim de obter a informação que esperava havia tantos dias. Logan chamou um garçom árabe, desses que andavam pelo pátio servindo e tirando mesas; pediu uma mesa no restaurante do hotel.

Um momento, senhor, por favor. O garçom saiu em busca de alguém e apenas sete segundos depois o *maître* espanhol chegou como uma bala, bajulador e reverencial. Agora mesmo, agora mesmo, por favor, acompanhem-me, senhoras, acompanhe-me, senhor. Nem um minuto de espera para a senhora Fox e seus amigos, era só o que faltava.

Logan nos cedeu passagem para a sala de jantar enquanto o *maître* indicava uma ostentosa mesa central, vistosa, para que ninguém naquela noite ficasse sem ver de perto a querida inglesa de Beigbeder. O jornalista a rejeitou com educação e apontou para outra mais isolada no fundo. Todas estavam impecavelmente preparadas com toalhas imaculadas, taças de água e vinho e guardanapos brancos dobrados sobre os pratos de porcelana. Mas ainda era cedo, e havia apenas uma dúzia de pessoas distribuídas pelo salão.

Escolhemos os pratos e nos serviram um xerez para preencher a espera. Rosalinda, então, de certa maneira, assumiu o papel de anfitriã e conduziu a conversa. O encontro prévio no pátio havia sido algo meramente protocolar, mas ajudou para relaxar a tensão. O jornalista havia se apresentado e detalhado as causas de seu estado; nós, em troca, ficamos mais tranquilas ao ver que não se tratava de um indivíduo ameaçador e comentamos com ele algumas trivialidades sobre a vida no Marrocos espanhol. Nós três sabíamos, porém, que aquilo não era uma simples reunião de cortesia para fazer novos amigos, conversar sobre doenças ou traçar imagens pitorescas do Norte da África. O que havia levado a nos encontrarmos aquela noite era uma negociação pura e simples na qual havia duas partes envolvidas: dois flancos que haviam deixado claramente expostas suas demandas e condições. Era chegada a hora de colocá-las sobre a mesa e ver até onde cada um podia ir.

— Quero que saiba que tudo o que me pediu outro dia pelo telefone está resolvido — adiantou Rosalinda, quando o garçom se afastou com os pedidos.

— Perfeito — replicou o jornalista.

— Você terá sua entrevista com o alto comissário, privada e tão extensa quanto julgar conveniente. Além disso, receberá uma licença de residência temporária na zona do Protetorado espanhol

— continuou Rosalinda — e convites para todos os atos oficiais das próximas semanas; um deles, adianto-lhe, será de grande relevância.

Então, ele levantou a sobrancelha do lado inteiro do rosto com uma expressão interrogativa.

— Esperamos em breve a visita de dom Ramón Serrano Suñer, cunhado de Franco; imagino que sabe de quem estou falando.

— Sim, claro — corroborou.

— Ele vem ao Marrocos comemorar o aniversário da sublevação, passará três dias aqui. Estão organizando diversos atos para recebê-lo; ontem, justamente, chegou Dionisio Ridruejo, diretor-geral de Propaganda. Veio coordenar os preparativos com o secretário do Alto Comissariado. Esperamos que você compareça a todos os eventos de caráter oficial nos quais haja representação civil.

— Eu lhe agradeço imensamente. E, por favor, comunique minha gratidão ao alto comissário.

— Será um prazer tê-lo conosco — respondeu Rosalinda com um gracioso gesto de perfeita anfitriã que antecipou uma estocada. — Espero que compreenda que também temos algumas condições.

— Evidentemente — disse Logan depois de um gole de xerez.

— Toda informação que pretenda enviar para o exterior deverá ser, antes, supervisionada pela assessoria de imprensa do Alto Comissariado.

— Sem problemas.

Os garçons chegaram nesse momento com os pratos e uma grata sensação de alívio me invadiu. Apesar da elegância com que ambos mantinham o pulso da negociação, ao longo de toda a conversa entre Rosalinda e o recém-chegado eu não pude evitar me sentir um tanto constrangida, fora de lugar, como se houvesse entrado em uma festa à qual ninguém me havia convidado. Falavam de questões que me eram totalmente alheias, de assuntos que talvez não representassem graves segredos oficiais, mas que, evidentemente, ficavam muito longe do que se supunha que uma simples costureira deveria ouvir. Repeti para mim várias vezes que não estava fora de lugar, que aquele também era meu lugar porque a razão que havia provocado esse jantar era a evacuação de minha própria mãe. Mesmo assim, foi difícil me convencer.

A chegada da comida interrompeu por alguns instantes a troca de concessões e exigências. Linguado para as senhoras, frango com guarnição para o senhor, anunciaram. Comentamos brevemente os pratos, o frescor do peixe da costa mediterrânea, o requinte das verduras dos terrenos de Río Martín. Tão logo os garçons se retiraram, a conversa prosseguiu do ponto exato em que havia ficado apenas alguns minutos antes.

— Mais alguma condição? — inquiriu o jornalista antes de levar o garfo à boca.

— Sim, mas eu não a chamaria exatamente de condição. Trata-se mais de algo que convém igualmente a você e a nós.

— Será fácil de aceitar, então — disse, após engolir o primeiro bocado.

— Assim espero — confirmou Rosalinda. — Veja, Logan: você e eu nos movemos em dois mundos muito diferentes, mas somos compatriotas e os dois sabemos que, em termos gerais, o lado nacional tem suas simpatias voltadas para os alemães e italianos, e não sente o menor afeto pelos ingleses.

— É verdade — corroborou ele.

— Bem, por esse motivo, quero propor que se faça passar por amigo meu. Sem perder sua identidade de jornalista, evidentemente, mas um jornalista ligado a mim e, por extensão, ao alto comissário. Desta maneira, acreditamos que será recebido com menos reticência.

— Por parte de quem?

— De todos: autoridades locais espanholas e muçulmanas, corpo consular estrangeiro, imprensa... Em nenhum desses grupos conto com fervorosos admiradores, para ser sincera, mas, pelo menos formalmente, guardam certo respeito por minha proximidade com o alto comissário. Se conseguirmos introduzi-lo como amigo meu, talvez possamos conseguir que esse respeito se torne extensivo a você.

— O que o coronel Beigbeder pensa disso?

— Está absolutamente de acordo.

— Então estamos combinados. Não me parece uma má ideia e, como você diz, pode ser positivo para todos. Mais alguma condição?

— Nenhuma de nossa parte — disse Rosalinda, erguendo sua taça a modo de brinde.

— Perfeito. Tudo esclarecido, então. Bem, acho que agora cabe a mim pô-las a par do assunto que me solicitaram.

Senti um nó no estômago: chegara a hora. A comida e o vinho pareciam ter infundido em Marcus Logan uma dose moderada de vigor, estava mais bem-disposto. Embora mantivesse a negociação com fria serenidade, percebiam-se nele uma atitude positiva e uma evidente vontade de não importunar Rosalinda e Beigbeder além do necessário. Imaginei que talvez essa postura tivesse algo a ver com sua profissão, mas eu não tinha critérios para avaliar; afinal de contas, aquele era o primeiro jornalista que eu conhecia na vida.

— Quero que saibam, antes de mais nada, que meu contato já está de sobreaviso e conta com a transferência de sua mãe na próxima operação de evacuação de Madri até a costa.

Precisei me segurar com força à beira da mesa para não me levantar e abraçá-lo. Contive-me, porém: o restaurante do Hotel Nacional estava agora cheio de comensais, e nossa mesa, graças a Rosalinda, era o principal foco de atenção da noite. Só teria faltado que uma reação impulsiva houvesse me levado a abraçar com euforia selvagem aquele estrangeiro para que todos os olhares e cochichos se voltassem para nós imediatamente. De modo que controlei o entusiasmo e insinuei minha agitação apenas com um sorriso e um leve agradecimento.

— Você terá de me fornecer alguns dados; depois, eu os enviarei a minha agência em Londres; ali, eles entrarão em contato com Christopher Lance, que é quem está no comando de toda a operação.

— Quem é? — quis saber Rosalinda.

— Um engenheiro inglês; um veterano da Grande Guerra que está há alguns anos em Madri. Até antes da sublevação trabalhava para uma empresa espanhola com participação britânica, a companhia de engenharia civil Ginés Navarro e Filhos, com matriz no passeio do Prado e sucursais em Valência e Alicante. Participou com eles da construção de estradas e pontes, de uma grande represa em Soria, uma central hidrelétrica perto de Granada e um mastro para dirigíveis em Sevilha. Quando estourou a guerra, os Navarro desapareceram, não se sabe se por vontade própria ou à força. Os trabalhadores formaram um comitê e assumiram a empresa. Lance poderia ter ido embora, então, mas não foi.

— Por quê? — perguntamos as duas em uníssono.

O jornalista deu de ombros enquanto bebia um longo gole de vinho.

— É bom para a dor — disse, a modo de desculpa, enquanto erguia a taça para nos mostrar seus efeitos medicinais. — Na realidade — continuou —, não sei por que Lance não voltou para a Inglaterra, nunca consegui ouvir dele uma razão que realmente justificasse o que fez. Antes de a guerra começar, os ingleses residentes em Madri, como quase todos os estrangeiros, não tomavam partido na política espanhola e contemplavam a situação com indiferença, até com certa ironia. Sabiam, evidentemente, da tensão existente entre a direita e os partidos de esquerda, mas viam isso como mais uma característica do país, como parte do folclore nacional. As touradas, a sesta, o alho, o azeite e o ódio entre irmãos, tudo muito pitoresco, muito espanhol. Até que aquilo estourou. E, então, viram que a coisa era séria e começaram a correr para sair de Madri o mais rápido possível. Com algumas exceções, como foi o caso de Lance, que optou por mandar sua mulher para casa e ficar na Espanha.

— Um pouco insensato, não? — aventurei.

— Provavelmente esteja um pouco louco, sim — disse o jornalista meio de brincadeira. — Mas é um bom sujeito e sabe o que está fazendo; não é nenhum aventureiro temerário nem um oportunista, desses que nestes tempos florescem por todos os lados.

— O que ele faz exatamente? — inquiriu Rosalinda.

— Presta ajuda a quem necessita. Tira de Madri quem pode, leva-os até algum porto do Mediterrâneo e ali os embarca em navios britânicos de todo tipo: tanto faz se é um barco de guerra, um *paquebot* ou um cargueiro de limões.

— Ele ganha alguma coisa com isso? — eu quis saber.

— Não. Nada. Ele não ganha nada. Há quem obtenha rendimento com esses assuntos; ele não.

Ia nos explicar mais alguma coisa, mas, nesse momento, aproximou-se de nossa mesa um jovem militar uniformizado, de botas brilhantes e quepe debaixo do braço. Fez um cumprimento marcial com uma expressão concentrada e entregou um envelope a Rosalinda. Ela extraiu um papel dobrado, leu-o e sorriu.

— *I'm truly very sorry*, mas vão ter de me perdoar — disse, guardando suas coisas precipitadamente na bolsa. A cigarreira, as luvas, o bilhete. — Surgiu algo *anesperado*; inesperado, perdão — acrescentou. Falou em meu ouvido. — Juan Luis voltou de Sevilha mais cedo — sussurrou impetuosa.

Apesar de seu tímpano estourado, provavelmente o jornalista também a ouviu.

— Continuem conversando, depois me contem — acrescentou em voz alta. — Sira, *darling*, vejo-a em breve. E você, Logan, esteja preparado para amanhã. Um carro virá buscá-lo aqui à uma. Vai almoçar em minha casa com o alto comissário e, depois, terá toda a tarde para fazer sua entrevista.

O jovem militar e o descaramento de vários olhares acompanharam Rosalinda à saída. Assim que desapareceu de nossa vista, insisti com Logan para que prosseguisse com suas explicações do mesmo ponto em que havia parado.

— Se Lance não obtém lucro com isso e não é impelido por questões políticas, por que age dessa maneira, então?

Ele tornou a dar de ombros com uma expressão que escusava sua incapacidade de encontrar uma explicação razoável.

— Existem pessoas assim; são chamadas de *pimpinelas*. Lance é uma pessoa um tanto singular; uma espécie de cruzado das causas perdidas. Segundo ele, não há nada político em sua conduta, age apenas por questões humanitárias: provavelmente teria feito o mesmo com os republicanos se houvesse caído na zona nacional. Talvez aja assim por ser filho de um cônego da catedral de Wells, quem sabe. O caso é que, no momento da sublevação, o embaixador *Sir* Henry Chilton e a maior parte de seu pessoal haviam se transferido para San Sebastián para passar o verão, e em Madri só restava um funcionário que não esteve à altura das circunstâncias. De modo que Lance, como membro veterano da colônia britânica, de certa maneira tomou as rédeas, de forma totalmente espontânea. Como vocês, espanhóis, dizem, sem se encomendar nem a Deus nem ao diabo, abriu a embaixada para refugiar inicialmente os cidadãos britânicos, apenas um pouco mais de trezentas pessoas, segundo minhas informações. A princípio, nenhuma delas estava diretamente envolvida em política, mas na maioria eram conservadores simpatizantes da direita, de modo que procuraram proteção diplomática assim que tiveram conhecimento do perfil dos acontecimentos. A questão é que a situação foi além do esperado: várias centenas de pessoas correram para se refugiar na embaixada. Alegavam ter nascido em Gibraltar ou em um barco inglês durante uma travessia, ter parentes na Grã-Bretanha, ter feito negócios com a Câmara de

Comércio Britânica; qualquer subterfúgio para se manter sob o amparo da Union Jack, nossa bandeira.

— Por que justamente em sua embaixada?

— Não foi só na nossa. De fato, a nossa foi uma das mais reticentes a dar refúgio. Todas fizeram praticamente a mesma coisa nos primeiros dias: acolheram seus próprios cidadãos e alguns espanhóis com necessidade de proteção.

— E depois?

— Algumas delegações continuaram muito ativas no fornecimento de asilo, envolvendo-se, de maneira direta ou indireta, no tráfego de refugiados. O Chile, principalmente; a França, a Argentina e a Noruega também. Outras, porém, passados os primeiros momentos de incerteza, negaram-se a prosseguir com aquilo. Lance, todavia, não age como representante do governo britânico; tudo o que faz é por si mesmo. Nossa embaixada, como disse, foi uma das que se negaram a continuar a dar asilo e facilitar a evacuação de refugiados. Lance também não se dedica a ajudar o lado nacional como movimento, mas as pessoas que, individualmente, têm necessidade de sair de Madri. Por questões ideológicas, por questões familiares: pelo que for. Realmente, ele começou se instalando na embaixada, e, de alguma maneira, conseguiu que lhe concedessem o cargo de adido honorário para gerir a evacuação de cidadãos britânicos nos primeiros dias de guerra, mas, a partir de então, age por sua conta e risco. Quando lhe interessa, normalmente para impressionar os milicianos e sentinelas nos controles das estradas, faz um uso ostentoso de toda a parafernália diplomática que tem à mão: braçadeira vermelha, azul e branca na manga para se identificar, bandeirinhas no carro e um salvo-conduto enorme cheio de carimbos e selos da embaixada, de seis ou sete sindicatos de trabalhadores e do Ministério da Guerra, tudo o que tiver à mão. É um sujeito bastante peculiar, esse Lance: simpático, falante, sempre usando roupa chamativa, paletós e gravatas que os olhos fazem arder. Às vezes, acho que exagera tudo para que ninguém o leve muito a sério e não suspeitem dele.

— Como faz os traslados até a costa?

— Não sei exatamente, ele não gosta de contar detalhes. Acho que começou com veículos da embaixada e caminhões de sua empresa, até que foram confiscados. Ultimamente, parece que utiliza uma ambulância do corpo escocês posta à disposição da República. Além disso, costuma ir acompanhado por Margery Hill, uma enfermeira do Hospital Anglo-Americano, conhece?

— Acho que não.

— Fica na rua Juan Montalvo, ao lado da Cidade Universitária, praticamente no *front*. Levaram-me para lá, inicialmente, quando fui ferido, depois me transferiram para o hospital que montaram no Hotel Palace para me operar.

— Um hospital no Palace? — perguntei incrédula.

— Sim, um hospital de campanha, não sabia?

— Não tinha ideia. Quando deixei Madri, o Palace era, junto com o Ritz, o hotel mais luxuoso.

— Pois agora é usado para outras funções; muita coisa mudou. Fiquei alguns dias internado lá, até que decidiram me evacuar para Londres. Antes de ser internado no Hospital Anglo-Americano, eu já conhecia Lance: a colônia britânica em Madri é muito reduzida. Depois, ele foi me ver várias vezes no Palace; parte de sua autoimposta tarefa humanitária é também ajudar, no que for possível, a todos os seus compatriotas em dificuldades. Por isso sei um pouco sobre como funciona todo o processo de evacuação, mas só conheço os detalhes que ele quis me contar. Os refugiados normalmente chegam por sua conta ao hospital; às vezes, eles os mantêm lá por um tempo fazendo-os passar por doentes, até que preparam o comboio seguinte. Costumam ir os dois, Lance e a enfermeira Hill, em todos os trajetos: ela, ao que parece, é ótima driblando funcionários e milicianos nos controles quando as coisas se complicam. E, além disso, costuma se arranjar para levar de volta a Madri tudo o que pode tirar dos navios da Royal Navy: medicamentos, material para curativos, sabonete, comida enlatada...

— Como fazem a viagem?

Queria antecipar em minha mente a viagem de minha mãe, ter uma ideia de como seria sua aventura.

— Sei que saem de madrugada. Lance já conhece todos os controles, e são mais de trinta; às vezes, levam mais de doze horas para fazer o trajeto. Além disso, ele se tornou um especialista na psicologia dos milicianos: desce do carro, fala com eles, chama-os de camaradas, mostra seu impressionante salvo-conduto, oferece-lhes cigarros, brinca e se despede com um "Viva a Rússia" ou "Morte aos fascistas": qualquer coisa para poder seguir caminho. A única coisa que nunca faz é suborná-los: ele se impôs isso como princípio e, que eu saiba, sempre o respeitou. Também é extremamente escrupuloso com as leis da República, jamais as desacata. E, evidentemente, evita em todo momento provocar contratempos ou incidentes que possam prejudicar nossa embaixada. Mesmo sendo um deles somente a título honorário, cumpre um rigorosíssimo código de ética diplomática.

Mal ele havia terminado a resposta, eu já estava pronta para disparar a pergunta seguinte; estava mostrando ser uma aluna exemplar na aprendizagem das técnicas interrogatórias do delegado Vázquez.

— Para que portos ele leva os refugiados?

— Para Valência, Alicante, Denia, depende. Estuda a situação, traça um plano e, no fim, de um jeito ou de outro se arranja para embarcar seu carregamento.

— Mas essas pessoas têm documentos, licenças, salvo-condutos?

— Para andar dentro da Espanha, normalmente sim. Para ir para o exterior, provavelmente não. Por isso, a operação de embarque costuma ser a mais complexa: Lance precisa burlar controles, entrar nos cais e passar despercebido entre as sentinelas, negociar com os oficiais dos navios, infiltrar os refugiados e escondê-los caso haja revistas. Além disso, tudo deve ser feito de forma cuidadosa, sem levantar suspeitas. É algo muito delicado, corre o risco de ele mesmo acabar na cadeia. Mas, por enquanto, sempre teve sucesso.

Terminamos o jantar. Logan havia feito esforço para manipular os talheres; seu braço esquerdo não estava cem por cento. Mesmo assim, deu conta do frango, dois grandes pratos de creme de nata e várias taças de vinho. Eu, porém, absorta ouvindo-o, mal provei o linguado e não pedi sobremesa.

— Aceita um café? — perguntou.

— Sim, obrigada.

Na realidade, eu nunca tomava café depois de jantar, exceto quando precisava ficar trabalhando até tarde. Mas, naquela noite, tinha duas boas razões para aceitar a oferta: prolongar o máximo possível a conversa e me manter bem atenta para não perder o menor detalhe.

— Conte-me coisas de Madri — pedi então. Minha voz surgiu baixa, talvez soubesse que o que ia ouvir não seria agradável.

Olhou para mim fixamente antes de responder.

— Não sabe de nada, não é?

Pousei o olhar na toalha de mesa e fiz um gesto negativo. Saber dos detalhes da evacuação de minha mãe havia me deixado relaxada: não estava mais nervosa. Marcus Logan, apesar de seu corpo ferido, conseguira me serenar com sua atitude sólida e segura. Todavia, com a tranquilidade não veio a alegria, e sim uma densa tristeza por tudo o que ouvi. Por minha mãe, por Madri, por meu país. Senti, de repente, uma fraqueza imensa e pressenti as lágrimas chegando aos meus olhos.

— A cidade está muito deteriorada e há escassez de produtos básicos. A situação não é boa, mas cada um vai se arranjando como pode — disse, sintetizando a resposta em algumas vagas obviedades. — Posso lhe fazer uma pergunta? — acrescentou então.

— Pergunte o que quiser — respondi com os olhos ainda fixos na mesa. O futuro de minha mãe estava nas mãos dele, como me negar?

— Veja, minha gestão já está feita e posso garantir que vão agir com sua mãe conforme me prometeram, não se preocupe com isso. — Falava em um tom mais baixo, mais próximo. — Porém, para conseguir isso, digamos que tive de inventar um panorama que não sei se corresponde muito ou pouco com a realidade. Tive de dizer que ela se encontra em uma situação de alto risco e que precisa ser evacuada urgentemente; não foi necessário dar mais detalhes. Mas eu gostaria de saber até onde acertei ou até onde menti. A resposta não vai mudar as coisas, mas eu, pessoalmente, gostaria de saber. De modo que, se não se importa, conte-me, por favor, em que situação está sua mãe realmente, acha que corre verdadeiro perigo em Madri?

Chegou um garçom com os cafés, mexemos o açúcar ao mesmo tempo, batendo as colherinhas na porcelana das xícaras em ritmo compassado. Depois de alguns segundos, ergui o rosto e olhei para ele de frente.

— Quer saber a verdade? Pois a verdade é que acho que a vida dela não corre risco, mas eu sou a única coisa que minha mãe tem no mundo, e ela é a única coisa que eu tenho. Sempre vivemos sozinhas, lutando juntas para sobreviver: somos só duas mulheres trabalhadoras. Houve, porém, um dia em que cometi um erro e falhei com ela. E, agora, a única coisa que quero é recuperá-la. Antes, você me disse que seu amigo Lance não age por motivos políticos, que é movido apenas por questões humanitárias. Calcule você mesmo se aproximar uma mãe sem recursos de sua única filha é ou não é uma questão humanitária; eu não sei.

Não pude dizer mais nada, sabia que as lágrimas estavam prestes a brotar aos borbotões.

— Preciso ir, amanhã tenho de madrugar, tenho muito trabalho, obrigada pelo jantar, obrigada por tudo...

As frases saíram com voz trêmula, aos tropeções, enquanto eu me levantava e, apressada, pegava minha bolsa. Tentei não erguer o rosto para evitar que ele percebesse o fio úmido que corria por minhas faces.

— Eu a acompanho — disse, levantando-se e disfarçando a dor.

— Não é necessário, obrigada: moro aqui ao lado, virando a esquina.

Dei-lhe as costas e rumei para a saída. Havia avançado apenas alguns passos quando senti sua mão roçar meu cotovelo.

— É uma sorte que more perto, assim terei de andar menos. Vamos.

Com um gesto, pediu ao *maître* que pusesse o jantar na conta de seu quarto e saímos. Ele não falou comigo nem tentou me acalmar; não disse uma palavra a respeito do que acabara de ouvir. Apenas se manteve a meu lado em silêncio e deixou que por mim mesma eu fosse recuperando o sossego. Assim que pôs o pé na rua, estacou. Apoiando-se em sua bengala, olhou para o céu estrelado e aspirou com vontade.

— Marrocos tem um cheiro bom.

— O monte está perto, o mar também — repliquei, já mais calma. — Deve ser por isso, imagino.

Caminhamos devagar, ele me perguntou havia quanto tempo estava no Protetorado, como era a vida naquela terra.

— Tornaremos a nos ver, eu a manterei informada sobre qualquer dado novo que chegar — disse ele, quando lhe indiquei que havíamos chegado a minha casa. — E fique tranquila; tenha certeza de que vão fazer todo o possível para ajudá-la.

— Muito obrigada, de verdade, e desculpe minha reação. Às vezes, tenho dificuldade de me conter. Não são tempos fáceis, sabe? — sussurrei com uma ponta de pudor.

Ele tentou sorrir, mas não conseguiu totalmente.

— Eu entendo perfeitamente, não se preocupe.

Dessa vez não houve lágrimas, o mau momento já havia passado. Apenas sustentamos brevemente o olhar um do outro, demos boa-noite e eu entrei. Subi a escada pensando em quão pouco aquele Marcus Logan se ajustava ao ameaçador oportunista que Rosalinda e eu havíamos imaginado.

## 27

Beigbeder e Rosalinda ficaram encantados com a entrevista do dia seguinte. Soube por ela, mais tarde, que tudo havia acontecido em um ambiente descontraído, os dois homens sentados em uma das sacadas da velha vila do passeio das Palmeiras, bebendo *brandy* com soda em frente às plantações do rio Martín e às encostas do imponente Gorgues, o início do Rife. Primeiro, almoçaram os três juntos: o olho crítico da inglesa precisava descobrir o grau de confiança de seu compatriota antes de deixá-lo a sós com seu adorado Juan Luis. Bedouie, o cozinheiro árabe, preparou tajine de cordeiro, que acompanharam com um borgonha *grand cru*. Depois das sobremesas e do café, Rosalinda se retirou e eles se acomodaram em poltronas de vime para fumar um charuto e aprofundar a conversa.

Soube que eram quase oito horas da noite quando o jornalista voltou para o hotel após a entrevista, que não jantou naquela noite e que pediu apenas que lhe mandassem frutas ao quarto. Soube que, pela manhã, se dirigiu ao Alto Comissariado depois do café da manhã, soube por quais ruas transitou e a que horas voltou. De todas as suas saídas e entradas naquele dia, e no seguinte, e no seguinte também, eu tive conhecimento detalhado; soube o que comeu, o que bebeu, que jornal folheou e a cor de suas gravatas. O trabalho me mantinha ocupada o dia inteiro, mas me mantive a par a todo momento graças ao trabalho eficaz de dois discretos colaboradores. Jamila se encarregava do acompanhamento completo ao longo do dia; por alguns trocados, um jovem carregador do hotel me informava com o mesmo esmero acerca da hora em que Logan se recolhia à noite; por mais dez centavos, lembrava até o *menu* de seus jantares, a roupa que mandava lavar e o momento em que apagava a luz.

Aguentei a espera três dias, recebendo dados minuciosos sobre todos os seus movimentos e aguardando alguma notícia a respeito do avanço das gestões. No quarto dia, em vista de que não sabia dele, comecei a fantasiar o pior. E tanto, tanto pensei o pior que maquinei em minha mente um elaborado plano segundo o qual Marcus Logan, depois de atingir seu objetivo de entrevistar Beigbeder e reunir informações sobre o Protetorado de que necessitava para seu trabalho, tinha a intenção de ir embora, esquecendo que ainda tinha algo a resolver comigo. E, para evitar que a ocasião corroborasse minhas perversas suposições, decidi que talvez fosse conveniente que eu me antecipasse. Por isso, na manhã seguinte, assim que percebi o raiar do dia e ouvi o muezim convocando para a primeira oração, saí de casa toda arrumada e esperei em um canto do pátio do Nacional. Com um novo *tailleur* cor de vinho e uma de minhas revistas de moda debaixo do braço. Para montar guarda com as costas bem retas e as pernas cruzadas. Por via das dúvidas.

Eu sabia que o que estava fazendo era uma absoluta bobagem. Rosalinda havia falado de conceder a Logan uma licença de residência temporária no Protetorado, ele me havia dado sua palavra, comprometendo-se a me ajudar, as gestões levavam tempo. Se eu analisasse a situação com frieza, saberia que não havia nada a temer: todos os meus medos eram infundados e aquela espera não era mais que uma demonstração absurda de minhas inseguranças. Eu sabia disso, contudo, decidi não sair dali.

Ele desceu às nove e quinze, quando o sol da manhã já entrava radiante pela cobertura de vidro. O pátio já estava animado com a presença de hóspedes que acabavam de se levantar, com o vaivém dos garçons e o movimento incessante de jovens carregadores marroquinos transportando pacotes e malas. Ele ainda mancava levemente e mantinha o braço na tipoia de um lenço azul, mas seu meio rosto machucado havia melhorado e o aspecto que lhe dava a roupa limpa, as horas de sono e o cabelo úmido recém-penteado superava em muito a aparência que trazia consigo no dia do desembarque. Senti uma pontada de ansiedade ao vê-lo, mas disfarcei com um golpe de cabelos e outra garbosa cruzada de pernas. Ele também me viu imediatamente e foi me cumprimentar.

— Ora, eu não sabia que as mulheres da África eram tão madrugadoras.

— Você conhece o ditado: Deus ajuda a quem cedo madruga.

— E para que quer que Deus a ajude, se me permite a pergunta? — disse, acomodando-se em uma poltrona a meu lado.

— Para que você não vá embora de Tetuán sem me dizer como vão as coisas, se a partida de minha mãe já está em andamento.

— Eu não disse nada porque não se sabe de nada ainda — falou. Afastou o corpo do encosto e se aproximou. — Ainda não confia totalmente em mim, não é?

Sua voz soou segura e próxima. Cúmplice, quase. Demorei alguns segundos para responder, enquanto tentava elaborar alguma mentira. Mas não consegui nenhuma, de modo que optei por ser franca.

— Desculpe, mas ultimamente não confio em ninguém.

— Eu entendo, não se preocupe — disse, sorrindo ainda com esforço. — Os tempos não são bons para a lealdade e a confiança.

Dei de ombros com um gesto eloquente.

— Já tomou café? — perguntou então.

— Sim, obrigada — menti. Não havia tomado café da manhã nem tinha vontade de comer. A única coisa de que eu necessitava era confirmar que ele não ia me abandonar sem cumprir sua palavra.

— Bem, então, talvez poderíamos...

Um turbilhão envolvido em um xador se interpôs entre nós interrompendo a conversa: era Jamila, sem fôlego.

— *Frau* Langenheim espera em casa. Vai Tânger, comprar tecidos. Precisa senhorita Sira dizer quantos metros comprar.

— Diga a ela que espere dois minutos; já estou indo. Mande-a se sentar e ir olhando os novos figurinos que Candelaria trouxe outro dia.

Jamila foi embora de novo correndo e eu me desculpei com Logan.

— É minha empregada; tenho uma cliente esperando, preciso ir.

— Nesse caso, não vou prendê-la mais. E não se preocupe. Já está tudo em andamento, e cedo ou tarde chegará a confirmação. Mas tenha em mente que pode ser questão de dias ou de semanas, talvez leve mais de um mês; é impossível antecipar qualquer coisa — disse, levantando-se. Parecia também mais ágil que alguns dias antes, parecia muito menos dolorido.

— Realmente, não sei como lhe agradecer — repliquei. — E agora, se me der licença, preciso ir: tenho uma grande quantidade de trabalho me esperando, não tenho um minuto livre. Haverá vários atos sociais dentro de alguns dias e minhas clientes precisam de novas roupas.

— E você?

— Eu, o quê? — perguntei confusa, sem entender a pergunta.

— Pretende comparecer a algum desses eventos? A recepção de Serrano Suñer, por exemplo?

— Eu? — respondi com uma pequena gargalhada, enquanto retirava o cabelo do rosto. — Não, eu não vou a esses lugares.

— Por que não?

Meu primeiro impulso foi rir de novo, mas me contive quando notei que ele estava falando sério, que sua curiosidade era genuína. Estávamos já em pé, um ao lado do outro, próximos. Apreciei a textura do linho claro de seu paletó e as listras da gravata; cheirava bem: a sabonete bom, a homem limpo. Eu mantinha minha revista debaixo do braço, ele se apoiava com uma mão na bengala. Olhei para ele e entreabri a boca para responder; eu tinha respostas em abundância para justificar minha ausência naquelas celebrações alheias: porque ninguém havia me convidado, porque esse não era meu mundo, porque eu não tinha nada a ver com toda aquela gente... Finalmente, porém, decidi não lhe dar nenhuma réplica; apenas dei de ombros e disse:

— Preciso ir.

— Espere — disse, segurando meu braço com suavidade. — Venha comigo à recepção de Serrano Suñer, seja minha acompanhante.

O convite soou como uma chicotada e me deixou tão assustada que, quando tentei encontrar desculpas para rejeitá-lo, minha boca não conseguiu pronunciar nenhuma.

— Você acabou de dizer que não sabe como agradecer meu empenho. Bem, já tem uma maneira de fazê-lo: acompanhe-me a esse ato. Poderia me ajudar a saber quem é quem nesta cidade, seria muito bom para meu trabalho.

— Eu... eu também não conheço ninguém, estou há muito pouco tempo aqui.

— Além disso, será uma noite interessante; quem sabe até nos divertimos — insistiu.

Aquilo era um disparate, um absurdo sem sentido. O que eu ia fazer em uma festa em homenagem ao cunhado de Franco, cercada por altos comandos militares e pelas forças vivas locais, por gente de posses e representantes de países estrangeiros? A proposta era totalmente ridícula, sim, e diante de mim estava um homem esperando uma resposta. Um homem que estava cuidando da evacuação da pessoa que mais me importava na Terra; um estrangeiro desconhecido que havia me pedido que confiasse nele. Em minha mente cruzaram-se rajadas velozes de pensamentos contraditórios. Uns me incitavam a negar, insistiam que aquilo era uma extravagância sem pé nem cabeça. Outros, porém, me recordavam o ditado que tantas vezes ouvira da boca de minha mãe acerca dos bem-nascidos e dos agradecidos.

— Certo — disse, após engolir em seco. — Irei com você.

A figura de Jamila tornou a se mostrar no *hall*, fazendo movimentos exagerados, tentando me impor pressa para reduzir a espera da exigente *Frau* Langenheim.

— Perfeito. Eu lhe comunico o dia e a hora exatos assim que receber o convite.

Apertei-lhe a mão, percorri o vestíbulo com passo apressado e só ao chegar à porta me voltei. Marcus Logan continuava em pé ao fundo, olhando para mim apoiado em sua bengala. Ainda não havia saído do local onde eu o havia deixado, e sua presença ao longe havia se transformado em uma silhueta à contraluz. Sua voz, porém, soou forte.

— Fico feliz por ter aceitado me acompanhar. E fique tranquila: não tenho pressa de ir embora de Marrocos.

# 28

A INCERTEZA ME ASSALTOU ASSIM QUE PUS O PÉ NA RUA. PERCEBI que talvez houvesse me precipitado ao aceitar a proposta do jornalista sem antes consultar Rosalinda; talvez ela tivesse outros planos para seu convidado imposto. As dúvidas, porém, tardaram pouco a se dissolver: tão logo ela chegou naquela tarde feita um turbilhão de ímpeto e pressa para provar sua roupa.

— Tenho só meia hora — disse, enquanto desabotoava a camisa de seda com dedos ágeis. — Juan Luis está me esperando, ainda há mil detalhes que preparar para a visita de Serrano Suñer.

Eu havia pensado em lhe apresentar a questão com tato e palavras bem medidas, mas decidi aproveitar o momento e abordar o assunto de imediato.

— Marcus Logan me pediu que o acompanhasse à recepção.

Falei sem olhar para ela, fingindo estar concentrada em tirar sua roupa do manequim.

— *But that's wonderful, darling!*

Não entendi as palavras, mas pelo tom deduzi que a notícia a havia surpreendido de uma maneira grata.

— Acha certo que eu vá com ele? — inquiri, ainda insegura.

— Mas, claro! Será maravilhoso tê-la por perto, *sweetie*. Juan Luis terá que assumir um papel muito institucional, de modo que espero poder passar um tempinho com vocês. O que você vai vestir?

— Ainda não sei; preciso pensar. Acho que farei alguma coisa com esse tecido — disse, apontando para um rolo de seda crua apoiado na parede.

— *My God*, vai ficar espetacular.

— Só se sobreviver — murmurei com a boca cheia de alfinetes.

Realmente, seria difícil sair daquela situação. Após várias semanas de pouco trabalho, as preocupações e as obrigações se acumularam à minha volta de repente, ameaçando me sepultar a qualquer momento. Eu tinha tantas encomendas para terminar que todos os dias acordava com as galinhas, e rara era a noite que conseguia me deitar antes das três da manhã. A campainha não parava de tocar e as clientes entravam e saíam do ateliê sem descanso. Mas não me preocupou me sentir tão atarefada: quase agradeci por isso. Assim, tinha menos oportunidade de pensar em que diabos faria naquela recepção para a qual já faltava pouco mais de uma semana.

Superada a questão de Rosalinda, a segunda pessoa a saber do inesperado convite foi, inevitavelmente, Félix.

— Que bom, lagarta, que sorte! Estou verde de inveja!

— Eu trocaria de lugar com você com o maior prazer — disse sincera. — A festa não me entusiasma nem um pouco; sei que vou me sentir deslocada, acompanhada de um homem que mal conheço e cercada de pessoas estranhas, e de militares e políticos culpados por minha cidade estar sitiada e por eu não poder voltar para minha casa.

— Não seja boba, menina. Você vai ser parte de um fausto que entrará para a história deste cantinho do mapa africano. E, além disso, vai com um sujeito que não é nada, nada mau.

— Como você sabe, se não o conhece?

— Como não? Onde você acha que levei a loba para lanchar esta tarde?

— Ao Nacional? — perguntei incrédula.

— Exatamente. Saiu três vezes mais caro que na Campana, porque a aproveitadora se encheu até as sobrancelhas de chá com biscoitinhos ingleses, mas valeu a pena.

— Você o viu, então?

— Vi e falei com ele. Até me deu fogo.

— Você é um cara de pau — disse eu, sem poder conter um sorriso. — E o que achou?

— Muito apetecível quando estiver curado. Apesar de mancar e estar com metade do rosto estropiado, é bonitão e parece um *gentleman*.

— Você acha que é de confiança, Félix? — inquiri, então, com uma ponta de preocupação. Apesar de Logan ter me pedido que confiasse nele, eu ainda não tinha certeza. Meu vizinho respondeu com uma gargalhada.

— Imagino que não, mas você não tem de se importar com isso. Seu novo amigo é só um jornalista de passagem, fazendo um jogo de troca com a mulher que perdeu a cabeça pelo alto comissário. De modo que, pelo próprio interesse dele, se não quiser sair desta terra em condições piores do que chegou, mais vale que se comporte bem com você.

A perspectiva de Félix me fez ver as coisas de outra maneira. O desastroso final de minha história com Ramiro havia me transformado em uma pessoa descrente e receosa, mas o que estava em jogo com Marcus Logan não era uma questão de lealdade pessoal, e sim uma simples troca de interesses. Se você me dá, eu lhe dou; caso contrário, nada feito. Essas eram as normas, não havia por que ir além ficando constantemente obcecada com o alcance de sua confiabilidade. Ele era o principal interessado em um bom relacionamento com o alto comissário, de modo que não havia razão para que falhasse comigo.

Naquela noite, Félix me informou quem era exatamente Serrano Suñer. Com frequência eu ouvia falar dele no rádio e havia lido seu nome no jornal, mas nada sabia da personagem que se escondia por trás daqueles dois sobrenomes. Félix, como tantas outras vezes, forneceu-me o mais completo relatório.

— Como imagino que já deve saber, minha querida, Serrano é cunhado de Franco, casado com Zita, irmã mais nova de Carmen Polo, uma mulher bem mais jovem, mais bonita e menos esticada que a mulher do Caudilho, como pude verificar em algumas fotografias. Dizem que é um sujeito imensamente brilhante, com uma capacidade intelectual mil vezes superior à do Generalíssimo, algo em que este não vê, pelo visto, a menor graça. Antes da guerra, era advogado do Estado e deputado por Zaragoza.

— De direita.

— Obviamente. A sublevação, porém, o pegou em Madri. Foi detido por sua filiação política, esteve detido no presídio Modelo e finalmente conseguiu ser levado para um hospital; tem uma úlcera ou algo assim. Contam que então, graças à ajuda do doutor Marañón, conseguiu fugir dali disfarçado de mulher, com peruca, chapéu e as calças arregaçadas por baixo do casaco; uma graça.

Rimos imaginando a cena.

— Depois, conseguiu fugir de Madri, chegou a Alicante e ali, disfarçado de novo de marinheiro argentino, saiu da Península embarcado em um torpedeiro.

— E foi embora da Espanha? — perguntei então.

— Não. Desembarcou na França e entrou de novo na zona nacional por terra, com sua mulher e sua penca de filhos, quatro ou cinco, acho. De Irún, conseguiram chegar a Salamanca, que é onde ficava, no início, o quartel-general do lado nacional.

— Seria fácil, sendo parente de Franco.

Ele sorriu malévolo.

— É o que você pensa, linda. Comenta-se que o Caudilho não mexeu um dedo por eles. Poderia haver proposto uma troca com seu cunhado, coisa comum entre os dois lados, mas nunca fez isso. E quando conseguiram chegar a Salamanca, a recepção não foi, ao que parece, excessivamente entusiasmada. Franco e sua família estavam instalados no palácio episcopal e conta-se que alojaram toda a tropa dos Serrano Polo em um sótão com uns catres caindo aos pedaços, enquanto a filha de Franco tinha um dormitório enorme com um banheiro só para ela. Na verdade, além de todas essas maldades que circulam de boca em boca, não consegui obter muita informação sobre a vida privada de Serrano Suñer; lamento, querida. O que sei é que em Madri mataram dois irmãos dele alheios a questões políticas, com quem era muito unido; ao que parece, isso o traumatizou e o estimulou a se envolver ativamente na construção do que eles chamam de a Nova Espanha. O caso é que conseguiu se transformar no braço direito do general. Por isso o chamam de o cunhadíssimo, equiparando-o ao Generalíssimo. Dizem, também, que grande parte do mérito de seu poder atual vem da influência da poderosa dona Carmen, que já estava cansada de que o inconsequente do seu outro cunhado, Nicolás Franco, influenciasse tanto seu marido. Então, assim que Serrano chegou, ela deixou bem claro: "A partir de agora, Paco, mais Ramón e menos Nicolás".

A imitação da voz da mulher de Franco nos fez rir outra vez.

— Serrano é um sujeito muito inteligente, segundo contam — prosseguiu Félix. — Muito sagaz; muito mais preparado que Franco no aspecto político, no intelectual e no humano. Além disso, é imensamente ambicioso e um trabalhador incansável; dizem que passa o dia tentando construir uma base jurídica para legitimar o movimento nacional e o poder supremo de seu parente. Ou seja, está trabalhando para dotar uma estrutura puramente militar de uma ordem institucional civil, entende?

— Caso ganhem a guerra — antecipei.

— Caso ganhem a guerra, quem sabe.

— E as pessoas gostam de Serrano? Têm afeto por ele?

— Mais ou menos. Os arrasta-sabres, ou militares de alta graduação, quero dizer, não gostam nada dele. Consideram-no um intruso desagradável; falam línguas diferentes, não se entendem. Eles seriam felizes com um Estado puramente quarteleiro, mas Serrano, que é mais esperto que todos eles, tenta fazê-los ver que isso seria um disparate, que dessa maneira jamais conseguiriam obter legitimidade e reconhecimento internacional. E Franco, embora não tenha a mínima ideia de política, confia nele nesse sentido. Então, mesmo a contragosto, os outros têm de engoli-lo. Também não convence os falangistas de sempre. Ao que parece, ele era amigo íntimo de José Antonio Primo de Rivera porque haviam estudado juntos na faculdade, mas nunca chegou a militar na Falange antes da guerra. Agora sim: entrou de cabeça e é mais papista que o papa;

mas os falangistas de antes o veem como um arrivista, um oportunista recém-convertido.

— Então, quem o apoia? Só Franco?

— E sua santa esposa, que não é pouca coisa. Mas vamos ver quanto dura o carinho.

Félix também atuou como salva-vidas nos preparativos para o evento. Desde que lhe dei a notícia e ele fingiu morder, com gesto teatral, os cinco dedos da mão para demonstrar sua inveja, não houve noite em que não fosse a minha casa para levar algum dado interessante sobre a festa; retalhos e migalhas que havia obtido aqui ou ali em seu constante afã exploratório. Não passávamos aqueles momentos na sala como havíamos feito até então: eu tinha tanto trabalho acumulado que nossos encontros noturnos foram transferidos temporariamente para o ateliê. Para ele, porém, essa pequena mudança não pareceu importar: adorava as linhas, os tecidos e os segredos por trás da costura, e sempre tinha alguma ideia para o modelo no qual eu estivesse trabalhando. Algumas vezes acertava; muitas outras, porém, sugeria apenas os mais puros disparates.

— Esta maravilha de veludo é para o modelito da mulher do presidente do Tribunal de Justiça? Faça um buraco na bunda, para ver se assim alguém repara nela. Que desperdício de tecido, a mulher é feia como o diabo — dizia, enquanto passava os dedos pelos pedaços de tecido montados em um manequim.

— Não toque — adverti com firmeza, concentrada em meus pespontos sem nem olhar para ele.

— Desculpe, menina; é que o tecido tem um brilho...

— Por isso mesmo: tenha cuidado, senão vai deixar os dedos marcados. Vamos, Félix, conte-me o que soube hoje.

Naqueles dias, a visita de Serrano Suñer era o prato do dia de Tetuán. Nas lojas, nos armazéns e nos salões de cabeleireiro, no consultório de qualquer médico, nos cafés e nos grupinhos nas calçadas, nas barracas do mercado e na saída de missa não se falava de outra coisa. Eu, porém, andava tão ocupada que mal podia me permitir pôr o pé na rua. Mas, para isso, tinha meu bom vizinho.

— Ninguém vai perder a oportunidade; o melhor de cada casa vai estar ali do ladinho para fazer o *rendez-vous* ao cunhadíssimo: o califa e seu grande séquito, o grão-vizir e o *majzen*, seu governo inteiro. Todas as altas autoridades da administração espanhola, militares cheios de condecorações, os letrados e magistrados, os representantes dos partidos políticos marroquinos e da comunidade israelita, o corpo consular completo, os diretores dos bancos, os burocratas dos correios, os empresários poderosos, os médicos; todos os espanhóis, árabes e judeus ricos e, evidentemente, um ou outro como você, pequena sem-vergonha, que vai entrar pela porta falsa de braços dados com seu jornalista coxo.

Rosalinda, porém, havia me advertido de que a sofisticação e o *glamour* do evento seriam bastante contidos. Beigbeder tinha a intenção de homenagear o convidado com todas as honras, mas não esquecendo que estávamos em tempos de guerra. Por isso, não haveria ostentação, nem baile, só a música da banda do califa. Mesmo assim, apesar da comedida austeridade, aquela seria a mais brilhante recepção de todas as que o Alto Comissariado havia organizado em muito tempo, e a capital do Protetorado, por isso, movia-se agitada preparando-se para ela.

Félix me instruiu, também, em algumas questões protocolares. Eu nunca soube onde ele as havia aprendido, pois sua bagagem social era nula e seu círculo de amizades quase tão escasso quanto o meu. Os pilares de sua vida eram o trabalho rotineiro na repartição, sua mãe e suas misérias, as esporádicas excursões noturnas a locais de má fama e as recordações de alguma ocasional viagem a Tânger antes que a guerra começasse, isso era tudo. Nunca havia posto os pés na Espanha. Mas adorava o cinema e conhecia todos os filmes americanos fotograma a fotograma, e era um leitor voraz de revistas estrangeiras, um observador sem qualquer pudor e o curioso mais incorrigível. E esperto como uma raposa, de modo que, recorrendo a uma fonte ou outra, não teve o menor trabalho para conseguir as ferramentas necessárias para me adestrar e me transformar em uma elegante convidada sem sombra alguma de falta de *pedigree*.

Alguns conselhos seus foram desnecessários, óbvios. Em meus tempos ao lado do canalha Ramiro, eu havia conhecido e observado pessoas das categorias e procedências mais diversas. Fomos juntos a mil festas e percorremos dezenas de bons lugares e restaurantes tanto em Madri quanto em Tânger; graças a isso, eu havia assimilado muitas pequenas rotinas para me mover com desembaraço em reuniões sociais. Félix, porém, decidiu começar minha instrução pelo mais elementar.

— Não fale com a boca cheia, não faça barulho para comer e não limpe a boca com a manga, nem enfie o garfo até a garganta, nem beba o vinho de um gole só, nem erga a taça fazendo "psiu" para o garçom para que a torne a encher. Use o "por favor" e o "muito obrigada" quando for conveniente, mas murmurado, sem grandes efusões. E você sabe, diga simplesmente "muito prazer" aqui e "muito prazer" ali se a apresentarem a alguém, nada de "o prazer é todo meu" nem cafonices do tipo. Se falarem de algo que você não conhece ou que não entende, dê um de seus deslumbrantes sorrisos e fique caladinha apenas assentindo com a cabeça de vez em quando. E quando não tiver mais remédio que falar, lembre-se de reduzir suas imposturas ao *minimum minimorum*, para não se contradizer depois: uma coisa é jogar no ar algumas mentirinhas para se promover como *haute couturier*, e outra é você se meter na boca do lobo se exibindo diante de gente com perspicácia suficiente para captar seus embustes no ar. Se alguma coisa a impressionar ou a agradar imensamente, diga só "admirável", "impressionante" ou um adjetivo similar; em nenhum momento demonstre seu entusiasmo com movimentos espalhafatosos, nem com palmadas na coxa ou frases como "nossa, é um milagre", "mama mia" ou "estou pasma". Se algum comentário lhe parecer engraçado, não dê gargalhadas mostrando os dentes do juízo nem dobre o corpo segurando a barriga. Apenas sorria, pestaneje e evite qualquer comentário. E não dê sua opinião quando não lhe pedirem, nem faça intervenções indiscretas do tipo "o senhor quem é, meu caro?" ou "não me diga que essa gorda é sua mulher".

— Tudo isso eu já sei, querido Félix — disse rindo. — Sou uma simples costureira, mas não vim das cavernas. Diga-me outras coisas um pouco mais interessantes, por favor.

— Certo, linda, como quiser; eu só quis ser útil, caso lhe escapasse algum detalhezinho. Vamos falar sério, então.

E assim, ao longo de várias noites, Félix foi me apresentando os perfis dos convidados mais destacados, e um a um fui memorizando seus nomes, postos e cargos e, em muitas ocasiões, também seus rostos, graças ao desfile de jornais, revistas, fotografias e anuários que ele arranjou. Dessa maneira, soube onde moravam, o que faziam, quanto dinheiro tinham e quais eram suas posições na ordem local. Na realidade, tudo aquilo me interessava bem pouco, mas Marcus

Logan contava com que eu o ajudasse a identificar pessoas relevantes, e, para isso, eu necessitava, antes, me informar.

— Imagino que, dada a procedência de seu acompanhante, vocês estarão principalmente com os estrangeiros — disse. — Suponho que, além da nata local, virão também alguns outros de Tânger; o cunhadíssimo não pretende ir para lá em sua turnê, de modo que, você sabe, se Maomé não vai à montanha...

Aquilo me reconfortou: no meio de um grupo de expatriados a quem nunca havia visto nem provavelmente tornaria a ver na vida, eu me sentiria mais segura que no meio de cidadãos locais com quem diariamente cruzaria em qualquer esquina. Félix me informou, também, da ordem que o protocolo seguiria, como seriam os cumprimentos e como tudo iria transcorrendo passo a passo. Eu o ouvi memorizando os detalhes, enquanto costurava com tanta intensidade como nunca antes na vida.

Até que, finalmente, chegou o grande dia. Ao longo da manhã, foram saindo do ateliê as últimas encomendas nos braços de Jamila; depois do meio-dia todo o trabalho estava entregue e, finalmente, veio a calma. Imaginei que as demais convidadas já estariam terminando de almoçar, preparando-se para descansar na penumbra de seus dormitórios com as venezianas fechadas ou esperando sua vez na sala de espera da *haute coiffure* de Justo e Miguel. Senti inveja delas: com tempo só para um sanduíche, ainda tive que usar a hora da sesta para costurar minha própria roupa. Quando pus a mão na massa, eram quinze para as três. A recepção começaria às oito, Marcus Logan havia mandado um recado avisando que me pegaria às sete e meia. Tinha um mundo de coisas para fazer e menos de cinco horas pela frente.

## 29

Olhei o relógio quando acabei de passar a roupa. Eram seis e vinte. O vestido estava pronto; só faltava me arrumar. Mergulhei na banheira e deixei a mente vazia. O nervosismo chegaria quando o evento estivesse mais perto; por enquanto, eu merecia um descanso: um descanso de água quente e espuma. Senti meu corpo cansado ir relaxando, meus dedos cansados de costurar desintumescendo sua rigidez e a cervical se livrando da tensão. Comecei a cochilar, o mundo pareceu se derreter dentro da porcelana da banheira. Não recordava um momento tão prazeroso em meses, mas a agradável sensação durou muito pouco: foi interrompida pela porta do banheiro se abrindo de par em par sem a menor cerimônia.

— Mas em que está pensando, garota? — berrou Candelaria arrebatada. — São mais de seis e meia, e você continua de molho feito feijão; não vai dar tempo, menina! A que horas pretende começar a se arrumar?

A muambeira trazia consigo o que julgou ser a equipe de emergência imprescindível: sua comadre Remédios, a cabeleireira, e Angelita, uma vizinha da pensão com artes de manicure.

Um pouco antes eu havia mandado Jamila comprar uns grampos na rua Luneta; ela cruzara com Candelaria no caminho, e assim soubera que eu estivera muito mais preocupada com a roupa das clientes que com a minha, e que mal tivera um minuto livre para me preparar.

— Levante-se, morena; saia dessa bacia que temos muita coisa para fazer e pouco tempo.

Deixei-as agir; teria sido impossível lutar contra aquele ciclone. E, evidentemente, agradeci sua ajuda do fundo do coração. Faltavam apenas quarenta e cinco minutos para a chegada do jornalista e eu ainda continuava, nas palavras da muambeira, parecendo uma vassoura de pelo. A atividade começou assim que consegui enrolar a toalha no corpo.

A vizinha Angelita se concentrou em minhas mãos, esfregando-as com óleo, retirando as asperezas e lixando as unhas. Enquanto isso, a comadre Remédios se encarregou do cabelo. Antecipando-me à falta de tempo, eu o havia lavado de manhã; o que precisava nesse momento era de um penteado decente. Candelaria atuou como assistente a ambas, passando pinças e tesouras, bobes e pedaços de algodão enquanto, falando sem parar, nos atualizava acerca dos últimos comentários sobre Serrano Suñer que circulavam por Tetuán. Ele havia chegado dois dias atrás e junto com Beigbeder percorrera todos os locais e visitara todos os personagens relevantes do Norte da África: de Alcácer-Quibir a Xauen e depois a Dar Riffien, do califa ao grão-vizir. Eu não havia visto Rosalinda desde a semana anterior; as notícias, porém, circulavam de boca em boca.

— Contam que ontem tiveram um almoço mouro em Ketama, entre os pinheiros, sentados em tapetes no chão. Dizem que o cunhadíssimo quase teve um piripaque quando viu que todos comiam com as mãos; o homem não sabia como levar o cuscuz à boca sem deixar cair metade pelo caminho...

— ... E o alto comissário estava adorando, fazendo o papel de grande anfitrião e fumando um charuto atrás do outro — acrescentou uma voz da porta. A de Félix, obviamente.

— O que está fazendo aqui a essa hora? — perguntei surpresa. O passeio da tarde com sua mãe era sagrado, mais ainda naquele dia em que a cidade toda estava na rua. Com o polegar apontando para a boca, fez um gesto ilustrativo: dona Elvira estava em casa, convenientemente bêbada antes da hora.

— Já que você vai me abandonar esta noite e me trocar por um jornalista estrangeiro, não queria perder os preparativos. Posso ajudar em algo, senhoras?

— Você não é aquele que pinta divinamente? — perguntou Candelaria de supetão. Os dois sabiam quem era cada um, mas nunca haviam conversado antes.

— Como o próprio Murillo.

— Então vejamos o que pode fazer com os olhos dela — disse, estendendo-lhe um estojo de cosméticos que eu nunca soube de onde tirou.

Félix jamais havia maquiado alguém na vida, mas não se acovardou. Ao contrário, recebeu a ordem da muambeira como um presente e, após consultar as fotografias de dois números de *Vanity Fair* em busca de inspiração, concentrou-se em meu rosto como se fosse uma tela.

Às sete e quinze eu continuava enrolada na toalha com os braços esticados, enquanto Candelaria e a vizinha se esforçavam para secar o esmalte das unhas com sopros. Às sete e vinte, Félix terminou de ajeitar minhas sobrancelhas com os dedos. Às sete e vinte e cinco, Remédios colocou em meu cabelo o último grampo e, apenas alguns segundos depois, Jamila chegou correndo como uma louca da varanda anunciando aos gritos que meu acompanhante acabava de surgir na esquina da rua.

— E, agora, faltam só duas coisinhas — anunciou minha sócia.

— Está tudo perfeito, Candelaria: não há tempo para mais nada — disse eu, saindo seminua em busca da roupa.

— Nem pensar — advertiu a minhas costas.

— Não posso parar, Candelaria, de verdade... — insisti nervosa.

— Cale-se e olhe — ordenou pegando-me pelo braço no meio do corredor. Então, estendeu-me um pacote achatado embrulhado em papel amassado.

Abri-o com pressa: sabia que não podia continuar me negando porque só tinha a perder.

— Meu Deus, Candelaria, não posso acreditar! — disse desdobrando umas meias de seda. — Como conseguiu? Você havia dito que não se encontra um par há meses!

— Cale-se de uma vez e abra este agora — disse, interrompendo meu agradecimento e entregando-me outro pacote.

Sob o tosco papel encontrei um lindo objeto de nácar brilhante com borda dourada.

— É um pó compacto — esclareceu com orgulho. — Para você empoar o nariz bem empoado, para não ser menos que as mulheres importantes com quem vai estar hoje.

— É linda — sussurrei acariciando a superfície. Abri-a, então: dentro havia uma pastilha de pó compacto, um pequeno espelho e uma esponja branca de algodão. — Muito obrigada, Candelaria. Não precisava se incomodar, já fez bastante por mim...

Não pude falar mais por duas razões: porque estava quase chorando e porque nesse instante a campainha soou. O ruído me fez reagir, não havia tempo para sentimentalismos.

— Jamila, abra voando — ordenei. — Félix, traga-me a combinação que está em cima da cama; Candelaria, ajude-me com as meias, senão, com a pressa, vou rasgá-las. Remédios, pegue os sapatos; Angelita, feche a cortina do corredor. Vamos para o ateliê para que ele não nos ouça.

Com a seda crua, fiz um conjuntinho de grandes lapelas, acinturado e com saia evasê. Diante da carência de joias, todo o complemento era uma flor de tecido cor de tabaco no ombro, combinando com os sapatos de salto altíssimo que um sapateiro do bairro mouro havia forrado. Remédios havia conseguido transformar meus cabelos em um elegante rabo frouxo que emoldurava com graça o espontâneo trabalho de Félix como maquiador. Apesar de sua inexperiência, o resultado foi maravilhoso: encheu meus olhos de alegria e os lábios de carnosidade; arrancou luz de meu rosto cansado.

Todos juntos me vestiram, me calçaram, retocaram o penteado e o batom. Não tive tempo nem para me olhar no espelho; assim que fiquei pronta, fui para o corredor e o percorri apressada na ponta dos pés. Ao chegar à entrada, parei, e, simulando um ritmo sossegado, entrei na sala. Marcus Logan estava de costas, contemplando a rua por uma das varandas. Voltou-se ao ouvir meus passos nas lajotas.

Haviam se passado nove dias desde nosso último encontro, e, ao longo deles, os ferimentos com que o jornalista chegara foram desaparecendo. Ele me esperava com a mão esquerda no bolso de um terno escuro, já sem tipoia. Em seu rosto restavam apenas alguns sinais daquilo que tempo atrás foram feridas sangrenta, e sua pele havia absorvido o sol de Marrocos até adquirir uma cor dourada que contrastava fortemente com o branco impecável da camisa. Mantinha-se em pé sem esforço aparente, os ombros firmes, as costas retas. Sorriu ao me ver, não foi difícil, dessa vez, esticar os lábios para os dois lados do rosto.

— O cunhadíssimo não vai querer voltar para Burgos depois de vê-la esta noite — foi seu cumprimento.

Tentei replicar com alguma frase igualmente espirituosa, mas me distraí com uma voz as minhas costas.

— Que gato, menina — sentenciou Félix com um rouco sussurro em seu esconderijo na entrada.

Disfarcei o riso.

— Vamos? — disse apenas.

Ele também não teve oportunidade de responder: no exato momento em que ia falar, uma presença avassaladora invadiu o espaço.

— Um instantinho, dom Marcus — pediu a muambeira erguendo a mão. — Só quero dar mais um conselhinho antes de partirem, se me permite.

Logan olhou para mim um tanto desconcertado.

— É uma amiga — esclareci.

— Nesse caso, diga o que quiser.

Candelaria foi até ele, então, e começou a falar enquanto fingia tirar algum pelinho inexistente da lapela do paletó do recém-chegado.

— Tome cuidado, meu bem, que esta criatura já apanhou demais da vida. Nem pense em engambelá-la com seus ares de forasteiro rico e depois fazê-la sofrer, porque, se passar por sua cabeça machucá-la, mesmo que seja um arranhãozinho só, meu primo sodomita e eu fazemos um trabalhinho em um instantinho, e uma noite dessas o senhor aparece com as tripas de fora em qualquer rua por aí, e seu lado bom da cara vai ficar feito pele de porco, marcadinho para sempre, ficou claro, meu querido?

O jornalista foi incapaz de replicar: felizmente, apesar de seu espanhol impecável, mal conseguira entender uma palavra do ameaçador discurso de minha sócia.

— O que ela disse? — perguntou, voltando-se para mim com expressão confusa.

— Nada importante. Vamos, está ficando tarde.

A duras penas consegui disfarçar meu orgulho enquanto saíamos. Não por minha aparência; também não pelo homem atraente que estava a meu lado nem pelo importante evento que nos esperava essa noite, mas pelo afeto incondicional dos amigos que deixava para trás.

As ruas estavam enfeitadas com bandeiras vermelhas e amarelas; havia guirlandas, cartazes saudando o ilustre convidado e enaltecendo a figura de seu cunhado. Centenas de almas árabes e espanholas moviam-se com pressa sem aparente rumo fixo. As varandas, enfeitadas com as cores nacionais, estavam cheias de gente, os terraços também. Os jovens trepavam nos locais mais inverossímeis — nos postes, nas grades — procurando o melhor lugar para presenciar o que ia acontecer; as moças passavam de braços dados com alguém e os lábios recém-pintados. As crianças corriam em manadas, cruzando zigue-zagueantes em todas as direções. As crianças espanholas estavam penteadas e cheirando a colônia, os meninos com suas gravatinhas, as meninas com laços de cetim nas pontas das tranças; os mourinhos usavam suas túnicas e seus *tarbush*, muitos andavam descalços, outros não.

À medida que avançávamos rumo à praça Espanha, a massa de corpos tornou-se mais densa, as vozes mais altas. Fazia calor e a luz ainda era intensa; começou a se ouvir uma banda de música afinando os instrumentos. Haviam instalado arquibancadas de madeira portáteis; até o último milímetro de espaço já estava ocupado. Marcus Logan precisou mostrar várias vezes seu convite para que pudéssemos abrir caminho pelas barreiras de segurança que separavam o povo das áreas pelas quais passariam as autoridades. Mal falamos durante o trajeto: a agitação e os constantes desvios para vencer os obstáculos impediram qualquer conversa. Algumas vezes tive de me segurar com força em seu braço a fim de que a multidão não nos separasse; em outras ocasiões, ele teve de me segurar pelos ombros para que a agitação voraz não me engolisse. Demoramos a chegar, mas conseguimos. Senti um nó na boca do estômago ao atravessar o portão que dava acesso ao Alto Comissariado; preferi não pensar.

Vários soldados árabes guardavam a entrada, imponentes em seu uniforme de gala, com grandes turbantes e as capas esvoaçantes. Atravessamos o jardim enfeitado com bandeiras e estandartes, um ajudante nos dirigiu até um volumoso grupo de convidados que esperava o início do ato sob os toldos brancos montados para a ocasião. Em sua sombra aguardavam quepes, luvas e pérolas, gravatas, leques, camisas azuis sob paletós brancos com o escudo da Falange bordado no peito, e um bom número de modelos costurados, pesponto a pesponto, por minhas mãos. Cumprimentei várias clientes com gestos discretos, fingi não notar alguns olhares e cochichos dissimulados que recebemos de vários lados — quem é ela, quem é ele, li no movimento de alguns lábios. Reconheci mais rostos: muitos deles havia visto apenas nas fotografias que Félix me mostrara nos dias anteriores; com alguns outros, porém, unia-me um contato mais pessoal. O delegado Vázquez, por exemplo, que disfarçou com maestria sua incredulidade ao me encontrar naquele cenário.

— Mas que grata surpresa — disse, enquanto se afastava de um grupo e se aproximava de nós.

— Boa noite, dom Claudio. — Esforcei-me para soar natural, não sei se consegui. — Prazer em vê-lo.

— Tem certeza? — perguntou com uma expressão irônica.

Não pude responder porque, diante de meu estupor, imediatamente cumprimentou meu acompanhante.

— Boa noite, senhor Logan. Parece já estar muito aclimatado à vida local.

— O delegado me chamou a seu escritório assim que cheguei a Tetuán — esclareceu o jornalista, enquanto se apertavam as mãos. — Formalidades.

— Por ora, ele não é suspeito de nada, mas informe-me se vir algo de estranho nele — brincou o delegado. — E você, Logan, cuide da senhorita Quiroga, que passou um ano muito difícil trabalhando sem parar.

Deixamos o delegado e continuamos avançando. O jornalista se mostrou descontraído e atento em todos os momentos, e eu me esforcei para não demonstrar a sensação de peixe fora d'água que me dominava. Ele também não conhecia quase ninguém, mas isso não o parecia incomodar em absoluto: movia-se com aprumo, com uma segurança invejável que provavelmente seria fruto de seu trabalho. Resgatando os ensinamentos de Félix, mostrei-lhe disfarçadamente quem eram alguns dos convidados: aquele homem de terno escuro é José Ignacio Toledano, um judeu rico diretor do Banco Hassan; a mulher tão elegante de penteado de plumas que fuma com piteira é a duquesa de Guisa, uma nobre francesa que mora em Larache; o homem corpulento é Mariano Bertuchi, o pintor.

Tudo transcorreu segundo o protocolo previsto. Chegaram mais convidados, depois as autoridades civis espanholas e a seguir as militares; as marroquinas depois, com suas vestimentas exóticas. No frescor do jardim, ouvimos o clamor da rua, os gritos, os vivas e aplausos. Ele chegou, já está aqui, ouviu-se dizer repetidamente. Mas o homenageado ainda demorou a aparecer: antes, dedicou um tempo à massa, a se deixar aclamar como um toureiro ou uma das artistas americanas que tanto fascinavam meu vizinho.

E, por fim, apareceu o esperado, o desejado, o cunhado do Caudilho, viva a Espanha. Vestindo um terno preto, sério, ereto, magérrimo e imensamente bonito com seu cabelo quase branco penteado para trás; impassível o rosto, como dizia o hino da Falange, com aqueles olhos de gato esperto e os 37 anos um tanto envelhecidos que então portava.

Eu devia ser uma das poucas pessoas que não sentiam a menor curiosidade de vê-lo de perto ou de apertar sua mão, e, mesmo assim, não parei de olhar em sua direção. Não era Serrano, porém, quem me interessava, e sim alguém que estava muito perto dele e a quem eu ainda não conhecia pessoalmente: Juan Luis Beigbeder. O amante de minha cliente e amiga era um homem alto, magro sem excesso, beirando os cinquenta. Usava um uniforme de gala com uma faixa larga na cintura, quepe, bengala leve e uma espécie de fusta. Seu nariz era fino e proeminente: embaixo, um bigode escuro; acima, óculos de aro redondo, dois círculos perfeitos atrás dos quais se vislumbravam dois olhos inteligentes que acompanhavam tudo o que acontecia a seu redor. Pareceu-me um homem peculiar, talvez um tanto pitoresco. Apesar de sua roupa, não tinha em absoluto uma distinção marcial; longe disso, havia em sua atitude algo um pouco teatral que, porém, não parecia fingido; seus gestos eram refinados e opulentos ao mesmo tempo, seu riso expansivo, a voz rápida e sonora. Movia-se de um lado para o outro sem parar, cumprimentava com efusão, distribuindo abraços, palmadas nas costas e prolongados apertos de mão; sorria e falava com uns e outros, mouros, cristãos, judeus. Talvez, em seus momentos livres, deixasse transparecer o romântico intelectual que, segundo Rosalinda, havia dentro dele, mas, naquele momento, a única coisa que mostrou para a audiência foram imensos dotes para relações públicas.

Parecia ter amarrado Serrano Suñer com uma corda invisível; às vezes permitia que se afastasse um pouco, dava-lhe certa liberdade de movimentos para que cumprimentasse e conversasse por sua conta, para que se deixasse adular. Um minuto depois, porém, puxava a linha e o arrastava de novo para junto de si: explicava-lhe algo, apresentava-o a alguém, colocava seu braço nos ombros dele, dizia uma frase em seu ouvido, soltava uma gargalhada e o deixava ir de novo.

Procurei Rosalinda repetidamente, mas não a encontrei. Nem ao lado de seu querido Juan Luis, nem longe dele.

— Viu a senhora Fox por aí? — perguntei a Logan quando terminou de trocar umas palavras em inglês com alguém de Tânger que me apresentou e cujo nome e cargo esqueci instantaneamente.

— Não, não a vi — replicou simplesmente, enquanto concentrava a atenção no grupo que estava se formando nesse momento em volta de Serrano. — Sabe quem são? — disse, apontando para eles com um discreto movimento de queixo.

— Os alemães — respondi.

Lá estavam a exigente *Frau* Langenheim em seu formidável vestido de *shantung* violeta que eu havia feito; *Frau* Heinz, que havia sido minha primeira cliente, vestida de branco e preto como um arlequim; a esposa de Bernhardt, que tinha sotaque argentino e daquela vez não estava estreando roupa alguma, e mais outra que eu não conhecia. Todas acompanhadas de seus maridos, todos cumprimentando o cunhadíssimo enquanto ele se desmanchava em sorrisos no grupo compacto de alemães. Daquela vez, porém, Beigbeder não interrompeu a conversa e o deixou ficar em cena por si mesmo um tempo prolongado.

# 30

A noite foi caindo, as luzes se acenderam como em uma quermesse. O ambiente continuava animado sem estridências, a música suave e Rosalinda ausente. O grupo de alemães se mantinha férreo em volta do convidado de honra, mas em algum momento as mulheres se afastaram e ficaram só cinco homens estrangeiros e o dignitário espanhol. Pareciam concentrados na conversa e passavam algo de mão em mão juntando as cabeças, apontando com o dedo, comentando. Notei que meu acompanhante não parava de olhar para eles disfarçadamente.

— Parece que se interessa pelos alemães.

— Eles me fascinam — disse irônico. — Mas estou de pés e mãos amarrados.

Repliquei erguendo as sobrancelhas em uma expressão interrogativa, não entendendo o que ele queria dizer. Não me esclareceu, mas desviou o rumo da conversa para terrenos que, aparentemente, nada tinham a ver.

— Seria muito descaramento de minha parte lhe pedir um favor?

Fez a pergunta de modo casual, como quando uns minutos antes havia me perguntado se aceitava um cigarro ou uma taça de coquetel de frutas.

— Depende — repliquei, também fingindo uma despreocupação que não sentia. Apesar de a noite estar moderadamente descontraída, eu ainda não me sentia à vontade, não conseguia usufruir daquela festa alheia. Preocupava-me, também, a ausência de Rosalinda; era muito estranho que não estivesse ali. A única coisa que me faltava era que o jornalista me pedisse um novo favor constrangedor: eu já havia feito bastante concordando em comparecer àquele ato.

— Trata-se de algo muito simples — esclareceu. — Tenho curiosidade de saber o que os alemães estão mostrando a Serrano, o que todos olham com tanta atenção.

— Curiosidade pessoal ou profissional?

— Ambas. Mas não posso me aproximar: você sabe que eles não gostam dos ingleses.

— Está propondo que eu me aproxime para dar uma olhada? — perguntei incrédula.

— Sem que se note muito, se possível.

Quase soltei uma gargalhada.

— Não está falando sério, está?

— Claro que sim. Nisso consiste meu trabalho: busco informação e meios de obtê-la.

— E, agora, como não pode conseguir essa informação por si mesmo, deseja que o meio seja eu.

— Mas não quero abusar de você, juro. Trata-se de uma simples proposta, não tem obrigação alguma de aceitá-la. Considere-a apenas.

Olhei para ele sem palavras. Parecia sincero e confiável, mas, conforme Félix havia previsto, provavelmente não era. Tudo, afinal, era pura questão de interesses.

— Está bem.

Tentou dizer algo, um agradecimento antecipado, talvez. Não lhe permiti.

— Mas quero algo em troca — acrescentei.

— O quê? — perguntou estranhando. Não esperava que minha ação tivesse um preço.

— Descubra onde está *Mrs.* Fox.

— Como?

— Você deve saber como; por isso é jornalista.

Não esperei sua réplica: dei-lhe as costas e me afastei perguntando-me como diabos poderia me aproximar do grupo alemão sem parecer muito descarada.

A solução surgiu com o estojo de pó que Candelaria havia me dado minutos antes de sair de casa. Tirei-o da bolsa e abri-o. Enquanto caminhava, fingi contemplar nele um pedaço de meu rosto antecipando uma visita ao *toilette*. Só que, concentrada no espelho, errei levemente o rumo e, em vez de abrir caminho entre os vãos, choquei-me, que azar, com as costas do cônsul alemão.

Minha colisão ocasionou a interrupção brusca da conversa que o grupo mantinha e a queda do estojo de pó no chão.

— Sinto muito, muito mesmo, estava tão distraída... — disse, com a voz carregada de falso constrangimento.

Quatro dos presentes imediatamente ameaçaram se agachar para pegar o estojo, mas um foi mais rápido que os outros. O mais magro de todos, o do cabelo quase branco penteado para trás. O único espanhol. O que tinha olhos de gato.

— Acho que o espelho quebrou — anunciou ao erguê-lo. — Veja.

Olhei. Mas, antes de fixar a vista no espelho rachado, tentei identificar rapidamente o que ele, além do estojo, segurava com seus dedos finíssimos.

— Sim, parece que quebrou — murmurei, passando com delicadeza o indicador sobre a superfície estilhaçada que ele ainda segurava nas mãos. Minha unha recém-pintada se refletiu nele cem vezes.

Nossos ombros estavam juntos e as cabeças próximas, ambas voltadas para o pequeno objeto. Percebi a pele clara de seu rosto a apenas alguns centímetros, seus traços delicados e as têmporas grisalhas, o fino bigode.

— Cuidado, não vá se cortar — disse em voz baixa.

Demorei alguns segundos ainda, comprovei que a pastilha de pó estava intacta, que a esponja estava em seu lugar. E, de quebra, olhei de novo para o que ele continuava segurando, o que apenas alguns minutos antes havia passado de mão em mão entre eles. Fotografias. Tratava-se de algumas fotografias. Só pude ver a primeira delas: pessoas que não reconheci, indivíduos formando um grupo compacto de rostos e corpos anônimos.

— Sim, acho que é melhor fechá-lo — disse por fim.

— Tome.

Juntei as duas partes com um sonoro clique.

— É uma pena; é um estojo muito bonito. Quase tanto quanto sua dona — acrescentou.

Aceitei o elogio com uma expressão coquete e o mais maravilhoso sorriso.

— Não foi nada, não se preocupe, de verdade.

— Foi um prazer, senhorita — disse, estendendo-me a mão. Notei que mal pesava.

— Igualmente, senhor Serrano — repliquei pestanejando. — Reitero minhas desculpas pela interrupção. Boa noite, senhores — acrescentei, varrendo o resto do grupo com o olhar. Todos usavam uma suástica na lapela.

— Boa noite — repetiram os alemães em coro.

Retomei o rumo impondo a meu andar toda a graça que pude. Quando intuí que não podiam mais me ver, peguei uma taça de vinho da bandeja de um garçom, bebi-a de um gole e a joguei vazia no meio do roseiral.

Amaldiçoei Marcus Logan por me fazer embarcar naquela estúpida aventura e a mim por ter aceitado. Estive muito mais perto de Serrano Suñer que qualquer convidado: seu rosto ficou praticamente colado ao meu, nossos dedos haviam se tocado, sua voz soou em meu ouvido com uma proximidade que havia beirado a intimidade. Eu havia me exposto perante ele como uma frívola desastrada, feliz por ser por alguns instantes objeto da atenção de sua insigne pessoa, sendo que, na realidade, eu não tinha o menor interesse em conhecê-lo. E tudo isso para nada; para verificar, apenas, que o que o grupo havia contemplado com aparente interesse era um punhado de fotografias nas quais não consegui distinguir uma única pessoa conhecida.

Arrastei minha irritação pelo jardim até que cheguei à porta do edifício principal do Alto Comissariado. Precisava localizar um banheiro: usar a bacia, lavar minhas mãos, distanciar-me de tudo por alguns minutos e me acalmar antes de voltar ao jornalista. Segui as indicações que alguém me deu: percorri a entrada enfeitada com métopas e quadros de oficiais de uniforme, virei à direita e avancei por um largo corredor. Terceira porta à esquerda, haviam dito. Antes de encontrá-la, umas vozes me alertaram sobre a situação de meu destino; apenas alguns segundos depois, comprovei com meus próprios olhos o que estava acontecendo. O chão estava encharcado, a água parecia sair aos borbotões de algum lugar lá dentro, de uma cisterna quebrada, provavelmente. Duas mulheres reclamavam iradas pelo estado de seus sapatos e três soldados se arrastavam pelo chão ajoelhados com trapos e toalhas, tentando conter a água que não parava de minar e que já começava a invadir as lajotas do corredor. Fiquei quieta diante da cena; chegaram reforços com mais trapos, até lençóis me pareceu que levavam. As convidadas se afastaram entre queixas e resmungos, e então alguém se ofereceu para me acompanhar até outro banheiro.

Segui um soldado ao longo do corredor, em sentido inverso ao caminho de ida. Atravessamos o *hall* principal novamente e adentramos um novo corredor, dessa vez silencioso e com uma luz tênue. Viramos várias vezes, à esquerda primeiro, à direita depois, de novo à esquerda. Mais ou menos.

— A senhora quer que a espere? — perguntou quando chegamos.

— Não é necessário. Encontrarei o caminho sozinha, obrigada.

Eu não tinha muita certeza disso, mas a ideia de ter uma sentinela aguardando me pareceu imensamente desagradável, de modo que, com a escolta despachada, fiz minhas necessidades, ajeitei minha roupa, retoquei o cabelo. Estava pronta para sair, mas me faltou ânimo, minhas forças para enfrentar de novo a realidade falharam. Então decidi me dar alguns minutos, uns instantes de solidão. Abri a janela e por ela entrou a noite da África com cheiro de jasmim. Sentei-me no batente e contemplei a sombra das palmeiras; chegou a meus ouvidos o som distante das conversas no jardim da frente. Fiquei fazendo nada, saboreando a quietude e deixando que as preocupações se dissipassem. Em algum canto remoto de meu cérebro, porém, percebi um chamado depois de um tempo. Toc, toc, hora de voltar. Suspirei, levantei-me e fechei a janela. Precisava voltar para o mundo. Misturar-me com aquelas almas com quem tão pouco tinha a ver, voltar para a proximidade do estrangeiro que havia me arrastado para aquela absurda festa e pedido o mais extravagante dos favores. Contemplei pela última vez minha imagem no espelho, apaguei a luz e saí.

Avancei pelo corredor escuro, virei para um lado, depois para outro, julguei estar no caminho certo. Então, dei de cara com uma porta dupla que achava não ter visto antes. Abri-a e encontrei uma sala escura e vazia. Eu havia me equivocado, certamente, de modo que optei por corrigir o rumo. Novo corredor, agora à esquerda, julgava recordar. Mas errei de novo e entrei em uma parte menos nobre, sem frisos de madeira brilhante nem generais em óleo sobre tela nas paredes; provavelmente estava em alguma área de serviço. Calma, pensei sem grande certeza. A cena da noite das pistolas enroladas em um xador e perdida pelos becos do antigo bairro árabe caiu de repente sobre mim. Livrei-me dela, retornei a atenção ao momento imediato e mudei de rumo mais uma vez. E, de repente, encontrei-me de novo no ponto de partida, ao lado do banheiro. Não estava mais perdida. Rememorei o momento da chegada acompanhada pelo soldado e me situei. Tudo claro, problema resolvido, pensei encaminhando-me para a saída. Efetivamente, tudo me pareceu familiar. Uma vitrina com armas antigas, fotografias emolduradas, bandeiras. Tudo que havia visto minutos antes, tudo reconhecível. Inclusive as vozes que ouvi por trás da esquina que ia virar: as mesmas que ouvira no jardim na ridícula cena do estojo de pó.

— Aqui ficaremos mais à vontade, Serrano; aqui podemos conversar com mais tranquilidade. É a sala onde o coronel Beigbeder normalmente nos recebe — disse alguém com forte sotaque alemão.

— Perfeito — replicou seu interlocutor.

Fiquei imóvel, sem fôlego. Serrano Suñer e pelo menos um alemão estavam a apenas uns metros, aproximando-se por um trecho de corredor que formava ângulo reto com o corredor em que eu estava. Assim que eles ou eu virássemos a esquina, ficaríamos frente a frente. Minhas pernas tremiam só de pensar nisso. Na realidade, eu não tinha nada a esconder; não havia razão para temer o encontro. Exceto o fato de que eu não tinha forças para manter uma pose fingida outra vez, para me fazer passar de novo por uma tola desastrada e dar patéticas explicações sobre cisternas quebradas e poças de água a fim de justificar meu solitário andar pelos corredores do Alto Comissariado no meio da noite. Avaliei as opções em menos de um segundo. Não havia tempo para voltar atrás e eu devia, a todo custo, evitar encontrá-los cara a cara, de modo que não podia ir para trás nem avançar. Então a única solução ficava na linha transversal: de um lado, na forma de uma porta fechada. Sem pensar mais, abri-a e entrei.

O aposento estava escuro, mas entravam resquícios da luz noturna pelas janelas. Apoiei as costas na porta à espera de que Serrano e sua companhia passassem e desaparecessem para que eu pudesse sair e seguir meu caminho. O jardim com suas luzes de quermesse, o burburinho das conversas e a solidez imperturbável de Marcus Logan pareceram, de repente, um destino similar ao paraíso, mas eu temia que ainda não fosse o momento de chegar a ele. Respirei fundo, como se com cada inspiração tentasse tirar do corpo um pedaço de minha angústia. Fixei a vista no refúgio e nas sombras distingui cadeiras, poltronas e uma biblioteca envidraçada junto à parede. Havia mais móveis, mas não pude identificá-los porque, nesse momento, outro assunto atraiu minha atenção. Perto de mim, atrás da porta.

— Chegamos — anunciou a voz alemã acompanhada do ruído da maçaneta.

Afastei-me com passos apressados e alcancei uma lateral da sala no momento em que a porta começou a se entreabrir.

— Onde está o interruptor? — ouvi, enquanto me escondia atrás de um sofá. No mesmo instante em que a luz se acendeu, meu corpo tocou o chão.

— Bem, aqui estamos. Sente-se, amigo, por favor.

Fiquei deitada de bruços, com o lado esquerdo do rosto apoiado nas frias lajotas, a respiração contida e os olhos arregalados, tomados de pavor. Sem me atrever a respirar, a engolir ou a mover um pelo. Como uma estátua de mármore.

O alemão parecia agir como anfitrião e se dirigia a um único interlocutor; soube disso porque só ouvi duas vozes e porque, por baixo do sofá, em meu inesperado esconderijo e entre os pés dos móveis, só vi dois pares de pés.

— O alto comissário sabe que estamos aqui? — perguntou Serrano.

— Ele está ocupado atendendo os convidados; falaremos com ele mais tarde, se assim desejar — respondeu vagamente o alemão.

Ouvi os dois se sentarem: acomodaram os corpos, rangeram as molas. O espanhol se sentou em uma poltrona; vi o final de sua calça escura com o vinco bem marcado, suas meias pretas cercando os tornozelos finos que se perdiam dentro de dois sapatos muito bem engraxados. O alemão se sentou em frente a ele, no lado direito do mesmo sofá atrás do qual eu estava escondida. Suas pernas eram mais grossas e o calçado menos fino. Se esticasse meu braço, quase poderia lhe fazer cócegas.

Conversaram durante um longo tempo; não pude calcular o tempo com exatidão, mas foi suficiente para que meu pescoço doesse, para que sentisse uma vontade enorme de me coçar e para conter a duras penas a vontade de gritar, de chorar, de sair correndo. Ouviu-se o ruído dos isqueiros e a sala se encheu de fumaça de cigarros. Da altura do chão, vi as pernas de Serrano se cruzar e descruzar incontáveis vezes; o alemão, porém, mal se mexeu. Tentei domar o medo, encontrar a posição menos desconfortável e rogar aos céus para que nenhum dos membros do meu corpo me exigisse um movimento inesperado.

Meu campo de visão era mínimo e a capacidade de movimento, nula. Tinha acesso apenas àquilo que flutuava no ar e entrava por meus ouvidos: àquilo de que falavam. Concentrei-me, então, na linha da conversa: já que não havia conseguido obter qualquer informação interessante no encontrão com o estojo de pó, pensei que talvez aquilo fosse interessante para o jornalista. Ou, pelo menos, assim me manteria distraída e evitaria que minha mente se transtornasse tanto que acabasse perdendo o senso da realidade.

Ouvi-os falar sobre instalações e transmissões, sobre navios e aeronaves, quantidades de ouro, marcos alemães, pesetas, contas bancárias. Assinaturas e prazos, fornecimentos, acompanhamentos; contrapesos de poder, nomes de empresas, portos e lealdades. Soube que o alemão era Johannes Bernhardt, que Serrano se escudava em Franco para pressionar com mais força ou evitar ceder a algumas condições. E, embora me faltassem dados para entender totalmente a situação, intuí que os dois homens tinham um interesse mútuo em que aquilo sobre o que discutiam prosperasse.

E prosperou. Chegaram a um acordo finalmente; levantaram-se depois e selaram o trato com um aperto de mãos que eu só ouvi e não cheguei a ver. Mas vi os pés se movendo em direção à saída, o alemão cedendo passagem para o convidado, outra vez fazendo as vezes de anfitrião. Antes de sair, Bernhardt fez uma pergunta.

— Vai falar sobre isso com o coronel Beigbeder, ou prefere que eu mesmo lhe diga?

Serrano não respondeu de imediato; antes, ouvi-o acender um cigarro. O enésimo.

— Acha imprescindível falar? — disse, após dar a primeira baforada.

— As instalações ficarão no Protetorado espanhol, imagino que ele deveria ter algum conhecimento a respeito.

— Deixe comigo, então. O Caudilho lhe informará diretamente. E, sobre os termos do acordo, melhor não divulgar qualquer detalhe. Que fique entre nós — acrescentou, ao mesmo tempo que a luz se apagava.

Deixei passar alguns minutos, até que calculei que já estariam fora dali. Então, levantei-me com cautela. Da presença deles no aposento restavam apenas o denso cheiro de cigarro e a intuição de um cinzeiro cheio de bitucas. Mas, fui incapaz de baixar a guarda. Ajeitei a saia e o paletó e fui até a porta andando na ponta dos pés. Levei a mão à maçaneta lentamente, como se temesse que seu contato fosse dar choque, temerosa de sair para o corredor. Mas não cheguei a tocar a maçaneta: quando quase estava tocando-a com os dedos, percebi que alguém a estava manipulando de fora. Com um movimento automático, joguei-me para trás e me apoiei na parede com todas as minhas forças, como se quisesse me embutir nela. A porta se abriu de supetão, quase batendo em mim, e a luz se acendeu um segundo depois. Não pude ver quem entrava, mas ouvi sua voz praguejando.

— Onde o filho da mãe deixou a maldita cigarreira?

Ainda sem vê-lo, intuí que era apenas um soldado cumprindo uma ordem sem vontade, recuperando um objeto esquecido por Serrano ou Bernhardt, não soube a qual dos dois o garoto dirigiu sua revolta. A escuridão e o silêncio voltaram em alguns segundos, mas não consegui recuperar a coragem necessária para me aventurar pelo corredor. Pela segunda vez na vida, obtive a salvação pulando por uma janela.

Voltei ao jardim e, para minha surpresa, encontrei Marcus Logan em animada conversa com Beigbeder. Tentei retroceder, mas era tarde demais: ele já havia me visto e me chamava. Aproximei-me, tentando impedir que percebessem meu nervosismo: depois do que acabava de passar, uma cena íntima com o alto comissário era só o que me faltava.

— Então você é a linda amiga costureira de minha Rosalinda — disse, recebendo-me com um sorriso.

Segurava um charuto em uma mão; passou o outro braço sobre meus ombros com familiaridade.

— Alegro-me muito por finalmente conhecê-la, querida. É uma pena que nossa Rosalinda esteja indisposta e não possa se juntar a nós.

— O que há com ela?

Com a mão que segurava o charuto, desenhou um remoinho no estômago.

— Problemas de intestino. Atacam-na em épocas de tensão, e esses dias andamos tão ocupados atendendo a nosso hóspede que minha coitadinha não teve um minuto de tranquilidade.

Fez um gesto para que Marcus e eu aproximássemos a cabeça da sua e baixou o tom com suposta cumplicidade.

— Graças a Deus, o cunhado vai embora amanhã; acho que não conseguiria aguentá-lo mais um dia.

Concluiu sua confidência com uma sonora gargalhada e nós o imitamos simulando um grande riso também.

— Bem, queridos, preciso ir — disse consultando o relógio. — Sua companhia é um prazer, mas o dever me chama: agora vêm os hinos, os discursos e toda essa parafernália: a parte mais chata, sem dúvida. Vá ver Rosalinda quando puder, Sira: ela agradecerá sua visita. E você também passe pela casa dela, Logan, será bom ter a companhia de um compatriota. Vamos ver se conseguimos jantar uma noite dessas os quatro, assim que todos conseguirmos relaxar um pouco. *God save the king!* — acrescentou a modo de despedida, erguendo a mão em um gesto teatral. E imediatamente, sem uma palavra mais, voltou-se e partiu.

Permanecemos alguns segundos em silêncio vendo-o ir, incapazes de encontrar um adjetivo para qualificar a singularidade do homem que acabava de nos deixar.

— Estou procurando por você há quase uma hora, onde se meteu? — perguntou por fim o jornalista, com o olhar ainda fixo nas costas do alto comissário.

— Estava resolvendo sua vida, conforme me pediu.

— Isso significa que conseguiu ver o que estavam passando de mão em mão no grupo?

— Nada importante. Retratos de família.

— Mas que azar!

Conversávamos sem olhar um para o outro, ambos com a vista concentrada em Beigbeder.

— Mas eu soube de outras coisas que talvez lhe interessem — anunciei então.

— Por exemplo?

— Acordos. Trocas. Negócios.

— Acerca de quê?

— Antenas — esclareci. — Grandes antenas. Três. De uns cem metros de altura, sistema console e marca Electro-Sonner. Os alemães querem instalá-las para interceptar o tráfego aéreo e marítimo no Estreito e enfrentar a presença dos ingleses em Gibraltar. Estão negociando a montagem ao lado das ruínas de Tamuda, a alguns quilômetros daqui. Em troca da autorização expressa de Franco, o exército nacional receberá um crédito substancial do governo alemão. Tudo será feito por meio da empresa Hisma, da qual Johannes

Bernhardt é sócio principal; foi com ele que Serrano fechou o acordo. Estão tentando deixar Beigbeder de fora, querem esconder o assunto dele.

— *My goodness* — murmurou em sua língua. — Como descobriu isso?

Continuávamos não olhando um para o outro, ambos aparentemente ainda atentos ao alto comissário, que avançava entre cumprimentos rumo a uma tribuna toda enfeitada sobre a qual alguém estava colocando um microfone.

— Porque, casualmente, eu estava na mesma sala em que fecharam o acordo.

— Fecharam o acordo na sua frente? — perguntou incrédulo.

— Não, fique tranquilo; não me viram. É uma história um pouco longa, em outro momento lhe conto.

— Certo. Diga-me mais alguma coisa; falaram de datas?

O microfone emitiu um desagradável som estridente. Testando, testando, disse uma voz.

— As peças já estão prontas no porto de Hamburgo. Assim que obtiverem a assinatura do Caudilho, serão desembarcadas em Ceuta e começarão a montagem.

Na distância, vimos o coronel subir, dinâmico, na tribuna, chamando Serrano com um gesto grandiloquente para que o acompanhasse. Continuava sorrindo, cumprimentando confiante. Fiz duas perguntas a Logan.

— Acha que Beigbeder deveria saber que o estão deixando de lado? Acha que eu deveria contar a Rosalinda?

Ele pensou antes de responder, com os olhos ainda centrados nos dois homens que agora, juntos, recebiam os aplausos fervorosos da plateia.

— Suponho que sim, que seria conveniente que ele soubesse. Mas acho que é melhor que a informação não chegue a ele por meio de *Mrs.* Fox ou de você, pois poderia comprometê-la. Deixe comigo, verei a melhor maneira de lhe contar; não diga nada a sua amiga, encontrarei uma oportunidade.

Passamos mais alguns segundos em silêncio, como se ele ainda estivesse ruminando tudo o que acabara de ouvir.

— Sabe de uma coisa, Sira? — perguntou, voltando-se finalmente para mim. — Ainda não sei como, mas você conseguiu uma informação magnífica, muito mais interessante do que de início imaginei que poderia obter em uma recepção como esta. Não sei como lhe agradecer...

— De uma maneira muito simples — interrompi.

— Qual?

Nesse mesmo instante, a orquestra do califa começou a tocar, com brio, o "Cara al sol",[10] e dezenas de braços se ergueram imediatamente, como impulsionados por uma mola. Fiquei na ponta dos pés e colei minha boca em seu ouvido.

— Tire-me daqui.

Nem mais uma palavra, apenas sua mão estendida. Segurei-a com força e fomos para o fundo do jardim. Assim que sentimos que ninguém podia nos ver, saímos correndo nas sombras.

## 31

No dia seguinte, o mundo amanheceu com um ritmo diferente. Pela primeira vez em várias semanas, não madruguei, não tomei um café precipitado nem me instalei imediatamente no ateliê cercada de urgências e afazeres. Em vez de voltar à atividade frenética dos dias anteriores, comecei o dia com o longo banho interrompido na noite anterior. E depois, dando um passeio, fui à casa de Rosalinda.

Das palavras de Beigbeder deduzi que seu mal-estar devia ser algo leve e passageiro, um transtorno inoportuno, nada mais. Por isso, esperava encontrar minha amiga como sempre, disposta a que lhe contasse todos os detalhes do evento que perdera e ansiosa por se divertir com os comentários sobre as roupas que as mulheres usavam, quem era a mais elegante, quem era a menos.

Uma empregada me conduziu a seu quarto. Ela ainda estava na cama, entre as almofadas, com as venezianas fechadas e um cheiro denso de cigarro, medicamentos e falta de ventilação. A casa era ampla e linda: arquitetura moura, móveis ingleses e um caos exótico no qual, sobre os tapetes e o capitonê dos sofás, conviviam discos fora das capas, envelopes com a inscrição *air mail, foulards* de seda esquecidos e xícaras de porcelana de Staffordshire com restos de chá já frio.

---

10 Hino falangista. (N.T.)

Naquela manhã, porém, Rosalinda respirava de tudo, menos *glamour*.

— Como está? — Tentei fazer minha voz não soar excessivamente preocupada. Todavia, tinha razões para estar, tendo em conta sua aparência: pálida, cheia de olheiras, o cabelo sujo, derrubada como um peso morto em uma cama malfeita cuja roupa se arrastava pelo chão.

— Terrível — respondeu com um humor de cão. — Estou muito mal, mas sente-se aqui perto de mim — ordenou, dando uma palmadinha na cama. — Não é nada contagioso.

— Juan Luis me disse ontem que é um problema de intestino — disse obedecendo. Antes, tive de retirar vários lenços amassados, um cinzeiro cheio de tocos de cigarros, restos de um pacote de biscoitos de manteiga e um bom monte de migalhas.

— *That's right*, mas isso não é o pior. Juan Luis não sabe de tudo. Vou lhe contar esta noite, não o quis importunar no último dia da visita de Serrano.

— O que é pior, então?

— Isto — disse furiosa, pegando com dedos feito garras algo que parecia um telegrama. — Isto é o que me fez ficar doente, não os preparativos da visita. Isto é o pior de tudo.

Olhei para ela perplexa, e então ela sintetizou seu conteúdo.

— Recebi ontem. Peter chega em seis semanas.

— Quem é Peter? — Eu não me lembrava de ninguém com esse nome entre suas amizades.

Olhou para mim como se acabasse de ouvir a pergunta mais absurda.

— Quem poderia ser, Sira? Por Deus, Peter é meu marido.

Peter Fox previa chegar a Tânger a bordo de um navio da P&O, disposto a passar uma longa temporada com sua mulher e seu filho depois de quase cinco anos sem mal saber deles. Ainda morava em Calcutá, mas decidira visitar temporariamente o Ocidente, talvez avaliando opções para abandonar definitivamente a Índia imperial, cada vez mais conturbada com os movimentos independentistas dos nativos, segundo contou Rosalinda. E que melhor perspectiva para ir avaliando as possibilidades de uma potencial mudança que a reunificação da família no novo mundo de sua mulher?

— E ele vai ficar aqui, em sua casa? — perguntei, sem acreditar.

Ela acendeu um cigarro e, enquanto aspirava a fumaça com vontade, fez um enfático gesto afirmativo.

— *Of course he will*. É meu marido: tem todo o direito.

— Mas eu pensei que vocês estavam separados...

— De fato, sim. Legalmente, não.

— E nunca pensou em se divorciar?

Tornou a dar uma tragada impetuosa no cigarro.

— Um bilhão de vezes. Mas ele se nega.

Então, ela relatou as vicissitudes daquela dissonante relação e, com isso, descobri uma Rosalinda mais vulnerável, mais frágil. Menos irreal e mais próxima das complicações terrenas dos residentes no mundo dos humanos.

— Eu me casei aos dezesseis anos; ele tinha, então, 34. Eu havia passado cinco anos seguidos em um internato na Inglaterra; deixei a Índia quando era ainda uma menina e voltei uma jovem em idade quase de casar, louca para não perder nenhuma das constantes festas da Calcutá colonial. Na primeira delas, apresentaram-me a Peter, era amigo de meu pai. Ele me pareceu o homem mais atraente que eu havia conhecido em toda minha vida; *obviously*, eu havia conhecido muito poucos, para não dizer nenhum. Ele era divertido, capaz das mais impensáveis aventuras e de animar qualquer reunião. E, ao mesmo tempo, maduro, vivido, membro de uma aristocrática família inglesa estabelecida na Índia havia três gerações. Eu me apaixonei como uma imbecil, pelo menos foi o que pensei. Cinco meses depois estávamos casados. Fomos morar em uma casa magnífica, com estábulos, quadras de tênis e catorze quartos para os empregados; tínhamos até quatro crianças indianas permanentemente uniformizadas de recolhedores de bola caso um dia quiséssemos jogar uma partida, imagine só. Nossa vida estava cheia de atividades: eu adorava dançar e montar a cavalo, e era tão habilidosa com o rifle quanto com os tacos de golfe. Vivíamos mergulhados em um constante carrossel de festas e recepções. E, além disso, Johnny nasceu. Construímos um mundo idílico dentro de outro mundo igualmente faustoso, mas demorei pouco a perceber a fragilidade sobre a qual tudo aquilo se sustentava.

Ela parou de falar e ficou com os olhos fixos no vazio, refletindo por uns instantes. Depois, apagou o cigarro no cinzeiro e prosseguiu.

— Poucos meses depois de dar à luz, comecei a sentir certo mal-estar no estômago. Fui ao médico, e no início me disseram que não havia nenhum motivo de preocupação, que tudo se devia apenas aos naturais problemas de saúde a que estão expostos os não nativos nesses climas tropicais que são tão estranhos para nós. Mas cada vez eu ficava pior. As dores aumentavam, comecei a ter febre diariamente. Decidiram fazer uma cirurgia exploratória, mas não encontraram nada de anormal, e eu não melhorei. Quatro meses depois, em vista de minha piora, voltaram a me examinar rigorosamente, e finalmente puderam dar um nome a minha doença: tuberculose bovina em uma das formas mais agressivas, contraída por meio do leite de uma vaca infectada que compramos depois que Johnny nasceu para poder ter leite fresco para minha recuperação. O animal havia adoecido e morrido tempos antes, mas o veterinário não encontrara nada de anormal quando então o examinara, como também os médicos não foram capazes de perceber nada em mim, porque a tuberculose bovina é imensamente difícil de diagnosticar. Mas faz se formarem tubérculos; algo assim como nódulos, como bolas no intestino, que o vão comprimindo.

— E então?

— E então você se transforma em um doente crônico.

— E então?

— E então, a cada nova manhã que abre os olhos, você dá graças aos céus por poder viver mais um dia.

Tentei esconder meu desconcerto atrás de uma nova pergunta.

— Como seu marido reagiu?

— *Oh, wonderfully*! — disse sarcástica. — Os médicos que me examinaram me aconselharam a voltar para a Inglaterra; pensavam, embora sem grande otimismo, que talvez em um hospital inglês pudessem fazer algo por mim. E Peter foi totalmente a favor.

— Pensando em seu bem, provavelmente...

Uma áspera gargalhada me impediu de terminar a frase.

— Peter, *darling*, jamais pensa em outro bem além do seu próprio. Mandar-me para longe foi a melhor solução, mas, mais que para minha saúde, era para seu próprio bem-estar. Ele se desinteressou por mim, Sira. Não lhe parecia mais divertida, não era mais um lindo troféu com quem passear pelos clubes, festas e caçadas; a jovem esposa linda e divertida havia se transformado em uma carga defeituosa da qual devia se desfazer o quanto antes. Então, assim que consegui ficar em pé de novo, ele comprou passagens para Johnny e para mim, para a Inglaterra. Nem sequer se dignou a nos acompanhar. Com a desculpa de desejar que sua esposa recebesse o melhor tratamento médico possível, embarcou uma mulher gravemente doente que ainda não havia completado vinte anos e uma criança que mal sabia andar. Como se fôssemos duas bagagens. *Bye, bye*, até nunca mais, queridos.

Duas grossas lágrimas rolaram por suas faces. Ela as afastou com as costas da mão.

— Mandou-nos embora, Sira. Ele me repudiou, me mandou para a Inglaterra pura e simplesmente para se livrar de mim.

Fez-se um silêncio triste entre nós, até que ela recuperou as forças e prosseguiu.

— Ao longo da viagem, Johnny começou a ter febre alta e convulsões; era uma forma virulenta de malária; depois, precisou ficar dois meses internado até se recuperar. Minha família me acolheu enquanto isso; meus pais também haviam vivido muito tempo na Índia, mas haviam voltado para a Inglaterra no ano anterior. No início, passei uns meses moderadamente tranquilos, a mudança de clima pareceu me cair bem. Mas depois piorei: tanto que os exames médicos mostraram que meu intestino havia encolhido quase ao ponto da contração total. Descartaram a cirurgia e decidiram que só com repouso absoluto eu poderia, talvez, ter uma mínima recuperação. Dessa maneira, supunham que os organismos que me invadiam não continuariam avançando pelo resto do corpo. Sabe em que consistiu aquela primeira temporada de repouso?

Não sabia nem podia imaginar.

— Seis meses amarrada a uma tábua, com correias de couro me imobilizando à altura dos ombros e das coxas. Seis meses inteiros, inteirinhos.

— E você melhorou?

— *Just a bit*. Muito pouco. Então meus médicos decidiram me mandar para Leysin, na Suíça, para um sanatório de tuberculosos. Como Hans Castorp em *A montanha mágica,* de Thomas Mann.

Intuí que se tratava de algum livro, de modo que, antes que me perguntasse se eu o havia lido, adiantei-me para que prosseguisse com sua história.

— E Peter, enquanto isso?

— Pagou as contas do hospital e estabeleceu a rotina de nos enviar trinta libras mensais para nosso sustento. Nada mais. Absolutamente nada mais. Nem uma carta, nem um cabograma, nem um recado por meio de conhecidos, nem, evidentemente, a menor intenção de nos visitar. Nada, Sira, nada. Nunca mais tornei a saber dele. Até ontem.

— E o que você fez com Johnny enquanto isso? Deve ter sido duro para ele.

— Ele ficou comigo o tempo todo no sanatório. Meus pais insistiram em ficar com ele, mas eu não aceitei. Contratei uma babá alemã para que cuidasse dele e o levasse para passear, mas ele comia e dormia em meu quarto todos os dias. Foi uma experiência um pouco triste para uma criança tão pequena, mas por nada neste mundo eu queria que ficasse longe de mim. De certo modo, ele já havia perdido o pai; teria sido muito cruel castigá-lo também com a ausência da mãe.

— E o tratamento funcionou?

Uma pequena gargalhada iluminou momentaneamente seu rosto.

— Eles me aconselharam a passar oito anos internada, mas só pude resistir oito meses. Depois, pedi alta voluntária. Disseram-me que eu era uma insensata, que aquilo me mataria; tive de assinar um milhão de papéis eximindo o sanatório de responsabilidades. Minha mãe ofereceu ir me buscar em Paris para voltarmos juntas para casa. E então, nessa viagem de retorno, tomei duas decisões. A primeira, não voltar a falar de minha doença. De fato, nos últimos anos, só Juan Luis e você souberam dela por mim. Decidi que a tuberculose talvez pudesse maltratar meu corpo, mas não meu espírito, de modo que optei por manter fora dos meus pensamentos a ideia de que era uma doente.

— E a segunda?

— Começar uma vida nova como se estivesse 100% saudável. Uma vida fora da Inglaterra, longe de minha família e dos amigos e conhecidos que automaticamente me associavam a Peter e a minha condição de doente crônica. Uma vida diferente que não incluísse, a princípio, mais que meu filho e eu.

— E então você decidiu ir a Portugal...

— Os médicos me recomendaram que fosse para um lugar de clima temperado: o Sul da França, Espanha, Portugal, talvez o Norte de Marrocos; algo entre o excessivo calor tropical da Índia e o miserável clima inglês. Passaram-me uma dieta, recomendaram comer muito peixe e pouca carne vermelha, descansar ao sol o máximo possível, não fazer exercícios físicos e evitar as alterações emocionais. Então alguém me falou da colônia britânica em Estoril, e decidi que aquele local poderia ser, a princípio, tão bom quanto qualquer outro. E lá fui eu.

Tudo já se encaixava muito melhor no mapa mental que eu havia construído para entender Rosalinda. As peças começavam a se encaixar umas nas outras, já não eram pedaços de vida independentes e dificilmente acopláveis. Tudo começava a fazer sentido. Desejei com todas as minhas forças que as coisas dessem certo para ela: agora que, finalmente, sabia que sua existência não havia sido um mar de rosas, julguei-a mais merecedora de um destino feliz.

# 32

No dia seguinte, acompanhei Marcus Logan em uma visita a Rosalinda. Como na noite da recepção de Serrano, pegou-me novamente em casa e de novo caminhamos juntos pelas ruas. Algo, porém, havia mudado entre nós. A fuga precipitada da recepção do Alto Comissariado, aquela corrida impulsiva pelos jardins e o passeio já sossegado pelas sombras da cidade na madrugada haviam conseguido vencer, de certa maneira, minhas reticências a ele. Talvez fosse confiável, talvez não; talvez eu nunca soubesse. Mas, de certo modo, aquilo já não me importava. Sabia que estava se esforçando para a evacuação de minha mãe; sabia, também, que era atencioso e cordial comigo, que se sentia bem em Tetuán. E aquilo era mais que suficiente: não precisava saber mais nada dele nem avançar em qualquer outra direção, porque o dia de sua partida não tardaria a chegar.

Ainda a encontramos na cama, mas com uma aparência melhor. Havia mandado arrumar o quarto, tomara banho, as venezianas estavam abertas e a luz entrava abundante do jardim. No terceiro dia, trocou o leito pelo sofá. No quarto, trocou a camisola de seda por um vestido florido, foi ao salão de cabeleireiro e retomou as rédeas de sua vida.

Embora sua saúde ainda continuasse abalada, tomou a decisão de aproveitar até o limite o tempo que restava até a chegada de seu marido, como se aquelas semanas fossem as últimas que lhe restavam de vida. De novo assumiu o papel de grande anfitriã, criando o clima ideal para que Beigbeder pudesse se dedicar às relações públicas em um ambiente descontraído e discreto, confiando cegamente na atuação de sua amada. Eu nunca soube, porém, como muitas pessoas interpretavam o fato de que aqueles encontros fossem oferecidos pela jovem amante inglesa e que o alto comissário do lado pró-alemão se sentisse à vontade neles como em casa. Mas Rosalinda mantinha firme sua intenção de aproximar Beigbeder dos britânicos, e muitas daquelas recepções menos protocolares estiveram destinadas a esse fim.

Ao longo daquele mês, como já havia feito antes e voltaria a fazer depois, em várias ocasiões ela convidou seus amigos compatriotas de Tânger, membros do corpo diplomático, adidos militares afastados da órbita ítalo-germânica e representantes de instituições multinacionais de peso e posses. Organizou, também, uma festa para as autoridades gibraltarinas e para oficiais de um navio de guerra britânico atracado na rocha, como ela chamava o penhascal. E entre todos aqueles convidados circularam Juan Luis Beigbeder e Rosalinda Fox, com um coquetel em uma mão e um cigarro na outra, à vontade, relaxados, hospitaleiros e carinhosos. Como se nada estivesse acontecendo; como se irmãos não continuassem se matando na Espanha e a Europa não andasse aquecendo os motores para seu pior pesadelo.

Cheguei a ficar perto de Beigbeder várias vezes e de novo fui testemunha de seu peculiar jeito de ser. Costumava usar roupas mouras com frequência, às vezes umas alpargatas, às vezes uma túnica. Era simpático, desinibido, um pouco excêntrico; mas, acima de tudo, adorava Rosalinda ao extremo, e repetia isso diante de qualquer um sem o menor rubor. Marcus Logan e eu, enquanto isso, continuamos nos vendo com assiduidade, ganhando simpatia e uma aproximação afetiva que eu me esforçava dia a dia por conter. Senão, provavelmente aquela amizade incipiente não teria demorado a desembocar em algo muito mais passional e profundo. Mas lutei para que isso não acontecesse e mantive férrea minha postura para que aquilo que começava a nos unir não fosse além. As feridas causadas por Ramiro ainda não haviam se fechado totalmente; sabia que Marcus também não tardaria a ir embora, e eu não queria sofrer de novo. Contudo, juntos nos tornamos presenças assíduas nos eventos da vila do passeio das Palmeiras, às vezes se juntou a nós um Félix exultante, feliz por se integrar àquele mundo alheio tão fascinante para ele. Algumas vezes, saímos todos juntos de Tetuán: Beigbeder nos convidou para ir a Tânger, para a inauguração do jornal *España*, criado por iniciativa dele para transmitir ao mundo aquilo que sua causa queria contar. Outras vezes viajamos os quatro — Marcus, Félix, Rosalinda e eu — no Dodge de minha amiga por mero *plaisir*: para ir à Saccone & Speed em busca de carne de boi irlandês, *bacon* e genebra; para dançar no Villa Harris, para ver um filme americano no Capitol e para encomendar os chapéus mais deslumbrantes no ateliê de Mariquita, a Chapeleira.

E passeamos pelo branco antigo bairro árabe de Tetuán, comemos cuscuz, *jarira* e *chebbakia*, subimos o Dersa e o Gorgues, e fomos à praia de rio Martín e a Ketama, em meio a pinheiros ainda sem neve. Até que o tempo se esgotou e o indesejado se fez presente. E só então confirmamos que a realidade pode superar as mais negras expectativas. Assim me falou a própria Rosalinda apenas uma semana depois da chegada de seu marido.

— É muito pior do que eu havia imaginado — disse, desabando em uma poltrona assim que entrou em meu ateliê.

Contudo, dessa vez não parecia transtornada. Não estava furiosa como quando recebera a notícia. Dessa vez, apenas irradiava tristeza, esgotamento e decepção: uma densa e escura decepção. Por Peter, pela situação em que estavam, por ela mesma. Após seis anos vagando sozinha pelo mundo, julgava estar preparada para tudo; pensava que a experiência que havia acumulado ao longo desses anos tinha lhe proporcionado os recursos necessários para enfrentar todo tipo de adversidade. Mas Peter se mostrou muito mais difícil que o previsto. Ainda assumia com ela seu papel possessivo de pai e marido ao mesmo tempo, como se não houvessem passado todos aqueles anos vivendo separados; como se nada houvesse acontecido na vida de Rosalinda desde que se casara com ele quando ainda era quase uma menina. Censurava-a pela maneira frouxa como educava

Johnny: não gostava que ele não frequentasse um bom colégio, que saísse para brincar com as crianças vizinhas sem uma babá por perto e que, como único esporte, se dedicasse a jogar pedras com o mesmo bom tino que todos os mourinhos de Tetuán. Queixava-se, também, da falta de programas de rádio de seu gosto, da inexistência de um clube onde pudesse se reunir com compatriotas, de que ninguém falasse inglês a sua volta e da dificuldade para conseguir um jornal britânico naquela cidade isolada.

Nem tudo desagradava ao exigente Peter, porém. Eram de sua inteira satisfação a genebra Tanqueray e o Johnny Walker Black Label que ainda se conseguiam em Tânger, a um preço irrisório. Costumava beber pelo menos uma garrafa de uísque por dia, convenientemente acompanhada por dois coquetéis de genebra antes de cada refeição. Sua tolerância ao álcool era impressionante, quase equiparável ao cruel tratamento que conferia aos empregados domésticos. Falava com eles com desagrado, em inglês, sem se incomodar com o fato de eles não entenderem nem uma palavra desse idioma, e quando se tornava evidente que não o compreendiam, gritava em hindustano, a língua de seus antigos empregados em Calcutá, como se a condição de servir o amo tivesse uma linguagem universal. Para sua grande surpresa, um a um eles foram deixando de aparecer pela casa. Todos, desde os amigos de sua mulher até o mais humilde dos criados, soubemos em poucos dias a que laia de ser Peter Fox pertencia. Egoísta, irracional, caprichoso, bêbado, arrogante e déspota: impossível encontrar menos atributos positivos em uma só pessoa.

Beigbeder, obviamente, deixou de passar grande parte de seu tempo na casa de Rosalinda, mas continuaram se vendo diariamente em outros locais: no Alto Comissariado, em escapadas pelos arredores. Para surpresa de muitos — entre eles eu —, Beigbeder dispensou ao marido de sua amante, em todos os momentos, um tratamento impecável. Organizou para ele um dia de pesca na desembocadura do rio Smir e uma caçada de javalis em Jemis de Anyera. Forneceu-lhe transporte para Gibraltar para que pudesse beber cerveja inglesa e falar de polo e críquete com seus compatriotas. Fez todo o possível, enfim, para se portar com ele como seu cargo requeria perante um convidado estrangeiro tão especial. Suas personalidades, porém, não podiam ser mais díspares: era curioso ver como eram diferentes aqueles dois homens tão significativos na vida da mesma mulher. Talvez por isso, justamente, nunca tiveram algum atrito.

— Peter considera Juan Luis um espanhol atrasado e orgulhoso; como um antiquado cavalheiro espanhol caído de um quadro do Século de Ouro — explicou Rosalinda. — E Juan Luis acha que Peter é um esnobe, um incompreensível e absurdo esnobe. São como duas linhas paralelas: nunca poderão entrar em conflito porque jamais encontrarão um ponto de encontro. Com a única diferença de que para mim, como homem, Peter não chega nem aos pés de Juan Luis.

— E ninguém contou a seu marido nada sobre vocês?

— Sobre nossa relação? — perguntou, enquanto acendia um cigarro e afastava o cabelo do olho. — Imagino que sim, que alguma língua viperina deve ter soltado em seu ouvido algum veneno, mas para ele tanto faz.

— Não entendo como.

Deu de ombros.

— Eu também não, mas, enquanto não tiver de pagar casa e encontrar a sua volta empregados, álcool abundante, comida quente e esportes sangrentos, acho que todo o resto é indiferente para ele. Diferente seria se ainda morássemos em Calcutá; ali, imagino que se esforçaria para manter as aparências. Mas, aqui, ninguém o conhece; aqui não é seu mundo, de modo que não lhe interessa qualquer coisa que lhe contem sobre mim.

— Continuo não compreendendo.

— A única coisa certa, *darling*, é que não se importa comigo em absoluto — disse, com uma mistura de sarcasmo e tristeza. — Qualquer coisa, para ele, tem mais valor que eu: uma manhã de pesca, uma garrafa de genebra ou uma rodada de baralho. Nunca fui nada para ele; o estranho seria que começasse a ser agora.

E enquanto Rosalinda batalhava contra um monstro no inferno, minha vida também, finalmente, sofreu uma guinada. Era terça-feira, ventava. Marcus Logan apareceu em minha casa antes do meio-dia.

Fomos nos consolidando como amigos: como bons amigos, nada mais. Ambos sabíamos que no dia mais inesperado ele teria de partir, que sua presença em meu mundo não era mais que um trânsito provisório. Apesar de eu me esforçar por me desfazer delas, as cicatrizes que Ramiro me deixara ainda doíam; não estava preparada para sentir de novo a angústia de uma ausência. Eu e Marcus nos sentimos atraídos um pelo outro, sim, muito, e não faltaram ocasiões para que aquilo se transformasse em algo mais. Houve cumplicidade, toques e olhares, comentários velados, estima e desejo. Houve proximidade, houve ternura. Mas eu me esforcei por amarrar meus sentimentos; neguei-me a avançar mais, e ele aceitou. Conter-me me custou um esforço imenso: dúvidas, incerteza, noites acordada. Mas, a enfrentar a dor do abandono, preferi ficar com as recordações dos momentos memoráveis que passamos juntos naqueles dias alvoroçados e intensos. Noites de risadas e drinques, de cigarros de maconha e barulhentas partidas de cartas. Viagens a Tânger, passeios e conversas; instantes que nunca voltaram, e que em meu depósito de recordações guardei como memórias do fim de uma etapa e início de novos caminhos.

Com a chegada inesperada de Marcus a minha casa da Sidi Mandri, naquela manhã chegou o final de um tempo e o início de outro. Uma porta se fechava e outra se abria. E eu no meio, incapaz de segurar o que se ia, desejando abraçar o que vinha.

— Sua mãe está a caminho. Ontem à noite embarcou em Alicante rumo a Orán em um navio mercante britânico. Chegará a Gibraltar dentro de três dias. Rosalinda cuidará para que possa cruzar o Estreito sem problemas, e ela lhe dirá como será o traslado.

Quis lhe agradecer do fundo do coração, mas as palavras necessárias se cruzaram com uma torrente de lágrimas no caminho de saída, e o pranto as levou de roldão. Por isso, só fui capaz de abraçá-lo com todas as minhas forças e encharcar a lapela de seu paletó.

— Também chegou o momento de eu partir de novo — acrescentou alguns segundos depois.

Olhei para ele fungando. Ele me ofereceu um lenço branco.

— Minha agência me chama. Meu trabalho em Marrocos está terminado, preciso voltar.

— Para Madri?

Ele deu de ombros.

— Por ora, para Londres. Depois, para onde me mandarem.

Voltei a abraçá-lo, voltei a chorar. E quando pude conter as emoções e começar a controlar aquele alvoroçado pelotão de sentimentos, em que a maior das alegrias se misturava com uma imensa tristeza, minha voz trêmula finalmente pediu passagem.

— Não vá embora, Marcus.

— Quem me dera isso estivesse em minhas mãos. Mas não posso ficar, Sira, precisam de mim em outro lugar.

Olhei para seu rosto já tão querido. Ainda havia cicatrizes nele, mas do homem que chegara ao Nacional em uma noite de verão já restava muito pouco. Naquele dia, recebera, nervosa e cheia de temores, um desconhecido; agora, enfrentava a dolorosa tarefa de me despedir de alguém muito próximo, talvez mais do que eu me atrevia a reconhecer.

Funguei de novo.

— Quando quiser dar um vestido de presente a alguma namorada, já sabe onde me encontrar.

— Quando eu quiser uma namorada, virei buscá-la — disse, levando sua mão ao meu rosto. Tentou secar minhas lágrimas com seus dedos; o contato de sua carícia me fez estremecer e desejei com raiva que aquele dia nunca houvesse chegado.

— Tratante — murmurei.

— Linda.

Seus dedos se arrastaram por meu rosto até a raiz dos cabelos e se enroscaram neles avançando até a nuca. Nossos rostos se aproximaram, devagar, como se temessem culminar o que havia tanto tempo flutuava no ar.

O ruído inesperado de uma chave fez que nos separássemos. Jamila entrou arfante; trazia uma mensagem urgente em seu espanhol capenga.

— *Mrs.* Fox diz senhorita Sira ir correndo às Palmeiras.

A máquina estava em funcionamento, chegava o fim. Marcus pegou seu chapéu e não pude resistir a abraçá-lo mais uma vez. Não houve palavras, não havia nada mais a dizer. Alguns segundos depois, de sua presença sólida e próxima restou apenas o rastro de um leve beijo em meu cabelo, a imagem de suas costas e o ruído doloroso da porta se fechando atrás dele.

# TERCEIRA PARTE

# 33

Com a partida de Marcus e o desembarque de minha mãe, minha vida virou do avesso. Ela chegou, esquelética, em uma tarde de nuvens, com as mãos vazias e a alma em frangalhos, tendo como bagagem apenas sua velha bolsa, o vestido que usava e um passaporte falso preso com um alfinete à alça do sutiã. Parecia ter envelhecido vinte anos: a magreza marcava as órbitas de seus olhos e os ossos das clavículas, e os primeiros fios de cabelo grisalho isolados que eu recordava já eram grandes mechas cinza. Entrou em minha casa como uma criança arrancada do sono no meio da noite: desorientada, confusa, alheia. Como se não entendesse que sua filha morava ali e que, a partir de então, seria também sua casa.

Em minha cabeça, imaginava aquele reencontro tão ansiado como um momento de alegria sem contenção. Não foi assim. Se fosse escolher uma palavra para descrever a cena, seria tristeza. Ela quase não falou e também não mostrou o menor entusiasmo por nada. Apenas me abraçou com força e depois ficou segurando minha mão como se temesse que eu fosse fugir para algum lugar. Nem um sorriso, nem uma lágrima e muito poucas palavras, isso foi tudo o que houve. Mal quis provar o que Candelaria, Jamila e eu preparamos para ela: frango, *tortillas*, tomate temperado, peixe, pão sírio; tudo aquilo que imaginamos que não comia havia muito tempo em Madri. Não fez o menor comentário a respeito do ateliê, nem sobre o quarto onde a instalei com uma grande cama de carvalho e uma colcha de cretone que eu havia feito. Não me perguntou o que aconteceu com Ramiro, nem mostrou curiosidade pela razão que me levara a me estabelecer em Tetuán. E, evidentemente, não pronunciou palavra alguma a respeito da funesta viagem que a havia levado até a África nem mencionou uma única vez os horrores que deixara para trás.

Demorou a se aclimatar; jamais teria imaginado ver minha mãe assim. A Dolores decidida, a que sempre esteve no comando com a palavra certa no momento oportuno, deixara lugar a uma mulher discreta e amedrontada que me custava reconhecer. Dediquei-me a ela de corpo e alma, praticamente parei de trabalhar: não havia mais atos importantes previstos e minhas clientes poderiam aceitar a espera. Todos os dias levei o café da manhã na cama para ela: bolo, churros, pão torrado com manteiga e açúcar, qualquer coisa que a ajudasse a recuperar um pouco de peso. Ajudei-a a tomar banho e cortei seu cabelo, fiz roupa nova para ela. Foi difícil tirá-la de casa, mas, pouco a pouco, o passeio matutino foi se transformando em algo obrigatório. Andávamos de braços dados pela rua Generalíssimo, chegávamos até a praça da igreja; às vezes, quando a hora permitia, eu a acompanhava à missa. Mostrei-lhe recantos e esquinas, obriguei-a a me ajudar a escolher tecidos, a ouvir música no rádio e a decidir o que íamos comer. Até que muito lentamente, passinho a passinho, ela foi voltando a ser o que era.

Ao longo desse tempo de transição que pareceu durar uma eternidade, nunca lhe perguntei o que havia passado por sua cabeça: esperava que me contasse um dia, mas nunca o fez e eu também não insisti. Também não me intrigava: intuí que aquele comportamento era apenas uma maneira inconsciente de enfrentar a incerteza provocada pelo alívio quando se mistura com sofrimento e dor. Por isso, apenas deixei que se adaptasse, sem pressioná-la, ficando a seu lado, disposta a apoiá-la se necessitasse e com um lenço à mão pronto para secar as lágrimas que nunca chegou a verter.

Notei sua melhora quando começou a tomar pequenas decisões por si mesma: hoje acho que vou à missa das dez; o que acha se eu for ao mercado com Jamila e comprar as coisas para fazer um arroz? Pouco a pouco, parou de se assustar cada vez que ouvia o barulho forte de algum objeto caindo ou o motor de um avião sobrevoando a cidade; a missa e o mercado logo se transformaram em rotina, e, depois, somaram-se mais alguns movimentos. O maior de todos foi voltar a costurar. Apesar de meus esforços, desde que chegara eu não conseguira que mostrasse o menor interesse pela costura, como se aquilo não houvesse sido a base de sua existência durante mais de trinta anos. Mostrei-lhe os figurinos estrangeiros que eu já comprava em Tânger, falei de minhas clientes e de seus caprichos, tentei animá-la com a recordação de casos de algum modelo que um dia costuramos juntas. Nada. Não consegui nada, como se eu falasse uma língua incompreensível para ela. Até que, uma manhã qualquer, entrou no ateliê e perguntou: posso ajudar? Então eu soube que minha mãe voltara a viver.

Três ou quatro meses depois de sua chegada atingimos a serenidade. Com ela incorporada à vida, os dias se tornaram menos agitados. O negócio continuava indo bem, permitia-nos pagar Candelaria mês a mês e deixar o suficiente para vivermos com folga; não havia mais necessidade de trabalhar até o esgotamento. Voltamos a nos entender bem, mas nenhuma das duas era mais a que havia sido, e ambas sabíamos que éramos duas mulheres diferentes. A forte Dolores havia se tornado vulnerável, a pequena Sira já era uma mulher independente. Mas nos aceitamos, nos apreciamos e, com os papéis bem definidos, a tensão nunca mais tornou a se instalar entre nós.

A agitação de minha primeira etapa em Tetuán já me parecia algo remoto, como se pertencesse a uma fase de minha vida de séculos antes. Ficaram para trás as incertezas e as andanças, as saídas até de madrugada e o viver sem dar explicações; tudo ficou para trás, dando lugar à calma. E, às vezes também, à mais cinzenta normalidade. A memória do passado, porém, ainda estava comigo. Embora a força da ausência de Marcus tenha ido se diluindo pouco a pouco, sua recordação ficou colada em mim, como uma companhia invisível cujos contornos só eu podia perceber. Quantas vezes lamentei não ter me aventurado mais em minha relação com ele, quantas vezes me amaldiçoei por ter mantido uma atitude tão estrita, quanta saudade senti dele. Mesmo assim, no fundo eu me alegrava por não ter me deixado levar pelos sentimentos: não fosse assim, sua distância provavelmente teria sido muito mais dolorosa.

Não perdi o contato com Félix, mas a chegada de minha mãe trouxe junto o fim de suas visitas noturnas, e com isso acabou o vaivém de porta a porta, as lições de cultura geral e sua companhia afetada e afetuosa.

Minha relação com Rosalinda também mudou: a presença de seu marido se estendeu muito mais que o previsto, absorvendo seu tempo e sua saúde como uma sanguessuga. Felizmente, depois de quase sete meses, Peter Fox clareou suas ideias e resolveu voltar para a Índia. Ninguém nunca soube como os eflúvios do álcool permitiram que se abrisse em sua mente uma brecha de lucidez, mas o caso foi que ele mesmo tomou a decisão uma manhã qualquer, quando sua mulher já estava à beira do colapso. Não obstante, sua partida pouca coisa boa acarretou além do alívio infinito. Era evidente que, jamais se convenceu de que o mais sensato seria conceder o divórcio de uma vez e acabar com aquela farsa de casamento. Supunha-se, ao contrário, que ia liquidar seus negócios em Calcutá e depois voltar para se estabelecer em definitivo com sua esposa e seu filho, para usufruir ao lado deles de uma aposentadoria antecipada no pacífico e barato Protetorado espanhol. E para que não fossem se acostumando à boa vida antes do tempo, decidiu que, após anos sem reajustes, também dessa vez não ia aumentar a pensão em nem uma única libra esterlina.

— Em caso de necessidade, peça ajuda a seu querido amigo Beigbeder — sugeriu a modo de despedida.

Felizmente para todos, nunca mais voltou a Marrocos. Para Rosalinda, porém, o desgaste provocado por aquela convivência tão ingrata custou quase meio ano de convalescença. Ao longo dos meses posteriores à partida de Peter, ela permaneceu de cama, saindo de casa apenas em três ou quatro ocasiões. O alto comissário praticamente transferiu seu escritório para o quarto dela, e ali costumavam passar longas horas juntos, ela lendo recostada nos travesseiros e ele trabalhando com seus papéis em uma pequena mesa junto à janela.

A exigência médica de permanecer de cama até se recuperar não limitou totalmente sua vida social, mas diminuiu-a em grande medida. Contudo, tão logo seu corpo começou a mostrar os primeiros sinais de recuperação, esforçou-se para continuar abrindo sua casa aos amigos, dando pequenas festas sem sair da cama. Fui a quase todas, minha amizade com Rosalinda se mantinha intacta. Mas nunca mais foi igual.

## 34

No dia 1º de abril de 1939 foi publicado o último informe de guerra; a partir de então, não houve mais lados, nem dinheiro, nem uniformes que dividissem o país. Pelo menos, foi o que nos contaram. Minha mãe e eu recebemos a notícia com sensações confusas, incapazes de imaginar o que aquela paz traria consigo.

— O que vai acontecer agora em Madri, mãe? O que vamos fazer nós duas?

Falávamos quase em sussurros, inquietas, observando da varanda a agitação do povo na rua. Ouviam-se próximos os gritos, a explosão de euforia e os nervos liberados.

— Era tudo o que eu queria saber — foi sua sombria resposta.

As notícias voavam alvoroçadas. Dizia-se que iam restabelecer o trânsito de navios de passageiros no Estreito, que os trens estavam se preparando para chegar outra vez até Madri. O caminho até nosso passado começava a se abrir, já não havia razão alguma que nos obrigasse a continuar na África.

— Você quer voltar? — ela me perguntou por fim.

— Não sei.

Eu realmente não sabia. De Madri, eu guardava um baú cheio de saudades: imagens da infância e da juventude, sabores, cheiros, os nomes das ruas e recordações de presenças. Mas, no fundo, não sabia se aquilo tinha peso suficiente para forçar um regresso que implicaria desfazer aquilo que com tanto esforço eu construíra em Tetuán, a cidade branca onde estavam minha mãe, meus novos amigos e o ateliê que nos dava o sustento.

— Talvez, a princípio, seja melhor que fiquemos — sugeri.

Ela não respondeu: apenas assentiu, deixou a varanda e voltou ao trabalho, refugiando-se nas linhas para não pensar no alcance daquela decisão.

Nascia um novo Estado: uma Nova Espanha de ordem, disseram. Para uns, chegou a paz e a vitória; sob os pés de outros abriu-se, porém, o mais negro dos poços. A maioria dos governos estrangeiros legitimou a vitória dos nacionais e reconheceu seu regime sem demora. A maquinaria da contenda começou a se desmantelar e as instituições do poder foram se despedindo de Burgos e preparando seu retorno à capital. Uma nova tapeçaria administrativa começou a ser tecida. Iniciou-se a reconstrução de tudo o que havia sido devastado; aceleraram-se os processos de depuração de indesejáveis e os coadjuvantes da vitória fizeram fila para receber sua parte do bolo. O governo dos tempos de guerra ainda se manteve por alguns meses ultimando decretos, medidas e ordens: sua remodelação teve de esperar até bem avançado o verão. Eu soube disso em julho, assim que a notícia chegou a Marrocos. E antes que o rumor subisse pelos muros do Alto Comissariado e se espalhasse pelas ruas de Tetuán; muito antes ainda que o nome e a fotografia aparecessem nos jornais e a Espanha inteira se perguntasse quem era aquele homem moreno de bigode escuro e óculos redondos; antes de tudo isso, eu já tinha conhecimento de quem havia sido designado pelo Caudilho para se sentar a sua direita nas sessões de seu primeiro Conselho de Ministros em tempo de paz: dom Juan Luis Beigbeder y Atienza, na qualidade de novo ministro de Assuntos Exteriores, o único integrante militar do gabinete com patente inferior à de general.

Rosalinda recebeu a inesperada notícia com emoções contraditórias. Satisfação pelo que esse cargo representava para ele; tristeza por antecipar o abandono definitivo de Marrocos. Sentimentos misturados em dias frenéticos que o alto comissário passou indo e voltando, entre a Península e o Protetorado, abrindo assuntos ali, fechando assuntos aqui, dando fim ao estado de provisionalidade gerado pelos três anos de luta e começando a montar a estrutura das novas relações externas da pátria.

No dia 10 de agosto, deu-se o anúncio oficial e, no dia 11, pela imprensa, tornou-se pública a formação do gabinete destinado a cumprir os destinos históricos sob o signo triunfante do general Franco. Ainda conservo, amareladas e quase se desmanchando nas mãos, duas páginas arrancadas do diário *Abc* daqueles dias, com as fotografias e o perfil biográfico dos ministros. No centro da primeira delas, como o sol no universo, aparece Franco em um retrato circular. À sua esquerda e a sua direita, ocupando lugares preferenciais nos dois cantos superiores, Beigbeder e Serrano Suñer: Assuntos Exteriores e Governo, as melhores pastas em suas mãos. Na segunda página, todos os detalhes de filiação e loas aos atributos dos recém--nomeados com a retórica grandiloquente da época. Beigbeder foi definido como ilustre africanista e profundo conhecedor do islã; elogiaram seu domínio do árabe, sua sólida formação, sua longa residência em países muçulmanos e sua magnífica tarefa como adido militar em Berlim. "A guerra revelou ao grande público o nome do coronel Beigbeder", dizia o *Abc*. "Ele organizou o Protetorado e, em nome de Franco e sempre acorde com o Caudilho, obteve a maravilhosa colaboração de Marrocos, que tanta importância teve." E, como prêmio, bum: o melhor ministério para ele. Quanto a Serrano Suñer, elogiavam sua prudência e energia, sua enorme capacidade de trabalho e seu bem provado prestígio. Para ele, pelos méritos acumulados, o Ministério do Governo: encarregado de todos os assuntos internos da pátria em sua nova era.

O patrocinador da surpreendente entrada do anônimo Beigbeder naquele governo foi, segundo soubemos mais tarde, o próprio

Serrano. Em sua visita a Marrocos, ele ficou impressionado com seu comportamento para com a população muçulmana: a aproximação afetiva, o domínio da língua, o apreço entusiasmado por sua cultura, as efetivas campanhas de recrutamento e inclusive, paradoxalmente, a simpatia pelos anseios independentistas da população. Um homem trabalhador e entusiasta, esse Beigbeder, poliglota, com boa mão para tratar com estrangeiros e fiel à causa, deve ter pensado o cunhado; com certeza não nos dará problemas. Ao saber da notícia, voltou a minha mente, como um brilho fugaz, a noite da recepção e o final da conversa que ouvi escondida atrás do sofá. Nunca perguntei a Marcus se ele havia contado ao alto comissário o que eu ouvira ali, mas, pelo bem de Rosalinda e do homem a quem ela tanto amava, desejei que a confiança que Serrano tinha nele então houvesse ganhado consistência com o passar do tempo.

No dia seguinte à divulgação de seu nome pela tinta dos papéis e pelas ondas de rádio, Beigbeder se mudou para Burgos, e, com isso, acabou para sempre a conexão formal com seu Marrocos feliz. Tetuán inteira foi lhe dar seu adeus: mouros, cristãos e judeus sem distinção. Em nome dos partidos políticos marroquinos, Sidi Abdeljalak Torres pronunciou um emocionado discurso e entregou ao novo ministro um pergaminho com moldura de prata com sua nomeação de irmão predileto dos muçulmanos. Ele, visivelmente comovido, respondeu com frases cheias de afeto e gratidão. Rosalinda derramou umas lágrimas, mas duraram pouco mais que o tempo que o bimotor levou para decolar do aeródromo de Sania Ramel, sobrevoar Tetuán em voo rasante a modo de despedida e afastar-se na distância para atravessar o Estreito. Ela sentia profundamente a partida de Juan Luis, mas a pressa de se juntar a ele exigia que agisse o mais rápido possível.

Nos dias posteriores, Beigbeder aceitou em Burgos a pasta ministerial das mãos do deposto conde de Jordana, incorporou-se ao novo governo e começou a receber uma enxurrada de visitas protocolares. Rosalinda, enquanto isso, foi para Madri em busca de uma casa onde assentar seu acampamento, base para a nova etapa que viveria. E assim passou o fim de agosto do ano da vitória, com ele aceitando os parabéns de embaixadores, arcebispos, adidos militares, prefeitos e generais, enquanto ela negociava um novo aluguel, desmontava a linda casa de Tetuán e organizava o transporte de seus incontáveis objetos, cinco criados mouros, uma dúzia de galinhas poedeiras e todos os sacos de arroz, açúcar, chá e café que conseguiu juntar em Tânger.

A residência escolhida estava situada na rua Casado del Alisal, entre o parque do Retiro e o Museu do Prado, a um passo da igreja dos Jerônimos. Tratava-se de uma grande casa, sem dúvida à altura da amante do mais inesperado novo ministro; um imóvel ao alcance de qualquer um disposto a pagar a quantia de pouco menos de mil pesetas mensais, uma importância que Rosalinda achou ridícula e pela qual a maioria das pessoas da Madri faminta do primeiro pós-guerra estaria disposta a se deixar cortar três dedos da mão.

Pretendiam organizar sua convivência do mesmo modo que o fizeram em Tetuán. Cada um manteria sua própria residência — ele em um velho palacete anexo ao ministério e ela em sua nova mansão —, mas passariam juntos todo o tempo possível. Antes de partir definitivamente e em uma casa já quase vazia, onde as vozes retumbavam com eco, Rosalinda organizou sua última festa: nela, misturaram-se poucos espanhóis, muitos europeus e um bom punhado de árabes ilustres para dar o adeus àquela mulher que, com sua aparente fragilidade, havia entrado na vida de todos nós com a força de um vendaval. Apesar da incerteza do período que se abria diante dela, e esforçando-se para afastar de sua mente as notícias que chegavam a respeito do que acontecia na Europa, minha amiga não quis se separar com sofrimento daquele Marrocos onde tão feliz havia sido. Fez-nos prometer, em meio aos brindes, que a visitaríamos em Madri tão logo estivesse instalada, e nos garantiu que voltaria a Tetuán assiduamente.

Fui a última a ir embora aquela noite, não quis ir sem me despedir a sós de quem tanto havia representado para mim naquela etapa de minha vida africana.

— Antes de ir, quero lhe dar uma coisa — disse. Eu havia transformado uma pequena caixa de prata moura em uma caixinha de costura. — Para que se lembre de mim quando precisar pregar um botão e eu não estiver por perto.

Ela a abriu emocionada, adorava presentes, por mais insignificantes que fossem. Pequenos carretéis de linhas de várias cores, uma minúscula alfineteira e um estojinho de agulhas, uma tesoura que quase parecia de brinquedo e um pequeno estoque de botões nacarados, de osso e vidro foi o que ela encontrou dentro.

— Eu preferiria tê-la a meu lado para que continuasse solucionando esses problemas, mas adorei o presente — disse, abraçando-me. — Como o gênio da lâmpada de Aladim, cada vez que eu abrir a caixa, você sairá de dentro dela.

Rimos: optamos por enfrentar a despedida com o bom humor encobrindo a tristeza; nossa amizade não merecia um final amargo. E com o ânimo positivo, obrigando-se a não apagar o sorriso do seu rosto, ela partiu com seu filho no dia seguinte rumo à capital, de avião, enquanto seus empregados e suas posses avançavam sacolejantes atravessando os campos do Sul da Espanha sob a lona verde-oliva de um veículo militar. Porém, aquele otimismo durou pouco. No dia seguinte a sua partida, dia 3 de setembro de 1939, diante da negativa alemã a se retirar da invadida Polônia, a Grã-Bretanha declarou guerra à Alemanha e a pátria de Rosalinda Fox entrou no que acabaria sendo a Segunda Guerra Mundial, o conflito mais sangrento da história.

O governo espanhol finalmente se estabeleceu em Madri, e o mesmo fizeram as delegações diplomáticas após realizar uma faxina em suas instalações, cobertas até então por uma suja pátina com cor de guerra e abandono. E assim, enquanto Beigbeder ia se familiarizando com as dependências escuras da sede de seu ministério — o velho palácio de Santa Cruz —, Rosalinda não perdeu um segundo de seu tempo e se dedicou com entusiasmo paralelo à dupla tarefa de ajeitar sua nova residência e se jogar de cabeça na piscina das relações sociais da Madri mais elegante e cosmopolita: um reduto inesperado de abundância e sofisticação; uma ilha do tamanho de uma unha flutuando no meio do negro oceano que era a capital devastada após sua queda.

Talvez uma mulher de natureza diferente houvesse optado por esperar com prudência até que seu influente companheiro afetivo começasse a estabelecer vínculos com os poderosos dos quais inquestionavelmente haveria de se cercar. Mas Rosalinda não era desse tipo e, por mais que adorasse Juan Luis, não tinha a menor intenção de se transformar em uma submissa amante presa ao rastro do cargo dele. Vinha levando tombos sozinha pelo mundo desde antes de completar vinte anos e, naquelas circunstâncias, por mais que os contatos de seu amante pudessem ter lhe aberto mil portas, decidiu mais uma vez se virar por si mesma. Para isso, utilizou as estratégias de aproximação nas quais já era tão hábil: iniciou o contato com velhos conhecidos de outros tempos e lugares, e, por meio deles e de seus amigos, e dos amigos de seus amigos, vieram novas caras, novos cargos e títulos com nomes estrangeiros ou longamente compostos, no caso dos espanhóis. Não tardaram a chegar a sua caixa de correio os primeiros convites para recepções e bailes, almoços, coquetéis e caçadas. Antes de Beigbeder ser capaz de afastar a cabeça da montanha de papéis e responsabilidades que se acumulava entre as paredes de seu lúgubre gabinete, Rosalinda havia já começado a adentrar uma rede de relações sociais destinada a mantê-la entretida no novo destino a que sua agitada vida acabava de levá-la.

Nem tudo, porém, foi 100% bem-sucedido naqueles primeiros meses em Madri. Ironicamente, apesar de seus magníficos dotes para as relações públicas, com seus próprios compatriotas não conseguiu estabelecer o menor vínculo de afeto. *Sir* Maurice Peterson, embaixador de seu país, foi o primeiro a lhe negar simpatia. A instâncias dele, a falta de aceitação logo se tornou extensiva a praticamente todos os membros do corpo diplomático britânico destacado na capital. Não puderam — ou não quiseram — ver em Rosalinda Fox uma potencial fonte de informações de primeira mão procedentes de um membro do governo espanhol, nem sequer uma compatriota a quem convidar protocolarmente para seus atos e celebrações. Apenas perceberam nela uma incômoda presença que ostentava a indigna honra de compartilhar sua vida com um ministro daquele novo regime pró-alemão por quem o governo de sua graciosa majestade não mostrava a menor simpatia.

Aqueles dias também não foram um mar de rosas para Beigbeder. O fato de ter permanecido, ao longo da guerra, na periferia das maquinações políticas fez que em muitas ocasiões fosse ignorado como ministro em favor de outros dignitários com mais peso na forma e mais poderio no fundo. Por exemplo, Serrano Suñer: o já poderoso Serrano, a quem todos temiam e por quem poucos no fundo pareciam sentir a menor simpatia. "Há três coisas na Espanha que acabam com minha paciência: o subsídio, a Falange e o cunhado de Sua Excelência", ironizava um dito popular madrilense. "Descendo a rua vem o Senhor do Grande Poder: antes era o Nazareno, e hoje é Serrano Suñer", diziam que cantavam com ironia em Sevilha, mudando a sílaba tônica do segundo sobrenome para rimar.

Aquele Serrano que tão agradável impressão havia levado do alto comissário em sua visita a Marrocos se foi transformando em seu açoite mais virulento à medida que as relações da Espanha com a Alemanha se estreitavam e os anseios expansionistas de Hitler rastejavam pela Europa com rapidez pavorosa. O cunhadíssimo demorou muito pouco para mostrar as garras: assim que a Grã-Bretanha declarou guerra à Alemanha, Serrano soube que havia se enganado radicalmente ao propor a Franco que designasse Beigbeder para a pasta de Assuntos Exteriores. Aquele ministério, achava ele, devia ter sido, desde o início, para si mesmo, e não para aquele desconhecido proveniente de terra africana, por maiores que fossem seus dotes interculturais e mais variados os idiomas em que se expressava. Beigbeder, segundo ele, não era homem para esse cargo. Não estava suficientemente comprometido com a causa alemã, defendia a neutralidade da Espanha na guerra europeia e não mostrava intenção de se submeter às cegas às pressões e exigências que emanavam do Ministério do Governo. Além disso, tinha uma amante inglesa, aquela loura jovem e atraente que ele mesmo havia conhecido em Tetuán. Em duas palavras: não servia. Por isso, apenas um mês depois da constituição do novo Conselho de Ministros, o proprietário da cabeça mais privilegiada e do ego mais grandioso do governo começou a estender seus tentáculos por terreno alheio como um polvo voraz, monopolizando tudo e apropriando-se a seu bel-prazer de assuntos próprios do Ministério de Assuntos Exteriores sem nem sequer consultar seu titular e sem perder, de quebra, a menor oportunidade para lhe jogar na cara que seus devaneios emocionais poderiam acabar custando um alto preço para as relações da Espanha com os países amigos.

Em meio a opiniões tão díspares, ninguém parecia conhecer totalmente o terreno que o antigo alto comissário pisava, na realidade. Convencidos pelas maquinações de Serrano, para os espanhóis e os alemães ele era pró-britânico porque não mostrava firmeza em seus afetos pelos nazistas e tinha sentimentos por uma inglesa frívola e manipuladora. Para os britânicos que o destratavam, era pró-alemão porque pertencia a um governo que apoiava entusiasticamente o Terceiro Reich. Rosalinda, sempre tão idealista, considerava-o um potencial reativador da mudança política: um mágico capaz de reorientar o rumo de seu governo, caso se empenhasse nisso. Ele, por sua vez, com um humor admirável em vista da lamentável circunstância, via-se como um simples vendedor, e assim tentava fazê-la ver.

— Que poder você acha que eu tenho dentro desse governo para propiciar uma aproximação com seu país? Pouco, meu amor, muito pouco. Sou só mais um dentro de um gabinete onde quase todos estão a favor da Alemanha e de uma possível intervenção espanhola na guerra europeia combatendo ao lado de Hitler. Devemos dinheiro e favores a eles; o destino de nossa política externa estava determinado desde antes de a guerra acabar, desde antes de me escolherem para o cargo. Você acha que tenho alguma capacidade para orientar nossas ações em outro sentido? Não, minha querida Rosalinda; não tenho a menor capacidade. Minha tarefa como ministro dessa Nova Espanha não é a de um estrategista ou um negociador diplomático; é apenas a de um vendedor de produtos ultramarinos ou um barraqueiro do mercado do pão. Meu trabalho é conseguir empréstimos, regatear nos acordos comerciais, oferecer aos países estrangeiros óleo, laranjas e uvas em troca de trigo e petróleo, e, mesmo assim, para conseguir tudo isso, também tenho de batalhar diariamente dentro do próprio gabinete, brigando com os falangistas para que me deixem agir à margem de seus desvarios autárquicos. Talvez eu seja capaz de me arranjar para conseguir o suficiente para que o povo não morra de fome e de frio neste inverno, mas nada, nada em absoluto posso fazer para alterar a vontade do governo em sua atitude perante essa guerra.

Assim passaram-se aqueles meses para Beigbeder, sufocado pelas responsabilidades, lutando com os de dentro e os de fora, longe das maquinações do verdadeiro poder, cada dia mais sozinho entre os seus. Para não afundar no desgosto mais denso, nesses dias tão negros buscava refúgio na saudade do Marrocos que havia deixado para trás. Sentia tanta falta daquele outro mundo que no ministério, em cima da mesa de seu gabinete, sempre tinha um Alcorão aberto cujos versículos em árabe recitava em voz alta de vez em quando, para espanto de quem estivesse perto. Tanto sentia falta daquela terra que sua residência oficial no palácio de Viana era cheia de roupas marroquinas e, assim que voltava a ela ao cair da tarde, tirava o terno cinza e vestia uma túnica de veludo; tanto que até comia diretamente das travessas com três dedos, à maneira moura, e não parava de repetir a quem quisesse ouvir que os marroquinos e os espanhóis eram todos irmãos. E algumas vezes, quando finalmente ficava sozinho após ter discutido mil e um assuntos ao longo do dia, em meio ao barulho dos bondes que atravessavam as sujas ruas lotados de gente, julgava ouvir o ritmo das flautas, das doçainas e dos pandeiros. E nas manhãs mais cinzentas até achava que, confundido com a fumaça malcheirosa que emergia dos esgotos, chegava a seu nariz o cheiro de flor de laranjeira, de jasmim e de hortelã, e então via-se de novo caminhando por entre as paredes caiadas do antigo bairro árabe, sob a luz filtrada pela sombra das trepadeiras, com o barulho da água brotando das fontes e o vento balançando os canaviais.

Agarrava-se à saudade como um náufrago a um pedaço de madeira no meio da tempestade, mas a ácida língua de Serrano estava sempre perto, como a sombra de uma foice, disposta a tirá-lo do sonho.

— Santo Deus, Beigbeder, pare de uma maldita vez de dizer que os espanhóis são todos mouros. Por acaso eu tenho cara de mouro? O Caudilho tem cara de mouro? Pois já chega de ficar repetindo insensatezes, caramba, já estou de saco cheio, todo santo dia a mesma ladainha.

Foram dias difíceis, sim. Para os dois. Apesar do tenaz empenho de Rosalinda em congraçar com o embaixador Peterson, as coisas não conseguiram se endireitar nos meses seguintes. O único gesto que havia obtido de seus compatriotas no final daquele ano da vitória foi um convite para cantar músicas de Natal com seu filho e outras mães em volta do piano da embaixada. Para que as coisas mudassem, tiveram de esperar até maio de 1940, quando Churchill foi nomeado primeiro-ministro e decidiu substituir de maneira fulminante seu representante diplomático na Espanha. E, a partir de então, a situação mudou. De forma radical. Para todos.

# 35

*Sir* Samuel Hoare chegou a Madri no final de maio de 1940 ostentando o pomposo título de embaixador extraordinário em missão especial. Jamais havia pisado solo espanhol, nem falava uma palavra de nossa língua, nem mostrava a menor simpatia por Franco e seu regime, mas Churchill pôs nele toda sua confiança e o incitou a aceitar o cargo: a Espanha era uma peça-chave para o futuro da guerra europeia, e ele queria ali um homem forte segurando sua bandeira. Para os interesses britânicos, era básico que o governo espanhol mantivesse uma postura neutra no que dissesse respeito a um Gibraltar livre de invasões e evitasse que os portos do Atlântico caíssem nas mãos alemãs. A fim de obter um mínimo de cooperação, haviam pressionado a faminta Espanha mediante o comércio exterior, restringindo o fornecimento de petróleo e apertando até a asfixia com a estratégia da vara e da cenoura. À medida que as tropas alemãs avançavam pela Europa, porém, aquilo deixou de ser suficiente: precisavam estar em Madri de maneira mais ativa, mais operativa. E com esse objetivo na agenda, aterrissou na capital aquele homem pequeno, um pouco acabado já, de presença quase anódina; *Sir* Sam para seus colaboradores próximos, dom Samuel para os poucos amigos que acabaria fazendo na Espanha.

Hoare não assumiu o cargo com otimismo: não lhe agradava o lugar, desconhecia à idiossincrasia espanhola, nem sequer tinha conhecidos naquele estranho lugar devastado e empoeirado. Sabia que não seria bem recebido e que o governo de Franco era abertamente antibritânico: para que aquilo ficasse bem claro desde o princípio, na mesma manhã de sua chegada os falangistas fizeram na porta de sua embaixada uma manifestação vociferante que o recebeu aos gritos de "Gibraltar espanhol!".

Após a apresentação de suas credenciais perante o Generalíssimo, começou para ele a tortuosa via-crúcis em que sua vida haveria de se transformar ao longo dos quatro anos de sua missão. Lamentou ter aceitado o cargo centenas de vezes: sentia-se imensamente desconfortável naquele ambiente tão hostil, desconfortável como nunca antes se sentira em qualquer outro lugar. A atmosfera era angustiosa, o calor insuportável. As agitações falangistas em frente a sua embaixada eram o pão nosso de cada dia: apedrejavam suas janelas, arrancavam as bandeirinhas e as insígnias dos carros oficiais e insultavam os funcionários britânicos sem que as autoridades de ordem pública mexessem um dedo sequer. A imprensa empreendeu uma agressiva campanha culpando a Grã-Bretanha pela fome de que a Espanha padecia. Sua presença só despertava simpatias para um número reduzido de monarquistas conservadores, só um punhado de nostálgicos da rainha Vitória Eugenia com pouco poder de manobra no governo e presos a um passado sem volta.

Sentia-se sozinho, tateando no meio da escuridão. Madri era demais para ele, sentia o ambiente absolutamente irrespirável: o lentíssimo funcionamento da máquina administrativa o oprimia, contemplava aturdido as ruas cheias de policiais e falangistas armados até as sobrancelhas, e via os alemães agindo à vontade, valentões e ameaçadores. Fazendo das tripas coração e cumprindo as obrigações de seu cargo, assim que se instalou passou a travar relações com o governo espanhol, e, particularmente, com seus três membros principais: o general Franco e os ministros Serrano Suñer e Beigbeder. Com os três se reuniu, aos três sondou e dos três recebeu respostas muito diferentes.

Teve uma audiência com o Generalíssimo no Palacio Real de El Pardo em um ensolarado dia de verão. Apesar disso, Franco o recebeu com as cortinas fechadas e a luz elétrica acesa, sentado atrás de uma mesa sobre a qual se erguiam, arrogantes, duas grandes fotografias de Hitler e Mussolini com dedicatória. Naquele encontro, no qual falaram em turnos, mediante intérprete e sem opção para o menor diálogo, Hoare ficou impressionado com a desconcertante autoconfiança do chefe do Estado: com a autocomplacência de quem se julgava escolhido pela Providência para salvar sua pátria e criar um novo mundo.

O que com Franco foi ruim, com Serrano Suñer foi pior. O poder do cunhadíssimo estava em seu esplendor mais fulgurante, tinha o país inteiro em suas mãos: a Falange, a imprensa, a polícia, e acesso pessoal e ilimitado ao Caudilho, por quem muitos achavam que sentia certo desprezo por conta de sua inferior capacidade intelectual. Enquanto Franco, recluso no Pardo, mal se mostrava, Serrano parecia onipresente: o arroz de todas as festas, tão diferente daquele homem discreto que visitara o Protetorado em plena guerra, o mesmo que se abaixara para pegar meu estojo de pó compacto e cujos tornozelos eu contemplara longamente por baixo de um sofá. Como se houvesse renascido com o regime, assim surgiu um novo Ramón Serrano Suñer: impaciente, arrogante, rápido como um raio em suas palavras e atos, com seus olhos gatunos sempre alertas, o uniforme da Falange engomado e o cabelo quase branco penteado para trás como um galã de cinema. Sempre tenso, requintadamente pejorativo com qualquer representante do que ele chamava de "plutodemocracias". Nem naquele primeiro encontro nem nos muitos outros que teriam ao longo do tempo, Hoare e Serrano conseguiram se aproximar de nenhum território próximo à empatia.

O único dos três dignitários com quem o embaixador conseguiu se entender foi Beigbeder. Desde a primeira visita ao palácio de Santa Cruz, a comunicação foi fluida. O ministro ouvia, agia, esforçava-se para tratar de assuntos e resolver problemas. Declarou-se perante Hoare firme partidário da não intervenção na guerra, reconheceu sem rodeios as imensas necessidades da população faminta e esforçou-se até a extenuação para fazer acordos e negociar pactos para saneá-las. Inicialmente, na verdade, para o embaixador sua pessoa pareceu um tanto pitoresca, excêntrica talvez: absolutamente incongruente em sua sensibilidade, cultura, maneiras e ironia com a brutalidade da Madri de braço erguido e mando e desmando. Beigbeder, aos olhos de Hoare, sentia-se evidentemente incomodado com a agressividade dos alemães, a fanfarrice dos falangistas, a atitude despótica de seu governo e as misérias cotidianas da capital. Talvez por isso, por sua própria anormalidade naquele mundo de loucos, Hoare achava Beigbeder um sujeito simpático, um bálsamo para esfregar nas feridas provocadas pelas chibatadas dos próprios companheiros de fileiras do singular ministro de têmpera africana. Tiveram desencontros, claro: pontos de vista diferentes e ações diplomáticas discutidas; reclamações, queixas e dúzias de crises que juntos tentaram solucionar. Como quando as tropas espanholas entraram em Tânger em junho, liquidando com uma canetada seu estatuto de cidade internacional. Como quando estiveram a ponto de autorizar desfiles de tropas alemãs pelas ruas de San Sebastián. Como tantas outras tensões naqueles tempos de desordem e precipitação. Apesar de tudo, a relação entre Beigbeder e Hoare foi se tornando cada dia mais confortável e próxima, constituindo para o embaixador o único refúgio naquele terreno tormentoso em que os problemas não paravam de surgir como as ervas daninhas.

À medida que se acomodava ao país, Hoare foi tomando consciência do longo alcance do poder dos alemães na vida espanhola, de suas extensas ramificações em quase todos os setores da vida pública. Empresários, executivos, agentes comerciais, produtores de cinema; pessoas dedicadas a atividades diversas com excelentes contatos na administração e no poder trabalhavam como agentes a serviço do nazismo. Logo soube também da mão de ferro que pesava sobre os meios de comunicação. A assessoria de imprensa da Embaixada da Alemanha, com plena autorização de Serrano Suñer, decidia diariamente que informação sobre o Terceiro Reich se publicaria na Espanha, como e com que palavras, inserindo à vontade toda a propaganda nazista que quisessem em todo jornal espanhol, e de maneira mais descarada e ofensiva, no jornal *Arriba,* o órgão da Falange que monopolizava a maior parte do pouco papel que se dispunha para jornais naqueles tempos de penúria. As campanhas contra os britânicos eram sangrentas e constantes, cheias de mentiras, insultos e perversas manipulações. Churchill era motivo das mais malignas caricaturas, e o Império Britânico causa de constante mofa. O mais simples acidente em uma fábrica ou trem de correspondência em qualquer província espanhola era atribuído, sem o menor constrangimento, a uma sabotagem dos pérfidos ingleses. As queixas do embaixador diante dessas coisas, sempre, indefectivelmente, caíam em saco sem fundo.

E enquanto *Sir* Samuel Hoare ia se acomodando bem ou mal em seu novo destino, o antagonismo entre os ministérios do Governo e de Assuntos Exteriores era cada vez mais evidente. Serrano, em sua todo-poderosa posição, organizou uma estratégica campanha a sua maneira: difundiu rumores venenosos sobre Beigbeder e alimentou, com isso, a ideia de que só em suas próprias mãos a situação se ajeitaria. E à medida que a estrela do antigo alto comissário caía como uma pedra na água, Franco e Serrano, Serrano e Franco, dois absolutos desconhecedores da política internacional, nenhum dos quais havia visto o mundo nem por um buraco, sentavam-se para tomar chocolate com rabanadas no Pardo e, mano a mano, desenhavam na toalha de mesa uma nova ordem mundial com a impressionante ousadia a que só a ignorância e a soberba podem levar.

Até que Beigbeder explodiu. Iam mandá-lo embora, e ele sabia. Iam prescindir dele, dar-lhe um chute no traseiro e botá-lo na rua: já não interessava a eles para sua cruzada gloriosa. Haviam-no arrancado de seu Marrocos feliz e designando-lhe um posto altamente desejável, e depois amarraram seus pés e mãos e lhe colocaram uma bola de pano na boca. Jamais haviam valorizado suas opiniões: de fato, provavelmente jamais lhe pediam alguma. Nunca pôde ter iniciativa nem opinião, só o queriam para preencher com seu nome uma pasta ministerial e para que atuasse como um funcionário público servil, pusilânime e mudo. Mesmo assim, sem gostar em absoluto da situação, acatou a hierarquia e trabalhou incansável por aquilo que estavam lhe pedindo, suportando com integridade os maus-tratos sistemáticos a que Serrano o manteve submetido durante meses. Primeiro foram as pisadas, os empurrões, o saia daqui para que eu entre. Aqueles empurrões tardaram pouco a se transformar em humilhantes tapas. E os tapas logo se transformaram em chutes nos rins, e os chutes passaram finalmente a ser facadas na jugular. E, quando Beigbeder intuiu que o passo seguinte seria pisar em sua cabeça, explodiu.

Estava cansado, farto das impertinências e da altivez do cunhadíssimo, do obscurantismo de Franco em suas decisões; farto de nadar contra a maré e de se sentir alheio a tudo, de estar no comando de um navio que, desde o momento em que iniciara a travessia, seguia um rumo equivocado. Por isso, talvez querendo imitar mais uma vez seus saudosos amigos muçulmanos, resolveu proteger a cabeça com um turbante. Chegara o momento de a amizade discreta que até então mantinha com Hoare se tornar pública: de ultrapassar os redutos privados, os gabinetes e os salões onde até então havia se mantido. E com ela como bandeira, saiu às ruas: em plena rua, sem abrigo algum. Ao ar livre, sob o sol impenitente do verão. Começaram a almoçar juntos quase diariamente nas mesas mais visíveis dos restaurantes mais conhecidos. E depois, como dois árabes percorrendo os estreitos becos de Tetuán, Beigbeder pegava o embaixador pelo braço chamando-o de "irmão Samuel" e, com ostentosa tranquilidade, passeavam pelas calçadas de Madri. Um Beigbeder desafiante, provocador, quase quixotesco. Um dia, outro e outro, conversando em íntima proximidade com o enviado dos inimigos, demonstrando com arrogância seu desprezo pelos alemães e os germanófilos. E assim passavam pela Secretaria Geral do Movimento na rua Alcalá; pela sede do jornal *Arriba* e diante da Embaixada da Alemanha na Castellana, pelas portas do Palace ou do Ritz, verdadeiros vespeiros de nazistas. Para que todos vissem bem visto como o ministro de Franco e o embaixador dos indesejáveis se entendiam. E enquanto isso, Serrano, à beira de uma crise nervosa e com a úlcera quase supurando, percorria a grandes passos seu gabinete de ponta a ponta, mexendo nos cabelos e perguntando-se aos gritos aonde o demente do Beigbeder queria chegar com aquele insensato comportamento.

Apesar de os esforços de Rosalinda terem conseguido despertar nele certa simpatia pela Grã-Bretanha, o ministro não era tão imprudente a ponto de, sem mais razão que o puro romantismo, se jogar nos braços de um país estrangeiro como a cada noite fazia nos de sua amada. Graças a ela, havia desenvolvido certa simpatia por essa nação, sim. Mas, se resolveu se envolver com Hoare, se por ele queimou todos os seus navios, foi por mais algumas razões. Talvez porque era um utopista e acreditava que na Nova Espanha as coisas não estavam andando como ele achava que deviam funcionar. Talvez porque era a única forma que tinha de mostrar abertamente sua oposição à ideia de entrar na guerra ao lado das potências do Eixo. Talvez fosse uma reação de repúdio a quem o havia humilhado tanto, alguém com quem se supunha que deveria ter trabalhado ombro a ombro no levantamento daquela pátria em ruínas de cuja demolição haviam participado com tanto afã. E talvez tenha se aproximado de Hoare sobretudo porque se sentia sozinho, imensamente sozinho em um ambiente amargo e hostil.

De tudo isso eu não soube porque o vivi pessoalmente, mas porque Rosalinda, ao longo de todos aqueles meses, me manteve informada por meio de uma corrente de extensas cartas que eu recebia em Tetuán como águas de maio. Apesar de sua agitada vida social, a doença a obrigava a permanecer ainda longas horas na cama, horas que dedicava a escrever cartas e a ler as que seus amigos lhe mandavam. E, assim, estabelecemos um costume que nos manteve vinculadas com uma linha invisível ao longo dos tempos e dos lugares. Em suas últimas notícias de finais de agosto de 1940, ela dizia que os jornais de Madri já falavam da iminente saída do ministro de Assuntos Exteriores. Mas, para isso, ainda tivemos de esperar algumas semanas, seis ou sete. E, ao longo delas, aconteceram coisas que, uma vez mais, alteraram para sempre o curso de minha vida.

## 36

Uma das atividades que me acompanharam desde a chegada de minha mãe a Tetuán foi ler. Ela tinha o costume de deitar cedo, Félix já não atravessava o corredor, e minhas noites começaram a ficar com muitas horas ociosas. Até que, uma vez mais, ele encontrou uma solução para preencher meu tédio. Tinha nome de mulheres e chegou entre duas capas: *Fortunata y Jacinta*. A partir de então, dediquei todo meu tempo de folga à leitura de todos os romances que havia na casa de meu vizinho. Com o passar dos meses, consegui acabá-los e comecei com as estantes da Biblioteca do Protetorado. Quando o verão de 1940 chegou ao fim, já havia dado conta das duas ou três dezenas de romances da pequena biblioteca local e me perguntava com que ia me distrair dali em diante. E então, inesperadamente, chegou um novo texto a minha porta. Não em forma de romance, e sim de telegrama azul. E não para usufruir de sua leitura, e sim para agir segundo as indicações. "Convite pessoal. Festa privada em Tânger. Amizades de Madri esperam. Primeiro setembro. Sete da noite. Dean's Bar."

Senti um nó no estômago, e, apesar disso, não pude reprimir uma gargalhada. Sabia quem havia enviado o telegrama, não precisava de assinatura. Em tropel, voltaram a minha memória dúzias de recordações: música, gargalhadas, coquetéis, urgências inesperadas e palavras estrangeiras, pequenas aventuras, passeios com a capota do carro abaixada, vontade de viver. Comparei aqueles dias do passado com o presente sossegado no qual as semanas transcorriam monótonas entre costuras e provas, programas de rádio e passeios com minha mãe ao entardecer. A única coisa moderadamente emocionante que vivi naqueles tempos foi um ou outro filme a que Félix me arrastou, e as desventuras e amores dos personagens dos livros que toda noite eu devorava para superar o tédio. Saber que Rosalinda me esperava em Tânger foi uma sacudida de alegria. Mesmo que fosse brevemente, a ilusão ressurgia.

No dia e hora marcados, porém, não encontrei qualquer festa no bar do El Minzah, apenas quatro ou cinco pequenos grupos isolados de gente desconhecida e dois bebedores solitários no balcão. Atrás dele também não estava Dean. Muito cedo talvez para o pianista, o ambiente era apagado, diferente de tantas noites tempo atrás. Sentei-me para esperar em uma mesa discreta e dispensei o garçom que se aproximou. Sete e dez, sete e quinze, sete e vinte. E a festa não começava. Às sete e meia fui ao balcão e perguntei por Dean. Ele não trabalha mais aqui, disseram. Abriu seu próprio negócio, Dean's Bar. Onde? Na rue Amerique du Sud. Voei. Em dois minutos estava ali, apenas algumas centenas de metros separavam os dois locais. Dean, seco e obscuro como sempre, percebeu minha presença de trás do balcão assim que minha silhueta se perfilou na entrada. Seu bar estava mais animado que o do hotel: não havia muitos clientes, mas as conversas tinham um tom mais alto, mais descontraído, e ouviam-se algumas risadas. O proprietário não me cumprimentou: apenas, com um breve olhar negro como o carvão, apontou para uma cortina ao fundo. A ela me dirigi. Veludo verde, pesado. Afastei-a e entrei.

— Chegou tarde a minha festa.

Nem as paredes sujas, nem a luz apagada da triste lâmpada; nem sequer as caixas de bebidas e os sacos de café empilhados em volta diminuíam um pelo do *glamour* de minha amiga. Talvez ela, talvez Dean, ou talvez os dois, antes de abrir o bar aquela noite, houvessem transformado temporariamente o pequeno depósito em um habitáculo exclusivo para um encontro privado. Tão privado que só havia duas cadeiras separadas por um barril coberto com uma toalha de mesa branca. Sobre ele, um par de taças, uma coqueteleira, um pacote de cigarros turcos e um cinzeiro. Em um canto, equilibrando-se sobre um monte de caixas, a voz de Billie Holiday cantava *Summertime* de um gramofone portátil.

Fazia um ano inteiro que não nos víamos, desde sua partida para Madri. Continuava magérrima, com a pele transparente e aquela onda loura sempre caindo no olho. Mas sua expressão não era a dos dias despreocupados do passado, nem a dos momentos mais duros da convivência com seu marido ou sua posterior convalescença. Não pude perceber com exatidão onde estava a mudança, mas tudo nela havia mudado um pouco. Parecia um pouco mais velha, mais madura. Um pouco cansada, talvez. Por suas cartas, eu fora sabendo das dificuldades que Beigbeder e ela haviam encontrado na capital. Não me havia dito, porém, que pretendia fazer uma visita a Marrocos.

Abraçamo-nos, rimos como estudantes, elogiamos com exagero nossas roupas e rimos de novo. Eu sentia tanta saudade dela. Tinha minha mãe, certo. E Félix. E Candelaria. E meu ateliê e minha nova paixão pela leitura. Mas havia sentido tanto a falta de sua presença, daquelas chegadas intempestivas, de seu modo de ver as coisas de um ângulo diferente do resto do mundo. Suas palavras, suas pequenas excentricidades, o alvoroço de sua loquacidade. Quis saber tudo, e soltei uma avalanche de perguntas: como andava sua vida em Madri, como estava Johnny, como estava Beigbeder, quais eram as razões que a haviam feito voltar à África. Ela respondeu com frases vagas e casos, evitando aludir às dificuldades. Até que parei de torturá-la com minha curiosidade, e então, enquanto enchia as taças, finalmente falou claro.

— Vim lhe oferecer um emprego.

Ri.

— Eu já tenho um emprego.

— Vim lhe propor outro.

Ri novamente e bebi. *Pink gin*, como tantas outras vezes.

— Para fazer o quê? — perguntei ao afastar a taça dos lábios.

— A mesma coisa que agora, mas em Madri.

Notei que falava sério, e meu riso secou. E também alterei o tom.

— Estou bem em Tetuán. As coisas vão bem, cada vez melhor. Minha mãe também gosta de viver aqui. Nosso ateliê funciona maravilhosamente bem; de fato, estamos pensando em contratar uma aprendiz para nos ajudar. Não pretendemos voltar para Madri.

— Não estou falando de sua mãe, Sira, só de você. E não seria preciso fechar o ateliê de Tetuán; com certeza seria algo provisório. Pelo menos, é o que espero. Quando tudo terminar, você pode voltar.

— Quando terminar o quê?

— A guerra.

— A guerra terminou há mais de um ano.

— A sua, sim. Mas agora há outra.

Ela se levantou, trocou o disco e aumentou o volume. Mais *jazz*, dessa vez só instrumental. Tentava evitar que nossa conversa fosse ouvida por trás da cortina.

— Há outra guerra terrível. Meu país está metido nela e o seu pode entrar a qualquer momento. Juan Luis fez tudo o que podia para que a Espanha ficasse de fora, mas a marcha dos acontecimentos parece indicar que vai ser muito difícil. Por isso, queremos ajudar de todas as maneiras possíveis para minimizar a pressão da Alemanha sobre a Espanha. Se conseguíssemos, sua nação ficaria fora do conflito e nós teríamos mais possibilidades de ganhar.

Eu continuava não entendendo como meu trabalho se encaixava em tudo aquilo, mas não a interrompi.

— Juan Luis e eu — prosseguiu — estamos tentando conscientizar alguns amigos para que colaborem na medida de suas possibilidades. Ele não conseguiu exercer pressão sobre o governo dentro do ministério, mas de fora também se podem fazer coisas.

— Que tipo de coisas? — perguntei com um fio de voz. Eu não tinha a menor ideia do que se passava pela cabeça dela. Minha expressão deve ter lhe parecido divertida, porque, por fim, riu.

— *Don't panic, darling*. Não se assuste. Não estamos falando de pôr bombas na embaixada alemã ou de sabotar grandes operações militares. Estou me referindo a discretas campanhas de resistência. Observação. Infiltrações. Obtenção de dados por meio de pequenas brechas *here and there*, por aqui e por lá. Juan Luis e eu não estamos sozinhos nisso. Não somos dois idealistas em busca de amigos incautos para envolvê-los em uma fantasiosa maquinação.

Encheu novamente as taças e aumentou mais o volume do gramofone. Acendemos outro par de cigarros. Ela se sentou de novo e mergulhou seus olhos claros nos meus. Em volta deles havia olheiras cinza que eu nunca vira antes nela.

— Estamos ajudando a montar em Madri uma rede de colaboradores clandestinos associados ao Serviço Secreto britânico. Colaboradores desvinculados da vida política, diplomática ou militar. Gente pouco conhecida que, sob a aparência de uma vida normal, fica sabendo de coisas e depois as transmite ao SOE.

— O que é SOE? — murmurei.

— *Special Operations Executive*. Uma nova organização dentro do Serviço Secreto recém-criada por Churchill, destinada a assuntos relacionados com a guerra e à margem das operações de sempre. Estão arregimentado gente por toda a Europa. Digamos que se trata de um serviço de espionagem pouco ortodoxo. Pouco convencional.

— Não estou entendendo. — Minha voz continuava sendo um sussurro.

Era verdade que não entendia nada. Serviço Secreto. Colaboradores clandestinos. Operações. Espionagem. Infiltrações. Eu nunca ouvira falar de nada daquilo na vida.

— Bem, não pense que eu estou acostumada a toda essa terminologia. Para mim também é tudo praticamente novo, tive de aprender muito. Juan Luis, como lhe disse por carta, estreitou suas relações com nosso embaixador Hoare nos últimos tempos. E, agora que está com os dias contados no ministério, ambos decidiram trabalhar em conjunto. Hoare, porém, não controla diretamente as operações do Serviço Secreto em Madri. Digamos que as supervisiona, que é o último responsável. Mas não as coordena pessoalmente.

— Quem coordena, então?

Esperei que me dissesse que era ela mesma e que finalmente confessasse que aquilo era só uma brincadeira. E, então, as duas riríamos muito e finalmente iríamos jantar e dançar na Villa Harris, como tantas outras vezes. Mas ela não disse isso.

— Alan Hillgarth, nosso *naval attaché*, o adido naval da embaixada: é ele quem se encarrega de tudo. É um sujeito muito especial, de uma família de longa tradição na Marinha, casado com uma dama da alta aristocracia que também está envolvida em suas atividades. Chegou a Madri junto com Hoare para, encoberto por seu cargo oficial, encarregar-se também de coordenar sigilosamente as atividades do SOE e do SIS, o *Secret Intelligence Service*.

SOE. *Special Operations Executive*. SIS. *Secret Intelligence Service*. Tudo me parecia igualmente estranho. Insisti para que me esclarecesse.

— O SIS, o *Secret Intelligence Service*, também conhecido como MI6, *Directorate of Military Intelligence, Section 6*: sexta seção da inteligência militar, agência dedicada às operações do Serviço Secreto fora da Grã-Bretanha. Atividades de espionagem em território não britânico, para você entender. Opera desde antes da Grande Guerra e seu pessoal, que costuma ter cobertura diplomática ou militar, se envolve em operações discretas normalmente por meio de estruturas de poder já estabelecidas, utilizando pessoas ou autoridades influentes nos países em que age. O SOE, porém, é algo novo. Mais arriscado porque não depende só de profissionais, mas, por isso mesmo, trata-se de algo muito mais flexível. É uma operação de emergência para os novos tempos de guerra, por assim dizer. Estão abertos a colaborar com todo tipo de pessoas que se mostrarem interessantes. A organização acaba de ser criada, e Hillgarth, o encarregado na Espanha, precisa recrutar agentes. Com urgência. E, para isso, estão sondando gente de confiança que possa pô-los em contato com outras pessoas que, por sua vez, possam ajudá-los diretamente. Digamos que Juan Luis e eu somos esse tipo de intermediários. Hoare é quase recém-chegado, não conhece quase ninguém. Hillgarth passou toda a guerra civil como vice-cônsul em Mallorca, mas também é novo em Madri e ainda não controla todo o terreno em que pisa. Eles não nos pediram envolvimento direto: sabem que Juan Luis e eu, ele como ministro já abertamente anglófilo e eu como cidadã britânica, somos muito conhecidos e sempre pareceríamos suspeitosos. Mas recorreram a nós para que forneçamos contatos. E nós pensamos em alguns amigos. Dentre eles, você. Por isso vim vê-la.

Preferi não perguntar o que queria de mim exatamente. Perguntando ou não, ela me contaria de qualquer maneira e o pânico seria o mesmo, de modo que decidi me concentrar em encher as taças de novo. Mas a coqueteleira já estava vazia. Então, levantei-me e procurei nas caixas empilhadas na parede. Tudo aquilo era muito forte para digerir a seco. Peguei uma garrafa de algo, um uísque, abri-a e dei um longo trago diretamente da garrafa. Depois, passei-a a Rosalinda. Ela me imitou e devolveu a garrafa. Continuou falando. Enquanto isso, eu continuei bebendo.

— Pensamos que você poderia montar um ateliê em Madri e costurar para as mulheres dos altos oficiais nazistas.

Minha garganta se obstruiu, e o trago de uísque que já estava a caminho retornou à boca e saiu disparado. Limpei meu rosto com as costas da mão. Quando finalmente consegui articular uma palavra, só saíram três.

— Vocês estão loucos.

Não se deu por vencida e prosseguiu sem se alterar.

— Todas elas se vestiam em Paris antes, mas, desde que o exército alemão invadiu a França em maio, a maioria das casas de alta-costura fechou, poucos querem continuar trabalhando na Paris ocupada. A Maison Vionet, a Maison Chanel na rue Chambon, a loja de Schiaparelli na place Vendôme: quase todos os grandes foram embora.

As menções de Rosalinda à alta-costura parisiense, ajudadas possivelmente por meu nervosismo, os coquetéis e o uísque, causaram em mim, de repente, uma gargalhada rouca.

— E você quer que eu substitua em Madri todos esses costureiros famosos?

Não consegui contagiá-la com meu riso, e ela prosseguiu falando, séria.

— Você poderia tentar a sua maneira e em pequena escala. É o momento perfeito, porque não há muitas opções: Paris fica *out of the question* e Berlim é muito longe. Ou se vestem em Madri, ou não vão estrear modelos na temporada que vai começar, o que para elas seria uma tragédia, porque a essência de sua vida nesses dias centra-se em uma vida social muito intensa. Eu andei me informando: vários ateliês madrilenses já estão de novo na ativa, preparando-se para o outono. Diziam que Balenciaga ia reabrir seu ateliê este ano, mas no fim não abriu. Estou com os nomes que pretendem funcionar — disse, puxando uma folha de papel dobrada do bolso. — Flora Villarreal; Brígida, em Carrera de San Jerónimo, 37; Natalio na Lagasca, 18; Madame Raguette em Bárbara de Braganza, 2; Pedro Rodríguez em Alcalá, 62; Cottret em Fernando VI, 8.

Alguns me pareceram familiares, outros não. Dona Manuela devia estar entre eles, mas Rosalinda não a mencionou: possivelmente não tornara a abrir seu ateliê. Quando terminou de ler a lista, rasgou o papel em mil pequenos pedaços e deixou-os no cinzeiro já cheio de bitucas.

— Apesar de seus esforços para apresentar novas coleções e oferecer os melhores modelos, todos têm o mesmo problema; todos têm a mesma limitação. De modo que para nenhum deles vai ser fácil se sair bem.

— Que limitação?

— A escassez de tecidos; a absoluta escassez de tecidos. Nem na Espanha nem na França estão produzindo tecidos para esse tipo de costura; as fábricas que não fecharam estão atendendo às necessidades básicas da população ou elaborando material destinado à guerra. Com o algodão fazem uniformes; com o linho, ataduras: qualquer tecido tem um destino mais prioritário do que a moda. Esse problema você poderia superar levando os tecidos de Tânger. Aqui o comércio continua, não há problemas para importações como na Península. Aqui chegam produtos americanos e argentinos, ainda há muito estoque de tecidos franceses e lãs inglesas, sedas indianas e chinesas de anos anteriores; você pode levar de tudo. E, caso precise de mais fornecimento, daríamos um jeito para que o recebesse. Se você chegar a Madri com tecidos e ideias, e se eu conseguir espalhar a notícia por meio de meus contatos, você pode se transformar na costureira da temporada. Não terá concorrência, Sira: você será a única capaz de lhes oferecer o que querem: ostentação, luxo, frivolidade absoluta, como se o mundo fosse um salão de baile, e não o sangrento campo de batalha em que eles o transformaram. E as alemãs todas iriam como abutres até você.

— Mas me associariam com você... — disse eu, tentando me agarrar a algum suporte que me impedisse de ser lançada naquele plano demente.

— Em absoluto. Ninguém tem por que fazer isso. As alemãs de Madri são, na maioria, recém-chegadas e não têm nenhum contato com as de Marrocos; ninguém precisa saber que você e eu nos conhecemos. Mas, evidentemente, sua experiência costurando para as compatriotas delas em Tetuán lhe será de grande ajuda: você conhece seus gostos, sabe como tratá-las e como deve se comportar com elas.

Enquanto ela falava, fechei os olhos e me limitei a mover a cabeça de um lado para o outro. Por alguns segundos, minha mente remontou aos primeiros meses de minha estada em Tetuán, à noite em que Candelaria me mostrara as pistolas e me propusera vendê-las para abrir o ateliê. A sensação de pânico era a mesma, e o cenário, similar: duas mulheres escondidas em um quartinho, uma expondo um plano perigoso criteriosamente maquinado e a outra, aterrorizada, negando-se a aceitá-lo. Havia diferenças, porém. Grandes diferenças. O projeto que Rosalinda me apresentava pertencia a outra dimensão.

Sua voz me fez retornar do passado, abandonar o mísero dormitório da pensão da rua Luneta e situar-me novamente na realidade do pequeno depósito por trás do balcão do Dean's Bar.

— Vamos criar sua fama, temos maneiras de fazer isso. Sou bem relacionada nos círculos que nos interessam em Madri, vamos fazer correr o boca a boca para divulgá-la sem que ninguém a vincule comigo. O SOE se encarregaria de todos os gastos iniciais: pagaria o aluguel do local, a instalação do ateliê e o investimento inicial em tecidos e materiais. Juan Luis resolveria o assunto dos trâmites alfandegários e lhe forneceria as licenças necessárias para passar a mercadoria de Tânger para a Espanha; teria de ser um carregamento considerável, porque, depois que ele estiver fora do ministério, as coisas serão muito mais difíceis. Todo o rendimento do negócio seria para você. Só teria de fazer a mesma coisa que faz agora em Marrocos, mas prestando mais atenção ao que ouvir da boca das clientes alemãs, ou mesmo das espanholas vinculadas ao poder e ligadas aos nazistas, que também seriam muito interessantes, se conseguisse captá-las. As alemãs estão absolutamente ociosas e o dinheiro sobra; seu ateliê poderia se transformar em um lugar de encontro para elas. Você saberia dos lugares que os maridos delas frequentam, as pessoas com quem se reúnem, seus planos e as visitas que recebem da Alemanha.

— Eu não falo alemão.

— Mas é capaz de se comunicar o suficiente para que elas se sintam à vontade com você. *Enough*.

— Sei pouco mais que os números, os cumprimentos, as cores, os dias da semana e algumas frases soltas — insisti.

— Não importa: já pensamos nisso. Temos alguém que a poderia ajudar. Você só teria de reunir dados e depois fazê-los chegar a seu destino.

— Como?

Deu de ombros.

— Isso Hillgarth lhe dirá se finalmente aceitar. Eu não sei como essas operações funcionam; imagino que criariam algo específico para você.

Fiz novamente um gesto negativo com a cabeça, dessa vez mais enfático.

— Não vou aceitar, Rosalinda.

Ela acendeu outro cigarro e aspirou com força.

— Por quê? — perguntou em meio à fumaça.

— Porque não — disse contundente. Eu tinha mil razões para não embarcar naquela loucura, mas preferi reuni-las todas em uma única negação. Não. Não ia fazer aquilo. Categoricamente, não. Bebi outro gole de uísque da garrafa.

— Por que não, *darling*? Por medo, *right*? — Ela falava em voz baixa e segura. A música havia terminado; só se ouvia o barulho da agulha arranhando o disco e algumas vozes e risadas procedentes do outro lado da cortina. — Todos temos medo, todos estamos morrendo de medo — murmurou. — Mas isso não é justificativa suficiente. Temos que nos envolver, Sira. Temos que ajudar. Você, eu, todos, cada um na medida de suas possibilidades. Temos que contribuir com nosso grão de areia para que essa loucura não continue avançando.

— Além disso, não posso voltar a Madri. Tenho assuntos pendentes. Você sabe quais.

A questão das denúncias dos tempos de Ramiro ainda não havia sido resolvida. Desde o final da guerra, eu havia falado sobre isso com o delegado Vázquez em duas ocasiões. Ele tentara saber como estava a situação em Madri, mas não conseguira nada. Tudo ainda anda muito conturbado, vamos deixar o tempo passar, esperar as coisas se acalmarem, dizia ele. E eu, já sem intenção de voltar, esperava. Rosalinda conhecia a situação, eu mesma lhe havia contado.

— Também pensamos nisso. Nisso, e no fato de que precisa estar coberta, protegida de qualquer eventualidade. Nossa embaixada não poderia se responsabilizar por você caso houvesse algum problema, e o negócio é arriscado para uma cidadã espanhola do jeito que as coisas estão neste momento. Mas Juan Luis teve uma ideia.

Eu quis perguntar qual era, mas minha voz não saiu do corpo. Também não foi necessário: ela a expôs imediatamente.

— Ele pode lhe arranjar um passaporte marroquino.

— Um passaporte falso — acrescentei.

— Não, *sweetie*: verdadeiro. Ele continua tendo excelentes amigos em Marrocos. Você poderia se tornar uma cidadã marroquina em apenas algumas horas. Com outro nome, *obviously*.

Eu me levantei e notei que não conseguia manter o equilíbrio. Em meu cérebro, entre poças de genebra e uísque, chafurdavam alvoroçadas todas aquelas palavras tão estranhas. Serviço Secreto, agentes, dispositivos. Nome falso, passaporte marroquino. Apoiei-me na parede e tentei recuperar a serenidade.

— Rosalinda, não. Não continue, por favor. Não posso aceitar.

— Não precisa tomar uma decisão agora. Pense.

— Não há nada que pensar. Que horas são?

Ela consultou o relógio; eu tentei fazer o mesmo com o meu, mas os números pareciam se derreter diante de meus olhos.

— Quinze para as dez.

— Preciso voltar a Tetuán.

— Eu havia programado um carro que a pegasse às dez, mas acho que você não está em condições de ir a lugar nenhum. Durma em Tânger esta noite. Eu me encarrego de que lhe arranjem um quarto no El Minzah e que avisem sua mãe.

Uma cama onde dormir para esquecer toda aquela sinistra conversa me pareceu uma tentadora oferta. Uma cama grande com lençóis brancos, em um lindo quarto onde acordar no dia seguinte para descobrir que aquele encontro com Rosalinda havia sido um pesadelo. Um extravagante pesadelo saído do nada. Mas a lucidez pulou de repente de algum remoto canto de meu cérebro.

— Não podem avisar minha mãe. Não temos telefone, você sabe.

— Mandarei alguém ligar para Félix Aranda e ele a avisará. Além disso, me encarregarei de que a peguem e a levem a Tetuán amanhã pela manhã.

— E você, onde está hospedada?

— Na casa de uns amigos ingleses na rue de Hollande. Não quero que ninguém saiba que estou em Tânger. Trouxeram-me diretamente de carro da casa deles, nem sequer pisei na rua.

Guardou silêncio durante alguns segundos e voltou a falar em tom mais baixo outra vez. Mais baixo e mais denso.

— As coisas estão muito feias para Juan Luis e para mim, Sira. Estão nos vigiando permanentemente.

— Quem? — perguntei com voz rouca.

Ela deu um meio sorriso triste.

— Todos. A polícia. A Gestapo. A Falange.

O medo saiu de mim em forma de pergunta sussurrada com voz pastosa.

— E a mim, também vão me vigiar?

— Não sei, *darling*, não sei.

Ela sorria de novo, dessa vez com a boca inteira. Não conseguiu evitar, porém, que uma ponta de desgosto ficasse pendurada no canto.

# 37

Alguém bateu à porta e entrou sem esperar resposta. Com os olhos ainda semicerrados, na penumbra pude distinguir uma camareira de uniforme com uma bandeja nas mãos. Depositou-a em algum lugar fora de meu campo visual e abriu as cortinas. O aposento se encheu de luz de repente, e eu cobri a cabeça com o travesseiro.

Apesar de ele amortecer o barulho, meus ouvidos se encheram de pequenos sinais que me permitiram acompanhar a tarefa da recém-chegada. A porcelana da xícara se chocando no prato, o café quente saindo do bule, a faca raspando contra uma torrada ao passar a manteiga. Quando tudo ficou pronto, aproximou-se da cama.

— Bom dia, senhorita. O café da manhã está pronto. Precisa se levantar, um carro vem buscá-la em uma hora.

Respondi com um grunhido. Queria dizer obrigada, já sei, deixe-me em paz. A menina não decifrou minha intenção de continuar dormindo e insistiu.

— Pediram-me que eu não saísse enquanto não se levantasse.

Ela falava espanhol com sotaque espanhol. Tânger havia ficado cheia de republicanos no fim da guerra; provavelmente ela era filha de alguma daquelas famílias. Resmunguei novamente e virei para o outro lado.

— Senhorita, por favor, levante-se. O café e as torradas vão esfriar.

— Quem a mandou aqui? — inquiri, sem tirar a cabeça de seu refúgio. Minha voz soou como se saísse de uma caverna, talvez por conta da barreira de penas e pano que me separava do exterior, talvez pelo efeito da catastrófica noite anterior. Assim que formulei a pergunta, notei como era ridícula. Como aquela garota poderia saber quem a mandara até mim? Eu, porém, não tinha a menor dúvida.

— Deram-me a ordem na cozinha, senhorita. Sou a camareira deste andar.

— Já pode ir, então.

— Não enquanto não se levantar.

Era obstinada, a jovem camareira, com a perseverança dos bem mandados. Finalmente, levantei a cabeça e tirei o cabelo do rosto. Ao afastar os lençóis, percebi que estava vestindo uma camisola cor de damasco que não era minha. A jovem me esperava com um roupão na mão, combinando; decidi não lhe perguntar por sua proveniência, como ela saberia? Intuí que, de alguma maneira, Rosalinda havia dado um jeito de me mandar as duas peças até o quarto. Todavia, não havia chinelos, de modo que, descalça, fui até a pequena mesa redonda preparada para o café da manhã. Meu estômago o recebeu com um ronco.

— Sirvo-lhe leite, senhorita? — perguntou, enquanto eu me sentava.

Assenti com a cabeça, porque, com palavras, não podia: minha boca já estava cheia de torrada. Estava faminta como um lobo; recordei, então, que não havia jantando na noite anterior.

— Se me der licença, vou preparar seu banho.

Assenti novamente enquanto mastigava, e poucos segundos depois ouvi a água sair com força das torneiras, aos borbotões. A menina voltou ao quarto.

— Já pode ir, obrigada. Diga a quem for que já estou em pé.

— Mandaram-me levar sua roupa para passar enquanto toma seu café.

Dei outra mordida na torrada e assenti sem palavras novamente. Então ela pegou minha roupa jogada em desordem sobre uma pequena poltrona.

— Deseja mais alguma coisa, senhorita? — perguntou antes de sair.

Com a boca ainda cheia, levei um dedo à testa, simulando um tiro. Ela olhou para mim assustada, e me dei conta, então, de que era apenas uma menina.

— Algo para dor de cabeça — esclareci, quando finalmente consegui engolir.

Com um gesto enfático, confirmou que havia entendido e saiu sem mais uma palavra, desejando fugir o quanto antes do quarto daquela louca que eu devia lhe parecer.

Acabei com as torradas, o suco de laranja, dois *croissants* e um bolinho suíço. Depois, servi uma segunda xícara de café e, ao levantar a jarra de leite, encostei as costas da mão no envelope que repousava ao lado de um pequeno vasinho com duas rosas brancas. Com o contato, senti algo parecido a um choque, mas não o peguei. Não tinha nada escrito, nem uma letra, mas eu sabia que era para mim e sabia quem o enviara. Terminei o café e fui até o banheiro esfumaçado. Fechei as torneiras e tentei distinguir minha imagem no espelho. Estava tão embaçado que, para me ver, precisei secá-lo com uma toalha. Lamentável, foi a única palavra que me veio à boca ao contemplar meu reflexo. Despi-me e entrei na água.

Quando saí, os restos do café da manhã haviam desaparecido e a sacada estava aberta de par em par. As palmeiras do jardim, o mar e o céu azul intenso do Estreito pareciam querer entrar no quarto, mas não lhes dei muita atenção, estava com pressa. Aos pés da cama encontrei a roupa passada: o terninho, a combinação e as meias de seda, tudo pronto para voltar a meu corpo. E no criado-mudo, sobre uma pequena bandeja de prata, uma garrafa de água, um copo e comprimidos para dor de cabeça. Engoli dois de um golpe; pensei melhor e tomei mais um. Voltei ao banheiro e prendi o cabelo úmido em um rabo baixo. Maquiei-me um pouco, tinha comigo apenas o estojo de pó e um batom. Depois me vesti. Tudo pronto, murmurei. Retifiquei imediatamente. Tudo quase pronto. Faltava um pequeno detalhe. Aquele que me esperava na mesa onde meia hora antes havia tomado o café: o envelope creme sem destinatário aparente. Suspirei e, pegando-o com apenas dois dedos, guardei-o na bolsa sem olhar para ele novamente.

Fui embora. Deixei para trás uma camisola alheia e a marca de meu corpo nos lençóis. O medo não quis ficar, foi comigo.

— A conta de *mademoiselle* já está paga, um carro a está esperando — disse discretamente o chefe da recepção. Nem o veículo nem o condutor me pareceram familiares, mas não perguntei de quem era o primeiro nem para quem trabalhava o segundo. Apenas me acomodei no banco de trás e, sem que saísse uma palavra de minha boca, deixei que os dois me levassem para casa.

Minha mãe não me perguntou como havia sido a festa nem onde havia passado a noite. Imaginei que quem lhe transmitira o recado na noite anterior o tinha feito com tamanha convicção que não deixara lugar para a preocupação. Se notou minha cara horrível, não deu sinal de estar intrigada. Mal levantou os olhos da peça que estava montando e me deu bom-dia. Nem efusiva nem chateada. Neutra.

— Acabou o cordão de seda — anunciou. — A esposa de Aracama quer que passemos a prova da quinta-feira para a sexta, e *Frau* Langenheim prefere que mudemos o caimento do vestido de *shantung*.

Enquanto continuava costurando e comentando os últimos acontecimentos, coloquei uma cadeira em frente a ela e me sentei, tão perto que meus joelhos quase tocaram os seus. Então, ela começou a me contar algo sobre a entrega de umas peças de cetim que havíamos pedido na semana anterior. Não a deixei terminar.

— Querem que eu volte a Madri e que trabalhe para os ingleses; que passe informações sobre os alemães para eles. Querem que eu espie suas mulheres, mãe.

Sua mão direita parou no alto, segurando a agulha entre um pesponto e outro. A frase ficou no meio, a boca aberta. Imóvel na postura, levantou os olhos por cima dos pequenos óculos que usava para costurar e cravou-me um olhar cheio de desconcerto.

Não continuei falando imediatamente. Antes, inspirei e expirei duas vezes: profundamente, como se estivesse com falta de ar.

— Dizem que a Espanha está cheia de nazistas — continuei. — Os ingleses precisam de gente para informar sobre o que os alemães fazem: com quem se reúnem, onde, quando, como. Pensaram em montar um ateliê para mim para que eu costure para as esposas dos alemães, para que depois lhes conte o que vir e ouvir.

— E você, o que respondeu?

Sua voz, como a minha, foi apenas um sussurro.

— Que não. Que não posso, que não quero. Que estou bem aqui, com você. Que não tenho interesse em voltar a Madri. Mas me pediram para pensar.

O silêncio se espalhou por toda a sala, entre os tecidos e os manequins, contornando os carretéis de linha, pousando nas tábuas de costurar.

— E isso ajudaria a Espanha a não entrar em guerra outra vez? — perguntou por fim.

Dei de ombros.

— Tudo, a princípio, pode ajudar; pelo menos, é o que acreditam — disse eu sem grande convicção. — Estão tentando montar uma rede de informantes clandestinos. Os ingleses querem que os espanhóis fiquem de fora do que está acontecendo na Europa, que não nos aliemos aos alemães e que não intervenhamos; dizem que será melhor para todos.

Ela baixou a cabeça e concentrou a atenção no tecido em que estava trabalhando. Não disse nada por alguns segundos: ficou pensando, refletindo sem pressa acariciando o pano com o polegar. Finalmente, ergueu o olhar e tirou os óculos devagar.

— Quer meu conselho, filha? — perguntou.

Balancei a cabeça firmemente. Sim, claro que eu queria seu conselho: precisava que me confirmasse que minha negativa era razoável, ansiava ouvir de sua boca que aquele plano era uma verdadeira insensatez. Queria que a mãe de sempre voltasse, que dissesse quem eu achava que era para ficar brincando de agente secreta. Quis encontrar de novo a Dolores firme de minha infância: a prudente, a resoluta, a que sempre sabia o que estava certo ou errado. A que me criara indicando o caminho reto do qual um dia me desviara. Mas o mundo havia mudado não só para mim: os pilares de minha mãe também eram outros.

— Vá com eles, filha. Ajude, colabore. Nossa pobre Espanha não pode entrar em outra guerra, não tem mais forças.

— Mas, mãe...

Não me deixou prosseguir.

— Você não sabe o que é viver em guerra, Sira. Você não acordou, dia após dia, com o barulho das metralhadoras e a explosão dos morteiros. Você não comeu lentilhas com bicho mês após mês, não viveu um inverno sem pão, sem carvão e sem vidro nas janelas. Não conviveu com famílias desfeitas e crianças famintas. Não viu olhos cheios de ódio, de medo, ou das duas coisas ao mesmo tempo. A Espanha inteira está arrasada, ninguém mais tem forças para suportar de novo o mesmo pesadelo. A única coisa que o país pode fazer agora é chorar seus mortos e seguir em frente com o pouco que lhe resta.

— Mas... — insisti.

Tornou a me interromper. Sem erguer a voz, mas firme.

— Se eu fosse você, ajudaria os ingleses, faria o que me pedissem. Eles trabalham em seu próprio benefício, disso não tenha dúvidas. Fazem tudo isso por sua pátria, não pela nossa. Mas se seu benefício favorecer a todos nós, bendito seja Deus. Suponho que o pedido veio por meio de sua amiga Rosalinda.

— Conversamos durante horas ontem; esta manhã, ela me deixou uma carta, ainda não a li. Imagino que devem ser instruções.

— Por todos os lados se ouve dizer que Beigbeder está em seus últimos dias de ministro. Parece que vão pô-lo para fora justamente por isso, por ser amigo dos ingleses. Imagino que ele também deve ter algo a ver com isso.

— A ideia é dos dois — confirmei.

— Pois podiam ter se empenhado em nos livrar da outra guerra em que eles nos meteram, mas isso é passado, e não tem mais remédio. O que se há de fazer agora é olhar para o futuro. Você decide, filha. Pediu meu conselho, e eu o dei: com grande dor no coração, mas entendendo que isso é o mais responsável. Para mim também vai ser difícil: se for, vou ficar sozinha de novo e viverei outra vez com a incerteza de não saber de você. Mas acho que sim, que deve ir para Madri. Eu ficarei aqui e tocarei o ateliê. Encontrarei alguém para me ajudar, não se preocupe com isso. E, quando tudo acabar, seja o que Deus quiser.

Não pude responder. Não me restavam pretextos. Decidi sair, ir para a rua, tomar um pouco de ar. Precisava pensar.

# 38

Entrei no Hotel Palace ao meio-dia de meados de setembro com o andar seguro de alguém que houvesse passado metade da vida pisando os *halls* dos melhores hotéis do planeta. Usava um *tailleur* de lã fria vermelho queimado e o cabelo recém-cortado acima do ombro. Na cabeça, um sofisticado chapéu de feltro e plumas saído do ateliê de Madame Boissenet em Tânger: uma completa *pièce-de-résistance,* como, segundo ela, as mulheres elegantes chamavam aqueles chapéus na França ocupada. Complementava a roupa com um par de sapatos altíssimos, de couro de crocodilo, adquiridos na melhor loja de calçados do boulevard Pasteur. Nas mãos, uma bolsa combinando e um par de luvas de couro de novilho tingido de cinza-pérola. Duas ou três cabeças se voltaram quando passei. Não me fiz de rogada.

Às minhas costas, um carregador levava uma *nécessaire,* duas malas de Goyard e outras tantas caixas de chapéu. O resto da bagagem, os utensílios e o carregamento de tecidos, chegaria por terra no dia seguinte após cruzar o Estreito sem problemas: claro, afinal, as licenças para o trânsito alfandegário tinham carimbos e mais carimbos de oficiais do universo inteiro, gentileza do Ministério de Assuntos Exteriores espanhol. Já eu cheguei de avião, a primeira vez que voei em toda minha vida. Do aeroporto de Sania Ramel a Tablada, em Sevilha; de Tablada a Barajas. Saí de Tetuán com minha documentação espanhola em nome de Sira Quiroga, mas alguém se encarregou de alterar a lista de passageiros para que meu nome não constasse dela. Durante o voo, com a pequena tesoura de minha caixinha de costura de emergência, desintegrei meu velho passaporte em mil tirinhas que guardei dentro de um lenço amarrado: afinal de contas, era um documento da República, de nada ia me servir na Nova Espanha. Aterrissei em Madri com um novo passaporte marroquino. Ao lado da fotografia, um domicílio em Tânger e minha identidade recém-adquirida: Arish Agoriuq. Estranho? Não tanto. Eram apenas o nome e o sobrenome de sempre ao contrário. E com o *h* que meu vizinho Félix lhe havia acrescentado nos primeiros dias do negócio e que fora deixado no mesmo lugar. Não era um nome árabe, em absoluto, mas soava estranho e não pareceria suspeito em Madri, onde ninguém tinha ideia de como as pessoas se chamavam lá pela terra moura, lá pela terra africana.

Nos dias anteriores a minha partida, segui ao pé da letra todas as instruções contidas na longa carta de Rosalinda. Contatei as pessoas indicadas para a obtenção de minha nova identidade. Escolhi os melhores tecidos nas lojas sugeridas e mandei que os enviassem, junto com as faturas correspondentes, para um endereço local que nunca soube a quem pertencia. Fui de novo ao bar do Dean e pedi um *bloody mary*. Se minha decisão houvesse sido negativa, deveria ter pedido uma humilde limonada. O *barman* me serviu com o rosto impassível. Meio sem vontade, comentou o que pareciam simples trivialidades: que a tempestade da noite anterior havia destruído um toldo, que um navio de nome *Jason* e bandeira norte-americana chegaria na sexta-feira seguinte às dez da manhã com um carregamento de mercadoria inglesa. Daquele inócuo comentário extraí os dados que necessitava. Na sexta-feira e na hora marcada, fui até a delegação americana em Tânger, um lindo palacete mouro no meio do antigo bairro árabe. Comuniquei ao soldado encarregado do controle de acesso minha intenção de ver o senhor Jason. Então, ele ergueu um pesado telefone interno e anunciou em inglês que a visita havia chegado. Recebeu ordens e desligou. Convidou-me a passar para um pátio árabe cercado de arcos brancos. Ali fui recebida por um funcionário que, com poucas palavras e passo ágil, me conduziu por um labirinto de corredores, escadas e galerias até um terraço branco na parte mais alta do edifício.

— *Mr.* Jason — disse simplesmente, apontando para uma presença masculina no fundo do terraço. Imediatamente desapareceu trotando escadas abaixo.

Tinha umas sobrancelhas imensamente grossas e seu nome não era Jason, e sim Hillgarth. Alan Hillgarth, adido naval da embaixada britânica em Madri e coordenador das atividades do Serviço Secreto na Espanha. Rosto largo, testa ampla e cabelo escuro, com a risca retilínea e penteado para trás com brilhantina. Usava um terno de alpaca cinza cuja qualidade se intuía à distância. Caminhava firme, segurando uma maleta de couro preta na mão esquerda. Apresentou-se, apertou minha mão e me convidou a usufruir por uns momentos da vista. Impressionante, certamente. O porto, a baía, o Estreito inteiro e uma faixa de terra ao fundo.

— Espanha — anunciou, apontando para o horizonte. — Tão perto e tão longe. Vamos sentar?

Indicou um banco de ferro fundido e nos acomodamos nele. Do bolso do paletó tirou uma cigarreira de Craven A. Aceitei um cigarro e fumamos contemplando o mar. Mal se ouviam ruídos próximos, apenas algumas vozes em árabe chegando dos becos próximos e, de vez em quando, os sons estridentes das gaivotas que sobrevoavam a praia.

— Tudo está praticamente pronto em Madri esperando sua chegada — anunciou por fim.

Seu espanhol era excelente. Não repliquei, não tinha nada a dizer: apenas queria ouvir suas instruções.

— Alugamos um apartamento na rua Núñez de Balboa, sabe onde fica?

— Sim. Trabalhei ali perto durante um tempo.

— *Mrs.* Fox está se encarregando de mobiliá-lo e prepará-lo. Por meio de intermediários, naturalmente.

— Entendo.

— Sei que ela já a pôs a par, mas acho que convém que eu lhe recorde. O coronel Beigbeder e *Mrs.* Fox estão, neste momento, em uma situação extremamente delicada. Estamos todos à espera da demissão do coronel como ministro; parece que não vai demorar muito para acontecer, e será uma perda lamentável para nosso governo. Por ora, o senhor Serrano Suñer, ministro do Governo, acaba de ir para Berlim: pretende se reunir primeiro com Von Ribbentrop, o equivalente alemão de Beigbeder, e depois com Hitler. O fato de o ministro de Assuntos Exteriores espanhol não estar participando dessa missão e permanecer em Madri é significativo da fragilidade de seu atual *status*. Enquanto isso, tanto o coronel quanto *Mrs*. Fox estão colaborando conosco, fornecendo contatos muito interessantes. Tudo está sendo feito, obviamente, de maneira clandestina. Ambos estão sendo vigiados pelos agentes pertencentes a certos corpos pouco amigos, se me permite o eufemismo.

— A Gestapo e a Falange — disse, recordando as palavras de Rosalinda.

— Vejo que já está informada. É isso mesmo. Não queremos que o mesmo aconteça com você, mas não lhe garanto que possamos evitar. Mas não se assuste antes da hora. Todo mundo em Madri vigia todo mundo: todo mundo é suspeito de alguma coisa e ninguém confia em ninguém; mas, felizmente para nós, são todos impacientes: todos parecem ter uma grande pressa, de modo que, quando não conseguem encontrar nada de interessante em alguns dias, esquecem o alvo e passam para o seguinte. Não obstante, caso se sinta vigiada, informe-nos e tentaremos descobrir de quem se trata. E, principalmente, não perca a calma. Mova-se com naturalidade, não tente despistá-los nem fique nervosa, entende?

— Acho que sim — disse, sem parecer muito convincente.

— *Mrs*. Fox — prosseguiu, mudando de assunto — está mexendo os pauzinhos para antecipar sua chegada, acho que já tem algumas potenciais clientes garantidas. Por isso, e levando em conta que o outono praticamente já chegou, seria oportuno que se instalasse em Madri o mais cedo possível. Quando acha que poderá partir?

— Quando quiser.

— Agradeço sua boa disposição. Tomamos a liberdade de reservar uma passagem de avião para a próxima terça-feira, o que acha?

Disfarçadamente, coloquei as mãos sobre os joelhos: temia que começassem a tremer.

— Estarei pronta.

— Maravilhoso. Pelo que sei, *Mrs*. Fox lhe adiantou parcialmente o objetivo de sua missão.

— Mais ou menos.

— Bem, eu vou especificá-la agora com mais detalhes. O que precisamos de você, em princípio, é que nos transmita informes diários sobre certas mulheres alemãs e outras espanholas, que acreditamos que vão se tornar suas clientes brevemente. Como comentou sua amiga, *Mrs.* Fox, a escassez de tecidos está sendo um sério problema para as costureiras espanholas e sabemos em primeira mão que há um número de mulheres residentes em Madri ansiosas por encontrar alguém que possa lhes fornecer tanto confecção quanto tecidos. E aí que você entra. Se nossas previsões não falharem, sua colaboração será de grande interesse para nós, posto que, atualmente, nossos contatos com o poder alemão em Madri são nulos e com o poder espanhol são quase inexistentes, com exceção do coronel Beigbeder, e por pouco tempo, receio. As informações que queremos obter por meio de você se centrarão fundamentalmente em dados sobre os movimentos da colônia nazista residente em Madri e de alguns espanhóis que se relacionam com eles. Seguir individualmente cada um deles está absolutamente fora de nosso alcance; por isso, pensamos que, talvez, por meio de suas esposas e amigas, possamos obter alguma ideia sobre seus contatos, relações e atividades. Tudo em ordem até aqui?

— Tudo em ordem, sim.

— Nosso principal interesse é conhecer antecipadamente a agenda social da comunidade alemã em Madri: que eventos organizam, com que espanhóis e compatriotas alemães se relacionam, onde se reúnem e com que frequência. Grande parte de sua atividade estratégica é feita, normalmente, mais mediante eventos sociais privados que por meio do trabalho, digamos, de gabinete, e queremos infiltrar neles gente de nossa confiança. Nesses eventos, os representantes nazistas costumam ir acompanhados de suas esposas ou amigas, e elas, supomos, devem estar convenientemente vestidas. Esperamos, portanto, que você possa obter informações antecipadas a respeito das ocasiões em que usarão suas criações. Acha que será possível?

— Sim, é normal que as clientes comentem principalmente isso. O problema é que meu alemão é muito limitado.

— Já pensamos nisso. Vamos lhe fornecer uma pequena ajuda. Como deve saber, o coronel Beigbeder ocupou durante vários anos o cargo de adido militar em Berlim. Na embaixada, um casal espanhol com duas filhas trabalhava como cozinheiros na época; ao que parece, o coronel se portou muito bem com eles, ajudou-os com alguns problemas, preocupou-se com a educação das meninas e, enfim, tiveram um relacionamento cordial que se interrompeu quando ele foi designado para Marrocos. Bem, ao saber que o antigo adido havia sido nomeado ministro, essa família, já de volta à Espanha desde alguns anos antes, entrou em contato com ele solicitando de novo sua ajuda. A mãe morreu antes da guerra e o pai sofre de asma crônica e mal sai de casa; também não tem afiliação política alguma, algo que cai muito bem para nós. O pai pediu a Beigbeder emprego para suas filhas, e nós agora vamos lhe oferecer isso, se nos der seu consentimento. Trata-se de duas jovens de dezessete e dezenove anos que entendem e falam alemão com total fluência. Eu não as conheço pessoalmente, mas *Mrs.* Fox conversou com as duas há alguns dias e ficou totalmente satisfeita. Pediu-me que lhe diga que com elas em casa não sentirá falta de Jamila. Não sei quem é Jamila, mas espero que entenda a mensagem que lhe transmito.

Sorri pela primeira vez desde o início da conversa.

— Muito bem. Se *Mrs.* Fox as considera aceitáveis, eu também. Sabem costurar?

— Acho que não, mas podem ajudá-la a cuidar da casa, e talvez possa ensinar-lhes alguns rudimentos de costura. De qualquer maneira, é muito importante que tenha em mente que essas garotas não devem saber de seu trabalho clandestino, de modo que terá de dar um jeito para que a ajudem, mas sem nunca identificar o objetivo de seu interesse em que traduzam o que não conseguir entender. Outro cigarro?

Pegou novamente a cigarreira de Craven A, e aceitei mais um cigarro.

— Vou dar um jeito, não se preocupe — disse, após soltar lentamente a fumaça.

— Vamos prosseguir. Como disse, nosso interesse fundamental é nos mantermos a par da vida social dos nazistas em Madri. Mas, além disso, interessa-nos conhecer sua mobilidade e os contatos que têm com a Alemanha: se viajam para seu país e com que propósito; se recebem visitas, quem são os visitantes, como pretendem recebê-los... Enfim, qualquer tipo de informação adicional que possa ser interessante para nós.

— E o que terei de fazer com essa informação, caso a consiga?

— Quanto ao modo de transmitir os dados que conseguir captar, pensamos longamente a respeito e acreditamos ter encontrado uma maneira de começar. Talvez não seja a forma de contato definitiva, mas pensamos que vale a pena testá-la. O SOE utiliza vários sistemas de codificação com diferentes níveis de segurança. Não obstante, cedo ou tarde, os alemães acabam descobrindo todos. É muito comum utilizar códigos baseados em obras literárias; poemas, especialmente. Yeats, Milton, Byron, Tennyson. Bem, vamos tentar fazer algo diferente. Algo muito mais simples e, ao mesmo tempo, mais apropriado para suas circunstâncias. Sabe o que é código morse?

— O dos telegramas?

— Exato. É um código de representação de letras e números mediante sinais intermitentes; sinais auditivos, em geral. Esses sinais auditivos, porém, têm também uma representação gráfica muito simples, por meio de um simples sistema de pontos e pequenos traços horizontais. Veja.

Tirou de sua maleta um envelope de tamanho médio e dele extraiu uma espécie de planilha de papelão. As letras do alfabeto e os números de zero a nove estavam distribuídos em duas colunas. Ao lado de cada um aparecia a correspondente combinação de pontos e traços que o identificava.

— Imagine agora que quer transcrever uma palavra qualquer; Tânger, por exemplo. Faça-o em voz alta.

Consultei a tabela e emiti o nome codificado.

— Traço. Ponto traço. Traço ponto. Traço traço ponto. Ponto. Ponto traço ponto.

— Perfeito. Visualize agora. Não, melhor escrever no papel. Use isto — disse, tirando uma lapiseira de prata do bolso interno do paletó. — Aqui mesmo, neste envelope.

Transcrevi as seis letras seguindo de novo a tabela: _. _ _. _ _... _.

— Perfeito. Agora olhe com atenção. Lembra alguma coisa? Parece familiar para você?

Observei o resultado. Sorri. Claro. Claro que me parecia familiar. Como não ia me parecer familiar algo que eu passei a vida inteira fazendo?

— São como pontos — disse em voz baixa.

— Exatamente — corroborou. — É aí que eu queria chegar. Veja, nossa intenção é que toda a informação que tiver para nos transmitir seja codificada mediante esse sistema. Obviamente, vai precisar refinar sua capacidade de síntese para expressar o que quer dizer com o menor número de palavras possível; do contrário, cada sequência seria interminável. E quero que o disfarce de tal modo que o resultado simule um molde, um esboço ou algo desse estilo: qualquer coisa que possa ser associada a uma costureira sem levantar a menor suspeita. Não é necessário que seja algo real, mas que pareça, compreende?

— Acho que sim.

— Bem, vamos fazer um teste.

Tirou de dentro da maleta uma pasta cheia de folhas de papel em branco; pegou uma, fechou a pasta e colocou a folha sobre a superfície de couro.

— Imagine que a mensagem é "Jantar na residência da baronesa de Petrino no dia 5 de fevereiro às oito. A condessa de Ciano e seu marido vão". Depois lhe explico quem são essas pessoas, não se preocupe. A primeira coisa que deve fazer é eliminar qualquer palavra supérflua: artigos, preposições etc. Desta maneira, encurtamos a mensagem consideravelmente. Veja: "Jantar residência baronesa Petrino 5 fevereiro oito noite. Condessa Ciano e marido vão". De 22 palavras, passamos a treze, uma grande economia. E agora, depois de eliminar termos supérfluos, vamos passar à inversão da ordem. Em vez de transcrever o código da esquerda para a direita, como é o comum, vamos fazê-lo da direita para a esquerda. E você vai começar sempre pelo canto inferior direito da superfície com que for trabalhar, em sentido ascendente. Imagine um relógio marcando quatro e vinte; depois, imagine que o ponteiro dos minutos começa a retroceder, entende?

— Sim; deixe-me tentar, por favor.

Ele me passou a pasta, coloquei-a sobre minhas pernas. Peguei a lapiseira e desenhei uma forma aparentemente amorfa que cobria a maior parte do papel. Circular de um lado, reta nas pontas. Impossível de interpretar por um olho não treinado.

— O que é isso?

— Espere — disse, sem erguer a vista.

Acabei de traçar a figura, posicionei a lapiseira no canto inferior direito dela e, paralelamente ao contorno, fui transcrevendo as letras com seus sinais em morse, substituindo os pontos por traços curtos. Traço longo, traço curto, traço longo outra vez, agora dois curtos. Quando acabei, todo o perímetro interno da silhueta estava contornado pelo que parecia um inocente pesponto.

— Pronto? — perguntou.

— Ainda não. — Da pequena caixinha de costura que sempre levava na bolsa, tirei uma tesoura e recortei a forma, deixando uma borda de apenas um centímetro ao redor.

— O senhor disse que queria algo associado com uma costureira, não? — disse, entregando-lhe o papel. — Pois aqui está: o molde de uma manga. Com a mensagem dentro.

A linha reta de seus lábios apertados foi pouco a pouco se transformando em um levíssimo sorriso.

— Fantástico — murmurou.

— Posso fazer moldes de várias peças cada vez que me comunicar com o senhor. Mangas, golas, frentes, cinturas, punhos, costas; vai depender da extensão. Posso fazer tantas formas quantas forem as mensagens que tiver de transmitir.

— Fantástico, fantástico — repetiu no mesmo tom, ainda segurando o recorte nas mãos.

— E, agora, precisa me dizer como vou fazer para que cheguem ao senhor.

Ficou ainda alguns segundos observando minha obra com uma leve expressão de espanto. Por fim, depositou-a no interior de sua maleta.

— Muito bem, vamos prosseguir. Nossa intenção é que, não havendo contraordem, você nos transmita informações duas vezes por semana. A princípio, às quartas-feiras depois do almoço e aos sábados pela manhã. Achamos que a entrega deverá ser feita em dois locais diferentes, ambos públicos. E não poderá haver o menor contato entre você e quem pegar a mensagem, de jeito nenhum.

— Não será o senhor?

— Não, sempre que puder evitar. E, principalmente, nunca no lugar marcado para as entregas de quarta-feira. Seria difícil, pois é o salão de beleza de Rosa Zavala, ao lado do Hotel Palace. Neste momento, trata-se do melhor estabelecimento desse tipo em Madri ou, pelo menos, do mais renomado entre as estrangeiras e as espanholas mais distintas. Você deverá se tornar cliente assídua e frequentá-lo com regularidade. Na realidade, é muito desejável que preencha sua vida de rotinas, de modo que seus movimentos sejam altamente previsíveis e pareçam totalmente naturais. Nesse salão há uma sala à direita, ao entrar, onde as clientes deixam suas bolsas, chapéus e casacos. Uma das paredes está completamente coberta de pequenos armários individuais onde as mulheres podem deixar esses pertences. Você vai utilizar sempre o último armário, o que faz esquina com o fundo da sala. Na entrada, costuma haver uma jovem não excessivamente esperta: seu trabalho consiste em ajudar as clientes com suas coisas, mas muitas delas se encarregam de guardar tudo sozinhas e recusam sua ajuda, de modo que não parecerá anormal que você também faça assim; deixe-lhe depois uma boa gorjeta e ela ficará contente. Quando abrir seu armário para deixar suas coisas nele, a porta encobrirá seu corpo quase totalmente, de modo que dará para se perceber seus movimentos, mas ninguém poderá ver o que faz e desfaz dentro dele. Nesse momento é que vai deixar ali o que tiver de nos entregar, enrolado em forma de tubo. Não levará mais que alguns segundos. Deixe-o na parte superior do armário. Empurre bem até o fundo, de modo que não seja possível vê-lo de fora.

— Quem vai pegá-lo?

— Alguém de nossa confiança, não se preocupe. Alguém que nessa mesma tarde, bem pouco depois de você sair, entrará no salão para se pentear como você terá feito antes e usará o mesmo armário.

— E se estiver ocupado?

— Não costuma estar porque é o último. Porém, se for o caso, utilize o anterior. E se esse também estiver ocupado, o seguinte. E assim sucessivamente. Entendeu? Repita tudo, por favor.

— Salão de cabeleireiro quartas-feiras logo depois do almoço. Usarei o último armário, abrirei a porta e, enquanto deixar minhas coisas lá dentro, tirarei da bolsa o tubo com todos os moldes que tiver de lhe entregar.

— Amarre-os com uma fita ou um elástico. Desculpe a interrupção; prossiga.

— Então, deixarei o tubo na estante mais alta e o empurrarei até o fundo. Depois, fecharei o armário e irei me pentear.

— Muito bem. Agora, vamos à entrega dos sábados. Para esse dia, pensamos em trabalhar no Museu do Prado. Temos um contato infiltrado entre os encarregados do guarda-volumes. Para essas ocasiões, o mais conveniente é que chegue ao museu com uma dessas pastas que os artistas usam, sabe quais são?

Recordei a que Félix usava para suas aulas de pintura na escola de Bertuchi.

— Sim, providenciarei uma sem problemas.

— Perfeito. Leve-a consigo e coloque dentro material básico de desenho: um caderno, uns lápis; enfim, o normal, poderá encontrá-los em qualquer lugar. Junto com isso, coloque o que tiver para me entregar, dessa vez dentro de um envelope aberto tamanho carta. Para identificá-lo, prenda um pedaço de tecido de alguma cor vistosa com um alfinete. Vá ao museu todos os sábados às dez da manhã; é uma atividade muito comum para os estrangeiros residentes na capital. Chegue com sua pasta e seu material e com coisas que a identifiquem dentro, caso haja algum tipo de vigilância: outros desenhos, esboços de roupas, enfim, coisas relacionadas, mais uma vez, a suas tarefas habituais.

— Certo. O que faço com a pasta quando chegar?

— Entregue-a no guarda-volumes. Deixe-a sempre com mais alguma coisa: um casaco, uma pequena compra; tente fazer que a pasta esteja sempre acompanhada, que não fique muito evidente sozinha. Depois, dirija-se a alguma das salas, passeie sem pressa, aproveite as pinturas. Depois de uma meia hora, volte ao guarda-volumes e peça a pasta de volta. Então, vá com ela para uma sala e sente-se para desenhar durante pelo menos mais meia hora. Repare nas roupas que aparecem nos quadros, finja que está se inspirando nelas para suas criações posteriores; enfim, aja como achar mais convincente, mas, acima de tudo, confirme que o envelope foi retirado da pasta. Caso contrário, terá de voltar no domingo e repetir a operação, mas não acho que será necessário: o infiltrado do salão de cabeleireiro é novo, mas já usamos o do Prado antes e sempre deu resultados satisfatórios.

— Ali também não vou saber quem vai levar os moldes?

— Sempre alguém de confiança. Nosso contato no guarda-volumes se encarregará de passar o envelope de sua pasta para outra deixada por nosso homem na mesma manhã; é algo que pode ser feito com grande facilidade. Está com fome?

Olhei a hora. Era mais de uma. Eu não sabia se estava com fome ou não: ficara tão concentrada absorvendo cada sílaba das instruções que mal havia percebido o passar do tempo. Contemplei o mar novamente, parecia ter mudado de cor. Todo o resto continuava exatamente igual: a luz nas paredes brancas, as gaivotas, as vozes falando árabe na rua. Hillgarth não esperou minha resposta.

— Com certeza, sim. Venha comigo, por favor.

# 39

Comemos sozinhos em uma dependência da delegação americana, à qual chegamos percorrendo de novo corredores e escadas. Pelo caminho, ele me explicou que as instalações eram o resultado de vários acréscimos a uma antiga casa central; aquilo esclarecia sua falta de uniformidade. O aposento a que chegamos não era exatamente um refeitório; tratava-se mais de uma pequena sala com poucos móveis e muitos quadros de batalhas antigas encaixados em molduras douradas. As janelas, totalmente fechadas apesar do dia magnífico, davam para um pátio. No centro da sala haviam colocado um terneiro para dois. Um garçom com corte de cabelo militar nos serviu a carne malpassada acompanhada de batatas assadas e salada. Em uma mesa auxiliar, deixou dois pratos com frutas cortadas e um serviço de café. Assim que terminou de encher as taças com vinho e água, desapareceu, fechando a porta atrás de si sem fazer o menor ruído. A conversa, então, voltou a seu rumo.

— Quando chegar a Madri, ficará hospedada durante uma semana no Palace. Fizemos uma reserva em seu nome; seu novo nome, quero dizer. Uma vez ali, entre e saia constantemente, mostre-se. Visite lojas e vá até sua nova residência para se familiarizar com ela. Passeie, vá ao cinema; enfim, faça o que quiser. Com duas restrições.

— Quais?

— A primeira, não ultrapasse os limites da parte mais distinta da cidade. Não saia do perímetro da zona elegante nem entre em contato com pessoas estranhas a esse meio.

— Está me dizendo que não pise em meu antigo bairro nem veja meus velhos amigos ou conhecidos, é isso?

— Exatamente. Ninguém deve associá-la a seu passado. Você é uma recém-chegada à capital: não conhece ninguém e ninguém a conhece. Caso alguma vez encontre alguém que por coincidência a identifique, negue. Seja insolente se necessário, recorra a qualquer estratégia, mas nunca deixe que saibam que você não é quem pretende ser.

— Terei isso em mente, não se preocupe. E a segunda restrição?

— Nenhum contato com qualquer pessoa de nacionalidade britânica.

— Quer dizer que não posso ver Rosalinda Fox? — disse, sem poder disfarçar minha decepção. Apesar de saber que nossa relação não poderia ser pública, confiava poder me apoiar nela privativamente; poder recorrer a sua experiência e sua intuição quando me visse em apuros.

Hillgarth terminou de mastigar e limpou a boca com o guardanapo enquanto erguia a taça de água.

— Receio que tenha de ser assim, sinto muito. Nem ela nem nenhum outro inglês, com exceção de mim e só nas ocasiões absolutamente imprescindíveis. *Mrs.* Fox está a par: se por acaso se encontrarem alguma vez, ela sabe que não poderá se aproximar de você. E evite, também, o máximo possível, a aproximação a cidadãos norte-americanos. São nossos amigos, pode ver como estão nos tratando bem — disse, abrindo os braços e simulando abarcar com elas o aposento. — Mas, infelizmente, não são amigos da Espanha e dos países do Eixo, de modo que tente se manter afastada deles também.

— Certo — assenti. Não me agradava a restrição de não poder ver Rosalinda assiduamente, mas eu sabia que não tinha mais remédio senão acatá-la a princípio.

— E, falando de locais públicos, eu gostaria de aconselhá-la acerca de alguns que convém que frequente — prosseguiu.

— Prossiga.

— Seu hotel, o Palace. Está cheio de alemães, de modo que continue indo lá com frequência, com qualquer desculpa, mesmo quando já não se hospedar ali. Vá almoçar em sua churrascaria, que está muito na moda. Vá tomar um drinque ou encontrar alguma cliente. Na Nova Espanha, não é bem-visto que as mulheres saiam sozinhas, nem que fumem, bebam ou se vistam de maneira vistosa. Mas lembre que você não é mais espanhola, e sim uma estrangeira recém-chegada à capital, procedente de um país um tanto exótico; então, comporte-se segundo esse padrão. Passe sempre também pelo Ritz, é outro ninho de nazistas. E, sobretudo, vá ao Embassy, a casa de chá do passeio da Castellana, conhece?

— Evidentemente — disse. Poupei-me de lhe contar quantas vezes, em minha juventude, havia colado o nariz em suas vitrines, com a boca cheia d'água diante da visão deliciosa dos doces que exibiam. Os bolos de nata com morangos, os doces russos de chocolate e creme, os biscoitos amanteigados. Jamais sonhei sequer que ultrapassar aquela porta pudesse estar um dia ao alcance de minha mão ou meu bolso. Ironias da vida. Anos depois, estavam me pedindo que frequentasse aquele estabelecimento o máximo possível.

— A dona de lá, Margaret Taylor, é irlandesa e uma grande amiga. Neste momento, é muito possível que o Embassy seja o local mais estrategicamente interessante de Madri, porque ali, em um lugar com pouco mais de setenta metros quadrados, os membros do Eixo e os Aliados se reúnem sem atrito aparente. Separadamente, claro, cada um com os seus. Mas não é raro que o barão Von Stohrer, embaixador alemão, encontre gente do corpo diplomático britânico enquanto toma seu chá com limão, ou que eu me encontre no balcão, ombro a ombro, com meu homólogo alemão. A embaixada alemã fica praticamente em frente, e a nossa muito perto também, na esquina da Fernando el Santo com a Monte Esquinza. Por outro lado, além de acolher estrangeiros, o Embassy é o local de reunião de muitos espanhóis de berço: seria difícil encontrar na Espanha mais títulos nobiliários juntos que ali na hora do aperitivo. Esses aristocratas são majoritariamente monarquistas e anglófilos, ou seja, em geral estão do nosso lado, e, portanto, no que diz respeito a questões de informação, são pouco valiosos para nós. Mas seria interessante que você conseguisse algumas clientes desse ambiente, porque são o tipo de mulheres que as alemãs admiram e respeitam. As esposas dos altos oficiais do novo regime costumam ser de outro tipo: mal conhecem o mundo, são muito mais recatadas, não vestem alta-costura, divertem-se bem menos e, evidentemente, não costumam frequentar o Embassy para tomar coquetéis de champanhe antes do almoço, entende o que quero dizer?

— Estou entendendo.

— Se tiver o azar de se ver às voltas com algum tipo de problema sério, ou se achar que tem alguma informação urgente para transmitir, o Embassy, à uma da tarde, é o lugar onde poderá entrar em contato comigo em qualquer dia da semana. Digamos que é meu local de encontro protegido por vários agentes nossos: é um local tão descaradamente exposto que é dificílimo levantar a menor suspeita. Usaremos um código muito simples para nos comunicarmos:

se precisar falar comigo, entre com a bolsa no braço esquerdo; se tudo estiver em ordem e só for tomar o aperitivo e se mostrar, leve-a no direito. Lembre-se: esquerda, problema; direita, normalidade. E se a situação for absolutamente peremptória, deixe cair a bolsa assim que entrar, como se fosse um simples descuido ou um acidente.

— O que quer dizer com uma situação absolutamente peremptória? — perguntei. Intuía que, por trás daquela frase que eu não compreendia totalmente, escondia-se algo muito pouco desejável.

— Ameaças diretas. Coações firmes. Agressões físicas. Invasão e revista da casa.

— O que fariam comigo nesse caso? — disse, depois de engolir o nó que se formou em minha garganta.

— Depende. Analisaríamos a situação e agiríamos em função do risco. Em caso de gravidade extrema, abortaríamos a operação, tentaríamos refugiá-la em um lugar seguro e a evacuaríamos o mais rápido possível. Em situações intermediárias, estudaríamos diversas formas de mantê-la protegida. De qualquer maneira, tenha certeza de que sempre vai contar conosco, que nunca vamos deixá-la sozinha.

— Eu agradeço.

— Não agradeça, é nosso trabalho — disse, com a atenção concentrada nos últimos bocados de carne. — Confiamos que tudo vai funcionar bem: o plano que traçamos é muito seguro e o material que vai nos passar não implica alto risco. Por ora. Aceita sobremesa?

Dessa vez também não esperou que eu aceitasse ou não o oferecimento; simplesmente se levantou, recolheu os pratos, levou-os até a mesa auxiliar e voltou com outros dois cheios de fruta cortada. Observei seus movimentos rápidos e precisos, próprios de alguém para quem a eficiência constituía sua prioridade vital; alguém não acostumado a perder um segundo de seu tempo nem a se distrair com minúcias e vaguezas. Sentou-se novamente, espetou um pedaço de abacaxi e continuou com as indicações, como se não se houvesse interrompido antes.

— Caso precisemos entrar em contato com você, usaremos dois canais. Um será a Floricultura Bourguignon, da rua Almagro. O dono, holandês, é também um grande amigo nosso. Nós lhe mandaremos flores. Brancas, talvez amarelas; claras de qualquer maneira. Deixaremos as vermelhas para seus admiradores.

— Muito gentil de sua parte — comentei irônica.

— Observe bem o buquê — continuou, sem se dar por achado. — Haverá uma mensagem dentro. Se for algo inócuo, irá em um simples cartão manuscrito. Leia-o sempre várias vezes, procure descobrir se as palavras aparentemente triviais podem ter um duplo significado. Quando se tratar de algo mais complexo, usaremos o mesmo código que você, o morse invertido transcrito em uma fita amarrando as flores: desfaça o laço e interprete a mensagem da mesma maneira que você as escreverá, isto é, da direita para a esquerda.

— Certo. E o segundo canal?

— O Embassy de novo, mas não o salão, e sim seus bombons. Se receber uma caixa inesperadamente, saiba que vem de nós. Cuidaremos para que saia do estabelecimento com a mensagem correspondente dentro, cifrada também. Observe bem a caixa de papelão e o papel do embrulho.

— Quanta gentileza — disse com uma ponta de ironia. De novo ele pareceu não percebê-la, ou pelo menos não o expressou.

— A questão é essa. Sempre utilizar mecanismos inverossímeis para troca de informação confidencial. Café?

Ainda não havia terminado a fruta, mas aceitei. Ele encheu as xícaras após desenroscar a parte superior de um recipiente metálico. Milagrosamente, o líquido saiu quente. Eu não tinha a menor ideia de que aquela engenhoca era capaz de verter o café que continha havia pelo menos uma hora como se fosse recém-feito.

— Garrafa térmica, uma grande invenção — anunciou, como se houvesse notado minha curiosidade. Tirou de sua maleta, então, várias pastas finas de papelão claro que colocou em uma pilha em frente a ele. — Vou lhe apresentar, agora, os personagens que mais nos interessa que controle. Com o tempo, nosso interesse nessas mulheres pode aumentar ou diminuir. Ou até desaparecer, mas duvido. Provavelmente iremos introduzindo nomes novos também, pediremos que intensifique o acompanhamento de alguma delas em particular ou que siga a pista de certos dados concretos; enfim, iremos avisando a respeito segundo o andamento das coisas. Por ora, porém, estas são as pessoas cuja agenda desejamos conhecer imediatamente.

Abriu a primeira pasta e tirou umas folhas datilografadas. No canto superior traziam uma fotografia presa com um clipe metálico.

— Baronesa de Petrino, de origem romena. Nome de solteira, Elena Borkowska. Casada com Hans Lazar, chefe de Imprensa e Propaganda da embaixada alemã. Seu marido é, para nós, um objetivo informativo prioritário: trata-se de pessoa influente e com imenso poder. É muito hábil, magnificamente bem relacionado com os espanhóis do regime e, principalmente, com os falangistas mais poderosos. Além disso, possui dotes excelentes para relações públicas: organiza festas fabulosas em seu palacete da Castellana e tem dezenas de jornalistas e empresários comprados em troca de comida e bebidas que traz diretamente da Alemanha. Leva uma vida escandalosa na miserável Espanha atual; é um sibarita e apaixonado por antiguidades; é mais que provável que consiga as peças mais cotadas à custa da fome alheia. Ironicamente, ao que parece é judeu e de origem turca, algo que ele se encarrega de esconder completamente. Sua esposa está totalmente integrada a sua frenética vida social e é igualmente ostentosa em suas constantes aparições públicas, de modo que não duvidamos de que estará entre suas primeiras clientes. Esperamos que seja uma das que mais trabalho lhe proporcione, tanto na costura quanto na hora de nos informar sobre suas atividades.

Não me deu tempo de ver a fotografia, porque imediatamente fechou a pasta e a deslizou sobre a toalha de mesa para mim. Quando tentei abri-la, ele me deteve.

— Deixe isso para depois. Poderá levar todas essas pastas hoje com você. Precisa memorizar os dados e destruir os documentos e as fotografias tão logo for capaz de retê-los em sua cabeça. Queime tudo. É absolutamente imprescindível que esses dossiês não cheguem a Madri e que ninguém além de você conheça o conteúdo, está claro?

Antes que eu conseguisse assentir, abriu a pasta seguinte e prosseguiu.

— Glória von Fürstenberg. De origem mexicana, apesar do nome, tenha muito cuidado com o que diz na frente dela porque entenderá tudo. É de uma beleza espetacular, muito elegante, viúva de um nobre alemão. Tem dois filhos pequenos e uma situação econômica um tanto calamitosa, de modo que anda à caça constante de um novo marido rico ou de qualquer incauto com fortuna que lhe proporcione o sustento necessário para continuar levando sua grande vida. Por isso está sempre próxima dos poderosos; atribuem-lhe vários amantes, dentre eles o embaixador do Egito e o milionário Juan March. Sua atividade social é constante, sempre ao lado da comunidade nazista. Vai lhe dar também bastante trabalho, não duvide, mas talvez demore para pagar as contas.

Tornou a fechar os documentos. Passou-os a mim, pus a pasta em cima da anterior sem abri-la. Passou para uma terceira.

— Elsa Bruckmann, nascida princesa de Cantacuceno. Milionária, adoradora de Hitler, embora muito mais velha que ele. Dizem que foi ela quem o introduziu na faustosa vida social berlinense. Doou uma verdadeira fortuna à causa nazista. Ultimamente está morando em Madri, hospedada na residência dos embaixadores, desconhecemos a razão. Não obstante, parece sentir-se muito à vontade e também não perde qualquer ato social. Tem fama de ser um pouco excêntrica e bastante indiscreta, pode ser um livro aberto na hora de proporcionar informação relevante. Outra xícara de café?

— Sim, mas deixe que eu sirvo. Continue falando, estou ouvindo.

— Certo, obrigado. A última alemã: condessa Mechthild Podewils, alta, bonita, de uns trinta anos, separada, muito amiga de Arnold, um dos principais espiões na ativa em Madri e de um alto comando da SS de sobrenome Wolf, a quem ela costuma chamar pelo diminutivo, *wolfchen,* lobinho. Tem excelentes contatos tanto alemães quanto espanhóis; estes últimos, por sua vez, pertencem aos círculos aristocráticos e do governo, dentre eles Miguel Primo de Rivera e Sáenz de Heredia, irmão de José Antonio, o fundador da Falange. É uma agente nazista, embora talvez não saiba. Segundo se encarrega de espalhar, não entende nada nem de política nem de espionagem, mas lhe pagam quinze mil pesetas por mês para informar sobre tudo o que vê e ouve, e isso, na Espanha de hoje, é uma verdadeira fortuna.

— Não duvido.

— Vamos agora às espanholas. Piedad Iturbe von Scholtz, Piedita para os amigos. Marquesa de Belvís de las Navas e esposa do príncipe Max de Hohenlohe-Langenburg, um rico latifundiário austríaco, membro legítimo da realeza europeia, mas que está na Espanha há metade da vida. A princípio, apoia a causa alemã porque é a de seu país, mas mantém constantes contatos conosco e com os americanos, porque somos interessantes para seus negócios.

Ambos são muito cosmopolitas e não parecem gostar, em absoluto, dos delírios do Führer. Formam, na realidade, um casal encantador e muito estimado na Espanha, mas digamos que nadam entre duas águas. Queremos mantê-los sob controle para saber se eles se inclinam mais para o lado alemão que para o nosso, entende? — disse, fechando a pasta correspondente.

— Entendo.

— E, por último, entre as mais desejáveis, Sonsoles de Icaza, marquesa de Llanzol. É a única que não nos interessa por seu consorte, um militar e aristocrata trinta anos mais velho que ela. Nosso objetivo aqui não é o marido, e sim o amante: Ramón Serrano Suñer, ministro do Governo e secretário-geral do Movimento. Ministro do Eixo, como o chamamos.

— O cunhado de Franco? — perguntei surpresa.

— Ele mesmo. Os dois mantêm um relacionamento bastante descarado, principalmente por parte dela, que alardeia em público e sem o menor constrangimento seu romance com o segundo homem mais poderoso da Espanha. Trata-se de uma mulher tão elegante quanto altiva, com um caráter muito forte, tenha cuidado. Não obstante, seria de valor inestimável para nós toda informação que pudesse obter por meio dela sobre os movimentos e contatos de Serrano Suñer que não são de conhecimento público.

Disfarcei a surpresa que aquele comentário me causou. Sabia que Serrano era um homem galante, ele o demonstrara quando pegara do chão o estojo de pó que eu deixara cair a seus pés, mas também me parecera, então, um homem discreto e contido; era difícil imaginá-lo como o protagonista de uma escandalosa relação extraconjugal com uma mulher espalhafatosa de alta estirpe.

— Resta apenas uma última pasta com informação sobre várias pessoas — prosseguiu Hillgarth. — Segundo os dados que possuímos, é menos provável que as esposas dos que são mencionados aqui tenham urgência de procurar um elegante ateliê de costura assim que começar a funcionar, mas, por via das dúvidas, sempre é bom que você memorize seus nomes. E, principalmente, registre bem os nomes dos maridos, que são nossos verdadeiros objetivos. É bem possível, também, que sejam mencionados nas conversas de outras clientes, fique bem atenta. Vou ler depressa, depois terá tempo de revisar tudo por si com mais calma. Paul Winzer, o homem forte da Gestapo em Madri.

Muito perigoso; é temido e odiado até por muitos compatriotas. É o esbirro de Himmler na Espanha, o chefe dos serviços secretos alemães. Está perto dos quarenta anos, mas é um cachorro velho. Olhar perdido, óculos redondos. Tem dezenas de colaboradores distribuídos por Madri, esteja atenta. Seguinte: Walter Junghanns, um de nossos pesadelos particulares. É o maior sabotador de carregamentos de fruta espanhola com destino à Grã-Bretanha: introduz bombas que já mataram vários trabalhadores. Seguinte: Karl Ernst von Merck, um destacado membro da Gestapo com grande influência no partido nazista. Seguinte: Johannes Franz Bernhardt, empresário...

— Esse eu conheço.

— Perdão?

— Eu o conheço de Tetuán.

— Conhece quanto? — perguntou lentamente.

— Pouco. Muito pouco. Nunca falei com ele, mas comparecemos a algumas recepções quando Beigbeder era alto comissário.

— Ele a conhece? Poderia reconhecê-la em um local público?

— Duvido. Nunca trocamos uma palavra e não acho que ele se recorde daqueles encontros.

— Como sabe?

— Sabendo. As mulheres sabem perfeitamente quando um homem nos olha com interesse ou quando nos vê como uma peça do mobiliário.

Ele ficou silencioso por alguns segundos, refletindo.

— Psicologia feminina, imagino — disse com ceticismo.

— Não duvide.

— E sua esposa?

— Fiz um terninho para ela uma vez. Tem razão, ela nunca integraria o grupo das especialmente sofisticadas. Não é o tipo de mulher que se importa de usar roupa da temporada anterior.

— Acha que se lembraria de você, que a reconheceria se a encontrasse em algum lugar?

— Não sei. Acho que não, mas não posso garantir. De qualquer maneira, se me reconhecesse, não acho que seria problemático. Minha vida em Tetuán não contradiz o que vou fazer a partir de agora.

— Não acredite nisso. Lá, você era amiga de *Mrs.* Fox e, por extensão, próxima do coronel Beigbeder. Em Madri, ninguém deve saber nada sobre isso.

— Mas nos atos públicos eu não ficava junto deles, e de nossos encontros privados Bernhardt e sua mulher não têm por que saber. Não se preocupe, não acho que haverá problemas.

— Assim espero. De qualquer maneira, Bernhardt está bastante à margem das questões de inteligência: ele está envolvido nos negócios. É testa de ferro do governo nazista em uma trama complexa de sociedades alemãs que operam na Espanha: transportes, bancos, seguradoras...

— Tem algo a ver com a companhia Hisma?

— A Hisma, Hispano-Marroquino de Transportes, ficou pequena quando deram o salto para a Península. Agora trabalham sob a fachada de outra empresa maior, Sofindus. Mas diga-me, de onde conhece a Hisma?

— Ouvi falar dela em Tetuán durante a guerra — respondi vagamente. Não era momento de detalhar a negociação entre Bernhardt e Serrano Suñer, aquilo já estava muito para trás.

— Bernhardt — continuou — suborna um pelotão de delatores, mas o que busca sempre é informação de valor comercial. Vamos torcer para que não se encontrem nunca; de fato, ele nem sequer reside em Madri, e sim na costa do Levante; dizem que o próprio Serrano Suñer pagou uma casa ali para ele em agradecimento pelos serviços prestados; não sabemos se isso é verdade ou não. Bem, uma última coisa muito importante a respeito dele.

— Diga.

— Tungstênio.

— O quê?

— Tungstênio — repetiu. — Um mineral de importância vital para a manufatura de componentes destinados aos projéteis de artilharia para a guerra. Acreditamos que Bernhardt anda em negociações para conseguir do governo espanhol concessões mineiras na Galícia e em Extremadura para obter pequenas jazidas comprando diretamente dos proprietários. Duvido que se chegue a falar dessas coisas em seu ateliê, mas, se ouvir algo sobre isso, informe imediatamente. Recorde: tungstênio. Às vezes também é chamado de volfrâmio. Está aqui anotado, na seção de Bernhardt — disse, apontando o documento com o dedo.

— Pode deixar.

Acendemos outro cigarro.

— Bem, vamos abordar agora as questões desaconselháveis. Está cansada?

— Em absoluto. Continue, por favor.

— No que diz respeito a clientes, existe um grupinho que você deve evitar a todo custo: as funcionárias dos serviços nazistas. É fácil reconhecê-las: são extremamente vistosas e arrogantes, costumam andar muito maquiadas, perfumadas e vestidas com ostentação. Na realidade, trata-se de mulheres sem *pedigree* social algum e com uma qualificação profissional bastante baixa, mas seus salários são astronômicos na Espanha atual e elas se encarregam de gastá-los de maneira jactanciosa. As esposas dos nazistas poderosos as desprezam, e elas, apesar de sua aparente arrogância, mal se atrevem a tossir na frente de seus superiores. Se aparecerem em seu ateliê, livre-se delas sem rodeios: não convêm a você, espantariam sua clientela mais desejável.

— Farei como diz, fique tranquilo.

— Quanto a estabelecimentos públicos, desaconselhamos sua presença em locais como Chicote, Riscal, Casablanca ou Pasapoga. Estão cheios de novos-ricos, contrabandistas, estrangeiros do regime e gente do mundo do espetáculo: companhias pouco recomendáveis em suas circunstâncias. Limite-se, na medida do possível, aos hotéis que antes lhe indiquei, ao Embassy e a outros lugares seguros, como o clube da Porta de Ferro ou o cassino. E, evidentemente, se conseguir que a convidem a jantares ou festas com alemães em residências privadas, aceite sem pestanejar.

— Farei isso — disse. Não lhe disse que muito duvidava que em algum momento alguém me convidasse a comparecer a todos aqueles lugares.

Consultou seu relógio, e eu o imitei. Restava pouca luz na sala, o pressentimento do anoitecer já nos envolvia. À nossa volta, nem um ruído; apenas um denso cheiro de falta de ventilação. Eram mais de sete da noite, estávamos juntos desde as dez da manhã: Hillgarth disparando informações como uma mangueira que nunca fecha, e eu absorvendo-as por todos os poros, mantendo os ouvidos, o nariz e a boca prontos para aspirar os mínimos detalhes, mastigando dados, deglutindo-os, tentando fazer que até o último milímetro de meu corpo ficasse impregnado das palavras que provinham dele. Fazia tempo que o café havia acabado e as bitucas transbordavam do cinzeiro.

— Bem, estamos terminando — anunciou. — Faltam apenas algumas recomendações. A primeira delas é um recado de *Mrs.* Fox. Ela pediu que lhe diga que, tanto na aparência quanto em seu trabalho, tente ser ousada, atrevida ou absolutamente elegante. Sugere que se afaste do convencional e, principalmente, que não fique no meio do caminho, porque, se fizer isso, segundo ela, corre o risco de que seu ateliê se encha de matronas do regime em busca de recatados terninhos para ir à missa aos domingos com o marido e as crianças.

Sorri. Rosalinda, uma figura até nos recados.

— Vindo o conselho de quem vem, eu o seguirei às cegas — afirmei.

— E agora, por último, nossas sugestões. Primeiro: leia o jornal, mantenha-se em dia com a situação política, tanto espanhola quanto externa, mas tenha consciência de que toda informação sempre aparecerá desviada para o lado alemão. Segundo: jamais perca a calma. Assuma seu papel e convença-se de que é quem é, ninguém mais. Aja sem medo e com segurança: não podemos lhe oferecer imunidade diplomática, mas garanto que, diante de qualquer eventualidade, estará sempre protegida. E nosso terceiro e último aviso: seja extremamente cautelosa com sua vida privada. Uma mulher sozinha, bonita e estrangeira será muito atraente para todo tipo de conquistador e oportunista. Você não pode imaginar a quantidade de informação confidencial que foi revelada de maneira irresponsável por agentes descuidados em momentos de paixão. Fique alerta e, por favor, não comente com ninguém nada, absolutamente nada do que ouviu aqui.

— Não comentarei, garanto.

— Perfeito. Confiamos em você, esperamos que sua missão seja totalmente satisfatória.

Então começou a recolher seus papéis e a organizar a maleta. Havia chegado o momento que eu temera o dia inteiro: ele se preparava para partir, e tive de me conter para não lhe pedir que ficasse a meu lado, que continuasse falando e me desse mais instruções, que não me deixasse voar sozinha tão cedo. Mas ele não olhava mais para mim, por isso provavelmente não percebeu minha reação. Movimentava-se com o mesmo ritmo com que, uma a uma, havia pronunciado suas frases ao longo das horas anteriores: rápido, direto, metódico; indo ao fundo de cada questão sem perder um segundo com banalidades. Enquanto guardava seus últimos pertences, fez as recomendações finais.

— Lembre o que eu disse a respeito dos dossiês: estude-os e suma com eles imediatamente. Alguém a acompanhará agora até uma saída lateral, onde carro a está esperando para levá-la para casa. Aqui está a passagem de avião e dinheiro para as primeiras despesas.

Ele me entregou dois envelopes. O primeiro, fino, continha minha credencial para atravessar o céu até Madri. O segundo, grosso, estava recheado por um grande maço de notas. Continuava falando enquanto fechava com destreza as fivelas da pasta.

— Esse dinheiro cobrirá seus gastos iniciais. A estadia no Palace e o aluguel de seu novo ateliê correm por nossa conta, já está tudo encaminhado, assim como o salário das garotas que trabalharão para você. Os rendimentos de seu trabalho serão só seus. Contudo, se precisar de mais liquidez, comunique-nos imediatamente: temos uma linha aberta para essas operações, não temos problema algum de financiamento.

Eu também já estava pronta. Segurava as pastas apertadas contra o peito, abrigadas em meus braços como se fossem o filho que perdera anos antes, e não os dados amontoados de um enxame de canalhas. Meu coração estava no lugar, obedecendo a minhas ordens internas para que não subisse até a garganta e ameaçasse me sufocar. Levantamos, finalmente, daquela mesa sobre a qual ficaram apenas o que pareciam os restos inocentes de uma longa conversa após o almoço: as xícaras vazias, um cinzeiro repleto e duas cadeiras fora de lugar. Como se ali não houvesse acontecido nada mais que uma agradável conversa entre dois amigos que, conversando descontraídos, entre um cigarro e outro, houvessem se posto a par da vida de cada um deles. Salvo pelo fato de que o capitão Hillgarth e eu não éramos amigos. Nem nenhum dos dois estava interessado no passado do outro, nem sequer no presente. Os dois se preocupavam apenas com o futuro.

— Um último detalhe — advertiu.

Estávamos quase saindo, ele já estava com a mão na maçaneta da porta. Retirou-a e olhou para mim fixamente sob suas sobrancelhas grossas. Apesar da longa sessão, mantinha o mesmo aspecto da manhã: o nó da gravata impecável, os punhos da camisa emergindo imaculados sob o paletó, nem um cabelo fora do lugar. Seu rosto continuava impassível, nem especialmente tenso, nem especialmente descontraído. A imagem perfeita de alguém capaz de manter o autocontrole em todas as situações. Baixou a voz até transformá-la em um murmúrio rouco.

— Você não me conhece, e eu não a conheço. Jamais nos vimos. E quanto a sua afiliação ao Serviço Secreto britânico, a partir deste momento, você, para nós, deixa de ser a cidadã espanhola Sira Quiroga ou a marroquina Arish Agoriuq. Será apenas a agente especial do SOE de codinome Sidi e base de operações na Espanha. O menos convencional de todos os recentes recrutamentos, mas, sem dúvida, um dos nossos.

Estendeu-me a mão. Firme, fria, segura. A mais firme, a mais fria, a mais segura que eu já havia apertado em toda minha vida.

— Boa sorte, agente. Manteremos contato.

# 40

NINGUÉM, EXCETO MINHA MÃE, SOUBE AS RAZÕES VERDADEIRAS DE minha partida imprevista. Nem minhas clientes, nem sequer Félix e Candelaria: enganei todos com a desculpa de uma viagem a Madri com o objetivo de esvaziar nossa antiga casa e cuidar de alguns assuntos. Minha mãe se encarregaria, mais tarde, de ir inventando pequenas mentiras que justificassem minha longa ausência: perspectivas de negócio, algum mal-estar, talvez um novo namorado. Não temíamos que alguém suspeitasse de alguma trama ou somasse dois mais dois: embora os meios de transporte e transmissão de informações já estivessem plenamente operacionais, o contato fluente entre a capital da Espanha e o Norte da África continuava sendo muito limitado.

Mas eu quis me despedir de meus amigos e pedir-lhes sem palavras que me desejassem boa sorte. Para isso, organizamos um almoço no último domingo. Candelaria foi vestida de grande senhora a sua maneira, com seu rabo de cavalo "Viva a Espanha" untado de laquê, um colar de pérolas falsas e o terninho novo que havíamos feito para ela umas semanas atrás. Félix cruzou o corredor com a mãe, não houve jeito de se livrar dela. Jamila também esteve conosco: eu ia sentir muito sua falta, era como uma irmã mais nova. Brindamos com vinho e soda, e despedimo-nos com beijos sonoros e sinceros desejos de boa viagem. Só quando fechei a porta, após a ida de todos eles, tive ciência de quanto ia sentir saudades.

Com o delegado Vázquez usei a mesma estratégia, mas imediatamente percebi que ele não caiu no embuste. Como poderia enganá-lo, se estava a par de todas as contas que eu ainda tinha pendentes e do pânico que me provocaria enfrentá-las? Foi o único que intuiu que por trás de minha inocente viagem havia algo mais complexo; algo sobre o que eu não podia falar. Nem com ele, nem com ninguém. Talvez por isso preferiu não indagar. De fato, quase não disse nada: limitou-se, como sempre, a olhar para mim com seus olhos perscrutadores e a me aconselhar que tivesse cuidado. Depois, acompanhou-me até a saída para me proteger das babas afoitas de seus subordinados. Na porta da delegacia, despedimo-nos. Até quando? Nenhum dos dois sabia. Talvez até breve. Talvez até nunca mais.

Além dos tecidos e dos utensílios de costura, comprei uma boa quantidade de revistas e algumas peças de artesanato marroquino, na esperança de dar a meu ateliê madrilense um ar exótico em concordância com meu novo nome e suposto passado de prestigiosa costureira tangerina. Bandejas de cobre enrugado, luminárias com vidros de mil cores, chaleiras de prata, algumas peças de cerâmica e três grandes tapetes berberes. Um pedacinho da África no centro do mapa da exausta Espanha.

Quando entrei pela primeira vez no grande apartamento da Núñez de Balboa, tudo estava pronto, esperando por mim. As paredes pintadas de branco acetinado, o piso de carvalho recém-encerado. A distribuição, a organização e a ordem eram uma réplica em grande escala de minha casa de Sidi Mandri. A primeira área consistia em uma sucessão de três salas intercomunicadas que triplicavam as dimensões do antigo. Os tetos infinitamente mais altos, as varandas mais senhoriais. Abri uma delas, mas ao olhar para fora não encontrei o monte Dersa, nem o maciço Gorgues, nem senti no ar o cheiro de laranjeira e jasmim, nem vi a cal nas paredes vizinhas, nem a voz do muezim chamando para a oração na mesquita. Fechei-a precipitadamente, interceptando o passo da melancolia. Continuei avançando. Na última das três salas principais encontravam-se os rolos de tecidos trazidos de Tânger, um sonho de peças de dupion de seda, renda de guipura, musselina e *chiffon* em todas as tonalidades imagináveis, desde a recordação da areia da praia até o vermelho-fogo, rosa e coral, ou todos os azuis possíveis entre o céu de uma manhã de verão e o mar agitado em uma noite de tempestade. As salas de provas, duas, tinham a amplitude duplicada por efeito dos imponentes espelhos de três corpos contornados de marchetaria de pão de ouro. A sala de costura, assim como em Tetuán, ocupava a parte central, só que era infinitamente maior. A grande mesa para cortar, tábuas de passar, manequins nus, linhas e ferramentas, o comum. Ao fundo, meu espaço: imenso, excessivo, dez vezes maior que minhas necessidades. Imediatamente intuí a mão de Rosalinda em toda aquela montagem. Só ela sabia como eu trabalhava, como organizava minha casa, minhas coisas, minha vida.

No silêncio da nova residência, surgiu de novo na porta de minha consciência a pergunta que tamborilava em minha cabeça havia duas semanas. Por quê, por quê, por quê? Por que havia aceitado aquilo, por que ia embarcar nessa aventura incerta e alheia, por quê? Continuava sem resposta. Pelo menos, sem uma resposta definida. Talvez tenha concordado por lealdade a Rosalinda. Talvez porque tenha pensado que devia isso a minha mãe e a meu país. Talvez não o tenha feito por ninguém, ou apenas por mim mesma. A verdade era que havia dito sim, vamos lá: com plena consciência, prometendo a mim abordar aquela tarefa com determinação e sem dúvidas, sem receios, sem inseguranças. E ali estava eu, embutida na personalidade da inexistente Arish Agoriuq, percorrendo seu novo *habitat*, pisando forte escada abaixo, vestida com todo o estilo do mundo e disposta a me tornar a costureira mais falsa de Madri. Sentia medo? Sim, todo o medo do universo agarrado à boca do estômago. Mas sob controle. Domesticado. Sob minhas ordens.

Com o porteiro do edifício chegou meu primeiro recado. As garotas que trabalhariam para mim viriam na manhã seguinte. Chegaram juntas, Dora e Martina; dois anos as separavam. Eram parecidas e diferentes ao mesmo tempo, como complementares. Dora tinha uma constituição melhor, Martina ganhava em feições. Dora parecia mais esperta, Martina mais doce. Gostei de ambas. O que não me agradou, porém, foi a roupa miserável que usavam, suas caras de fome atrasada e o retraimento. As três coisas, felizmente, logo encontraram solução. Tomei suas medidas e logo fiz dois elegantes uniformes para cada uma delas: as primeiras usuárias do arsenal de tecidos tangerino. Com algumas notas do envelope de Hillgarth, mandei-as ao mercado da Paz para comprar comida.

— E que compramos, senhorita? — perguntaram com os olhos arregalados.

— O que encontrarem, dizem que não há muita coisa. Não me disseram que sabem cozinhar? Então comprem e cozinhem.

A timidez demorou a desaparecer, mas pouco a pouco foi se diluindo. O que temiam, o que lhes causava tanta introversão? Tudo. Trabalhar para a estrangeira africana que supunham que eu era, o edifício imponente que abrigava meu novo domicílio, o medo de não saber se portar em um sofisticado ateliê de costura. Dia a dia, porém, foram se amoldando a sua nova vida: à casa e à rotina, a mim. Dora, a mais velha, mostrou ter boa mão para costura e logo começou a me ajudar. Martina, porém, era mais da escola de Jamila e da minha em meus anos de juventude: gostava da rua, das compras, do constante ir e vir. As duas juntas cuidavam da casa, eram eficientes e discretas, boas garotas. De Beigbeder, falaram uma vez ou outra; nunca lhes disse que o conhecia. Chamavam-no de dom Juan. Recordavam-no com carinho: associavam-no a Berlim, a um tempo passado do qual ainda lhes restavam memórias difusas e o rastro da língua.

Tudo foi saindo conforme as expectativas de Hillgarth. Mais ou menos. Chegaram as primeiras clientes, algumas foram as previstas, outras não. Quem abriu a temporada foi Glória von Fürstenberg, linda, majestosa, com o cabelo preto penteado em grossas tranças que formavam na nuca uma espécie de coroa de deusa asteca. Quando viu meus tecidos, saltaram faíscas de seus olhos. Observou-os, tocou-os e avaliou, perguntou preços, descartou alguns rapidamente e provou o efeito de outros sobre seu corpo. Com mão habilidosa, escolheu aqueles que mais a favoreciam entre os de custo não exagerado. Observou, também com olho hábil, as revistas, parando nos modelos mais adequados para seu corpo e estilo. Aquela mexicana de sobrenome alemão sabia perfeitamente o que queria, de modo que não me pediu qualquer conselho, nem eu me incomodei em dar algum. Finalmente escolheu uma túnica de gaze cor de chocolate e um casaco de otomana. No primeiro dia foi sozinha e conversamos em espanhol. Na primeira prova levou uma amiga, Anka von Fries, que me encomendou um vestido longo de crepe georgette e uma capa de veludo rubi arrematada com penas de avestruz. Assim que as ouvi conversando em alemão, requeri a presença de Dora. Bem-vestida, bem alimentada e bem penteada, a jovem já não era nem sombra da andorinha assustadiça que chegara junto com a irmã apenas umas semanas antes: havia se transformado em uma ajudante esbelta e silenciosa que tomava notas mentais de tudo que seus ouvidos captavam e saía disfarçadamente a cada poucos minutos para anotar os detalhes em um caderno.

— Eu sempre gosto de manter um registro detalhado de todas as minhas clientes — eu havia lhe dito. — Quero entender o que dizem para saber aonde vão, com quem se relacionam e que planos têm. Desse modo, talvez possa captar nova clientela. Eu me encarrego do que disserem em espanhol, mas o que falarem em alemão é tarefa sua.

Se aquela observação criteriosa das clientes causou alguma estranheza em Dora, ela não demonstrou. Provavelmente achava que se tratava de algo razoável, coisa comum naquele tipo de negócio tão novo para ela. Mas não era; não era em absoluto. Anotar sílaba por sílaba os nomes, cargos, lugares e datas que saíam da boca das clientes não era uma tarefa normal, mas nós fazíamos isso diariamente, aplicadas e metódicas como boas pupilas. Depois, à noite, eu relia minhas anotações e as de Dora, extraía a informação que acreditava que podia ser interessante, sintetizava-a em frases breves e finalmente a transcrevia em código morse invertido, adaptando os traços longos e curtos às linhas retas e ondulantes daqueles moldes que jamais fariam parte de uma peça completa. As páginas de anotações manuscritas se transformavam em cinza toda madrugada com a ajuda de um simples fósforo. Na manhã seguinte não restava nem uma letra do escrito, mas sim as mensagens escondidas no contorno de uma lapela, um cós ou de um vestido.

A baronesa de Petrino, esposa do poderoso chefe de imprensa Lazar, foi também minha cliente: infinitamente menos espetacular que a mexicana, mas com possibilidades econômicas muito maiores. Escolheu os tecidos mais caros e não poupou em caprichos. Trouxe mais clientes, duas alemãs, uma húngara também. Ao longo de muitas manhãs, minhas salas se transformaram, para elas, em local de reunião social com um murmúrio de línguas de fundo. Ensinei Martina a preparar chá à moda moura, com a hortelã que plantamos em vasos de barro no peitoril da janela da cozinha. Instruí-a sobre como manejar as chaleiras, como verter elegantemente o líquido fervente nos pequenos copos com filigrana de prata; até lhe ensinei a pintar os olhos com *khol* e fiz-lhe uma túnica de cetim gardênia para dar um ar exótico a sua presença. Um clone de minha Jamila em outra terra, para que estivesse sempre presente.

Tudo ia bem; surpreendentemente bem. Eu vivia minha nova vida com plena segurança, entrava nos melhores locais com passo firme. Diante das clientes, agia com aprumo e decisão, protegida pela armadura de meu falso exotismo. Misturava com desfaçatez palavras em francês e árabe: possivelmente nessa língua dizia muita bobagem, visto que com frequência repetia simples expressões retidas na memória de tanto ouvi-las nas ruas de Tânger e Tetuán, mas cujo sentido e uso exatos desconhecia. Fazia esforços para que, naquele poliglotismo tão falso quanto confuso, não me escapasse algo do inglês truncado que havia aprendido com Rosalinda. Minha condição de estrangeira recém-chegada me servia de útil refúgio para encobrir meus pontos mais fracos e evitar os terrenos pantanosos. Ninguém, porém, parecia se importar muito com minha origem: interessavam-se mais por meus tecidos e pelo que eu fosse capaz de costurar com eles. As clientes conversavam no ateliê, pareciam se sentir à vontade. Falavam entre elas e comigo sobre o que haviam feito, o que iam fazer, sobre seus amigos comuns, seus maridos e seus amantes. Enquanto isso, Dora e eu trabalhávamos sem parar: com os tecidos, os figurinos e as medidas na frente de todas; com as anotações clandestinas na retaguarda. Eu não sabia se todos aqueles dados que transcrevia diariamente teriam algum valor para Hillgarth e sua gente, mas, por via das dúvidas, tentava ser minuciosamente rigorosa. Às quartas à tarde, antes da sessão de cabeleireiro, deixava o cilindro de moldes no armário indicado. Aos sábados, visitava o Prado, maravilhada diante daquela descoberta; tanto que, às vezes, quase esquecia que tinha algo importante a fazer ali além de me extasiar diante dos quadros. Também não tive o menor inconveniente com o vaivém de envelopes cheios de moldes codificados: tudo andava com tanta fluidez que nem sequer houve oportunidade para que meu nervosismo ameaçasse morder minhas tripas. Sempre a mesma pessoa pegava minha pasta, um funcionário calvo e magro que provavelmente também era encarregado de repassar minhas mensagens, mas jamais trocava comigo o menor gesto de cumplicidade.

Eu saía às vezes, não muito. Fui ao Embassy em algumas ocasiões na hora do aperitivo. Notei desde o primeiro dia o capitão Hillgarth, de longe, bebendo uísque com gelo sentado com um grupo de compatriotas. Ele também notou minha presença de imediato, como não. Mas só eu soube: nem um único milímetro de seu corpo se alterou com minha chegada. Mantive a bolsa firme na mão direita e fingimos não termos visto um ao outro. Cumprimentei duas clientes que elogiaram publicamente meu ateliê para outras mulheres; tomei um coquetel com elas, recebi olhares apreciativos de alguns homens e, da falsa torre de meu cosmopolitismo, observei disfarçadamente as pessoas a minha volta. Classe, frivolidade e dinheiro em estado puro, distribuídos pelo balcão e pelas mesas de um pequeno local de esquina decorado sem a menor ostentação. Havia homens com ternos das melhores lãs, alpacas e *tweeds*, militares com a suástica no braço e outros com uniformes estrangeiros que não identifiquei, todos cheios de galões e estrelas de pontas abundantes. Havia mulheres elegantíssimas com vestidos de duas peças e no pescoço três voltas de pérolas do tamanho de avelãs; com o batom impecável nos lábios e turbantes e chapéus divinos na cabeça de perfeita *coiffure*. Havia conversas em várias línguas, risadas discretas e barulho de vidro contra vidro. E, flutuando no ar, sutis rastros de perfumes de Patou e Guerlain, a sensação do mais mundano saber estar e a fumaça de mil cigarros. A guerra espanhola recém-terminada e o conflito brutal que assolava a Europa pareciam anedotas de outra galáxia naquele ambiente de pura sofisticação sem estridências.

Em um canto do balcão, ereta e digna, cumprimentando atenciosa os clientes enquanto controlava o movimento incessante dos garçons, vi aquela que imaginei que devia ser a proprietária do estabelecimento, Margaret Taylor. Hillgarth não me havia contado nada sobre o tipo de colaboração que mantinha com ela, mas eu não tinha dúvidas de que ia além de uma simples troca de favores entre a dona de uma casa de chá e um de seus clientes habituais. Contemplei-a enquanto entregava a conta a um oficial nazista de uniforme preto, braçadeira com a suástica e botas altas brilhantes como espelhos. Aquela estrangeira de aspecto austero e distinto ao mesmo tempo, que já devia ter superado os quarenta, era, sem dúvida, mais uma peça da máquina clandestina que o adido naval britânico havia posto em funcionamento na Espanha. Não pude ver se em algum momento o capitão Hillgarth e ela trocavam olhares, se trocavam algum tipo de mensagem muda. Observei-os de soslaio novamente antes de ir. Ela falava discretamente com um jovem garçom de colete branco, parecia lhe dar instruções. Ele continuava em sua mesa, ouvindo com interesse o que um de seus amigos dizia. Todo o grupo a sua volta parecia estar igualmente atento às palavras de um homem jovem com aspecto mais descontraído que o do resto. À distância, percebi que ele gesticulava, teatral, imitando alguém, talvez. No fim, todos explodiram em uma gargalhada e ouvi o adido naval rir com gosto. Talvez fosse apenas minha imaginação, mas, por um milésimo de segundo, pareceu-me ver que ele concentrava seu olhar em mim e piscava.

Madri foi se cobrindo de outono enquanto o número de clientes aumentava. Eu ainda não havia recebido flores ou bombons, nem de Hillgarth nem de ninguém. Nem tinha vontade. Nem tempo. Porque, se havia algo que estava começando a me faltar naqueles dias, era justamente isso: tempo. A popularidade de meu novo ateliê se espalhou com rapidez, a notícia dos espetaculares tecidos que havia nele correu como rastilho de pólvora. O número de encomendas aumentava, e comecei a não dar conta; fui obrigada a atrasar pedidos e a distanciar as provas. Trabalhava muito, demais, mais que nunca na vida. Deitava de madrugada, levantava cedo, mal descansava; havia dias em que não tirava a fita métrica do pescoço até a hora de ir para a cama. Em minha pequena caixa de economias entrava um fluxo constante de dinheiro, mas tão pouco me interessava que nem sequer me incomodei de contar quanto tinha. Como tudo era diferente de meu antigo ateliê! Vinham-me à memória, às vezes, com uma ponta de saudade, as recordações daqueles outros primeiros tempos em Tetuán. As noites contando o dinheiro várias vezes em meu quarto da Sidi Mandri, calculando ansiosa quanto demoraria para poder pagar minha dívida. Candelaria voltando correndo das casas de câmbio dos judeus, com um rolo de libras esterlinas guardado entre os seios. A alegria quase infantil das duas ao repartir o montante: metade para você, metade para mim, e que nunca nos falte, minha querida, dizia a muambeira mês a mês. Parecia que vários séculos me separavam daquele outro mundo, porém, só haviam se passado quatro anos. Quatro anos como quatro eternidades. Onde estava aquela Sira a quem uma garotinha moura cortara o cabelo com a tesoura de costura na cozinha da pensão da rua Luneta? Onde ficaram as poses que tanto ensaiara no espelho rachado de minha senhoria? Perderam-se entre as dobras do tempo. Agora, eu arrumava o cabelo no melhor salão de Madri, e aqueles gestos desembaraçados já eram mais meus que meus dentes.

Eu trabalhava muito e ganhava mais dinheiro do que jamais havia sonhado que poderia conseguir com meu esforço. Cobrava preços altos e recebia constantemente notas de cem pesetas com o rosto de Cristóvão Colombo, de quinhentas com o rosto de João da Áustria. Ganhava muito, sim, mas chegou um momento em que não pude dar mais de mim, e assim tive de dizer a Hillgarth por meio do molde de uma ombreira. Chovia naquele sábado sobre o Museu do Prado. Enquanto contemplava, extasiada, os quadros de Velázquez e Zurbarán, o homem anódino do guarda-volumes recebeu minha pasta e, dentro dela, um envelope com onze mensagens que, como sempre, chegariam sem demora até o adido naval. Dez continham informação convencional abreviada conforme o combinado. "Jantar dia 14 residência Walter Bastian rua Serrano, comparece casal Lazar. Os Bodemueller vão San Sebastián próxima semana. Esposa Lazar faz comentários negativos sobre Arthur Dietrich, ajudante seu marido. Glória Fürstenberg e Anka Frier visitam cônsul alemão Sevilha no final outubro. Vários homens jovens chegaram semana passada de Berlim, hospedados Ritz, Friedrich Knappe os recebe e prepara. Marido *Frau* Hahn não gosta Kütschmann. Himmler chega Espanha 21 outubro, governo e alemães preparam grande recepção. Clara Stauffer recolhe material para soldados alemães sua casa rua Galileo. Jantar clube Porta Ferro data não exata vão condes Argillo. Häberlein organiza almoço sua casa Toledo, Serrano Suñer e marquesa Llanzol convidados." A última mensagem, diferente, transmitia algo mais pessoal: "Muito trabalho. Sem tempo para tudo. Menos clientes ou procurar ajuda. Informe por favor".

Na manhã seguinte, chegou a minha porta um lindo buquê de gladíolos brancos. Foi entregue por um rapaz de uniforme cinza em cujo boné se lia, bordado, o nome da floricultura: Bourguignon. Primeiro li o cartão. "Sempre disposto a realizar seus desejos." E um garrancho a modo de assinatura. Ri. Jamais teria imaginado o frio Hillgarth escrevendo aquela frase tão ridiculamente melosa. Levei o buquê para a cozinha e desamarrei a fita que mantinha as flores unidas; depois de pedir a Martina que as pusesse na água, tranquei-me em meu quarto.

A mensagem saltou imediatamente de uma linha descontínua de traços breves e longos. "Contrate pessoa inteira confiança sem passado vermelho nem implicação política."

Ordem recebida. E depois dela, a incerteza.

# 41

QUANDO ELA ABRIU A PORTA, EU NÃO DISSE NADA; SÓ FIQUEI OLHANDO para ela enquanto controlava a vontade de abraçá-la. Ela me observou confusa, avaliando-me com o olhar. Depois procurou meus olhos, mas talvez a *voilette* do chapéu não lhe tenha permitido vê-los.

— Pois não, madame — disse finalmente.

Estava mais magra. E o passar dos anos se notava nela. Tão pequenininha como sempre, mas mais magra e mais velha. Sorri. Ela ainda não me reconhecia.

— Minha mãe manda lembranças, dona Manuela. Ela está em Marrocos, voltou a costurar.

Ela olhou para mim com estranheza, sem entender. Estava arrumada, com seu habitual esmero, mas faltavam dois meses de tintura a seu cabelo e o vestido escuro que usava já acumulava o brilho de vários invernos.

— Sou eu, Sira, dona Manuela. Sirita, filha de Dolores.

Tornou a olhar para mim de cima a baixo. Então, eu me abaixei para ficar a sua altura e levantei a redinha do chapéu para que pudesse ver melhor meu rosto.

— Sou eu, dona Manuela, Sira. Não se lembra mais de mim? — sussurrei.

— Minha Nossa Senhora! Sira, minha filha, que alegria! — disse por fim.

Abraçou-me e começou a chorar enquanto eu me esforçava para não me contagiar.

— Entre, filha, entre, não fique aí na porta — disse quando, finalmente, pôde conter a emoção. — Mas você está elegantíssima, criatura; não a havia reconhecido. Entre, entre na sala, conte-me o que está fazendo em Madri, como vão as coisas, como está sua mãe.

Conduziu-me ao aposento principal, e a saudade despontou de novo. Quantos dias de Reis, quando menina, eu havia visitado aquela sala com minha mãe, quanta emoção tentando antecipar que presente haveria para mim na casa de dona Manuela! Eu recordava sua casa da rua Santa Engracia como um apartamento grande e opulento; não tanto quanto aquele da Zurbano onde tinha o ateliê, mas infinitamente menos modesto que o nosso da rua Redondilla. Naquela visita, porém, percebi que as recordações da infância haviam impregnado minha memória de uma percepção distorcida da realidade. A casa onde dona Manuela morava por toda sua longa vida de solteira não era grande nem opulenta. Tratava-se apenas de uma casa mediana e mal distribuída, fria, escura e cheia de móveis sombrios e cortinas pesadas de veludo velho que mal deixavam a luz entrar; um apartamento comum, com manchas de goteiras, onde os quadros eram lâminas descoloridas e paninhos de crochê enchiam os cantos.

— Sente-se, filha, sente-se. Quer beber alguma coisa? Um cafezinho? Não é café de verdade, mas chicória torrada, você sabe que é difícil arranjar comestíveis nestes tempos, mas com um pouco de leite se disfarça o sabor, embora cada dia esteja mais aguado, o que vamos fazer? Açúcar não tenho, pois dei meu cupom de racionamento para uma vizinha, para as crianças dela; na minha idade, tanto faz...

Interrompi-a segurando sua mão.

— Não quero beber nada, dona Manuela, não se preocupe. Só vim vê-la para lhe perguntar uma coisa.

— Diga, então.

— Continua costurando?

— Não, filha, não. Desde que fechamos o ateliê, em 1935, não voltei a costurar. Uma coisinha aqui e ali para as amigas ou por encomenda, mas nada mais. Se bem me lembro, seu vestido de noiva foi a última coisa grande que fiz, e no fim...

Preferi evitar o que aquilo evocava e não a deixei terminar.

— E a senhora gostaria de vir costurar comigo?

Ela ficou alguns segundos sem responder, desconcertada.

— Voltar a trabalhar, quer dizer? Voltar a fazer o de sempre, como fazíamos antes?

Afirmei sorrindo, tentando infundir algum otimismo a seu aturdimento. Mas ela não respondeu imediatamente; antes, desviou o rumo da conversa.

— E sua mãe? Por que veio me procurar e não costura com ela?

— Como disse, ela está em Marrocos. Foi para lá durante a guerra, não sei se sabe.

— Eu sei, eu sei... — disse em voz baixa, como se tivesse medo que as paredes a ouvissem e contassem o segredo. — Apareceu aqui uma tarde, assim, de repente, inesperadamente, como você fez agora. Disse que haviam arranjado tudo para que fosse para a África, que você estava lá e que de alguma maneira havia conseguido que alguém a tirasse de Madri. Ela não sabia o que fazer, estava assustada. Veio me consultar, para ver o que eu achava de tudo isso.

Minha maquiagem impecável não deixou ver o desconcerto que suas palavras estavam me causando: eu jamais imaginei que minha mãe havia hesitado entre ficar ou não.

— Eu lhe disse que fosse, que fosse embora o mais rápido possível — prosseguiu. — Madri era um inferno. Todos sofremos muito, filha, todos. Os da esquerda, lutando dia e noite para que os nacionais não entrassem. Os da direita, querendo o contrário, escondidos para que não os descobrissem e os levassem presos. E aqueles que, como sua mãe e eu, não éramos nem de um lado nem do outro, esperando que o horror terminasse para poder continuar vivendo em paz. E tudo isso sem um governo no comando; sem ninguém que pusesse um pouco de ordem naquele caos. De modo que a aconselhei a ir, a sair dessa loucura e não desperdiçar a oportunidade de se recuperar.

Apesar de minha perplexidade, decidi nada perguntar sobre aquele encontro já distante. Eu fora ver minha velha professora com um plano de futuro imediato, de modo que optei por seguir em frente.

— Fez bem em animá-la, não sabe quanto lhe agradeço, dona Manuela — disse. — Ela está ótima agora, contente e trabalhando outra vez. Eu montei um ateliê em Tetuán em 1936, uns meses depois de a guerra começar. Lá as coisas estavam tranquilas, e embora as espanholas não estivessem para festas e costuras, havia algumas estrangeiras que se importavam bem pouco com a guerra. Então tornaram-se minhas clientes. Quando minha mãe chegou, continuamos costurando juntas. E, agora, eu decidi voltar para Madri e começar de novo com outro ateliê.

— E voltou sozinha?

— Eu já estou sozinha há muito tempo, dona Manuela. Se está me perguntando por Ramiro, aquilo não durou muito.

— Então Dolores ficou lá sem você? — perguntou, surpresa. — Mas se ela foi embora justamente para ficar com você...

— Ela gosta de Marrocos: o clima, o ambiente, a vida tranquila... Temos clientes muito boas, e ela fez amigas também. Preferiu ficar. Eu, porém, sentia falta de Madri — menti. — Então, decidimos que eu viria, começaria a trabalhar aqui, e quando os dois ateliês estivessem funcionando bem, pensaríamos no que fazer.

Ela olhou para mim fixamente durante uns segundos eternos. Suas pálpebras estavam caídas, seu rosto cheio de sulcos. Devia rondar os sessenta e tantos anos, talvez já se aproximasse dos setenta. Suas costas encurvadas e as calosidades dos dedos mostravam a marca de todos aqueles anos de dura labuta com as agulhas e a tesoura. Como simples ajudante de costureira primeiro, como costureira oficial depois. Como dona de um negócio mais tarde e como marinheiro sem navio, inativa, no fim. Mas não estava acabada, longe disso. Seus olhos vivos, pequenos e escuros como azeitonas portuguesas refletiam a acuidade de quem ainda mantinha a cabeça bem colocada sobre os ombros.

— Você não está me contando tudo, não é, filha? — disse por fim.

Raposa velha, pensei com admiração. Eu havia esquecido como era esperta.

— Não, dona Manuela, não estou lhe contando tudo — reconheci. — Não estou lhe contando tudo porque não posso. Mas posso lhe contar uma parte. Em Tetuán, conheci gente importante, gente que hoje em dia ainda é influente. Eles me incentivaram a vir para Madri, montar um ateliê e costurar para certas clientes da alta classe. Não para mulheres próximas do regime, e sim, principalmente, para estrangeiras e para espanholas aristocratas e monarquistas, dessas que pensam que Franco está usurpando o posto do rei.

— Para quê?

— Para quê, o quê?

— Para que seus amigos querem que você costure para essas mulheres?

— Não posso lhe dizer. Mas preciso que me ajude. Eu trouxe tecidos magníficos de Marrocos, e como aqui há uma escassez enorme de pano, a notícia se espalhou e ganhei fama. Mas tenho mais clientes que o previsto, e não consigo atender a todas sozinha.

— Para que, Sira? — repetiu lentamente. — Para que você costura para essas mulheres, o que você e seus amigos querem delas?

Apertei os lábios com decisão, disposta a não soltar uma palavra. Não podia. Não devia. Mas uma força estranha pareceu empurrar minha voz do estômago. Como se dona Manuela estivesse de novo no comando e eu não fosse mais que uma aprendiz adolescente; como quando ela tinha todo o direito de me exigir explicações por ter fugido de uma manhã inteira de trabalho indo comprar três dúzias de botões nacarados na praça Pontejos. Minhas vísceras e o passado falaram, não fui eu.

— Eu costuro para elas para obter informação sobre o que os alemães fazem na Espanha. Depois, passo essa informação aos ingleses.

Mordi o lábio inferior assim que pronunciei a última sílaba, ciente de minha imprudência. Lamentei ter traído a promessa feita a Hillgarth de não revelar a ninguém minha tarefa, mas já estava dito e não havia volta. Pensei, então, em esclarecer a situação: acrescentar que era conveniente para a Espanha manter a neutralidade, que não estávamos em condições de enfrentar outra guerra; todas essas coisas, enfim, nas que tanto eles haviam insistido. Mas não foi preciso, porque, antes que eu pudesse acrescentar qualquer coisa, percebi um brilho estranho nos olhos de dona Manuela. Um brilho nos olhos e um sorriso nascendo no canto da boca.

— Para os compatriotas de dona Vitória Eugenia, minha filha, tudo o que for preciso. Quando começo?

Continuamos conversando a tarde inteira. Organizamos como distribuiríamos o trabalho, e às nove horas da manhã do dia seguinte ela estava em minha casa. Aceitou, maravilhada, ocupar um papel secundário no ateliê. Não ter que dar as caras diante das clientes foi quase um alívio para ela. Organizamo-nos perfeitamente: assim como minha mãe e ela haviam feito ao longo dos anos, mas com a ordem invertida. Ela concordou com sua nova posição com a humildade dos grandes: incorporou-se a minha vida e a meu ritmo, deu-se bem com Dora e Martina, contribuiu com sua experiência e com uma energia que muitas mulheres com três décadas menos nas costas teriam invejado. Adaptou-se sem o menor inconveniente a que eu comandasse tudo, a minhas linhas e ideias menos convencionais e a assumir mil pequenas tarefas que tantas outras vezes as simples costureirinhas haviam feito sob suas ordens. Voltar ao trabalho após os duros anos de inatividade foi um presente para ela e, como as amapolas com a água de abril, emergiu de seus dias mortos e reviveu.

Com dona Manuela no comando da retaguarda do ateliê, os dias de trabalho se tornaram mais sossegados. Continuamos trabalhando longas horas as duas, mas finalmente pude começar a agir sem tanta precipitação e a usufruir alguns momentos livres. Tive mais vida social: minhas clientes se encarregavam de me estimular a comparecer a mil atos, ansiosas por me exibir como a grande descoberta da temporada. Aceitei o convite para um concerto de bandas militares alemãs no Retiro, um coquetel na Embaixada da Turquia, um jantar na da Áustria e um ou outro almoço em lugares da moda. Os homens começaram a me rondar: solteiros de passagem, casados barrigudos com posses para sustentar três amantes ou pitorescos diplomatas procedentes dos mais exóticos confins. Livrava-me deles após dois drinques e uma dança: a última coisa que eu necessitava naquele momento era um homem em minha vida.

Mas nem tudo foi festa e distração, longe disso. Dona Manuela relaxou minha rotina, mas com ela não chegou o sossego definitivo. Pouco tempo depois de ter tirado dos ombros o pesado fardo do trabalho solitário, uma nova nuvem negra surgiu no horizonte. O simples fato de andar pelas ruas com menos pressa, de poder parar em frente a alguma vitrine e relaxar o ritmo de minhas idas e vindas me fez notar algo que até então não havia percebido; algo sobre o que Hillgarth havia me avisado na longa conversa em Tânger. Efetivamente, notei que estava sendo seguida. Talvez estivessem me seguindo havia tempos e minha pressa constante me houvesse impedido de notar. Ou talvez fosse algo novo, coincidente por puro acaso com a chegada de dona Manuela à Chez Arish. O caso era que uma sombra parecia ter se instalado em minha vida. Uma sombra não permanente, nem sequer diária, nem sequer completa; talvez por isso tenha me custado adquirir plena consciência de sua proximidade. Primeiro pensei que aquelas percepções não eram mais que peças que minha imaginação me pregava. Era outono, Madri estava cheia de homens de chapéu e casaco de gola levantada. De fato, aquela era uma aparência masculina absolutamente comum nesses tempos de pós-guerra e centenas de réplicas quase idênticas enchiam diariamente as ruas, os escritórios e os cafés. O homem que parou com o rosto virado ao mesmo tempo que eu para atravessar a Castellana não tinha por que ser o mesmo que dois dias depois fingiu parar para dar uma esmola a um mendigo cego enquanto eu olhava uns sapatos em uma loja. Também não havia razão fundamentada para que seu casaco fosse o mesmo que me seguira naquele sábado até a entrada do Museu do Prado. Ou para que a ele correspondessem as costas que disfarçadamente se ocultaram atrás de uma coluna no Ritz depois de verificar com quem eu almoçava quando ali me encontrei com minha cliente Agatha Ratinborg, uma suposta princesa europeia de estirpe altamente duvidosa. Na verdade, não havia forma objetiva alguma de me certificar de que todos aqueles casacos esparramados pelas ruas e dias convergiam em um único indivíduo, porém, de alguma maneira, minha intuição me disse que o dono de todos eles era o mesmo.

O tubo de moldes que preparei essa semana para deixar no salão de cabeleireiro continha sete mensagens convencionais de extensão mediana e uma pessoal com apenas três palavras. "Estou sendo seguida." Acabei de prepará-las tarde, havia sido um longo dia de provas e costura. Dona Manuela e as meninas haviam ido embora depois das oito; depois que saíram, fechei duas contas que deviam estar prontas de manhã, tomei um banho e, já envolvida em meu longo roupão de veludo cor de vinho, jantei em pé duas maçãs e um copo de leite, apoiada na pia da cozinha. Estava tão cansada que nem tinha fome; assim que terminei, sentei-me para codificar as mensagens e, quando acabei e convenientemente queimei as anotações do dia, comecei a apagar as luzes para ir para a cama. No meio do corredor, parei. Primeiro tive a impressão de ter ouvido uma batida isolada, depois foram duas, três, quatro. E, depois, silêncio. Até que começaram outra vez. A procedência era clara: estavam batendo à porta. Batendo mesmo, não tocando a campainha. Com golpes secos e cada vez menos distanciados, até se transformarem em uma sucessão ininterrupta. Fiquei imóvel, aterrorizada, sem coragem de avançar ou retroceder.

Mas as batidas não paravam, e a insistência me fez reagir: quem quer que fosse, não tinha a menor intenção de ir embora sem falar comigo. Fechei o cinto do roupão com força e fui lentamente para a entrada. Engoli em seco, aproximei-me da porta. Muito devagar, sem fazer o menor barulho e ainda assustada, espiei pelo olho mágico.

— Entre, por Deus, entre, entre! — foi a única coisa que consegui sussurrar depois de abrir.

Ele entrou precipitado, nervoso. Transtornado.

— Pronto, pronto. Já estou fora, já acabou.

Não olhava para mim; falava como se estivesse alienado, para si mesmo, para o ar ou o nada. Levei-o depressa para a sala, quase empurrando-o, assustada com a ideia de que alguém no edifício o pudesse ter visto. Tudo estava na penumbra, mas, mesmo antes de acender alguma luz, tentei fazer que se sentasse, que se acalmasse um pouco. Ele se negou. Continuou andando de um lado para o outro da sala, transtornado e repetindo a mesma coisa sem parar.

— Pronto, pronto; está tudo acabado, já está tudo acabado.

Acendi um pequeno abajur em um canto e, sem consultá-lo, servi-lhe um conhaque generoso.

— Tome — disse, obrigando-o a segurar a taça com a mão direita. — Beba — ordenei. Obedeceu, trêmulo. — Agora, sente-se, relaxe, e depois, conte-me o que aconteceu.

Eu não tinha a menor ideia da razão que o havia levado a aparecer em minha casa depois da meia-noite, e embora acreditasse que teria sido discreto em seus movimentos, sua atitude transtornada me sugeriu que talvez já não se importasse com mais nada. Fazia mais de um ano e meio que eu não o via, desde o dia de sua despedida oficial em Tetuán. Preferi não lhe perguntar nada, não o pressionar. Aquilo não era, obviamente, uma mera visita de cortesia, mas decidi que seria melhor esperar que se acalmasse: talvez, então, ele mesmo me contasse o que queria de mim. Sentou-se com a taça na mão, bebeu. Estava à paisana, terno escuro, camisa branca e gravata listrada; sem o quepe, os galões e a faixa atravessando o peito que tantas vezes o havia visto usar nos atos formais e da qual se livrava assim que o evento acabava. Pareceu se acalmar um pouco e acendeu um cigarro. Fumou olhando para o vazio, envolvido na fumaça e em seus próprios pensamentos. Eu, enquanto isso, não disse nada; apenas me sentei em uma poltrona próxima, cruzei as pernas e esperei. Quando acabou o cigarro, endireitou-se brevemente para apagá-lo no cinzeiro. E, nessa posição, ergueu finalmente os olhos e falou comigo.

— Fui exonerado. Amanhã será público. O comunicado já foi enviado ao Boletim Oficial do Estado e à imprensa, em sete ou oito horas a notícia estará na rua. Sabe com quantas palavras vão me liquidar? Com dezenove. Eu contei, veja.

Do bolso do paletó, tirou uma folha manuscrita e a mostrou. Continha apenas duas linhas, que ele recitou de cor.

— "Deixa o cargo de ministro de Assuntos Exteriores dom Juan Beigbeder Atienza. Expresso-lhe meu reconhecimento pelos serviços prestados." Dezenove palavras. Depois vem o nome do Caudilho. E ele expressa sua gratidão pelos serviços prestados, essa é boa.

Esvaziou a taça de um gole só e eu lhe servi outra.

— Eu sabia que estava na corda bamba há meses, mas não esperava que o golpe fosse tão súbito. Nem tão humilhante.

Acendeu outro cigarro e continuou falando entre uma tragada e outra.

— Ontem à tarde eu me reuni com Franco no Pardo; foi um encontro longo e descontraído, em nenhum momento ele foi crítico nem especulou sobre minha possível substituição, e as coisas andaram tensas nos últimos tempos, desde que comecei a aparecer abertamente em público com o embaixador Hoare. De fato, fui embora da reunião satisfeito, achando que o deixara pensando sobre minhas ideias, que talvez ele houvesse decidido finalmente dar um mínimo de crédito a minhas opiniões. Como poderia imaginar que o que ele estava fazendo era esperar eu sair pela porta para afiar a faca e enfiá-la em mim pelas costas no dia seguinte? Eu lhe pedi audiência para comentar algumas questões sobre sua próxima entrevista com Hitler em Hendaya, relevando a humilhação que representava para mim o fato de não ter me considerado para acompanhá-lo. Mesmo assim, queria falar com ele, transmitir-lhe certas informações importantes que havia obtido por meio do almirante Canaris, chefe da Abwehr, a organização de inteligência militar alemã. Sabe de quem estou falando?

— Já ouvi o nome, sim.

— Apesar do pouco simpático que possa parecer o cargo que ocupa, Canaris é um homem afável e carismático, e mantenho uma relação excelente com ele. Ambos pertencemos a essa estranha classe de militares um tanto sentimentais que gostam pouco de uniformes, condecorações e quartéis. Teoricamente, está sob as ordens de Hitler, mas não se submete a seus desígnios e age de maneira bastante autônoma. Tanto que, segundo se comenta, a espada de Dâmocles também está sobre sua cabeça, como ficou durante meses sobre a minha.

Levantou-se, deu uns passos e foi até a varanda. As cortinas estavam abertas.

— Melhor não sair — avisei categórica. — Podem vê-lo da rua.

Então percorreu várias vezes a sala de ponta a ponta enquanto continuava falando.

— Eu o chamo amigo Guillermo, em espanhol; ele fala muito bem nossa língua, morou no Chile um tempo. Há alguns dias, fomos almoçar na Casa Botín, ele adora leitão. Senti-o mais distante que nunca da influência de Hitler; tanto que não me estranharia que estivesse conspirando contra o Führer com os ingleses. Falamos da conveniência absoluta de a Espanha não entrar na guerra ao lado do Eixo, e, para isso, trabalhamos com uma lista de provisões que Franco deveria pedir a Hitler em troca de aceitar a entrada espanhola no conflito. Eu conheço perfeitamente nossas necessidades estratégicas e Canaris está a par das deficiências alemãs, de modo que, juntos, elaboramos uma relação de exigências que a Espanha deveria pedir como condição indispensável para sua adesão, e que a Alemanha não estaria em condições de oferecer nem em médio prazo. A proposta incluía uma longa lista de pedidos impossíveis, desde possessões territoriais no Marrocos francês e no Oranesado, até quantidades astronômicas de cereais e armas, e a tomada de Gibraltar por soldados somente espanhóis; tudo, como disse, absolutamente inalcançável. Canaris também comentou que não era aconselhável começar ainda a reconstrução de tudo o que foi destruído pela guerra na Espanha, que seria conveniente deixar as vias férreas destruídas, as pontes caídas e as estradas bloqueadas para que os alemães tivessem ciência do lamentável estado do país e de como seria difícil para suas tropas atravessá-lo.

Sentou-se de novo e bebeu outro gole de conhaque. O álcool, felizmente, estava ajudando-o a relaxar. Eu, de minha parte, continuava totalmente desconcertada, não entendendo a razão pela qual Beigbeder fora me ver a uma hora daquela, e naquele estado, para falar de coisas tão alheias a mim como seus encontros com Franco e seus contatos com militares alemães.

— Cheguei ao Pardo com toda essa informação e relatei-a ao Caudilho com detalhes — prosseguiu. — Ele ouviu muito atento, ficou com o documento e me agradeceu. Foi tão cordial comigo que até fez uma alusão pessoal aos velhos tempos que compartilhamos na África. O Generalíssimo e eu nos conhecemos há muitos anos, sabia? De fato, sem contar seu inefável cunhado, acho que sou, perdão, acho que fui o único membro do gabinete a não o chamar de senhor. Franquito no comando do Glorioso Movimento Nacional, quem diria. Nunca fomos grandes amigos, de fato; na verdade, acho que ele nunca gostou de mim: não entendia meu escasso ímpeto militar e minha preferência por destinos urbanos, administrativos e, se possível, estrangeiros. Eu também não era fascinado por ele, o que posso dizer... sempre tão sério, tão duro e tedioso, tão competitivo e obcecado por promoções e hierarquias; um verdadeiro porre de homem, para ser sincero. Encontramo-nos em Tetuán, ele já era comandante, eu ainda capitão. Quer que lhe conte um caso? Ao cair da tarde, costumávamos nos reunir, todos os oficiais, em um café na praça Espanha para tomar uns copos de chá, lembra-se desses cafés?

— Lembro-me perfeitamente — confirmei. Como apagar de minha mente a memória das cadeiras de ferro fundido sob as palmeiras, o cheiro de espetinhos e de chá de hortelã, o trânsito sossegado de túnicas e ternos europeus em volta do templete central com suas telhas de barro e os arcos mouros caiados?

Ele sorriu brevemente pela primeira vez, a nostalgia foi a causa. Acendeu um novo cigarro e se recostou no sofá. Conversávamos quase na penumbra, com o pequeno abajur em um canto da sala como única iluminação. Eu continuava de roupão: não encontrei o momento para pedir licença e me trocar, não o quis deixar sozinho nem um segundo enquanto não estivesse totalmente sereno.

— Uma tarde, ele não apareceu. Começamos a fazer conjecturas sobre sua ausência. Chegamos à conclusão de que andava enroscado com alguém e decidimos averiguar; enfim, você sabe, bobagens de oficiais jovens quando sobrava tempo e não havia grande coisa para fazer. Tiramos par ou ímpar, e coube a mim espiá-lo. No dia seguinte, esclareci o mistério. Ao sair do quartel, segui-o até o antigo bairro árabe, e o vi entrar em uma casa, típica casa árabe. Embora achasse difícil acreditar, imaginei a princípio que tinha um rolo com alguma garotinha muçulmana. Entrei na casa com uma desculpa qualquer, nem lembro mais. O que acha que encontrei? Nosso homem tendo aula de árabe, era isso que ele fazia lá. Porque o grande general africanista, o insigne e invicto caudilho da Espanha, o salvador da pátria, não fala árabe, apesar de seus esforços. Não entende o povo marroquino, nem se importa com eles em absoluto. Eu, sim. Eu me importo, me importo muito. E me entendo com eles porque são meus irmãos. Em árabe culto, no dialeto das tribos dos beduínos do Rife, no que for preciso. E isso incomodava muito o mais jovem comandante da Espanha, orgulho das tropas da África. E o fato de eu o ter descoberto tentando remediar sua deficiência irritou-o mais ainda. Enfim, bobagens da juventude.

Disse umas frases em árabe que não entendi, como se quisesse demonstrar seu domínio da língua. Como se eu já não soubesse. Bebeu de novo e enchi sua taça pela terceira vez.

— Sabe o que Franco disse quando Serrano me propôs para o ministério? "Está dizendo que quer que eu ponha Juanito Beigbeder na pasta do Exterior? Você está louco!" Não sei por que essa mania de me chamar de louco; possivelmente porque sua alma é fria como o gelo e qualquer um que seja um pouco mais passional que ele lhe parece o cúmulo da alienação. Louco eu, será possível!

Bebeu novamente. Falava sem olhar para mim, vomitando sua amargura em um monólogo incessante. Falava e bebia, falava e fumava. Com fúria e sem descanso, enquanto eu ouvia em silêncio, ainda incapaz de entender por que me contava tudo aquilo. Nunca estivemos sozinhos antes, nunca havia trocado comigo mais que meia dúzia de frases soltas sem Rosalinda presente; quase tudo o que eu sabia dele era por meio dela. Mas, naquele momento tão especial de sua vida e sua carreira, naquele instante que marcava drasticamente o fim de uma época, por alguma razão desconhecida havia decidido me tornar sua confidente.

— Franco e Serrano dizem que estou transtornado, que sou vítima da influência perniciosa de uma mulher. Cada idiotice que se tem que ouvir, caramba! O cunhadíssimo, agora, quer me dar lição de moralidade? Ele, justo ele, que deixa sua legítima com seis ou sete crianças em casa enquanto passa os dias na cama com uma marquesa, e depois a leva às touradas em um carro conversível. E, ainda por cima, estão pensando em incluir o delito de adultério no código penal, bem engraçado. Claro que eu gosto de mulheres, como não vou gostar? Não tenho vida conjugal com minha esposa há anos e não tenho que dar explicações a ninguém sobre meus sentimentos ou sobre com quem me deito e com quem me levanto, era só o que faltava. Tive minhas aventuras, todas as que pude, para ser sincero. E daí? Sou exceção no exército ou no governo? Não. Sou como todos, mas eles se encarregaram de me colocar o rótulo de *bon vivant* frívolo enfeitiçado pelo veneno de uma inglesa. Só sendo muito imbecil. Queriam minha cabeça para mostrar sua lealdade aos alemães, como Herodes a do Batista. Pronto, conseguiram, que façam bom proveito. Mas, para isso, não precisavam me humilhar.

— O que fizeram? — perguntei então.

— Espalharam todo tipo de injúrias sobre mim: construíram uma infundada lenda negra de mulherengo depravado capaz de vender a pátria por uma boa trepada, com perdão da palavra. Espalharam o boato de que Rosalinda me desviou e me obrigou a trair meu país, que Hoare me suborna, que recebo dinheiro dos judeus de Tetuán para manter uma postura antialemã. Mandaram me vigiar dia e noite, cheguei até a temer por minha integridade física, e não pense que é tudo fantasia. E tudo isso apenas porque, como ministro, tentei agir com sensatez e expor minhas ideias: disse a eles que não podemos cortar relações com britânicos e norte-americanos porque depende deles recebermos as provisões de trigo e petróleo necessárias para que este pobre país não morra de fome; insisti que não devemos deixar que a Alemanha interfira nos assuntos nacionais, que devemos nos opor a seus planos intervencionistas, que não é bom para nós nos envolvermos na guerra do lado deles nem em troca do império colonial que acham que poderíamos ganhar com isso. Acha que deram a menor atenção a minhas opiniões? Em absoluto: não só não me deram a menor bola, como, ainda por cima, me acusaram de demência por pensar que não devemos baixar a cabeça diante de um exército que passeia vitorioso por toda a Europa. Sabe uma das últimas genialidades do sublime Serrano, sabe que frase ele repete ultimamente? "Guerra com pão ou sem pão!", o que me diz? E o louco sou eu, pelo amor de Deus! Minha resistência me custou o cargo; quem sabe se não acabará me custando a vida também. Fiquei sozinho, Sira, sozinho. O cargo de ministro, a carreira militar e minhas relações pessoais: tudo, absolutamente tudo na lama. E, agora, me mandam para Ronda sob prisão domiciliar, quem sabe se não pretendem instaurar um conselho de guerra e me fuzilar contra um paredão qualquer.

Tirou os óculos e esfregou os olhos. Parecia cansado. Exausto. Velho.

— Estou confuso, estou esgotado — disse em voz baixa. Depois, suspirou profundamente. — Daria tudo para voltar atrás, para nunca ter abandonado meu Marrocos feliz. Daria tudo para que todo esse pesadelo jamais houvesse começado. Só com Rosalinda eu encontraria consolo, mas ela foi embora. Por isso vim vê-la: para lhe pedir que me ajude a lhe mandar notícias.

— Onde ela está agora?

Havia semanas que eu me fazia essa pergunta, sem saber a quem recorrer em busca da resposta.

— Em Lisboa. Precisou partir precipitadamente.

— Por quê? — perguntei alarmada.

— Soubemos que a Gestapo estava atrás dela. Teve que abandonar a Espanha.

— E você, como ministro, não pôde fazer nada?

— Eu, com a Gestapo? Nem eu, nem ninguém, minha querida. Minhas relações com todos os representantes alemães foram muito tensas nos últimos tempos: alguns membros do próprio governo se encarregaram de informar ao embaixador e a sua gente sobre minhas opiniões contrárias a nossa possível intervenção na guerra e à excessiva amizade hispano-germânica. Mas provavelmente eu também não teria conseguido nada se estivesse em bons termos com eles, porque a Gestapo funciona por conta própria, à margem das instituições oficiais. Descobrimos que Rosalinda estava em suas listas graças a uma delação. Em uma noite arrumou suas coisas e foi para Portugal, mandamos todo o resto depois para ela. Ben Wyatt, o adido naval norte-americano, foi o único que nos acompanhou ao aeroporto, é um excelente amigo. Ninguém mais sabe onde ela está. Pelo menos, ninguém mais deveria saber. Agora, porém, quero dividir isso com você. Desculpe ter invadido sua casa a essa hora e nestas condições, mas vão me levar para Ronda amanhã e não sei quanto tempo ficarei sem poder fazer contato com ela.

— O que quer que eu faça? — perguntei, finalmente, intuindo o objetivo daquela estranha visita.

— Que dê um jeito de fazer que estas cartas cheguem a Lisboa por meio da mala diplomática da embaixada britânica. Faça que cheguem a Alan Hillgarth, sei que você mantém contato com ele — disse, enquanto tirava três grossos envelopes do bolso interno do paletó. — Eu as escrevi ao longo das últimas semanas, mas estou sob uma vigilância tão férrea que não me atrevi a postá-las por nenhum meio; como pode compreender, já não confio nem em minha sombra. Hoje, com esse negócio da formalização da exoneração, parecem ter me dado uma trégua e baixaram a guarda. Por isso pude chegar até aqui sem ser seguido.

— Tem certeza?

— Completamente, não se preocupe — afirmou, aplacando meus temores. — Peguei um táxi, não quis usar o carro oficial. Nenhum veículo veio atrás de nós durante todo o trajeto, eu me certifiquei. E seguir-me a pé teria sido impossível. Fiquei dentro do táxi até que vi o porteiro sair com o lixo; só então entrei no edifício; ninguém me viu, não se preocupe.

— Como sabia onde moro?

— Como não saberia? Foi Rosalinda quem escolheu esta casa e me manteve a par dos avanços na decoração. Ela estava muito entusiasmada com sua chegada e com sua colaboração à causa de seu país. — Sorriu novamente com a boca fechada, apenas contraindo um dos cantos. — Eu a amei muito, sabe, Sira? Amei-a demais. Não sei se a verei de novo, mas, se eu não conseguir, diga a ela que teria dado minha vida para tê-la a meu lado nesta noite tão triste. Importa-se que me sirva de outra taça?

— Por favor, não precisa perguntar.

Eu havia perdido a conta de quanto ele havia bebido, cinco ou seis provavelmente. O momento de melancolia passou com o trago seguinte. Ele estava relaxado e não parecia ter intenção de ir embora.

— Rosalinda está contente em Lisboa, vai abrindo caminho. Você sabe como ela é, capaz de se adaptar a tudo com uma facilidade impressionante.

Rosalinda Fox, ninguém como minha amiga para se reinventar e começar do zero tantas vezes quantas fossem necessárias. Que casal estranho formavam Beigbeder e ela. Tão diferentes e, no entanto, tão complementares.

— Vá vê-la em Lisboa quando puder, ela ficará muito contente de passar uns dias com você. O endereço está nas cartas que lhe entreguei: não se desfaça delas sem copiá-lo antes.

— Tentarei, eu prometo. Também pretende ir para Portugal? O que pensa fazer quando tudo isso acabar?

— Quando a prisão acabar? Não sei, pode durar anos; pode até ser que eu nunca saia vivo de lá. A situação é muito incerta, nem sequer sei que acusações vão apresentar contra mim. Rebeldia, espionagem, traição à pátria: qualquer barbaridade. Mas, se a baraca ficar do meu lado e tudo acabar logo, acho que sim, que iria para o exterior. Deus bem sabe que não sou nenhum liberal, mas acho repugnante o totalitarismo megalomaníaco que Franco montou depois da vitória; esse monstro que ele engendrou e que muitos de nós colaboramos para alimentar. Você não imagina como me arrependo de ter contribuído para engrandecer sua figura em Marrocos durante a guerra. Não gosto deste regime, não gosto de jeito nenhum. Acho que nem gosto da Espanha; pelo menos, não gosto dessa grande e livre que estão tentando nos vender. Passei mais anos de minha vida fora deste país que dentro; aqui eu me sinto um estranho, muitas coisas são estranhas para mim.

— Sempre terá a possibilidade de voltar para Marrocos... — sugeri. — Com Rosalinda.

— Não, não — replicou categórico. — Marrocos é passado. Não haveria destino para mim lá; depois de ter sido alto comissário, não poderia assumir um cargo inferior. Com toda a dor no coração, receio que a África é um capítulo fechado em minha vida. Profissionalmente, quero dizer, porque em meu coração estarei ligado a ela enquanto viver. *Inshallah*. Assim seja.

— Então?

— Tudo vai depender de minha situação militar: estou nas mãos do Caudilho, Generalíssimo de todos os exércitos pela graça de Deus; que absurdo, como se Deus tivesse algo a ver com esses assuntos tão tortuosos. Tanto pode suspender minha prisão em um mês como decidir me fuzilar. Há vinte anos, quem poderia dizer uma coisa dessas? Minha vida inteira nas mãos de Franquito.

Tirou os óculos novamente e esfregou os olhos. Encheu de novo a taça, acendeu outro cigarro.

— Você está muito cansado — disse. — Por que não vai dormir?

Olhou para mim com cara de criança perdida. Com a cara de um menino perdido que carregava nas costas mais de cinquenta anos de vida, o posto mais alto da administração colonial espanhola e um cargo ministerial de queda estrepitosa. Respondeu com uma sinceridade assustadora.

— Não quero ir embora porque não sou capaz de suportar a ideia de ficar sozinho naquele casarão tão lúgubre que até agora foi minha residência oficial.

— Durma aqui, se quiser — ofereci. Eu sabia que era uma temeridade de minha parte convidá-lo para passar a noite, mas intuía que, em seu estado, ele poderia fazer qualquer loucura se eu fechasse as portas de minha casa e o fizesse vagar sozinho pelas ruas de Madri.

— Receio que não vou conseguir pregar os olhos — reconheceu com um meio sorriso cheio de tristeza —, mas agradeceria se me deixasse descansar um pouco; não vou incomodá-la, prometo. Será como um refúgio no meio da tempestade: você não pode imaginar como é amarga a solidão do repudiado.

— Sinta-se em casa. Vou lhe trazer uma manta, caso queira se deitar. Tire o paletó e a gravata, fique à vontade.

Ele seguiu minhas instruções enquanto eu ia buscar um cobertor. Quando voltei, estava de camisa, enchendo de novo a taça de conhaque.

— A última — disse eu com autoridade, tirando a garrafa dele.

Deixei um cinzeiro limpo em cima da mesa e uma manta no encosto do sofá. Sentei-me ao lado dele, então, e segurei seu braço suavemente.

— Tudo isso vai passar, Juan Luis, tenha paciência. Cedo ou tarde, no fim, tudo passa.

Descansei minha cabeça em seu ombro e ele pôs sua mão em minha mão.

— Deus a ouça, Sira, Deus a ouça — sussurrou.

Deixei-o com seus demônios e fui me deitar. Enquanto percorria o corredor rumo a meu quarto, ouvi-o falar sozinho em árabe; não entendi o que dizia. Demorei para adormecer, provavelmente já eram mais de quatro horas da madrugada quando consegui conciliar um sono inquieto e estranho. Acordei ao ouvir a porta de entrada se fechar no fundo do corredor. Olhei a hora no despertador. Sete e quarenta. Nunca mais tornei a vê-lo.

# 42

Os temores de minha perseguição passaram para segundo plano, como se de repente houvessem perdido toda importância. Antes de importunar Hillgarth com suposições que talvez não tivessem fundamento, precisava fazer contato com ele imediatamente para lhe entregar a informação e as cartas. A situação de Beigbeder era muito mais importante que meus medos: para ele, para minha amiga e para todos. Por isso, naquela manhã rasguei em mil pedaços o molde onde registrara as suspeitas de estar sendo seguida e o substituí por outro: "Beigbeder visitou minha casa ontem à noite. Fora do ministério, extremamente nervoso. Vai preso Ronda. Teme por sua vida. Entregou cartas para *Mrs.* Fox Lisboa por mala diplomática embaixada. Espero instruções urgentes".

Avaliei a ideia de ir ao Embassy ao meio-dia para captar a atenção de Hillgarth. Embora a notícia da exoneração ministerial lhe houvesse chegado com certeza, logo cedo, eu sabia que todos os detalhes que o coronel me transmitira seriam de enorme interesse para ele. Além disso, intuía que devia me desfazer o quanto antes das cartas dirigidas a Rosalinda: conhecendo as circunstâncias, tinha certeza de que aquelas páginas ultrapassavam os limites da mera correspondência afetiva e configuravam um arsenal de raivoso conteúdo político que de jeito nenhum convinha que estivesse em meu poder. Mas era quarta-feira e, como todas as quartas-feiras, eu tinha hora marcada no salão de beleza, de modo que preferi utilizar o meio convencional de transmissão antes de disparar o alarme com uma atuação de emergência mediante a qual só conseguiria antecipar a informação em duas horas. Então, trabalhei ao longo da manhã, recebi duas clientes, almocei sem vontade e às quinze para as quatro saí de casa a caminho do salão de cabeleireiro, com o tubo de moldes firmemente embrulhado em um lenço de seda dentro da bolsa. O tempo ameaçava chuva, mas optei por não ir de táxi: precisava ir a pé para dissipar as brumas que me assolavam. Enquanto caminhava, rememorei os detalhes da desconcertante visita de Beigbeder na noite anterior e tentei antecipar o plano que Hillgarth e os seus bolariam para pegar as cartas. Abstraída nesses pensamentos, não notei ninguém a me seguir; talvez minhas preocupações me mantivessem tão ensimesmada que, se alguém o fez, não me dei conta.

As mensagens ficaram escondidas no armário sem que a garota de cabelo cacheado responsável por aquela espécie de guarda-volumes fizesse o menor gesto de cumplicidade ao cruzar seu olhar com o meu. Ou era uma colaboradora formidável ou não tinha a menor ideia do que se passava diante de seus olhos. Fui atendida com a destreza de todas as semanas, e enquanto ondulavam minha cabeleira, que já superava a altura dos ombros, fingi me manter concentrada no número do mês de uma revista. Em nada me interessava aquela publicação feminina cheia de remédios, historinhas adocicadas repletas de moral e uma reportagem completa sobre as catedrais góticas, mas eu a li de cabo a rabo, sem tirar os olhos dela para evitar o contato com as demais clientes próximas, cujas conversas não me interessavam em absoluto. A menos que encontrasse alguma cliente minha — algo que ocorria com relativa frequência —, não tinha qualquer interesse em entabular a mínima conversação com ninguém.

Saí do salão sem os moldes, com o cabelo perfeito e o ânimo ainda perturbado. A tarde continuava desagradável, mas decidi dar um passeio em vez de voltar para casa diretamente: preferia me manter distraída e afastada das cartas de Beigbeder enquanto chegavam as notícias de Hillgarth sobre o que fazer com elas. Subi sem rumo fixo pela rua Alcalá até a Gran Via; o passeio foi tranquilo e seguro no início, mas, à medida que avançava, vi aumentar a densidade humana das calçadas, misturando pessoas bem arrumadas com engraxates, catadores e mendigos que mostravam suas feridas sem pudor em busca de caridade. Então, percebi que estava ultrapassando o perímetro determinado por Hillgarth: estava adentrando um terreno um tanto perigoso, onde talvez pudesse cruzar com alguém que um dia me conhecera. Provavelmente nunca suspeitariam que a mulher que caminhava envolvida por um elegante casaco de lã cinza havia substituído a costureirinha que eu fora anos atrás, mas, por via das dúvidas, decidi entrar em um cinema para passar o resto da tarde e evitar, de quebra, me expor mais que o conveniente.

Palácio da Música era a sala, e *Rebeca*, o filme. A sessão já tinha começado, mas não me importei: o argumento não me interessava, só queria um pouco de privacidade enquanto passavam as horas necessárias para que alguém mandasse a minha casa instruções sobre como agir. O lanterninha me acompanhou até uma das últimas filas laterais enquanto Laurence Olivier e Joan Fontaine percorriam a toda velocidade uma estrada cheia de curvas a bordo de um automóvel sem capota. Tão logo acostumei a vista à escuridão, percebi que a grande sala estava praticamente cheia; minha fila, porém, pela distância, estava ocupada apenas por algumas pessoas sentadas aqui e ali. À esquerda havia vários casais; à direita, ninguém. Por pouco tempo, porém: apenas dois minutos depois de eu chegar, notei que alguém se sentava na ponta da fila, a não mais de dez ou doze poltronas de distância. Um homem. Sozinho. Um homem sozinho cujo rosto não pude perceber nas sombras. Um homem qualquer que jamais teria me chamado a atenção não fosse o fato de usar um casaco claro com a gola levantada, idêntico ao do indivíduo que me seguia havia mais de uma semana. Um homem de casaco com gola levantada que, a julgar pela direção de seu olhar, estava mais interessado em mim que na trama cinematográfica.

Um suor frio percorreu minhas costas. De repente, soube que minhas suposições não eram falsas, e sim reais: aquele indivíduo estava ali por mim, havia me seguido provavelmente desde o salão de cabeleireiro, talvez até desde minha casa; havia caminhado atrás de meus passos durante centenas de metros, havia me observado quando pagava a entrada na bilheteria, enquanto percorria o vestíbulo, entrava na sala e encontrava um lugar para sentar. Observar-me sem que eu o visse não havia sido suficiente para ele, porém: assim que me localizou, instalou-se a apenas alguns metros, interceptando minha passagem rumo à saída. E eu, incauta e preocupada com as notícias da exoneração de Beigbeder, havia decidido, no último momento, não comunicar minhas suspeitas a Hillgarth, por mais que houvessem aumentado ao longo dos dias. Minha primeira ideia foi fugir, mas imediatamente notei que estava encurralada. Não podia chegar ao corredor direito sem que ele me deixasse passar; se decidisse sair pelo lado esquerdo, teria de importunar vários espectadores, que reclamariam pela interrupção e teriam de se levantar ou encolher as pernas para que eu pudesse passar, o que daria tempo de sobra ao desconhecido para abandonar sua poltrona e me seguir. Recordei, então, os conselhos de Hillgarth durante o almoço na delegação americana: diante de qualquer suspeita de estar sendo seguida, calma, segurança, aparência de normalidade.

O descaramento do estranho de casaco não me fazia esperar nada de bom: o que até então havia sido um acompanhamento dissimulado e sutil parecia ter dado lugar, bruscamente, a uma ostentosa declaração de intenções. Estou aqui para que você me veja, parecia dizer sem palavras. Para que saiba que a estou vigiando e que sei aonde vai; para que tenha consciência de que posso entrar em sua vida com toda a facilidade: veja, hoje decidi segui-la até o cinema e bloquear sua saída; amanhã, posso fazer com você o que me der na telha.

Fingi não lhe prestar atenção e me esforcei para me concentrar no filme, mas não consegui. As cenas passavam diante de meus olhos sem sentido nem coerência: uma mansão tétrica e majestosa, uma governanta de aparência maléfica, uma protagonista que sempre se comportava de maneira equivocada e o fantasma de uma mulher fascinante flutuando no ar. A sala inteira parecia dominada; minha preocupação, porém, estava em outro assunto mais próximo. Enquanto transcorriam os minutos e se sucediam na tela imagens em branco, preto e cinza, várias vezes deixei o cabelo cair sobre o lado direito do rosto, e através dele tentei observar o desconhecido disfarçadamente. Não consegui distinguir seus traços: a distância e a escuridão me impediram. Mas estabeleceu-se entre nós uma espécie de relação muda e tensa, como se o comum desinteresse pelo filme nos unisse. Nenhum dos dois prendeu a respiração quando a protagonista sem nome quebrou aquela estátua de porcelana, também não sentimos pânico quando a governanta tentou persuadi-la a se jogar no vazio; nem nosso coração gelou ao saber que o próprio Max de Winter talvez houvesse sido o assassino de sua perversa esposa.

A palavra *fim* apareceu após o incêndio de Manderley e a sala começou a se inundar de luz. Minha reação imediata foi esconder o rosto: por alguma razão absurda, senti que a ausência de escuridão me deixaria mais vulnerável aos olhos do perseguidor. Inclinei a cabeça, deixei que o cabelo cobrisse meu rosto mais uma vez e fingi procurar algo na bolsa. Quando finalmente ergui os olhos alguns centímetros e olhei para a direita, o homem havia desaparecido. Fiquei ali até que a tela ficou em branco, com o medo na boca do estômago. Todas as luzes se acenderam, os espectadores mais atrasados abandonaram a sala, os lanterninhas entraram procurando lixo e objetos esquecidos nas poltronas. Só então, amedrontada ainda, enchi-me de coragem e me levantei.

O grande vestíbulo estava abarrotado e barulhento: na rua caía um aguaceiro, e os espectadores à espera de sair se misturavam, espremidos, com os da sessão que ia começar. Abriguei-me semiescondida atrás de uma coluna em um canto afastado, e no meio das pessoas, das vozes e da fumaça densa de mil cigarros, eu me senti anônima e momentaneamente a salvo. Mas a frágil sensação de segurança durou apenas alguns minutos: o tempo que demorou para a massa começar a se dissolver. Os recém-chegados finalmente entraram na sala para se concentrar nas desventuras dos De Winter e seus fantasmas; o resto — ao amparo de guarda-chuvas e chapéus os mais prevenidos, de paletós erguidos e jornais abertos sobre a cabeça os mais incautos, ou simplesmente cheios de arrojo os mais corajosos — foi abandonando pouco a pouco o mundo faustoso do cinema e indo para a rua para enfrentar a realidade de todos os dias, uma realidade que naquela noite de outono se apresentava com uma densa cortina de água caindo inclemente do céu.

Encontrar um táxi era uma batalha perdida de antemão, de modo que, assim como centenas de seres que me precederam, enchi-me de coragem e, com apenas um lenço de seda cobrindo meu cabelo e a gola do casaco levantada, voltei para casa debaixo da chuva. Mantive o passo apressado, desejando chegar o quanto antes para me refugiar tanto do aguaceiro quanto das dezenas de suspeitas que me acossaram ao andar. Voltei a cabeça constantemente: uma hora achava que alguém me seguia, outra hora parecia que haviam parado de me seguir. Qualquer indivíduo de casaco me fazia apertar o ritmo, mesmo que sua silhueta não combinasse com a do homem que eu temia. Alguém passou com pressa a meu lado e, ao sentir seu toque involuntário em meu braço, corri para me refugiar junto à vitrine de uma farmácia fechada; um mendigo me puxou pela manga rogando caridade, e em vez de esmola recebeu um grito assustado. Tentei andar ao lado de vários casais respeitáveis até que, suspeitando de minha obsessiva proximidade, eles se afastaram de mim. As poças encheram minhas meias de barro, meu salto esquerdo enganchou em uma grade de esgoto. Atravessei as ruas com pressa e angústia, sem prestar muita atenção no trânsito. Os faróis de um automóvel me cegaram em um cruzamento; um pouco além, recebi uma buzinada de um carro e quase fui atropelada por um bonde; alguns metros adiante, com um pulo consegui novamente me safar de ser atropelada por um carro escuro que provavelmente não me viu embaixo da chuva. Ou talvez tenha visto.

Cheguei encharcada e sem fôlego; o porteiro, o vigia, alguns vizinhos e cinco ou seis curiosos se amontoavam uns metros além de minha portaria, avaliando os estragos causados pela água que havia entrado nos porões do edifício. Subi os degraus de dois em dois sem que ninguém percebesse minha presença, despojando-me do lenço encharcado enquanto procurava as chaves, aliviada por ter conseguido chegar sem cruzar com meu perseguidor e desejando mergulhar em um banho quente para arrancar o frio e o pânico da pele. Mas o alívio foi breve. Tão breve quanto os segundos que demorei para atingir a porta, entrar e perceber o que estava acontecendo.

Haver uma lâmpada acesa na sala quando a casa deveria estar às escuras era algo anormal, mas podia ter alguma explicação: embora dona Manuela e as garotas costumassem apagar tudo antes de ir, talvez naquela tarde houvessem esquecido de dar uma última olhada. Por isso, não foi a luz que me pareceu fora de lugar, e sim o que encontrei na entrada. Um casaco. Um casaco claro, de homem. Pendurado no cabideiro e pingando água com sinistra calma.

## 43

O DONO ME ESPERAVA SENTADO NA SALA. NÃO VEIO PALAVRA ALGUMA a minha boca durante um tempo que pareceu durar até o fim do mundo. A inesperada visita também não falou imediatamente. Apenas nos olhamos fixamente em meio a uma confusão de recordações e sensações.

— Gostou do filme? — perguntou por fim.

Não respondi. A minha frente estava o homem que me seguia havia dias. O mesmo homem que cinco anos atrás havia saído de minha vida dentro de um casaco similar; as mesmas costas que se afastaram na névoa arrastando uma máquina de escrever quando soube que eu o ia deixar porque havia me apaixonado por alguém que não era ele. Ignacio Montes, meu primeiro namorado, entrava de novo em minha vida.

— Como você progrediu, hein, Sirita? — acrescentou, levantando-se e avançando para mim.

— O que está fazendo aqui, Ignacio? — finalmente consegui sussurrar.

Eu ainda não havia tirado o casaco; senti a água caindo até meus pés e formando pequenas poças no chão. Mas não me mexi.

— Vim vê-la — replicou. — Vá se secar e trocar de roupa; precisamos conversar.

Ele sorria, e com seu sorriso dizia maldita seja a vontade que tenho de sorrir. Então, percebi que apenas dois metros me separavam da porta pela qual havia acabado de entrar; talvez pudesse tentar fugir, descer os degraus de três em três, chegar à portaria, sair à rua, correr. Descartei a ideia: intuía que não seria interessante reagir de maneira inconveniente sem antes saber o que estava enfrentando, de modo que simplesmente me aproximei e o encarei.

— O que você quer, Ignacio? Como entrou, a que veio, por que está me vigiando?

— Devagar, Sira, devagar. Faça uma pergunta por vez, não fique alvoroçada. Mas, antes, se não se importa, prefiro que os dois fiquemos mais confortáveis. Estou um pouco cansado, sabe? Ontem à noite, você me fez ficar acordado além da conta. Importa-se se eu me servir um drinque?

— Antes você não bebia — disse eu, tentando manter a calma.

Uma gargalhada tão fria quanto o fio de minha tesoura rasgou a sala de ponta a ponta.

— Você tem boa memória. Com tantas histórias interessantes que devem ter acontecido em sua vida em todos esses anos, parece inacreditável que continue se lembrando de coisas assim tão simples.

Parecia inacreditável, sim, mas eu me lembrava. Disso e de muito mais. De nossas longas tardes de passeios sem rumo, das danças no meio das luzinhas nas quermesses. De seu otimismo e sua ternura de então; de mim mesma quando não era mais que uma humilde costureira sem outro horizonte a não ser me casar com o homem cuja presença agora me enchia de medo e incerteza.

— O que quer beber? — perguntei por fim. Tentava parecer serena, não aparentar inquietude.

— Uísque. Conhaque. Tanto faz: o mesmo que você oferece a seus outros convidados.

Servi-lhe um drinque esvaziando a garrafa da qual Beigbeder bebera na noite anterior; restavam apenas dois dedos. Ao me voltar para ele, notei que vestia um terno cinza e comum: de tecido e corte melhores que os que usava quando estávamos juntos; de confecção pior que os dos homens que me cercavam nos últimos tempos. Deixei a taça na mesa a seu lado e só então percebi que sobre ela havia uma caixa de bombons do Embassy, embrulhada em papel prateado e arrematada por um grande laço de fita cor-de-rosa.

— Algum admirador lhe mandou um mimo — disse, tocando de leve a caixa com a ponta dos dedos.

Não respondi. Não pude, fiquei sem ar. Eu sabia que em algum lugar da embalagem daquele inesperado presente havia uma mensagem cifrada de Hillgarth; uma mensagem destinada a passar despercebida para qualquer um que não fosse eu.

Eu me sentei à distância, em um canto de um sofá, tensa e ainda encharcada. Fingi não me interessar pelos bombons e contemplei Ignacio em silêncio enquanto afastava o cabelo molhado do rosto. Ele continuava tão magro quanto antes, mas seu rosto não era o mesmo. Os primeiros fios de cabelo branco começavam a surgir nas têmporas, apesar de ter pouco mais de trinta anos. Tinha olheiras, linhas no canto da boca e cara de cansado, de não levar uma vida tranquila.

— Ora, ora, Sira, quanto tempo se passou!

— Cinco anos — especifiquei, seca. — E agora, por favor, diga-me a que veio.

— A várias coisas — disse. — Mas, antes, prefiro que vista uma roupa seca. E, quando voltar, por favor, traga-me sua documentação. Pedi-la na saída do cinema me pareceu um tanto grosseiro em suas atuais circunstâncias.

— E por que eu deveria mostrar minha documentação a você?

— Porque, segundo ouvi, agora você é cidadã marroquina.

— E o que você tem a ver com isso? Você não tem direito algum de se intrometer em minha vida.

— Quem disse que não?

— Você e eu já não temos nada em comum. Eu sou outra pessoa, Ignacio, não tenho nada a ver nem com você nem com ninguém do tempo em que estivemos juntos. Muitas coisas aconteceram em minha vida nesses anos; já não sou mais quem era.

— Nenhum de nós é quem era, Sira. Ninguém é quem costumava ser depois de uma guerra como a nossa.

O silêncio se abateu sobre nós. Como gaivotas enlouquecidas, voltaram a minha mente mil imagens do passado, mil sentimentos que se chocaram entre si sem que eu os conseguisse controlar. Na minha frente estava aquele que poderia ter sido o pai dos meus filhos, um homem bom que só fizera me adorar e em cuja alma eu cravara um punhal. Na minha frente estava também aquele que poderia se transformar em meu pior pesadelo, alguém que talvez estivesse havia cinco anos mastigando rancor, e que poderia estar disposto a qualquer coisa para me fazer pagar por minha traição. Por exemplo, denunciar-me, acusar-me de não ser quem eu dizia ser, e trazer à baila todas as minhas dívidas do passado.

— Onde você passou a guerra? — perguntei quase com medo.

— Em Salamanca. Fui ver minha mãe uns dias e a sublevação me pegou ali. Juntei-me aos nacionais, não tive outra opção. E você?

— Em Tetuán — disse sem pensar. Talvez não devesse ter sido tão explícita, mas já era tarde demais para voltar atrás. Estranhamente, minha resposta pareceu satisfazê-lo. Um fraco sorriso se desenhou em seus lábios.

— Claro — disse em voz baixa. — Claro, agora tudo faz sentido.

— O que faz sentido?

— Algo que eu necessitava saber de você.

— Você não precisa saber nada de mim, Ignacio. A única coisa de que necessita é me esquecer e me deixar em paz.

— Não posso — disse firmemente.

Não perguntei por quê. Temi que me pedisse explicações, que me censurasse por tê-lo abandonado e me jogasse na cara o mal que lhe fizera. Ou, pior ainda: tive medo que me dissesse que ainda me amava e me suplicasse que voltasse para ele.

— Você precisa ir, Ignacio, precisa me tirar de sua cabeça.

— Não posso, minha querida — repetiu, então, com uma ponta de amarga ironia. — Nada me agradaria mais que nunca mais me lembrar da mulher que me deixou arrasado, mas não posso. Trabalho para a Direção Geral de Segurança do Ministério do Governo. Sou responsável pela vigilância e acompanhamento dos estrangeiros que cruzam nossas fronteiras, especialmente daqueles que se instalam em Madri com intenção de permanência. E você está entre eles. Em um lugar preferencial.

Eu não sabia se ria ou chorava.

— O que quer de mim? — perguntei, quando consegui que as palavras voltassem a minha boca.

— Documentação — exigiu. — Passaporte e licença da alfândega de tudo o que há nesta casa procedente do estrangeiro. Mas, antes, vá se trocar.

Falava com frieza e seguro de si. Profissional, totalmente diferente daquele outro Ignacio, doce e quase infantil, que eu mantinha em meu depósito de recordações.

— Pode me mostrar alguma credencial? — disse eu em voz baixa. Intuía que ele não estava mentindo, mas quis ganhar tempo para assimilar o golpe.

Ele tirou uma carteira do bolso interno do paletó. Abriu-a com a mesma mão que a segurava, com a habilidade de quem está acostumado a se identificar a toda hora. Efetivamente, lá estavam seu rosto e seu nome ao lado do cargo e organismo que acabava de mencionar.

— Um momento — murmurei.

Fui até meu quarto; rapidamente tirei do armário uma blusa branca e uma saia azul; depois, abri a gaveta de roupa íntima para pegar peças limpas. Então, com os dedos rocei as cartas de Beigbeder, escondidas sob as combinações dobradas. Hesitei por alguns segundos, sem saber o que fazer com elas: deixá-las onde estavam ou procurar precipitadamente um local mais seguro. Percorri o quarto com olhos ávidos: talvez em cima do armário, talvez debaixo do colchão. Talvez entre os lençóis. Ou atrás do espelho da penteadeira. Ou dentro de uma caixa de sapatos.

— Depressa, por favor — gritou Ignacio à distância.

Empurrei as cartas até o fundo, cobri-as completamente com meia dúzia de peças e fechei a gaveta com um golpe seco. Qualquer outro local seria tão bom ou tão ruim quanto aquele, era melhor não tentar a sorte.

Sequei-me, troquei de roupa, peguei o passaporte no criado-mudo e voltei para a sala.

— Arish Agoriuq — leu lentamente quando o entreguei a ele. — Nascida em Tânger e residente em Tânger. Faz aniversário no mesmo dia que você, que coincidência.

Não respondi. De repente, fui invadida por uma vontade imensa de vomitar, que controlei a duras penas.

— Pode-se saber a que se deve essa mudança de nacionalidade?

Minha mente maquinou uma mentira com a velocidade de um piscar de olhos. Jamais havia imaginado me ver em uma situação dessas, e Hillgarth também não.

— Roubaram meu passaporte e não pude solicitar minha documentação para Madri porque estávamos em plena guerra. Um amigo arranjou tudo para que me dessem a nacionalidade marroquina, para que pudesse viajar sem problemas. Não é um passaporte falso, pode verificar.

— Já fiz isso. E o nome?

— Acharam que seria melhor mudar, deixá-lo mais árabe.

— Arish Agoriuq? Isso é árabe?

— É *cherja* — menti. — O dialeto das tribos dos beduínos do Rife — acrescentei, rememorando os dotes linguísticos de Beigbeder.

Ficou em silêncio por alguns segundos, sempre olhando para mim. Eu ainda sentia o estômago revirado, mas fiz força para me controlar e não ser obrigada a sair correndo para o banheiro.

— Também preciso saber qual é o objetivo de sua permanência em Madri — exigiu finalmente.

— Trabalhar. Costurar, como sempre — respondi. — Isto é um ateliê de costura.

— Mostre-me.

Levei-o à sala do fundo e lhe mostrei sem palavras os rolos de tecidos, os figurinos e as revistas. Depois, conduzi-o ao longo do corredor e abri as portas de todos os aposentos. Os provadores impecáveis. O banheiro para as clientes. O ateliê de costura cheio de retalhos de tecidos, moldes e manequins com peças meio montadas. A sala de passar com várias peças esperando sua vez. O depósito, por fim. Andávamos juntos, lado a lado, como tantas vezes havíamos percorrido os momentos da vida tempos atrás. Recordei que, então, ele era quase uma cabeça mais alto que eu; agora, a distância parecia menor. Porém, não era a memória que me traía: quando eu não era mais que uma aprendiz de costureira e ele um aspirante a funcionário público, eu não usava salto; cinco anos depois, a altura de meus sapatos me fazia chegar à metade de seu rosto.

— O que há ali no fundo? — perguntou.

— Meu dormitório, dois banheiros e quatro quartos; dois deles são de hóspedes, e os outros dois estão vazios. Além disso, copa, cozinha e área de serviço — recitei.

— Quero ver tudo.

— Para quê?

— Não tenho que lhe dar explicações.

— Certo — murmurei.

Mostrei-lhe os aposentos um a um com o estômago contraído, fingindo uma frieza que distava um mundo de meu estado real e tentando não o deixar perceber o tremor de minha mão ao manipular os interruptores e as maçanetas. As cartas de Beigbeder para Rosalinda haviam ficado no armário de meu dormitório, debaixo da roupa íntima; minhas pernas tremeram diante da ideia de que lhe ocorresse abrir aquela gaveta e as encontrasse. Quando entrou no quarto, observei-o com o coração na boca enquanto ele o percorria lentamente. Folheou com fingido interesse o romance que estava no criado-mudo e tornou a deixá-lo no lugar; depois, passou os dedos pelos pés da cama, pegou uma escova de cabelo da penteadeira e foi até a varanda por alguns segundos. Eu ansiava que, com isso, desse por encerrada a visita, mas não. Ainda restava o que eu mais temia. Abriu uma porta do armário, o lado que continha os casacos. Tocou a manga de um e o cinto de outro, tornou a fechá-la. Abriu a porta seguinte e eu prendi a respiração. Uma pilha de gavetas apareceu diante de seus olhos. Abriu a primeira: lenços. Levantou a ponta de um, depois de outro, e de mais outro; fechou-a depois. Puxou a segunda e eu engoli em seco: meias. Fechou-a. Quando seus dedos tocaram a terceira gaveta, senti o chão me faltar sob os pés. Ali, encobertos pelas combinações de seda, estavam os documentos manuscritos que expunham detalhadamente, e em primeira pessoa, as circunstâncias da exoneração ministerial que andava na boca da Espanha inteira.

— Acho que está indo longe demais, Ignacio — consegui sussurrar.

Manteve os dedos no puxador da gaveta mais alguns segundos, como se estivesse pensando no que fazer. Senti calor, senti frio, angústia, sede. Senti que aquilo seria o fim. Até que notei que seus lábios se separavam, dispostos a falar. Vamos prosseguir, disse apenas. Tornou a fechar a porta do armário enquanto eu continha um suspiro de alívio e uma vontade enorme de começar a chorar. Disfarcei como pude e assumi novamente o papel de guia involuntária. Ele viu o banheiro onde eu tomava banho e a mesa onde comia, a despensa onde guardava a comida, o tanque onde as meninas lavavam a roupa. Se não foi além por respeito a mim, por simples pudor ou porque os protocolos de seu trabalho estabeleciam limites que ele não se atreveu a ultrapassar, eu nunca soube.

Voltamos à sala sem uma palavra enquanto eu dava graças aos céus por a revista não ter sido mais criteriosa.

Sentou-se no mesmo lugar e eu na frente dele.

— Está tudo em ordem?

— Não — afirmou categórico. — Nada está em ordem; nada.

Fechei os olhos, apertei-os com força e tornei a abri-los.

— O que não está correto?

— Nada está correto, nada está como deveria estar.

De repente, julguei ver uma pequena luz.

— O que pensava encontrar, Ignacio? O que queria encontrar que não encontrou?

Ele não respondeu.

— Achou que era tudo um disfarce, não é?

De novo não respondeu, mas desviou a conversa para seu terreno, voltando a tomar as rédeas.

— Sei de sobra quem montou este cenário.

— Este cenário? — perguntei.

— Esta farsa de ateliê.

— Isto não é nenhuma farsa. Eu trabalho duro aqui. Trabalho mais de dez horas por dia, sete dias por semana.

— Duvido — disse amargo.

Eu me levantei, aproximei-me de sua poltrona. Sentei-me em um dos braços e peguei sua mão direita. Ele não resistiu, também não olhou para mim. Passei seus dedos sobre minhas palmas, sobre meus dedos, devagar, para que sentisse em sua pele cada milímetro da minha. Só pretendia lhe mostrar as provas de meu trabalho, os calos e asperezas que a tesoura, as agulhas e os dedais foram deixando ao longo dos anos. Notei que meu toque o fazia estremecer.

— Estas são mãos de uma mulher trabalhadora, Ignacio. Imagino o que pensa que sou e o que faço para ganhar a vida, mas quero que tenha certeza de que estas não são mãos da amante de ninguém. Sinto profundamente ter feito mal a você, não sabe quanto lamento. Não me portei bem com você, mas tudo isso já passou e não há como voltar atrás; você não vai mudar nada se intrometendo em minha vida e procurando nela fantasmas que não existem.

Parei de percorrer meus dedos com os dele, mas mantive sua mão nas minhas. Estava gelada. Pouco a pouco, foi se aquecendo.

— Quer saber o que aconteceu comigo quando fui embora? — perguntei em voz baixa.

Ele assentiu sem palavras. Continuava não olhando para mim.

— Fomos embora para Tânger. Eu fiquei grávida e Ramiro me abandonou. Perdi a criança. De repente, estava sozinha em uma terra estranha, doente, sem dinheiro, carregando as dívidas que ele deixou em meu nome e sem ter onde cair morta. A polícia ficou em cima de mim, passei todo o medo do mundo, fui envolvida em assuntos ilegais. E, depois, montei um ateliê graças à ajuda de uma amiga e comecei a costurar outra vez. Trabalhei dia e noite, e também fiz amigos, gente muito diferente. Identifiquei-me com eles e adentrei um novo universo, mas nunca parei de trabalhar. Também conheci um homem por quem podia ter me apaixonado e com quem talvez pudesse ser feliz de novo, um jornalista estrangeiro, mas eu sabia que cedo ou tarde ele teria de ir embora, e evitei me envolver em outra relação com medo de voltar a sofrer; com medo de reviver a dor atroz que senti quando Ramiro foi embora sem mim. Agora voltei a Madri, sozinha, e continuo trabalhando. Você viu tudo o que há nesta casa. E quanto ao que aconteceu entre você e eu, paguei um alto preço pelo que fiz, não tenha a menor dúvida. Não sei se isso o satisfaz ou não, mas tenha certeza de que paguei um bom preço por todo o mal que lhe causei. Se existe justiça divina, minha consciência fica tranquila por saber que, com o que eu fiz a você e o que me fizeram depois, a balança está mais que equilibrada.

Eu não sabia se o que lhe dizia o afetava, o acalmava ou o confundia ainda mais. Ficamos alguns minutos calados, sua mão nas minhas, os corpos próximos, cada um consciente da presença do outro. Depois de um tempo, afastei-me dele e voltei ao meu lugar.

— O que você tem a ver com o ministro Beigbeder? — exigiu saber. Falava sem hostilidade. Sem hostilidade, mas sem fraqueza, no meio do caminho entre a intimidade que havíamos compartilhado instantes antes e a distância infinita do momento anterior. Notei que se esforçava por voltar a sua atitude profissional. E notei que, infelizmente, podia consegui-lo sem muito esforço.

— Juan Luis Beigbeder é um amigo dos tempos de Tetuán.

— Que tipo de amigo?

— Não é meu amante, se é o que está pensando.

— Ontem passou a noite com você.

— Passou a noite em minha casa, não comigo. Não tenho por que lhe prestar contas de minha vida privada, mas prefiro esclarecer para que não restem dúvidas: Beigbeder e eu nunca mantivemos nenhuma relação afetiva. Ontem à noite não nos deitamos juntos. Nem ontem à noite, nem nunca. Nenhum ministro me sustenta.

— Por que, então?

— Por que não nos deitamos juntos ou por que nenhum ministro me sustenta?

— Por que ele veio aqui e ficou quase até as oito da manhã?

— Porque ele havia acabado de saber que seria destituído e não queria ficar sozinho.

Ele se levantou e foi até uma das varandas. Voltou a falar enquanto olhava para fora com as mãos nos bolsos da calça.

— Beigbeder é um cretino. É um traidor vendido aos britânicos; um demente enroscado com uma vadia inglesa.

Ri sem vontade. Levantei-me e fui até ele.

— Você não faz ideia, Ignacio. Você trabalha sob as ordens de seja lá quem for no Ministério do Governo e devem tê-lo encarregado de meter medo em todos os estrangeiros que passem por Madri, mas não tem a menor ideia de quem é o coronel Beigbeder e por que se comportou do modo que o fez.

— Sei o que preciso saber.

— O quê?

— Que é um conspirador desleal a sua pátria. E um incompetente como ministro. Isso é o que todo mundo diz dele, começando pela imprensa.

— Como se alguém pudesse confiar nessa imprensa... — comentei, irônica.

— E em quem confiar, então? Em seus novos amigos estrangeiros?

— Talvez. Eles sabem muito mais coisas que vocês.

Ele se voltou e deu uns passos decididos até ficar apenas a um palmo de distância de meu rosto.

— O que eles sabem? — perguntou com voz rouca.

Entendi que não me convinha dizer nada; deixei-o prosseguir.

— Por acaso sabem que posso fazer com que a deportem agora mesmo? Sabem que posso fazer que a detenham, que transformem seu exótico passaporte marroquino em papel molhado e a tirem do país com os olhos vendados sem que ninguém fique sabendo? Seu amigo Beigbeder já está fora do governo, agora ficou sem padrinho.

Ele estava tão perto de mim que eu podia ver com toda a nitidez até onde sua barba havia crescido desde a manhã. Podia perceber seu pomo de adão subir e descer ao falar, apreciar cada milímetro do movimento daqueles lábios que tantas outras vezes me beijaram e agora proferiam ameaças com frieza.

Respondi apostando tudo em uma cartada. Uma cartada tão falsa quanto eu mesma.

— Beigbeder não está mais, mas ainda me restam outros recursos que você nem imagina. As clientes para quem costuro têm maridos e amantes com poder, sou boa amiga de muitos deles. Podem me dar asilo diplomático em mais de meia dúzia de embaixadas assim que eu pedir, começando pela da Alemanha, que, aliás, mantém seu próprio ministro bem preso pelos colhões. Posso salvar a pele com uma simples ligação telefônica. Quem talvez não consiga se safar se continuar se metendo onde não deve é você.

Eu nunca havia mentido para ninguém com tanta insolência; provavelmente foi a imensidão do embuste que me deu o tom arrogante com que falei. Não sei se ele acreditou. Talvez sim; a história era tão inverossímil quanto minha própria trajetória de vida, mas lá estava eu, sua antiga namorada, transformada em súdita marroquina, como prova evidente de que a coisa mais inverossímil pode, a qualquer momento, se tornar pura realidade.

— Quem sabe? — cuspiu entredentes.

Afastou-se de mim e sentou-se novamente.

— Não gosto da pessoa em quem você se transformou, Ignacio — sussurrei atrás dele.

Ele riu com uma gargalhada amarga.

— E quem é você para me julgar? Por acaso se acha superior porque passou a guerra na África e voltou agora com ares de grande senhora? Pensa que é melhor que eu por acolher em sua casa ministros descarrilados e por se deixar adular com bombons enquanto os outros sofrem racionamento até de pão preto e ervilha?

— Eu o julgo porque me importo com você e lhe desejo o melhor — afirmei. Minha voz quase não saiu.

Ele respondeu com uma nova gargalhada. Mais amarga ainda que a anterior. Mais sincera também.

— Você não se importa com ninguém além de si mesma, Sira. Eu, mim, me, comigo. Eu trabalhei, eu sofri, eu paguei por meus erros: eu, eu, eu, eu. Ninguém mais lhe interessa, ninguém. Por acaso se incomodou em saber o que foi de sua gente depois da guerra? Alguma vez lhe ocorreu voltar a seu bairro vestindo suas roupas elegantes para perguntar por todos eles, para descobrir se alguém precisa de uma mão? Sabe o que foi de seus vizinhos e de suas amigas ao longo de todos esses anos?

Suas perguntas caíram como um soco em minha consciência, como um punhado de sal jogado nos olhos abertos. Eu não tinha respostas: nada sabia porque havia escolhido não saber. Respeitara as ordens, havia sido disciplinada. Disseram-me que não saísse de certo circuito, e não saí. Esforcei-me para não ver a outra Madri, a real, a verdadeira. Concentrei meus movimentos nos limites de uma cidade idílica e me obriguei a não olhar para sua outra face: a das ruas cheias de buracos, dos impactos das bombas nos edifícios, das janelas sem vidros e dos pratos vazios. Preferi não olhar para as famílias inteiras que reviravam o lixo em busca de cascas de batatas; não deitar o olhar nas mulheres enlutadas que andavam sem rumo pelas calçadas com crianças penduradas em seus peitos secos; nem sequer pousei meus olhos nos enxames de crianças sujas e descalças que pululavam em volta delas e que, com o rosto cheio de remelas secas e suas pequenas cabeças raspadas cheias de crostas, puxavam as mangas dos transeuntes e rogavam por caridade, senhor, uma esmola, pelo amor de Deus, senhorita, uma esmola, Deus lhe pague.

Eu fora uma agente requintada e obediente a serviço da inteligência britânica. Escrupulosamente obediente. Nojentamente obediente. Seguira as instruções que me deram ao pé da letra: não voltara a meu bairro nem pusera os pés nos paralelepípedos do passado. Evitara saber o que havia sido de minha gente, das amigas de infância. Não fora atrás da minha praça, não pisara minha rua estreita nem subira minha escada. Não batera à porta de meus vizinhos, não quisera saber como estavam, o que havia sido de suas famílias durante a guerra ou depois. Não tentara saber quantos deles haviam morrido, quantos estavam presos, como os que sobraram se viravam para tocar a vida. Não me interessava que me contassem com que dejetos putrefatos enchiam as panelas nem se seus filhos estavam tísicos, desnutridos ou descalços. Não me preocupava com suas miseráveis vidas cheias de piolhos e sarna. Eu já pertencia a outro mundo: o das conspirações internacionais, os grandes hotéis, os salões de cabeleireiro de luxo e os coquetéis. Nada tinha a ver comigo aquele universo miserável cinza cor de rato com cheiro de urina e acelga fervida. Pelo menos, era o que eu acreditava.

— Não sabe nada deles, não é? — prosseguiu Ignacio lentamente — Pois ouça bem, porque vou lhe contar. Seu vizinho Norberto tombou em Brunete, o filho mais velho dele foi fuzilado assim que as tropas nacionais entraram em Madri, mas, segundo contam, ele também havia sido ativo na repressão do outro lado. O filho do meio está picando pedra em Cuelgamuros e o mais novo na penitenciária de Dueso: afiliou-se ao Partido Comunista, de modo que provavelmente não vai sair por um bom tempo, se não o executarem qualquer dia desses. A mãe, dona Engracia, que cuidava de você e a tratava como uma filha quando sua mãe ia trabalhar e você era ainda uma menina, está sozinha agora: ficou meio cega e anda pelas ruas como maluca, remexendo com um pau tudo o que encontra pela frente. Em seu bairro já não há mais pombos ou gatos, comeram todos. Quer saber o que aconteceu com as amigas com quem você brincava na praça Paja? Posso lhe contar também: Andreíta morreu com a explosão de uma bomba quando atravessava, uma tarde, a rua Fuencarral a caminho do ateliê onde trabalhava...

— Não quero saber de mais nada, Ignacio, posso imaginar — disse eu, tentando disfarçar meu aturdimento. Não pareceu me ouvir; continuou desfilando horrores.

— Sole, a da leiteria, teve gêmeos de um miliciano que desapareceu sem nem lhe dar o nome; como ela não pôde cuidar das crianças porque não tinha com que as sustentar, foram levadas para adoção e nunca mais soube delas. Dizem que ela anda agora se oferecendo aos carregadores do mercado Cebada, pedindo uma peseta por cada serviço que faz ali mesmo, encostada na parede; contam que anda por aí sem calcinha, levantando a saia assim que as caminhonetes começam a chegar ainda de madrugada.

As lágrimas começaram a rolar por minhas faces.

— Cale-se, Ignacio, cale-se, por Deus — sussurrei. Não me ouviu.

— Agustina e Nati, as filhas do açougueiro, entraram para um comitê de enfermeiras laicas e passaram a guerra trabalhando no hospital de San Carlos. Quando tudo acabou, foram buscá-las em casa, enfiaram as duas em uma caminhonete e, desde então, estão na cadeia de Las Ventas; foram julgadas nas Salesas e condenadas a trinta anos e um dia. Trini, a padeira...

— Cale-se, Ignacio, pare com isso... — supliquei.

Por fim, cedeu.

— Posso lhe contar muitas outras histórias, ouvi quase todas. Diariamente, gente que nos conhecia naqueles tempos vem me ver. Todos chegam com a mesma ladainha: eu falei uma vez com o senhor, dom Ignacio, quando era noivo de Sirita, filha de dona Dolores, a costureira que morava na rua Redondilla...

— Para que procuram você? — consegui perguntar, chorando.

— Todos para a mesma coisa: para me pedir que os ajude a tirar algum parente da cadeia, para ver se posso usar algum contato para livrar alguém da pena de morte, para que arranje qualquer emprego, por mais humilde que seja... Você não pode imaginar como é o dia a dia na Direção Geral: nas antessalas, nos corredores e nas escadas, o povo se amontoa o dia inteiro, amedrontado, esperando ser atendido, disposto a aguentar o que for preciso para conseguir uma migalha daquilo que foram buscar: alguém que os ouça, alguém que os receba, que lhes dê uma pista de algum parente próximo perdido, que explique a quem devem suplicar para obter a liberdade de um parente... Sobretudo muitas mulheres, muitas. Não têm de que viver, ficaram sozinhas com os filhos e não encontram maneira de criá-los.

— E você pode fazer alguma coisa por eles? — perguntei, tentando me sobrepor à angústia.

— Pouco. Quase nada. Dos delitos por causas de guerra quem cuida são os tribunais militares. Recorrem a mim no desespero, assim como acossam a qualquer conhecido que trabalhe para a Administração.

— Mas você é do regime...

— Eu sou um simples funcionário público sem o menor poder, mais um degrau dentro de uma hierarquia — aduziu. — Não tenho possibilidade de fazer nada além de ouvir suas misérias, dizer-lhe aonde devem ir, caso eu saiba, e dar-lhes uns trocados quando os vejo à beira do desespero. Nem sequer sou membro da Falange: apenas fiz a guerra onde me coube, e o destino quis que, no fim, ficasse do lado dos vencedores. Por isso fui reincorporado ao ministério e assumi as obrigações que me atribuíram. Mas eu não estou do lado de ninguém: vi horrores demais e acabei perdendo o respeito por todos. Por isso me limito simplesmente a acatar ordens, porque é o que me alimenta. De modo que fecho a boca, abaixo a cabeça e dou o sangue para sustentar minha família, isso é tudo.

— Não sabia que você tinha família — disse, enquanto limpava meus olhos com um lenço que ele me ofereceu.

— Eu me casei em Salamanca e, quando a guerra acabou, viemos para Madri. Tenho uma mulher, dois filhos pequenos e uma casa onde pelo menos alguém me espera no fim do dia, por mais duro e nojento que tenha sido. Nossa casa não se parece em nada com esta, mas tem sempre um fogo aceso e risada de crianças no corredor. Meus filhos se chamam Ignacio e Miguel, minha mulher, Amalia. Nunca a amei tanto quanto amei você, nem ela rebola com tanta graça quanto você quando anda pela rua, nem jamais cheguei a desejá-la nem a quarta parte do que desejei você hoje enquanto segurava minha mão nas suas. Mas nunca faz cara feia diante das dificuldades, e canta quando está na cozinha preparando o pouco que temos, e me abraça no meio da noite cada vez que os pesadelos me atacam e grito e choro porque sonho que estou outra vez no *front* e acho que vão me matar.

— Sinto muito, Ignacio — disse eu com um fio de voz. O pranto mal me deixava falar.

— Pode ser que eu seja um conformista e um medíocre, um funcionário servil de um Estado revanchista — acrescentou, olhando para meus olhos com firmeza —, mas você não é ninguém para me dizer se gosta ou não do homem em que me transformei. Você não pode me dar lições de moral, Sira, porque, se eu sou ruim, você é ainda pior. Pelo menos me resta uma gota de compaixão na alma; a você, acho que nem isso. Você é só uma egoísta que mora em uma casa imensa onde mastiga a solidão pelos cantos; uma desarraigada que renega suas origens e é incapaz de pensar em alguém que não seja você mesma.

Quis gritar que se calasse, que me deixasse em paz e saísse de minha vida para sempre, mas, antes de poder pronunciar a primeira sílaba, minhas entranhas se transformaram em um manancial de soluços incontroláveis, como se algo houvesse se rasgado por dentro. Chorei. Com o rosto escondido, sem consolo, sem fim. Quando consegui parar e retornar à realidade imediata, era mais de meia-noite e Ignacio não estava lá. Havia ido embora sem barulho, com a mesma delicadeza com que sempre me tratara. O medo e a inquietude causados por sua presença, porém, ficaram colados a minha pele. Eu não sabia que consequências teria aquela visita, não sabia o que seria de Arish Agoriuq a partir dessa noite. Talvez o Ignacio de anos atrás se apiedasse da mulher a quem tanto amara e decidisse deixá-la seguir seu caminho em paz. Ou talvez sua alma de servidor da Nova Espanha optasse por levar a seus superiores as suspeitas sobre minha falsa identidade; talvez — como ele mesmo ameaçara — eu acabasse presa. Ou deportada. Ou desaparecida.

Em cima da mesa ficou uma caixa de bombons muito menos inocente do que sua aparência insinuava. Abri-a com uma mão, enquanto com a outra secava as últimas lágrimas. Duas dúzias de bombons de chocolate ao leite foi tudo o que encontrei dentro. Então, examinei o embrulho até que, na fita rosa que amarrava o pacote, encontrei um leve pontilhado, quase imperceptível. Decifrei-o em apenas três minutos. "Reunião urgente. Consulta médica doutor Rico. Caracas, 29. Onze da manhã. Redobre precauções."

Junto com os bombons ficou a taça que umas horas antes eu havia servido a Ignacio. Intacta. Como ele havia dito, nenhum de nós era mais quem havia sido um dia. Mas, embora a vida houvesse virado a todos do avesso, ele continuava não bebendo.

# QUARTA PARTE

# 44

Várias centenas de pessoas bem alimentadas e vestidas melhor ainda receberam 1941 na sala real do Cassino de Madri ao som de uma orquestra cubana. Entre eles, como mais uma, estive eu.

Minha intenção inicial foi passar aquela noite sozinha, talvez convidar dona Manuela e as meninas para dividir comigo um frango e uma garrafa de sidra, mas a tenaz insistência de duas clientes, as irmãs Álvarez-Vicuña, obrigou-me a mudar de planos. Ainda sem muito entusiasmo, arrumei-me com todo o esmero para a noite: fiz um penteado com um rabo de cavalo baixo e me maquiei, ressaltando os olhos com *khol* marroquino para dar ao olhar esse fingido aspecto de peça rara desterrada que se supunha que eu era. Desenhei uma espécie de túnica prata com mangas largas e um largo cinto; uma roupa no meio do caminho entre uma exótica túnica moura e a elegância de um vestido de gala europeu. O irmão solteiro de ambas me pegou em casa: um tal de Ernesto, de quem nunca cheguei a conhecer nada além de sua cara de pássaro e a untuosa deferência com que me recebeu. Ao chegar, subi decidida a grande escada de mármore e, uma vez na sala, fingi não perceber nem a magnificência do ambiente nem os vários pares de olhos que me observaram sem disfarçar. Não prestei atenção nem aos gigantescos lustres de cristal de La Granja que pendiam do teto nem às molduras de gesso que enchiam as paredes enquadrando grandiosas pinturas. Segurança, domínio de si: isso é o que minha imagem exalava. Como se a suntuosidade desse ambiente fosse meu meio natural. Como se eu fosse um peixe e aquela opulência a água.

Mas não era. Apesar de viver cercada de tecidos tão deslumbrantes quanto os que aquela noite as mulheres à minha volta usavam, o ritmo dos meses anteriores não havia sido exatamente um cadencioso deixar-se levar, e sim uma sucessão de dias e noites em que minhas duas ocupações sugaram totalmente meu tempo, cada vez mais rarefeito.

A reunião com Hillgarth dois meses antes, imediatamente após os encontros com Beigbeder e Ignacio, havia marcado um antes e um depois em minha forma de agir. Sobre o primeiro deles forneci informações detalhadas; o segundo, porém, não citei. Talvez devesse tê-lo feito, mas algo me impediu: pudor, insegurança, talvez medo.

Eu sabia que a presença de Ignacio havia sido fruto de minha imprudência: eu deveria ter avisado o adido naval que estava sendo seguida na primeira suspeita; talvez, com isso, houvesse evitado que um representante do Ministério do Governo entrasse em minha casa com toda a facilidade e me esperasse sentado na sala. Mas aquele reencontro havia sido muito pessoal, muito emotivo e doloroso para encaixá-lo nos frios moldes do Serviço Secreto. É claro que, silenciando-o, eu descumpria o protocolo de atuação e desobedecia às normas mais elementares de minha tarefa. Contudo, eu arrisquei. Além disso, não era a primeira vez que escondia algo de Hillgarth: também não lhe havia contado que dona Manuela fazia parte do passado ao qual ele me proibira de retornar. Felizmente, nem a contratação de minha antiga professora nem a visita de Ignacio haviam tido consequências imediatas: não havia chegado qualquer ordem de deportação ao ateliê, ninguém havia me convocado para interrogatório algum em nenhum sinistro gabinete, e os fantasmas com casaco finalmente desapareceram. Se aquilo era algo definitivo ou apenas um alívio transitório, ainda teríamos de descobrir.

No encontro urgente ao qual Hillgarth me convocou após a saída de Beigbeder, ele se mostrou tão neutro quanto no dia em que o conhecera, mas seu interesse por absorver até o último detalhe da visita do coronel me fez suspeitar que sua embaixada andava agitada e confusa com a notícia da destituição.

Localizei sem dificuldade o endereço aonde eu deveria ir, um primeiro andar de um edifício tradicional: nada suspeito, aparentemente. Tive de esperar apenas alguns segundos até que a porta se abrisse ao soar da campainha e uma madura enfermeira me convidasse a entrar.

— Tenho hora com o doutor Rico — anunciei, seguindo as instruções contidas na fita da caixa de bombons.

— Acompanhe-me, por favor.

Tal como esperava, quando entrei na ampla sala à qual me conduziu, não encontrei médico nenhum, e sim um inglês de sobrancelhas frondosas ocupado com uma tarefa bem diferente. Embora em várias ocasiões anteriores eu o houvesse visto no Embassy com seu uniforme azul da Marinha, naquele dia estava à paisana: camisa clara, gravata de bolinhas e um elegante terno de flanela cinza. Sem falar da indumentária, sua presença era totalmente incongruente naquele consultório equipado com a parafernália própria de uma profissão que não era a sua: um biombo metálico com cortininhas de algodão, armários envidraçados cheios de potes e aparelhos, uma maca encostada, títulos e diplomas cobrindo as paredes. Apertou minha mão enérgico e não perdemos mais tempo em cumprimentos desnecessários ou formalidades.

Tão logo nos acomodamos, comecei a falar. Rememorei segundo a segundo a noite de Beigbeder, esforçando-me por não esquecer nenhum detalhe. Contei tudo o que ouvi de sua boca, descrevi seu estado minuciosamente, respondi a dezenas de perguntas e lhe entreguei, intactas, as cartas para Rosalinda. Minha exposição se estendeu durante mais de uma hora, ao longo da qual ele me ouviu sentado, imóvel, com uma expressão contraída, enquanto, cigarro a cigarro, consumia metódico um carregamento inteiro de Craven A.

— Ainda desconhecemos o alcance que essa mudança ministerial terá para nós, mas a situação está muito longe de ser otimista — esclareceu finalmente, apagando o último cigarro. — Acabamos de informar Londres, e, por ora, não temos resposta, todos estamos na expectativa enquanto isso. Peço-lhe, por isso, que seja extremamente cautelosa e não cometa qualquer erro. Receber Beigbeder em sua casa foi uma verdadeira temeridade; entendo que você não podia lhe negar a entrada, e fez bem em acalmá-lo e evitar que seu estado derivasse em um desenlace ainda mais problemático, mas o risco que correu foi altíssimo. A partir de agora, por favor, maximize sua prudência e tente não ser envolvida em situações similares. E tenha cuidado com as presenças suspeitas a sua volta, especialmente nas proximidades de sua casa: não descarte a possibilidade de estar sendo vigiada.

— Fique tranquilo. — Intuí que talvez suspeitasse de algo sobre Ignacio, mas preferi não perguntar.

— Tudo vai ficar ainda mais complicado, essa é a única coisa que sabemos por enquanto — acrescentou, enquanto me estendia a mão de novo, dessa vez como despedida. — Tendo se livrado do ministro incômodo, imaginamos que a pressão da Alemanha em território espanhol aumentará; por isso, fique alerta e esteja preparada para qualquer contingência imprevista.

Ao longo dos meses seguintes, agi de acordo: minimizei riscos, tentei me expor em público o mínimo possível e me concentrei em minhas tarefas com mil olhos. Continuamos costurando, muito, cada vez mais. A relativa tranquilidade que obtive com a chegada de dona Manuela ao ateliê durou apenas algumas semanas: a clientela crescente e a proximidade da temporada de Natal me obrigaram a voltar a dar 100% de mim à costura. Entre uma prova e outra, porém, também continuei cuidando de minha outra responsabilidade: a clandestina, a paralela. E, assim, ajustava a lateral de um vestido de coquetel para uma cliente de quem obtinha informação sobre os convidados à recepção oferecida na Embaixada da Alemanha em homenagem a Himmler, chefe da Gestapo; tomava medidas para o novo *tailleur* de uma baronesa que me falava do entusiasmo com que a colônia alemã esperava a iminente chegada a Madri do restaurante berlinense de Otto Horcher, o favorito dos altos oficiais nazistas em sua própria capital. Principalmente sobre isso e muito mais informei Hillgarth com rigor: dissecando o material de forma minuciosa, escolhendo as palavras mais precisas, camuflando as mensagens entre as supostas alfinetadas e encaminhando-as com pontualidade. Seguindo suas advertências, fiquei permanentemente alerta e concentrada, atenta a tudo o que acontecia à minha volta. E, graças a isso, naqueles dias percebi que algumas coisas mudaram: pequenos detalhes que talvez fossem consequência das novas circunstâncias ou simples coincidências, frutos do acaso. Num sábado qualquer, não encontrei no Museu do Prado o silencioso homem calvo que costumava pegar minha pasta cheia de moldes codificados; nunca mais tornei a vê-lo. Umas semanas depois, a menina do guarda-volumes do salão de beleza foi substituída por outra mulher: mais madura, maior e igualmente hermética. Notei, também, maior vigilância nas ruas e nos estabelecimentos, e aprendi a distinguir quem se encarregava dela: alemães grandes como armários, calados e ameaçadores, com o casaco quase chegando aos pés; espanhóis secos que fumavam, nervosos, em frente à portaria de um prédio, ao lado de algum estabelecimento comercial específico, atrás de uma placa. Embora eu não fosse, a princípio, o alvo de suas missões, tentava ignorá-los, mudando de rumo ou de calçada assim que os via. Às vezes, para evitar passar a seu lado ou cruzar com eles frontalmente, eu me refugiava em uma loja qualquer ou parava em frente a uma árvore ou vitrine. Em outras ocasiões, porém, era impossível evitá-los, porque topava com eles inesperadamente, e já sem margem de ação para mudar de direção. Então, enchia-me de coragem: formulava um mudo lá vamos nós, apertava o passo com firmeza e dirigia os olhos para frente. Segura, alheia, altiva quase, como se o que levava na mão fosse uma compra ou uma *nécessaire* cheia de cosméticos, e não um carregamento de dados cifrados sobre a agenda privada das pessoas mais relevantes do Terceiro Reich na Espanha.

Também me mantive em dia com o futuro político que me cercava. Como costumava fazer com Jamila em Tetuán, toda manhã mandava Martina comprar os jornais: *Abc, Arriba, El Alcázar*. No café da manhã, entre um gole e outro de café com leite, devorava as notícias do que acontecia na Espanha e na Europa. Assim soube da posse de Serrano Suñer como novo ministro de Assuntos Exteriores e acompanhei letra a letra as notícias relativas à viagem dele com Franco para encontrar-se com Hitler em Hendaya. Li também sobre o pacto tripartite entre a Alemanha, a Itália e o Japão, sobre a invasão da Grécia e os mil movimentos que aconteciam vertiginosos naqueles tempos conturbados.

Li, costurei e informei. Informei, costurei e li: aquele foi meu dia a dia na última parte do ano quase chegando ao fim. Talvez, por isso, tenha aceitado a proposta de celebrar seu fim no cassino: seria bom um pouco de distração para amenizar tanta tensão.

Marita e Teté Álvarez-Vicuña foram até mim e seu irmão tão logo nos viram entrar na sala. Elogiamos mutuamente nossos vestidos e penteados, comentamos frivolidades e bobagens, e, como sempre, soltei algumas palavras em árabe e expressões postiças em francês. Enquanto isso, observei a sala disfarçadamente e percebi vários rostos familiares, muitos uniformes e algumas suásticas. Perguntei-me quantas pessoas que estavam ali com um ar descontraído seriam, como eu, espiões e delatores disfarçados. Pressenti que provavelmente vários, e decidi não confiar em ninguém e ficar atenta; talvez pudesse obter algum dado interessante para Hillgarth e os seus. Enquanto lucubrava planos e ao mesmo tempo fingia estar atenta à conversa, minha anfitriã Marita saiu de perto de mim e desapareceu por alguns instantes. Quando voltou, estava de braços dados com alguém, e imediatamente eu soube que a noite havia mudado de rumo.

# 45

— Arish, querida, quero lhe apresentar meu futuro sogro, Gonzalo Alvarado. Ele está muito interessado em falar com você sobre suas viagens a Tânger e os amigos que deixou lá, provavelmente conheça alguns deles.

Lá estava, efetivamente, Gonzalo Alvarado, meu pai. Vestindo um fraque e segurando um copo entalhado de uísque. No primeiro segundo em que nossos olhares se cruzaram, eu soube que ele sabia quem eu era. No segundo, intuí que a ideia de ter sido convidada àquela festa havia partido dele. Quando pegou minha mão e a aproximou da boca para me cumprimentar com um sutil beijo, ninguém naquele salão, porém, poderia sequer chegar a imaginar que os cinco dedos que ele estava segurando eram de sua própria filha. Só havíamos nos visto duas horas durante toda a vida, mas dizem que o chamado do sangue é tão forte que às vezes consegue coisas assim. Mas, pensando bem, talvez fossem sua perspicácia e boa memória que primaram acima do instinto paternal.

Ele estava mais magro e mais grisalho, mas continuava mantendo uma grande pose. A orquestra começou a tocar *Aquellos ojos verdes,* e ele me convidou a dançar.

— Você não sabe quanto me alegra vê-la de novo — disse. No tom de sua voz distingui algo parecido com sinceridade.

— A mim também — menti. Na realidade, não sabia se me alegrava ou não; ainda estava muito abalada pelo inesperado encontro para poder elaborar um julgamento razoável sobre ele.

— Quer dizer que agora você tem outro nome, outro sobrenome, e é marroquina. Imagino que não vai me contar a que se devem tantas mudanças.

— Não, acho que não. Além disso, não acho que interesse muito ao senhor, são coisas minhas.

— Por favor, não me chame de senhor.

— Como quiser. Gostaria também que o chamasse de papai? — perguntei com uma ponta de ironia.

— Não, obrigado. Gonzalo é suficiente.

— Muito bem. Como está, Gonzalo? Pensei que o haviam matado na guerra.

— Sobrevivi, como vê. É uma longa história, muito sinistra para uma noite de fim de ano. Como está sua mãe?

— Bem. Agora mora em Marrocos, temos um ateliê em Tetuán.

— Então, no fim você me ouviu e foram embora da Espanha no momento oportuno?

— Mais ou menos. Nossa história também é longa.

— Talvez a queira contar outro dia. Podemos nos ver para conversar; permita que a convide para almoçar — sugeriu.

— Acho que não posso. Não tenho muita vida social, trabalho muito. Hoje, vim por insistência de umas clientes. Ingênua, a princípio pensei que se tratava de uma insistência totalmente desinteressada. Agora vejo que, por trás de um gentil e inocente convite à costureira da temporada, havia algo mais. Porque a ideia partiu de você, não é?

Não disse nem sim nem não, mas a afirmação ficou balançando no ar, suspensa entre os acordes do bolero.

— Marita, a noiva de meu filho, é uma boa menina: carinhosa e entusiasmada como poucas, mas não muito esperta. De qualquer maneira, aprecio-a imensamente: é a única que conseguiu pôr o desajuizado do seu irmão Carlos na linha, e vai levá-lo ao altar dentro de dois meses.

Ambos dirigimos o olhar para minha cliente. Nesse momento, ela cochichava com a irmã, Teté, sem tirar os olhos de nós dois, ambas vestindo modelos saídos da Chez Arish. Com um falso sorriso tenso nos lábios, fiz a mim a firme promessa de não voltar a confiar nas clientes que enganam, com cantos de sereia, as almas solitárias em noites tão tristes quanto a de um ano que se vai.

Gonzalo, meu pai, continuou falando.

— Vi você três vezes ao longo do outono. Uma delas, você saía de um táxi e entrava no Embassy; eu passeava com meu cão a apenas cinquenta metros da porta, mas você não notou.

— Não, não notei, é verdade. Costumo ir quase sempre com bastante pressa.

— Achei que fosse você, mas só pude vê-la por uns segundos e pensei que talvez tudo houvesse sido uma mera ilusão. A segunda vez foi num sábado pela manhã no Museu do Prado, gosto de passar por ali de vez em quando. Eu a segui de longe enquanto percorria várias salas, ainda não tinha certeza de que você fosse quem eu achava que era. Depois, você foi ao guarda-volumes em busca de uma pasta e se sentou para desenhar em frente ao retrato de Isabel de Portugal, de Ticiano. Eu fui até outro canto da mesma sala e permaneci ali, observando-a, até que começou a recolher suas coisas. Fui embora, agora convencido de que não estava enganado. Era você com outro estilo: mais madura, mais resoluta e elegante, mas, sem dúvida, a mesma filha a quem conheci assustada como um ratinho um pouco antes do começo da guerra.

Eu não quis abrir a menor brecha para a melancolia, de modo que intervim imediatamente.

— E a terceira?

— Faz apenas duas semanas. Você caminhava pela Velázquez, eu estava de carro com Marita; levava-a para casa após um almoço na casa de uns amigos, Carlos tinha coisas para fazer. Nós dois a vimos ao mesmo tempo, e então, para minha grande surpresa, ela apontou e disse que era sua nova costureira, que vinha de Marrocos e que se chamava Arish não sei o quê.

— Agoriuq. Na realidade, é meu sobrenome de sempre ao contrário. Quiroga, Agoriuq.

— Soa bem. Aceita um drinque, senhorita Agoriuq? — perguntou com uma expressão irônica.

Abrimos caminho, pegamos duas taças de champanhe da bandeja de prata que um garçom nos ofereceu e fomos até um canto da sala, enquanto a orquestra começava a tocar uma rumba e a pista se enchia de casais novamente.

— Imagino que você não deve querer que eu conte a Marita seu verdadeiro nome e minha relação com você — disse ele, quando conseguimos nos retirar da agitação. — Como lhe disse, ela é uma boa menina, mas adora fofocas, e a discrição não é exatamente seu forte.

— Eu agradeceria se não dissesse nada a ninguém. De qualquer maneira, quero esclarecer que meu novo nome é oficial e que o passaporte marroquino é verdadeiro.

— Imagino que deve haver alguma razão de peso para essa mudança.

— Evidentemente. Com isso, ganho exotismo para minha clientela e, ao mesmo tempo, livro-me da perseguição da polícia pela denúncia que seu filho fez contra mim.

— Carlos fez uma denúncia contra você? — A mão com a taça havia ficado parada a meio caminho da boca; sua surpresa parecia totalmente verdadeira.

— Carlos não, seu outro filho, Enrique. Pouco antes de a guerra começar. Acusou-me de ter roubado seu dinheiro e as joias que você me deu.

Ele sorriu sem abrir os lábios, com amargura.

— Enrique foi morto três dias depois da sublevação. Uma semana antes, havíamos tido uma discussão violenta. Ele estava muito politizado, pressentia que algo pesado ia acontecer e insistiu para que tirássemos da Espanha todo o dinheiro que tínhamos, as joias e os objetos de valor. Tive que lhe dizer que havia dado a você sua parte da herança; na realidade, podia ter me calado, mas preferi não. Contei-lhe a história de Dolores e falei de você.

— E ele não gostou — adiantei.

— Ficou enlouquecido e falou todo tipo de barbaridade. Depois, chamou Servanda, a velha criada, imagino que se lembra dela. Interrogou-a sobre vocês. Ela lhe contou que você havia saído correndo levando um pacote na mão, e, então, deve ter elaborado essa ridícula versão do roubo. Após a briga, foi embora de casa batendo a porta, fazendo tremer as paredes do edifício. Só tornei a vê-lo onze dias depois, no depósito do Estádio Metropolitano, com um tiro na cabeça.

— Sinto muito.

Ele deu de ombros com um gesto de resignação. Em seus olhos percebi uma dor imensa.

— Era um insensato e um maluco, mas era meu filho. Nossa relação, nos últimos tempos, foi desagradável e turbulenta; ele pertencia à Falange, eu não gostava disso. Vista de hoje, porém, aquela Falange era quase uma bênção. Pelo menos partiam de uns ideais românticos e uns princípios um tanto utópicos, mas moderadamente razoáveis. Seus componentes eram um bando de iludidos, bastante vagabundos a maioria, mas, felizmente, tinham pouco a ver com os oportunistas de hoje, esses que vociferam o "Cara al sol" com o braço erguido e a veia do pescoço inchada, invocando o ausente como se fosse a sagrada forma, sendo que antes de a guerra começar nunca haviam ouvido falar de Primo de Rivera. Não passam de um bando de chulos arrogantes e grotescos...

Voltou subitamente à realidade do fulgor dos lustres de cristal, ao som das maracas e dos trompetes, e ao movimento compassado dos corpos ao ritmo de *El manisero*. Voltou à realidade e voltou a mim, tocou meu braço, acariciou-me com suavidade.

— Desculpe, às vezes me entusiasmo além da conta. Estou aborrecendo você, este não é o momento de falar dessas coisas. Quer dançar?

— Não, não quero, obrigada. Prefiro continuar conversando com você.

Um garçom se aproximou, deixamos as taças vazias na bandeja e pegamos outras cheias.

— Você estava dizendo que Enrique havia feito uma denúncia contra você... — disse ele então.

Não o deixei prosseguir; queria primeiro esclarecer algo que não me saía da cabeça desde o início de nosso encontro.

— Antes que lhe conte, explique-me uma coisa. Onde está sua mulher?

— Fiquei viúvo. Antes da guerra, pouco depois de ver você e sua mãe, na primavera de 1936. Maria Luisa estava no Sul da França com suas irmãs. Uma delas tinha um Hispano-Suiza e um motorista que gostava demais da noite. Uma manhã, pegou-as para levá-las à missa; provavelmente não havia dormido a noite toda e, em um descuido absurdo, saiu da estrada. Duas das irmãs morreram, Maria Luisa e Concepción. O motorista perdeu uma perna e a terceira irmã, Soledad, saiu ilesa. Ironias da vida, era a mais velha das três.

— Sinto muito.

— Às vezes, penso que foi melhor para ela. Era muito medrosa, tinha um caráter imensamente assustadiço; o menor incidente doméstico lhe causava uma grande comoção. Acho que não teria suportado a guerra, nem dentro da Espanha nem fora dela. E, evidentemente, nunca poderia ter assimilado a morte de Enrique. De modo que talvez a divina providência tenha feito um favor a ela levando-a antes da hora. E, agora, continue me contando; estávamos falando de sua denúncia. Sabe mais alguma coisa, tem alguma ideia de como está o assunto agora?

— Não. Em setembro, antes de vir para Madri, o delegado da polícia de Tetuán tentou fazer averiguações.

— Para culpá-la?

— Não, para me ajudar. O delegado Vázquez não é exatamente um amigo, mas sempre me tratou bem. Você tem uma filha que andou metida em alguns problemas, sabe?

O tom de minha voz deve ter lhe mostrado que eu falava sério.

— Vai me contar? Eu gostaria de poder ajudar.

— Acho que por enquanto não é necessário, agora tudo está mais ou menos em ordem, mas obrigada pelo oferecimento. De qualquer maneira, talvez tenha razão: deveríamos nos ver outro dia e conversar com calma. Em parte, esses problemas meus também o afetam.

— Antecipe alguma coisa.

— Não tenho mais as joias de sua mãe.

Não pareceu se alterar.

— Precisou vendê-las?

— Não, fui roubada.

— E o dinheiro?

— Também.

— Tudo?

— Até o último centavo.

— Onde?

— Em um hotel de Tânger.

— Quem?

— Um filho da mãe mau-caráter.

— Você o conhecia?

— Sim. E agora, se não se importa, vamos mudar de assunto. Outro dia, com mais calma, eu lhe conto os detalhes.

Faltava pouco para a meia-noite e moviam-se pelo salão cada vez mais fraques, mais uniformes de gala, mais vestidos de noite e decotes cobertos de joias. Predominavam os espanhóis, mas havia também um número considerável de estrangeiros. Alemães, ingleses, americanos, italianos, japoneses; um *pout-pourri* de países em guerra imersos no emaranhado de respeitáveis e endinheirados cidadãos pátrios, todos alheios, por algumas horas, ao selvagem despedaçamento da Europa e ao sofrimento de um povo devastado que estava prestes a dizer até nunca mais a um dos anos mais terríveis de sua história. As gargalhadas ecoavam por todas as partes e os casais continuavam deslizando ao compasso contagioso das congas e das *guarachas* que a orquestra de músicos negros interpretava sem esmorecer. Os lacaios de libré que nos haviam recebido flanqueando a escada começaram a distribuir pequenas cestas com uvas e instaram os convidados a se dirigirem ao terraço para comê-las ao som do sino do relógio da Porta do Sol. Meu pai me ofereceu seu braço e eu o aceitei: embora cada um houvesse chegado por sua conta, de alguma maneira silenciosa havíamos decidido receber o Ano-novo juntos. No terraço, juntamo-nos a alguns amigos, seu filho e minhas maquinadoras clientes. Ele me apresentou a Carlos, meu meio-irmão, parecido com ele e em nada comigo. Como ele poderia imaginar que a sua frente estava a costureirinha estrangeira de seu próprio sangue, a quem seu irmão denunciara por ter beliscado a herança de ambos?

Ninguém parecia se importar com o intenso frio do terraço: o número de convidados havia se multiplicado e os garçons não davam conta, circulando entre eles enquanto esvaziavam garrafas de champanhe envolvidas em grandes guardanapos brancos. As conversas animadas, as risadas e o tilintar das taças pareciam se sustentar no ar quase roçando o céu de inverno escuro como carvão. Da rua, enquanto isso, como um rugido, chegava o som das vozes daquela massa de desafortunados; esses a quem sua negra sorte havia destinado a se manter rentes aos paralelepípedos e a compartilhar um litro de vinho barato ou uma garrafa de aguardente vagabunda.

Começaram a se ouvir as badaladas do sino. Comecei a comer as uvas concentrada: ding, uma, dong, duas, ding, três, dong, quatro. Na quinta, notei que Gonzalo havia passado seu braço sobre meus ombros e me atraía para si; na sexta, meus olhos se encheram de lágrimas. Na sétima, oitava e nona engoli às cegas, fazendo força para conter o pranto. Na décima consegui, com a décima primeira me recompus, e, ao soar a última, voltei-me e abracei meu pai pela segunda vez na vida.

# 46

Em meados de janeiro encontrei-me com ele para lhe explicar os pormenores do roubo de sua herança. Imaginei que acreditou na história; se não acreditou, disfarçou bem. Almoçamos no Lhardy e ele propôs que continuássemos nos vendo. Eu neguei sem ter uma razão fundamentada para isso; talvez pensasse que era tarde demais para tentar recuperar tudo o que nunca vivemos juntos. Ele continuou insistindo, não parecia disposto a aceitar minha rejeição com facilidade. E conseguiu sucesso, em parte: o muro de minha resistência foi pouco a pouco cedendo. Almoçamos juntos outras vezes, fomos ao teatro e a um concerto no Real, uma manhã de domingo passeamos pelo Retiro como trinta anos antes ele fazia com minha mãe. Ele tinha tempo de sobra, não trabalhava mais; com o fim da guerra, conseguira recuperar sua fundição, mas decidira não a reabrir. Depois, vendera os terrenos que ocupava e passara a viver da renda que geravam. Por que não quis prosseguir, por que não retomou seu negócio depois da guerra? Por puro desencanto, acho. Nunca me contou com detalhes suas vicissitudes durante aqueles anos, mas os comentários inseridos nas diversas conversas que mantivemos nesse tempo me permitiram reconstruir mais ou menos seu doloroso périplo. Ele não parecia, porém, um homem ressentido: era muito racional para permitir que as vísceras assumissem o comando de sua vida. Apesar de pertencer à classe dos vencedores, era também imensamente crítico com o novo regime. E era irônico e um grande conversador, e estabelecemos uma relação especial sem tentar compensar sua ausência ao longo de todos os anos de minha infância e juventude, mas começando do zero uma amizade entre adultos. Em seu círculo de amizades murmurou-se acerca de nós, especulou-se sobre a natureza do que nos unia, e chegaram a seus ouvidos mil extravagantes suposições que ele dividiu comigo divertido e ninguém se preocupou em esclarecer.

Os encontros com meu pai abriram meus olhos para uma face desconhecida da realidade. Graças a ele soube que, apesar de os jornais nunca terem contado, o país vivia uma crise de governo permanente; os rumores de destituições e renúncias, as substituições ministeriais, as rivalidades e as conspirações se multiplicavam como os pães e os peixes. A queda de Beigbeder catorze meses depois de jurar seu cargo em Burgos havia sido, sem dúvida, a mais estrepitosa, mas não a única.

Enquanto a Espanha lentamente cuidava de sua reconstrução, as diversas famílias que haviam contribuído para a vitória na guerra, longe de conviver em harmonia, viviam em luta permanente. O exército contra a Falange, a Falange contra os monarquistas, os monarquistas endemoniados porque Franco não se comprometia com a restauração; Franco no Pardo, afastado e indefinido, assinando sentenças com pulso firme e sem se decantar a favor de ninguém; Serrano Suñer acima de todos, todos por sua vez contra Serrano; uns intrigando a favor do Eixo, outros em prol dos Aliados, cada um apostando às cegas sem saber ainda qual seria o lado que acabaria, como dizia Candelaria, levando as cabras para o curral.

Os alemães e os britânicos mantinham, nesse tempo, seu constante cabo de guerra, tanto no mapa do mundo quanto nas ruas da capital da Espanha. Infelizmente para a causa em que a sorte havia me colocado, os alemães pareciam ter um aparato de propaganda muito mais poderoso e efetivo. Conforme Hillgarth havia me adiantado em Tânger, a árdua tarefa dos alemães era desenvolvida na própria embaixada, com meios econômicos mais que generosos e uma equipe formidável liderada pelo famoso Lazar, que contava, ainda, com a complacência do regime. Eu sabia de primeira mão que a atividade social de Lazar era intensa: em meu ateliê, as menções a seus jantares e festas eram constantes entre as alemãs e algumas espanholas, e pelos salões de sua residência desfilava toda noite algum modelo meu.

Com frequência crescente saíam também na imprensa campanhas destinadas a vender o prestígio alemão. Para isso, eram utilizados anúncios vistosos e efetivos que com o mesmo entusiasmo promoviam motores a gasolina ou corante para tingir roupa. A propaganda era constante e mesclava ideias e produtos, fazendo pensar que a ideologia alemã era capaz de conseguir avanços inalcançáveis para os demais países do mundo. O véu aparentemente técnico dos anúncios não ocultava a mensagem: a Alemanha estava preparada para dominar o planeta, e assim desejava comunicar aos bons amigos que tinha na Espanha. E para que não restasse dúvida disso, os alemães costumavam incluir em suas estratégias desenhos com grande impacto visual, grandes letras e pitorescos mapas da Europa nos quais a Alemanha e a Península Ibérica se conectavam com flechas bem marcadas, enquanto a Grã-Bretanha, parecia ter sido engolida pelo centro da Terra.

Nas farmácias, nos cafés e nas barbearias distribuíam-se gratuitamente revistas satíricas e livrinhos de palavras cruzadas fornecidos pelos alemães; as piadas e as histórias em quadrinhos apareciam entre artigos sobre vitoriosas operações militares, e a resposta de todos os entretenimentos sempre era de tipo político a favor da causa nazista.

O mesmo ocorria com folhetos informativos destinados a profissionais, histórias de aventuras para jovens e crianças, e até as páginas paroquiais de centenas de igrejas. Dizia-se, também, que as ruas estavam cheias de informantes espanhóis captados pelos alemães para realizar tarefas de difusão de propaganda direta nas paradas dos bondes e nas filas das lojas e cinemas. Os *slogans* eram às vezes moderadamente críveis, e muitas outras totalmente disparatados. Aqui e ali corriam boatos sempre desfavoráveis aos britânicos e seus apoios. Que estavam roubando o azeite de oliva dos espanhóis e levando-o nos carros diplomáticos até Gibraltar. Que a farinha doada pela Cruz Vermelha americana era tão ruim que estava fazendo o povo espanhol adoecer. Que não havia peixe nos mercados porque nossos pesqueiros eram retidos por navios da marinha britânica. Que a qualidade do pão era péssima porque os súditos de Sua Majestade afundavam os navios argentinos carregados de trigo. Que os americanos, em colaboração com os russos, estavam tratando da iminente invasão da Península.

Os britânicos, enquanto isso, não ficavam impassíveis. Sua reação consistia prioritariamente em culpar o regime espanhol, por qualquer meio, por todas as calamidades do povo, dando pauladas sobretudo onde mais doía: na escassez de alimentos, nessa fome que fazia as pessoas adoecer por comer lixo, famílias inteiras correr desesperadas atrás dos caminhões do Auxílio Social, mães de família se virar Deus sabe como para fazer fritura sem óleo, omelete sem ovos, doces sem açúcar e uma estranha linguiça sem carne de porco e com um suspeito sabor de bacalhau. Para fomentar a simpatia dos espanhóis pela causa aliada, os ingleses também davam tratos à bola. A assessoria de imprensa da embaixada redigia em Madri uma publicação de manufatura caseira que os próprios funcionários distribuíam nas calçadas próximas de sua delegação, com o adido de imprensa, o jovem Tom Burns, à frente. Pouco antes, havia começado a funcionar o Instituto Britânico, dirigido por um tal de Walter Starkie, um católico irlandês a quem alguns chamavam de dom Gitano. A abertura se deu, segundo se comentava, sem mais autorização espanhola que a palavra sincera, mas já debilitada, de Beigbeder em seus estertores como ministro. Aparentemente, tratava-se de um centro cultural onde davam aulas de inglês e organizavam conferências, reuniões e eventos diversos, alguns deles mais sociais que puramente intelectuais. No fundo era, ao que parece, uma encoberta maquinaria de propaganda britânica muito mais sofisticada que as estratégias dos alemães.

Assim passou o inverno, laborioso e tenso, duro para quase todos: para os países, para os humanos. E, sem que eu percebesse, chegou a primavera. E com ela chegou um novo convite de meu pai. O hipódromo da Zarzuela abria suas portas, por que não o acompanhava?

Quando eu não era mais que uma jovem aprendiz na casa de dona Manuela, ouvíamos constantes referências ao hipódromo, que nossas clientes frequentavam. Provavelmente muito poucas mulheres se interessavam pelas corridas em si, mas, assim como os cavalos, elas também competiam. Se não em velocidade, em elegância. O velho hipódromo ficava, então, no final do passeio da Castellana e era ponto de encontro social para a alta burguesia, a aristocracia e até a realeza, com Alfonso XIII frequentemente na tribuna real. Pouco antes da guerra começou a construção de outras instalações mais modernas; o confronto, porém, deteve o projeto do novo recinto hípico. Após dois anos de paz, ainda inacabado, abria suas portas no monte do Pardo.

A inauguração ocupava havia semanas as manchetes dos jornais e corria de boca em boca. Meu pai me pegou em seu automóvel, gostava de dirigir. Durante o trajeto, explicou-me o processo da construção do hipódromo, com sua original cobertura ondulada, e falou também do entusiasmo de milhares de madrilenses por recuperar as velhas corridas. Eu, em troca, descrevi a ele minhas recordações da Hípica de Tetuán e a imponente figura do califa atravessando a cavalo a praça Espanha para ir, às sextas-feiras, de seu palácio à mesquita. E tanto, tanto falamos que não houve tempo sequer de ele comentar que essa tarde pretendia se encontrar com mais alguém. E só ao chegar a nossa tribuna me dei conta de que, comparecendo àquele evento aparentemente inocente, acabava de entrar, por meus próprios pés, na boca do lobo.

## 47

A POPULAÇÃO PRESENTE ERA IMENSA: MASSAS HUMANAS AMONTOADAS em frente aos guichês, filas de dezenas de metros para formalizar as apostas, e as arquibancadas e a área próxima à pista cheias, transbordando de público ansioso e vociferante. Os privilegiados que ocupavam os lugares reservados, porém, flutuavam em uma dimensão diferente: sem sufoco nem gritaria, sentados em cadeiras verdadeiras e não em degraus de cimento, e atendidos por garçons de colete impecável prontos para servi-los com diligência.

Assim que chegamos ao camarote, senti dentro de mim algo parecido com o beliscão de um alicate. Precisei de apenas dois segundos para perceber o alcance do despropósito que estava enfrentando: ali havia apenas um minúsculo grupo de espanhóis misturados com um denso número de ingleses, homens e mulheres que, taça na mão e armados de binóculos, fumavam, bebiam e conversavam em sua língua à espera do galope dos equinos. E, para que não restasse dúvida de sua causa e procedência, abrigavam-se sob uma grande bandeira britânica amarrada no balaústre.

Eu quis que a terra me engolisse, mas ainda não era o momento: minha capacidade de estupor ainda não havia chegado ao fundo. Para isso, só precisei adentrar alguns passos e dirigir o olhar para a esquerda. No balcão vizinho, praticamente vazio ainda, ondulavam três estandartes verticais balançados pelo vento: sobre o fundo vermelho de cada um deles destacava-se um círculo branco com a suástica preta no centro. O balcão dos alemães, separado do nosso por uma pequena grade de um metro de altura, esperava a chegada de seus ocupantes. Até o momento havia apenas dois soldados guardando o acesso e alguns garçons organizando a comida, mas, em vista da hora e da pressa com que cuidavam dos preparativos, não tive dúvidas de que os convidados esperados tardariam muito pouco a chegar.

Antes de me acalmar o suficiente para poder reagir e decidir a maneira mais rápida de desaparecer daquele pesadelo, Gonzalo se encarregou de me esclarecer, no ouvido, quem eram todos aqueles súditos de Sua Graciosa Majestade.

— Esqueci de lhe dizer que íamos encontrar uns velhos amigos, faz tempo que não os vejo. São engenheiros ingleses das minas de Río Tinto, vieram com alguns compatriotas de Gibraltar, e imagino que deve vir também gente da embaixada. Estão todos entusiasmados com a reabertura do hipódromo; você sabe que eles são grandes apaixonados por cavalos.

Não sabia nem me interessava: naquele momento, eu tinha outras urgências além das paixões daqueles indivíduos. Por exemplo, fugir deles como da peste. A frase de Hillgarth na delegação americana de Tânger ainda ecoava em meus ouvidos: zero contato com os ingleses. E menos ainda — faltou dizer — debaixo do nariz dos alemães. Assim que os amigos de meu pai notaram nossa chegada, começaram os afetuosos cumprimentos a Gonzalo *old boy* e a sua jovem e inesperada acompanhante. Devolvi-os com palavras parcas, tentando camuflar o nervosismo atrás de um sorriso tão fraco quanto falso, enquanto avaliava disfarçadamente o alcance do meu risco. E assim, enquanto respondia às mãos que os rostos anônimos me estendiam, varri com os olhos o entorno buscando alguma brecha por onde desaparecer sem pôr meu pai em evidência. Mas não estava fácil. Nada fácil. À esquerda ficava a tribuna dos alemães com suas ostentosas insígnias; a da direita era ocupada por uns indivíduos de barriga generosa e grossos anéis de ouro que fumavam charutos grandes como torpedos em companhia de mulheres de cabelo oxigenado e lábios vermelhos como amapolas para quem eu jamais teria costurado nem um lenço em meu ateliê. Afastei o olhar de todos eles: os contrabandistas e suas espalhafatosas amantes não me interessavam nem um pouco.

Bloqueada pela esquerda e pela direita, e com um balaústre à frente me separando do vazio, só me restava a solução de fugir por onde havíamos entrado, mas eu sabia que aquilo era uma temeridade. Existia uma única via de acesso para chegar àqueles balcões, eu havia comprovado isso ao chegar: uma espécie de corredor de tijolos de apenas três metros de largura. Se decidisse retroceder por ele, correria o risco de dar de cara com os alemães. E entre eles, sem dúvida, toparia com o que mais me assustava: clientes alemãs cujas bocas incautas com frequência soltavam saborosos pedaços de informação que eu recolhia com o mais desleal sorriso e passava, depois, para o Serviço Secreto do país inimigo; mulheres que teria de cumprimentar e que, sem dúvida alguma, se perguntariam, desconfiadas, o que sua *couturier* marroquina fazia ali, fugindo como o diabo da cruz de um balcão abarrotado de ingleses.

Sem saber o que fazer, deixei Gonzalo ainda distribuindo cumprimentos e me sentei no canto mais protegido da tribuna com os ombros encolhidos, as lapelas do paletó levantadas e a cabeça meio baixa, tentando — inocentemente — passar despercebida em um espaço diáfano onde eu sabia perfeitamente que era impossível me esconder.

— Você está bem? Está pálida — disse meu pai, enquanto me estendia uma taça de coquetel de frutas.

— Acho que estou um pouco tonta, logo passa — menti.

Se na gama de cores existisse uma mais escura que o preto, meu ânimo teria chegado a ela tão logo o balcão alemão começou a se agitar com maior movimento. Vi de soslaio mais soldados entrando; depois deles chegou um robusto superior dando ordens, apontando aqui e ali, lançando olhares cheios de desprezo para o balcão dos ingleses. A seguir, vários oficiais de botas brilhantes, quepes e a inevitável suástica no braço. Nem se dignaram a olhar em nossa direção: mantiveram-se simplesmente altivos e distantes, manifestando com sua atitude um evidente desdém pelos ocupantes da tribuna vizinha. Alguns indivíduos à paisana chegaram depois, notei com um calafrio que alguns daqueles rostos me pareciam familiares. Provavelmente todos eles, militares e civis, estavam vindo de outro evento, por isso chegavam todos praticamente ao mesmo tempo, com grupos formados e a tempo para ver a primeira corrida. Por enquanto, havia só homens: muito me enganaria se suas esposas não aparecessem logo em seguida.

O ambiente ficava animado proporcionalmente ao aumento de minha angústia: o grupo de britânicos estava maior, os binóculos passavam de mão em mão e as conversas versavam com a mesma familiaridade sobre o *turf,* o *paddock* e os *jockeys,* ou a invasão da Iugoslávia, os atrozes bombardeios sobre Londres ou o último discurso de Churchill no rádio. E então eu o vi. Vi-o e ele me viu. E, de repente, senti falta de ar. O capitão Alan Hillgarth acabava de entrar no balcão com uma elegante loura: sua esposa, provavelmente. Pousou os olhos em mim apenas uns décimos de segundo, e depois, controlando uma minúscula expressão de alarme e desconcerto que só eu notei, dirigiu um olhar veloz para o palco alemão que continuava se enchendo de pessoas.

Levantei-me para evitar vê-lo de frente, tinha certeza de que aquilo era o fim, que já não havia maneira possível de fugir dessa ratoeira. Eu não poderia ter imaginado um desenlace mais patético para minha breve carreira de colaboradora da inteligência britânica: estava prestes a ser descoberta em público, na frente de minhas clientes, de meu superior e de meu próprio pai. Agarrei-me à balaustrada apertando os dedos e desejei com todas as minhas forças que aquele dia nunca houvesse chegado: nunca devia ter saído de Marrocos, nunca devia ter aceitado aquela disparatada proposta que me havia transformado em uma conspiradora imprudente e incompetente. Soou o tiro da primeira corrida, os cavalos começaram seu galope febril e os gritos entusiasmados do público rasgaram o ar. Meu olhar se mantinha supostamente concentrado na pista, mas meus pensamentos trotavam alheios aos cascos dos cavalos. Intuí que as alemãs já deveriam estar enchendo seu balcão e pressenti a contrariedade de Hillgarth ao tentar encontrar a maneira de abordar o iminente desastre que estávamos enfrentando. E então, de repente, a solução surgiu diante dos meus olhos, quando vi dois socorristas da Cruz Vermelha apoiados com indolência em uma parede à espera de algum incidente. Se eu não pudesse sair por mim daquele balcão envenenado, alguém teria de me tirar dali.

A justificativa poderia ter sido a emoção do momento ou o cansaço acumulado ao longo dos meses, talvez o nervosismo ou a tensão. Mas nada disso foi a causa verdadeira. A única coisa que me levou àquela inesperada reação foi o mero instinto de sobrevivência. Escolhi o lugar apropriado: o lado direito da tribuna, o mais afastado dos alemães. E calculei o momento exato: apenas uns segundos depois de acabar a primeira corrida, quando a algaravia reinava por todos os lados e os gritos entusiasmados se misturavam com expressões sonoras de desencanto. Nesse instante exato, caí. Com um movimento premeditado, girei a cabeça e fiz o cabelo cobrir meu rosto, para o caso de algum olhar curioso do balcão contíguo conseguir se infiltrar entre os pares de pernas que imediatamente me cercaram. Fiquei imóvel, com os olhos fechados e o corpo lânguido; o ouvido, porém, atento, absorvendo cada uma das vozes que soaram a minha volta. Desmaio, ar, Gonzalo, rápido, pulso, água, mais ar, rápido, rápido, já estão chegando, primeiros socorros, e outras tantas palavras em inglês que não entendi. Os socorristas levaram apenas dois minutos para chegar. Transferiram-me do chão à lona e me cobriram com uma manta até o pescoço. Um, dois, três, vamos lá, senti que me levantavam.

— Eu o acompanho — ouvi Hillgarth dizer. — Se for necessário, podemos chamar o médico da embaixada.

— Obrigado, Alan — respondeu meu pai. — Acho que não é nada sério, um simples desmaio. Vamos para a enfermaria; depois, veremos.

Os socorristas avançavam com pressa pelo túnel de acesso levando-me desmaiada; atrás, forçando o passo, seguiam meu pai, Alan Hillgarth e dois ingleses que não consegui identificar, companheiros ou lugares-tenentes do adido naval. Embora tenha tido cuidado para que o cabelo cobrisse meu rosto pelo menos parcialmente na maca, antes que me levassem do balcão reconheci a mão firme de Hillgarth erguendo a manta até minha cabeça. Não pude ver mais nada, mas ouvi com nitidez tudo o que se passou a seguir.

Nos metros iniciais do corredor de saída não cruzamos com ninguém, mas na metade do percurso a situação mudou. E, com isso, confirmaram-se meus mais obscuros presságios. Primeiro ouvi mais passos e vozes de homem que falavam depressa em alemão. *Schnell, schnell, die haben bereits begonnen.* Andavam em sentido contrário ao nosso, quase corriam. Pela firmeza das pisadas, intuí que deviam ser militares; a segurança e contundência do tom de suas palavras me fizeram supor que se tratava de oficiais. Imaginei que a visão do adido naval inimigo escoltando uma maca com um corpo coberto por uma manta talvez gerasse neles certo alarme, mas não pararam; apenas trocaram uns ásperos cumprimentos e seguiram, enérgicos, seu caminho para o balcão contíguo ao que acabávamos de abandonar. Os passos e as vozes femininas chegaram a meus ouvidos segundos depois. Ouvi que se aproximavam com passo firme também, avassaladoras. Impedidos por tamanha determinação, os socorristas se afastaram para o lado, parando por alguns instantes, para deixá-las passar; quase tocaram em nós. Prendi a respiração e senti meu coração bombear com força; ouvi-as se afastarem depois. Não reconheci qualquer voz específica nem pude precisar quantas eram, mas calculei que pelo menos meia dúzia. Seis alemãs, talvez sete, talvez mais; possivelmente várias delas eram clientes minhas: daquelas que escolhiam os tecidos mais caros e me pagavam com dinheiro e com notícias fresquinhas.

Fingi recuperar a consciência minutos depois, quando os ruídos e as vozes haviam diminuído, e supus que finalmente estávamos em terreno seguro. Disse umas palavras, acalmei os dois. Então, chegamos à enfermaria; Hillgarth e meu pai despacharam os acompanhantes ingleses e os socorristas: o adido naval dispensou os primeiros com umas breves ordens em sua língua; Gonzalo dispensou os segundos com uma gorjeta generosa e um pacote de cigarros.

— Agora eu me encarrego, Alan, obrigado — disse meu pai finalmente, quando ficamos sozinhos os três. Tomou meu pulso e confirmou que eu estava medianamente em condições. — Acho que não é preciso chamar um médico. Vou tentar trazer o carro até aqui: eu a levo para casa.

Notei Hillgarth hesitar alguns segundos.

— Certo — disse então. — Eu ficarei aqui lhe fazendo companhia até você voltar.

Não me mexi até que calculei que meu pai já estava suficientemente longe para que minha reação não lhe parecesse surpreendente. Só então me enchi de coragem, levantei-me e olhei para ele.

— Você está bem, não é? — perguntou, olhando para mim com severidade.

Eu poderia ter dito que não, que ainda estava fraca e desorientada; poderia ter fingido que ainda não havia me recuperado dos efeitos do suposto desmaio. Mas sabia que ele não ia acreditar. E com razão.

— Perfeitamente — respondi.

— Ele sabe de alguma coisa? — perguntou então, referindo-se a meu pai e a seu conhecimento acerca de minha colaboração com os ingleses.

— Nada, em absoluto.

— Mantenha-o assim. E nem pense em deixar que vejam seu rosto ao sair — ordenou. — Deite-se no banco de trás do carro e permaneça coberta. Quando chegar em casa, certifique-se de que ninguém os seguiu.

— Fique tranquilo. Algo mais?

— Venha me ver amanhã. No mesmo local e no mesmo horário.

# 48

— Sua atuação foi magistral no hipódromo. — Essa foi sua saudação. Apesar do suposto elogio, seu rosto não mostrava o menor traço de satisfação. Ele me esperava de novo no consultório do doutor Rico, no mesmo lugar em que havíamos nos encontrado meses antes para falar sobre meu encontro com Beigbeder após sua destituição.

— Não tive outra opção, acredite que sinto muito — disse, enquanto me sentava. — Não tinha ideia de que íamos ver a corrida no balcão dos ingleses. Nem que os alemães iam ocupar justamente o balcão vizinho.

— Eu entendo. E agiu bem, com frieza e rapidez. Mas correu um risco enorme e quase desencadeou uma crise absolutamente desnecessária. E não podemos nos permitir ser envolvidos em imprudências dessa envergadura com a situação já bastante complicada que estamos vivendo.

— Refere-se à situação em geral, ou à minha em particular? — perguntei, com um involuntário tom de arrogância.

— A ambas — cortou seco. — Veja, não é nossa intenção nos imiscuir em sua vida pessoal, mas, por conta do que aconteceu, acho que devemos chamar sua atenção sobre algo.

— Gonzalo Alvarado — adiantei.

Não respondeu de imediato; antes, tomou alguns segundos para acender um cigarro.

— Gonzalo Alvarado, efetivamente — disse, após soltar a fumaça da primeira tragada. — A situação de ontem não foi algo isolado: sabemos que são vistos juntos em locais públicos com relativa assiduidade.

— Caso lhe interesse, e, antes de mais nada, deixe-me esclarecer que não mantenho nenhum tipo de relacionamento com ele. E, como lhe disse ontem, ele também não está a par de minhas atividades.

— A natureza específica da relação que existe entre vocês é um assunto privado e alheio a nossa incumbência — esclareceu.

— Então?

— Peço-lhe que não considere isto como uma invasão de sua vida pessoal, mas precisa entender que a situação está extraordinariamente tensa neste momento, e devemos alertá-la.

Ele se levantou e deu uns passos com as mãos nos bolsos e os olhos concentrados nas lajotas do piso enquanto continuava falando sem olhar para mim.

— Na semana passada, soubemos que há um ativo grupo de informantes espanhóis cooperando com os alemães para elaborar arquivos com fichas de pró-alemães e pró-aliados locais. Estão incluindo nelas dados principalmente sobre aqueles espanhóis importantes por sua relação com uma ou outra causa, assim como seu grau de compromisso para com elas.

— E vocês supõem que eu estou em um desses arquivos...

— Não supomos: sabemos com absoluta certeza — disse, cravando seus olhos nos meus. — Temos colaboradores infiltrados, e nos informaram que você consta no lado dos pró-alemães. Por ora, de forma limpa, como era previsível: você conta com muitas clientes relacionadas com os altos cargos nazistas, recebe-as em seu ateliê, faz roupas lindas para elas, e elas, em troca, não só lhe pagam, como também confiam em você; tanto que falam em sua casa, com plena liberdade, de muitas coisas sobre as quais não deveriam falar, e você nos comunica pontualmente.

— E Alvarado, o que tem a ver com tudo isto?

— Também aparece nos arquivos. Mas do lado contrário ao seu, no catálogo de cidadãos afins aos britânicos. E recebemos a notícia de que há ordens alemãs de máxima vigilância a espanhóis de certos setores relacionados conosco: banqueiros, empresários, profissionais liberais... Cidadãos capacitados e influentes dispostos a ajudar nossa causa.

— Imagino que saiba que ele não está mais na ativa, que não reabriu sua empresa após a guerra — apontei.

— Não importa. Ele mantém excelentes relações e aparece com frequência em público com membros da embaixada e da colônia britânica em Madri. Às vezes, até comigo, como pôde ver ontem. É um grande conhecedor da situação industrial espanhola e, por isso, nos assessora desinteressadamente em alguns assuntos de relevância. Mas, diferente de você, não é um agente disfarçado, é apenas um bom amigo do povo inglês que não esconde suas simpatias por nossa nação. Por isso, você aparecer em público ao lado dele, de maneira continuada, pode começar a parecer suspeito, agora que os nomes de ambos aparecem em arquivos contrários. De fato, já houve algum rumor a respeito.

— A respeito de quê? — perguntei com uma ponta de insolência.

— A respeito do que diabos faz uma pessoa tão próxima das esposas dos altos oficiais alemães aparecendo em público com um fiel colaborador dos britânicos — respondeu, dando um soco na mesa. Depois, suavizou o tom, lamentando imediatamente sua reação. — Desculpe, por favor; estamos todos muito nervosos ultimamente e, além disso, sabemos que você não estava a par da situação e não podia ter previsto o risco de antemão. Mas confie em mim quando lhe digo que os alemães estão planejando uma forte campanha de pressão contra a propaganda britânica na Espanha. Este país continua sendo crucial para a Europa e pode entrar na guerra a qualquer momento. De fato, o governo continua ajudando o Eixo descaradamente: permitem que usem, à sua conveniência, todos os portos espanhóis, autorizam que explorem minérios onde lhes aprouver, e estão até usando presos republicanos para trabalhar em construções militares que possam facilitar um possível ataque alemão a Gibraltar.

Apagou o cigarro e ficou alguns segundos em silêncio, concentrado na ação. Depois prosseguiu.

— Nossa situação é de clara desvantagem, e a última coisa que queremos é turvá-la ainda mais — disse lentamente. — A Gestapo empreendeu, há alguns meses, uma série de ações ameaçadoras que já deram frutos: sua amiga *Mrs.* Fox, por exemplo, teve de deixar a Espanha por causa deles. E, infelizmente, houve vários outros casos. Sem ir muito longe, o antigo médico da embaixada, que além disso é um grande amigo meu. De agora em diante, a perspectiva é ainda pior. Mais direta e agressiva. Mais perigosa.

Não disse nada, só fiquei observando-o, esperando que concluísse suas explicações.

— Não sei se tem plena consciência de até que ponto você está comprometida e exposta — acrescentou, baixando o tom de voz. — Arish Agoriuq se transformou em uma pessoa muito conhecida para as alemãs residentes em Madri, mas, se começarem a perceber um desvio em sua postura, como quase aconteceu ontem, pode se ver implicada em situações altamente indesejáveis. E isso não é bom para nós. Nem para você, nem para nós.

Eu me levantei e caminhei para uma janela, mas não me atrevi a chegar muito perto dela. Dando as costas a Hillgarth, olhei pelos vidros à distância. Os galhos das árvores, cobertas de folhas, chegavam até a altura do primeiro andar. Ainda havia luz, as tardes já eram longas. Tentei refletir sobre o alcance do que acabava de ouvir. Apesar da negrura do panorama que enfrentava, eu não estava assustada.

— Acho que o melhor seria eu parar de colaborar com vocês — disse finalmente, sem olhar para ele. — Evitaríamos problemas e viveríamos mais tranquilos. O senhor, eu, todos.

— De jeito nenhum — protestou firme atrás de mim. — Tudo o que acabei de dizer são apenas questões preventivas e advertências para o futuro. Não duvidamos de que será capaz de se adaptar a elas quando chegar o momento. Mas não queremos perdê-la de jeito nenhum, e muito menos agora, que precisamos de você em outro local.

— Como? — perguntei atônita, enquanto me voltava.

— Temos outra missão. Pediram nossa colaboração diretamente de Londres. A princípio, cogitamos outras opções, mas, em vista do que aconteceu este fim de semana, decidimos atribuir a tarefa a você. Acha que sua ajudante poderá cuidar sozinha do ateliê durante duas semanas?

— Bem... não sei... Talvez... — balbuciei.

— Com certeza, sim. Faça suas clientes saberem que vai permanecer fora durante alguns dias.

— Aonde digo que vou?

— Não será necessário mentir, diga simplesmente a verdade: que tem uns assuntos a resolver em Lisboa.

# 49

O Lusitania Express me deixou na estação de Santa Apolonia numa manhã de meados de maio. Eu levava duas enormes malas com meu melhor vestuário, algumas instruções precisas e um carregamento invisível de aprumo; confiava que aquilo seria suficiente para me ajudar a encarar a situação.

Hesitei muito antes de convencer-me de que devia seguir com aquela missão. Refleti, avaliei opções e alternativas. Sabia que a decisão estava em minhas mãos; só eu tinha a capacidade de escolher entre seguir com aquela vida turva ou deixar tudo de lado e voltar à normalidade.

A segunda opção, provavelmente, teria sido a mais sensata. Eu estava farta de enganar todo mundo, de não poder ser clara com ninguém; de acatar ordens desagradáveis e de viver constantemente em alerta. Eu ia completar trinta anos, havia me transformado em uma embusteira sem escrúpulos e minha história pessoal não era mais que um acúmulo de subterfúgios, buracos negros e mentiras. E apesar da suposta sofisticação que cercava minha existência, no fim do dia — como Ignacio havia se encarregado de me recordar meses antes —, a única coisa que restava de mim era um fantasma solitário que habitava uma casa cheia de sombras. Ao sair da reunião com Hillgarth, senti certa hostilidade para com ele e os seus. Haviam me envolvido em uma aventura sinistra e alheia que supostamente deveria ser favorável para meu país, mas nada parecia mudar com o passar dos meses, e o medo de que a Espanha entrasse na guerra continuava flutuando no ar por todos os cantos. Mesmo assim, acatei suas condições sem me desviar das normas: forçaram-me a me tornar egoísta e insensível, a me ligar a uma Madri irreal e a ser desleal com minha gente e meu passado. Fizeram-me passar medo, noites em claro, horas de angústia infinitas. E, agora, exigiam que me distanciasse também de meu pai, a única presença que representava um ponto de luz na escuridão dos meus dias.

Eu ainda estava a tempo de dizer não, de ser firme e gritar "Chega!". Para o inferno o Serviço Secreto britânico e suas estúpidas exigências. Para o inferno as escutas nos provadores, a ridícula vida das mulheres dos nazistas e as mensagens cifradas no meio dos moldes. Não me importava quem ganhasse de quem naquela contenda distante; que me importava se os alemães invadissem a Grã-Bretanha e comessem as criancinhas cruas, ou se os ingleses bombardeassem Berlim e a deixassem lisa como uma tábua de passar? Aquele não era meu mundo: para o inferno todos eles.

Abandonar tudo e voltar à normalidade: sim, sem dúvida era a melhor opção. O problema era que eu já não sabia onde encontrá-la. A normalidade estava na rua Redondilla de minha juventude, com as garotas com quem cresci e que ainda lutavam para sobreviver depois de perder a guerra? Foi embora com Ignacio Montes no dia em que ele partiu de minha praça com uma máquina de escrever a tiracolo e o coração partido? Ou talvez tenha sido roubada por Ramiro Arribas quando me deixou sozinha, grávida e na ruína entre as paredes do Continental? A normalidade estaria na Tetuán dos primeiros meses, com os hóspedes tristes da pensão de Candelaria, ou se dissipou nos negócios sórdidos com que ambas conseguimos sobreviver? Deixei-a na casa de Sidi Mandri, junto com as linhas do ateliê que com tanto esforço ergui? Talvez tenha ficado com Félix Aranda numa noite de chuva, ou Rosalinda Fox a tenha levado quando saiu do depósito do Dean's Bar, perdendo-se como uma sombra sigilosa pelas ruas de Tânger. Estaria ao lado de minha mãe, no trabalho calado das tardes africanas? Um ministro deposto e preso teria acabado com ela, ou talvez tenha sido arrasada por um jornalista a quem não me atrevi a amar por pura covardia. Onde estava, quando a perdi, que foi feito dela? Procurei-a por todos os lados: nos bolsos, nos armários e nas gavetas; entre as pregas e as costuras. Naquela noite, dormi sem encontrar a normalidade.

No dia seguinte, acordei com uma lucidez diferente e, assim que abri os olhos, percebi-a: próxima, comigo, colada à pele. A normalidade não estava nos dias que ficaram para trás: encontrava-se apenas naquilo que a sorte punha a nossa frente a cada manhã. Em Marrocos, na Espanha ou em Portugal, à frente de um ateliê de costura ou a serviço da inteligência britânica, no lugar para onde eu quisesse me dirigir ou cravar os pilares da minha vida, lá estaria ela, minha normalidade. Nas sombras, sob as palmeiras de uma praça com cheiro de hortelã, no fulgor dos salões iluminados por lustres ou nas águas revoltosas da guerra. A normalidade não era nada além do que minha vontade, meu compromisso e minha palavra aceitassem que era, e, por isso, sempre estaria comigo. Buscá-la em outro lugar ou querer recuperá-la do ontem não tinha o menor sentido.

Fui ao Embassy naquele dia com as ideias claras e a mente limpa. Vi que Hillgarth estava tomando seu aperitivo apoiado no balcão enquanto conversava com dois militares uniformizados. Então, deixei cair a bolsa no chão com frívola desfaçatez. Quatro horas depois, recebi as primeiras ordens sobre a nova missão: era esperada para um tratamento facial na manhã seguinte, no salão de beleza de todas as semanas. Cinco dias depois, cheguei a Lisboa.

Desci da plataforma com um vestido de *voile* estampado, luvas brancas de primavera e um enorme chapéu de palha: uma espuma de *glamour* em meio ao carvão das locomotivas e a pressa cinzenta dos viajantes. Um automóvel anônimo me esperava pronto para me levar a meu destino: Estoril.

Andamos por uma Lisboa cheia de vento e luz, sem racionamento nem cortes de eletricidade, com flores, azulejos e barracas de verdura e fruta fresca. Sem terrenos repletos de escombros nem mendigos esfarrapados; sem marcas de mísseis, sem braços erguidos nem flechas pintadas nos muros. Percorremos zonas nobres e elegantes com largas calçadas de pedra e edifícios senhoriais vigiados por estátuas de reis e navegantes; transitamos também por zonas populares, com tortuosos becos cheios de agitação, gerânios e cheiro de sardinha. Fiquei surpresa com a imponência do Tejo, o ulular das sirenes do porto e o chiado dos bondes. Fiquei fascinada por Lisboa, uma cidade nem em paz nem em guerra: nervosa, agitada, palpitante.

Para trás foram ficando Alcântara, Belém e seus monumentos. As águas batiam com força à medida que avançávamos pela Estrada Marginal. À direita, antigas vilas protegidas por grades de ferro fundido entre as quais rastejavam trepadeiras carregadas de flores. Tudo parecia diferente e chamativo, mas talvez não fosse no sentido que as aparências mostravam. Eu havia sido advertida sobre isso: a pitoresca Lisboa que eu acabava de contemplar da janela de um carro e o Estoril a que chegaria em alguns minutos estavam cheios de espiões. O menor rumor tinha um preço e qualquer pessoa com dois ouvidos era um informante em potencial; desde os mais altos cargos de qualquer embaixada, até os garçons, os vendedores, as empregadas e os taxistas. "Redobre sua prudência" foi a ordem outra vez.

Eu tinha um quarto reservado no Hotel do Parque, um alojamento magnífico para uma clientela majoritariamente internacional, onde costumavam se hospedar mais alemães que ingleses. Perto, muito perto, no Hotel Palácio, acontecia o contrário. E depois, nas noites de cassino, reuniam-se todos sob o mesmo teto: naquele país teoricamente neutro, o jogo e o azar não entendiam de guerras. Assim que o carro parou, um rapaz uniformizado apareceu para abrir minha porta enquanto outro se encarregava da bagagem. Entrei no *hall* como se pisasse em um tapete de segurança e despreocupação, enquanto me livrava dos óculos escuros com que havia me protegido desde que saíra do trem. Então, varri a grandiosa recepção com um olhar de estudado desdém. Não me impressionei com o brilho do mármore, nem com os tapetes e o veludo das tapeçarias, nem com as colunas se elevando até o teto tão alto quanto o de uma catedral. Também não dei atenção aos hóspedes elegantes que, isolados ou em grupos, liam o jornal, conversavam, tomavam um coquetel ou viam a vida passar. Minha capacidade de reação a todo aquele *glamour* estava mais que amestrada: não prestei a menor atenção àquilo e apenas me dirigi, com passo decidido, à recepção para registrar minha chegada.

Comi sozinha no restaurante do hotel, depois passei duas horas no quarto deitada, olhando para o teto. Às quinze para as seis, o telefone me tirou de meus devaneios. Deixei-o tocar três vezes, engoli em seco, levantei o fone e atendi. E então, tudo começou.

# 50

As INSTRUÇÕES HAVIAM CHEGADO A MIM DIAS ANTES EM MADRI, por um meio muito pouco convencional. Pela primeira vez, não foi Hillgarth quem as transmitiu a mim, e sim alguém sob suas ordens. A funcionária do salão de beleza que eu frequentava todas as semanas me conduziu, diligente, a um dos gabinetes internos onde faziam os tratamentos de beleza. Das três poltronas reclináveis destinadas para tais funções, a da direita, quase em posição horizontal, já estava ocupada por uma cliente cujas feições não pude distinguir. Uma toalha cobria seu cabelo a modo de turbante, outra contornava seu corpo do colo até os joelhos. No rosto tinha uma grossa máscara branca que só deixava expostos a boca e os olhos. Fechados.

Troquei de roupa atrás de um biombo e me sentei na poltrona ao lado com um vestuário idêntico. Após abaixar o encosto com um pedal e aplicar a mesma máscara em meu rosto, a funcionária saiu discretamente, fechando a porta atrás de si. Só então ouvi a voz a meu lado.

— Alegra-nos saber que finalmente vai se encarregar da missão. Confiamos em você, acreditamos que pode fazer um bom trabalho.

Falou sem se mexer, em voz baixa e com forte sotaque inglês. Assim como Hillgarth, usava o plural. Não se identificou.

— Vou tentar — repliquei olhando para ela com o rabo do olho.

Ouvi o clique de um isqueiro e um cheiro familiar impregnou o ambiente.

— Pediram-nos reforços diretamente de Londres — continuou. — Há suspeitas de que um suposto colaborador português pode estar fazendo jogo duplo. Não é um agente, mas mantém uma excelente relação com nosso pessoal diplomático em Lisboa e está envolvido em diversos negócios com empresas britânicas. Contudo, há indícios de que está começando a estabelecer relações paralelas com os alemães.

— Que tipo de relações?

— Comerciais. Comerciais muito fortes, provavelmente destinadas não só a beneficiar os alemães, mas talvez, inclusive, a nos boicotar. Não se sabe com precisão. Alimentos, minérios, armamento talvez: produtos cruciais para a guerra. Como disse, tudo ainda são suspeitas.

— E o que eu teria de fazer?

— Precisamos de uma estrangeira que não levante suspeitas de relação com os britânicos. Alguém que proceda de um terreno mais ou menos neutro, que seja absolutamente distante de nosso país e que trabalhe com algo que nada tenha a ver com as operações comerciais em que ele está envolvido; mas que, ao mesmo tempo, possa precisar ir a Lisboa para se abastecer de algo específico. E você se adapta ao perfil.

— Imagina-se, então, que vou a Lisboa comprar tecidos ou algo assim? — antecipei, dirigindo-lhe um novo olhar, que ela não me devolveu.

— Exatamente. Tecidos e mercadorias relacionadas com seu trabalho — confirmou sem se mexer um milímetro. Mantinha-se na mesma posição em que eu a encontrara, com os olhos fechados e a horizontalidade quase perfeita. — Você irá com sua cobertura de costureira para comprar os tecidos que não consegue encontrar na Espanha ainda devastada.

— Eu poderia mandar trazê-los de Tânger... — interrompi.

— Também — disse, após soltar a fumaça de uma nova tragada. — Mas nem por isso precisa descartar outras alternativas. Por exemplo, as sedas de Macau, colônia portuguesa na Ásia. Um dos setores em que nosso suspeito tem prósperos negócios é o da importação e exportação têxtil. De hábito, trabalha em grande escala, só com atacadistas, e não com compradores particulares, mas conseguimos fazer que a atenda pessoalmente.

— Como?

— Graças a uma rede de conexões encobertas que inclui diversas orientações: algo comum neste nosso negócio, não é o caso, agora, de entrar em detalhes. Desta maneira, você não só vai chegar a Lisboa completamente limpa de suspeita de afinidade com os britânicos, como, além disso, respaldada por alguns contatos que têm linha direta com os alemães.

Toda aquela difusa rede de relações fugia a meu entendimento, de modo que optei por perguntar o menos possível e esperar que a desconhecida continuasse fornecendo informação e indicações.

— O suspeito se chama Manuel da Silva. É um empresário hábil e muito bem relacionado que, ao que parece, está disposto a multiplicar sua fortuna nesta guerra, mesmo que para isso tenha que trair aqueles que até agora foram seus amigos. Ele entrará em contato com você e lhe fornecerá os melhores tecidos disponíveis neste momento em Portugal.

— Ele fala espanhol?

— Perfeitamente. E inglês. E talvez alemão também. Fala todas as línguas que são necessárias para seus negócios.

— E o que eu tenho que fazer?

— Infiltre-se na vida dele. Mostre-se encantadora, conquiste sua simpatia, faça força para que a convide para sair e, sobretudo, consiga que a convide para algum encontro com alemães. Se finalmente conseguir se aproximar deles, o que precisamos é que aguce sua atenção e capte toda informação relevante que passe diante de seus olhos e ouvidos. Consiga uma relação tão completa quanto possível: nomes, negócios, empresas e produtos que mencionarem; planos, ações e todos os dados adicionais que julgar interessantes.

— Está me dizendo que vão me mandar para seduzir um suspeito? — perguntei com incredulidade, erguendo o corpo da poltrona.

— Use os recursos que julgar mais convenientes — replicou, corroborando minha suposição. — Silva é, ao que parece, um solteiro empedernido que gosta de agradar belas mulheres sem consolidar qualquer relação. Gosta de se mostrar acompanhado de mulheres atraentes e elegantes; se forem estrangeiras, melhor ainda. Mas, segundo nossas informações, no trato com o gênero feminino também é um perfeito cavalheiro português à moda antiga, de modo que não se preocupe, porque ele não irá mais longe do que você esteja disposta a permitir.

Eu não sabia se me ofendia ou se gargalhava. Estavam me mandando para seduzir um sedutor, essa seria minha emocionante missão portuguesa. Mas, pela primeira vez em toda a conversa, minha desconhecida vizinha de poltrona pareceu ler meus pensamentos.

— Por favor, não interprete sua tarefa como algo frívolo que qualquer mulher bonita seria capaz de fazer em troca de algum dinheiro. Trata-se de uma operação delicada, e você vai se encarregar dela porque temos confiança em suas capacidades. Claro que sua aparência, suposta origem e condição de mulher sem amarras podem ajudar, mas sua responsabilidade vai muito além do simples flerte. Deverá ganhar a confiança de Silva medindo com cuidado cada passo, terá de calcular os movimentos e equilibrá-los com precisão. Você mesma vai avaliar a envergadura das situações, marcar os tempos, pesar os riscos e decidir como proceder segundo a exigência de cada momento. Temos em muito alta conta sua experiência na captação sistemática de informação e sua capacidade de improvisação diante de circunstâncias inesperadas: não foi escolhida para essa missão ao acaso, e sim porque demonstrou que tem recursos para agir com eficácia em situações difíceis. E em relação ao aspecto pessoal, como disse antes, não tem por que ir além dos limites que você impuser. Mas, por favor, mantenha o máximo possível de tensão até que consiga a informação de que necessita. Basicamente, não é algo muito diferente de seu trabalho em Madri.

— Só que aqui não preciso flertar com ninguém nem penetrar reuniões alheias — esclareci.

— Certo, querida. Mas serão só alguns dias, e com um homem que, pelo visto, não carece de atrativos. — O tom de sua voz me surpreendeu; ela não tentava amenizar o assunto, apenas constatar friamente um fato para ela objetivo. — Mais uma coisa importante — acrescentou. — Você vai agir sem nenhuma cobertura, porque Londres não quer que se levante a menor suspeita em Lisboa sobre sua tarefa. Recorde que não há plenas garantias acerca dos assuntos de Silva com os alemães, por isso, sua suposta deslealdade para com os ingleses ainda precisa ser confirmada: tudo, como disse, por ora é mera especulação, e não queremos que ele suspeite de nada acerca de nossos compatriotas estabelecidos em Portugal. Por isso, nenhum agente inglês lá saberá quem é você e sua relação conosco; será uma missão breve, rápida e limpa; quando terminar, informaremos diretamente a Londres de Madri. Reúna os dados necessários e volte para casa. Então, veremos como tudo avança daqui. Nada mais.

Foi difícil responder, a máscara havia se solidificado sobre a pele do meu rosto. Por fim, consegui falar sem quase abrir os lábios.

— E nada menos.

A porta se abriu nesse momento. A funcionária tornou a entrar e se concentrou no rosto da inglesa. Trabalhou durante mais de vinte minutos, ao longo dos quais não trocamos mais palavras. Quando terminou, a menina saiu de novo e minha desconhecida instrutora foi se vestir atrás do biombo.

— Sabemos que você tem uma boa amiga em Lisboa, mas não julgamos prudente que se vejam — disse à distância. — *Mrs.* Fox será oportunamente avisada para que aja como se não se conhecessem caso encontre com você em algum momento. Pedimos que você faça o mesmo.

— Muito bem — murmurei com os lábios rígidos. Aquela ordem não me agradava em absoluto; eu teria adorado ver Rosalinda de novo. Mas entendia a inconveniência e acatei, não havia mais remédio.

— Amanhã receberá detalhes sobre a viagem, talvez incluamos alguma informação adicional. O tempo previsto para sua missão, a princípio, é de no máximo duas semanas; se por alguma razão de extrema urgência precisar se demorar mais, mande um cabograma para a floricultura Bourguignon e solicite que enviem um buquê de flores a uma amiga inexistente, por conta de um aniversário. Invente o nome e o endereço; as flores nunca sairão do estabelecimento, mas, se receberem um pedido de Lisboa, transmitirão o aviso. Então entraremos em contato com você de alguma maneira.

A porta se abriu, a funcionária entrou de novo carregando toalhas. O alvo de seu trabalho, dessa vez, seria eu. Deixei-a trabalhar com aparente docilidade enquanto me esforçava para ver a pessoa recém-vestida que estava prestes a sair de trás do biombo. Não se demorou, mas, quando finalmente saiu, tomou muito cuidado para não voltar o rosto para mim. Notei que tinha cabelo claro e ondulado, usava um terninho de *tweed*, uma roupa tipicamente inglesa. Então, estendeu o braço para pegar uma bolsa de couro que descansava sobre um pequeno banco encostado na parede, uma bolsa que me pareceu vagamente familiar: eu a havia visto com alguém recentemente, e não era o tipo de complemento que se vendia na época nas lojas espanholas. Depois, ela estendeu a mão e alcançou um maço vermelho de cigarros deixado com descuido em cima de um banquinho. E então eu soube: aquela mulher que fumava Craven A e que naquele momento saía do gabinete sem murmurar mais que um até logo era a esposa do capitão Alan Hillgarth. A mesma que eu vira pela primeira vez uns dias antes, de braços dados com seu marido quando ele, o férreo chefe do Serviço Secreto na Espanha, levara um dos maiores sustos de sua carreira ao me ver no hipódromo.

## 51

Manuel da Silva me esperava no bar do hotel. O balcão estava concorrido: grupos, casais, homens sozinhos. Assim que ultrapassei a dupla porta de acesso, soube quem era ele. E ele, quem era eu.

Magro e bonito, moreno, com as têmporas começando a pratear e um *smoking* de paletó claro. Mãos bem cuidadas, olhar obscuro, movimentos elegantes. De fato, tinha porte e maneiras de conquistador. Mas havia algo mais nele: algo que intuí assim que trocamos o primeiro cumprimento e ele me cedeu passagem para a sacada aberta sobre o jardim. Algo que me fez ficar alerta imediatamente. Inteligência. Sagacidade. Determinação. Mundo. Para enganar aquele homem eu precisaria de muito mais que alguns sorrisos encantadores e um arsenal de caras e bocas.

— Não sabe como lamento não poder jantar com você, mas, como disse antes pelo telefone, tenho um compromisso marcado há semanas — disse ele enquanto segurava, cavalheiro, o encosto de uma poltrona para mim.

— Não se preocupe em absoluto — respondi, acomodando-me com fingida languidez. O *voile* cor de açafrão do vestido quase tocou o chão; com um gesto estudado, joguei o cabelo para trás sobre os ombros nus e cruzei as pernas, deixando escapar um tornozelo, o início de um pé e a ponta fina do sapato. Notei que Silva não tirava os olhos de mim nem um segundo. — Além disso — acrescentei —, estou um pouco cansada após a viagem; será bom deitar cedo.

Um garçom pôs um champagne no gelo ao nosso lado e duas taças em cima da mesa. A sacada dava vista para um jardim exuberante cheio de árvores e plantas; estava escurecendo, mas ainda se percebiam os últimos raios de sol. Uma brisa suave fazia lembrar que o mar estava muito próximo. Trazia cheiro de flores, de perfume francês, de sal e de verde. Ouvia-se um piano dentro do salão, e das mesas próximas surgiam conversas descontraídas em várias línguas. A Madri seca e empoeirada que eu havia deixado para trás menos de 24 horas antes me pareceu, de repente, um negro pesadelo de outros tempos.

— Preciso lhe confessar uma coisa — disse meu anfitrião assim que as taças estavam cheias.

— Pois não — repliquei, levando a minha aos lábios.

— Você é a primeira mulher marroquina que conheço em minha vida. Esta região está cheia de estrangeiros de mil nacionalidades diferentes, mas todos procedem da Europa.

— Nunca esteve em Marrocos?

— Não. E lamento. Principalmente se todas as marroquinas forem como você.

— É um país fascinante, de gente maravilhosa, mas receio que seria difícil encontrar muitas mulheres como eu. Sou uma marroquina atípica porque minha mãe é espanhola. Não sou muçulmana e minha língua materna não é árabe, e sim espanhol. Mas adoro Marrocos; além disso, minha família vive lá, e ali ficam minha casa e meus amigos. Mas agora moro em Madri.

Bebi novamente, satisfeita por ter tido que mentir apenas o imprescindível. Os embustes descarados haviam se transformado em uma constante em minha vida, mas eu me sentia mais segura quando não precisava recorrer a eles em excesso.

— Você também fala um espanhol excelente — comentei.

— Trabalhei muito com espanhóis; meu pai, de fato, durante anos teve um sócio madrilense. Antes da guerra, da guerra espanhola, quero dizer, eu costumava ir bastante a Madri a trabalho; nos últimos tempos, estou mais centrado em outros negócios e viajo menos para a Espanha.

— Provavelmente este não seja bom momento.

— Depende — disse com uma ponta de ironia. — Para você, ao que parece, as coisas vão muito bem.

Sorri de novo, enquanto me perguntava que diabos lhe teriam contado sobre mim.

— Vejo que está bem informado.

— É o que tento, pelo menos.

— Pois sim, devo reconhecer; meu pequeno negócio não anda mal. De fato, como sabe, é por isso que estou aqui.

— Disposta a levar para a Espanha os melhores tecidos para a nova temporada.

— Essa é minha intenção, efetivamente. Disseram-me que você tem umas sedas chinesas maravilhosas.

— Quer saber a verdade? — perguntou com uma piscada de fingida cumplicidade.

— Sim, por favor — disse eu, baixando o tom e fazendo seu jogo.

— Pois a verdade é que não sei — esclareceu com uma gargalhada. — Não tenho a menor ideia de como exatamente são as sedas que importamos de Macau; não cuido disso diretamente. O setor têxtil...

Um homem jovem e magro de fino bigode, seu secretário talvez, aproximou-se discreto, pediu desculpas em português e falou no ouvido esquerdo de Silva, murmurando algumas palavras que não consegui ouvir. Fingi concentrar o olhar na noite que caía por trás do jardim. Os globos brancos dos postes acabavam de se acender, as conversas animadas e os acordes do piano continuavam flutuando no ar. Minha mente, porém, longe de relaxar diante daquele paraíso, mantinha-se atenta ao que acontecia entre os dois homens. Intuí que aquela imprevista interrupção era algo combinado, premeditado; se minha presença não estivesse sendo agradável, Silva teria uma desculpa para desaparecer imediatamente, justificando qualquer assunto inesperado. Se, ao contrário, decidisse que valia a pena me dedicar seu tempo, poderia dispensar o recém-chegado depois de receber seu recado.

Felizmente, optou pela segunda alternativa.

— Como estava dizendo — prosseguiu após seu ajudante partir —, eu não cuido diretamente dos tecidos que importamos; quero dizer, estou a par dos dados e das cifras, mas desconheço as questões estéticas que, suponho, devem ser as que interessam a você.

— Talvez algum empregado seu possa me ajudar — sugeri.

— Sim, evidentemente. Tenho um pessoal muito eficiente. Mas eu mesmo gostaria de me encarregar disso.

— Não gostaria de lhe causar... — interrompi.

Ele não me deixou terminar.

— Será um prazer poder ajudá-la — disse, enquanto fazia um gesto ao garçom para que enchesse novamente nossas taças. — Quanto tempo pretende ficar conosco?

— Umas duas semanas. Além de tecidos, quero aproveitar a viagem para visitar outros fornecedores. Lojas de calçados, de chapéus, *lingerie*, aviamentos... Na Espanha, como deve saber, quase não se encontra nada decente nestes tempos.

— Eu lhe fornecerei todos os contatos de que precisar, fique tranquila. Deixe-me pensar; amanhã de manhã tenho uma breve viagem, devo estar de volta em dois dias apenas. O que acha de nos encontrarmos na quinta-feira de manhã?

— Muito bom, mas insisto, não quero atrapalhar...

Afastou as costas da poltrona e se adiantou, cravando-me o olhar.

— Você jamais poderia me atrapalhar.

É o que você acha, pensei com meus botões. Na boca, porém, exibi apenas mais um sorriso.

Continuamos conversando sobre superficialidades; dez minutos, quinze talvez. Quando calculei que era o momento de encerrar aquele encontro, fingi um bocejo e, a seguir, murmurei uma desculpa qualquer.

— Desculpe. A noite no trem foi extenuante.

— Deixo-a descansar, então — disse, levantando-se.

— Além disso, você tem um jantar.

— Ah, sim, o jantar, é verdade. — Nem sequer se incomodou em olhar o relógio. — Devem estar me esperando — acrescentou sem vontade. Intuí que estava mentindo. Ou talvez não.

Caminhamos até o *hall* de entrada enquanto ele cumprimentava uns e outros, mudando de língua com incrível facilidade. Um aperto de mãos aqui, uma palmada no ombro ali; um carinhoso beijo no rosto de uma frágil senhora com cara de múmia e uma piscada marota para duas ostentosas mulheres carregadas de joias da cabeça aos pés.

— Estoril está cheio de velhas cacatuas que um dia foram ricas e não são mais — sussurrou em meu ouvido —, mas se agarram ao passado com unhas e dentes, e preferem viver diariamente à base de pão com sardinha a vender o pouco que lhes resta de sua glória já murcha. Andam carregadas de pérolas e brilhantes, envolvidas em *visons* e arminhos até em pleno verão, mas na mão levam uma bolsa cheia de teias de aranha onde há meses não entra nem sai um tostão.

A simples elegância de meu vestido não destoava, em absoluto, do ambiente, e ele se encarregou de que todo mundo percebesse isso a nossa volta. Não me apresentou a ninguém nem me disse quem era quem; apenas caminhou a meu lado, como se me escoltasse; atento sempre, exibindo-me.

Enquanto nos dirigíamos à saída, fiz um rápido balanço do resultado do encontro. Manuel da Silva fora me receber, me convidar para uma taça de champanhe e, principalmente, me avaliar: ver com seus olhos até que ponto valia a pena fazer o esforço de atender pessoalmente aquela encomenda que havia recebido de Madri. Alguém, por meio de alguém, e por mediação de mais alguém, havia lhe pedido como favor que me tratasse bem, mas aquilo podia ser encarado de duas maneiras. Uma era delegando: fazendo que algum empregado competente me atendesse enquanto ele se livrava da obrigação. A outra forma era se envolvendo. Seu tempo valia ouro em pó e seus compromissos eram, sem dúvida, incontáveis. O fato de que houvesse se oferecido para cuidar de minhas insignificantes demandas fazia supor que minha tarefa seguia por bom rumo.

— Entrarei em contato com você tão logo seja possível.

Estendeu-me a mão para se despedir.

— Muito obrigada, senhor Silva — disse, oferecendo-lhe as minhas. Não uma, e sim as duas.

— Chame-me de Manuel, por favor — sugeriu. Notei que as segurava alguns segundos mais que o imprescindível.

— Então eu terei que ser Arish.

— Boa noite, Arish. Foi um verdadeiro prazer conhecê-la. Até que voltemos a nos ver, descanse e aproveite nosso país.

Entrei no elevador e sustentei seu olhar até que as duas portas douradas começaram a se fechar, estreitando progressivamente a visão do *hall*. Manuel da Silva permaneceu em frente a elas até que — primeiro os ombros, depois as orelhas e o pescoço, e finalmente o nariz — sua imagem desapareceu também.

Quando me senti fora do alcance de seu olhar e começamos a subir, suspirei com tanta força que o jovem ascensorista quase me perguntou se eu estava bem. O primeiro passo de minha missão acabava de chegar ao fim: prova superada.

## 52

Desci cedo para tomar o café da manhã. Suco de laranja, canto de passarinhos, pão branco com manteiga, sombra fresca de um toldo, biscoitos e um café glorioso. Demorei-me o máximo possível no jardim; comparado com o vaivém com que começava os dias em Madri, aquilo me pareceu o próprio céu. Ao voltar ao quarto, encontrei um buquê de flores exóticas na mesa. Automaticamente, a primeira coisa que fiz foi desamarrar rapidamente a fita que o enfeitava em busca de uma mensagem cifrada. Mas não encontrei pontos nem traços que transmitissem instruções, mas sim um cartão manuscrito.

*Cara Arish:*
*Disponha a sua conveniência de meu chofer João para tornar sua estada mais confortável.*
*Até quinta-feira,*

*Manuel da Silva*

Ele tinha uma caligrafia elegante e vigorosa, e, apesar da boa impressão que supostamente lhe causara na noite anterior, a mensagem não era em absoluto aduladora, nem sequer obsequiosa. Cortês, mas sóbria e firme. Melhor assim. Por enquanto.

João era um homem de cabelo e uniforme cinza, com um bigode poderoso e os sessenta anos ultrapassados pelo menos uma década antes. Esperava por mim na porta do hotel, conversando com outros colegas de ofício bem mais jovens enquanto fumava compulsivamente à espera de algo para fazer. O senhor Silva me mandou para levar a senhorita aonde quiser, anunciou olhando para mim de cima a baixo sem disfarçar. Imaginei que não era a primeira vez que recebia um encargo desse tipo.

— Quero fazer compras em Lisboa, por favor. — Na realidade, mais que as ruas e as lojas, o que me interessava era matar o tempo à espera de que Manuel da Silva aparecesse de novo.

Imediatamente soube que João distava muito do clássico motorista discreto e centrado em seu trabalho. Assim que o Bentley preto arrancou, comentou algo sobre o tempo; dois minutos depois, queixou-se do estado da estrada; mais tarde, pareceu-me entender que praguejava contra os preços. Diante daquela evidente vontade de falar, eu podia adotar dois papéis bem diferentes: o da mulher distante que considerava os empregados como seres inferiores a quem não se deve sequer olhar, ou o da estrangeira de elegante simpatia que, mesmo mantendo distância, era capaz de ser encantadora até com os empregados. Teria sido mais confortável assumir a primeira personalidade e passar o dia isolada em meu mundo sem as interferências daquele velho tagarela, mas soube que não devia fazer isso quando, dois quilômetros mais adiante, ele mencionou os 53 anos que trabalhava para os Silva. O papel de altiva senhora teria sido extremamente confortável, certo, mas a outra opção teria uma utilidade muito maior. Era interessante manter João falando, por mais extenuante que pudesse ser: se conhecia o passado de Silva, talvez pudesse conhecer também algum assunto do presente.

Avançamos pela Estrada Marginal com o mar rugindo à direita, e quando começamos a vislumbrar as docas de Lisboa, eu já tinha uma ideia do império empresarial do clã. Manuel da Silva era filho de Manuel da Silva e neto de Manuel da Silva: três homens de três gerações cuja fortuna começou com uma simples taberna portuária. De servir vinho atrás de um balcão, o avô passou a vendê-lo a granel em barris; o comércio se transferiu, então, para um depósito já em desuso que João me mostrou ao passar. O filho assumiu o legado e expandiu a empresa: acrescentou ao vinho a venda de outras mercadorias no atacado, e logo vieram as primeiras tentativas de comércio colonial. Quando as rédeas passaram para a terceira geração da saga, o negócio já era próspero, mas a consolidação definitiva chegou com o último Manuel, o que eu acabava de conhecer. Algodão de Cabo Verde, madeiras de Moçambique, sedas chinesas de Macau. Ultimamente, havia se voltado também às explorações nacionais; viajava de vez em quando para o interior do país, mas João não soube me dizer o que negociava ali.

O velho João estava praticamente aposentado; um sobrinho o havia substituído uns anos antes como motorista pessoal do terceiro Silva. Mas ele se mantinha na ativa ainda para fazer algumas tarefas menores que de vez em quando o patrão lhe passava: pequenas viagens, recados, encargos de pouca envergadura. Como, por exemplo, passear por Lisboa com uma costureira desocupada em uma manhã de maio.

Em uma loja do Chiado comprei vários pares de luvas, tão difíceis de encontrar em Madri. Em outra, uma dúzia de meias de seda, o sonho impossível das espanholas no duro pós-guerra. Um pouco mais adiante, um chapéu de primavera, sabonetes perfumados e dois pares de sandálias; depois, cosméticos americanos: máscara para cílios, batom para os lábios e cremes com cheiro de pura delícia. Que paraíso, em contraste com a escassez de minha pobre Espanha; tudo era acessível, vistoso e variado, ao alcance imediato da mão, bastando apenas puxar a carteira da bolsa. João me levou de um lugar a outro diligentemente, carregou minhas compras, abriu e fechou um milhão de vezes a porta do carro para que eu pudesse entrar e sair com comodidade, aconselhou-me comer em um restaurante encantador e me mostrou ruas, praças e monumentos. E, de quebra, deu-me o que eu mais desejava: um incessante gotejamento de pinceladas acerca de Silva e sua família. Algumas não eram interessantes: que a avó foi o verdadeiro motor do negócio original, que a mãe morreu jovem, que a irmã mais velha era casada com um oculista e a mais nova entrou para um convento de religiosas descalças. Outros comentários, porém, foram mais estimulantes. O veterano motorista foi soltando tudo com ingênua desenvoltura; tive apenas que pressionar um pouquinho aqui, um pouquinho ali, diante de algum comentário inocente: dom Manuel tinha muitos amigos, portugueses e estrangeiros, ingleses, sim, claro, alemães alguns também ultimamente; sim, recebia muito em casa: de fato, gostava que tudo estivesse sempre pronto caso decidisse aparecer com convidados para o almoço ou o jantar, às vezes em sua residência lisboeta da Lapa, às vezes na Quinta da Fonte, sua casa de campo.

Ao longo do dia, também tive oportunidade de contemplar a fauna humana que habitava a cidade: lisboetas de todo tipo e condição, homens de terno escuro e mulheres elegantes, novos-ricos recém-chegados do campo à capital para comprar relógios de ouro e pôr dentes postiços, mulheres enlutadas como corvos, alemães de aspecto intimidante, refugiados judeus caminhando cabisbaixos ou fazendo fila para conseguir uma passagem com destino à salvação; e estrangeiros de mil sotaques fugindo da guerra e de seus efeitos devastadores. Entre eles, supus, estaria Rosalinda. A meu pedido, como se fosse um simples capricho, João me mostrou a linda avenida da Liberdade, com seu pavimento de pedras brancas e pretas e árvores quase tão altas quanto os edifícios que a flanqueavam. Ali morava ela, no número 114; esse era o endereço que constava das cartas que Beigbeder levara a minha casa naquela que provavelmente devia ter sido a noite mais amarga de sua vida. Procurei o número e o encontrei acima do grande portão de madeira encravado no centro de uma fachada imponente de azulejos. Que saudade, pensei, com uma ponta de melancolia.

À tarde, continuamos passeando, mas por volta das cinco eu estava exausta. O dia havia sido quente e cansativo, e a conversa monótona de João deixara minha cabeça a ponto de estourar.

— Uma última parada, aqui mesmo — propôs quando eu disse que era hora de voltar. Parou o carro em frente a um café de entrada modernista na rua Garrett. A Brasileira.

— Ninguém pode ir embora de Lisboa sem tomar um bom café — acrescentou.

— Mas, João, é muito tarde... — protestei com voz queixosa.

— Cinco minutos, só isso. Entre e peça um *bico*, não vai se arrepender.

Concordei sem vontade; não queria contrariar aquele inesperado informante que em algum momento poderia me ser útil. Apesar da carregada ornamentação e do abundante número de clientes, o local estava fresco e agradável. O balcão à direita, as mesas à esquerda; um relógio à frente, molduras douradas no teto e grandes quadros nas paredes. Serviram-me uma pequena xícara de louça branca e provei um gole com cautela. Café preto, forte, magnífico. João tinha razão: um verdadeiro tônico reconstituinte. Enquanto esperava que esfriasse, rebobinei o dia. Recordei detalhes sobre Silva, avaliei-os e os classifiquei mentalmente. Quando só restavam borras na xícara, deixei uma nota ao lado dela e me levantei.

O encontro foi tão inesperado, tão brusco e forte que não tive maneira alguma de reagir. Três homens entravam conversando no momento exato em que eu ia sair: três chapéus, três gravatas, três rostos estrangeiros que falavam em inglês. Dois deles desconhecidos, o terceiro não. Mais de três eram também os anos passados desde que nos despedimos. Ao longo deles, Marcus Logan mal havia mudado.

Eu o vi antes que ele a mim; quando percebeu minha presença, eu, angustiada, já havia desviado o olhar para a porta.

— Sira... — murmurou.

Ninguém me chamava assim desde muito tempo. Senti um nó no estômago e quase vomitei o café no mármore do chão. À minha frente, a pouco mais de dois metros de distância, com a última letra do meu nome ainda na boca e a surpresa no rosto, estava o homem com quem eu compartilhara temores e alegria; o homem com quem rira, conversara, passeara, dançara e chorara, aquele que conseguira me devolver minha mãe e por quem evitara me apaixonar totalmente apesar de, durante semanas intensas, algo muito mais forte que a simples amizade ter nos unido. O passado caiu de repente entre nós, como uma cortina de teatro: Tetuán, Rosalinda, Beigbeder, o Hotel Nacional, meu velho ateliê, os dias alvoroçados e as noites sem fim; o que poderia ter sido e não foi em um tempo que nunca mais voltaria. Eu quis abraçá-lo, dizer sim, Marcus, sou eu. Quis lhe pedir de novo tire-me daqui, quis correr segurando sua mão como uma vez fizemos entre as sombras de um jardim africano, voltar a Marrocos, esquecer que existia algo que se chamava Serviço Secreto, ignorar que tinha um obscuro trabalho para fazer e uma Madri triste e cinza aonde voltar. Mas não fiz nada daquilo porque a lucidez, com um grito de alarme mais poderoso que minha própria vontade, me avisou que não tinha mais remédio que fingir não o conhecer. E obedeci.

Não atendi a meu nome nem me dignei a olhar para ele. Como se fosse surda e cega, como se aquele homem nunca houvesse representado nada em minha vida nem eu houvesse deixado sua lapela cheia de lágrimas enquanto lhe pedia que não fosse embora. Como se o afeto profundo que construímos entre nós houvesse se diluído na memória. Apenas o ignorei, fixei o olhar na saída e me dirigi para ela com fria determinação.

João estava me esperando com a porta do carro aberta. Felizmente, sua atenção estava concentrada em um pequeno incidente na calçada oposta, uma confusão que incluía um cachorro, uma bicicleta e vários transeuntes que discutiam nervosos. Só notou minha chegada quando eu o chamei.

— Vamos rápido, João; estou esgotada — sussurrei, enquanto me acomodava.

Fechou a porta assim que entrei; a seguir, colocou-se atrás do volante e arrancou enquanto me perguntava o que havia achado de sua última recomendação. Não respondi; toda minha energia estava concentrada em manter o olhar para frente e não virar a cabeça. E quase consegui. Mas, quando o Bentley começou a deslizar sobre os paralelepípedos, algo irracional dentro de mim ganhou da resistência e me mandou fazer o que não devia: virar e olhar para ele.

Marcus havia saído à porta e estava imóvel, ereto, com o chapéu ainda na cabeça e a expressão concentrada, contemplando minha partida com as mãos nos bolsos da calça. Talvez se perguntasse se o que acabava de ver era a mulher a quem um dia podia ter começado a amar, ou apenas seu fantasma.

## 53

Ao chegar ao hotel, pedi ao motorista que não me esperasse no dia seguinte. Embora Lisboa fosse uma cidade mais ou menos grande, não devia correr o risco de encontrar Marcus Logan outra vez. Aleguei cansaço e pressagiei uma falsa enxaqueca. Supunha que a notícia de minha intenção de não sair chegaria a Silva com prontidão, e não quis que pensasse que estava rejeitando sua gentileza sem uma razão de peso. Passei o resto da tarde mergulhada na banheira e grande parte da noite sentada na sacada, contemplando, absorta, as luzes sobre o mar. Ao longo daquelas longas horas, não deixei de pensar em Marcus nem um só minuto; nele como homem, em tudo o que havia representado para mim o tempo que passara a seu lado, e nas consequências que poderia enfrentar se voltasse a acontecer um novo encontro em algum momento inoportuno. Amanhecia quando me deitei. Estava com o estômago vazio, a boca seca e a alma encolhida.

O jardim e o café da manhã foram os mesmos que na manhã anterior, mas, embora tenha feito força para me comportar com a mesma naturalidade, não os desfrutei do mesmo modo. Obriguei-me a tomar o café da manhã consistente apesar de não ter fome, demorei-me o máximo possível folheando vários jornais escritos em línguas que não entendi, e só me levantei quando restavam poucos hóspedes retardatários dispersos pelas mesas. Ainda não eram onze da manhã: tinha um dia inteiro pela frente e nada mais com que o encher que meus próprios pensamentos.

Voltei ao quarto, já o haviam arrumado. Deitei na cama e fechei os olhos. Dez minutos. Vinte. Trinta. Não cheguei aos quarenta; não pude suportar continuar remoendo meus pensamentos nem mais um segundo. Troquei de roupa: coloquei uma saia leve, uma blusa branca de algodão e um par de sandálias baixas. Cobri o cabelo com um lenço estampado, escondi-me atrás de grandes óculos de sol e saí do quarto evitando me ver refletida nos espelhos; não quis contemplar a expressão taciturna que havia impregnado meu rosto.

Não havia quase ninguém na praia. As ondas, largas e planas, sucediam-se monótonas uma após a outra. Nas proximidades, o que parecia um castelo e um promontório com vilas majestosas; à frente, um oceano quase tão grande quanto minha tristeza. Sentei-me na areia para contemplá-lo e, com os olhos concentrados no vaivém da espuma, perdi a noção do tempo e fui me deixando levar. Cada onda trouxe consigo uma recordação, uma imagem do passado: memórias da jovem que um dia fui, de minhas conquistas e temores, dos amigos que deixei para trás em algum lugar do tempo; cenas de outras terras, de outras vozes. E, acima de tudo, o mar me trouxe naquela manhã sensações esquecidas entre as dobras da memória: a carícia de uma mão querida, a firmeza de um braço amigo, a alegria do compartilhado e o anseio do desejado.

Eram quase três horas da tarde quando sacudi a areia da saia. Hora de voltar, uma hora tão boa quanto qualquer outra. Ou tão ruim, talvez. Cruzei a estrada rumo ao hotel, quase não passavam carros. Um se afastava na distância, outro se aproximava devagar. Esse último me pareceu familiar, remotamente familiar. Uma pontada de curiosidade me fez andar com passos mais lentos até que o carro passou ao meu lado. E então soube de que carro se tratava e quem o conduzia. O Bentley de Silva com João ao volante. Que coincidência, que encontro tão fortuito. Ou não, pensei de repente com um estremecimento. Provavelmente havia um bom monte de razões para que o velho motorista estivesse percorrendo tão sossegado as ruas de Estoril, mas meu instinto me disse que a única coisa que estava fazendo era procurar por mim. Fique esperta, garota, fique esperta, teriam dito Candelaria e minha mãe. Como elas não estavam, eu me disse. Precisava ficar esperta, sim, estava baixando a guarda. O encontro com Marcus havia me causado uma impressão brutal e desenterrara um milhão de recordações e sensações, mas não era momento para me deixar invadir pela nostalgia. Eu tinha uma tarefa, um compromisso: um papel a assumir, uma imagem a projetar e um trabalho com que me ocupar. Sentando-me para contemplar as ondas só ia conseguir perder tempo e mergulhar na melancolia. Era chegado o momento de voltar à realidade.

Acelerei o passo e me esforcei por me mostrar ágil e animada. Embora João já houvesse desaparecido, outros olhos poderiam estar me observando de qualquer canto por determinação de Silva. Era absolutamente impossível que ele suspeitasse de mim, mas talvez sua personalidade de homem poderoso e controlador precisasse saber o que exatamente a visitante marroquina estava fazendo em vez de usufruir de seu carro. E eu teria de lhe mostrar.

Subi ao meu quarto por uma escada lateral; troquei de roupa e reapareci. Onde meia hora antes estivera a saia leve e a blusa de algodão, havia agora um elegante *tailleur* cor de laranja, e, no lugar das sandálias baixas, surgia um par de *scarpins* de pele de cobra. Os óculos desapareceram e me maquiei com os cosméticos comprados no dia anterior. O cabelo, já sem lenço, caía solto sobre os ombros. Desci pela escada central com ar cadenciado e passeei sem pressa pela sacada do piso superior aberta sobre o amplo vestíbulo. Desci mais um andar até o principal sempre sorrindo para cada alma com que cruzei pelo caminho. Cumprimentei as mulheres com elegantes inclinações de cabeça: não me importava sua idade, sua língua ou que nem se incomodassem em me devolver a atenção. Acelerei o pestanejar com os cavalheiros, poucos nacionais, muitos estrangeiros; a algum especialmente decrépito dediquei até uma expressão mais sedutora. Solicitei a um dos recepcionistas um cabo dirigido a dona Manuela e pedi que o enviassem a meu próprio endereço. "Portugal maravilhoso, compras excelentes. Hoje dor de cabeça e descanso. Amanhã visita a atencioso fornecedor. Saudações cordiais, Arish Agoriuq." Depois, escolhi uma das poltronas que se distribuíam em grupos de quatro pelo amplo *hall*, cuidando para que ficasse em um local de passagem e bem à vista. E, então, cruzei as pernas, pedi duas aspirinas e uma xícara de chá, e dediquei o resto da tarde a me deixar ver.

Aguentei disfarçando o tédio quase três horas, até que meu estômago começou a roncar. Fim da função. Eu merecia voltar ao meu quarto e pedir algo para jantar. Quando fui me levantar, um funcionário se aproximou segurando uma pequena bandeja de prata. Sobre ela, um envelope. E, dentro, um cartão.

*Cara Arish:*

*Espero que o mar tenha dissipado seu mal-estar. João a pegará amanhã às dez para trazê-la a meu escritório. Bom descanso,*

*Manuel da Silva*

As notícias voavam, efetivamente. Fiquei tentada a me voltar em busca do motorista ou do próprio Silva, mas me contive. Embora provavelmente um dos dois ainda estivesse nas proximidades, simulei um frio desinteresse e voltei a fingir que me concentrava em uma das revistas americanas com que havia me distraído à tarde. Depois de meia hora, quando o vestíbulo estava já meio vazio e quase todos os hóspedes haviam se distribuído pelo bar, pela sacada e a sala de jantar, voltei ao meu quarto disposta a tirar Marcus totalmente de minha cabeça e a me concentrar no complexo dia que me aguardava.

# 54

JOÃO JOGOU A BITUCA NO CHÃO, PROCLAMOU SEU BOM-DIA enquanto a pisava com a sola do sapato e segurou a porta para mim. Tornou a me examinar de cima a baixo. Dessa vez, porém, não teria oportunidade de adiantar nada a seu patrão sobre mim, porque eu ia vê-lo em apenas meia hora.

Os escritórios de Silva encontravam-se na central rua do Ouro, que ligava Rossio com a praça do Comércio na Baixa. O edifício era elegante sem estridências, mas tudo a sua volta exalava um intenso aroma de dinheiro, transações e negócios produtivos. Bancos, montepios, escritórios, homens engravatados, funcionários com pressa e contínuos correndo configuravam o panorama externo.

Ao descer do Bentley, fui recebida pelo mesmo homem magro que interrompera nossa conversa na noite em que Silva fora me conhecer. Atencioso e discreto, dessa vez apertou minha mão e se apresentou como Joaquim Gamboa; imediatamente, dirigiu-me, reverencial, até o elevador. De início, achei que os escritórios da empresa ficavam em um dos andares, mas demorei pouco para perceber que, na realidade, o edifício inteiro era a sede do negócio. Gamboa, porém, conduziu-me diretamente ao primeiro andar.

— O senhor Manuel a receberá a seguir — anunciou antes de desaparecer.

A antessala em que me acomodou tinha as paredes forradas de madeira lustrosa com aspecto de recém-encerada. Seis poltronas de couro configuravam a área de espera; um pouco mais para dentro, mais próximas da porta dupla que antecipava o gabinete de Silva, havia duas mesas: uma ocupada, outra vazia. Na primeira trabalhava uma secretária beirando o meio século, que, a julgar pelo formal cumprimento com que me recebeu e pelo cuidado primoroso com que anotou algo em um grosso caderno, devia ser uma trabalhadora eficiente e discreta, o sonho de qualquer chefe. Sua colega, bem mais jovem, demorou apenas dois minutos para aparecer; surgiu após abrir uma das portas do gabinete de Silva e sair dele acompanhando um homem de aspecto anódino. Um cliente, um contato comercial, provavelmente.

— O senhor Silva a espera, senhorita — disse ela, então, um tanto áspera. Fingi não lhe prestar muita atenção, mas um simples olhar me serviu para tirar suas medidas. A mesma idade que eu, um ano a mais, um a menos. Óculos de míope, cabelo e pele claros, esmero no vestir, mas com roupa de qualidade bastante modesta. Não a pude observar mais porque naquele momento o próprio Manuel da Silva saiu para me receber na antessala.

— É um prazer tê-la aqui, Arish — disse com seu excelente espanhol.

Compensei-o estendendo-lhe a mão com calculada lentidão para lhe dar tempo de me ver e decidir se eu ainda era digna de suas atenções. A julgar por sua reação, soube que sim. Eu havia me esforçado para que assim fosse: para aquele encontro de negócios havia reservado um conjuntinho de duas peças cor de mercúrio, com saia lápis, paletó acinturado e uma flor branca na lapela amenizando a sobriedade da cor. O resultado foi compensado com um disfarçado olhar apreciativo e um sorriso galante.

— Entre, por favor. Já me trouxeram, esta manhã, tudo o que quero lhe mostrar.

Em um canto do amplo gabinete, sob um grande mapa-múndi, descansavam vários rolos de tecidos. Sedas. Sedas naturais, brilhantes e lisas, magníficas sedas tingidas de cores cheias de brilho. Só de tocá-las, imaginei o lindo caimento das roupas que poderia fazer com elas.

— Estão à altura do que esperava?

A voz de Manuel da Silva soou a minhas costas. Por uns segundos, uns minutos talvez, eu havia me esquecido dele e de seu mundo. O prazer de ver a beleza dos tecidos, de apalpar sua suavidade e imaginar os acabamentos havia me afastado, momentaneamente, da realidade. Por sorte, não tive de fazer esforço para elogiar a mercadoria que ele havia posto a meu alcance.

— São maravilhosas.

— Pois eu lhe aconselho que fique com todos os metros que puder, porque receio que não tardarão a ser vendidas.

— Têm tanta demanda?

— Esperamos que sim. Mas não exatamente para a moda.

— E para que, então? — perguntei surpresa.

— Para outras necessidades mais urgentes nestes dias: para a guerra.

— Para a guerra? — repeti, fingindo incredulidade. Sabia que era assim em outros países, Hillgarth havia me informado em Tânger.

— Usam seda para fazer paraquedas, para proteger a pólvora e até para os pneus das bicicletas.

Fingi uma pequena gargalhada.

— Que desperdício mais absurdo! Com a seda necessária para um paraquedas poderiam ser feitos pelo menos dez vestidos de gala.

— Sim, mas são tempos difíceis, estes. E os países em guerra logo estarão dispostos a pagar o que for preciso por elas.

— E você, Manuel, para quem vai vender estas maravilhas, para os alemães ou para os ingleses? — perguntei com um tom divertido, como se não levasse a sério o que dizia. Eu mesma me surpreendi com meu descaramento, mas ele me deu corda.

— Nós, portugueses, temos velhas alianças comerciais com os ingleses, mas, nestes dias conturbados, nunca se sabe... — arrematou sua inquietante resposta com uma gargalhada, mas, antes de me dar tempo de interpretá-la, desviou a conversa para questões mais práticas e próximas. — Aqui está uma pasta com dados detalhados sobre os tecidos: referências, qualidades, preços; enfim, o de sempre — disse, enquanto se aproximava de sua mesa. — Leve-a ao hotel, tome o tempo que precisar e, quando houver decidido o que lhe interessa, preencha uma folha de pedido e eu me encarregarei de que tudo lhe seja enviado diretamente a Madri; receberá tudo em menos de uma semana. Poderá fazer o pagamento de lá mesmo quando receber a mercadoria, não se preocupe com isso. E não se esqueça de aplicar a cada preço 20% de desconto; cortesia da casa.

— Mas...

— E, aqui — acrescentou, sem me deixar terminar —, outra pasta com detalhes de fornecedores locais de outras mercadorias que podem ser de seu interesse. Fios e linhas, passamanarias, botões, couro... Tomei a liberdade de pedir que lhe marcassem visitas com todos eles, e aqui está o programa, veja: esta tarde os irmãos Soares a esperam; eles têm as melhores linhas de Portugal; amanhã, sexta-feira, de manhã, será recebida na Casa Barbosa, onde fazem botões de marfim africano. No sábado pela manhã, tem uma visita marcada no peleteiro Almeida, e não há mais nada marcado até a próxima segunda-feira. Mas prepare-se, porque a semana começará de novo cheia de compromissos.

Estudei o papel cheio de quadradinhos e disfarcei minha admiração pela excelente gestão realizada.

— Além do domingo, vejo que também me deixa descansar na sexta à tarde — disse eu, sem levantar o olhar do documento.

— Acho que está enganada.

— Acho que não. Em seu planejamento está em branco, veja.

— Está em branco, efetivamente, porque pedi a minha secretária que deixasse assim, mas tenho algo em mente para preenchê-lo. Quer jantar comigo amanhã à noite?

Peguei a segunda pasta que ele ainda segurava na mão e não respondi. Antes, analisei seu conteúdo: várias páginas com nomes, dados e números que fingi estudar com interesse, mas, de fato apenas passei o olhar por eles sem me deter em nenhum.

— Muito bem, aceito — confirmei após deixá-lo alguns segundos prolongados à espera de minha resposta. — Mas só se me prometer uma coisa antes.

— Evidentemente, desde que esteja a meu alcance.

— Bem, esta é minha condição: vou jantar com você se me garantir que nenhum soldado pulará no ar com esses preciosos tecidos nas costas.

Ele riu com gosto, e comprovei mais uma vez que tinha um sorriso lindo. Masculino, forte, elegante ao mesmo tempo. Recordei as palavras da esposa de Hillgarth: Manuel da Silva era, de fato, um homem atraente. E então, fugaz como um cometa, a sombra de Marcus Logan tornou a passar-me pela frente.

— Farei o possível, não se preocupe, mas você sabe como são os negócios... — disse, dando de ombros, enquanto deixava uma ponta de ironia no canto da boca.

Uma campainha inesperada impediu-o de terminar a frase. O som procedia de sua mesa, de um aparelho cinza no qual piscava uma luz verde intermitente.

— Com licença, por favor. — Parecia ter recuperado a seriedade. Apertou um botão e a voz da secretária jovem saiu distorcida da máquina.

— *Herr* Weiss o está esperando. Disse que é urgente.

— Leve-o à sala de reunião — respondeu com voz áspera. Sua atitude havia mudado radicalmente: o empresário frio havia devorado o homem encantador. Ou, talvez, o contrário. Eu ainda não o conhecia o suficiente para saber qual dos dois era o verdadeiro Manuel da Silva.

Voltou-se para mim e tentou recuperar a afabilidade, mas não conseguiu totalmente.

— Desculpe, mas às vezes o trabalho se acumula.

— Por favor, eu é que peço desculpas por roubar seu tempo...

Não me deixou terminar. Apesar de tentar disfarçar, irradiava certa sensação de impaciência. Estendeu-me a mão.

— Eu a pego amanhã às oito, está bem?

— Perfeito.

A despedida foi rápida, não era momento de flertes. Ficavam para trás as ironias e as frivolidades, logo as retomaríamos, em outro momento. Acompanhou-me até a porta; assim que cheguei à antessala procurei o tal *Herr* Weiss, mas só encontrei as duas secretárias: uma datilografava concentrada e a outra introduzia uma pilha de cartas em seus envelopes. Mal notei que se despediram de mim com cordialidade desigual. Eu tinha outras coisas muito mais importantes na cabeça.

# 55

Havia levado comigo, de Madri, um caderno de desenho com intenção de transcrever nele tudo que julgasse interessante, e naquela noite comecei a passar para o papel o que vira e ouvira até o momento. Acumulei os dados da maneira mais ordenada possível e depois os comprimi ao máximo. "Silva brinca sobre possíveis relações comerciais com alemães, impossível saber grau de veracidade. Prevê demanda de seda para fins militares. Caráter variável segundo circunstâncias. Confirmada relação com alemão *Herr* Weiss. Alemão aparece sem aviso prévio e exige reunião imediata. Silva tenso, evita que *Herr* Weiss seja visto."

A seguir, desenhei alguns esboços que jamais chegariam a se materializar e fingi contorná-los com pespontos a lápis. Tentei fazer que a diferença entre os traços curtos e longos fosse mínima, que só eu as pudesse apreciar; consegui sem problemas, já estava mais que treinada. Distribuí nelas a informação e, quando terminei, queimei os papéis manuscritos no banheiro, joguei-os no vaso sanitário e dei a descarga. Deixei o caderno de desenho no armário: nem especialmente escondido, nem ostentosamente à vista. Se alguém decidisse fuçar em minhas coisas, jamais suspeitaria que minha intenção era escondê-lo.

O tempo passava voando agora que eu já tinha distrações. Voltei a percorrer várias vezes a Estrada Marginal entre Estoril e Lisboa com João ao volante, escolhi dúzias de carretéis das melhores linhas e botões preciosos de mil formas e tamanhos, e me senti tratada como a mais seleta das clientes. Graças às recomendações de Silva, tudo foi atenção, facilidades de pagamento, descontos e obséquios. E, sem que eu percebesse, chegou o momento de jantar com ele.

O encontro foi, uma vez mais, similar aos anteriores: olhares prolongados, sorrisos perturbadores e flertes sem paliativos. Embora eu dominasse o protocolo de atuação e houvesse me transformado em uma atriz consumada, a verdade era que o próprio Manuel da Silva aplainava meu caminho com sua atitude. Novamente me fez sentir que eu era a única mulher no mundo capaz de atrair sua atenção e agi de novo como se ser o objeto dos afetos de um homem rico e atraente fosse para mim o pão nosso de cada dia. Mas não era, e por isso minha cautela devia ser redobrada. De jeito nenhum poderia me deixar levar pela emoção; era tudo trabalho, pura obrigação. Teria sido muito fácil relaxar, aproveitar o homem e o momento, mas eu sabia que precisava manter a cabeça fria e os afetos distantes.

— Reservei uma mesa para jantar no Wonderbar, o clube do cassino; eles têm uma orquestra maravilhosa e a sala de jogo fica a um passo.

Fomos caminhando por entre as palmeiras; ainda não era noite fechada e as luzes dos postes brilhavam como pontos de prata sob o céu violeta. Silva voltou a ser o mesmo dos bons momentos: ameno e encantador, sem rastros da tensão que lhe gerara saber da presença do alemão em seu escritório.

Todo mundo parecia conhecê-lo ali também: desde os garçons e os manobristas até os clientes mais destacados. Ele distribuiu cumprimentos novamente, como na primeira noite: palmadas cordiais nos ombros, apertos de mão e meios abraços para os homens; beijos na mão, sorrisos e elogios desproporcionais para as mulheres. Apresentou-me a alguns deles e anotei mentalmente seus nomes para passá-los depois aos perfis de meus esboços.

O ambiente do Wonderbar era similar ao do Hotel do Parque: 90% cosmopolita. A única diferença, notei com certa inquietude, era que os alemães já não eram maioria; ali também se ouvia falar inglês por todo lado. Tentei me abstrair dessas preocupações e concentrar-me em meu papel. A cabeça limpa e os olhos e ouvidos bem abertos: era a única coisa que eu devia fazer. E esbanjar encanto, evidentemente.

O *maître* nos conduziu a uma pequena mesa reservada no melhor canto da sala: um local estratégico para ver e ser visto. A orquestra tocava "In the Mood", e muitos casais enchiam a pista enquanto outros jantavam; ouviam-se conversas, cumprimentos e gargalhadas, respirava-se descontração e *glamour*. Manuel rejeitou o *menu* e pediu para os dois sem hesitar. E depois, como se esperasse aquele momento o dia inteiro, acomodou-se disposto a me dar toda sua atenção.

— Bem, Arish, conte-me, como meus amigos a trataram?

Contei-lhe minhas visitas com um toque extra de tempero. Exagerei as situações, comentei detalhes com humor, imitei vozes em português, fiz que gargalhasse e marquei mais um ponto a meu favor.

— E você, como terminou a semana? — perguntei então. Finalmente havia chegado minha vez de ouvir e absorver. E, se a sorte me ajudasse, talvez ele também desse com a língua nos dentes.

Mas ele não pôde contar imediatamente; alguém nos interrompeu. Mais cumprimentos, mais cordialidade. Se essa faceta não era a verdadeira, realmente parecia.

— Barão Von Kempel, um homem extraordinário — apontou-o, quando o velho nobre de cabelo leonino se afastou da mesa com passo titubeante. — Bem, estávamos dizendo como foram estes últimos dias, e, para defini-los, tenho apenas duas palavras: imensamente chatos.

Eu sabia que ele estava mentindo, evidentemente, mas adotei um tom compassivo.

— Pelo menos você tem um escritório agradável onde suportar o tédio e secretárias competentes para ajudá-lo.

— Não posso me queixar, tem razão. Mais difícil seria trabalhar como estivador no porto ou não ter ninguém que me desse uma mão.

— Trabalham há muito tempo com você?

— As secretárias? Elisa Somoza, a mais velha das duas, há mais de três décadas: entrou na empresa nos tempos do meu pai, antes até de eu entrar. Beatriz Oliveira, a mais nova, foi contratada há três anos, quando vi que o negócio estava crescendo e que Elisa não seria capaz de dar conta de tudo. A simpatia não é seu forte, mas é organizada, responsável e se vira bem com os idiomas. Suponho que a nova classe trabalhadora não gosta de ser carinhosa com o patrão — disse, erguendo a taça a modo de brinde.

Não achei graça na brincadeira, mas acompanhei-o disfarçando com um gole de vinho branco. Um casal se aproximou da mesa, então: uma mulher madura e deslumbrante de *shantung* roxo até os pés, com um acompanhante que mal chegava à altura de seu ombro. Interrompemos mais uma vez a conversa, pularam para o francês; ele me apresentou e eu os cumprimentei com um gracioso gesto e um breve *enchantée*.

— Os Mannheim, húngaros — esclareceu quando se retiraram.

— São todos judeus? — perguntei.

— Judeus ricos esperando que a guerra termine ou que lhes concedam um visto para ir para a América. Vamos dançar?

Silva se mostrou um fantástico dançarino. Rumbas, *habaneras*, *jazz* e *passodobles*; nada o assustava. Deixei-me levar; havia sido um dia longo, e as duas taças de vinho do Douro com que acompanhei a lagosta deviam ter me subido à cabeça. Os casais na pista se refletiam multiplicados mil vezes nos espelhos das colunas e das paredes, fazia calor. Fechei os olhos uns instantes, dois segundos, três, quatro talvez. Quando os abri, meus piores temores haviam tomado forma humana.

Dentro de um *smoking* impecável e com o cabelo para trás, com as pernas levemente separadas, as mãos outra vez nos bolsos e um cigarro recém-aceso na boca: lá estava Marcus Logan, observando-nos dançar.

Afastar-me, tinha de me afastar dele: essa foi a primeira coisa que me veio à mente.

— Vamos sentar? Estou um pouco cansada.

Embora tentasse abandonar a pista pelo lado oposto a Marcus, de nada serviu, porque, com olhares furtivos, fui comprovando que ele se movia na mesma direção. Desviávamos de casais dançando, de mesas de gente jantando, mas avançávamos em paralelo para o mesmo local. Senti minhas pernas tremerem, o calor da noite de maio de repente se tornou insuportável. Quando estava apenas a alguns metros distante de nós, ele parou para cumprimentar alguém, e pensei que talvez esse fosse seu destino, mas se despediu e continuou se aproximando, decidido. Alcançamos nossa mesa os três ao mesmo tempo, Manuel e eu pela direita, ele pela esquerda. E, então, achei que era chegado o fim.

— Logan, raposa velha, por onde tem andado? Faz um século que não nos vemos! — exclamou Silva, assim que percebeu sua presença. Diante de meu estupor, trocaram palmadas nas costas em um gesto afetuoso.

— Eu liguei mil vezes para você, mas nunca o encontro — disse Marcus.

— Deixe-me lhe apresentar Arish Agoriuq, uma amiga marroquina que chegou há uns dias de Madri.

Estendi a mão tentando fazê-la não tremer, sem me atrever a olhá-lo nos olhos. Ele a apertou com força, como dizendo sou eu, aqui estou, reaja.

— Muito prazer. — Minha voz soou rouca e seca, quase trêmula.

— Sente-se, tome um drinque — ofereceu Manuel.

— Não, obrigado. Estou com uns amigos, só vim cumprimentá-lo e recordar-lhe que precisamos nos ver.

— Qualquer dia desses, eu prometo.

— Não esqueça, temos algumas coisas para conversar. — E, então, concentrou-se em mim. — Prazer em conhecê-la, senhorita... — disse, inclinando-se. Dessa vez, eu não tive mais remédio que o encarar. Já não restava em seu rosto qualquer sinal dos ferimentos com que eu o conhecera, mas mantinha a mesma expressão: os traços finos e os olhos cúmplices que me perguntavam sem palavras que diabos está fazendo aqui com esse homem.

— Agoriuq — consegui dizer, como se soltasse uma pedra pela boca.

— Senhorita Agoriuq, isso, desculpe. Foi um prazer conhecê-la. Espero que tornemos a nos ver.

Observamos enquanto ele se afastava.

— Um bom sujeito, este Marcus Logan.

Bebi um longo gole de água. Precisava refrescar a garganta, estava áspera como uma lixa.

— Inglês? — perguntei.

— Inglês, sim; tivemos alguns contatos comerciais.

Bebi de novo para digerir meu desconcerto. Então não era mais jornalista. As palavras de Manuel me arrancaram dos meus pensamentos.

— Está muito calor aqui. Vamos tentar a sorte na roleta?

Fingi naturalidade de novo diante da opulência da sala. Os magníficos lustres suspensos por correntes douradas sobre as mesas, ao redor das quais se amontoavam centenas de jogadores falando em tantas línguas quanto nações existiam no mapa da velha Europa. O chão atapetado amortizava o som dos movimentos humanos e reforçava os próprios daquele paraíso do azar: o barulho das fichas se chocando umas nas outras, o zumbido das roletas, as bolas de marfim em suas danças enlouquecidas e os gritos dos *croupiers* fechando as jogadas ao grito de *Rien ne va plus!* Eram muitos clientes deixando seu dinheiro sentados às mesas de pano verde, e muitos outros ao redor, em pé, observando atentos as jogadas. Aristocratas assíduos de outros tempos dos cassinos de Baden Baden, Montecarlo e Deauville, explicou Silva. Burgueses empobrecidos, miseráveis enriquecidos, pessoas respeitáveis transformadas em canalhas e verdadeiros canalhas disfarçados de homens de respeito. Homens de grande festa, vencedores e seguros de si, com colarinho duro e peitilho engomado, e mulheres ostentando, altivas, o brilho de suas joias. Havia também indivíduos de aspecto decadente, assustadiços ou furtivos à caça de algum conhecido em quem passar a perna, talvez abrigando a ilusão de uma noite de glória mais que improvável; seres dispostos a apostar em uma mesa de bacará a última joia da família ou o café da manhã do dia seguinte. Os primeiros eram movidos pela pura emoção do jogo, pela vontade de se divertir, a vertigem ou a cobiça; os segundos, simplesmente pelo mais cru desespero.

Andamos alguns minutos observando as diversas mesas; ele continuou distribuindo cumprimentos e trocando frases cordiais. Eu mal falei; só queria sair dali, trancar-me em meu quarto e esquecer o mundo; só desejava que aquele maldito dia acabasse de uma vez.

— Você não parece estar com vontade de ficar milionária hoje.

Sorri com fraqueza.

— Estou esgotada — disse. Tentei fazer minha voz soar doce; não queria que percebesse minha preocupação.

— Quer que a acompanhe ao hotel?

— Eu agradeceria.

— Dê-me só um segundo. — A seguir, afastou-se uns passos para estender a mão para alguém conhecido que acabara de ver.

Fiquei imóvel, ausente, sem sequer me incomodar em me distrair com o fascinante vaivém da sala. E então, quase como uma sombra, notei que se aproximava. Passou atrás de mim, discreto, quase me tocando. Disfarçadamente, sem parar, pegou minha mão direita, abriu meus dedos com habilidade e depositou algo neles. E o deixei agir. Depois, sem uma palavra, foi embora. Enquanto mantinha a vista supostamente concentrada em uma das mesas, apalpei ansiosa o que ele havia me deixado: um pedaço de papel dobrado. Escondi-o sob o largo cinto do vestido no momento exato em que Manuel se afastava de seus conhecidos e voltava até mim.

— Vamos?

— Antes, preciso ir ao *toilette*.

— Muito bem, eu a espero aqui.

Tentei encontrá-lo enquanto caminhava, mas ele não estava mais em lugar nenhum. No banheiro não havia ninguém, apenas uma velha mulher negra de aspecto adormecido cuidando da porta.

Tirei o papel do seu esconderijo e o desdobrei com dedos ágeis. "Onde está a S. que deixei em T.?"

S. era Sira e T. era Tetuán. Onde estava meu velho eu dos tempos africanos?, perguntava Marcus. Abri a bolsa para pegar um lenço e uma resposta enquanto meus olhos se enchiam de lágrimas. Encontrei o primeiro; a segunda, não.

## 56

Na segunda-feira retomei minhas saídas em busca de mercadorias para o ateliê. Haviam marcado para mim uma visita a um chapeleiro na rua da Prata, a um passo dos escritórios de Silva: a desculpa perfeita para aparecer por ali com a mera intenção de cumprimentá-lo. E, de quebra, dar uma olhada para ver quem andava em seu território.

Só encontrei a secretária jovem e antipática; Beatriz Oliveira, lembrei seu nome.

— O senhor Silva está viajando. A trabalho — disse, sem esclarecer mais nada.

Assim como em minha visita anterior, demonstrou não ter nenhum interesse em ser gentil comigo; pensei, porém, que talvez aquela fosse a única oportunidade de estar com ela a sós, e não a quis desperdiçar. A julgar pela atitude sombria e sua economia de palavras, parecia extremamente difícil que eu conseguisse lhe arrancar uma migalha de algo que valesse a pena, mas eu não tinha nada melhor para fazer, de modo que decidi tentar.

— Puxa, que pena. Queria consultá-lo sobre os tecidos que me mostrou outro dia. Ainda estão em seu gabinete? — perguntei. Meu coração começou a bater forte diante da possibilidade de entrar nele sem Manuel por perto, mas ela acabou com minha falsa ilusão antes que chegasse a tomar forma.

— Não. Já os levou de volta ao depósito.

Pensei com rapidez. A primeira tentativa falhara; bem, tinha de continuar tentando.

— Você se importa se eu me sentar um instante? Estou a manhã toda em pé vendo chapéus e turbantes; acho que preciso de um pequeno descanso.

Não lhe dei tempo de responder; antes que pudesse abrir a boca, abandonei-me em uma das poltronas de couro fingindo um cansaço exagerado. Mantivemos um silêncio prolongado ao longo do qual ela continuou revisando com um lápis um documento de várias páginas, onde de vez em quando fazia uma pequena marca ou uma anotação.

— Aceita um cigarro? — perguntei depois de dois ou três minutos. Embora eu não fosse uma grande fumante, costumava levar uma cigarreira na bolsa. Para aproveitá-la em momentos como aquele, por exemplo.

— Não, obrigada — disse, sem olhar para mim. Continuou trabalhando enquanto eu acendia um cigarro. Deixei-a prosseguir por mais dois minutos.

— Foi você quem se encarregou de localizar os fornecedores, marcar as visitas e preparar a pasta com todos os dados, não é?

Ela ergueu o olhar um segundo.

— Sim, fui eu.

— Um trabalho excelente; não pode imaginar como está sendo útil.

Murmurou um breve obrigada e voltou a se concentrar em sua tarefa.

— O senhor Silva, evidentemente, tem muitos contatos — continuei. — Deve ser maravilhoso ter relações comerciais com tantas empresas diferentes. E, principalmente, com tantos estrangeiros. Na Espanha, tudo é muito mais difícil.

— Não me surpreende — murmurou.

— Perdão?

— Quero dizer que não me surpreende que tudo seja mais difícil tendo a quem têm no comando — murmurou, com a atenção supostamente fixa em sua tarefa.

Uma rápida sensação de regozijo percorreu minhas costas: a aplicada secretária se interessava por política. Bem, tinha de tentar abordá-la por aí.

— Sim, evidentemente — repliquei, enquanto apagava o cigarro lentamente. — O que se pode esperar de alguém que pretende que as mulheres fiquem em casa preparando a comida e pondo filhos no mundo?

— E que tem as prisões cheias e nega a menor compaixão aos vencidos — acrescentou cortante.

— É, as coisas são assim, sim. — Aquilo avançava por um rumo inesperado, eu teria de agir com um cuidado extremo para poder ganhar sua confiança e levá-la a meu terreno. — Você conhece a Espanha, Beatriz?

Notei que se surpreendeu por eu saber seu nome. Finalmente, dignou-se a baixar o lápis e olhou para mim.

— Nunca estive lá, mas sei o que está acontecendo. Tenho amigos que me contam. Mas, provavelmente, você não deve saber do que estou falando; você pertence a outro mundo.

Eu me levantei, aproximei-me de sua mesa e me sentei com descaramento na borda. Olhei-a de perto para verificar o que havia por baixo daquela roupa de tecido barato que com certeza alguma vizinha devia ter feito para ela anos antes por alguns escudos. Atrás de seus óculos encontrei olhos inteligentes, e, escondido na furiosa entrega com que realizava seu trabalho, intuí um espírito lutador que me pareceu vagamente familiar. Beatriz Oliveira e eu não éramos tão diferentes. Duas garotas trabalhadoras de origem parecida: humilde e esforçada. Duas trajetórias que partiram de pontos próximos e em algum momento se afastaram. O tempo havia feito dela uma funcionária meticulosa; de mim, uma falsa realidade. Porém, provavelmente, o comum fosse muito mais real que as diferenças. Eu me hospedava em um hotel de luxo e ela devia morar em uma casa com goteiras em um bairro humilde, mas nós duas sabíamos o que era lutar para evitar que a negra sorte passasse a vida mordendo nossos calcanhares.

— Eu conheço muita gente, Beatriz; gente muito diferente — disse eu em voz baixa. — Agora me relaciono com os poderosos porque meu trabalho assim exige e porque algumas circunstâncias inesperadas me colocaram ao lado deles, mas eu sei o que é passar frio no inverno, comer feijão um dia após o outro e sair de casa antes do sol nascer para ganhar um dinheiro miserável. E, caso lhe interesse, eu também não gosto da Espanha que estão construindo para nós. Aceita um cigarro agora?

Estendeu a mão sem responder e pegou um. Aproximei o isqueiro, depois acendi outro para mim.

— Como vão as coisas em Portugal? — perguntei então.

— Mal — disse, após soltar a fumaça. — Pode ser que o Estado Novo de Salazar não seja tão repressivo quanto a Espanha de

Franco, mas o autoritarismo e a falta de liberdade não são muito diferentes.

— Aqui, pelo menos, parece que vão permanecer neutros na guerra europeia — disse eu, tentando levá-la a meu terreno. — Na Espanha, as coisas não estão tão claras.

— Salazar mantém acordos com os ingleses e com os alemães, um equilíbrio estranho. Os britânicos sempre foram amigos do povo português, por isso é tão surpreendente que se mostre generoso com os alemães concedendo-lhes licenças de exportação e outras facilidades.

— Bem, isso não é nada estranho nestes dias, não? São assuntos delicados em tempos turbulentos. Eu não entendo muito de política internacional, na verdade, mas imagino que tudo deve ser questão de interesses. — Tentei fazer minha voz soar trivial, como se aquilo mal me preocupasse; havia chegado o momento de cruzar a linha entre o público e o íntimo: era conveniente ser cautelosa. — No mundo dos negócios é a mesma coisa, imagino — acrescentei. — Outro dia mesmo, enquanto eu estava no gabinete com o senhor Silva, você anunciou a visita de um alemão.

— Sim, bem, isso é outro assunto. — Sua expressão era de contrariedade, e não parecia disposta a avançar muito mais.

— Outra noite, o senhor Silva me convidou para jantar no cassino do Estoril, e fiquei espantada com a quantidade de pessoas que ele conhecia. Cumprimentava ingleses, americanos, alemães e um bom número de europeus de outros países. Jamais vi alguém com tanta facilidade para se dar bem com todo mundo.

Uma careta mostrou de novo sua contrariedade. Mesmo assim, também não disse nada, e eu não tive alternativa a não ser me esforçar e continuar falando, para que a conversa não acabasse.

— Tive pena dos judeus, que tiveram de abandonar suas casas e seus negócios para fugir da guerra.

— Teve pena dos judeus do cassino do Estoril? — perguntou com um sorriso cínico. — Eu não tenho pena nenhuma deles; vivem como se estivessem em eternas férias de luxo. Pena sinto dos pobres infelizes que chegaram com uma mísera mala de papelão e passam os dias fazendo fila em frente aos consulados e escritórios das companhias de navegação à espera de um visto ou uma passagem de navio para a América que talvez nunca consigam; tenho pena das famílias que dormem amontoadas em pensões imundas e vão aos refeitórios beneficentes, das pobres garotas que se oferecem pelas esquinas em troca de alguns escudos, e dos velhos que matam o tempo nos cafés em frente a xícaras sujas que ficam horas vazias, até que um garçom os ponha na rua para deixar o lugar livre: desses sim, eu tenho pena. Dos que toda noite apostam um pedaço de sua fortuna no cassino não tenho pena alguma.

O que ela me contava era comovente, mas eu não podia me distrair; estávamos indo bem, precisava manter as coisas assim. Mesmo que fosse à base de sufocar a consciência.

— Tem razão. A situação é muito mais dramática para essa pobre gente. Além disso, deve ser doloroso ver tantos alemães movendo-se à vontade por todo lado.

— Imagino que sim...

— E, principalmente, deve ser duro saber que o governo do país a quem recorreram é tão complacente com o Terceiro Reich.

— Sim, suponho...

— E que, inclusive, há alguns empresários portugueses que estão expandindo seus negócios à custa de contratos suculentos com os nazistas...

Pronunciei essa última frase com um tom denso e obscuro, aproximando-me dela e baixando a voz. Sustentamos o olhar uma da outra, nenhuma das duas foi capaz de baixá-lo.

— Quem é você? — perguntou finalmente, em voz mal audível. Havia levado o corpo para trás, afastando-se da mesa e apoiando as costas no encosto da cadeira, como se quisesse se distanciar de mim. Seu tom inseguro soou cheio de medo; seus olhos, porém, não se afastaram dos meus nem um só segundo.

— Sou só uma costureira — sussurrei. — Uma simples mulher trabalhadora como você, que também não gosta do que está acontecendo a nossa volta.

Notei que seu pescoço ficava tenso ao engolir, e então formulei duas perguntas. Com lentidão. Com grande lentidão.

— O que Silva tem a ver com os alemães, Beatriz? Em que está metido?

Tornou a engolir, e sua garganta se mexeu como se estivesse tentando fazer descer um elefante por ela.

— Eu não sei de nada — conseguiu murmurar por fim.

Então, uma voz se ouviu na porta.

— Lembre-me de não voltar mais ao restaurante da rua São Julião. Levaram mais de uma hora para nos servir, com tanta coisa que tenho de preparar antes que o senhor Manuel volte! Ah! Desculpe, senhorita Agoriuq; não sabia que estava aqui...

— Já estava de saída — disse, com fingida despreocupação, enquanto pegava a bolsa. — Vim fazer uma visita surpresa ao senhor Silva, mas a senhorita Beatriz me disse que ele está viajando. Enfim, volto outro dia.

— Esqueceu seus cigarros — ouvi às minhas costas.

Beatriz Oliveira ainda falava em um tom opaco. Quando estendeu o braço para me entregar a cigarreira, segurei sua mão e a apertei com força.

— Pense.

Evitei o elevador e desci pela escada enquanto reconstruía a cena. Talvez houvesse sido uma temeridade de minha parte me expor de maneira tão precipitada, mas a atitude da secretária me fez intuir que estava a par de algo, de algo que não me contou mais por insegurança em relação a mim que por lealdade a seu superior. Os padrões de Silva e sua secretária não encaixavam, e eu tinha certeza de que ela nunca contaria a ele sobre o conteúdo daquela estranha visita. Enquanto ele acendia uma vela para Deus e outra para o diabo, não só uma falsa marroquina havia se infiltrado para fuçar seus assuntos, mas também, além disso, uma esquerdista subversiva havia entrado em seu quadro de funcionários. Eu precisava dar um jeito de tornar a vê-la a sós. Como, onde e quando, não tinha a menor ideia.

## 57

A TERÇA-FEIRA AMANHECEU CHOVENDO E EU REPETI A ROTINA DOS últimos dias: adotei o papel de compradora e deixei que João me conduzisse a meu destino, dessa vez uma tecelagem na periferia. O motorista me pegou na porta três horas depois.

— Vamos à Baixa, João, por favor.

— Se pretende ver o senhor Manuel, ele ainda não voltou.

Perfeito, pensei. Minha intenção não era ver Silva, e sim encontrar um modo de abordar Beatriz Oliveira de novo.

— Não importa; as secretárias servem. Só preciso fazer uma consulta sobre meu pedido.

Tinha certeza de que a assistente madura teria saído de novo para almoçar e sua frugal companheira estaria a postos, mas, como se alguém houvesse se empenhado com todas as forças para frustrar meus desejos, o que encontrei foi exatamente o contrário. A veterana estava em seu lugar, cotejando documentos com os óculos na ponta do nariz. Da jovem, nem sinal.

— Boa tarde, dona Elisa. Ora, vejo que a deixaram sozinha.

— O senhor Manuel ainda está viajando e Beatriz não veio trabalhar hoje. Em que posso servi-la, senhorita Agoriuq?

Senti na boca o sabor da contrariedade misturada com uma ponta de alarme, mas engoli tudo como pude.

— Espero que ela esteja bem — disse, sem responder a sua pergunta.

— Sim, com certeza não é nada importante. Esta manhã seu irmão veio avisar que ela estava indisposta e com um pouco de febre, mas tenho certeza de que amanhã estará de volta.

Hesitei por alguns segundos. Rápido, Sira, pense rápido: aja, pergunte onde mora, tente localizá-la, ordenei a mim mesma.

— Se me der o endereço dela, posso lhe mandar umas flores. Ela foi muito gentil comigo marcando todas as visitas aos fornecedores.

Apesar de sua natural discrição, a secretária não pôde evitar um sorriso condescendente.

— Não se preocupe, senhorita. Acho que não é necessário, de verdade. Aqui não costumamos receber flores quando faltamos um dia ao trabalho. Deve ser um resfriado ou qualquer mal-estar sem importância. Se puder ajudá-la em alguma coisa...

— Perdi um par de luvas — improvisei. — Pensei que talvez as houvesse esquecido aqui ontem.

— Eu não vi nada por aqui esta manhã, mas talvez as mulheres da limpeza as tenham encontrado hoje cedo. Não se preocupe, vou perguntar.

A ausência de Beatriz Oliveira deixou meu ânimo como o dia lisboeta que encontrei ao sair de novo para a rua do Ouro: nublado, ventoso e escuro. Além disso, tirou meu apetite, de modo que só tomei uma xícara de chá e comi um doce no Café Nicola e prossegui com meus assuntos. Para aquela tarde, a eficiente secretária havia marcado um encontro com importadores de produtos exóticos do Brasil: pensou que talvez as penas de algumas aves tropicais pudessem servir para minhas criações. E acertou. Quem dera fosse tão prestativa também para me ajudar em outros afazeres.

O tempo não melhorou ao longo das horas, e meu humor também não. No caminho de volta ao Estoril fiz um balanço do que havia acumulado desde minha chegada, e, ao somar tudo, obtive um montante desastroso. Os comentários iniciais de João se mostraram pouco úteis e ficaram em simples pinceladas de fundo repetidas várias vezes com a verborreia desanimada de um velhote entediado que havia muito tempo vivia à margem do verdadeiro dia a dia de seu patrão. Sobre algum encontro privado com alemães que a mulher de Hillgarth havia mencionado, eu não ouvira nem uma palavra. E a pessoa que eu intuí como minha única possível informante estava escapando como água entre os dedos alegando uma falsa doença. Se a tudo isso acrescentasse o doloroso encontro com Marcus, o resultado da viagem seria um total fracasso por todas as frentes. Exceto para minhas clientes, naturalmente, que, quando eu voltasse, encontrariam um verdadeiro arsenal de maravilhas impossível de imaginar na sórdida Espanha dos cupons de racionamento. Com tão negras perspectivas, fiz um jantar leve no restaurante do hotel e decidi me deitar cedo.

Como todas as noites, a camareira de plantão havia se encarregado de arrumar com zelo o quarto e deixá-lo pronto para os sonhos: as cortinas fechadas, a tênue luz do criado-mudo acesa, a colcha aberta e a dobra do lençol milimetricamente acomodada. Talvez aqueles lençóis de cambraia suíça recém-passados fossem a única coisa positiva do dia; eles me ajudariam a perder a consciência e me fariam esquecer, pelo menos por algumas horas, os sentimentos de frustração. Fim do dia. Resultado: zero.

Estava indo me deitar quando senti uma corrente de ar frio. Fui descalça até a varanda, afastei a cortina e vi que estava aberta. Um esquecimento da camareira, pensei, enquanto a fechava. Sentei-me na cama e apaguei a luz; não tinha vontade nem de ler uma linha. E então, enquanto estendia as pernas entre os lençóis, meu pé esquerdo ficou enroscado em algo estranho e leve. Contive um grito abafado, tentei acender o interruptor do abajur, mas com um golpe involuntário joguei-o no chão; peguei-o com mãos desajeitadas, tentei acendê-lo novamente com a cúpula ainda torcida, e quando finalmente consegui, afastei a roupa de cama com um puxão. Que diabos era aquele pano preto amarrotado que eu havia tocado com o pé? Não me atrevi a tocá-lo até que o examinei bem com o olhar. Parecia um véu: um véu negro, um véu de missa. Peguei-o com dois dedos e levantei-o; o bolo de tecido se desfez e de dentro caiu algo que parecia um santinho. Peguei-o por um canto com cuidado, como se temesse que fosse se desfazer se o tocasse com mais firmeza. Aproximei-o da luz e distingui nele a fachada de um templo. E uma imagem da Virgem. E duas linhas impressas. "Igreja de São Domingos. Novena em louvor a Nossa Senhora de Fátima." No verso, havia uma anotação a lápis escrita com letra desconhecida. "Quarta-feira, seis tarde. Parte esquerda, décima fila começando pelo final." Ninguém assinava. Como se fosse necessário...

Ao longo do dia seguinte evitei os escritórios de Silva, apesar de os contatos previstos estarem localizados no centro.

— Pode me pegar mais tarde, hoje, João. Às sete e meia em frente à estação do Rossio. Antes, vou visitar uma igreja, é aniversário da morte de meu pai.

O motorista aceitou minha ordem baixando os olhos com uma expressão de profunda condolência, e eu senti uma pontada de remorso por matar Gonzalo Alvarado com tanta presteza. Mas não havia tempo para receios, pensei enquanto cobria a cabeça com o véu negro: eram quinze para as seis e a novena ia começar em breve. A igreja de São Domingos ficava ao lado da praça do Rossio, em pleno centro. Ao chegar, junto com a larga fachada de cal e pedra, encontrei a recordação de minha mãe na porta. Minhas últimas idas a um ofício religioso foram com ela em Tetuán, acompanhando-a à pequena igreja da praça. São Domingos, em comparação, era espetacular, com suas enormes colunas de pedra cinza se elevando até um teto pintado de sépia. E com gente, muita gente, alguns homens e uma multidão de mulheres, fiéis paroquianos que iam atender à Virgem com a oração do santo rosário.

Avancei pelo corredor da lateral esquerda com as mãos juntas, a cabeça baixa e o passo lento, simulando concentração, enquanto de soslaio contava as filas. Ao chegar à décima, pelo véu que cobria meus olhos distingui uma silhueta enlutada sentada à cabeceira.

Usava saia e echarpe pretos e toscas meias de lã grosseiras: a roupa de tantas mulheres humildes em Lisboa. Não usava véu, e sim um lenço amarrado embaixo do queixo, tão caído sobre a testa que era impossível ver seu rosto. A seu lado havia lugar livre, mas durante alguns segundos eu não soube o que fazer. Até que notei uma mão clara e cuidada emergir da saia. Uma mão que pousou no local vazio ao lado de sua dona. Sente-se aqui, parecia dizer. Obedeci imediatamente.

Permanecemos em silêncio enquanto os fiéis iam ocupando os locais livres, os coroinhas trafegavam pelo altar e de fundo se ouvia o ronronar de um mar de murmúrios baixos. Olhei várias vezes de soslaio para ela, mas o lenço me impediu de ver as feições da mulher de preto. De qualquer maneira, não foi necessário, eu não tinha a menor dúvida de quem era ela. Decidi quebrar o gelo com um sussurro.

— Obrigada por me chamar, Beatriz. Por favor, não tema nada, ninguém em Lisboa nunca saberá desta conversa.

Ela ainda demorou alguns segundos para falar. Quando falou, foi com o olhar fixo em seu colo e a voz quase inaudível.

— Você trabalha para os ingleses, não é?

Inclinei levemente a cabeça a modo de afirmação.

— Não tenho muita certeza de que isto vai lhes servir, é muito pouco. Só sei que o senhor Silva está em negociação com os alemães por alguma coisa relacionada com umas minas na Beira, uma região do interior do país. Ele nunca havia tido negócios nessa região. Tudo é recente, de apenas alguns meses. Agora, ele vai para lá quase toda semana.

— Do que se trata?

— Algo que eles chamam de "baba de lobo". Os alemães exigem exclusividade, que se desvincule radicalmente dos britânicos. Além disso, deve conseguir que os proprietários das minas vizinhas se associem a ele e também parem de vender para os ingleses.

O sacerdote subiu ao altar por uma porta lateral, um ponto distante. A igreja inteira se levantou, nós também.

— Quem são esses alemães? — sussurrei por baixo do véu.

— *Herr* Weiss só foi ao escritório três vezes. O senhor Silva nunca fala pelo telefone com eles, acha que pode estar grampeado. Sei que fora do escritório se encontra também com outro, Wolters. Esta semana, estão esperando que venha alguém mais da Espanha. Vão jantar todos juntos na chácara dele amanhã, quinta-feira: o senhor Manuel, os alemães e os portugueses da Beira proprietários das minas vizinhas. Pretendem fechar a negociação ali. Há semanas está discutindo com esses últimos para que atendam só os pedidos dos alemães. Todos irão com suas esposas e ele tem interesse em tratá-las bem; sei disso porque me mandou encomendar flores e chocolates para recebê-las.

O sacerdote terminou sua intervenção e a igreja inteira tornou a se sentar, em meio ao barulho de roupas, suspiros e estalos de madeira velha.

— Ele nos avisou — continuou com a cabeça baixa outra vez — para que não passemos as ligações de vários ingleses com quem antes mantinha boas relações. E, esta manhã, reuniu-se no depósito do porão com dois homens, dois ex-presidiários que às vezes usa para que o protejam; já andou metido em alguns assuntos turvos. Só consegui ouvir o final da conversa. Mandou que controlem esses ingleses e que, se necessário, os neutralizem.

— O que ele quis dizer com "neutralizar"?

— Tirar do caminho, suponho.

— Como?

— Você pode imaginar.

Os fiéis se levantaram novamente, nós os imitamos. Começaram a entoar uma canção com vozes fervorosas e eu senti meu sangue bombeando nas têmporas.

— Conhece os nomes desses ingleses?

— Estão escritos aqui.

Entregou-me, discreta, um papel dobrado, que apertei com força na mão.

— Não sei de mais nada, juro.

— Mande outra vez alguém se souber de algo novo — disse, recordando a varanda aberta.

— Sim. E você, por favor, não cite meu nome. E não volte ao escritório.

Não pude prometer que assim faria porque, como um corvo negro, levantou voo e partiu. Eu ainda fiquei ali um longo tempo, protegida pelas colunas de pedra, os cânticos desafinados e o ronronar das ladainhas. Quando finalmente pude me desligar do ruído, abri o papel e confirmei que meus temores não careciam de fundamento. Beatriz Oliveira havia me passado uma lista com cinco nomes. O quarto era Marcus Logan.

## 58

Como todas as tardes àquela hora, o *hall* do hotel estava animado e lotado. Lotado de estrangeiros, de mulheres com pérolas e homens de linho e de uniforme; de conversas, cheiro de cigarro fino e carregadores atarefados. Lotado também, provavelmente, de gente mau-caráter. E um deles esperava por mim. Embora tenha fingido uma reação de grata surpresa, fiquei arrepiada ao vê-lo. Aparentemente, era o mesmo Manuel da Silva dos dias anteriores: seguro de si, com seu terno impecável e os primeiros cabelos brancos pressagiando sua maturidade, atencioso e sorridente. Parecia o mesmo homem, sim, mas sua simples visão me provocou tanta repulsa que tive de deter o impulso de me voltar e sair correndo. Para a rua, para a praia, para o fim do mundo. Para qualquer lugar longe dele. Antes, tudo eram só suspeitas, ainda havia espaço para a esperança de que, sob aquela aparência atraente, houvesse uma pessoa decente. Agora, eu sabia que não, que os piores presságios eram, infelizmente, verdadeiros. As suposições dos Hillgarth haviam se confirmado no banco de uma igreja: a integridade e a lealdade não casavam bem com os negócios em tempos de guerra, e Silva havia se vendido aos alemães. E, como se não bastasse, havia acrescentado ao pacto um toque sinistro: se os antigos amigos incomodassem, teriam de ser eliminados. Lembrar que Marcus estava entre eles me fez sentir novamente agulhadas nas entranhas.

O corpo me pedia para fugir dele, mas não pude; não só porque um carrinho cheio de baús e malas estava bloqueando momentaneamente a grande porta giratória do hotel, mas também por outras razões muito mais contundentes. Eu acabara de saber que 24 horas depois Silva pretendia receber seus contatos alemães. Aquela seria, sem dúvida, a reunião a que a esposa de Hillgarth havia se referido, e provavelmente circulariam nela todos os detalhes da informação que os ingleses ansiavam conhecer. Meu objetivo seguinte era tentar por todos os meios que ele me convidasse, mas o tempo já corria contra mim. Eu não tinha mais remédio que fugir para frente.

— Meus sentimentos, querida Arish.

Durante dois segundos não entendi a que ele se referia. Provavelmente interpretara meu silêncio como uma reação emotiva.

— Obrigada — murmurei quando percebi. — Meu pai não era cristão, eu gosto de honrar sua memória com uns minutos de recolhimento religioso.

— Tem ânimo para tomar um drinque? Talvez não seja um bom momento, mas me disseram que passou por meu gabinete duas vezes, e vim apenas lhe devolver a visita. Desculpe, por favor, minha ausência repetida. Ultimamente, viajo mais do que gostaria.

— Acho que será bom tomar alguma coisa, obrigada, foi um longo dia. E sim, passei por seu escritório, mas só para dar um olá; todo o resto correu perfeitamente. — Fazendo de tripas coração, consegui arrematar a frase com um sorriso.

Fomos até a sacada da primeira noite e tudo voltou a ser igual. Ou quase. O *cenário* era o mesmo: as palmeiras embaladas pela brisa, o oceano ao fundo, a lua de prata e o champanhe na temperatura perfeita. Algo, porém, destoava na cena. Algo que não estava nem em mim, nem no cenário. Observei Manuel enquanto cumprimentava de novo os clientes ao redor, e então intuí que era ele quem destoava da harmonia. Não se comportava de maneira natural. Fazia força para parecer encantador e usava, como sempre, um catálogo completo de frases amistosas e gestos cordiais, mas, assim que a pessoa a quem se dirigia lhe dava as costas, sua boca adotava um ricto sério e concentrado que desaparecia automaticamente ao se dirigir a mim outra vez.

— Então comprou mais tecidos...

— E também linhas, complementos, enfeites e um milhão de artigos de armarinho.

— Suas clientes vão ficar encantadas.

— Principalmente as alemãs.

Os dados estavam lançados. Precisava fazê-lo reagir, aquela seria minha última oportunidade para ser convidada a sua casa; se não conseguisse, fim da missão. Ele ergueu uma sobrancelha, interrogativo.

— As clientes alemãs são as mais exigentes, as que mais apreciam a qualidade — esclareci. — As espanholas se preocupam com a aparência final da peça, mas as alemãs reparam na perfeição de cada pequeno detalhe, são mais meticulosas. Felizmente, eu consegui me adaptar muito bem a elas e nos entendemos sem problemas. Acho até que tenho um talento especial para satisfazê-las — disse, arrematando a frase com uma piscada maliciosa.

Levei a taça aos lábios e tive que fazer um esforço para não a beber de um gole só. Vamos, Manuel, vamos, pensei. Reaja, convide-me: posso ser útil, posso entreter as acompanhantes de seus convidados enquanto vocês negociam com a baba de lobo e encontram um jeito de se livrar dos ingleses.

— Há muitos alemães em Madri também, não é? — perguntou então.

Aquela não era uma pergunta inocente sobre o ambiente social do país vizinho, era um interesse real sobre quem eram meus conhecidos e que relação eu mantinha com eles. Eu estava me aproximando. Sabia o que devia dizer e que palavras usar: nomes-chave, cargos de peso e um falso ar de distanciamento.

— Muitos — acrescentei com um tom desapaixonado. Recostei-me na poltrona, deixando cair a mão com suposto desinteresse, cruzei as pernas novamente, bebi outra vez. — Aliás, a baronesa Stohrer, esposa do embaixador, comentava em sua última visita a meu ateliê que Madri se transformou em uma colônia ideal para os alemães. Algumas delas, na verdade, nos dão um trabalho enorme. Elsa Bruckmann, por exemplo, dizem que é amiga pessoal de Hitler; ela vai ao ateliê duas ou três vezes por semana. E na última festa na residência de Hans Lazar, o responsável pela Imprensa e Propaganda...

Mencionei dois frívolos casos e soltei mais alguns nomes. Com aparente desinteresse, como se não lhes desse importância. E, à medida que eu falava fingindo indiferença, percebia Silva se concentrar em minhas palavras como se o mundo houvesse parado a sua volta. Mal deu atenção aos cumprimentos que vinham de um lado e de outro, não levantou a taça da mesa e seu cigarro foi se consumindo entre os dedos enquanto a cinza formava algo parecido com um bicho-da-seda. Até que decidi afrouxar a corda.

— Desculpe, Manuel. Suponho que tudo isso deve ser imensamente enfadonho para você: festas, vestidos e frivolidades de mulheres desocupadas. Agora fale você, como foi sua viagem?

Prolongamos a conversa por mais meia hora, na qual nem ele nem eu voltamos a mencionar os alemães. O aroma deles, porém, pareceu ficar flutuando no ar.

— Acho que está chegando a hora de jantar — disse olhando para o relógio. — Gostaria...?

— Estou esgotada. Você se importa se deixarmos para amanhã?

— Amanhã não vai ser possível. — Percebi que hesitava por alguns segundos e prendi a respiração; depois continuou. — Tenho um compromisso.

Vamos, vamos, vamos. Só faltava um pequeno empurrãozinho.

— Que pena, seria nossa última noite. — Minha decepção pareceu verdadeira, quase tanto quanto a ânsia de ouvir dele o que esperava havia tantos dias. — Volto para Madri na sexta-feira, muito trabalho me aguarda na semana que vem. A baronesa de Petrino, esposa de Lazar, vai oferecer uma recepção na próxima quinta, e tenho meia dúzia de clientes alemãs querendo que...

— Talvez gostasse de me acompanhar.

Achei que meu coração ia parar.

— Será só uma pequena reunião de amigos. Alemães e portugueses. Em meu sítio.

## 59

— Quanto quer para me levar a Lisboa?

O homem olhou para um lado e para o outro para se certificar de que ninguém estava nos observando. Depois, tirou o boné e coçou a cabeça com fúria.

— Dez escudos — disse, sem tirar o cigarro da boca.

Dei-lhe uma nota de vinte.

— Vamos.

Tentei dormir, mas não consegui: os sentimentos e as sensações cruzavam, misturados, minha mente saltando dentro do cérebro. Satisfação porque a missão finalmente estava andando, ansiedade diante do que ainda me aguardava, desgosto pela triste certeza do que havia descoberto. Além disso, e acima de tudo isso, o medo de saber que Marcus Logan fazia parte de uma lista sinistra, a intuição de que provavelmente ele não soubesse, e a frustração por não haver modo de fazê-lo saber. Eu não tinha ideia de onde o encontrar, havia apenas cruzado com ele em dois locais tão díspares quanto afastados. Talvez o único lugar onde pudessem me fornecer algum dado fosse no próprio escritório de Silva, mas eu não devia procurar Beatriz Oliveira de novo, e menos ainda agora que seu chefe já estava de volta.

Uma da manhã, uma e meia, quinze para as duas. Uma hora sentia calor, outra hora frio. Duas horas, duas e dez. Levantei-me várias vezes, abri e fechei a varanda, bebi um copo de água, acendi a luz, apaguei a luz. Vinte para as três, três horas, três e quinze. E então, de repente, achei a solução. Ou, pelo menos, algo que poderia se aproximar disso.

Vesti a roupa mais escura que encontrei no armário: um terninho de *mohair* preto, um casaco cinza-chumbo e um chapéu de aba enfiado até as sobrancelhas. A chave do quarto e algum dinheiro foram as últimas coisas que peguei. Não precisava de nada mais, só de sorte.

Desci na ponta dos pés pela escada de serviço, tudo estava calmo e praticamente às escuras. Avancei sem ter uma ideia clara de por onde andava, deixando-me levar pelo instinto. A cozinha, a despensa, a lavanderia, a sala das caldeiras. Cheguei à rua por uma porta dos fundos do subsolo. Não era a melhor opção, certamente: percebi que aquela era a saída do lixo. Pelo menos, era lixo de rico.

Era noite fechada, as luzes do cassino brilhavam a umas centenas de metros e de vez em quando se ouvia algum dos últimos notívagos: uma despedida, uma gargalhada abafada, o motor de um carro. E depois, silêncio. Acomodei-me para esperar com a lapela levantada e as mãos nos bolsos, sentada no meio-fio e protegida por uma pilha de caixas de soda. Eu vinha de um bairro de trabalhadores, sabia que não faltaria muito para que começasse o movimento: muitos madrugavam para fazer a vida mais agradável para quem podia se permitir o luxo de dormir até tarde. Antes das quatro, acenderam-se as primeiras luzes no subsolo do hotel, logo saiu um casal de funcionários. Pararam para acender um cigarro na porta, protegendo o fogo com as mãos e se afastaram andando sem pressa. O primeiro veículo foi uma espécie de caminhonete; sem encostar, desembarcou uma dúzia de mulheres jovens e foi embora. Elas entraram ruminando o sono; as camareiras do novo turno, imaginei. O segundo motor correspondeu a um carro de três rodas. Dele saiu um indivíduo magro e mal barbeado que começou a mexer na parte de trás em busca de alguma mercadoria. Depois, vi-o entrar na cozinha com um grande cesto de vime que continha algo que pesava pouco e que, com a noite e a distância, não consegui distinguir. Quando terminou, dirigiu-se de novo ao pequeno veículo, e então o abordei.

Tentei limpar a palha que cobria o banco com um lenço, mas não consegui. Tinha cheiro de galinha e havia penas por todos os lados, além de cascas quebradas e restos de excrementos. Os ovos do café da manhã chegavam aos hóspedes primorosamente fritos ou mexidos em um prato de porcelana com filete dourado. O veículo que os transportava da granja até a cozinha do hotel era bem menos elegante. Tentei não pensar no suave couro dos bancos do Bentley de João enquanto avançávamos cambaleando ao ritmo do sacolejar do carro. Eu estava sentada à direita do fornecedor de ovos, os dois encolhidos na estreiteza de um banco dianteiro que não media nem meio metro. Apesar do contato físico próximo, não trocamos uma palavra durante todo o caminho, exceto as que precisei para lhe dar o endereço aonde tinha que me levar.

— É aqui — disse quando chegamos.

Reconheci a fachada.

— Mais cinquenta escudos se me pegar daqui a duas horas.

Não precisou falar para confirmar que voltaria: um gesto tocando a viseira do boné significou trato feito.

A portaria estava fechada. Sentei-me em um banco de pedra para aguardar, no sereno. Com o chapéu bem encaixado e a lapela do casaco ainda levantada, afastei a incerteza tentando tirar, uma a uma, a palha e as penas que haviam ficado presas em minha roupa. Felizmente, não tive de esperar muito; em menos de quinze minutos chegou quem eu esperava chacoalhando um grande anel cheio de chaves. Engoliu a história que lhe contei sobre uma bolsa esquecida e me deixou entrar. Procurei o nome nas caixas de correspondência, subi correndo dois lances de escadas e bati à porta com um punho de bronze maior que minha própria mão.

Não tardaram a acordar. Primeiro ouvi alguém se mexer com o andar cansado de quem arrasta dois chinelos velhos. O olho mágico se abriu e do outro lado encontrei um olho escuro cheio de remelas e estranheza. Depois, chegou o som de passos mais dinâmicos e diligentes. E vozes, vozes baixas e precipitadas. Ainda abafada pela espessura da robusta porta de madeira, reconheci uma delas. A que eu buscava. Confirmei quando um novo olho, vivo e azul, surgiu no pequeno buraco.

— Rosalinda, sou eu, Sira. Abra, por favor.

Uma tranca, zás. Mais uma.

O reencontro foi precipitado, cheio de alegria contida e alvoroço de sussurros.

— *What a marvellous surprise*! Mas o que faz aqui no meio da noite, *my dear*? Disseram-me que viria a Lisboa e que não a poderia ver, como vão as coisas em Madri? E...?

Minha alegria era imensa também, mas o medo me fez retomar a prudência.

— Ssssshhhhhh... — disse, tentando contê-la. Ela não me deu ouvidos e continuou com suas boas-vindas entusiasmadas. Mesmo arrancada da cama em plena madrugada, mantinha o *glamour* de sempre. A ossatura delicada e a pele transparente cobertas por um roupão de seda cor de marfim que chegava até seus pés, o cabelo ondulado um pouco mais curto, talvez, a boca cheia de palavras atropeladas que, como antes, misturavam o inglês, o espanhol e o português.

Senti-la tão perto liberou um milhão de perguntas acumuladas. O que teria sido dela ao longo daqueles meses desde sua fuga precipitada da Espanha, com que argúcias teria conseguido se virar, como teria lidado com a queda de Beigbeder. Sua casa exalava luxo e bem-estar, mas eu sabia que a fragilidade de seus recursos financeiros a impedia de custear por si uma residência assim. Preferi não perguntar. Por mais difíceis que fossem as investidas do destino e obscuras as circunstâncias, Rosalinda Fox continuava irradiando a mesma vitalidade positiva de sempre, esse otimismo capaz de derrubar barreiras, vencer obstáculos ou levantar um morto se sua vontade assim desejasse.

Percorremos o longo corredor de braços dados, falando entre sussurros e sombras. Chegamos ao quarto dela, cuja porta fechou atrás de si, e a recordação de Tetuán me invadiu de repente como uma lufada de ar africano. O tapete berbere, uma luminária moura, os quadros. Reconheci uma aquarela de Bertuchi: as paredes caiadas do bairro mouro, as rifenhas vendendo laranjas, uma mula carregada, xadores e túnicas e, ao fundo, o minarete de uma mesquita recortado sobre o céu marroquino. Afastei os olhos; não era hora de nostalgia.

— Preciso encontrar Marcus Logan.

— Mas que coincidência. Ele veio me ver há uns dias; queria saber de você.

— O que você lhe disse? — perguntei alarmada.

— Só a verdade — disse, erguendo a mão direita como se prestasse juramento. — Que a última vez que a vi foi no ano passado, em Tânger.

— Sabe como encontrá-lo?

— Não. Ficou de passar de novo em El Galgo, nada mais.

— O que é El Galgo?

— Meu clube — disse, dando uma piscada enquanto se recostava na cama. — Um negócio fantástico que abri em sociedade com um amigo. Estamos forrando os bolsos — arrematou com uma gargalhada. — Mas depois lhe conto tudo isso, outra hora, vamos nos centrar agora em questões mais urgentes. Não sei onde encontrar Marcus, *darling*. Não sei onde ele mora nem tenho seu número de telefone. Mas venha, sente-se aqui a meu lado e conte-me a história toda, vamos ver se nos ocorre alguma coisa.

Que consolo ter reencontrado a Rosalinda de sempre. Extravagante e imprevisível, mas também eficaz, rápida e proativa mesmo no meio da noite. Uma vez superada a surpresa inicial e percebendo que minha visita tinha um objetivo concreto, não perdeu tempo perguntando inutilidades, nem quis saber sobre minha vida em Madri nem minhas tarefas às ordens daquele Serviço Secreto em cujos braços ela me jogara. Apenas entendeu que havia algo a resolver urgentemente e se dispôs a me ajudar.

Resumi a história de Silva e o que Marcus tinha a ver com ela. Ficamos iluminadas apenas pela luz tênue de um abajur de seda plissada, ambas acomodadas em sua grande cama. Mesmo sabendo que estava contrariando as ordens expressas de Hillgarth de não fazer contato com Rosalinda sob qualquer pretexto, não me preocupou informá-la dos detalhes de minha missão; confiava nela de olhos fechados e ela era a única pessoa a quem eu podia recorrer. Além disso, de certo modo, eles me haviam feito acabar procurando por ela: haviam me mandado para Portugal tão desprotegida, tão sem apoio, que não tive outra opção.

— Vejo Marcus muito de vez em quando. Às vezes ele passa pelo clube, umas vezes nos encontramos no restaurante do Hotel Aviz, e duas noites, como você, cruzei com ele no cassino do Estoril. Sempre encantador, mas um tanto esquivo acerca de suas ocupações: nunca deixou claro o que faz agora, mas, evidentemente, duvido muito que seja jornalismo. Cada vez que nos encontramos, conversamos dois minutos e nos despedimos com carinho, prometendo nos ver com mais frequência, mas nunca o fazemos. Não tenho ideia do que anda fazendo, *darling*. Não sei se seus negócios são limpos ou se precisam passar pela lavanderia. Nem sequer sei se mora permanentemente em Lisboa, ou se vai e vem de Londres ou de algum outro lugar. Mas, se me der dois dias, posso tentar averiguar.

— Acho que não temos tempo. Silva já deu instruções para que deem um jeito de deixar o caminho livre para os alemães. Preciso avisá-lo o quanto antes.

— Tenha cuidado, Sira. Talvez ele esteja metido em algo obscuro que você desconheça. Não lhe disseram que tipo de negócios o ligava a Silva, e passou-se muito tempo desde que convivemos com ele em Marrocos; não sabemos o que fez da vida desde que foi embora até agora. E, de fato, também não soubemos muito na época.

— Mas ele conseguiu trazer minha mãe...

— Foi um simples mediador e, além disso, fez aquilo em troca de algo. Não foi um favor desinteressado, lembre-se disso.

— E sabíamos que era jornalista...

— Imaginamos, mas, na verdade, nunca vimos a famosa entrevista com Juan Luis publicada, e isso, supostamente, foi o motivo que o levou a Tetuán.

— Talvez...

— Nem a reportagem sobre o Marrocos espanhol pela qual ficou ali durante todas aquelas semanas.

Havia mil razões que poderiam justificar tudo isso, e com certeza seria fácil encontrá-las, mas eu não podia perder tempo com elas. A África era passado, Portugal, o presente. E a urgência estava no aqui e agora.

— Precisa me ajudar a encontrá-lo — insisti, passando por cima dos receios. — Silva já alertou sua gente, pelo menos temos de deixar Marcus de sobreaviso; ele saberá o que fazer depois.

— Claro que vou tentar localizá-lo, *my dear*, fique tranquila. Mas só quero lhe pedir que aja com cautela e tenha em conta que todos mudamos imensamente, que nenhum de nós é mais quem foi um dia. Na Tetuán de alguns anos atrás você era uma jovem costureira e eu, a amante feliz de um homem poderoso; veja agora em que nos transformamos, veja onde estamos as duas e como tivemos que nos encontrar. Marcus e suas circunstâncias provavelmente mudaram também: é a lei de vida, e mais ainda nestes tempos. E se sabíamos pouco dele na época, menos ainda sabemos agora.

— Agora ele se dedica aos negócios, o próprio Silva me informou.

Recebeu minha explicação com um riso irônico.

— Não seja ingênua, Sira. A palavra "negócios", nos dias de hoje, é como um grande guarda-chuva preto que pode encobrir qualquer coisa.

— Está me dizendo, então, que não o devo ajudar? — perguntei, tentando não parecer confusa.

— Não. O que estou fazendo é aconselhá-la para que tenha muito cuidado e não se arrisque além da conta, porque nem sequer sabe com certeza quem é e em que anda metido o homem que está tentando proteger. É curioso, as voltas que a vida dá... não é? — continuou com um meio sorriso, afastando do rosto sua eterna onda loura. — Ele estava louco por você em Tetuán e você se negou a se envolver com ele, apesar de os dois se sentirem tão atraídos. E agora, depois de tanto tempo, para protegê-lo, você se arrisca a ser desmascarada, a comprometer a missão, e quem sabe algo mais, e tudo isso em um país onde está sozinha e não conhece ninguém. Continuo não entendendo por que foi tão reticente em começar algo sério com Marcus, mas deve ter sido muito profunda a marca que ele deixou em você, visto quanto está se expondo por ele.

— Eu já lhe contei cem vezes. Não quis um novo relacionamento porque a história de Ramiro ainda estava recente, porque as feridas ainda estavam abertas.

— Mas havia passado um tempo...

— Não o suficiente. Eu sentia pânico de voltar a sofrer, Rosalinda, sentia tanto medo... A coisa com Ramiro foi tão dolorosa, tão dilacerante, tão, tão imensa... Eu sabia que cedo ou tarde Marcus também acabaria indo embora, não queria passar por aquilo outra vez.

— Mas ele nunca a teria deixado dessa maneira. Cedo ou tarde teria voltado, talvez você pudesse ter ido com ele...

— Não. Tetuán não era o lugar dele, mas era o meu, com minha mãe chegando, duas denúncias nas costas e a Espanha ainda em guerra. Eu estava confusa, machucada e transtornada ainda por causa de minha história anterior, ansiosa por saber de minha mãe e construindo uma personalidade falsa para conquistar clientes em uma terra estranha. Levantei um muro para evitar me apaixonar perdidamente por Marcus, é verdade. Mesmo assim, ele conseguiu ultrapassá-lo. Infiltrou-se por entre as fendas e me alcançou. Não amei mais ninguém desde então, nem sequer me senti atraída por outro homem. Sua recordação tem me servido para me fazer de forte e enfrentar a solidão, e, acredite, Rosalinda, tenho estado muito sozinha todo esse tempo. E quando pensava que não o voltaria a ver mais, a vida o colocou em meu caminho no pior momento. Não pretendo resgatá-lo nem estender uma ponte sobre o passado para retomar o que foi perdido, sei que isso é impossível neste mundo de loucos em que vivemos. Mas, se pelo menos puder ajudá-lo para que não acabem com ele em qualquer esquina, tenho que tentar.

Ela deve ter notado que minha voz tremia, porque pegou minha mão e a apertou com força.

— Bem, vamos nos centrar no presente — disse firme. — Assim que o dia raiar, vou acionar meus contatos. Se ele ainda estiver em Lisboa, conseguirei encontrá-lo.

— Eu não o posso ver e não quero que você fale com ele. Use algum intermediário, alguém que leve a informação sem que ele saiba que procede de você. A única coisa que ele precisa saber é que Silva não só não quer saber dele, como também deu ordem de tirá-lo do caminho se começar a incomodar. Eu informarei Hillgarth sobre os outros nomes quando chegar a Madri. Ou não — retifiquei. — Melhor entregar a Marcus todos os nomes, anote, eu sei de cor. Que ele os avise, provavelmente conhece todos.

Então, senti um cansaço imenso, quase tão imenso quanto a angústia que sentia desde que Beatriz Oliveira me passara aquela sinistra lista na igreja de São Domingos. O dia havia sido atroz: a novena e o que trouxera com ela, o encontro posterior com Silva e o esforço extenuante para fazer que me convidasse a ir a sua casa, a noite em claro, a espera no escuro ao lado do lixo do hotel, a tortuosa viagem até Lisboa colada ao corpo daquele granjeiro malcheiroso. Olhei o relógio. Ainda faltava meia hora para que me pegasse com seu triciclo. Fechar os olhos e me aconchegar na cama desfeita de Rosalinda me pareceu a mais deliciosa tentação, mas não era hora de pensar em dormir. Antes, precisava me atualizar sobre a vida de minha amiga, mesmo que fosse brevemente: quem sabia se aquele seria nosso último encontro.

— Fale você agora, rápido; não quero ir embora sem saber algo de você. Como se arranjou desde que saiu da Espanha, o que fez da vida?

— Os primeiros tempos foram duros, sozinha, sem dinheiro e consumida pela incerteza da situação de Juan Luis em Madri. Mas não pude sentar para chorar o que estava perdido, tinha que ganhar a vida. Em alguns momentos, foi até divertido, vivi algumas cenas dignas da melhor comédia: houve dois milionários decrépitos que me ofereceram casamento e até deslumbrei um alto oficial nazista que me garantiu estar disposto a desertar se eu aceitasse fugir com ele para o Rio de Janeiro. Às vezes foi divertido; outras, na verdade, nem tanto. Encontrei velhos admiradores que fingiram não me conhecer e velhos amigos que viraram a cara; pessoas que um dia eu ajudei e que de repente pareciam sofrer amnésia, e embusteiros que fingiram estar em condições lamentáveis para evitar que lhes pedisse dinheiro emprestado. O pior de tudo, porém, não foi isso: o mais difícil em todo aquele tempo foi ter que cortar qualquer contato com Juan Luis. Primeiro paramos de nos ligar depois que ele descobriu que havia escuta no telefone, depois abandonamos o correio. E depois chegou a destituição e a prisão. As últimas cartas em muito tempo foram as que ele lhe entregou e você entregou a Hillgarth. E depois, o fim.

— Como ele está agora?

Suspirou fundo antes de responder e tornou a retirar o cabelo do rosto.

— Moderadamente bem. Foi mandado para Ronda, e aquilo foi quase um alívio, porque, no início, pensou que iam se desfazer dele por completo, acusando-o de alta traição à pátria. Mas, no fim, não instauraram conselho de guerra, mais por simples interesse que por compaixão: liquidar daquela maneira um ministro nomeado um ano antes teria representado um impacto muito negativo na população espanhola e na opinião internacional.

— Ainda está em Ronda?

— Sim, mas agora apenas sob prisão domiciliar. Mora em um hotel e parece que está começando a ter certa liberdade de movimentos. Está entusiasmado de novo com alguns projetos, você sabe como ele é inquieto, precisa sempre estar ativo, envolvido em algo interessante, inventando e maquinando. Tenho esperança de que possa vir logo para Lisboa, e, depois, *we'll see*. Veremos — concluiu com um sorriso cheio de melancolia.

Não me atrevi a perguntar quais eram aqueles novos projetos após ter despencado pelo barranco dos despossuídos de glória. O ex-ministro amigo dos ingleses já era muito pouco naquela Nova Espanha tão carinhosa com o Eixo; as coisas teriam de mudar muito para que o poder voltasse a bater a sua porta.

Consultei o relógio de novo, só me restavam dez minutos.

— Continue contando de você, como conseguiu se virar.

— Conheci Dimitri, um russo branco que fugiu para Paris após a revolução bolchevique. Tornamo-nos amigos e eu o convenci a me tornar sua sócia no clube que pretendíamos abrir. Ele entraria com o dinheiro, e eu, com a decoração e os contatos. El Galgo foi um sucesso desde o início, de modo que, pouco depois de aberto, comecei a procurar casa para finalmente poder sair do pequeno quarto onde uns amigos poloneses me hospedavam. E, então, encontrei este apartamento, se é que uma casa com 24 quartos pode se chamar de apartamento.

— Vinte e quatro quartos, que absurdo!

— Não acredite nisso. Aluguei-o com a intenção de tirar lucro disso, *obviously*. Lisboa está cheia de expatriados com pouca liquidez que não podem se permitir uma longa permanência em um grande hotel.

— Não me diga que montou uma casa de hóspedes aqui!

— Algo assim. Hóspedes elegantes, gente do mundo cuja sofisticação não os livra de estar à beira do abismo. Divido meu lar com eles e eles seus capitais comigo, na medida do possível. Não há preço definido: há quem tenha desfrutado de um quarto durante dois meses sem me pagar nem um escudo, e há quem tenha me dado, por uma semana de hospedagem, uma pulseira *rivière* de brilhantes ou um broche Lalique. Eu não cobro nada de ninguém, cada um contribui como pode. São tempos difíceis, *darling*, precisamos sobreviver.

Precisávamos sobreviver, efetivamente. E, para mim, a sobrevivência mais imediata implicava entrar de novo em um carro de três rodas com cheiro de galinha e chegar a meu quarto no Hotel do Parque antes que a manhã começasse. Eu teria adorado poder continuar conversando com Rosalinda até o fim dos dias, deitadas as duas em sua grande cama sem mais preocupações que tocar uma campainha para que fossem nos levar o café da manhã. Mas havia chegado a hora de voltar, de retornar à realidade, por mais negra que parecesse. Ela me acompanhou até a porta; antes de abri-la, abraçou-me com seu corpo leve e soprou um conselho em meu ouvido.

— Não conheço Manuel da Silva, mas todo mundo em Lisboa conhece sua fama: um grande empresário, sedutor e encantador, que também é frio como gelo, inclemente com seus adversários e capaz de vender a alma por um bom negócio. Tenha muito cuidado, porque você está brincando com fogo com alguém perigoso.

# 60

— Toalhas limpas — anunciou a voz do outro lado da porta do banheiro.

— Deixe em cima da cama, obrigada — gritei.

Eu não havia pedido toalhas e era estranho que as fossem repor a essa hora da noite, mas imaginei que se tratasse de um simples atraso no serviço.

Acabei de aplicar a máscara de cílios em frente ao espelho. Com ela, acabei a maquiagem; só faltava me vestir e ainda restava quase uma hora para que João fosse me buscar. Estava de roupão. Comecei a me arrumar cedo para ocupar o tempo com alguma atividade e parar de pressagiar finais funestos para minha breve carreira, mas ainda continuava sobrando tempo. Saí do banho, e enquanto amarrava o cinto, hesitei, decidindo o que fazer. Esperaria um pouco antes de me vestir. Ou talvez não, talvez devesse pelo menos ir pondo as meias. Ou talvez não, talvez o melhor fosse... E então o vi, e todas as meias do mundo deixaram de existir nesse momento.

— O que está fazendo aqui, Marcus? — balbuciei, sem acreditar no que via. Alguém o havia deixado entrar ao levar as toalhas. Ou talvez não: varri o quarto com o olhar e não encontrei toalhas em lugar nenhum.

Ele não respondeu a minha pergunta. Também não me cumprimentou nem se incomodou em justificar sua ousadia invadindo meu quarto daquela maneira.

— Afaste-se de Manuel da Silva, Sira. Afaste-se dele, eu só vim lhe dizer isso.

Falou com voz contundente. Estava em pé, com o braço esquerdo apoiado no encosto de uma poltrona em um canto. Camisa branca e terno cinza, nem tenso, nem relaxado: sóbrio apenas. Como se tivesse uma obrigação e a firme vontade de cumpri-la.

Não pude replicar. Nenhuma palavra conseguiu chegar a minha boca.

— Não sei que relação você tem com ele — prosseguiu —, mas ainda está a tempo de não continuar se envolvendo. Vá embora daqui, volte para Marrocos...

— Agora moro em Madri — consegui dizer por fim. Eu permanecia em pé sobre o tapete, imóvel, descalça, sem saber o que fazer. Recordei as palavras de Rosalinda naquela mesma madrugada: devia ser cuidadosa com Marcus, não sabia em que mundo se movia nem em que negócios andava metido. Senti um calafrio. Não sabia então, e talvez nunca soubesse. Esperei que continuasse falando para poder calcular até onde poderia me abrir e até onde teria de ser cautelosa; até que ponto deveria deixar a Sira que ele conhecia aparecer e até quando deveria continuar representado o papel distante de Arish Agoriuq.

Ele se afastou da poltrona e se aproximou uns passos. Seu rosto continuava sendo o mesmo, seus olhos também. O corpo flexível, o cabelo, a cor da pele, a linha da mandíbula. Os ombros, os braços que segurei tantas vezes, as mãos que seguraram as minhas, a voz. Tudo era de repente tão próximo, tão próximo. E tão distante ao mesmo tempo.

— Vá embora o quanto antes, e não torne a vê-lo — insistiu. — Você não merece um sujeito assim. Não tenho a menor ideia de por que mudou de nome, nem por que veio a Lisboa, nem por que se aproximou dele. Também não sei se sua relação é algo natural ou se alguém a meteu nessa história, mas eu garanto...

— Não há nada sério entre nós. Eu vim a Portugal para fazer compras para meu ateliê; uma pessoa que conheço em Madri me pôs em contato com ele e nos vimos algumas vezes. É só um amigo.

— Não, Sira, não se engane — cortou firme. — Manuel da Silva não tem amigos. Tem conquistas, tem conhecidos e aduladores, e tem contatos profissionais interesseiros, só isso. E, ultimamente, esses contatos não são os mais convenientes. Ele está se metendo em assuntos obscuros; cada dia que passa se sabe algo novo dele, e você deveria se manter longe de tudo isso. Ele não é homem para você.

— Também não é para você, então. Mas vocês pareciam bons amigos na noite do cassino...

— Nós dois nos interessamos mutuamente por puras questões comerciais. Ou melhor, nos interessávamos. Minhas últimas notícias são de que ele não quer mais negociar comigo. Nem comigo, nem com nenhum outro inglês.

Respirei com alívio: suas palavras indicavam que Rosalinda havia conseguido encontrá-lo e fazer que alguém lhe transmitisse minha mensagem. Continuávamos em pé, frente a frente, mas havíamos encurtado a distância sem perceber. Um passo adiante dele, outro meu. Mais um dele, mais um meu. Quando começamos a falar, cada um ocupava uma ponta do quarto, como dois lutadores desconfiados e em guarda, temerosos ambos da reação do oponente. Com o decorrer dos minutos, fomos nos aproximando, inconscientemente talvez, até ficar no meio do quarto, entre os pés da cama e a mesa. Ao alcance um do outro com mais um simples movimento.

— Eu saberei me cuidar, fique tranquilo. No bilhete que me deu no cassino você me perguntou onde estava a Sira de Tetuán. Aqui está: tornou-se mais forte. E também mais descrente e mais desencantada. Agora eu pergunto o mesmo a você, Marcus Logan: onde está o jornalista que chegou arrasado à África para fazer uma longa entrevista com o alto comissário que nunca...

Não pude terminar a frase, fui interrompida por umas batidas na porta. Batidas fora de hora e decididas. Segurei seu braço instintivamente.

— Pergunte quem é — sussurrou.

— É Gamboa, assistente do senhor Silva. Trouxe algo da parte dele — anunciou a voz no corredor.

Com três passou discretos, Marcus desapareceu dentro do banheiro. Eu me aproximei com lentidão da porta, segurei a maçaneta e respirei várias vezes. Depois, abri fingindo naturalidade e encontrei Gamboa segurando algo leve e aparatoso embrulhado em camadas de papel de seda. Estendi as mãos para pegar aquilo que ainda não sabia o que era, mas ele não me entregou.

— É melhor eu mesmo as colocar sobre uma superfície plana, são muito delicadas. Orquídeas — esclareceu.

Hesitei por alguns segundos. Embora Marcus estivesse escondido no banheiro, era uma temeridade permitir que aquele homem entrasse no quarto, mas, por outro lado, se me negasse a deixá-lo entrar, pareceria que estava escondendo alguma coisa. E, naquele momento, a última coisa que eu queria era levantar suspeitas.

— Entre — concordei por fim. — Deixe-as em cima da mesa, por favor.

E então percebi. E desejei que o chão se abrisse sob meus pés e me engolisse inteira. Absorvida de uma vez, aspirada, desaparecida até a eternidade. Assim não teria de enfrentar as consequências do que acabava de ver. No centro da estreita mesa, entre o telefone e um abajur dourado, havia algo inoportuno. Algo imensamente inoportuno que não convinha que ninguém o visse ali. E menos ainda o empregado de confiança de Silva.

Retifiquei tão logo o percebi.

— Não, melhor colocá-las aqui, neste banco aos pés da cama.

Obedeceu sem o menor comentário, mas eu sabia que ele também havia percebido. Como não. O que havia em cima da madeira polida da mesa era algo tão estranho e tão incongruente em um quarto ocupado por uma mulher sozinha que necessariamente teria de lhe chamar a atenção: o chapéu de Marcus.

Ele saiu do esconderijo assim que ouviu a porta se fechar.

— Vá embora, Marcus. Vá embora daqui, por favor — insisti, enquanto tentava imaginar quanto tempo Gamboa levaria para contar a seu chefe o que acabara de ver. Se Marcus se deu conta do desastre que seu chapéu poderia desencadear, não demonstrou.

— Pare de se preocupar comigo; amanhã à noite volto para Madri. Hoje é meu último dia, a partir de...

— Vai mesmo embora amanhã? — perguntou, segurando-me pelos ombros. Apesar da ansiedade e do medo, uma sensação de algo que havia muito tempo não sentia percorreu minhas costas.

— Amanhã à noite, sim, no Lusitania Express.

— E não vai voltar a Portugal?

— Não, por ora, não tenho intenção.

— E para Marrocos?

— Também não. Ficarei em Madri, lá estão agora meu ateliê e minha vida.

Sustentamos o silêncio por alguns segundos. Provavelmente os dois estávamos pensando a mesma coisa: que azar nossos destinos terem se cruzado outra vez em um tempo tão turbulento, que tristeza ter de mentir um ao outro assim.

— Cuide-se.

Assenti sem palavras. Então, ele levou a mão a meu rosto e percorreu-o lentamente com um dedo.

— Foi uma pena que não nos tenhamos aproximado mais em Tetuán, não é?

Fiquei na ponta dos pés e colei meus lábios em seu rosto para lhe dar um beijo de despedida. Quando senti seu cheiro e ele o meu, quando minha pele tocou sua pele e meu hálito se verteu em seu ouvido, sussurrei a resposta.

— Foi uma pena total e absoluta.

Ele saiu sem um ruído e eu fiquei para trás, em companhia das orquídeas mais lindas que jamais tornaria a ver; controlando desesperadamente a vontade de correr atrás dele para abraçá-lo enquanto tentava avaliar o resultado daquele desatino.

# 61

Ao chegarmos, vi que já havia vários carros estacionados em uma lateral. Grandes, brilhantes, escuros. Imponentes.

A chácara de Silva ficava no campo, não muito longe de Estoril, mas distante o suficiente para que jamais conseguisse voltar por mim mesma. Reparei em algumas indicações: Guincho, Malveira, Colares, Sintra. Mesmo assim, não tinha a menor ideia de onde estávamos.

João freou com suavidade e os pneus chiaram nos pedregulhos. Esperei que ele abrisse a porta. Tirei um pé primeiro, devagar; o outro depois. Então, vi sua mão estendida para mim.

— Bem-vinda à Quinta da Fonte, Arish.

Saí do carro lentamente. O lamê dourado se colava ao meu corpo moldando minha silhueta, no cabelo usava uma das três orquídeas que ele havia me mandado por Gamboa. Procurei o assistente com olhos rápidos enquanto descia, mas ele não estava lá.

A noite cheirava a laranjeira e a frescor de ciprestes, as luzes da fachada emitiam um brilho que parecia se derreter sobre as pedras da grande casa. Ao subir pelas escadas de braços dados com ele, vi que acima da porta de entrada havia um monumental escudo de armas.

— O emblema da família Silva, suponho.

Eu sabia de sobra que o avô taberneiro dificilmente poderia ter sonhado com um escudo avoengo, mas achei que ele não notaria a ironia.

Os convidados esperavam em um amplo salão cheio de móveis pesados com uma grande lareira apagada em uma das pontas. Os vasos de flores distribuídos pelo aposento não conseguiam diminuir a frieza do ambiente. O incômodo silêncio em que se encontravam todos os presentes também não contribuía para proporcionar uma sensação aconchegante. Contei com rapidez. Dois, quatro, seis, oito, dez. Dez pessoas, cinco casais. E Silva. E eu. Doze no total. Como se lesse meus pensamentos, Manuel me informou:

— Ainda falta mais alguém, outro convidado alemão que não deve demorar a chegar. Venha, Arish, vou apresentar-lhe as pessoas.

A proporção, por ora, estava quase equilibrada: três pares de portugueses e dois de alemães, mais aquele que ainda ia chegar. A simetria acabava aí, porque todo o resto era estranhamente dissonante. Os alemães vestiam roupa escura: sóbrios, discretos, combinando com o lugar e o evento. Suas esposas, sem ostentar uma elegância deslumbrante, usavam seus vestidos com classe. Os portugueses, porém, eram farinha de outro saco. Eles e elas, todos. Embora os homens usassem ternos de bons tecidos, a qualidade ficava comprometida pela pouca elegância dos cabides que os portavam: corpos de homens do campo, de pernas curtas, pescoços grossos e mãos largas cheias de unhas quebradas e calos. Os três mostravam com ostentação duas canetas novas no bolso superior do paletó, e um leve sorriso já mostrava o brilho de vários dentes de ouro na boca. Suas mulheres, também usando modelos vulgares, esforçavam-se por manter o equilíbrio sobre lustrosos sapatos de salto alto nos quais mal cabiam seus pés inchados; uma delas usava um chapéu pessimamente colocado; do ombro de outra pendia uma enorme estola de pele que escorria para o chão a toda hora. A terceira limpava a boca com as costas da mão cada vez que comia um canapé.

Antes de chegar, eu pensava, erroneamente, que Manuel havia me convidado a sua festa para me exibir diante de seus convidados: um objeto decorativo exótico que reforçava seu papel de macho poderoso e que talvez pudesse lhe servir para entreter as mulheres presentes falando de moda e contando casos sobre os altos oficiais alemães na Espanha e outras banalidades da mesma intensidade. Mas, assim que percebi o ambiente, soube que havia me enganado. Embora houvesse me recebido como mais uma convidada, Silva havia me levado ali para que o acompanhasse no papel de mestre de cerimônias e o ajudasse a pastorear com tino aquela fauna peculiar. Meu papel seria atuar como intermediária entre as alemãs e as portuguesas; estender uma ponte sem a qual as mulheres dos dois grupos teriam sido incapazes de trocar algo mais do que olhares ao longo de toda a noite. Se ele tinha questões importantes a resolver, a última coisa que necessitava nesse momento eram mulheres entediadas e mau-humoradas a sua volta, ansiosas para que seus maridos as tirassem dali. Para isso me queria, para que lhe desse uma mão. Eu jogara a isca no dia anterior e ele a havia intencionalmente mordido: ambos ganhávamos alguma coisa.

Bem, Manuel, vou lhe dar o que você quer, pensei. Espero que faça o mesmo comigo depois. E para que tudo funcionasse como havia previsto, fiz uma bola compacta com meus medos, engoli-a e exibi o rosto mais fascinante de minha falsa personalidade. Com ele como bandeira, estendi meu suposto encanto até o infinito e desperdicei simpatia, distribuindo-a de maneira equilibrada entre as duas nacionalidades. Elogiei o chapéu e a estola das mulheres da Beira, fiz duas piadas das quais todos riram, deixei um português roçar meu traseiro e elogiei as excelências do povo alemão. Sem pudor.

Até que surgiu na porta uma nuvem negra.

— Desculpem, amigos — anunciou Silva. — Quero lhes apresentar Johannes Bernhardt.

Estava mais envelhecido, havia engordado e perdido cabelo, mas era, sem dúvida alguma, o mesmo Bernhardt de Tetuán. O que passeava com frequência pela rua Generalíssimo de braços dados com uma mulher que nesse momento não o acompanhava. O que negociara com Serrano Suñer a instalação de antenas alemãs em território marroquino e pactuara com ele deixar Beigbeder de fora desses assuntos. Aquele que nunca soube que eu os havia ouvido deitada no chão, escondida atrás de um sofá.

— Desculpem o atraso. Nosso carro sofreu uma avaria e tivemos de fazer uma longa parada em Elvas.

Tentei esconder meu desconcerto aceitando a taça que um garçom me ofereceu enquanto fazia contas precipitadamente: quando fora a última vez que nos encontráramos em algum lugar, quantas vezes havia cruzado com ele na rua, durante quanto tempo eu o vira aquela noite no Alto Comissariado. Quando Hillgarth me dissera que Bernhardt estava na Península e que dirigia a grande corporação que geria os interesses econômicos nazistas na Espanha, eu dissera a ele que provavelmente não me reconheceria se um dia me encontrasse. Agora, porém, não tinha tanta certeza.

Começaram as apresentações e me coloquei de costas enquanto os homens falavam, aparentemente me esforçando para me mostrar encantadora com as mulheres. O novo tema da conversa era a orquídea do meu cabelo, e enquanto eu dobrava as pernas e girava a cabeça para deixar que todas a admirassem, concentrei-me em captar pedaços de informação. Registrei os nomes de novo, assim os recordaria com mais segurança: Weiss e Wolters eram os alemães a quem Bernhardt, recém-chegado da Espanha, não conhecia. Almeida, Rodrigues e Ribeiro os portugueses. Portugueses da Beira, homens da montanha. Proprietários de minas; não, mais corretamente, pequenos proprietários de terras ruins nas quais a divina providência havia posto uma mina. Uma mina de quê? Ainda não sabia. A essa altura, continuava sem saber o que era a bendita baba de lobo que Beatriz Oliveira mencionara na igreja. E então, finalmente, ouvi a palavra ansiada: tungstênio.

Do fundo da memória resgatei atropeladamente os dados que Hillgarth me fornecera em Tânger: tratava-se de um mineral fundamental na fabricação de projéteis para a guerra. E, enganchada àquela recordação, recuperei outra: Bernhardt estava envolvido em sua compra em grande escala. Só que Hillgarth havia me falado de seu interesse por jazidas na Galícia e na Extremadura; provavelmente, então, ainda não podia prever que seus tentáculos acabariam cruzando a fronteira, chegando a Portugal e entrando em negociações com um empresário traidor que havia decidido deixar de fornecer aos ingleses para satisfazer as demandas de seus inimigos. Senti um tremor nas pernas e busquei abrigo em um gole de champanhe. Manuel da Silva não andava metido em assuntos de compra e venda de seda, madeira ou algum outro produto colonial igualmente inócuo, e sim em algo muito mais perigoso e sinistro: seu novo negócio centrava-se em um metal que serviria aos alemães para reforçar seu armamento e multiplicaria sua capacidade de matar.

As convidadas me tiraram de minhas lucubrações reclamando minha atenção. Queriam saber de onde provinha aquela flor maravilhosa que descansava atrás de minha orelha esquerda, confirmar se era realmente natural, saber como era cultivada: mil perguntas que não me interessavam em absoluto, mas que não pude evitar responder. Era uma flor tropical; sim, natural, evidentemente; não, não saberia dizer se Beira seria um bom local para cultivar orquídeas.

— Senhoras, permitam-me apresentar nosso último convidado — interrompeu de novo Manuel.

Prendi a respiração até que chegou minha vez. A última.

— E esta é minha querida amiga, senhorita Arish Agoriuq.

Ele olhou para mim sem pestanejar por um segundo. Dois. Três.

— Nós nos conhecemos?

Sorria, Sira, sorria, exigi.

— Não, acho que não — disse estendendo-lhe a mão direita com languidez.

— A menos que tenham se encontrado em algum evento em Madri — apontou Manuel. Felizmente, não parecia conhecer Bernhardt o suficiente para saber que em algum momento de seu passado havia morado em Marrocos.

— No Embassy, talvez? — sugeri.

— Não, não; fico muito pouco em Madri ultimamente. Viajo muito, e minha mulher gosta de mar, de modo que ficamos em Denia, perto de Valência. Não, seu rosto me parece familiar de algum outro lugar, mas...

Fui salva pelo mordomo. Senhoras, senhores, o jantar está servido.

Na ausência de uma consorte anfitriã, Silva ignorou o protocolo e me situou em uma cabeceira da mesa. Na outra, ele. Tentei esconder minha inquietude voltando minha atenção aos convidados, mas a sensação de angústia era tanta que mal pude comer.

Ao sobressalto gerado pela visita de Gamboa ao meu quarto haviam se somado a chegada imprevista de Bernhardt e a constatação do sujo negócio em que Silva andava metido. E, como se não fosse suficiente, também era obrigada a manter o aprumo e assumir o papel de dona da casa.

A sopa chegou em sopeira de prata, o vinho em decantadores de cristal, e o marisco em enormes bandejas transbordantes de crustáceos. Fiz malabarismo para ser atenciosa com todos. Indiquei disfarçadamente às portuguesas que talheres deviam usar em cada momento e troquei frases com as alemãs: sim, claro que conhecia a baronesa Stohrer; sim, e Glória von Fürstenberg também; claro, claro que sabia que Horcher ia abrir suas portas em Madri. O jantar transcorreu sem incidentes e Bernhardt, felizmente, não tornou a prestar atenção em mim.

— Bem, senhoras, e agora, se não se importam, vamos nos retirar para conversar — anunciou Manuel após a sobremesa.

Eu me contive retorcendo a toalha de mesa entre os dedos. Não podia ser, ele não podia fazer isso comigo. Eu havia cumprido minha parte; agora, devia receber. Havia agradado a todos, me comportado como uma anfitriã exemplar e precisava de uma compensação. No momento em que iam tratar do que mais me interessava, não podia deixar que escapassem. Felizmente, o vinho havia acompanhado os pratos sem a menor moderação e os ânimos pareciam descontraídos. Principalmente os dos portugueses.

— Não, homem, não, Silva, pelo amor de Deus! — gritou um deles, dando-lhe uma sonora palmada nas costas. — Não seja tão antigo, amigo! No mundo moderno da capital, os homens e as mulheres vão juntos a todos os lugares!

Manuel hesitou por um segundo; evidentemente, preferia continuar conversando em particular, mas os portugueses não lhe deram opção: levantaram-se ruidosamente da mesa e dirigiram-se de novo à sala com o ânimo exaltado. Um deles passou um braço pelos ombros de Silva, outro ofereceu o seu a mim. Pareciam exultantes, depois de superado o retraimento inicial, por serem recebidos na grande casa de um homem rico. Naquela noite, iam fechar um acordo que lhes permitiria fechar a porta da miséria atrás de si, de seus filhos e dos filhos de seus filhos; não havia razão alguma para fazê-lo às costas de suas mulheres.

Serviram café, licores, cigarros e bombons; recordei que Beatriz Oliveira havia se encarregado de comprar tudo aquilo. Também as flores, elegantes sem ostentação. Imaginei que ela havia escolhido as orquídeas que eu recebera naquela tarde e voltei a sentir um estremecimento ao relembrar a inesperada visita de Marcus. Um estremecimento duplo. De afeto e gratidão por ele se preocupar comigo dessa maneira; de medo, mais uma vez, pela recordação do incidente do chapéu diante dos olhos do assistente. Gamboa não estava ali; talvez, com um pouco de sorte, estivesse jantando um ensopado com sua família, ouvindo sua mulher se queixar do preço da carne e esquecendo que havia detectado a presença de outro homem no quarto da estrangeira que seu patrão cortejava.

Embora não tenha conseguido nos separar em diferentes aposentos, pelo menos Manuel conseguiu que nos sentássemos em áreas diferentes. Os homens se sentaram em uma ponta da ampla sala, em poltronas de couro em frente à lareira apagada. As mulheres, ao lado da grande porta balcão que dava para o jardim.

Começaram a conversar enquanto nós elogiávamos a qualidade dos chocolates. Os alemães abriram a conversa apresentando suas questões com um tom sóbrio, enquanto eu me esforçava por apurar o ouvido e anotava mentalmente tudo o que ia ouvindo. Poços, concessões, licenças, toneladas. Os portugueses levantavam objeções, aumentando o volume, falando depressa. Possivelmente os primeiros queriam arrancar deles até as tripas, e os homens da Beira, montanheses rudes acostumados a não confiar nem no próprio pai, não estavam interessados em se deixar comprar a qualquer preço. O ambiente, felizmente para mim, foi se aquecendo. As vozes eram, agora, plenamente audíveis, às vezes até explosivas. E minha cabeça, como uma máquina, não parou de registrar o que diziam. Embora não tivesse uma ideia completa de tudo o que estava sendo negociado ali, pude absorver uma grande quantidade de dados soltos. Galerias, cestos e caminhões, perfurações e vagonetes. Tungstênio livre e tungstênio controlado. Tungstênio de qualidade, sem quartzo nem piritas. Imposto sobre exportações. Seiscentos mil escudos por tonelada, três mil toneladas por ano. Duplicatas, lingotes de ouro e contas em Zurique. Além disso, consegui algumas informações completas. Como o fato de Silva estar havia semanas mexendo habilmente os pauzinhos para reunir os principais proprietários de jazidas a fim de que aceitassem negociar com os alemães com exclusividade. E o fato de que, se tudo corresse segundo a previsão, em menos de duas semanas bloqueariam de uma vez e em conjunto todas as vendas aos ingleses.

A quantidade de dinheiro de que falavam me permitiu entender a aparência de novos-ricos dos mineiros e suas mulheres. Aquilo estava transformando humildes camponeses em prósperos proprietários sem terem sequer de trabalhar: as canetas, os dentes de ouro e as estolas de pele não eram mais que uma pequena amostra dos milhões de escudos que iriam obter se permitissem aos alemães perfurar suas terras sem impedimentos.

A noite avançava e, à medida que ia se perfilando em minha mente a verdadeira envergadura daquele negócio, meus temores aumentavam. O que eu estava ouvindo era tão privado, tão atroz e tão comprometedor que preferi não imaginar as consequências que teria de enfrentar se Manuel da Silva chegasse a saber quem eu era e para quem trabalhava. A conversa entre os homens durou quase duas horas, mas, enquanto ela se agitava, a reunião das mulheres ia decaindo. Cada vez que percebia que a negociação se enroscava em algum ponto sem chegar a nada de novo, voltava a me concentrar em suas esposas, mas as mulheres portuguesas já haviam se desinteressado por mim e por meus esforços de mantê-las entretidas fazia um tempo, e já cabeceavam, incapazes de controlar o sono. Em seu duro dia a dia rural, provavelmente se deitavam ao cair do sol e se levantavam ao amanhecer para alimentar os animais e cuidar das tarefas do campo e da cozinha; aquela noite regada a vinho, bombons e opulência superava em muito o que podiam suportar. Centrei-me, então, nas alemãs, mas elas também não pareciam excessivamente comunicativas: uma vez visitados os lugares-comuns, faltavam-nos afinidades e capacidades linguísticas para continuar mantendo a conversa animada.

Eu estava ficando sem audiência e sem recursos: meu papel de anfitriã auxiliar estava se desvanecendo, precisava pensar em alguma maneira de fazer que aquilo não morresse totalmente e, ao mesmo tempo, precisava ficar alerta e continuar absorvendo informações. E então, ao fundo, no lado masculino da sala, explodiu uma grande gargalhada coletiva. Depois vieram apertos de mãos, abraços e parabéns. O trato estava fechado.

# 62

— Vagão de Primeira Classe, compartimento número oito.

— Tem certeza?

Mostrei a passagem.

— Perfeito. Eu a acompanho.

— Não é necessário, de verdade.

Não me deu ouvidos.

Às malas com que chegara a Lisboa haviam se somado várias caixas de chapéu e duas grandes bolsas de viagem cheias de caprichos; tudo havia saído antecipadamente do hotel aquela tarde. O resto das compras para o ateliê iria chegando ao longo dos dias seguintes, tudo enviado diretamente dos fornecedores. Como bagagem de mão, restou-me só uma maleta com o necessário para passar a noite. E com algo mais: o caderno de desenho cheio de informações.

Manuel, assim que descemos do carro, insistiu em levar a maleta.

— Não pesa nada, não é necessário — disse, tentando não me afastar dela.

Perdi a batalha antes de começar, sabia que não poderia insistir. Entramos no vestíbulo como o casal mais elegante da noite: eu com todo meu *glamour* e ele carregando, sem saber, as provas de sua traição. A estação de Santa Apolônia, com seu aspecto de grande casarão, acolhia o gotejamento de viajantes com destino noturno a Madri. Casais, famílias, amigos, homens sozinhos. Alguns pareciam prontos para partir com a frieza ou a indiferença de quem se afasta de algo que não deixa marcas; outros, porém, derramavam lágrimas, abraços, suspiros e promessas de futuro que talvez nunca se cumprissem. Eu não me encaixava em nenhuma das duas categorias: nem na dos desapegados, nem na dos sentimentais. Minha natureza era de outro tipo. A dos que fugiam; a daqueles que ansiavam por distância, por tirar o pó dos sapatos e esquecer para sempre o que deixavam para trás.

Eu havia passado a maior parte do dia no quarto preparando a volta. Supostamente. Tirei a roupa dos cabides, esvaziei as gavetas e guardei tudo nas malas, sim. Mas aquilo não me ocupou muito; o resto do tempo que passei trancada foi dedicado a algo mais importante: a registrar em milhares de pequenos pespontos a lápis toda a informação que captara na chácara de Silva. A tarefa me tomou horas infinitas. Comecei assim que voltei ao hotel, já de madrugada, quando ainda tinha fresco na mente tudo o que ouvira; havia tantas dezenas de detalhes que uma grande parte corria o risco de se diluir no esquecimento se não anotasse imediatamente. Dormi apenas três ou quatro horas; assim que acordei, sentei-me para completar o trabalho. Ao longo da manhã e das primeiras horas da tarde, dado a dado, esvaziei minha cabeça no caderno até formar um arsenal de mensagens breves e rigorosas. O resultado encheu mais de quarenta supostos moldes cheios de nomes, cifras, datas, lugares e operações, acumulados todos em meio às páginas de meu inocente caderno de desenho. Moldes de mangas, de punhos e costas, de cinturas, frentes e costas; perfis de partes de peças que eu nunca ia montar, cujas bordas escondiam os detalhes de uma macabra transação comercial destinada a facilitar o avanço demolidor das tropas alemãs.

No meio da manhã tocou o telefone. A ligação me assustou, tanto que um dos traços telegráficos que eu estava marcando nesse momento ficou torto, e depois tive de apagá-lo.

— Arish? Bom dia, é Manuel. Espero não a ter acordado.

Eu estava bem acordada: ocupada e alerta; estava trabalhando havia várias horas, mas alterei a voz para fingir sono. Não podia, de jeito nenhum, deixá-lo perceber que o que vira e ouvira na noite anterior havia me provocado uma enxurrada de atividade irrefreável.

— Não se preocupe, já deve ser muito tarde... — menti.

— Quase meio-dia. Só liguei para lhe agradecer por comparecer ao jantar de ontem e por ter me ajudado com as esposas de meus amigos.

— Não há o que agradecer. Foi uma noite muito agradável para mim também.

— É mesmo? Não se aborreceu? Agora me arrependo de não ter lhe dado um pouco mais de atenção.

Cuidado, Sira, cuidado. Ele está sondando, pensei. Gamboa, Marcus, o chapéu esquecido, Bernhardt, o tungstênio, a Beira, tudo se acumulava em minha cabeça com a frieza de um vidro gelado enquanto eu continuava fingindo uma voz despreocupada e cheia de sono.

— Não, Manuel, não se preocupe, de verdade. A conversa com as esposas de seus amigos me manteve muito entretida.

— Bem, e o que pretende fazer em seu último dia em Portugal?

— Nada, em absoluto. Tomar um longo banho e preparar a bagagem. Não pretendo sair do hotel o dia todo.

Esperava que essa resposta o deixasse satisfeito. Se Gamboa o houvesse informado e se ele supusesse que eu me encontrara com algum homem a suas costas, talvez minha prolongada permanência entre as paredes do hotel o fizesse dissipar as suspeitas. Obviamente, minha palavra não lhe seria suficiente; ele logo se encarregaria de que alguém vigiasse meu quarto e talvez controlasse também as ligações telefônicas, mas, com exceção dele mesmo, eu não tinha intenção de falar com mais ninguém. Seria uma boa menina: não sairia do hotel, não usaria o telefone e não receberia nenhuma visita. Eu me mostraria sozinha e entediada no restaurante, na recepção e nos salões e, na hora de ir embora, sairia sob os olhos de todos os clientes e empregados acompanhada apenas por minha bagagem. Pelo menos era o que pretendia, até que me propôs outra coisa.

— Você merece um descanso, claro que sim. Mas não quero que vá embora sem me despedir de você. Vou acompanhá-la à estação. A que horas sai seu trem?

— Às dez — repliquei. Maldita vontade que tinha de tornar a vê-lo...

— Passo pelo hotel às nove, então, está bem? Gostaria de poder passar antes, mas estarei o dia todo ocupado...

— Não se preocupe, Manuel, eu também vou demorar para organizar minhas coisas. Mandarei a bagagem para a estação à tarde, depois esperarei por você.

— Às nove, então.

— Às nove estarei pronta.

Em vez do Bentley de João, encontrei um novo Aston Martin esportivo. Senti um nó de angústia quando verifiquei que o velho motorista não estava junto: a ideia de ficarmos sozinhos me causava desassossego e repulsa. Ele, aparentemente, não sentia o mesmo.

Não notei qualquer mudança em sua atitude para comigo, nem ele demonstrou o menor sinal de suspeita. Esteve como sempre, atencioso, ameno e sedutor, como se todo seu mundo girasse ao redor daqueles rolos de lindas sedas de Macau que me mostrara em seu gabinete e ele nada tivesse a ver com a obscena negrura das minas de tungstênio. Percorremos pela última vez a Estrada Marginal e atravessamos, velozes, as ruas de Lisboa fazendo os transeuntes voltarem a cabeça. Entramos na plataforma vinte minutos antes da saída, ele insistiu em entrar comigo no trem e me acompanhar até a cabine. Percorremos o corredor lateral, eu na frente, ele atrás, a apenas um passo de mim, ainda carregando minha pequena maleta onde as provas de sua suja deslealdade se misturavam com inocentes produtos de higiene, cosméticos e *lingerie*.

— Número oito, acho que chegamos — anunciei.

A porta aberta mostrava um compartimento elegante e impecável. Paredes forradas de madeira, cortinas abertas, a poltrona no lugar e o leito ainda fechado.

— Bem, minha querida Arish, chegou a hora da despedida — disse, enquanto deixava a maleta no chão. — Foi um verdadeiro prazer conhecê-la, não vai ser nada fácil me acostumar a não tê-la por perto.

Seu afeto parecia verdadeiro; talvez minhas conjecturas sobre a acusação de Gamboa, no fim, não tivessem fundamento. Talvez eu houvesse me alarmado exageradamente. Talvez ele nunca tenha pensado em dizer nada ao patrão e este ainda mantivesse inabalado seu apreço por mim.

— Foi uma estada inesquecível, Manuel — disse, estendendo as mãos para ele. — A visita não poderia ter sido mais satisfatória, minhas clientes vão ficar impressionadas. E você se empenhou tanto para tornar tudo tão fácil e agradável que nem sei como agradecer.

Ele pegou minhas mãos e as segurou nas suas. E em troca recebeu meu mais esplendoroso sorriso, um sorriso por trás do qual se escondia uma vontade imensa de que a cortina daquela farsa caísse. Em apenas alguns minutos o chefe da estação apitaria e baixaria a bandeira, e o Lusitania Express começaria a rodar sobre os trilhos e a se afastar do Atlântico rumo ao centro da Península. Ficariam para trás, para sempre, Manuel da Silva e seus macabros negócios, a alvoroçada Lisboa e todo aquele universo de estranhos.

Os últimos viajantes entraram no trem apressados, a cada poucos segundos tínhamos de lhes ceder passagem apoiando-nos nas paredes do vagão.

— É melhor você ir, Manuel.

— Acho que sim.

Havia chegado o momento de acabar com aquela pantomima de despedida, de entrar no compartimento e recuperar minha intimidade. Só precisava que ele desaparecesse, todo o resto já estava em ordem. E então, inesperadamente, senti sua mão esquerda em minha nuca, seu braço direito contornando meus ombros, o sabor quente e estranho de sua boca na minha e um estremecimento percorrendo meu corpo da cabeça aos pés. Foi um beijo intenso; um beijo poderoso e longo que me deixou confusa, desarmada e sem capacidade de reação.

— Boa viagem, Arish.

Não pude responder, não tive tempo. Antes de encontrar palavras, ele havia partido.

# 63

Eu me deixei cair na poltrona enquanto voltavam a minha cabeça, como em uma tela de cinema, os acontecimentos dos últimos dias. Rememorei os argumentos e os cenários, e me perguntei quantos personagens daquele estranho filme cruzariam de novo minha vida e quais deles não veria nunca mais. Recapitulei o final de cada trama: a minoria feliz, a maioria inconclusa. E quando o longa-metragem estava quase acabando, tudo se encheu com a última cena: o beijo de Manuel da Silva. Ainda conservava na boca seu sabor, mas não me sentia capaz de lhe atribuir um adjetivo. Espontâneo, apaixonado, cínico, sensual. Talvez todos servissem. Talvez nenhum.

Endireitei o corpo na poltrona e olhei pelo vidro, já embalada pelo suave balanço do trem. Diante dos meus olhos passaram, velozes, as últimas luzes de Lisboa, tornando-se cada vez menos densas e mais dilatadas, espalhando-se, difusas, até encher a paisagem de escuridão. Eu me levantei, precisava tomar ar. Hora de jantar.

O vagão-restaurante já estava quase cheio. Cheio de presenças, de cheiro de comida, barulho de talheres e conversas. Levaram apenas alguns minutos para me acomodar; escolhi o prato e pedi vinho para celebrar minha liberdade. Matei o tempo, enquanto não me serviam, imaginando a chegada a Madri e a reação de Hillgarth ao saber dos resultados de minha missão. Provavelmente ele jamais tivesse imaginado que acabaria sendo tão produtiva.

O vinho e a comida chegaram logo à mesa, mas, nesse momento, eu já tinha certeza de que aquele jantar não seria prazeroso. A sorte quis colocar perto de mim dois indivíduos grosseiros que não paravam de olhar para mim com descaramento desde o momento em que me sentara. Dois sujeitos de aspecto tosco que destoavam do sereno ambiente a nossa volta. Em cima da mesa deles havia duas garrafas de vinho e uma imensidão de pratos que devoravam como se o mundo fosse acabar naquela noite. Mal desfrutei o bacalhau à Brás; a toalha de mesa de linho, a taça entalhada e a cerimoniosa diligência dos garçons logo ficaram relegadas a segundo plano. Minha prioridade passou a ser engolir o quanto antes a comida para voltar a minha cabine e me livrar daquela desagradável companhia.

Encontrei a cabine com as cortinas fechadas e o leito preparado, tudo pronto para a noite. O trem ficaria, pouco a pouco, apaziguado e silencioso; sem quase perceber, deixaríamos Portugal e cruzaríamos a fronteira. Então, notei a falta de sono que vinha acumulando. Passara a madrugada anterior quase em claro transcrevendo mensagens, a anterior à anterior dedicara à visita a Rosalinda. Meu pobre corpo precisava de um tempo, de modo que decidi me deitar imediatamente.

Abri a bagagem de mão, mas não tive tempo de pegar nada porque um chamado à porta me obrigou a parar.

— Passagens — ouvi. Abri, cautelosa, e vi que era o fiscal. Mas, provavelmente sem que soubesse, vi também que não estava sozinho no corredor. Às costas do ferroviário, apenas a alguns metros de distância, distingui duas sombras cambaleando ao ritmo do movimento do trem. Duas sombras inconfundíveis: as dos homens que haviam me importunado durante o jantar.

Tranquei a porta tão logo o fiscal concluiu sua tarefa, com o firme propósito de não tornar a abri-la até chegar a Madri. A última coisa que queria após a dura experiência de Lisboa era dois viajantes impertinentes sem mais entretenimento que passar a noite me incomodando. Finalmente me preparei para dormir. Estava esgotada física e mentalmente, precisava esquecer de tudo nem que fosse por algumas horas.

Então, comecei a tirar o que precisava da *nécessaire*: a escova de dentes, uma saboneteira, o creme de rosto. Poucos minutos depois, notei que o trem perdia velocidade; estávamos nos aproximando de uma estação, a primeira da viagem. Abri a cortininha da janela. "Entroncamento", li.

Apenas uns segundos depois, tornaram a bater na porta com os nós dos dedos. Com força, com insistência. Aquilo não era o jeito de chamar do fiscal. Fiquei quieta, com as costas coladas à porta, disposta a não atender. Intuí que deviam ser os homens do vagão-restaurante e não pretendia abrir de jeito nenhum.

Mas tornaram a bater. Mais forte ainda. E, então, ouvi meu nome do outro lado. E reconheci a voz.

Abri o trinco.

— Você precisa descer do trem. Silva tem dois homens aqui dentro. Vieram atrás de você.

— O chapéu?

— O chapéu.

## 64

O PÂNICO SE ENROSCOU COM A VONTADE DE GARGALHAR. UMA GARgalhada amarga e sinistra. Como são estranhas as sensações, como nos enganam. Um simples beijo de Manuel da Silva havia abalado minhas convicções acerca de sua negra moral, e, apenas uma hora depois, eu descobria que ele havia dado ordem de acabarem comigo e que jogassem meu corpo pela janela de um trem durante a noite. O beijo de Judas.

— Não pegue nada, só seus documentos — advertiu Marcus. — Em Madri você recupera tudo.

— Há algo que não posso deixar.

— Não pode levar nada, Sira. Não temos tempo, o trem está saindo outra vez; se não nos apressarmos, vamos ter de pular em movimento.

— Só um segundo... — Fui até a maleta e esvaziei seu conteúdo. A camisola de seda, um par de chinelos, a escova de cabelo, uma garrafa de água de colônia: tudo ficou espalhado pela cama e pelo chão, como se houvesse sido jogado pela fúria de um demente ou a força de um tornado. Até que encontrei o que buscava, no fundo: o caderno com os falsos moldes, a constatação milimetricamente pespontada da traição de Manuel da Silva aos britânicos. Apertei-o com força contra o peito.

— Vamos — disse, enquanto pegava a bolsa com a outra mão. Também não podia deixá-la para trás, meu passaporte estava dentro dela.

Saímos precipitados para o corredor no momento em que soava o apito; quando chegamos à porta, a locomotiva já havia respondido com o seu e o trem começou a andar. Marcus desceu primeiro enquanto eu jogava na plataforma o caderno, a bolsa e os sapatos; impossível tentar com eles nos pés, quebraria um tornozelo assim que tocasse o chão. Depois, ele me estendeu a mão, segurei-a e pulei.

Os gritos furiosos do chefe da estação levaram só alguns instantes para se ouvir; nós o vimos correr para nós enquanto fazia grandes movimentos com os braços. Dois ferroviários surgiram alertados por seus gritos; o trem, enquanto isso, alheio ao que deixava para trás, avançava ganhando velocidade.

— Vamos, Sira, vamos, temos que sair daqui — urgiu Marcus.

Pegou um dos meus sapatos e o entregou a mim; depois o outro. Segurei-os nas mãos, não os calcei: minha atenção estava concentrada em outra coisa. Os três funcionários, enquanto isso, haviam se juntado a nossa volta e somavam à reprimenda sua peculiar visão do incidente, ao passo que o chefe da estação nos recriminava por nosso comportamento com gritos e gestos irados. Dois mendigos se aproximaram para ver o que estava acontecendo, e poucos segundos depois a moça da cantina e um jovem garçom se juntaram ao grupo perguntando que havia acontecido.

E então, no meio daquele caos de ânimos alterados e vozes superpostas, ouvimos o chiado do trem freando.

Tudo na plataforma ficou calado e imóvel de repente, como se coberto por um lençol de quietude, enquanto as rodas chiavam sobre os trilhos com um som agudo e prolongado.

Marcus foi o primeiro a falar.

— Acionaram o alarme. — Sua voz se fez mais grave, mais imperiosa. — Perceberam que pulamos. Vamos, Sira, temos de sair daqui agora mesmo.

Automaticamente, o grupo inteiro entrou em ação de novo. Voltaram os gritos, as ordens, os passos sem destino e os gestos irados.

— Não podemos ir — repliquei, dando voltas sobre mim mesma enquanto varria o chão com o olhar. — Não encontro meu caderno.

— Esqueça o maldito caderno, pelo amor de Deus! — gritou furioso. — Eles estão atrás de você, Sira, têm ordem de matá-la!

Ele me pegou pelo braço e me puxou, disposto a me tirar dali nem que fosse arrastada.

— Você não entende, Marcus. Tenho de encontrá-lo de qualquer maneira, não podemos deixá-lo para trás — insisti, enquanto continuava procurando. Até que distingui algo. — Está ali! Ali! — gritei, tentando me soltar enquanto apontava para algo no meio da escuridão. — Ali, nos trilhos!

O som estridente dos freios foi enfraquecendo e o trem finalmente parou, com as janelas cheias de cabeças para fora. As vozes e os gritos dos passageiros somaram-se à bronca incessante dos ferroviários. E então os vimos. Duas sombras caídas de um vagão correndo para nós.

Calculei a distância e o tempo. Ainda poderia descer e pegar o caderno, mas subir de novo à plataforma me custaria muito mais: a altura era considerável e minhas pernas provavelmente não dariam para tanto. De qualquer maneira, precisava tentar: tinha de recuperar os moldes de qualquer maneira, não podia voltar a Madri sem tudo o que havia transcrito neles. Então, senti os braços de Marcus me segurando com força pelas costas. Ele me afastou da borda e pulou nos trilhos.

A partir do exato momento em que peguei o caderno, foi uma corrida enlouquecida. Corrida percorrendo a plataforma transversalmente, corrida arfando pelas lajotas do vestíbulo vazio, corrida cruzando a escura esplanada em frente à estação. Até chegar ao carro. De mãos dadas e rasgando a noite, como nos tempos que havíamos deixado para trás.

— Que diabos há nesse caderno que fez arriscarmos nossa vida por ele? — perguntou, tentando recuperar o fôlego enquanto arrancava com uma potente acelerada.

Com a respiração entrecortada, ajoelhei-me no banco para olhar para trás. Em meio ao pó levantado pelas rodas traseiras distingui os homens do trem correndo para nós com toda sua energia. Só uns metros nos separavam no início, mas a distância foi pouco a pouco aumentando. Até que vi que se rendiam. Um primeiro, diminuindo os movimentos até ficar parado e aturdido, com as pernas separadas e as mãos na cabeça, como se não acreditasse no que acabava de acontecer. O outro aguentou mais alguns metros, mas também não demorou a perder potência. A última coisa que vi foi que se inclinava para frente e, segurando a barriga, vomitava o que com tanta ânsia havia comido um pouco antes.

Quando tive certeza de que já não nos seguiam, sentei-me novamente e, ainda respirando com dificuldade, respondi à pergunta de Marcus.

— Os melhores moldes que já fiz na vida.

## 65

— Gamboa, de fato, suspeitou de algo quando lhe levou as orquídeas, então, aguardou meio escondido e esperou para ver quem era o dono do chapéu que estava em cima da mesa. E, então, viu-me sair do quarto. Ele me conhece, eu estive nos escritórios da empresa várias vezes. Depois, foi atrás de Silva com a informação, mas seu chefe não o quis atender; disse que estava ocupado com um assunto importante, que conversariam de manhã. E assim fez hoje. Quando Silva soube do que se tratava, ficou louco, despediu-o e começou a agir.

— E como você soube de tudo isto?

— O próprio Gamboa me procurou esta tarde. Está fora de si, com um medo atroz, e está procurando desesperadamente alguém que o proteja; por isso, pensou que talvez pudesse se sentir mais seguro aproximando-se dos ingleses, com quem antes eles mantinham excelentes relações. Ele também não sabe em que o patrão anda metido porque Silva esconde inclusive de seu pessoal de confiança, mas sua atitude me fez temer por você. Assim que falei com Gamboa, fui até seu hotel, mas você já havia saído. Cheguei à estação no momento em que o trem partia, e ao ver, à distância, Silva sozinho na plataforma, achei que tudo estava em ordem. Até que, no último segundo, vi que fazia um gesto para dois homens que estavam em uma janela do trem.

— Que gesto?

— Um oito. Com os cinco dedos de uma mão e três da outra.

— O número da minha cabine...

— Era o único detalhe que faltava para eles. Todo o resto já estava combinado.

Uma sensação estranha me invadiu. De pavor misturado com alívio, de fraqueza e raiva ao mesmo tempo. O sabor da traição, talvez. Mas eu sabia que não tinha razões para me sentir traída. Eu havia enganado Manuel escondida atrás de uma atitude banal e sedutora, e ele havia tentado me dar o troco sem sujar as mãos nem perder sua elegância. Deslealdade por deslealdade, assim funcionavam as coisas.

Continuávamos avançando por estradas empoeiradas, desviando de buracos, atravessando povoados adormecidos, aldeias desoladas e terrenos baldios. A única luz que vimos ao longo de quilômetros e quilômetros de estrada foi a dos faróis do nosso próprio carro abrindo caminho na densa escuridão; nem sequer havia lua. Marcus intuía que os homens de Silva não iam ficar na estação, que talvez encontrassem uma maneira de nos seguir. Por isso, continuou dirigindo em alta velocidade, como se aqueles dois filhos da mãe ainda estivessem colados em nosso para-choque.

— Tenho quase certeza de que não vão se atrever a entrar na Espanha; entrariam em um terreno desconhecido, onde não controlam as regras do jogo. Do seu jogo particular. Mas não devemos baixar a guarda até cruzar a fronteira.

Teria sido lógico que Marcus me questionasse acerca das razões de Silva para tentar me eliminar com tanta sordidez depois de ter me tratado tão bem dias antes. Ele havia nos visto jantar e dançar no cassino, sabia que eu saía no carro dele diariamente e que recebia presentes no hotel. Talvez aguardasse algum comentário sobre a natureza de minha suposta relação com Silva, talvez uma explicação acerca do que havia acontecido entre nós, um esclarecimento que jogasse alguma luz sobre o motivo de sua perversa encomenda quando eu estava prestes a abandonar seu país e sua vida. Mas não saiu nem uma palavra de minha boca.

Ele continuou falando sem perder a concentração no volante, fazendo comentários e interpretações à espera de que em algum momento eu decidisse acrescentar alguma coisa.

— Silva — prosseguiu — abriu as portas de sua casa para você e a deixou testemunhar tudo o que aconteceu ali ontem à noite, algo que eu desconheço.

Não repliquei.

— E que você não parece ter intenção de contar.

Efetivamente, não tinha.

— Agora, ele tem certeza de que você se aproximou dele porque está agindo a mando de alguém e suspeita que não é uma simples costureira estrangeira que apareceu em sua vida por acaso. Acha que se aproximou dele porque tinha como objetivo espionar seus negócios, mas está enganado ao intuir para quem você trabalha, porque, após a delação de Gamboa, ele acha, erroneamente, que você trabalha para mim. De qualquer maneira, é interesse dele manter sua boca fechada. Se possível, para sempre.

Continuei calada; preferi esconder meus pensamentos por trás de uma atitude de fingida inconsciência. Até que minha quietude ficou insuportável para os dois.

— Obrigada por me proteger, Marcus — murmurei então.

Não o enganei. Nem o enganei nem o enterneci, nem o comovi com minha falsa candura.

— Com quem você está nisso, Sira? — perguntou lentamente, sem tirar os olhos da estrada.

Voltei-me e contemplei seu perfil na penumbra. O nariz afilado, a mandíbula forte; a mesma determinação, a mesma segurança. Parecia o mesmo homem dos dias de Tetuán. Parecia.

— Com quem você está, Marcus?

No banco de trás, invisível, mas próxima, instalou-se conosco mais uma passageira: a suspeita.

Cruzamos a fronteira depois da meia-noite. Marcus mostrou seu passaporte britânico e eu o meu marroquino. Notei que o observava, mas não fez qualquer pergunta. Não encontramos sinal aparente dos homens de Silva, apenas dois policiais sonolentos com pouca vontade de perder tempo conosco.

— Talvez devêssemos procurar um local para dormir, agora que já estamos na Espanha e sabemos que não nos seguiram nem chegaram antes de nós. Amanhã, posso pegar um trem e você volta para Lisboa — propus.

— Prefiro seguir até Madri — respondeu entredentes.

Continuamos avançando sem encontrar um único veículo, cada um absorto em seus pensamentos. A suspeita havia trazido o receio, e o receio nos levou ao silêncio: um silêncio pesado e constrangedor, cheio de desconfiança. Um silêncio injusto. Marcus havia acabado de me arrancar da pior situação de minha vida e ia dirigir a noite inteira só para me deixar a salvo em meu destino, e eu lhe agradecia escondendo a cabeça e me negando a lhe dar qualquer pista que o ajudasse a entender o que estava acontecendo. Mas eu não podia falar. Não devia lhe dizer nada ainda; antes, precisava confirmar o que suspeitava desde que Rosalinda me abrira os olhos em nossa conversa de madrugada. Ou talvez sim. Talvez pudesse lhe contar alguma coisa. Um fragmento da noite anterior, um retalho, uma chave. Algo que servisse para os dois: para ele, para saciar sua curiosidade pelo menos parcialmente, e para mim, para deixar o terreno bem adubado à espera de ratificar meus pressentimentos.

Havíamos passado Badajoz e Mérida. Estávamos calados desde o posto fronteiriço, arrastando a mútua desconfiança por estradas em péssimas condições e pontes romanas.

— Você se lembra de Bernhardt, Marcus?

Pareceu-me ver que os músculos de seus braços ficavam tensos e que seus dedos apertavam o volante com mais força.

— Sim, claro que me lembro.

O interior escuro do carro de repente se encheu de imagens e cheiros daquele dia compartilhado, a partir do qual nada mais foi igual entre nós. Uma tarde de verão marroquino, minha casa na Sidi Mandri, um suposto jornalista me esperando junto à sacada. As ruas abarrotadas de Tetuán, os jardins do Alto Comissariado, a banda do califa entoando hinos com brio, jasmins e laranjeiras, galões e uniformes. Rosalinda ausente e um Beigbeder entusiasmado fazendo o papel de grande anfitrião, sem saber, ainda, que com o passar do tempo aquele a quem então homenageava acabaria lhe cortando a cabeça e fazendo-a rolar. Um grupo de alemães formava uma rodinha em volta do convidado de olhos de gato e meu acompanhante me pedira ajuda para captar uma informação clandestina. Outros tempos, outro país e tudo, no fundo, quase igual. Quase.

— Ontem jantei com ele na chácara de Silva. Depois, ficaram conversando até de madrugada.

Percebi que estava se contendo, que queria saber mais, que precisava de dados e detalhes, mas não se atrevia a me perguntar porque também não confiava em mim. A doce Sira, efetivamente, também não era mais quem havia sido.

No fim, não pôde resistir.

— Ouviu algo do que conversaram?

— Nada em absoluto. Você tem alguma ideia do que eles podem ter em comum?

— Nem a mínima ideia.

Eu estava mentindo, e ele sabia. Ele estava mentindo, e eu sabia. E nenhum dos dois estava disposto a pôr as cartas na mesa, mas aquele pequeno ponto de encontro no passado serviu para relaxar um pouco a tensão entre nós. Talvez por ter trazido memórias de um passado no qual ainda não havíamos perdido toda a inocência. Talvez por aquela recordação nos ter feito recuperar um pouquinho de cumplicidade e nos forçado a recordar que havia algo que ainda nos unia acima das mentiras e do ressentimento.

Tentei me manter atenta à estrada e em plena consciência, mas a tensão dos últimos dias, a falta de sono acumulada e o desgaste emocional por tudo o que havia vivido aquela noite acabaram me debilitando de tal forma que uma moleza imensa começou a se apoderar de mim. Muito tempo andando na corda bamba.

— Está com sono? — perguntou. — Venha, apoie-se em meu ombro.

Abracei seu braço direito com os meus e me aconcheguei nele para que seu calor me aquecesse.

— Durma. Já falta pouco — sussurrou.

Comecei a cair em um poço escuro e agitado, no qual revivi cenas recentes passadas pelo filtro da deformação. Homens que me perseguiam brandindo uma navalha, o beijo longo e úmido de uma serpente, as mulheres dos mineiros dançando em cima de uma mesa, Silva contando com os dedos, Gamboa chorando, Marcus e eu correndo no escuro pelos becos do antigo bairro árabe de Tetuán.

Não sabia quanto tempo havia se passado quando acordei.

— Acorde, Sira. Estamos entrando em Madri. Preciso saber onde você mora.

Sua voz próxima me arrancou do sonho e comecei lentamente a sair do estupor. Notei, então, que continuava colada a ele, segurando seu braço. Endireitar meu corpo entorpecido e afastar-me me custaria um esforço infinito. Levantei-me devagar: meu pescoço estava duro, assim como todas as minhas articulações. Seu ombro devia estar dolorido também, mas ele não demonstrou. Sem dizer nada, olhei pela janela enquanto tentava ajeitar meu cabelo. Amanhecia sobre Madri. Ainda havia luzes acesas. Poucas, separadas, tristes. Recordei Lisboa e sua poderosa luminosidade noturna. Na Espanha das restrições e misérias, ainda se vivia praticamente às escuras.

— Que horas são? — perguntei por fim.

— Quase sete. Você dormiu um bom tempo.

— E você deve estar moído — disse, ainda adormecida.

Dei-lhe o endereço e pedi que estacionasse na calçada da frente, a alguns metros de distância. Já era dia, e as primeiras almas começavam a transitar pela rua. Os entregadores, duas empregadas, um vendedor, um garçom.

— O que pretende fazer? — perguntei, enquanto estudava o movimento pelo vidro.

— Arranjar um quarto no Palace, por enquanto. E, quando me levantar, mandar lavar este terno e comprar uma camisa. A sujeira do trilho me deixou um trapo.

— Mas você conseguiu pegar meu caderno...

— Não sei se valeu a pena: você ainda não me disse o que há nele.

Ignorei suas palavras.

— E depois de vestir roupa limpa, o que vai fazer?

Eu falava sem olhar para ele, ainda concentrada no exterior, à espera do momento adequado para dar o passo seguinte.

— Ir à sede de minha empresa — respondeu. — Temos escritórios aqui em Madri.

— E pretende fugir outra vez tão rápido como fugiu de Marrocos? — perguntei, enquanto voltava a percorrer com a vista o vaivém matutino da rua.

Respondeu com um meio sorriso.

— Ainda não sei.

Nesse exato momento, vi meu porteiro sair a caminho da leiteria. Caminho livre.

— Por via das dúvidas, venha tomar o café da manhã comigo — disse, abrindo rapidamente a porta do carro.

Ele pegou meu braço tentando me reter.

— Só se me disser em que está metida.

— Só quando souber quem você é.

Subimos a escada de mãos dadas dispostos a nos concedermos uma trégua. Sujos e esgotados, mas vivos.

# 66

Sem abrir os olhos ainda, soube que Marcus não estava mais a meu lado. De sua passagem por minha casa e minha cama não ficou o menor sinal visível. Nem uma peça de roupa esquecida, nem um bilhete de despedida, apenas seu sabor em minhas entranhas. Mas eu sabia que ele ia voltar. Cedo ou tarde, no momento mais insuspeitado, apareceria de novo.

Eu teria gostado de adiar o momento de me levantar. Só mais uma hora, talvez meia houvesse sido suficiente, o tempo necessário para poder rememorar com calma tudo o que havia acontecido nos últimos dias e, principalmente, na última noite: o vivido, o percebido, o sentido. Quis ficar nos lençóis e recriar cada segundo das horas anteriores, mas não foi possível. Precisei entrar em ação outra vez: mil obrigações me esperavam, precisava começar a funcionar. De modo que tomei uma ducha e comecei. Era sábado, e embora nem as meninas nem dona Manuela fossem ao ateliê nesse dia, tudo estava pronto e à vista para que eu pudesse me pôr a par do que ocorrera durante minha ausência. As coisas pareciam ter funcionado a bom ritmo: havia peças nos manequins, medidas anotadas nos cadernos, retalhos e cortes que eu não deixara e anotações em letra pontuda que detalhavam quem havia aparecido, quem havia ligado e quais coisas precisávamos resolver. Porém, não tive tempo de cuidar de tudo aquilo: ao chegar o meio-dia ainda me restavam muitas coisas para resolver, mas não tive mais remédio que as adiar.

O Embassy estava lotado, mas tinha certeza de que Hillgarth poderia me ver deixando a bolsa cair no chão assim que eu entrasse. Fiz isso com frieza, quase com desfaçatez. Três cavalheiros se curvaram imediatamente para pegá-la. Só um conseguiu, um alto oficial alemão de uniforme que nesse mesmo momento ia empurrar a porta para sair. Eu agradeci o gesto com meu melhor sorriso enquanto tentava perceber se Hillgarth havia notado minha chegada. Ele estava em uma mesa ao fundo, acompanhado, como sempre. Dei por certo que me viu e que processou a mensagem. Preciso vê-lo urgentemente, foi o que eu quis dizer. Então, consultei o relógio e fingi uma expressão de surpresa, como se acabasse de lembrar que naquele exato momento tinha um compromisso inadiável em outro lugar. Antes das duas estava de volta em casa. Às três e quinze chegaram os bombons. De fato, Hillgarth havia captado meu aviso. Marcava para as quatro e meia, de novo no consultório do doutor Rico.

O protocolo foi o mesmo. Cheguei sozinha e não cruzei com ninguém na escada. A mesma enfermeira tornou a abrir a porta e me conduziu ao consultório.

— Boa tarde, Sidi. Prazer em tê-la de volta. Fez uma boa viagem? Falam maravilhas do Lusitania Express.

Estava em pé junto à janela, usando um de seus ternos impecáveis. Aproximou-se para apertar minha mão.

— Boa tarde, capitão. Uma viagem excelente, obrigada; as cabines da primeira classe são uma verdadeira delícia. Queria vê-lo o quanto antes para pô-lo a par de minha estadia em Portugal.

— Eu agradeço. Sente-se, por favor. Aceita um cigarro?

Sua atitude era descontraída e a ansiedade por saber das conclusões do meu trabalho parecia não existir. A urgência de duas semanas atrás havia se diluído como em um passe de mágica.

— Tudo correu bem e acho que consegui dados muito interessantes. Vocês tinham razão de estar preocupados: Silva anda negociando com os alemães para lhes fornecer tungstênio. O acordo definitivo foi fechado na quinta-feira à noite em sua casa, com a presença de Johannes Bernhardt.

— Bom trabalho, Sidi. Essa informação vai nos ser muito útil.

Não parecia surpreso. Nem impressionado. Nem agradecido. Neutro e impassível. Como se aquilo não fosse nenhuma novidade.

— Não parece estranhar a notícia — disse. — Já sabia de algo a respeito?

Ele acendeu um Craven A e sua resposta chegou com a primeira baforada.

— Esta manhã fomos informados do encontro de Silva com Bernhardt. Tratando-se dele, neste momento, a única coisa que podem estar negociando é algo relacionado com o fornecimento de tungstênio, o que nos confirma o que suspeitávamos: a deslealdade de Silva para conosco. Já transmitimos um memorando a Londres informando a respeito.

Embora tenha sentido um pequeno estremecimento, tentei parecer natural. Minhas suposições iam por um bom caminho, mas ainda precisava continuar avançando.

— Ora, mas que coincidência que alguém lhes tenha comunicado hoje. Achei que eu era a única a cargo dessa missão.

— Hoje de manhã recebemos de surpresa um agente estabelecido em Portugal. Foi algo totalmente inesperado; ele saiu ontem à noite de Lisboa de carro.

— E esse agente viu Bernhardt com Silva? — perguntei, com fingida surpresa.

— Ele pessoalmente, não, mas alguém de sua inteira confiança sim.

Por pouco não comecei a rir. Quer dizer, então, que seu agente havia sido informado sobre Bernhardt por alguém de sua inteira confiança. Bem, de qualquer maneira, aquilo era um elogio.

— Bernhardt nos interessa demais — prosseguiu Hillgarth, alheio a meus pensamentos. — Como lhe disse em Tânger, ele é o cérebro da Sofindus, a corporação por trás da qual o Terceiro Reich realiza suas transações empresariais na Espanha. Saber que está em negociação com Silva em Portugal vai ter um impacto enorme para nós porque...

— Desculpe, capitão — interrompi. — Permita-me que lhe faça outra pergunta. O agente que lhe informou que Bernhardt está negociando com Silva é também alguém do SOE, um de seus recentes recrutamentos, como eu?

Ele apagou o cigarro com calma antes de responder. Depois, ergueu os olhos.

— Por que pergunta?

Sorri com toda a candura que minha falsidade foi capaz de mostrar.

— Por nada especificamente — disse, dando de ombros. — É uma coincidência tão grande que nós dois tenhamos aparecido com a mesma informação exatamente no mesmo dia que a situação me parece até engraçada.

— Lamento desencantá-la, mas não. Não se trata de um agente do SOE captado recentemente para esta guerra. A informação chegou por meio de um dos nossos homens do SIS, nosso Serviço de Inteligência, digamos, convencional. E não temos a menor dúvida acerca de sua veracidade: trata-se de um agente de absoluta solidez, com muitos anos de experiência. Um *pata negra*, como diriam vocês, espanhóis.

*Clic*. Um calafrio percorreu minhas costas. Todas as peças haviam se encaixado. O que eu ouvia se ajustava perfeitamente em minhas suposições, mas receber a certeza com toda sua força foi como sentir um sopro de ar gelado na alma. Porém, não era momento de me perder em sensações, e sim de continuar progredindo. De mostrar a Hillgarth que as agentes novatas também eram capazes de dar o sangue nas missões que nos encomendavam.

— E seu homem do SIS lhe informou algo mais? — perguntei, cravando meus olhos nele.

— Não, infelizmente, não pôde nos fornecer qualquer detalhe preciso, mas...

Não o deixei continuar.

— Não lhe falou de como e onde ocorreu a negociação, nem lhe deu os nomes e sobrenomes de todos os que estiveram presentes? Não lhe informou sobre os termos combinados, a quantidade de tungstênio que pretendem extrair, o preço da tonelada, a forma de fazer os pagamentos e a maneira de burlar os impostos de exportação? Não lhe disse que vão cortar radicalmente o fornecimento aos ingleses em menos de duas semanas? Não lhe contou que Silva, além de trair vocês, conseguiu arrastar consigo os maiores proprietários de minas da Beira para poder negociar em bloco condições mais vantajosas com os alemães?

Sob as sobrancelhas povoadas, o olhar do adido naval se transformou em puro aço. Sua voz soou trêmula.

— Como soube de tudo isso, Sidi?

Sustentei seu olhar com orgulho. Haviam me obrigado a andar na beira de um precipício durante mais de dez dias e eu havia conseguido chegar ao fim sem despencar: era hora de fazê-lo saber o que eu havia encontrado.

— Quando uma costureira faz seu trabalho direito, vai até o fim.

Durante toda a conversa, mantive meu caderno de moldes discretamente apoiado nos joelhos. A capa estava meio arrancada, tinha algumas páginas dobradas e um belo monte de manchas e restos de sujeira que testemunhavam as vicissitudes pelas quais havia passado desde que abandonara o armário de meu hotel em Estoril. Deixei-o, então, em cima da mesa e pus as mãos abertas sobre ele.

— Aqui estão todos os detalhes, até a última sílaba do que ficou combinado nessa noite. Seu agente do SIS também não lhe falou de um caderno?

O homem que acabava de reentrar em minha vida de uma forma tão avassaladora era, sem dúvida, um espião a serviço da Inteligência Secreta de Sua Majestade, mas, naquele turvo assunto do tungstênio, eu acabava de ganhar a partida.

## 67

Abandonei o edifício do encontro clandestino com algo diferente colado na pele. Algo que não tinha nome, algo novo. Caminhei devagar pelas ruas enquanto tentava encontrar um rótulo para aquela sensação, sem me preocupar em verificar se alguém me seguia e indiferente à possibilidade de topar com alguma presença indesejada ao virar qualquer esquina. Nenhum sinal externo, aparentemente, me fazia diferente da mulher que havia percorrido aquelas mesmas calçadas em sentido inverso umas horas antes, com a mesma roupa e os pés nos mesmos sapatos. Ninguém que me houvesse visto ao ir e ao voltar teria sido capaz de perceber em mim mudança alguma, exceto o fato de não levar mais um caderno comigo. Mas eu tinha consciência do que havia acontecido. E Hillgarth também. Nós dois sabíamos que, naquela tarde de fins de maio, a ordem das coisas havia se alterado irremediavelmente.

Embora tenha sido parco em palavras, sua atitude evidenciou que os dados que eu acabara de lhe oferecer formavam um copioso arsenal de informações valiosíssimas que deveriam ser analisadas detalhadamente por sua gente em Londres sem perder um segundo sequer. Aqueles detalhes iam disparar alarmes, quebrar alianças e reconduzir o rumo de centenas de operações. E, com isso, pressenti, a atitude do adido naval também mudaria radicalmente. Em seus olhos, eu havia visto nascer uma imagem diferente de mim: sua recruta mais temerária, a costureira inexperiente, de potencial promissor mas incerto, havia se transformado, da noite para o dia, em alguém capaz de resolver questões escabrosas com o arrojo e o rendimento de um profissional. Talvez carecesse de método e me faltassem conhecimentos técnicos; eu nem era uma deles devido a meu mundo, minha pátria e minha língua. Mas havia respondido muito melhor que o esperado e isso me punha em uma nova posição em sua escala.

Também não era exatamente alegria o que eu sentia nos ossos enquanto os últimos raios de sol acompanhavam meus passos de volta para casa. Nem entusiasmo, nem emoção. Talvez a palavra que melhor se encaixasse no sentimento que me invadia fosse orgulho. Pela primeira vez em muito tempo, talvez pela primeira vez em toda minha vida, eu me sentia orgulhosa de mim. Orgulhosa de minhas capacidades e de minha resistência, de ter superado as expectativas que existiam sobre mim. Orgulhosa por me saber capaz de contribuir com um grão de areia para fazer daquele mundo de loucos um lugar melhor. Orgulhosa da mulher em que me transformara.

Certo, Hillgarth havia me esporeado para isso e me deixara à beira de limites que me fizeram sentir vertigem. Certo, Marcus havia salvado minha vida ao me tirar de um trem em movimento, e sem sua ajuda oportuna talvez não houvesse sobrevivido para rememorar. Certo, tudo isso, sim. Mas eu também havia contribuído com minha coragem e meu empenho para que a missão chegasse a bom termo. Todos os meus medos, todos os sustos e saltos sem rede haviam servido para alguma coisa no fim: não só para conseguir informação útil para a suja arte da guerra, mas também, e principalmente, para provar a mim e a quem me cercava até onde era capaz de chegar.

E então, ao tomar consciência de minha envergadura, soube que havia chegado o momento de parar de andar às cegas pelas coordenadas que uns e outros haviam estabelecido para mim. Hillgarth decidiu me mandar para Lisboa, Manuel da Silva decidiu acabar comigo, Marcus Logan optou por me resgatar. Eu havia passado por eles de mão em mão como uma simples marionete: para o bem ou para o mal, para chegar à glória ou cair no inferno, todos eles haviam decidido por mim e haviam me manipulado como quem movimenta um peão em um tabuleiro de xadrez. Ninguém havia sido claro comigo nem havia me mostrado abertamente suas intenções. Já era hora de exigir ver a luz. De assumir as rédeas de minha vida, escolher meu caminho e decidir como e com quem queria transitá-lo. Ia encontrar tropeços e equívocos pela frente, vidros quebrados, poças de lama negra. Não teria um futuro tranquilo, disso tinha certeza. Mas havia chegado a hora de não seguir em frente sem ter prévia consciência do terreno que pisava e dos riscos que teria de enfrentar ao me levantar cada manhã. Sem ser proprietária, afinal de contas, do rumo da minha vida.

Aqueles três homens, Marcus Logan, Manuel da Silva e Alan Hillgarth, cada um a sua maneira e provavelmente sem qualquer deles saber, haviam me feito crescer em apenas alguns dias. Ou, quem sabe, eu vinha crescendo devagar, e até então não tivera consciência de minha nova estatura. Provavelmente não veria Silva nunca mais. Hillgarth e Marcus, porém, tinha certeza de que os manteria próximos por muito tempo. Um deles, especificamente, pretendia conservar com uma proximidade idêntica à das primeiras horas daquela manhã: uma proximidade de afetos e corpos cuja recordação ainda me fazia estremecer. Mas, antes, teria de fixar os limites do terreno. Claramente. Visivelmente. Como quem desenha com giz um traço no chão.

Ao chegar em casa, encontrei um envelope que alguém havia passado por baixo da porta. Tinha o timbre do Hotel Palace e um cartão manuscrito dentro.

"Fui para Lisboa. Volto depois de amanhã. Espere-me."

Claro que ia esperar. Pensar em como e onde levou apenas duas horas.

Aquela noite, ignorei novamente as indicações do comando sem o menor remorso. Quando, ao cabo de mais de três horas ininterruptas, acabei de esmiuçar diante de Hillgarth todos os pormenores da reunião na chácara, perguntei-lhe pela situação das listas sobre as quais havia me falado em nosso encontro do dia posterior ao evento do hipódromo.

— Tudo continua igual; por enquanto, que saibamos, não há novidade.

Isso significava que meu pai se mantinha na lista dos amigos dos ingleses e eu na dos alemães. Uma verdadeira pena, porque havia chegado o momento de nossos caminhos voltarem a se cruzar.

Apareci sem avisar. Os fantasmas de outros tempos se agitaram furiosos ao me ver entrar na portaria, trazendo memórias do dia em que minha mãe e eu subimos aquela escada tomadas de inquietude. Logo se foram, felizmente, e com eles levaram recordações amargas que eu preferia não encarar.

Uma empregada que em nada se parecia à velha Servanda abriu a porta.

— Preciso ver o senhor Alvarado imediatamente. É urgente. Ele está?

Ela assentiu, confusa diante de meu ímpeto.

— Na biblioteca?

— Sim, mas...

Antes que terminasse a frase, eu já estava dentro.

— Não precisa avisar, obrigada.

Ele se alegrou em me ver, muito mais do que eu teria imaginado. Antes de ir para Portugal, eu lhe enviara um breve recado avisando de minha viagem, mas algo não lhe pareceu coerente. Tudo muito precipitado, devia ter pensado; muito próximo da intrigante cena do desmaio no hipódromo. Ficou tranquilo ao saber que eu estava de volta.

A biblioteca permanecia tal como eu a recordava. Com mais livros e papéis acumulados, talvez: jornais, cartas, pilhas de revistas. Todo o resto estava como quando meu pai, minha mãe e eu nos encontramos ali, anos atrás: a primeira vez que estivemos juntos os três, também a última. Naquela tarde distante de outono, eu chegara nervosa e inocente, tímida e assustada diante do desconhecido. Quase seis anos depois, minha segurança era outra. Eu a havia conquistado à base de pancadas, de trabalho, tropeços e anseios, mas ficara colada a minha pele como uma cicatriz, e nada mais poderia me livrar dela. Por mais fortes que soprassem os ventos, por mais difíceis que fossem os tempos vindouros, eu sabia que teria força para enfrentá-los e resistir.

— Preciso lhe pedir um favor, Gonzalo.

— O que quiser.

— Uma festa para cinco pessoas. Uma pequena festa privada. Aqui, em sua casa, na terça-feira à noite. Você, eu e mais três convidados. Você terá de se encarregar de convocar dois deles diretamente, sem que saibam que eu estou por trás disso. Não haverá problema algum, porque você já os conhece.

— E o terceiro?

— Do terceiro eu me encarrego.

Ele aceitou sem perguntas nem reticências. Apesar de meu desconcertante comportamento, de meus desaparecimentos imprevistos e de minha falsa identidade, parecia ter uma confiança cega em mim.

— Hora? — perguntou simplesmente.

— Eu chegarei no meio da tarde. E o convidado que você ainda não conhece chegará às seis; preciso falar com ele antes que os outros cheguem. Posso conversar com ele aqui, na biblioteca?

— É toda sua.

— Perfeito. Marque com o outro casal às oito, por favor. E mais uma coisa: você se importa que saibam que sou sua filha? Isso vai ficar entre nós cinco, nada mais.

Demorou alguns segundos para responder, e ao longo deles julguei perceber um brilho novo em seus olhos.

— Será uma honra e um orgulho.

Conversamos um pouco mais: de Lisboa e Madri; disso e daquilo, pisando um terreno seguro sempre. Quando eu estava indo embora, porém, sua habitual discrição esmoreceu.

— Sei que não sou ninguém para me meter em sua vida a esta altura, Sira, mas...

Virei-me e dei-lhe um abraço.

— Obrigada por tudo. Na terça-feira você vai entender.

## 68

Marcus apareceu na hora combinada. Eu havia deixado um recado em seu hotel e, conforme imaginei, recebeu-o sem problemas. Ele não sabia de quem era aquele endereço, sabia apenas que eu o estaria esperando. E lá estava eu, efetivamente, com um vestido de crepe de seda vermelho, deslumbrante, até os pés. Maquiada perfeitamente, com meu longo pescoço nu e o cabelo escuro preso em um rabo de cavalo alto. Esperando.

Ele chegou impecável em seu *smoking*, com o peitilho da camisa engomado e o corpo curtido em mil aventuras, uma mais inconfessável que a outra. Pelo menos, assim havia sido até então. Eu mesma abri a porta assim que ouvi a campainha. Cumprimentamo-nos escondendo a ternura a duras penas, próximos um do outro, finalmente quase íntimos, depois de sua última partida precipitada.

— Quero lhe apresentar uma pessoa.

Segurando seu braço, arrastei-o até a sala.

— Marcus, este é Gonzalo Alvarado. Pedi-lhe que viesse a sua casa porque quero que saiba quem é ele. E quero também que ele saiba quem é você. Que fique claro para ele quem somos nós dois.

Cumprimentaram-se com cortesia. Gonzalo nos serviu um drinque e conversamos sobre trivialidades ao longo de alguns minutos, até que a empregada, oportunamente, chamou o anfitrião da porta para que atendesse a uma ligação.

Ficamos sozinhos, um casal ideal, à primeira vista. Para perceber outra coisa, porém, teria bastado que alguém ouvisse o murmúrio rouco que Marcus verteu em meu ouvido sem mal abrir os lábios.

— Podemos conversar em particular um instante?

— Claro. Venha comigo.

Conduzi-o até a biblioteca. O retrato majestoso de dona Carlota continuava presidindo a parede atrás da mesa, com sua tiara de brilhantes que uma vez foi minha e depois desapareceu.

— Quem é o homem que você acabou de me apresentar, por que esse interesse em que saiba de mim? Que armação é esta, Sira? — perguntou, seco, assim que nos vimos isolados do resto da casa.

— Uma que eu preparei especialmente para você — disse, sentando-me em uma das poltronas. Cruzei as pernas e estendi o braço direito sobre o encosto. Confortável e dona da situação, como se a vida inteira andasse montando emboscadas como aquela. — Preciso saber se me convém mantê-lo em minha vida, ou se é melhor não voltarmos a nos ver mais.

Minhas palavras não lhe causaram a menor graça.

— Isto não faz nenhum sentido, acho que é melhor você...

— Você se rende tão fácil assim? Há três dias, parecia estar disposto a lutar por mim. Você me prometeu que o faria a qualquer preço, disse que já havia me perdido uma vez, e que não ia deixar que isso acontecesse de novo. Seus sentimentos esfriaram assim tão rápido? Ou será que estava mentindo?

Ele olhou para mim sem dizer nada, mantendo-se em pé, tenso e frio, distante.

— O que quer de mim, Sira? — disse por fim.

— Que me esclareça algo acerca de seu passado. Em troca, saberá tudo o que tem de saber de meu presente. E, além disso, receberá um prêmio.

— O que está interessada em conhecer a respeito do meu passado?

— Quero que me conte para que foi a Marrocos. Você quer saber qual pode ser seu prêmio?

Não respondeu.

— O prêmio sou eu. Se sua resposta me satisfizer, você fica comigo. Se não me convencer, vai me perder para sempre. Você escolhe.

Ficou calado outra vez. Então, aproximou-se lentamente.

— Que diferença faz para você, a esta altura, saber para que fui a Marrocos?

— Uma vez, há anos, eu abri meu coração para um homem que não mostrou sua verdadeira face, e me custou um esforço infinito fechar as feridas que ele me deixou na alma. Não quero que aconteça o mesmo com você. Não quero mais mentiras nem mais sombras. Não quero mais homens dispondo de mim a seu bel-prazer, afastando-se e aproximando-se sem avisar, mesmo que seja para salvar minha vida. Por isso preciso ver todas as suas cartas, Marcus. Eu já descobri algumas coisas: sei para quem trabalha e sei que não se dedica exatamente aos negócios, como sei que também não se dedicava ao jornalismo antes. Mas ainda preciso preencher outros buracos de sua história.

Ele finalmente se acomodou sobre o braço de um sofá. Deixou uma perna apoiada no chão e cruzou a outra sobre ela. As costas retas, o copo ainda na mão, a expressão contraída.

— Muito bem — concordou após alguns segundos. — Estou disposto a falar. Em troca de que você também seja sincera comigo. Totalmente.

— Sim, eu prometo.

— Diga, então, o que já sabe de mim.

— Que é membro do Serviço de Inteligência Militar britânico. O SIS, o MI6, ou como preferir chamá-lo.

Seu rosto não delatou surpresa; provavelmente, fora bem treinado para esconder emoções e sentimentos. Não como eu. Eu não havia sido instruída em nada, não me prepararam, nem me protegeram: simplesmente havia sido jogada nua em um mundo de lobos famintos. Mas estava aprendendo. Sozinha e com esforço, tropeçando, caindo e levantando novamente; sempre andando de novo: primeiro um pé, depois o outro. Cada vez com o passo mais firme. Com a cabeça erguida e os olhos para frente.

— Não sei como obteve essa informação — replicou apenas. — De qualquer maneira, tanto faz. Imagino que suas fontes são confiáveis, e não faria sentido negar o evidente.

— Mas ainda me falta saber algumas coisas.

— Por onde quer que comece?

— Pelo momento em que nos conhecemos, por exemplo. Pelas verdadeiras razões que o levaram a Marrocos.

— Muito bem. A razão fundamental era que em Londres havia um conhecimento muito escasso do que estava acontecendo dentro do Protetorado e várias fontes informavam que os alemães estavam se infiltrando com a aquiescência das autoridades espanholas. Nosso serviço de inteligência não possuía muita informação sobre o alto comissário Beigbeder: não era um dos militares conhecidos, não se sabia como vivia nem quais eram seus projetos ou perspectivas, e, principalmente, ignorávamos sua posição perante os alemães, que, supostamente, faziam e aconteciam com toda a liberdade no território a seu cargo.

— E o que você descobriu?

— Que, como previamos, os alemães agiam a seu bel-prazer e operavam como lhes dava na telha, às vezes com seu consentimento e às vezes sem ele. Você me ajudou, em parte, a obter essa informação.

Ignorei o comentário.

— E sobre Beigbeder? — quis saber.

— Sobre ele descobri o mesmo que você também sabe. Que era, e suponho que continua sendo, um sujeito inteligente, diferente e bastante peculiar.

— E por que o enviaram a Marrocos, se estava em péssimo estado?

— Tínhamos notícias da existência de Rosalinda Fox, uma compatriota ligada afetivamente ao alto comissário: uma joia para nós, a melhor oportunidade. Mas era muito arriscado abordá-la diretamente; ela era tão valiosa que não podíamos nos aventurar a perdê-la com uma operação mal concebida. Precisávamos esperar o momento ideal. De modo que, quando soubemos que ela estava procurando ajuda para evacuar a mãe de uma amiga, toda a maquinaria foi posta em funcionamento. E decidiu-se que eu era a pessoa ideal para essa missão porque havia tido contato em Madri com alguém que se encarregava daquelas evacuações para o Mediterrâneo. Eu havia informado Londres, pontualmente, acerca de todos os passos de Lance, de modo que julgaram que era a desculpa perfeita para aparecer em Tetuán e me aproximar de Beigbeder com a desculpa de me oferecer para fazer um serviço para sua amante. Contudo, havia um pequeno problema: naquela época, eu estava meio morto no Royal London Hospital, prostrado em uma cama com o corpo ferido, semi-inconsciente e dopado de morfina.

— Mas você se aventurou, enganou a todos nós e atingiu seu objetivo...

— Muito além do previsto — disse. Em seus lábios, percebi a sombra de um sorriso, o primeiro desde que nos trancamos na biblioteca. Então, senti uma pontada de emoções confusas: finalmente o Marcus de quem eu tanto sentia falta havia voltado, aquele que eu queria manter ao meu lado. — Foram dias muito especiais — continuou. — Depois de mais de um ano vivendo na turbulenta Espanha em guerra, Marrocos foi a melhor coisa que podia me acontecer. Eu me recuperei e executei minha missão com um rendimento altíssimo. E conheci você. Não podia querer mais.

— Como fazia?

— Quase todas as noites, transmitia as informações do meu quarto do Hotel Nacional. Eu tinha um pequeno equipamento radiotransmissor camuflado no fundo da mala. E escrevia diariamente um informe codificado de tudo o que via, ouvia e fazia. Depois, quando podia, passava o material a um contato em Tânger, um vendedor da Saccone & Speed.

— E ninguém nunca suspeitou de você?

— Claro que sim. Beigbeder não era nenhum imbecil, você sabe tão bem quanto eu. Revistaram meu quarto várias vezes, mas provavelmente mandaram alguém com pouca perícia para isso: nunca descobriram nada. Os alemães também tinham receio, mas também não conseguiram qualquer informação. Eu, de minha parte, fiz todo o esforço possível para não dar passos em falso. Não fiz contato com ninguém fora dos circuitos oficiais nem adentrei territórios escabrosos. Ao contrário, mantive uma conduta impecável, apareci ao lado das pessoas convenientes e sempre me movi à luz do dia. Tudo muito limpo, aparentemente. Mais alguma pergunta?

Parecia menos tenso já, mais próximo. Mais o Marcus de sempre outra vez.

— Por que foi embora tão de repente? Não me avisou, só apareceu uma manhã em minha casa, deu-me a notícia de que minha mãe estava a caminho e não tornei a vê-lo nunca mais.

— Porque recebi ordens urgentes de abandonar o Protetorado imediatamente. Chegavam cada vez mais alemães, alguém suspeitava de mim. Mesmo assim, consegui atrasar minha partida alguns dias, arriscando-me a ser descoberto.

— Por quê?

— Eu não quis ir embora antes de ter certeza de que a evacuação de sua mãe aconteceria conforme esperávamos. Eu havia prometido a você. Nada teria me agradado mais que ter ficado com você, mas não podia: meu mundo era outro e minha hora havia chegado. Além disso, também não era o melhor momento para você. Ainda estava se recuperando de uma traição e não estava preparada para confiar em outro homem, e menos ainda em alguém que necessariamente teria de desaparecer sem ser completamente claro. Isso é tudo, minha querida Sira. Fim. Essa é a história que queria ouvir? Essa versão serve para você?

— Sim, serve — respondi, levantando-me e avançando para ele.

— Então, ganhei meu prêmio?

Não respondi. Só me aproximei dele, sentei-me em suas pernas e aproximei minha boca de seu ouvido. Minha pele maquiada roçou sua pele recém-barbeada; meus lábios brilhantes de batom derramaram um sussurro a apenas meio centímetro do lóbulo de sua orelha. Senti-o reagir a minha proximidade.

— Ganhou seu prêmio, sim. Mas talvez eu seja um presente envenenado.

— Talvez. Para me certificar, agora preciso saber de você. Deixei-a em Tetuán como uma jovem costureira cheia de ternura e inocência, e reencontrei-a em Lisboa, transformada em uma mulher plena ao lado de alguém totalmente inconveniente. Quero saber o que aconteceu entre uma coisa e outra.

— Vai saber logo. E, para que não lhe reste dúvida, vai saber por outra pessoa, alguém a quem acho que já conhece. Venha comigo.

Percorremos abraçados o corredor até a sala. Ouvi a voz forte de meu pai à distância e, uma vez mais, não pude evitar rememorar o dia em que o conhecera. Quantas voltas minha vida havia dado desde então. Quantas vezes eu afundara até ficar sem fôlego e quantas vezes conseguira tirar a cabeça d'água depois. Mas isso já era passado e os dias de olhar para trás já não existiam. Era momento apenas de nos concentrarmos no presente. De olhá-lo de frente para enfocar o futuro.

Imaginei que os outros dois convidados já estavam ali e que tudo estava correndo conforme o previsto. Ao chegar a nosso destino, desfizemos o abraço, mas mantivemos os dedos entrelaçados.

Até que vimos juntos quem nos esperava. E então eu sorri. E Marcus, não.

— Boa noite, senhora Hillgarth; boa noite, capitão. Alegro-me em vê-los — disse, interrompendo a conversa deles.

A sala se encheu de um silêncio denso. Denso e tenso, eletrizante.

— Boa noite, senhorita — replicou Hillgarth, após alguns segundos que pareceram eternos a todos. Sua voz parecia sair de uma caverna. De uma caverna escura e fria pela qual o chefe do Serviço Secreto britânico na Espanha, o homem que sabia de tudo, ou que deveria saber, andava tateando às cegas. — Boa noite, Logan — acrescentou depois. Sua mulher, dessa vez sem a máscara do salão de beleza, ficou tão impressionada ao nos ver juntos que foi incapaz de responder ao meu cumprimento. — Achei que houvesse voltado para Lisboa — continuou o adido naval dirigindo-se a Marcus. Deixou passar outro sopro interminável de quietude e depois acrescentou: — E não sabia que se conheciam.

Notei que Marcus ia falar, mas não deixei. Apertei com força sua mão ainda agarrada à minha e ele me entendeu. Também não olhei para ele: não quis ver se compartilhava sua perplexidade com os Hillgarth, nem quis comprovar sua reação ao vê-los sentados naquela sala estranha para ele. Conversaríamos mais tarde, quando tudo houvesse se acalmado. Eu sabia que teríamos muito tempo para isso.

Nos grandes olhos claros da esposa percebi uma imensa desorientação. Ela havia me dado as instruções para minha missão portuguesa, estava completamente implicada nas ações de seu marido. Provavelmente ambos estavam amarrando, apressadamente, os mesmos fios que eu lhes fornecera da última vez em que o capitão e eu nos víramos. Silva e Lisboa, a chegada intempestiva de Marcus a Madri, a mesma informação fornecida pelos dois com apenas algumas horas de diferença. Tudo aquilo, obviamente, não era fruto do acaso. Como não haviam percebido?

— O agente Logan e eu nos conhecemos há anos, capitão, mas não nos víamos fazia bastante tempo, e ainda estamos acabando de nos atualizar sobre as atividades de cada um — esclareci então. — Eu já estou a par de suas circunstâncias e responsabilidades; o senhor me ajudou imensamente há poucos dias. Por isso, pensei que talvez pudesse ter a gentileza de colaborar também para informar a ele sobre as minhas. E, de quebra, também poderá, assim, esclarecer as coisas para meu pai. Ah, perdão! Esqueci de lhe dizer: Gonzalo Alvarado é meu pai. Não se preocupe, tentaremos aparecer em público o mínimo possível, mas entenda que será impossível romper minha relação com ele.

Hillgarth não respondeu. Por baixo de suas fartas sobrancelhas, tornou a nos observar com olhar de granito. Imaginei o desconcerto de Gonzalo; provavelmente seria tão intenso quanto o de Marcus, mas nenhum dos dois pronunciou uma sílaba sequer. Apenas, assim como eu, limitaram-se a esperar que Hillgarth conseguisse digerir minha ousadia. Sua mulher, desconcertada, recorreu a um cigarro, abrindo a cigarreira, com dedos nervosos. Passaram-se alguns segundos constrangedores, nos quais só se ouviu o estalo repetido de seu isqueiro. Até que o adido naval finalmente falou.

— Se eu não o informar, imagino que você o fará de qualquer maneira...

— Receio que não me deixará outra opção — disse eu, presenteando-o com meu melhor sorriso. Um sorriso novo: pleno, seguro e levemente desafiador.

O silêncio só foi quebrado pelo tilintar do gelo no vidro de seu copo ao levar o uísque à boca. Sua mulher escondeu a desorientação por trás de uma forte tragada de Craven A.

— Imagino que esse é o preço que teremos de pagar pelo que nos trouxe de Lisboa — disse finalmente.

— Por isso e por todas as missões vindouras nas quais tornarei a arriscar a pele, dou-lhe minha palavra. Minha palavra de costureira e minha palavra de espiã.

# 69

O QUE RECEBI, DESSA VEZ, NÃO FOI UM SÓBRIO BUQUÊ DE ROSAS amarradas com uma fita cheia de traços codificados, como Hillgarth costumava me mandar quando queria transmitir alguma mensagem. Também não se tratou de flores exóticas como as que Manuel da Silva me mandou antes de decidir que o mais conveniente para ele seria me matar. O que Marcus levou a minha casa naquela noite foi apenas algo pequeno e quase insignificante, apenas um botão arrancado de alguma roseira crescida por milagre perto de uma cerca naquela primavera que se seguiu ao inverno atroz. Uma flor pequena, esquálida quase. Digna em sua simplicidade, sem subterfúgios.

Não o esperava, mas ao mesmo tempo o esperava. Ele havia partido da casa de meu pai junto com os Hillgarth umas horas antes; o adido naval o convidara a acompanhá-lo, provavelmente queria falar com ele longe de minha presença. Eu voltei sozinha, sem saber quando ele apareceria de novo. Se é que apareceria.

— Para você — foi sua saudação.

Peguei a pequena rosa e o deixei entrar. Estava com o nó da gravata frouxo, como se voluntariamente houvesse decidido se descontrair. Avançou com passo lento até o centro da sala; parecia que com cada passo alinhavava um pensamento e calculava as palavras que tinha a dizer. Finalmente voltou-se e esperou que eu me aproximasse.

— Sabe o que estamos enfrentando, não é?

Eu sabia. Claro que sabia. Movíamo-nos em pântanos de águas turvas, em uma selva de mentiras e engrenagens clandestinas com arestas capazes de cortar como vidro. Um amor secreto em tempo de ódios, carência e traições, isso é o que tínhamos pela frente.

— Sei o que estamos enfrentando, sim.

— Não vai ser fácil — acrescentou.

— Nada é fácil, já — acrescentei.

— Pode ser duro.

— Talvez.

— E perigoso.

— Também.

Burlando armadilhas, evitando riscos. Sem planos, a contratempo, nas sombras: teríamos de viver assim. Juntando vontade e audácia. Com integridade, coragem e a força de nos sabermos juntos diante de uma causa comum.

Olhamo-nos fixamente, e retornou a recordação da terra africana onde tudo começara. Seu mundo e meu mundo — tão distantes antes, tão próximos agora — finalmente haviam se encaixado. E, então, ele me abraçou e, no calor e ternura de nossa proximidade, tive a certeza absoluta de que nessa missão também não íamos fracassar.

# Epílogo

Essa foi minha história; ou pelo menos assim é minha recordação dela, envernizada, talvez, pela pátina que as décadas e a saudade dão às coisas. Essa foi minha história, sim. Trabalhei para o Serviço Secreto britânico e ao longo de quatro anos colhi e transmiti informações sobre os alemães na Península Ibérica com pleno rigor e pontualidade. Nunca ninguém me instruiu sobre tática militar, topografia do terreno de combate ou manuseio de explosivos, mas as peças que eu produzia tinham caimento perfeito e a fama de meu ateliê me blindou contra qualquer suspeita. Eu o mantive em funcionamento até 1945 e me transformei em uma virtuose do jogo duplo.

O que aconteceu na Espanha depois da guerra europeia e o rastro de muitas das pessoas que circularam por este relato daqueles anos se encontra nos livros de história, nos arquivos e nas hemerotecas. Porém, vou sintetizar tudo aqui, caso alguém se interesse por saber que fim levaram todos eles. Tentarei fazer direitinho; afinal de contas, esse foi sempre meu trabalho: casar partes e compor peças com harmonia.

Começarei por Beigbeder, talvez a mais desafortunada de todas as personagens deste relato. Desde que saiu da prisão em Ronda, eu soube que esteve várias vezes em Madri, que até se estabeleceu permanentemente lá por vários meses. Ao longo deles, manteve contato constante com as embaixadas inglesa e americana, e ofereceu-lhes mil planos que em algumas ocasiões foram lúcidos e, em outras, absolutamente extravagantes. Ele contou que tentaram assassiná-lo em duas ocasiões, mas também garantiu, paradoxalmente, que ainda mantinha interessantes contatos com o poder. Os velhos amigos o atenderam com cortesia, alguns até com verdadeiro afeto. Houve também quem se livrasse dele sem sequer ouvi-lo; de que lhes serviria aquele anjo já caído?

Na roda de fofocas que era a Espanha de então, onde tudo se transmitia da boca à orelha, pouco depois correu o boato de que seu errático devir finalmente tinha um destino. Apesar de quase todos acreditarem que sua carreira estava morta e enterrada, em 1943, quando se começava a vislumbrar que a vitória alemã era duvidosa, Franco — contra qualquer prognóstico e com grande sigilo — tornou a requerer seus serviços. Sem lhe dar um posto oficial, promoveu-o a general da noite para o dia e, com poderes de ministro plenipotenciário, encarregou-o de uma missão um tanto obscura que teria Washington como destino. Desde que o Caudilho lhe encomendou a tarefa até que saiu da Espanha para realizá-la, passaram-se meses. Alguém me contou que ele, estranhamente, pediu a membros da embaixada norte-americana que atrasassem o máximo possível a concessão do visto: suspeitava que a única coisa que Franco queria dele era tirá-lo da Espanha com a intenção de que não voltasse mais.

O que Beigbeder fez na América do Norte nunca ficou totalmente claro, e correram diversos rumores sobre isso. Segundo alguns, o Generalíssimo o mandou para restaurar relações, estender pontes e convencer os norte-americanos da absoluta neutralidade da Espanha na guerra, como se Franco nunca houvesse tido uma fotografia com dedicatória do Führer na mesa de seu gabinete. Outras vozes também confiáveis afirmaram, porém, que sua tarefa foi muito mais militar que meramente diplomática: discutir o futuro do Norte da África em sua qualidade de antigo alto comissário e grande conhecedor da realidade marroquina. Houve, ainda, quem dissesse que o ex-ministro havia ido à capital norte-americana para definir com o governo dos Estados Unidos as bases para a criação de uma "Espanha livre", paralela à "França livre", prevendo uma possível entrada dos alemães na Península. Ouviu-se também a versão de que, tão logo aterrissou, disse a quem quisesse ouvir que suas relações com a Espanha de Franco estavam rompidas, e passou a tentar angariar simpatias para a causa monárquica. E houve quem sugerisse que o objetivo daquela viagem respondeu apenas a seu desejo pessoal de mergulhar em uma vida dissoluta e pecaminosa, cheia de vício desenfreado. Fosse qual fosse a natureza da missão, o fato é que o Caudilho não deve ter ficado satisfeito com a maneira como foi realizada: anos depois, encarregou-se de dizer publicamente que Beigbeder era um depravado morto de fome que se dedicava a dar porrada em qualquer um que se aproximasse.

Enfim, nunca se conseguiu saber realmente o que ele fez em Washington; a única coisa certa é que sua permanência se estendeu até o final da guerra mundial. Em seu caminho de ida, fez escala em Lisboa e finalmente encontrou Rosalinda. Ficaram dois anos e meio sem se ver. Passaram uma semana juntos, ao longo da qual ele tentou convencê-la a ir com ele para a América. Não conseguiu, eu nunca soube por quê. Ela justificou sua decisão com o fato de não serem casados, algo que, em sua opinião, acabaria abalando o prestígio social de Juan Luis na elite diplomática norte-americana. Não acreditei nela, e imagino que ele também não: se havia sido capaz de enfrentar o mundo contra eles na pacata Espanha surgida da vitória, por que não o faria também do outro lado do Atlântico? Apesar de tudo, ela nunca esclareceu as verdadeiras razões daquela inesperada decisão.

Desde sua volta à Espanha em 1945, Beigbeder foi um membro ativo do grupo de generais que passaram anos maquinando inutilmente a derrubada de Franco: Aranda, Kindelán, Dávila, Orgaz, Varela. Teve contatos com dom Juan de Borbón e participou de mil conspirações, todas elas infrutíferas e algumas até um tanto patéticas, como a liderada pelo general Aranda para pedir asilo na embaixada norte-americana e criar ali um governo monárquico no exílio. Alguns de seus companheiros chegaram a tachá-lo de traidor, de ter levado ao Pardo a história da conspiração. Nenhum daqueles planos para acabar com o regime chegou a vingar e a maioria de seus integrantes pagou sua insubmissão com prisões, desterros e destituições. Tempos depois, disseram-me que esses generais receberam durante a guerra mundial milhões de pesetas do governo inglês por meio do financista Juan March e das mãos de Hillgarth, a fim de influenciar o Caudilho para que a Espanha não entrasse na guerra do lado do Eixo. Desconheço se isso é verdade ou não; pode ser que alguns deles tenham aceitado o dinheiro, talvez o tenham dividido apenas entre alguns. Beigbeder, evidentemente, não recebeu nada e acabou seus dias "exemplarmente pobre", como disse Dionisio Ridruejo a seu respeito.

Também ouvi rumores acerca de suas aventuras amorosas, de seus supostos romances com uma jornalista francesa, uma falangista, uma espiã americana, uma escritora madrilense e a filha de um general. Que ele adorava as mulheres não era nenhum segredo: sucumbia aos encantos femininos com uma facilidade impressionante e se apaixonava com o fervor de um cadete; eu vi isso com meus olhos no caso de Rosalinda, e imagino que ao longo de sua vida teria passado por outras relações similares. Mas que fosse um depravado e que sua fraqueza pelo sexo acabasse jogando sua carreira na lama é, a meu modo de ver, uma afirmação imensamente frívola que não lhe faz justiça.

Desde o momento em que pôs um pé de volta na Espanha, sua vida começou a decair. Antes de ir para Washington, viveu durante um tempo em um apartamento alugado na rua Claudio Coello; quando voltou, hospedou-se no Hotel Paris na rua Alcalá; depois, passou uma temporada na casa de uma irmã e acabou seus dias em uma pensão. Entrou e saiu do governo sem um tostão e morreu sem mais posses no armário que dois ternos puídos, três velhos uniformes dos tempos africanos e uma túnica. E umas centenas de páginas em que havia começado a escrever, com letra miúda, suas memórias. Parou mais ou menos na época do Desastre del Barranco del Lobo;[11] não chegou nem ao início da guerra civil.

Passou anos esperando que a *baraca* — a sorte — ficasse do seu lado. Acreditava, ilusoriamente, que seria chamado para algum cargo, para qualquer missão que tornasse a preencher seus dias com atividade e movimento. Isso nunca aconteceu, e em sua folha de serviços, desde seu retorno dos Estados Unidos, só constou a frase "Às ordens do excelentíssimo ministro do Exército", o que no jargão militar equivale a estar de braços cruzados. Ninguém o quis mais, e ele ficou sem forças: não teve brio para endireitar seu destino, e sua mente, outras vezes brilhante, acabou se deteriorando. Passou para a reserva em abril de 1950; um antigo amigo marroquino, Bulaix Baeza, ofereceu-lhe um emprego que o manteve medianamente ocupado durante seus últimos anos; um humilde cargo administrativo em sua empresa imobiliária madrilense. Morreu em junho de 1957; sob sua lápide na Sacramental de San Justo descansaram 69 anos de vida turbulenta. Seus papéis ficaram esquecidos na pensão da rua Tomasa; uns meses depois, um velho conhecido de Tetuán os recolheu em troca de assumir a dívida de alguns milhares de pesetas que ele deixara pendente. Hoje, seu arquivo pessoal continua ali, sob a zelosa custódia de alguém que o conheceu e estimou em seu Marrocos feliz.

Registro, agora, o que foi feito de Rosalinda, e alguns detalhes do devir de Beigbeder que talvez sirvam para complementar a visão dos

11 Barranco del Lobo fica ao sul da Espanha, e a autora se refere à ocasião em que as tropas espanholas foram derrotadas pelos rifenhos, no Protetorado, durante a guerra de Melilla, evento que ficou conhecido como Desastre del Barranco del Lobo. (N.T.)

últimos tempos do ex-ministro. No fim da guerra, minha amiga decidiu abandonar Portugal e se estabelecer na Inglaterra. Queria que seu filho fosse educado lá, de modo que seu sócio, Dimitri, e ela, decidiram vender El Galgo. O Jewish Joint Committee outorgou-lhes conjuntamente uma condecoração, a Cruz de Lorena da Resistência Francesa, em reconhecimento a seus serviços para com os refugiados judeus. A revista americana *Time* publicou um artigo no qual Martha Gellhorn, esposa de Ernest Hemingway, falava do El Galgo e de *Mrs.* Fox como duas das melhores atrações de Lisboa. Mesmo assim, ela foi embora.

Com o dinheiro obtido com a venda estabeleceu-se na Grã-Bretanha. Tudo correu bem nos primeiros meses: a saúde restaurada, muitas libras no banco, velhos amigos recuperados e até os móveis de Lisboa recebidos sãos e salvos, entre eles dezessete sofás e três pianos de cauda. E então, quando tudo estava calmo e a vida sorria para ela, Peter Fox, de Calcutá, tornou a lhe recordar que ainda tinha um marido. E lhe pediu que tentassem de novo. E, contra qualquer prognóstico, ela aceitou.

Procurou uma casa de campo em Surrey e se preparou para assumir, pela terceira vez na vida, o papel de esposa. Ela resumiu a aventura em uma palavra: impossível. Peter era o mesmo de sempre, continuava se comportando como se Rosalinda ainda fosse a menina de dezesseis anos com quem um dia se casara, tratava os empregados aos pontapés, não tinha consideração por ninguém, era egocêntrico e antipático. Três meses depois do reencontro, ela foi internada. Foi operada, passou semanas em convalescença e só uma coisa saiu clara disso tudo: tinha que abandonar seu marido de qualquer maneira. Então voltou para Londres, alugou uma casa em Chelsea e durante um breve tempo abriu um clube, cujo nome pitoresco era The Patio. Peter, enquanto isso, ficou em Surrey, negando-se a devolver seus móveis lisboetas e a lhe conceder o divórcio de uma vez por todas. Tão logo ela se recuperou, começou a lutar por sua liberdade definitiva.

Jamais rompeu o contato com Beigbeder. No final de 1946, antes de Peter voltar para a Inglaterra, passaram umas semanas juntos em Madri. Em 1950, voltou para outra temporada. Eu não estava lá, mas por carta ela me contou a dor imensa que lhe causou encontrar um Juan Luis acabado para sempre. Disfarçou a situação com seu habitual otimismo: falou-me das poderosas corporações que ele dirigia, da grande figura que era no mundo empresarial. Nas entrelinhas, percebi que estava mentindo.

A partir daquele ano, uma nova Rosalinda pareceu surgir, com apenas duas ideias fixas: divorciar-se de Peter e acompanhar Juan Luis nos últimos trechos de sua vida ao longo de estadas temporárias em Madri. Ele, segundo Rosalinda, envelhecia a passos de gigante, cada dia mais desiludido, mais deteriorado. Sua energia, a agilidade mental, seu ímpeto e aquele dinamismo dos velhos tempos do Alto Comissariado apagavam-se com as horas. Ele gostava que ela o levasse para passear de carro, que fossem almoçar em qualquer povoado da serra, em um vulgar boteco ao pé da estrada, longe do asfalto. Quando não tinham mais remédio que ficar em Madri, passeavam. Às vezes se encontravam com os velhos dinossauros com quem um dia ele dividira quartéis e gabinetes. Ele a apresentava como minha Rosalinda, a coisa mais sagrada no mundo depois da Virgem Maria. Ela, então, ria.

Tinha dificuldade para entender por que ele estava tão derrotado se não era muito velho. Devia andar, então, ainda pelos sessenta e poucos, mas era já um ancião acabado de espírito. Estava cansado, entristecido, desiludido. De todos, com todos. E, então, ocorreu-lhe sua última genialidade: passar seus derradeiros anos olhando para Marrocos. Não dentro do país, mas contemplando-o à distância. Preferia não retornar, lá não restava ninguém daqueles com quem dividira seus tempos de glória. O Protetorado havia acabado no ano anterior, e Marrocos recuperara sua independência. Os espanhóis haviam partido e de seus velhos amigos marroquinos já restavam poucos vivos. Não quis voltar a Tetuán, mas sim terminar seus dias com aquela terra no horizonte. E assim pediu a ela. Vá para o Sul, Rosalinda, procure um lugar para nós olharmos para o mar.

E ela encontrou. Guadarranque. Ao sul do Sul. Na baía de Algeciras, em frente ao Estreito, com vista para a África e Gibraltar. Comprou casa e terreno, voltou à Inglaterra para liquidar alguns assuntos, ver seu filho e trocar de carro. Sua intenção era voltar para a Espanha em duas semanas, para pegar Juan Luis e empreender a viagem para uma nova vida. No décimo dia de sua estada em Londres, um cabograma da Espanha a informou de que ele havia morrido. Ela recebeu a notícia como uma ferida na alma, tanto que, para preservar sua memória, decidiu se estabelecer, sozinha, no lar que haviam desejado compartilhar. E ali continuou vivendo até os 93 anos, sem jamais abandonar aquela capacidade de mil vezes cair e outras mil vezes se levantar, sacudindo a poeira e andando de novo com passo firme, como se nada houvesse acontecido. Por mais duros que fossem os tempos, o otimismo com que recebeu todos os golpes e com que se protegeu para sempre ver o mundo do lado em que o sol brilha com mais claridade jamais a abandonou.

Talvez também estejam se perguntando que fim levou Serrano Suñer. Deixem-me contar. Os alemães invadiram a Rússia em junho de 1942 e ele, disposto a continuar apoiando com todo seu fervor os bons amigos do Terceiro Reich, saiu à sacada da Secretaria Geral do Movimento na rua Alcalá e, com sua imaculada jaqueta branca e a aparência de um galã de cinema, gritou feroz: "A Rússia é culpada!". Então, reuniu essa caravana de infelizes voluntários que foi a Divisão Azul, engalanou a Estação do Norte com bandeiras nazistas e mandou milhares de espanhóis amontoados em trens para morrer de frio ou arriscar a vida ao lado do Eixo em uma guerra que não era a sua e para a qual ninguém havia lhe pedido ajuda.

Mas não sobreviveu politicamente para ver a Alemanha perder a guerra. Em 3 de setembro de 1942, 22 meses e 17 dias depois de Beigbeder e exatamente com as mesmas palavras, o Boletim Oficial do Estado anunciou sua exoneração de todos os cargos. A razão da queda do cunhadíssimo foi, supostamente, um violento incidente no qual se misturaram carlistas, exército e membros da Falange. Houve uma bomba, dezenas de feridos e duas baixas: a do falangista que a lançou — que foi executado — e a de Serrano, deposto por ser o presidente da Junta Política da Falange. Reservadamente, porém, circularam outras histórias.

Manter Serrano estava custando a Franco, ao que parece, um preço excessivo. Era verdade que o brilhante irmão político havia carregado nas costas a execução da trama civil do regime; verdade também que ele fez grande parte do trabalho sujo. Organizou a administração do novo Estado e cortou as insubordinações e insolências dos falangistas contra Franco, que era tido, aliás, em muito baixa conta. Lucubrou, organizou, preparou e agiu em todos os flancos da política interna e externa, e tanto trabalhou, tanto se envolveu e com tanto empenho que acabou cansando até sua sombra.

Os militares o odiavam, e na rua era imensamente antipático, a ponto de o povo jogar nele a culpa de todos os males da Espanha, desde a alta dos preços dos cinemas e espetáculos, até a seca que assolou o campo naqueles anos. Serrano foi muito útil a Franco, sim, mas acumulou muito poder e ódio demais. Sua presença se tornou pesada para todos e, além disso, o prognóstico da vitória da Alemanha que com tanto entusiasmo apoiara começava a cambalear. Diziam, por isso, que o Caudilho havia aproveitado o incidente dos falangistas violentos para se livrar dele e, de quebra, acusá-lo de ser o único responsável por toda a simpatia espanhola pelo Eixo.

Aquela foi, informalmente, a versão formal dos fatos. E, mais ou menos, assim se acreditou. Mas eu soube que houve outra razão, uma razão que talvez tenha tido até mais peso que as próprias tensões políticas internas, o cansaço de Franco e a guerra europeia. Soube disso sem sair de minha casa, em meu ateliê e por meio de minhas próprias clientes, as espanholas de berço que cada vez eram mais abundantes em meus provadores. Segundo elas, a verdadeira artífice da queda de Serrano foi Carmen Polo, a esposa do Caudilho. Foi movida, diziam, pela indignação de saber que, em 29 de agosto, a linda e insolente marquesa de Llanzol havia dado à luz sua quarta filha. Diferente dos rebentos anteriores, o pai daquela menina de olhos de gato não era seu próprio marido, e sim Ramón Serrano Suñer, seu amante. A humilhação que esse escândalo representava não só para a esposa de Serrano — irmã de dona Carmen, Zita Polo —, mas para a família Franco Polo em si, ultrapassou tudo o que a esposa do Caudilho estava disposta a suportar. E apertou seu marido por onde mais dói até que o convenceu a prescindir de seu cunhado. A exoneração vingativa foi uma questão de tempo. Franco demorou três dias para comunicá-la em particular e mais um para fazê-lo em público. Rosalinda teria dito que, a partir de então, Serrano ficou *totally out*. Candelaria, a muambeira, teria formulado a frase de uma maneira mais resoluta: foi para o olho da rua.

Correu o boato de que pouco depois lhe seria atribuída a representação diplomática em Roma, que talvez, passado um tempo, voltasse para perto do poder. Isso nunca aconteceu. O desprezo a sua pessoa por parte de seu cunhado jamais deixou de existir. Em seu favor deve-se dizer, porém, que ele manteve uma longa vida com dignidade e discrição, exercendo a advocacia, participando de empresas privadas e escrevendo artigos para jornais e livros de memórias um tanto maquiados. Desde a dissidência e utilizando sempre tribunas públicas, permitiu-se até sugerir de vez em quando a seu parente a conveniência de enfrentar profundas reformas políticas. Nunca desceu de sua superioridade, mas também não caiu na tentação, como tantos outros, de se declarar democrata a vida toda quando as coisas mudaram. Com o passar dos anos, foi ganhando um relativo respeito na opinião pública espanhola, até que morreu quando faltavam poucos dias para atingir os 102 anos.

Mais de três décadas depois de lhe arrebatar o cargo com sanha, Serrano dedicaria a Beigbeder umas linhas de apreço em suas memórias. "Era uma pessoa estranha e singular, com cultura superior à comum, capaz de mil loucuras", diria textualmente. Homem honrado, foi seu ditame final. Chegou tarde demais.

A Alemanha se rendeu em 8 de maio de 1945. Horas depois, sua embaixada em Madri e as demais dependências foram oficialmente fechadas e entregues aos ministérios do Governo e do Exterior. Porém, os Aliados não tiveram acesso a esses imóveis até a assinatura da Ata de Rendição, em 5 de junho do mesmo ano. Quando os burocratas britânicos e norte-americanos puderam finalmente ter acesso aos edifícios onde os nazistas haviam atuado na Espanha, não encontraram mais que os restos de um saque laborioso: as paredes nuas, os gabinetes sem móveis, os arquivos queimados e os cofres abertos e vazios. Em seu precipitado afã de não deixar nem rastro do que ali houve, levaram até as lâmpadas. E tudo isso diante dos olhos permissivos dos agentes do Ministério do Governo espanhol encarregados de sua custódia. Com o tempo, alguns bens foram localizados e embargados: tapetes, quadros, estátuas antigas, porcelanas e objetos de prata. Muitos outros, porém, se perderam para sempre. E dos documentos comprometedores que testemunhavam a íntima cumplicidade entre a Espanha e a Alemanha, não restaram mais que cinzas. Mas parece que os Aliados conseguiram recuperar o butim mais valioso dos nazistas na Espanha: duas toneladas de ouro fundido em centenas de lingotes, sem cunho e não inventariados, que durante um tempo estiveram cobertos por mantas no gabinete do encarregado de Política Econômica do governo. Quanto aos alemães influentes que tão atraentes eram durante a guerra e cujas esposas usaram roupas feitas por mim em elegantes festas e recepções, alguns foram deportados, outros evitaram a repatriação prestando-se a colaborar, e muitos conseguiram se esconder, camuflar-se, fugir, naturalizar-se espanhóis, safar-se ou transformar-se misteriosamente em cidadãos honrados com um passado imaculadamente limpo. Apesar da insistência dos Aliados e da pressão para que a Espanha aderisse às resoluções internacionais, o regime mostrou pouco interesse em participar ativamente e manteve sob proteção muitos colaboradores que integravam as listas negras.

Quanto à Espanha, houve quem tenha pensado que o Caudilho cairia com a capitulação da Alemanha. Muitos acreditaram, iludidos, que pouco faltava para a restauração da monarquia ou a chegada de um regime mais aberto. Nem de longe foi assim. Franco deu uma renovada no governo mudando algumas caras, cortou algumas cabeças na Falange, reforçou sua aliança com o Vaticano e seguiu em frente. E os novos donos do mundo, as irrepreensíveis democracias que com tanto heroísmo e esforço haviam derrotado o nazismo e o fascismo, deixaram-no agir. A essa altura, com a Europa voltada para sua própria reconstrução, quem se importava com aquele país barulhento e destruído? A quem interessavam sua fome, suas minas, os portos do Atlântico e o punho firme do general baixinho que o governava? Negaram nossa entrada nas Nações Unidas, retiraram embaixadores e não nos deram nem um dólar do Plano Marshall, verdade. Mas também não intervieram mais. *Hands off*, disseram os Aliados assim que a vitória chegou. Estamos fora, rapazes, vamos embora. Dito e feito: os diplomatas e os serviços secretos empacotaram suas coisas, sacudiram a poeira e voltaram para casa. Até que, anos depois, alguns se interessaram em voltar e se reconciliar, mas essa já é outra história.

Alan Hillgarth também não chegou a viver aqueles dias na Espanha. Foi transferido como chefe de inteligência naval para a Far East Fleet em 1944. Separou-se de sua esposa Mary no fim da guerra e casou-se de novo com uma jovem a quem não cheguei a conhecer. A partir de então, viveu na Irlanda afastado, longe das atividades clandestinas às quais de forma tão competente se dedicara durante anos.

Em relação ao grandioso sonho imperial sobre o qual a Nova Espanha foi construída, só se conseguiu manter o mesmo Protetorado de sempre por um tempo. Com a chegada da paz mundial, as tropas espanholas viram-se obrigadas a abandonar o Tânger que haviam ocupado arbitrariamente cinco anos antes, como antecipação de um faustoso paraíso colonial que jamais chegou. Trocaram os altos delegados, Tetuán cresceu e ali continuaram convivendo marroquinos e espanhóis a seu ritmo e em harmonia, sob a paternal tutela da Espanha. Nos primeiros anos da década de 1950, porém, os movimentos anticolonialistas da zona francesa começaram a se agitar. As ações armadas chegaram a ser tão violentas naquele território que a França se viu obrigada a abrir negociações para a cessão da soberania. Em 2 de março de 1956, a França concedeu a independência a Marrocos. Os espanhóis, porém, pensaram que não tinham nada a ver com isso. Na zona espanhola jamais existiram tensões: eles haviam apoiado Mohamed V, haviam se oposto aos franceses e acolhido os nacionalistas. Que ingenuidade. Uma vez livres da França, os marroquinos reclamaram imediatamente a soberania da parte espanhola. Em 7 de abril de 1956, apressadamente, por conta das crescentes tensões, o Protetorado chegava ao fim. E enquanto a soberania era transferida e os marroquinos reconquistavam sua terra, para dezenas de milhares de espanhóis começou o drama da repatriação. Famílias inteiras de funcionários públicos e militares, de profissionais, empregados e donos de comércios desmantelaram suas casas e voltaram para uma Espanha que muitos deles mal conheciam. Deixaram para trás suas ruas, seus cheiros, memórias acumuladas e seus mortos enterrados. Cruzaram o Estreito com os móveis embalados e o coração partido, e angustiados pela incerteza de não saber o que os esperaria naquela nova vida. Esparramaram-se pelo mapa da Península com a saudade da África sempre presente.

Esse foi o futuro daqueles personagens e lugares que tiveram algo a ver com a história desses tempos turbulentos. Suas andanças, suas glórias e misérias constituíram fatos objetivos que um dia encheram as páginas dos jornais e das rodinhas de amigos, e hoje podem ser consultados nas bibliotecas e nas memórias dos mais velhos. Um tanto mais difuso foi o futuro de todos os que supostamente estiveram perto deles ao longo desses anos, eu inclusive.

Acerca de meus pais, poderia escrever vários desenlaces para este relato. Em um deles, Gonzalo Alvarado iria para Tetuán atrás de Dolores e lhe proporia que voltasse com ele para Madri, onde recuperariam o tempo perdido sem se separar nunca mais. Em outra conclusão totalmente diferente, meu pai nunca sairia da capital, enquanto minha mãe conheceria um militar sossegado e viúvo em Tetuán, que se apaixonaria por ela como um adolescente, escreveria cartas afetuosas para ela e a convidaria para comer doces no La Campana e passear pelo parque ao pôr do sol. Com paciência e empenho, conseguiria convencê-la a se casar numa manhã de junho, em uma cerimônia madura e discreta perante todos os seus filhos.

Algo também poderia ter acontecido na vida de meus velhos amigos de Tetuán. Candelaria poderia ter se mudado para o grande apartamento de Sidi Mandri depois de minha mãe fechar o ateliê; nele, talvez montasse a melhor pensão de todo o Protetorado. As coisas iriam tão bem para ela que acabaria ficando também com o apartamento vizinho, o que Félix Aranda deixaria quando, certa noite de tempestade em que não aguentasse mais, finalmente acabaria com sua mãe com três caixas de calmante diluídas em meia garrafa de licor de anis. Poderia ser que então voasse livre, finalmente: talvez optasse por se estabelecer em Casablanca, abrir uma loja de antiguidades, ter mil amantes de cem cores e continuar se entusiasmando com suas espreitas e fofocas.

Quanto a Marcus e a mim, talvez nossos caminhos tenham se separado quando a guerra acabou. Pode ser que, depois do amor alvoroçado que vivemos durante os quatro anos restantes, ele voltasse para seu país e eu acabasse meus dias em Madri como uma altiva costureira no comando de um ateliê mítico, acessível apenas para uma clientela que eu escolheria caprichosamente conforme o humor do dia. Ou talvez tenha me cansado de trabalhar e aceitado a proposta de casamento de um cirurgião disposto a me sustentar e a me mimar pelo resto dos meus dias. Poderia ser, porém, que Marcus e eu decidíssemos percorrer juntos o resto do caminho e optássemos por voltar a Marrocos, procurar uma linda casa em Tânger, em Monte Viejo, formar uma família e montar um negócio real, do qual viveríamos até que, após a independência, nos estabelecêssemos em Londres. Ou em algum lugar na costa do Mediterrâneo. Ou no sul de Portugal. Ou, se preferirem, também poderia ser que nunca nos assentássemos totalmente e continuássemos durante décadas pulando de um país para o outro às ordens do Serviço Secreto britânico, os dois camuflados sob a fachada de um adido comercial e sua elegante esposa espanhola.

Nossos destinos poderiam ser esses ou outros totalmente diferentes, porque o fim que levamos não ficou registrado em nenhum lugar. Talvez nem sequer tenhamos chegado a existir. Ou talvez sim, mas ninguém percebeu nossa presença. Afinal de contas, sempre estivemos por trás da história, ativamente invisíveis naquele tempo que vivemos entre costuras.

# NOTA DA AUTORA

AS CONVENÇÕES DA VIDA ACADÊMICA À QUAL ESTOU VINCULADA HÁ mais de vinte anos exigem que os autores identifiquem suas fontes de maneira organizada e rigorosa; por essa razão, decidi incluir uma lista com as referências bibliográficas mais significativas consultadas para escrever este romance. Porém, uma grande parte dos recursos em que me apoiei para recriar os cenários, traçar alguns personagens e dotar de coerência a trama excede as margens dos papéis impressos e, a fim de que fiquem registrados, quero mencioná-los nesta nota de agradecimento.

Para recompor a Tetuán colonial me servi dos numerosos testemunhos recolhidos nos boletins da Associação La Medina de Antigos Residentes do Protetorado Espanhol em Marrocos; agradeço a colaboração de seus nostálgicos sócios e a gentileza dos diretores Francisco Trujillo e Adolfo de Pablos. Igualmente úteis e afetuosas foram as recordações marroquinas desempoeiradas por minha mãe e minhas tias Estrella Vinuesa e Paquita Moreno, assim como as muitas contribuições documentais fornecidas por Luis Álvarez, entusiasmado com este projeto quase tanto quanto eu. Muito valiosa também foi a referência bibliográfica fornecida pelo tradutor Miguel Sáenz acerca de uma singular obra parcialmente situada em Tetuán, a partir da qual surgiu a inspiração para dois dos grandes personagens secundários desta história.

Na reconstrução da trajetória de vida de Juan Luis Beigbeder foi de enorme interesse a informação fornecida pelo historiador marroquino Mohamed Ibn Azzuz, zeloso guardador de seu legado. Por promover o encontro com ele e me acolher na sede da Associação Tetuán-Asmir — a antiga e linda Delegação de Assuntos Indígenas —, agradeço a atenção de Ahmed Mgara, Abdeslam Chaachoo e Ricardo Barceló. Estendo, ainda, meu reconhecimento a José Carlos Canalda pelos detalhes biográficos sobre Beigbeder; a José Maria Martínez-Val por atender a minhas consultas sobre seu romance *Llegará tarde a Hendaya*, na qual o então ministro aparece como personagem; agradeço a Domingo del Pino por me abrir, por meio de um artigo, a porta para as memórias de Rosalinda Powell Fox — decisivas para a linha de argumentação do romance —, e a

Michael Brufal de Melgarejo por me ajudar a seguir seu rastro difuso em Gibraltar.

Desejo deixar registrada a cordialidade pessoal de Patricia Martínez de Vicente, autora de *Embassy o la inteligencia de Mambrú* e filha de um ativo membro naquelas atividades clandestinas, por me proporcionar dados de primeira mão sobre Alan Hillgarth, os Serviços Secretos britânicos na Espanha e a cobertura do Embassy. Ao professor David A. Messenger, da Universidade de Wyoming, agradeço por seu artigo sobre as atividades do SOE na Espanha.

Finalmente, quero expressar minha gratidão a todos aqueles que de uma forma ou de outra estiveram próximos no processo de criação desta história, lendo o todo ou as partes, estimulando, corrigindo, aplaudindo e ovacionando ou, simplesmente, avançando ao meu lado na marcha dos dias. A meus pais, por seu apoio incondicional. A Manolo Castellanos, meu marido, e aos meus filhos Bárbara e Jaime, por me recordarem diariamente com sua vitalidade infinita onde estão as coisas que realmente importam. Aos meus muitos irmãos e suas muitas circunstâncias, a minha família periférica, aos meus amigos de *in vino amicitia* e aos meus afetuosos colegas da *crème* anglófila.

A Lola Gulias, da Agência Literária Antonia Kerrigan, por ser a primeira a apostar em meus escritos.

E, de maneira muito especial, a minha editora Raquel Gisbert por seu formidável profissionalismo, sua confiança e sua energia, e por ter suportado minha pressão com humor e empenho inquebrantáveis.

# Bibliografia


ALCARAZ, Ignacio. *Entre España y Marruecos. Testimonio de una época*: 1923-75. Madri: Catriel, 1999

——. *Retratos en la memoria*. Madri: Catriel, 2002.

ALPERT, Michael. "Operaciones secretas inglesas en España durante la segunda guerra mundial". *Espacio, tiempo y forma, Serie V, Historia Contemporánea,* nº 15, 2002.

ARMERO, José Mario. *La política exterior de Franco*. Barcelona: Planeta, 1978.

BARFOUR, Sebastián; Paul PRESTON. *España y las grandes potencias en el siglo XX*. Barcelona: Crítica, 1999.

BERDAH, Jean-François. "La propaganda cultural británica en España durante la segunda guerra mundial a través de la acción del British Council: Un aspecto de las relaciones hispano-británicas 1939-46". In: TUSELL, J. (ed.). *El régimen de Franco: política y relaciones exteriores*. Madri: UNED, 1993.

CARDONA, Gabriel. *Franco y sus generales: la manicura del tigre*. Madri: Temas de Hoy, 2001.

CARUANA, Leonardo. "A Wolfram in Sheep's Clothing: Economic Warfare in Spain, 1940-44". *Journal of Economic History* 16, 1, 2003.

COLLADO, Carlos. *España refugio nazi*. Madri: Temas de Hoy, 2005.

ECCLES, David. *By Safe Hand: The Letters of Sybil & David Eccles, 1939-42*. Londres: The Bodley Head, 1983.

FRANCO SALGADO-ARAUJO, Francisco. *Mis conversaciones privadas con Franco*. Barcelona: Planeta, 1976.

HALSTEAD, Charles R. "Un africain méconnu: le colonel Juan Beigbeder". *Revue d'Histoire de la Deuxième Guerre Mondiale,* vol. 21, 1971.

——. "A 'Somewhat Machiavellian'" Face: Colonel Juan Beigbeder as High Commissioner in Spanish Morocco, 1937-1939". *The Historian,* 37, 1, 1974.

HOARE, Samuel. *Ambassador on Special Mission*. Londres: Collins, 1946.

IBN AZUZ, Mohamed. "Una visión realista del protectorado ejercido por España en Marruecos". *Actas del encuentro*

*España-Marruecos*. Publicaciones de la Asociación Tetuán-Asmir, Tetuán, 1998.
IGLESIAS-SARRIA, Manuel. *Mi suerte dijo sí*. Madri: San Martín, 1987.
IRUJO, José María. *La lista negra: los espías nazis protegidos por Franco y la Iglesia*. Madri: Aguilar, 2003.
MADARIAGA, M.ª Rosa de. *Los moros que trajo Franco*. Madri: Martínez Roca, 2002.
MARTÍNEZ DE VICENTE, Patricia. *Embassy o la inteligencia de Mambrú*. Madri: Velecío, 2003.
MERINO, Ignacio. *Serrano Suñer: historia de una conducta*. Barcelona: Planeta, 1996.
MESSENGER, David. "Against the Grain: Special Operations Executive in Spain 1941-45". *Special Issue on Special Operations Executive — New Approaches and Perspectives. Intelligence and National Security*, 20, 1, N. Wylic (ed.), 2005.
MORADIELLOS, Enrique. *Franco frente a Churchill*. Barcelona: Península, 2005.
MORALES, Víctor. *España y el norte de África: el Protectorado español en Marruecos*. Madri: UNED, 1986.
MORENO, Xavier. *Hitler y Franco: diplomacia en tiempos de guerra*. Barcelona: Planeta, 2007.
NERÍN, Gustau. *La guerra que vino de África*. Barcelona: Crítica, 2005.
——; Alfred BOSCH. *El imperio que nunca existió: la aventura colonial discutida en Hendaya*. Barcelona: Plaza y Janés, 2001.
PALACIOS, Jesús. *Los papeles secretos de Franco*. Madri: Temas de Hoy, 1996.
——. *Las cartas de Franco*. Madri: La Esfera de los Libros, 2005.
PHILLIPS, Lucas. *El pimpinela de la guerra española 1936/39*. Barcelona: Juventud, 1965.
PINO, Domingo del. "Rosalinda Powell Fox: ¿Espía, amante, aventurera aristocrática?". *AFKAR Ideas,* 6, 2005.
PLATÓN, Miguel. *Los militares hablan*. Barcelona: Planeta, 2001.
POWELL FOX, Rosalinda. *The Grass and the Asphalt*. Puerto de Sotogrande: Harter & Associates, 1997.
RIDRUEJO, Dionisio. *Casi unas memorias*. Barcelona: Península, 2007.

ROMERO, Ana. *Historia de Carmen: memorias de Carmen Díez de Rivera*. Barcelona: Planeta, 2002.

ROJAS, Carlos. *Diez crisis del franquismo*. Madri: La Esfera de los Libros, 2003.

ROS AGUDO, Manuel. *La guerra secreta de Franco*. Barcelona: Crítica, 2002.

——. *La gran tentación: Franco, el imperio colonial y los planes de intervención española en la segunda guerra mundial*. Barcelona: Styria, 2008.

RUBIO, Javier. *Asilos y canjes durante la guerra civil española*. Barcelona: Planeta, 1979.

SALAS LARRAZÁBAL, Ramón. *El Protectorado español en Marruecos*. Madri: MAPFRE, 1992.

SÁNCHEZ RUANO, Francisco. *Islam y guerra civil española*. Madri: La Esfera de los Libros, 2004.

SAÑA, Heleno. *El franquismo sin mitos: conversaciones con Serrano Suñer*. Barcelona: Grijalbo, 1982.

SERRANO SUÑER, Ramón. *Entre Hendaya y Gibraltar*. Madri: Ediciones y publicaciones españolas, 1947.

——. *Entre el silencio y la propaganda, la historia como fue. Memorias*. Barcelona: Planeta, 1977.

SCHULZE, Ingrid. "La propaganda alemana en España 1942-44". *Espacio, tiempo y forma, Serie V, Historia Contemporánea,* 7, 1994.

SMYTH, Denis. *Diplomacy and Strategy of Survival: British Policy and Franco's Spain*. Cambridge: Cambridge University Press, 1986.

STAFFORD, David. *Churchill and Secret Service*. Londres: John Murray, 1997.

SUÁREZ, Luis. *España, Franco y la segunda guerra mundial*. Madri: Actas Editorial, 1997.

TUSSELL, Javier (ed.). *El régimen de Franco: política y relaciones exteriores*. Madri: UNED, 1993.

——. "Los cuatro ministros de asuntos exteriores de Franco durante la segunda guerra mundial". *Espacio, tiempo y forma, Serie V, Historia Contemporánea,* 7, 1994.

VELASCO, Carlos. "Propaganda y publicidad nazis en España durante la segunda guerra mundial: algunas características".

*Espacio, tiempo y forma, Serie V, Historia Contemporánea,* 7, 1994.

VIÑAS, Ángel. *La Alemania nazi y el 18 de julio*. Madri: Alianza, 1974.

——. *Franco, Hitler y el estallido de la guerra civil*. Madri: Alianza, 2001.

# SOBRE A AUTORA

María Dueñas (1964) é doutora em filologia inglesa e professora titular da Universidade de Múrcia, além de ter dado aulas em universidades norte-americanas. Com o êxito comercial de *O tempo entre costuras*, publicado em 2009 na Espanha, transformou-se numa das vozes mais influentes da literatura contemporânea em língua espanhola. Pela Planeta, publicou no Brasil também os best-sellers *A melhor história está por vir* e *Destino La Templanza*.

Leia também:

*Apocalipse Z: o princípio do fim*

*As lições de Chico Xavier*

*Beije-me onde o sol não alcança*

*Bem profundo*

*Coleção Essencial: Allan Kardec*

*Coleção Essencial: Maquiavel*

*Mulheres inteligentes, relações saudáveis: o livro que toda mulher deveria ler antes de se relacionar*

*O que você quiser*

*Once upon a time: uma antologia de contos de fadas*

Este livro foi composto em Adobe Garamond Pro e Requiem Text
e impresso pela Intergraf para a Editora Planeta do Brasil em julho de 2017.